हिन्द पॉकेट बुक्स

## तंत्र-सूत्र

# शरीर और तंत्र

ओशो, जिन्हें भगवान श्री रजनीश, ओशो रजनीश, या केवल रजनीश के नाम से भी जाना जाता है, एक भारतीय विचारक, धर्मगुरु और रजनीश आंदोलन के प्रणेता-नेता थे। उनका असली नाम चंद्र मोहन जैन था, लेकिन लोगों ने उन्हें 'ओशो' बना दिया। यह शब्द लैटिन भाषा के 'ओशनिक' शब्द से लिया गया है जिसका अर्थ है, सागर में विलीन हो जाना।

अपने संपूर्ण जीवनकाल में आचार्य रजनीश को एक रहस्यदर्शी, गुरु और आध्यात्मिक शिक्षक के रूप में देखा गया। वे धार्मिक रूढ़िवादिता के बहुत कठोर आलोचक थे। 1960 के दशक में उन्होंने पूरे भारत में एक सार्वजनिक वक्ता के रूप में यात्रा की और वे समाजवाद, महात्मा गाँधी और हिंदू धार्मिक रूढ़िवाद के प्रखर आलोचक रहे। उन्होंने मानव कामुकता के प्रति ज्यादा खुले रवैये की वकालत की, जिसके कारण वे भारत तथा पश्चिमी देशों में भी आलोचना के पात्र रहे, हालाँकि बाद में उनका यह दृष्टिकोण अधिक स्वीकार्य हो गया।

तंत्र-सूत्र

# शरीर और तंत्र

## सहज अनुभवों के माध्यम से अंतर्यात्रा के उपाय

### विज्ञान भैरव तंत्र / भाग दो

ओशो द्वारा भगवान शिव के विज्ञान भैरव तंत्र पर दिए गए
80 प्रवचनों में से प्रथम 17 से 32 प्रवचनों का संकलन।

**ओशो**

हिन्द पॉकेट बुक्स
पेंगुइन रैंडम हाउस इम्प्रिंट

**हिन्द पॉकेट बुक्स**

यूएसए | कनाडा | यूके | आयरलैंड | ऑस्ट्रेलिया | सिंगापुर
न्यू ज़ीलैंड | भारत | दक्षिण अफ्रीका | चीन

हिन्द पॉकेट बुक्स, पेंगुइन रैंडम हाउस ग्रुप ऑफ़ कम्पनीज़ का हिस्सा है,
जिसका पता global.penguinrandomhouse.com पर मिलेगा

पेंगुइन रैंडम हाउस इंडिया प्रा. लि.,
चौथी मंजिल, कैपिटल टावर -1, एम जी रोड,
गुड़गांव 122 002, हरियाणा, भारत

पेंगुइन
रैंडम हाउस
इंडिया

प्रथम संस्करण हिन्द पॉकेट बुक्स द्वारा 2009 में प्रकाशित
यह संस्करण हिन्द पॉकेट बुक्स में पेंगुइन रैंडम हाउस द्वारा 2022 में प्रकाशित



10 9 8 7 6 5 4 3 2

ISBN 9788121620819

मुद्रक : मणिपाल टेक्नॉलजीस् लिमिटेड, भारत



www.penguin.co.in

FSC www.fsc.org
MIX
Paper | Supporting responsible forestry
FSC® C043100

This is a legitimate digitally printed version of the book and therefore might not have certain extra finishing on the cover.

# भूमिका

▲

## संसार और निर्वाण, दोनों यहीं

हम अपनी सतह पर जीते हैं-किनारे-किनारे, सीमा पर। इंद्रेयां महज सीमा पर हैं; और तुम्हारी चेतना गहरे केंद्र पर है। और हम इंद्रियों में जीते हैं। वह स्वाभाविक है, लेकिन वहां जीवन का परम फूल नहीं खिलता है; वह तो उसका आरंभ भर है।

और जब हम इंद्रियों में जीते हैं तो हम बुनियादी तौर पर विषयों में अटके रहते हैं; क्योंकि विषय-भोग के बिना इंद्रियां अप्रासंगिक हैं, व्यर्थ हैं। उदाहरण के लिए, आंखें व्यर्थ हैं अगर देखने को कुछ न हो, कान व्यर्थ हैं अगर सुनने को कुछ न हो और हाथ व्यर्थ है अगर छूने को कुछ न हो। हम इंद्रियों के तल पर जीते हैं, इसलिए हमें विषयों में जीना पड़ता है। इंद्रियां हमारे होने की सीमा पर हैं, हमारे शरीर में हैं। और विषय तो सीमा पर भी नहीं हैं; वे सीमा के भी पार हैं।

इसलिए इन विधियों में प्रवेश के पहले तीन बातें समझ लेने जैसी हैं। एक कि चेतना केंद्र पर है। दूसरी कि जिनके द्वारा चेतना बाहर जाती है वे इंद्रियां सीमा पर हैं। और तीसरी कि संसार के विषय, जिनकी ओर चेतना इंद्रियों के माध्यम से गतिमान होती है, सीमा के भी पार है। इन बातों को साफ-साफ समझने की कोशिश करो; क्योंकि तब ये विधियां सरल हो जाएंगी।

इस बात को दूसरी दिशा से समझो। एक कि इंद्रियां बीच में हैं। उनके एक तरफ चेतना है और दूसरी तरफ विषयों का संसार है। और इंद्रियां ठीक बीच में हैं, मध्य में हैं। इंद्रियों से तुम दोनों ओर यात्रा कर सकते हो। वहां से विषयों की ओर जा सकते हो और वहां से केंद्र की यात्रा भी कर सकते हो। और दोनों तरफ की दूरियां समान हैं। इंद्रियों से दोनों ओर द्वार खुलते हैं; वहां से चाहे तुम विषयों की तरफ जाओ या केंद्र की तरफ जाओ।

तुम इंद्रियों में हो। इसीलिए प्रसिद्ध झेन गुरु बोकाजू ने कहा कि निर्वाण और संसार समान दूरी पर हैं। यह मत सोचो कि निर्वाण बहुत दूर है। संसार और निर्वाण, वह लोक और वह लोक, दोनों समान दूरी पर हैं।

इस कथन ने बहुत विभ्रम पैदा किया; क्योंकि हम समझते हैं कि निर्वाण बहुत-बहुत दूर है, मोक्ष या प्रभु का राज्य बड़ी दूरी पर है और हम समझते हैं कि संसार बहुत निकट

है, हाथ के पास है, यहीं है। लेकिन बोकोजू कहता है–और वह सही कहता है–कि दोनों की दूरी एक ही है।

संसार यहां है और निर्वाण भी यहां है। संसार निकट है और निर्वाण भी निकट है निर्वाण के लिए तुम्हें भीतर जाना होगा; संसार के लिए, विषयों के लिए बाहर जाना होगा। लेकिन दूरी समान है। मेरी आंखों से मेरा केंद्र उतनी ही दूरी पर है जितनी दूरी पर तुम हो। मैं बाहर जाकर तुम्हें देख सकता हूं और भीतर जाकर अपने को देख सकता हूं। और हम इंद्रियों के द्वार पर हैं।

**ओशो**

## अनुक्रम

17

# अचानक रुकने की कुछ विधियां

# सूत्र

25. जैसे ही कुछ करने की वृत्ति हो, रुक जाओ।

26. जब कोई कामना उठे, उस पर विमर्श करो।
फिर, अचानक, उसे छोड़ दो।

27. पूरी तरह थकने तक घूमते रहो, और तब, जमीन
पर गिरकर, इस गिरने में पूर्ण होओ।

# 5

▲

जीवन के दो तल हैं, दो संतुलन हैं: एक होने का है, दूसरा करने का।

तुम्हारा होना तुम्हारा स्वभाव है। वह तुम हो, सदा हो, उसे पाने के लिए तुम्हें कुछ करना नहीं है। वह तुम हो ही, वही तुम हो। यह बात भी नहीं है कि वह कुछ है जो तुम्हारे पास है, तुम्हारे अधिकार में है। तुममें और उसमें इतनी दूरी भी नहीं है। तुम ही अपना होना हो, अस्तित्व हो।

करना एक उपलब्धि है। जो कुछ भी तुम करते हो वह बिना किए न होगा। तुम करो तो वह होगा; तुम न करो तो न होगा। जो भी शाश्वत नहीं है वह तुम्हारा होना नहीं है।

जीने के लिए, बचने के लिए तुम्हें बहुत कुछ करना पड़ता है। और तब धीरे-धीरे तुम्हारी सक्रियता तुम्हारे होने को जानने में बाधा बन जाती है। तुम्हारी सक्रियता तुम्हारी परिधि है। तुम उसके सहारे जीते हो, तुम उसके बिना नहीं जी सकते। लेकिन वह सिर्फ परिधि है। वह तुम नहीं हो, वह केंद्र नहीं है। जो कुछ तुम्हारे पास है वह तुम्हारे कृत्य की उपलब्धि है। तुम्हारा अर्जन, तुम्हारी संपदा तुम्हारे कृत्य का फल है। लेकिन इस कृत्य ने, इसकी उपलब्धि ने केंद्र को चारों तरफ से घेर रखा है, आच्छादित कर रखा है। तुम तुम्हारे कृत्यों और उपलब्धियों में बंद हो गए हो।

इन विधियों में प्रवेश करने के पहले पहली विचारणीय बात यह है कि जो तुम्हारे पास है वह तुम्हारा होना नहीं है, और जो तुम करते हो या कर सकते हो वह भी तुम्हारा होना नहीं है। तुम्हारा होना सब करने के पहले है। तुम्हारा होना तुम्हारी सभी उपलब्धियों के पहले है। लेकिन मन है कि वह निरंतर करने और उसकी उपलब्धियों में संलग्न रहता है। मन के पार या मन के पहले तुम्हारा होना है।

यही वह चीज है जिसे सभी धर्म खोजते रहे हैं। और यही वह चीज है जिसे वे सारे लोग खोजते रहे हैं जो मनुष्य-जीवन के बुनियादी सत्य में, उसकी आत्यंतिकता में, तुम्हारे होने के सार-तत्व में उत्सुक रहे हैं। जब तक तुम परिधि और केंद्र के इस भेद को न समझ लोगे तब तक इन सूत्रों को, जिनकी हम चर्चा करने जा रहे हैं, समझना कठिन होगा।

# 6

तो इस भेद को भलीभांति समझ लो। जो तुम्हारे पास है—धन, ज्ञान, प्रतिष्ठा—जो भी है, वह तुम नहीं हो। वे तुम्हारे पास हैं, वे तुम्हारी संपदाएं हैं। लेकिन तुम उनसे पृथक हो, भिन्न हो। दूसरी बात कि तुम जो कुछ करते हो वह भी तुम्हारा होना नहीं है। तुम चाहो तो कुछ करो और चाहो तो न करो। मसलन, तुम हंसते हो, यह तुम्हारे हाथ में है। चाहो तो हंसो, चाहो तो न हंसो। तुम दौड़ते हो, यह तुम्हारे हाथ में है। चाहो तो दौड़ो, चाहो तो न दोड़ो। लेकिन तुम्हारा होना तुम्हारे हाथ में नहीं है, उसमें कोई चुनाव नहीं है। तुम अपना होना नहीं चुन सकते, तुम बस हो।

कृत्य चुनाव है, तुम उसे चाहे चुनो और चाहे न चुनो। यह तुम्हारे हाथ में है कि तुम यह काम करो या न करो। तुम साधु बन सकते हो, या तुम चोर बन सकते हो। लेकिन तुम्हारे साधुपन-चोरपन दोनों कृत्य हैं। तुम चुन सकते हो, तुम बदल भी सकते हो। साधु चोर बन सकता है और चोर साधु बन सकता है। लेकिन वह तुम्हारा होना नहीं है, तुम्हारा होना तुम्हारे साधु और चोर होने के पहले है।

जब तुम्हें कुछ करना है तो उसके पहले तुम्हारा होना जरूरी है। होने के बिना तुम्हारा कुछ करना संभव नहीं है। कौन हंसता है? कौन चोरी करता है? कौन साधु बनता है? सब क्रिया के पहले होना अनिवार्य है। कृत्य चुना जा सकता है, अस्तित्व नहीं चुना जा सकता है। तुम्हारा अस्तित्व ही चुनाव करता है। वह चुनने वाला है, चुना जाने वाला नहीं। तुम चुनने वाले को नहीं चुन सकते हो। चुनने वाला बस है। उसके संबंध में तुम कुछ भी नहीं कर सकते।

याद रहे, पाना या करना तुम्हारे साथ वैसे ही है जैसे केंद्र के साथ परिधि है। और केंद्र तुम हो। यह केंद्र आत्मा है—या जो भी नाम तुम देना चाहो—यह केंद्र तुम्हारा सबसे अंतरस्थ बिंदु है। उस तक कैसे पहुंचा जाए?

और जब तक कोई इस अंतरतम को नहीं पा लेता है, नहीं जान लेता है, तब तक वह उस आनंदपूर्ण स्थिति को नहीं पहुंच सकता जो शाश्वत है, जो अमृत है, जो स्वयं परमात्मा है। जब तक कोई इस केंद्र को नहीं उपलब्ध होता है, तब तक उसे पीड़ा, दुख और संताप में रहना पड़ेगा। परिधि नरक है।

ये विधियां इस केंद्र पर पहुंचने के साधन हैं।

पहली विधि :

*जैसे ही कुछ करने की वृत्ति हो, रुक जाओ।*

ये सारी विधियां मध्य में रुकने से संबंधित हैं। जार्ज गुरजिएफ ने पश्चिम में इन विधियों को प्रचलित किया था, लेकिन उसे विज्ञान भैरव तंत्र का पता नहीं था। उसने ये विधियां तिब्बत में बौद्ध लामाओं से सीखी थीं। पश्चिम में उसने इन विधियों पर काम किया और अनेक साधक इन विधियों के द्वारा केंद्र को उपलब्ध हो गए। वह उन्हें स्टॉप एक्सरसाइज, रुक जाने का प्रयोग कहता था। लेकिन इन प्रयोगों का स्त्रोत विज्ञान भैरव तंत्र है।

बौद्धों ने भी विज्ञान भैरव तंत्र से ही सीखा था। सूफियों में भी ऐसे प्रयोग चलते हैं। सबने विज्ञान भैरव से ही लिया है। दुनिया में ऐसी जो भी विधियां चलती हैं, उन सबका स्त्रोत-ग्रंथ यही है।

# 7

▲

गुरजिएफ बहुत सरल ढंग से इसका प्रयोग करता था। उदाहरण के लिए, वह अपने शिष्यों को नाचने के लिए कहता था। बीस लोगों का समूह नाच रहा है। नाच के बीच ही वह अचानक जोर से कहता, 'स्टॉप!' और जब गुरजिएफ रुकने को कहता तो उन्हें तुरंत और समग्रतः रुकना पड़ता था। जब और जहां रुकने की आज्ञा होती तभी और वहां ही रुकना अनिवार्य था। उसमें जरा भी हेर-फेर या समायोजन की गुंजाइश नहीं थी। अगर तुम्हारा एक पैर जमीन से ऊपर उठा था और एक पैर पर तुम खड़े थे तो तुम्हें उसी मुद्रा में जम जाना पड़ता।

यह बात अलग है कि तुम गिर जाओ, लेकिन इस गिरने में कोई सहयोग नहीं देना था। अगर तुम्हारी आंखें खुली थीं तो उन्हें खुली रहने देना था। अब तुम उन्हें बंद नहीं कर सकते। यह बात दूसरी है कि वे अपने आप ही बंद हो जाएं। जहां तक तुम्हारा संबंध है तुम्हें सचेतन रूप से ज्यों का त्यों रुक जाना है, तुम्हें पत्थर की मूर्ति जैसा हो जाना है।

और इसके अदभुत नतीजे आते थे। क्योंकि जब तुम सक्रिय होते हो, नाचते होते हो, गतिमान होते हो, और अचानक बीच में रुक जाते हो, तो उससे एक अंतराल पैदा होता है। सभी क्रिया का अचानक बंद होना तुम्हें दो भागों में बांट देता है, तुम्हें तुम्हारे शरीर से अलग कर देता है। अभी तुम और तुम्हारा शरीर दोनों गतिमान थे। तुम अचानक रुक जाते हो। शरीर तब भी गति करना चाहता है। उसका मोमेंटम है। तुम नाच रहे थे तो उसका मोमेंटम है। शरीर इस आकस्मिक ठहराव के लिए तैयार नहीं है। तुम्हें अचानक लगता है कि शरीर अभी भी कुछ करना चाहता है। लेकिन तुम रुक गए हो, इससे एक अंतराल पैदा हो गया। तुम्हें लगता है, तुम्हारा शरीर तुमसे दूर है, बहुत दूर है, जिसमें अभी क्रिया का संवेग भरा है। लेकिन क्योंकि तुम ठहर गए थे और तुम अपने शरीर के साथ, शरीर के संवेग के साथ सहयोग नहीं कर रहे हो, इसलिए तुम उससे पृथक हो जाते हो।

लेकिन तुम अपने को धोखा भी दे सकते हो। जरा सा सहयोग, और अंतराल घटित नहीं होगा। उदाहरण के लिए, तुम कुछ असुविधा अनुभव कर रहे हो, तभी गुरु ने कहा कि रुक जाओ। तुम सुन भी लेते हो, लेकिन अपनी सुविधा बनाकर रुकते हो। इतने से ही सब बात बिगड़ गई, अब कुछ नहीं होगा। तब तुमने अपने को धोखा दिया—गुरु को नहीं। तब तुम चूक गए। तब विधि का पूरा महत्व ही नष्ट हो गया।

जब अचानक रुकने की आवाज सुनाई पड़े, तत्क्षण तुम्हें रुक जाना है। अब कुछ भी नहीं करना है। हो सकता है कि जिस मुद्रा में तुम थे वह असुविधाजनक थी। तुम्हें डर था कि तुम गिर जाओगे, तुम्हारी हड्डी टूट जाएगी। लेकिन कुछ भी हो, तुम्हें चिंता नहीं लेनी है। यदि तुमने चिंता ली तो अपने को ही धोखा दोगे।

यह जो अचानक मृतवत होना है यही अंतराल पैदा करता है। रुकना तो शरीर के तल पर होता है, लेकिन रुकने वाला केंद्र है। परिधि और केंद्र अलग-अलग हैं। एकाएक रुकने की घटना में तुम पहली बार अपने को अनुभव करोगे, पहली बार केंद्र को महसूस करोगे।

गुरजिएफ ने इस विधि के जरिए अनेक लोगों की मदद की। इस विधि के कई आयाम हैं, यह विधि कई ढंग से इस्तेमाल होती है। लेकिन पहले इसकी संरचना को समझने की चेष्टा करो। संरचना सरल है। तुम कोई काम करते हो, जब तुम काम में होते हो तो तुम अपने को पूरी तरह भूल जाते हो। तब कृत्य तुम्हारे अवधान का केंद्र हो जाता है।

▲

समझो कि कोई व्यक्ति मर गया है और तुम उसके लिए चीख-चिल्ला रहे हो, आंसू बहा रहे हो। अब तुम अपने को पूरी तरह भूल गए हो। मरने वाला केंद्र हो गया है, और उसके चारों ओर रोने की, आंसू की, शोक की क्रिया घट रही है। अगर मैं एकाएक कहूं कि रुक जाओ और तुम पूरी तरह रुक जाओ, तो तुम अपने शरीर और कर्म के जगत से सर्वधा अलग हो जाओगे। जब तुम काम में होते हो तो तुम उसमें खो जाते हो। अचानक ठहरना तुम्हारे संतुलन को हिला देता है, वह तुम्हें कर्मों के बाहर कर देता है। और यही चीज तुम्हें तुम्हारे केंद्र पर पहुंचा देती है।

सामान्यतः हम एक काम से दूसरे काम में गति करते रहते हैं, अ से ब में, ब से स में। ज्यों ही तुम सुबह जागते हो, कर्म का जगत शुरू हो जाता है। अब तुम सारा दिन सक्रिय रहोगे। तुम अनेक बार काम बदलोगे, लेकिन एक क्षण को भी निष्क्रिय नहीं रहोगे। निष्क्रिय रहना कठिन है। अगर तुम निष्क्रिय रहने की कोशिश करोगे तो वही सक्रियता बन जाएगी।

अनेक लोग निष्क्रिय होने की चेष्टा करते हैं। वे बुद्ध की तरह बैठ जाते हैं और निष्क्रिय होने की चेष्टा करते हैं। लेकिन निष्क्रिय होने की चेष्टा कैसे हो सकती है? चेष्टा ही सक्रियता बन जाएगी। तुम निष्क्रियता को भी सक्रियता बना लोगे। तुम अपने को जबरदस्ती शांत बना ले सकते हो, लेकिन वह जबरदस्ती खुद मन की क्रिया होगी।

यही कारण है कि अनेक लोग ध्यान में जाने की चेष्टा करते हैं, लेकिन कहीं नहीं पहुंचते हैं। कारण है कि उनका ध्यान भी एक सक्रियता है, एक क्रिया है। क्रिया बदली जा सकती है। तुम एक साधारण गीत गा रहे थे, उसे छोड़कर भजन गा सकते हो। पहले तेज गा रहे थे, अब आहिस्ता गा सकते हो। लेकिन दोनों क्रियाएं हैं। तुम दौड़ रहे हो, तुम चल रहे हो, तुम पढ़ रहे हो, सब कुछ सक्रियता है। तुम प्रार्थना करते हो—यह भी सक्रियता है। तुम एक क्रिया से दूसरी क्रिया में गति करते रहते हो। ऐसे रात सोने तक कर्म जारी रहता है।

और सोते-सोते भी तुम सक्रिय रहते हो, क्रिया रुकती नहीं है। यही कारण है कि स्वप्न घटित होता है, स्वप्न उसी सक्रियता का विस्तार है। नींद में भी क्रिया जारी रहती है। अब तुम्हारा अचेतन सक्रिय है—कुछ करता है, चीजें बटोरता है, कुछ गंवाता है, कहीं जाता है। स्वप्न का अर्थ है कि थककर शरीर सो गया है, लेकिन क्रिया किसी तल पर जारी है।

केवल कभी-कभी और वह भी कुछ क्षणों के लिए—आधुनिक मनुष्य के लिए वह भी दुर्लभ है—स्वप्न बंद होता है और तुम गाढ़ी नींद में होते हो। लेकिन यह निष्क्रियता अचेतन है। तुम अब चेतन नहीं हो, गहरी नींद में हो; सक्रियता बंद हो गई है। अब कोई परिधि नहीं है; अब तुम केंद्र पर हो, लेकिन सर्वथा थके हुए—अचेतन, मृतवत।

यही कारण है कि हिंदू सदा कहते रहे हैं कि सुषुप्ति और समाधि समान हैं। उनमें एक ही भेद है; लेकिन वह भेद बड़ा है। भेद बोध का है। सुषुप्ति में, स्वप्नरहित नींद में तुम अपने केंद्र पर होते हो; लेकिन अचेतन। समाधि में भी, जो ध्यान की परम अवस्था है, तुम केंद्र पर होते हो; लेकिन चेतन। यही भेद है, बड़ा भेद है। क्योंकि बेहोश होकर केंद्र पर होने का कोई अर्थ नहीं है। यह ठीक है कि इससे तुम ताजा हो जाते हो, जीवंत हो जाते हो, ऊर्जावान हो जाते हो, सुबह तुम अधिक ताजा और आनंदित रहते हो। लेकिन अगर तुम बेहोश हो, तो केंद्र पर होकर भी तुम आदमी वही रहते हो, जो थे।

▲

समाधि में तुम पूरे होश से, पूरे चैतन्य के साथ प्रवेश करते हो। और जब तुम पूरे चैतन्य के साथ केंद्र पर होते हो तो फिर कभी वह आदमी नहीं रहोगे जो थे। अब तुम जानोगे कि मैं कौन हूं। अब तुम जानोगे कि तुम्हारी चीजें, तुम्हारे कर्म परिधि पर हैं; वे मात्र लहरें हैं, वे तुम्हारा स्वभाव नहीं हैं।

अचानक रुकने की इन विधियों का उद्देश्य तुम्हें निष्क्रियता में डालना है। इसीलिए इस बिंदु का अचानक आना महत्वपूर्ण है। क्योंकि अगर निष्क्रिय होने की चेष्टा की जाएगी तो वही चेष्टा सक्रियता बन जाएगी। तो चेष्टा मत करो, बस निष्क्रिय हो जाओ। रुक जाओ का यही अर्थ है। अगर तुम दौड़ रहे हो और मैं कहता हूं, रुक जाओ। तो तुम तुरंत रुक जाओ, चेष्टा मत करो। अगर चेष्टा करोगे तो चूक जाओगे।

उदाहरण के लिए, तुम यहां बैठे हो और कुछ कर रहे हो; मैं कहूं कि रुक जाओ, तो तुरंत, तत्क्षण रुक जाओ। एक क्षण भी नहीं खोना है। अगर तुमने कोशिश की, कुछ समायोजन किया और तब कहा कि ठीक, अब मैं रुकता हूं, तो तुम चूक गए। इस विधि का आधार 'अचानकः' शब्द है। रुकने के लिए चेष्टा मत करो; रुक जाओ।

तुम कहीं भी इसका प्रयोग कर सकते हो। तुम स्नान कर रहे हो; अचानक अपने को कहो: स्टॉप अगर एक क्षण के लिए भी यह एकाएक रुकना घटित हो जाए तो तुम अपने भीतर कुछ भिन्न बात घटित होते पाओगे। तब तुम अपने केंद्र पर फेंक दिए जाओगे। और तब सब कुछ ठहर जाएगा। तुम्हारा शरीर तो पूरी तरह रुकेगा ही, तुम्हारा मन भी गति करना बंद कर देगा। जब स्टॉप कहो तो उस समय श्वास भी मत लो। सब कुछ रुक जाना चाहिए—श्वास भी, शरीर की गति भी।

एक क्षण के लिए भी इस रुकने में स्थित हो जाओ तो तुम पाओगे कि राकेट की गति से अपने केंद्र में अचानक प्रवेश कर गए हो। इसकी एक झलक भी चमत्कारी है, क्रांतिकारी है। यह झलक तुम्हें बदल देगी। फिर धीरे-धीरे इस केंद्र की और भी झलकें तुम्हें मिलेंगी। इसलिए निष्क्रितता का अभ्यास नहीं करना है। विधि का उपयोग आकस्मिकता में है, अनपेक्षित होने में है।

इसलिए गुरु उपयोगी हो सकता है।

यह विधि समूह में प्रयोग के लिए है। गुरजिएफ इसे समूह विधि की तरह काम में लाता था। अगर तुम अपने से ही कहो कि रुक जाओ तो उसमें तुम अपने को आसानी से धोखा दे सकते हो। तुम पहले अपनी स्थिति सुविधापूर्ण बना लोगे और तब रुक जाने का हुक्म दोगे। हो सकता है कि सचेतन रूप से तुम इसकी तैयारी न करो। लेकिन तुम अचेतन रूप से भी तैयार हो सकते हो।

लेकिन अगर यह मन का काम है, अगर इसके पीछे कुछ तैयारी है, तो सब बात व्यर्थ हो जाती है। तब यह विधि किसी काम की नहीं रहेगी। इसलिए समूह में इसे करना अच्छा है। वहां एक गुरु रहेगा जो कहेगा कि रुक जाओ। यह गुरु उस क्षण में ऐसा कहेगा जब तुम किसी बहुत असुविधापूर्ण मुद्रा में रहोगे। और तब बिजली की कोंध की तरह कुछ घटित होगा।

सक्रियता का अभ्यास हो सकता है; लेकिन निष्क्रियता का अभ्यास नहीं हो सकता। अभ्यास करने से निष्क्रियता सक्रियता हो जाती है। और निष्क्रियता अचानक ही आती है।

▲

कभी ऐसा होता है कि तुम कार चला रहे हो और तुम्हें अचानक लगता है कि दुर्घटना होने जा रही है, कि सामने से एक दूसरी कार तुम्हारी कार के इतने करीब आ गई है कि क्षणभर में दोनों टकरा जाएंगी। ऐसे क्षण में आदमी अपने केंद्र पर फेंक दिया जाता है। लेकिन दुर्घटना में भी तुम इसे चूक सकते हो।

मैं एक कार से यात्रा कर रहा था। और एक दुर्घटना हो गई जो कि संभवतः अत्यंत सुंदर घटना थी। मेरे साथ तीन व्यक्ति थे; लेकिन वे बुरी तरह चूक गए। वे पूरी तरह चूक गए। यहां उनके जीवन में एक क्रांति घटित हो सकती थी; लेकिन वे चूक गए। कार पुल से नीचे नदी में गिर गई। नदी सूखी थी। कार पूरी तरह उलट गई थी, और तीनों सज्जन जो मेरे साथ थे रोने-धोने लगे। एक स्त्री भी थी, वह भी चीख-चिल्ला रही थी। वह मेरे बगल में ही थी और चिल्ला रही थी: 'मैं मर गई, मैं मर गई।'

मैंने उससे कहा कि यदि तू मर गई होती तो यह कहने के लिए यहां कोई नहीं होता। लेकिन वह थर-थर कांप रही थी। उसने कहा, मैं मर गई; मेरे बच्चों का क्या होगा। जब हमने उसे कार के बाहर निकाला तब भी वह कांप रही थी और कहे जा रही थी कि मैं मर गई, मेरे बच्चों का क्या होगा! उसे शांत होने में कम से कम आधा घंटा लगा।

लेकिन वह चूक गई। यह इतनी सुंदर घटना थी; अगर वह सब कुछ एकाएक रोक देती। उस समय कोई कुछ नहीं कर सकता था। कार पुल से नीचे गिर रही थी; उस स्त्री के लिए करने को कुछ नहीं था। कुछ भी नहीं किया जा सकता था। लेकिन मन तो सक्रियता पैदा करने में बहुत सक्षम होता है। वह स्त्री अपने बच्चों के बारे में सोचने लगी और चिल्लाने लगी कि मैं मर गई। ऐसे एक सूक्ष्म अवसर हाथ से चला गया।

अचानक स्थितियों में मन क्यों अपने ही आप ठहर जाता है? मन एक यंत्र है जो यंत्रवत काम करता है; वह वही करता है, जिसे करने को वह अभ्यस्त है। तुम अपने मन को दुर्घटनाओं के लिए प्रशिक्षित नहीं कर सकते। अगर कर सकते हो तो दुर्घटना दुर्घटना न रहेगी। यदि तुम उसके लिए तैयार हो, यदि तुमने उसका रिहर्सल किया हुआ है, तो वे दुर्घटनाएं नहीं कहलाएंगी।

दुर्घटना का अर्थ है कि मन उसके लिए तैयार नहीं है। बात ही इतनी अचानक है, इतनी आकस्मिक है—मानो कोई चीज अज्ञात से कूदकर सामने आ गई हो। मन कुछ भी नहीं कर सकता। वह तैयार नहीं है; वह इसका अभ्यस्त नहीं है। ऐसी स्थिति में इसका ठहर जाना अनिवार्य है, अगर तुम कोई और चीज न शुरू कर दो—कोई ऐसी चीज जिसके लिए तुम्हारा मन अभ्यस्त है।

यह स्त्री, जो अपने बच्चों के लिए चिल्ला रही थी, उसके प्रति बेहोश थी जो तत्क्षण हो रहा था। उसे इतना भी होश नहीं था कि मैं जीवित हूं। वर्तमान क्षण उसकी चेतना के सामने से हट गया था। वह उस स्थिति से हटकर अपने बच्चों के, मृत्यु के, अन्य चीजों के पास सरक गई थी। वह पलायन कर गई थी। जहां तक उसके अवधान का संबंध है, वह उस पूरी स्थिति से पलायन कर गई थी। लेकिन जहां तक स्थिति का संबंध है, उसमें कुछ भी नहीं किया जा सकता था; उसमें सिर्फ होशपूर्ण हुआ जा सकता था। जो हो रहा था वह हो रहा था; उसमें केवल बोधपूर्ण हुआ जा सकता था।

# 11

▲

जहां तक दुर्घटना के वर्तमान क्षण का संबंध है, उसमें कुछ भी नहीं किया जा सकता है। वह तुम्हारे बस के बाहर की चीज है; मन उसके लिए तैयार नहीं है। मन उसमें काम नहीं कर सकता, इसलिए ठहर जाता है। यही कारण है कि खतरों में एक गुह्य आकर्षण है, अंतर्निहित आकर्षण है। वे दरअसल ध्यान के क्षण हैं।

यदि तुम कार दौड़ा रहे हो और वह नब्बे मील से आगे की रफ्तार पकड़ लेती है, फिर सौ की, एक सौ दस और एक सौ बीस की रफ्तार पकड़ लेती है, तब एक स्थिति आती है, जिसमें कुछ भी हो सकता है और तुम रोक नहीं सकते। कार अब नियंत्रण के बाहर होती जा रही है। अचानक मन पाता है कि वह कुछ नहीं कर सकता है, वह उसके लिए तैयार नहीं है। तीव्र गति का यही रोमांच है; क्योंकि उस क्षण चुपचाप एक मौन घटित होता है और तुम अपने केंद्र पर पहुंच जाते हो।

ये विधियां किसी दुर्घटना के बिना, किसी खतरे के बिना तुम्हें तुम्हारे केंद्र पर ले जाने में मदद करती हैं। लेकिन ध्यान रहे कि तुम उनका अभ्यास नहीं कर सकते हो। जब मैं कहता हूं कि तुम अभ्यास नहीं कर सकते हो तो मेरा क्या मतलब है? एक तरह से तुम अभ्यास कर सकते हो; तुम एकाएक ठहर सकते हो। लेकिन यह ठहरना एकाएक ही हो। तुम्हें उसका अभ्यास नहीं करना है। तुम्हें उसके बारे में सोचना या आयोजन नहीं करना है कि बारह बजे मैं ठहर जाऊंगा। जब तुम उसके लिए तैयार नहीं हो, अज्ञात को घटित होने दो। अनजाने ही अज्ञात में प्रवेश करो।

यह एक विधि है : 'जैसे ही कुछ करने की वृत्ति हो, रुक जाओ।'

यह एक आयाम है। जैसे, तुम्हें छींक आ रही है। तुम्हें लगता है कि अब तुम छींकने-छींकने को हो, एक क्षण और, और छींक आ जाएगी; तब मैं कुछ न कर सकूंगा। लेकिन छींकने की वृत्ति के पहले एहसास के साथ ही, जब उसकी पहली-पहली आहट सुनाई पड़े, तभी ठहर जाओ।

तुम क्या कर सकते हो? क्या छींक को रोक सकते हो?

अगर तुम छींक को रोकने की कोशिश करोगे तो वह और जल्दी आएगी; क्योंकि रोकने की चेष्टा तुम्हें सचेत कर देगी और छींक की उत्तेजना को बढ़ा देगी। तुम ज्यादा संवेदनशील हो जाओगे, तुम्हारा पूरा अवधान वहीं इकट्ठा हो जाएगा, और उसी अवधान के कारण छींक जल्दी घटित हो जाएगी। वह असह्य हो जाएगी।

तुम सीधे-सीधे छींक को नहीं रोक सकते; लेकिन तुम अपने को रोक सकते हो। क्या कर सकते हो? तुम्हें एहसास होता है कि छींक आ रही है—ठहर जाओ। छींक को रोकने की कोशिश मत करो; बस तुम स्वयं रुक जाओ। कुछ मत करो। पूरी तरह अचल रहो, जिसमें श्वास का आना-जाना भी न हो। क्षणभर के लिए बिलकुल ठहर जाओ। और तुम देखोगे कि छींकने की वृत्ति वापस लौट गई, खतम हो गई। और वृत्ति के जाने के साथ ही तुम्हारे भीतर कोई सूक्ष्म ऊर्जा मुक्त होकर तुम्हें केंद्र पर ले जाती है।

छींकने के साथ या किसी भी वृत्ति के साथ तुम्हारी कुछ ऊर्जा बाहर जाती है। वृत्ति का अर्थ है कि तुम्हारी कुछ ऊर्जा भारी हो गई है और तुम उसका कोई उपयोग नहीं कर सकते हो। वह ऊर्जा तुम में जज्ब भी नहीं हो सकती; वह सिर्फ बाहर जाना चाहती है, निकास चाहती है।

तुम्हें राहत की जरूरत है। और यही कारण है कि छींकने के बाद तुम अच्छा अनुभव करते हो—एक सूक्ष्म सुख की अनुभूति। क्या हुआ? कुछ भी नहीं, तुमने कुछ ऊर्जा बाहर फेंक दी है जो व्यर्थ थी, फालतू थी, बोझ थी। इसलिए उसके निकल जाने पर तुम राहत अनुभव करते हो। तब तुम्हें अपने भीतर एक सूक्ष्म विश्राम की अनुभूति होती है।

यही वजह है कि पावलफ और बी.एफ.स्कीनर जैसे शरीरशास्त्री कहते हैं कि सेक्स भी छींकने जैसा है। वे कहते हैं कि शरीरशास्त्र की दृष्टि से उनमें कोई फर्क नहीं है; सेक्स छींकने जैसा ही है। तुम किसी ऊर्जा से बोझिल हो गए हो और तुम उसे फेंकना चाहते हो। और उसे फेंकने के बाद तुम्हारा शरीर-तंत्र विश्राम में चला जाता है; तुम निर्भार हो जाते हो और अच्छा अनुभव करते हो। शरीरशास्त्री कहते हैं कि यह अच्छा लगना महज निकास है। और शरीरशास्त्री ठीक कहता है। शरीरशास्त्री सही है।

तो जब भी तुम्हें कोई वृत्ति पैदा हो, उदाहरण के लिए, कुछ करने की वृत्ति, तो रुक जाओ। न सिर्फ शारीरिक वृत्ति, कोई भी वृत्ति इस काम के लिए उपयोग की जा सकती है। उदाहरण के लिए, तुम पानी पीने जा रहे हो। तुमने गिलास को हाथ में लिया है—वहीं एकाएक रुक जाओ। हाथ वहीं है, पीने की इच्छा भी वहीं है, प्यास भी वहीं है—लेकिन तुम बिलकुल रुक जाओ। गिलास बाहर है, प्यास भीतर है; हाथों में गिलास है; गिलास पर आंखें हैं; अचानक ठहर जाओ। न श्वास, न गति—मानो तुम मर गए। तब वही वृत्ति, वही प्यास ऊर्जा को मुक्त कर देगी, और वह मुक्त ऊर्जा तुम्हें तुम्हारे केंद्र पर पहुंचा देगी। क्यों? क्योंकि वृत्ति सदा बाहर जाती है। स्मरण रहे, वृत्ति का मतलब ही है बाहर जाती हुई ऊर्जा।

एक और बात खयाल में रख लो कि ऊर्जा सदा गतिमान रहती है। या तो वह बाहर जाती है या भीतर आती है; ऊर्जा कभी ठहराव में नहीं होती है। ये नियम हैं। और यदि तुमने नियमों को समझा तो इस विधि का सूत्र पकड़ में आ जाएगा। ऊर्जा सदा गति है। वह या तो बाहर जाती है या भीतर; पर वह कभी अगति में नहीं होती। वह अगर अगति में है तो वह ऊर्जा ही नहीं है। और ऐसा कुछ भी नहीं है जो ऊर्जा नहीं है। इसलिए प्रत्येक चीज कहीं न कहीं गति कर रही है।

तो जब कोई वृत्ति तुम में पैदा होती है तो उसका मतलब है कि ऊर्जा बाहर जा रही है। इसी से तुम्हारा हाथ गिलास पर चला जाता है। तुम बाहर गए। कुछ करने की इच्छा पैदा हुई। सब सक्रियता गति है—भीतर से बाहर की ओर। जब तुम अचानक ठहर जाते हो तो तुम्हारे साथ ऊर्जा नहीं ठहरती है। तुम अगति में हो; लेकिन ऊर्जा अगति में नहीं हो सकती। और जिस यंत्र के द्वारा वह बाहर गति करती थी, वह मरा नहीं है, मात्र ठहर गया है। तो ऊर्जा क्या करे? वह भीतर जाने के सिवाय और कुछ भी नहीं कर सकती। ऊर्जा स्थिर नहीं रह सकती। वह बाहर जा रही थी। तुम रुक गए और यंत्र भी रुक गया। लेकिन जो यंत्र उसे केंद्र पर ले जा सकता है वह मौजूद है। अब वह ऊर्जा भीतर की ओर गति करेगी।

और तुम क्षण-क्षण जाने-अनजाने अपनी ऊर्जा को रूपांतरित- कर रहे हो, उसके आयाम को बदल रहे हो। तुम क्रोध में हो; तुम किसी को मारना चाहते हो, कोई चीज नष्ट करना चाहते हो, या कुछ हिंसा करना चाहते हो। इसी क्षण एक प्रयोग करो। किसी मित्र को, अपनी पत्नी को या अपने किसी बच्चे को प्रेम करने लगो। उसे चूमो, उसे गले लगाओ। तुम

गुस्से में थे, तुम किसी को मिटाने जा रहे थे; तुम हिंसा पर उतारू थे। तुम्हारा चित्त विध्वस के लिए तत्पर था; तुम्हारी ऊर्जा हिंसा की ओर गति कर रही थी। और तभी तुम किसी को अचानक और तुरंत प्रेम करने लगते हो।

शुरू में तुम्हें लगेगा, यह तो अभिनय जैसा है। तुम्हें आश्चर्य होगा कि मैं प्रेम कैसे कर सकता हूं; मैं तो अभी क्रोध में हूं। लेकिन तुम मन के यंत्र को नहीं समझते हो। इसी क्षण तुम गहरे प्रेम में उतर सकते हो। क्योंकि ऊर्जा जाग गई है, वह उस बिंदु पर पहुंच गई है जहां उसे अभिव्यक्ति चाहिए। ऊर्जा को गति करने की जरूरत है। अगर इसी क्षण तुम किसी को प्रेम करने लगो तो ऊर्जा प्रेम में प्रविष्ट हो जाएगी। और तुम्हें ऊर्जा का वह प्रवाह अभिभूत कर देगा जिसका अनुभव संभवतः तुम्हें पहले कभी नहीं हुआ होगा।

ऐसे लोग हैं जो क्रोध और हिंसा में उतरे बिना प्रेम में नहीं उतर सकते। ऐसे लोग हैं जो गहरे प्रेम में तभी उतर सकते हैं जब उनकी ऊर्जा हिंसात्मक हो उठती है। तुमने ध्यान भला न दिया हो, लेकिन ऐसा रोज होता है। स्त्री-पुरुष संभोग में उतरने के पहले लड़ाई-झगड़ा करते हैं। पति-पत्नी पहले क्रोध करते हैं, लड़ाई-झगड़े और हिंसा में उतरते हैं, और तब संभोग में। और उन्हें पता भी नहीं होता कि वे क्या कर रहे हैं। हो सकता है, यह उनकी यांत्रिक आदत बन गई हो। लेकिन प्रेम करने से पहले वे लड़ते जरूर हैं। और जिस दिन लड़ाई-झगड़ा नहीं होता, प्रेम भी असंभव हो जाता है।

भारत के गांवों में ऐसी बात खासकर होती है। यहां पत्नी को पीटना आम बात है। और अगर कोई पति पत्नी को पीटना बंद कर दे तो समझा जाएगा कि उसने प्रेम करना बंद कर दिया है। पत्नियों भी यह जानती हैं कि अगर पति उनकी तरफ बिलकुल अहिंसक हो गए हैं तो उनका प्रेम समाप्त हो गया है। उनका न लड़ना बताता है कि अब उनके बीच प्रेम नहीं रहा। ऐसा क्यों है? लड़ाई-झगड़ा और प्रेम इतने जुड़े हुए क्यों हैं?

ऐसा इसलिए है कि एक ही ऊर्जा भिन्न-भिन्न आयामों में गति कर सकती है, और करती है। तुम इसे प्रेम कह सकते हो या घृणा कह सकते हो। वे परस्पर विरोधी दिखते हैं; लेकिन हैं नहीं। क्योंकि एक ही ऊर्जा का खेल है। जो आदमी भयानक रूप से क्रोध नहीं कर सकता, वह उस प्रेम के लिए बेकार हो जाता है जिसे तुम प्रेम समझते हो।

बुद्ध भी प्रेम करते हैं; लेकिन वह सर्वथा भिन्न प्रेम है। इसीलिए बुद्ध उसे करुणा कहते हैं; वे उसे कभी प्रेम नहीं कहते। वह करुणा से अधिक मिलता-जुलता है, तुम्हारे प्रेम से कम; क्योंकि तुम्हारे प्रेम में घृणा, क्रोध, हिंसा सब निहित है।

तो ऊर्जा गति करती है; वह अपनी दिशा बदल सकती है। एक ही ऊर्जा घृणा बन जाती है, और वही प्रेम बन जाती है। और वही ऊर्जा भीतर की ओर गति कर सकती है। इसलिए जब भी कुछ करने की वृत्ति पैदा हो तो रुक जाओ। यह दमन नहीं है। तुम किसी चीज का दमन नहीं कर रहे हो, तुम सिर्फ ऊर्जा के साथ खेल रहे हो। तुम उसके रंग-ढंग को समझ रहे हो; समझ रहे हो कि वह भीतर कैसे काम करती है।

लेकिन ध्यान रहे, वृत्ति सच्ची और प्रामाणिक हो, अन्यथा कुछ भी नहीं होगा। उदाहरण के लिए, तुम्हें प्यास नहीं है, तुम गिलास की ओर हाथ बढ़ाते हो और अचानक रुक जाते हो। इसमें कुछ नहीं होगा। वहां कुछ होने को नहीं है; वहां ऊर्जा गतिमान ही नहीं है।

तुम अपनी पत्नी या अपने पति या मित्र के प्रति प्रेम अनुभव करते हो, तुम उसे गले लगाना चाहते हो—वहीं रुक जाओ। लेकिन इस वृत्ति को प्रामाणिक होना चाहिए। अगर भाव नहीं हो और तुम किसी की सांत्वना के लिए उसे चूमना चाहते हो कि उसे इसकी अपेक्षा थी और तब रुक जाते हो, तो कुछ भी नहीं होगा। इसलिए कुछ नहीं होगा क्योंकि भीतर में ऊर्जा गतिमान नहीं हुई थी।

इसलिए पहली बात याद रखो कि वृत्ति को प्रामाणिक, वास्तविक होना चाहिए। वास्तविक वृत्ति के साथ ही ऊर्जा गति करती है। और जब एक वास्तविक वृत्ति के साथ ऊर्जा गति करती है, और जब एक वास्तविक वृत्ति अचानक रुकती है, तो ऊर्जा भी स्थगित हो जाती है। और जब ऊर्जा को बाहर जाने का मार्ग नहीं मिलता तब वह भीतर मुड़ जाती है। उसे गति करना ही है; वह स्थिर नहीं रह सकती।

लेकिन हम इतने झूठे हैं कि कुछ भी वास्तविक नहीं मालूम पड़ता। तुम घड़ी देखकर, समय देखकर भोजन करते हो, भूख देखकर भोजन नहीं करते। ऐसे भोजन के पहले रुकने से कुछ नहीं होगा। क्योंकि भूख नहीं थी, भूख की वृत्ति नहीं थी। वहां ऊर्जा गति नहीं करती थी।

तुम अगर एक बजे भोजन लेते हो तो एक बजे तुम्हें भूख महसूस होगी। लेकिन यह भूख झूठी है, यह महज यांत्रिक आदत है—मृत आदत। तुम्हारा शरीर भूखा नहीं है। इस वक्त यदि तुम कुछ न खाओ तो तुम्हें कुछ कमी महसूस होगी। लेकिन अगर एक घंटा बिना खाए रह गए तो भूख विदा हो जाएगी। सच्ची भूख तो बढ़नी चाहिए। अगर भूख सच्ची हो तो दो बजे तुम्हें ज्यादा लगेगी। अगर भूख झूठी हो तो दो बजे तुम उसे बिलकुल भूल जाओगे। यथार्थ में दो बजे भूख नहीं रहेगी। यदि तुम कुछ खाना भी चाहो तो भूख नहीं मालूम होगी। यह झूठी और यांत्रिक भूख थी। उसमें ऊर्जा की गति नहीं थी; सिर्फ मन कहता था कि खाने का समय हो गया है।

वैसे ही अगर तुम्हें नींद लग रही हो तो रुक जाओ। लेकिन नींद सच्ची होनी चाहिए। यही समस्या है। और हमारे लिए यही समस्या है। शिव के समय ऐसा नहीं था। जब विज्ञान भैरव तंत्र का उपदेश पहले पहल दिया गया था तो ऐसा नहीं था। मनुष्य प्रामाणिक था; मनुष्यता सच्ची थी, शुद्ध थी। उसके साथ कुछ भी झूठा नहीं था। हमारे साथ सब कुछ झूठा है। तुम प्रेम का ढोंग करते हो; तुम क्रोध का भी ढोंग करते हो। और ढोंग करते-करते तुम भूल जाते हो कि यह ढोंग है या सच। तुम्हारे भीतर जो है, तुम उसे कभी नहीं कहते, कभी नहीं व्यक्त करते; तुम उसे व्यक्त करते हो जो नहीं है।

तुम अपना निरीक्षण करो, और तुम यही पाओगे। तुम कहते एक बात हो और सोचते बिलकुल दूसरी बात हो। तुम बिलकुल दूसरी बात कहना चाहते थे; लेकिन अगर तुम सच बोल दो तो तुम किसी काम के न रहोगे। कारण यह है कि समूचा समाज झूठा है, और एक झूठे समाज में तुम झूठे होकर ही रह सकते हो। जितने तुम समाज से समायोजित होगे उतने ही झूठे हो जाओगे। और अगर सच्चे होना चाहोगे तो समाज के साथ ताल-मेल नहीं होगा। तुम उखड़े-उखड़े रहोगे।

यही कारण है कि संन्यास का जन्म हुआ। वह झूठे समाज के कारण आया। बुद्ध को समाज का त्याग इसलिए नहीं करना पड़ा कि उसका कोई अपने में अर्थ था। उसका सिर्फ

निषेधात्मक उपयोग था। झूठे समाज के साथ तुम सच्चे नहीं रह सकते। और यदि रहो तो कदम-कदम पर उसके साथ अनावश्यक संघर्ष करना होगा। उससे ऊर्जा नष्ट होती है। झूठे को छोड़ो ताकि तुम सच्चे हो सको, सब संन्यास का बुनियादी कारण यही था।

अपना निरीक्षण करो कि तुम कितने झूठे हो। अपने दोहरे मन को देखो। तुम कहते एक बात हो और सोचते बिलकुल विपरीत बात हो। साथ ही साथ तुम मन में कुछ कह रहे हो और बाहर कुछ और बोल रहे हो।

ऐसी किसी झूठी वृत्ति के साथ ठहरने से यह विधि काम न करेगी। अपने बाबत कुछ प्रामाणिक खोजो, और उसके साथ ठहरने का प्रयोग करो। सब कुछ झूठ नहीं हो गया है; बहुत चीजें अभी भी वास्तविक हैं। सौभाग्य से कभी-कभी प्रत्येक व्यक्ति वास्तविक होता है, किसी-किसी क्षण में प्रत्येक व्यक्ति प्रामाणिक होता है। तब रुको।

तुम क्रोध में हो, और जानते हो कि क्रोध सच्चा है। तुम किसी को नष्ट करने जा रहे हो या अपने बच्चे को पीटने जा रहे हो। वहां रुको। लेकिन किसी प्रयोजन से नहीं। मत कहो कि क्रोध करना बुरा है, इसलिए मैं रुकता हूं। किसी मानसिक सोच-विचार की जरूरत नहीं है। सोच-विचार से ऊर्जा उसमें ही लग जाती है। यह भीतरी व्यवस्था है। अगर तुम कहते हो कि मुझे बच्चे को नहीं मारना चाहिए, क्योंकि इससे उसका कोई लाभ नहीं होने जा रहा है, और इससे मेरा लाभ भी नहीं होगा, यह व्यर्थ है, किसी काम का नहीं है, तो जो ऊर्जा क्रोध बनने जा रही थी, वह सोच-विचार बन जाएगी। जब तुम सारी चीज पर विचार कर लोगे तो क्रोध की ऊर्जा उतर जाएगी और सोच-विचार में प्रवेश कर जाएगी। उस अवस्था में रुकने पर गति करने के लिए ऊर्जा नहीं रहती है। जब तुम क्रोध में हो तो विचार मत करो। यह मत कहो कि भला है या बुरा। कुछ विचार ही मत करो। एकाएक विधि को स्मरण करो और रुक जाओ।

क्रोध शुद्ध ऊर्जा है—न बुरा है न भला। क्रोध भला भी हो सकता है और बुरा भी—यह उसके परिणाम पर निर्भर है, ऊर्जा पर नहीं। यह बुरा हो सकता है, अगर यह बाहर जाए और किसी को नष्ट करे, अगर यह विध्वंसक हो जाए। वही क्रोध सुंदर समाधि में परिणत हो सकता है, अगर वह भीतर मुड़ जाए और वह तुम्हें तुम्हारे केंद्र पर फेंक दे। तब वह फूल बन जाएगा। ऊर्जा मात्र ऊर्जा है—स्वच्छ, निर्दोष, तटस्थ।

तो विचार मत करो। अगर तुम कुछ करने जा रहे हो तो सोचो मत; केवल ठहर जाओ और ठहरे रहो। उस ठहरने में तुम्हें केंद्र की झलक मिलेगी। तुम परिधि को भूल जाओगे और तुम्हें केंद्र दिखने लगेगा।

'जैसे ही कुछ करने की वृत्ति हो, रुक जाओ।'

इसका प्रयोग करो। इस संबंध में तीन बातें स्मरण रखो। एक, प्रयोग तभी करो जब वृत्ति वास्तविक हो। दो, रुकने के संबंध में विचार मत करो, बस रुक जाओ। तीन, प्रतीक्षा करो। जब तुम ठहर गए तो श्वास न चले, कोई गति न हो—बस प्रतीक्षा करो कि क्या होता है। कोई चेष्टा न हो।

जब मैं कहता हूं कि प्रतीक्षा करो तो उससे मेरा मतलब है कि आंतरिक केंद्र के संबंध में विचार करने की चेष्टा मत करो। यदि चेष्टा की तो फिर चूक जाओगे। केंद्र की मत सोचो। मत सोचो कि अब झलक आने को है। कुछ भी मत सोचो। मात्र प्रतीक्षा करो। वृत्ति को, ऊर्जा

को स्वयं गति करने दो। अगर तुम केंद्र ओर आत्मा और ब्रह्म के बारे में विचार करने लगे तो ऊर्जा उसी विचारणा में लग जाएगी।

तुम बहुत आसानी से आंतरिक ऊर्जा को गंवा सकते हो। एक विचार भी उसे गति देने के लिए काफी है। तब तुम सोचते चले जाओगे। जब मैं कहता हूं कि ठहर जाओ तो उसका मतलब है पूरी तरह, समग्ररूपेण ठहर जाओ। कुछ भी गति न हो—मानो कि सारा जगत ठहर गया है; कोई गति नहीं है; केवल तुम हो। उस केवल अस्तित्व में अचानक केंद्र का विस्फोट होता है।

दूसरी विधि :

*जब कोई कामना उठे, उस पर विमर्श करो। फिर, अचानक, उसे छोड़ दो।*

यह पहली विधि का ही दूसरा आयाम है।

'जब कोई कामना उठे, उस पर विमर्श करो। फिर, अचानक, उसे छोड़ दो।'

तुम्हें कोई इच्छा होती है—चाहे वह कामवासना हो, चाहे प्रेम की इच्छा हो, चाहे भोजन की इच्छा हो। तुम्हें इच्छा होती है तो उस पर विमर्श करो। जब यह सूत्र कहता है कि विमर्श करो तो उसका मतलब होता है कि उसके पक्ष या विपक्ष में विचार मत करो, बल्कि देखो कि वह इच्छा क्या है।

मन में कामवासना पैदा होती है और तुम कहते हो कि यह बुरी है। यह विमर्श करना नहीं हुआ। तुम्हें सिखाया गया है कि कामवासना बुरी है। इसलिए उसे बुरा कहना विमर्श नहीं है। तुम शास्त्रों से पूछ रहे हो। तुम अतीत से पूछ रहे हो। तुम गुरुओं और ऋषियों से पूछ रहे हो। तुम स्वयं कामना पर विमर्श नहीं कर रहे हो। तुम किसी और चीज पर विमर्श कर रहे हो। हो सकता है, वह तुम्हारा संस्कार हो, तुम्हारे पालन-पोषण की शैली हो, तुम्हारी शिक्षा हो, तुम्हारी संस्कृति हो, तुम्हारा धर्म हो। तुम उन पर विचार कर रहे हो, कामना पर विमर्श नहीं।

यह सीधी सी चाह पैदा हुई है। इसमें मन को मत बीच में लाओ। अतीत को, शिक्षा को, संस्कार को मत बीच में लाओ। केवल इस चाह पर विमर्श करो कि यह क्या है। अगर वह सब तुम्हारी खोपड़ी से बिलकुल पोंछ दिया जाए जो तुम्हें तुम्हारे समाज से, मां-बाप से, शिक्षा और संस्कृति से मिला है, अगर तुम्हारा मन पोंछकर अलग कर दिया जाए तो भी कामवासना पैदा होगी। क्योंकि यह वासना तुम्हें समाज से नहीं मिलती है। यह वासना जैविक रूप से तुम में बिल्ट इन है। वह तुम में ही है।

उदाहरण के लिए, एक नवजात शिशु को लो। यदि उसे कोई भाषा न सिखायी जाए तो वह भाषा नहीं जानेगा, भाषा के बिना रहेगा। भाषा एक सामाजिक घटना है; वह सिखायी जाती है। लेकिन जब ठीक-समय आएगा तो इस बच्चे को भी कामवासना उठेगी। कामवासना सामाजिक घटना नहीं है; वह जैविक रूप से बिल्ट इंन है। सही और प्रौढ़ क्षण आने पर वह पैदा होगी, वह आएगी। वह सामाजिक नहीं है, जैविक है और गहरी है। वह तुम्हारी कोशिकाओं में ही बिल्ट इन है।

तुम्हारा जन्म कामवासना से हुआ है, इसलिए तुम्हारे शरीर की प्रत्येक कोशिका काम-कोशिका है। तुम काम-कोशिकाओं से बने हो! जब तक तुम्हारी बायोलाजी पूरी तरह न

मिटा दी जाए तब तक कामवासना रहेगी। वह आएगी ही; क्योंकि वह है ही। कामवासना बच्चे के जन्म के साथ-साथ आती है; क्योंकि बच्चा मैथुन की उप-उत्पत्ति है। वह कामवासना से ही पैदा होता है; उसका समूचा शरीर काम-कोशिकाओं से बना है। वासना मौजूद है; सिर्फ समय की जरूरत है। जब उसका शरीर प्रौढ़ होगा तो वासना आएगी, और वह उसमें जाएगा। चाहे कोई तुम्हें सिखाए या न सिखाए कि कामवासना बुरी है, कि कामवासना अच्छी है, कि यह नरक है या स्वर्ग है, यह है या वह है, कामवासना सदा मौजूद है।

पुरानी परंपराएं, पुराने धर्म, खासकर ईसाइयत कामवासना के खिलाफ जोरदार प्रचार करती है। यिप्पी और हिप्पी और अन्य नए संप्रदाय इसके विपरीत आंदोलन चला रहे हैं। वे कहते हैं कि कामवासना शुभ है, कि कामवासना में परम सुख है। वे कहते हैं कि संसार में कामवासना ही असली चीज है।

उसे अशुभ कहो या शुभ, दोनों ही सिखावन हैं। किसी सिखावन के मुताबिक अपनी चाह का विचार मत करो। कामना पर, उसकी शुद्धि में, वह जैसी है, एक तथ्य की तरह विमर्श करो। उसकी व्याख्या मत करो। यहां विमर्श का मतलब व्याख्या नहीं है, तथ्य को तथ्य की तरह देखना है। चाह है, उसे सीधा और प्रत्यक्ष देखो। विचारों और धारणाओं को बीच में मत लो। कोई विचार तुम्हारा नहीं है; कोई धारणा तुम्हारी नहीं है। हर चीज तुम्हें दी गई है; हर धारणा उधार है। कोई विचार मौलिक नहीं है; कोई विचार मौलिक नहीं हो सकता। इसलिए विचार को बीच में मत लो। सिर्फ कामना को देखो कि वह क्या है। ऐसे देखो जैसे कि तुम्हें उसके संबंध में कुछ भी पता नहीं है। उसका साक्षात्कार करो। विमर्श का अर्थ यही है।

'जब कोई कामना उठे, उस पर विमर्श करो।'

उसे तथ्य की तरह देखो; देखो कि वह क्या है। दुर्भाग्य से यह सर्वाधिक कठिन कामों में से एक है। इसके मुकाबले चांद पर जाना कठिन नहीं है, गौरीशंकर पर पहुंचना कठिन नहीं है। चांद पर पहुंचना बहुत जटिल है, अत्यंत जटिल; लेकिन आंतरिक मन के किसी तथ्य के साथ जीने की बात के सामने चांद पर पहुंचना कुछ भी नहीं है। क्योंकि तुम जो भी करते हो उसमें मन बहुत सूक्ष्म रूप से संलग्न रहता है। मन उसमें सदा समाया रहता है, उलझा रहता है।

इस शब्द को देखो, ज्यों ही मैंने कहा कामवासना या संभोग कि तुम तुरंत उसके पक्ष या विपक्ष में कुछ निर्णय ले लेते हो। जिस क्षण मैंने कहा संभोग कि तुम ने व्याख्या कर ली। तुम कहते हो, यह भला है या यह बुरा है। तुम शब्द की भी व्याख्या कर लेते हो।

जब 'संभोग से समाधि की ओर पुस्तक प्रकाशित हुई तो बहुत से लोग मेरे पास आए। उन्होंने कहा कि कृपा कर यह नाम 'संभोग से समाधि की ओर' बदल दीजिए। संभोग शब्द से ही वे घबड़ा जाते हैं। उन्होंने किताब भी नहीं पढ़ी। और वे भी नाम बदलने को कहते हैं जिन्होंने किताब नहीं पढ़ी है। क्यों?

यह शब्द ही तुम्हारे भीतर व्याख्या को जन्म दे देता है। मन ऐसा व्याख्याकार है कि अगर मैंने कहा कि नीबू का रस तो तुम्हारी लार टपकने लगती है। तुमने शब्दों की व्याख्या कर ली। 'नीबू का रस' इन शब्दों में नीबू जैसी कोई चीज नहीं है; लेकिन तुम्हारी लार बहने लगी। अगर मैं कुछ क्षणों के लिए रुक जाऊं तो तुम मुश्किल में पड़ जाओगे। तुम्हें लार को निगलना पड़ेगा। क्या हुआ? मन ने व्याख्या कर ली; मन बीच में आ गया।

जब शब्दों से भी तुम तटस्थ नहीं रह सकते, तुम व्याख्या किए बिना नहीं रह सकते, तो उस समय क्या होगा जब कोई इच्छा उठेगी? इच्छा से अलग रहना, उसका निष्पक्ष निरीक्षक होना, मौन और शांत होकर व्याख्या के बिना उसे देखना तो बहुत कठिन होगा।

मैं कहता हूं, 'यह आदमी मुसलमान है।' जिस क्षण मैं कहता हूं कि यह आदमी मुसलमान है, हिंदू सोच लेता है कि यह आदमी बुरा है। अगर मैं कहूं कि यह आदमी यहूदी है तो ईसाई निर्णय ले लेगा कि यह आदमी अच्छा नहीं है। यहूदी शब्द सुनकर ही ईसाई मन व्याख्या कर लेता है; परंपरागत धारणाएं, दकियानूसी विचार उभरकर ऊपर चले आते हैं। कोई इस यहूदी का विचार नहीं करेगा; एक पुरानी व्याख्या उस पर लाद दी जाएगी।

प्रत्येक यहूदी भिन्न है, प्रत्येक हिंदू भिन्न है और अनूठा व्यक्ति है। तुम किसी हिंदू की व्याख्या सिर्फ इसीलिए नहीं कर सकते क्योंकि तुम और हिंदुओं को जानते हो। तुम यह निर्णय ले सकते हो कि जिन हिंदुओं को मैं जानता हूं वे सभी बुरे हैं। तब भी तुम इस हिंदू को नहीं जानते हो; यह तुम्हारे अनुभव में नहीं आया है। तुम अपने अतीत के अनुभव के आधार पर इस हिंदू की व्याख्या कर रहे हो।

व्याख्या मत करो। व्याख्या विमर्श नहीं है। विमर्श का अर्थ है कि केवल इस तथ्य पर विमर्श करो, केवल इस तथ्य पर; इस तथ्य के साथ जीओ। ऋषियों ने कहा है कि कामवासना बुरी है। हो सकता है कि उनके लिए बुरी रही हो; लेकिन तुम तो नहीं जानते हो। तुममें कामवासना है, और वह कामवासना अभी है। तुम उस पर विमर्श करो, उस पर आंखें गड़ाओ, उस पर अवधान दो।

'फिर, अचानक, उसे छोड़ दो।'

इस विधि के दो हिस्से हैं। पहला कि तथ्य के साथ रहो, जो हो रहा है उसके प्रति सजग रहो, अवधानपूर्ण रहो। देखो कि जब कामवासना पकड़ती है तो तुम्हारे भीतर क्या-क्या घटित होता है। तुम्हारा शरीर ज्वरग्रस्त हो जाता है, कांपने लगता है। तुम्हें लगता है कि कोई विक्षिप्तता तुम में प्रवेश कर रही है। तुम्हें लगता है कि तुम किसी से आविष्ट हो। इसको अनुभव करो, इस पर विमर्श करो; कोई निर्णय न लो। सीधे तथ्य में प्रवेश करो। यह मत कहो कि यह बुरा है। अगर बुरा कहा तो विमर्श समाप्त हो गया, तुम ने द्वार बंद कर दिया। अब कामवासना की ओर तुम्हारी पीठ है, मुंह नहीं। तुम उससे दूर सरक गए। ऐसे तुम ने एक गहरा और कीमती क्षण गंवा दिया, जिसमें तुम अपने जीवन की एक जैविक पर्त का दर्शन कर सकते थे।

तुम अभी जिस पर्त से परिचित हो वह सामाजिक पर्त है, और तुम उससे ही चिपके हो। वह सतही है। कामवासना तुम्हारे शास्त्रों से गहरी है; क्योंकि वह जैविक है। अगर सभी शास्त्र नष्ट कर दिए जाएं—ऐसा हो सकता है, ऐसा कई बार हुआ है—तो तुम्हारी व्याख्या खो जाएगी। लेकिन कामवासना तब भी रहेगी; वह ज्यादा गहरी है।

सतही चीजों को बीच में मत लाओ। तथ्य पर अवधान दो, उसमें प्रवेश करो, और देखो कि तुम्हें क्या हो रहा है। किसी ऋषि विशेष को, मोहम्मद और महावीर को क्या हुआ, वह प्रासंगिक नहीं है। इस क्षण तुम्हें क्या हो रहा है, इस जीवंत क्षण में जो हो रहा है, वह प्रासंगिक है। उस पर विमर्श करो, उसका ही निरीक्षण करो।

और अब दूसरा हिस्सा; यह सचमुच अदभुत है।

▲

शिव कहते हैं: 'फिर, अचानक, छोड़ दो।'

यहां 'अचानक' को याद रखो। यह मत कहो कि यह खराब है, इसलिए छोड़ रहा हूं। यह मत कहो कि यह खराब है, इसलिए इसे नहीं रखूंगा। यह मत कहो कि यह बुरा है, यह पाप है; इसलिए इसके साथ गति नहीं करूंगा, मैं इसे त्याग दूंगा, मैं इसका दमन कर दूंगा। तब तो दमन घटित होगा, ध्यान नहीं घटित होगा। और दमन अपने ही हाथों अपना एक भ्रमित चित्त निर्मित करना है।

दमन मनोवैज्ञानिक प्रक्रिया है; उसके द्वारा तुम समूचे यंत्र को उपद्रव में डाल रहे हो और उन ऊर्जाओं को दबा रहे हो जो किसी न किसी दिन फूटकर बाहर आएंगी। ऊर्जा तो है ही, सिर्फ दमित हो गई है। न इसे बाहर जाने दिया गया है और न भीतर; उसे सिर्फ दमित कर दिया गया है। वह कोने-कातर में छिप गई है, जहां वह पड़ी रहेगी और विकृत होगी।

और स्मरण रहे, विकृत ऊर्जा ही मनुष्य की बुनियादी समस्या है। जो मानसिक रुग्णताएं हैं, वे विकृत ऊर्जा की उप-उत्पत्ति हैं। तब वह ऊर्जा ऐसे ढंगों में अभिव्यक्त होगी, जिसकी कोई कल्पना नहीं हो सकती। और इन विकृतियों में भी वह फिर अपने को अभिव्यक्त: करने की चेष्टा करेगी। और जब वह विकृत रूप में अभिव्यक्त होती है तो बहुत दुख और संताप लाती है। विकृत ऊर्जा की अभिव्यक्ति से संतुष्टि नहीं मिलती है। और अड़चन यह है कि तुम विकृत नहीं रह सकते; तुम्हें विकृति को अभिव्यक्ति देनी होगी। दमन विकृति पैदा करता है। इस सूत्र का दमन से कुछ लेना-देना नहीं है। यह सूत्र यह नहीं कहता कि नियंत्रण करो; यह सूत्र दमन की बात ही नहीं करता है।

यह सूत्र कहता है: 'अचानक, छोड़ दो।'

तो क्या किया जाए? कामना है; कामना पर तुमने विमर्श किया है। अगर कामना पर तुमने विमर्श किया है तो दूसरा भाग कठिन नहीं होगा। तब यह आसान होगा। यदि विमर्श नहीं किया है तो तुम्हारे मन में विचार चलते रहेंगे। मन कहेगा, यह अच्छा है कि कामवासना को हम अचानक छोड़ दें।

तुम छोड़ना चाहोगे। लेकिन वह सवाल नहीं है। यह पसंद तुम्हारी न होकर समाज की हो सकती है। यह पसंद तुम्हारा विमर्श न होकर मात्र परंपरा हो सकती है। इसलिए विमर्श करो। पसंद या गैर-पसंद की बात मत उठाओ। केवल विमर्श करो। और तब दूसरा हिस्सा आसान हो जाएगा। तब तुम कामना को छोड़ सकते हो। कैसे छोड़ सकते हो?

जब किसी चीज पर तुम ने समग्ररूपेण विमर्श किया है तो उसे छोड़ना बहुत आसान हो जाता है। वह इतना ही आसान है जितना मेरे लिए इस कागज को गिराना आसान है। 'इसे छोड़ दो।' क्या होगा? कामना है; उसे तुम ने दबाया नहीं है। कामना है; और वह बाहर जाना चाहती है। वह उठ रही है और उसने तुम्हारे पूरे अस्तित्व को उद्वेलित कर दिया है। सच तो यह है कि जब तुम किसी कामना पर बिना किसी व्याख्या के विचार करोगे तो तुम्हारा पूरा अस्तित्व ही कामना बन जाएगा।

समझो कि कामवासना है और तुम उसके पक्ष या विपक्ष में नहीं हो, उसके संबंध में तुम्हारी कोई धारणा नहीं है, तुम सिर्फ उसे देख रहे हो। तो इस देखने भर से तुम्हारा पूरा अस्तित्व उस कामना में संलग्न हो जाएगा। एक अकेली कामवासना आग की लपट बन

जाएगी। उस लपट में तुम्हारा सारा अस्तित्व जलने लगेगा—मानो कि तुम समग्ररूपेण कामुक हो उठे हो। तब कामवासना काम-केंद्र पर ही सीमित नहीं रहेगी, वह तुम्हारे पूरे शरीर पर फैल जाएगी, तुम्हारे शरीर का एक-एक तंतु कांपने लगेगा। कामना अंगारा बन जाएगी; तब उसे छोड़ दो, उससे अचानक हट जाओ। उससे लड़ो मत, इतना ही कहो कि मैं छोड़ता हूं।

तब क्या होगा? ज्यों ही तुम कहते हो कि मैं छोड़ता हूं, एक अलगाव घटित होता है। तुम्हारा शरीर, कामोत्तप्त शरीर और तुम दो हो जाते हो। अचानक एक क्षण को भीतर उनके बीच जमीन-आसमान की दूरी पैदा हो गई। शरीर तो आवेग से, कामवासना से उद्वेलित है और केंद्र शांत है, मात्र देख रहा है। स्मरण रहे, वहां कोई संघर्ष नहीं है, सिर्फ अलगाव है। संघर्ष में तुम अलग नहीं होते, जब तुम लड़ते हो, तुम लड़ाई के विषय के साथ एक होते हो। तुम जब मात्र छोड़ देते हो तब तुम अलग होते हो, तब तुम इसे देख सकते हो—मानो तुम नहीं, कोई दूसरा देख रहा है।

मेरे एक मित्र बहुत वर्षों तक मेरे साथ थे। वे सतत धूम्रपान करते थे—चेन स्मोकर थे। और जैसा कि सभी धूम्रपान करने करते हैं, मेरे मित्र ने भी निरंतर उससे छूटने की चेष्टा की। किसी सुबह अचानक तय करते कि अब मैं धूम्रपान नहीं करूंगा, और शाम होते-होते फिर पीने लगते। और फिर वे अपराधी अनुभव करते और अपना बचाव करते और तब कुछ दिनों तक धूम्रपान छोड़ने का नाम भी नहीं लेते। फिर वे यह सब भूल जाते और किसी दिन साहस जुटाकर फिर कहते कि अब मैं धूम्रपान नहीं करूंगा। और मैं सिर्फ हंसता, क्योंकि यह घटना इतनी बार दुहर चुकी थी।

फिर वे खुद भी इस दुश्चक्र से ऊब उठे कि धूम्रपान करना और छोड़ना मानो हमेशा-हमेशा के लिए उनका संगी बन गया था। वे गंभीरता से सोचने लगे कि क्या करूं। और तब उन्होंने मुझसे पूछा कि मैं क्या करूं? मैंने उससे कहा कि पहली बात तो यह कि धूम्रपान का विरोध करना छोड़ दो, धूम्रपान करो और मजे से करो। सात दिनों तक इसका कोई विरोध मत करो, इसे स्वीकार कर लो।

उन्होंने कहा कि यह आप क्या कह रहे हैं! मैं इसके विरोध में रहकर भी इसे नहीं छोड़ सकता, और आप इसे स्वीकारने को कहते हैं। तब तो छोड़ने की जरा भी संभावना नहीं रहेगी। मैंने उन्हें समझाया कि तुम शत्रुता का रुख प्रयोग करके देख चुके, निष्फलता ही हाथ लगी। अब मैत्री के रुख का प्रयोग करो। बस सात दिनों के लिए धूम्रपान का विरोध मत करो।

उन्होंने छूटते ही पूछा कि क्या तब धूम्रपान छूट जाएगा? मैंने उनसे कहा: तुम अब भी उसके प्रति शत्रुता का भाव रखते हो। छोड़ने के भाव में ही शत्रुता है। छोड़ने का विचार ही मत करो। क्या कोई मित्र को छोड़ने का विचार करता है? सात दिन तक छोड़ने की बात ही भूल जाओ। धूम्रपान के साथ रहो, उसके साथ सहयोग करो। जितना संभव हो उतने प्रगाढ़ ढंग से, उतने प्रेम के साथ पीओ। जब तुम धूम्रपान कर रहे हो तो उस समय सब कुछ भूलकर धूम्रपान ही हो जाओ। उसके साथ आराम से रहो, उसके साथ संवाद साध लो। सात दिन तक जितना चाहो उतना धूम्रपान करो, छोड़ने की बात ही भूल जाओ।

ये सात दिन उनके लिए विमर्श के दिन बन गए। वे धूम्रपान के तथ्य को सीधा-सीधा देख पाए। वे इसके विरोध में नहीं थे। इसलिए अब वे इसका साक्षात्कार कर सकते थे। जब

तुम किसी व्यक्ति या वस्तु के विरोध में होते हो तो तुम उसका साक्षात्कार नहीं कर सकते। विरोध ही बाधा बन जाता है। तब विमर्श कहां? क्या तुम शत्रु पर विमर्श करते हो? तुम उसे देख भी नहीं सकते, तुम उसकी आंख से आंख नहीं मिला सकते। शत्रु को देखना बहुत कठिन है। तुम उसी व्यक्ति की आंखों में आंख डालकर देख सकते हो जिसे तुम प्रेम करते हो। प्रेम में ही तुम गहरे उतर सकते हो, अन्यथा आंख मिलाना मुश्किल है।

मेरे उन मित्र ने धूम्रपान के तथ्य का गहराई से साक्षात्कार किया। सात दिन तक वे विमर्श करते रहे। उन्होंने विरोध छोड़ दिया था, इसीलिए ऊर्जा सुरक्षित थी। और यह ध्यान बन गया। उन्होंने सहयोग किया और वे धूम्रपान ही बन गए।

सात दिन बाद मेरे मित्र मुझे कहना भी भूल गए कि क्या हुआ। मैं इंतजार कर रहा था कि वे आएंगे और कहेंगे कि सात दिन बीत गए, अब मैं धूम्रपान कैसे छोड़ूं। वे सात दिन की बात ही भूल गए। तीन सप्ताह गुजर गए तो मैंने ही उनसे पूछा कि आप बिलकुल भूल गए क्या? उन्होंने कहा कि यह अनुभव सुंदर रहा, इतना सुंदर कि अब मैं किसी चीज के विषय में सोचना ही नहीं चाहता। पहली बार मैंने तथ्य के साथ संघर्ष नहीं किया, पहली बार मैं सिर्फ अनुभव कर रहा हूं—उसे जो मेरे साथ घटित हो रहा है।

तब मैंने उससे कहा, 'अब जब भी धूम्रपान की वृत्ति पैदा हो, तो उसे छोड़ दो।' उन्होंने फिर नहीं पूछा कि कैसे छोड़ना है। उन्होंने पूरी चीज पर विमर्श किया था, और उससे ही वह पूरी चीज बचकानी दिखने लगी थी। संघर्ष की गुंजाइश ही न रही। तब मैंने उनसे कहा कि अब जब फिर धूम्रपान की चाह पैदा हो तो उसे देखो और उसे छोड़ दो। सिगरेट को अपने हाथ में ले लो, एक क्षण के लिए रुको और तब सिगरेट को छोड़ दो, गिर जाने दो। और सिगरेट के गिरने के साथ-साथ धूम्रपान की वृत्ति को भी गिर जाने दो।

उन्होंने फिर मुझसे नहीं पूछा कि कैसे छोड़ना है। विमर्श सक्षम बना देता है। तुम छोड़ सकते हो। और यदि न छोड़ सको तो मानना कि तुमने तथ्य पर विमर्श नहीं किया, मानना कि तुम उसके विरोध में रहे, सतत सोचते रहे कि कैसे छोड़ा जाए। उस हालत में छोड़ना असंभव है। जब एकाएक वृत्ति पैदा हो और तुम उसे छोड़ दो तो सारी ऊर्जा एक छलांग लेकर भीतर गति कर जाती है।

विधि एक ही है, केवल उसके आयाम भिन्न हैं।

'जब कोई कामना उठे, उस पर विमर्श करो। फिर, अचानक, उसे छोड़ दो।'

तीसरी विधि :

*पूरी तरह थकने तक घूमते रहो, और तब, जमीन पर गिरकर, इस गिरने में पूर्ण होओ।*

वही है, विधि वही है।

'पूरी तरह थकने तक घूमते रहो।'

बस वर्तुल में घूमो। कूदो, नाचो, दौड़ो, जब तक थक न जाओ घूमते रहो। यह घूमना तब तक जारी रहे जब तक ऐसा न लगे कि और एक कदम उठाना असंभव है। लेकिन यह खयाल रखो कि मन कह सकता है कि अब पूरी तरह थक गए। मन की बिलकुल मत सुनो। चलते चलो, दौड़ते रहो, नाचते रहो, कूदते रहो।

▲

मन बार-बार कहेगा कि बस करो, अब बहुत थक गए। मन पर ध्यान ही मत दो। तब तक घूमना जारी रखो जब तक महसूस न हो—विचारना नहीं, महसूस करना महत्वपूर्ण है—कि शरीर बिलकुल थक गया है और अब एक कदम भी उठाना संभव न होगा और यदि उठाऊंगा तो गिर जाऊंगा। जब तुम अनुभव करो कि अब गिरा तब गिरा, अब आगे चला नहीं जा सकता, शरीर भारी और थककर चूर-चूर हो गया है, 'तब, जमीन पर गिरकर, इस गिरने में पूर्ण होओ।' तब गिर जाओ।

ध्यान रहे कि थकना इतना हो कि गिरना अपने आप ही घटित हो। अगर तुमने दौड़ना जारी रखा तो गिरना अनिवार्य है। जब यह चरम बिंदु आ जाए, तब—सूत्र कहता है—गिरो और इस गिरने में पूर्ण होओ।

इस विधि का केंद्रीय बिंदु यही है: जब तुम गिर रहे हो, पूर्ण होओ।

इसका क्या अर्थ है? पहली बात यह कि मन के कहने से ही मत गिरो। कोई आयोजन मत करो। बैठने की चेष्टा मत करो, लेटने की चेष्टा मत करो। पूरे के पूरे गिर जाओ, मानो कि पूरा शरीर एक है और वह गिर गया है। ऐसा न हो कि तुमने उसे गिराया है। अगर तुमने गिराया है तो तुम्हारे दो हिस्से हो गए, एक गिराने वाले तुम हुए और दूसरा गिराया हुआ शरीर हुआ। तब तुम पूर्ण न रहे, खंडित और विभाजित रहे।

उसे अखंडित गिरने दो; अपने को समग्रतः गिरने दो। 'गिरो' शब्द को याद रखो। व्यवस्था नहीं करनी है, मृतबत गिर जाना है। 'इस गिरने में पूर्ण होओ।' अगर इस भांति गिरे तो पहली बार तुम्हें अपने पूरे अस्तित्व का, अपनी पूर्णता का एहसास होगा। पहली बार केंद्र को अखंड, अद्वैत, एक अनुभव करोगे। यह कैसे घटित होगा?

शरीर में ऊर्जा के तीन तल हैं। एक है दैनंदिन कामों का तल। इस तल की ऊर्जा आसानी से चुक जाती है। यह दिनचर्या के कामों के लिए ही है। दूसरा तल आपातकालीन कामों के लिए है, यह ज्यादा गहरा तल है। जब तुम किसी संकट में होते हो तभी इस ऊर्जा का उपयोग करते हो। और तीसरा तल जागतिक ऊर्जा का है, जो अनंत है।

पहले तल की ऊर्जा आसानी से चुक जाती है। यदि मैं तुम्हें दौड़ने को कहूं तो तुम तीन-चार चक्कर लगाकर कहोगे कि मैं थक गया। सच में तुम थके नहीं हो, पहले तल की ऊर्जा समाप्त हो गई है। सुबह में यह इतनी आसानी से नहीं चुकती, शाम में जल्दी चुक जाती है। क्योंकि दिनभर तुमने उसका उपयोग किया है, अब इसे विश्राम की जरूरत है। यही वजह है कि रात में शरीर आराम खोजता है। उसे गहरी नींद की जरूरत होती है। जागतिक ऊर्जा के भंडार से शरीर फिर अगले दिन के काम के लिए जरूरी ऊर्जा ले लेगा। यह पहला तल हुआ।

अभी यदि मैं तुमसे दौड़ने को कह तो तुम कहोगे कि मुझे नींद आ रही है। तभी कोई आता है और कहता है कि तुम्हारे घर में आग लग गई है। अचानक तुम्हारी नींद काफूर हो गई, थकावट जाती रही, तुम ताजा हो गए और दौड़ पड़े। अचानक क्या हुआ? तुम थके थे, लेकिन आपातकाल ने तुम्हें तुम्हारी ऊर्जा के दूसरे तल से जोड़ दिया, और तुम फिर ताजा हो उठे। यह दूसरा तल है।

इस विधि में दूसरे तल की ऊर्जा को चुकाना है। पहला तल बहुत आसानी से चुक जाता है। उसके चुकने पर भी दौड़ते रहो। थकने पर भी दौड़ते रहो। कुछ ही क्षणों में ऊर्जा की

▲

एक नई लहर आएगी और तुम फिर ताजा हो जाओगे और तुम्हारी थकावट चली जाएगी।

अनेक लोग मुझसे आकर कहते हैं कि जब हम साधना शिविर में होते हैं तब एक चमत्कार सा होता है कि हम इतना कर लेते हैं! सुबह में एक घंटा सक्रिय ध्यान, जिसमें हम पूरे पागल की तरह ध्यान करते हैं। पिछले पहर भी एक घंटा ध्यान करते हैं। और फिर रात में भी। तीन-तीन बार हम पागलों की तरह ध्यान करते हैं। अनेक लोगों ने कहा है कि यह हमें असंभव सा लगता है, लगता है कि अब और नहीं चलेगा, लगता है कि अगले दिन हाथ-पांव हिलाना भी असंभव होगा। लेकिन कोई थकता नहीं है। रोज तीन-तीन सत्र, और इतना कठिन श्रम, और इसके बावजूद कोई भी नहीं थकता है। ऐसा क्यों है?

ऐसा इसलिए है कि लोग शिविर में दूसरे तल की ऊर्जा से संबंधित हो जाते हैं। यदि तुम अकेले करो तो थक जाओगे। किसी पहाड़ पर जाकर प्रयोग करके देखो, पहले तल के चुकते ही तुम चुक जाओगे, थक जाओगे। लेकिन एक बड़े समूह में, जहां पांच सौ लोग सक्रिय ध्यान कर रहे हों, बात दूसरी है। तुम्हें लगता है, दूसरे लोग जब नहीं थके हैं तो तुमको भी कुछ देर जारी रखना चाहिए। और हरेक आदमी ऐसा ही सोच रहा है कि जब कोई नहीं थका है तो मुझे भी जारी रखना चाहिए। जब सब कोई ताजा और सक्रिय हैं तो मैं ही क्यों थकान अनुभव करूं?

यह समूह-भाव तुम्हें प्रेरणा देता है, शक्ति देता है, और तुम दूसरे तल पर पहुंच जाते हो। और दूसरा तल बहुत बड़ा है—आपातकालीन तल जो है। और जब आपातकालीन तल चुकता है, तब, और तभी, तुम जागतिक तल से, स्त्रोत से, अनंत से संबंधित होते हो। इसलिए बहुत श्रम की जरूरत है—इतने श्रम की कि तुम्हें लगे कि अब यह मेरे बस के बाहर है।

लेकिन अभी भी यह तुम्हारे वश के बाहर नहीं है। यह सिर्फ तुम्हारे पहले तल की ऊर्जा के वश के बाहर है। जब पहले तल की ऊर्जा चुकती है तो थकावट महसूस होती है। दूसरे तल की ऊर्जा के चुकने पर तुम्हें लगेगा कि अब अगर और ज्यादा किया तो मर जाऊंगा।

अनेक लोग मेरे पास आते हैं और कहते हैं कि जब हम ध्यान की गहराई में उतरते हैं तो एक क्षण आता है कि हम भयभीत हो जाते हैं, आतंकित हो जाते हैं, क्योंकि लगता है कि मृत्यु करीब है, इससे आगे जाने पर मृत्यु निश्चित है।

यह मृत्यु का भय पकड़ता है और लगता है कि ध्यान से बाहर आना नहीं हो सकेगा।

यही वह क्षण है, ठीक क्षण, जब तुम्हें साहस की जरूरत होगी। थोड़ा और साहस, और तुम तीसरे तल में प्रविष्ट हो जाओगे। वह सबसे गहरा तल है—आत्यंतिक, अनंत।

यह विधि तुम्हें ऊर्जा के जागतिक सागर में आसानी से उतारने में सहयोगी है।

'पूरी तरह थकने तक घूमते रहो, और तब, जमीन पर गिरकर, इस गिरने में पूर्ण होओ।'

और जब तुम जमीन पर गिरोगे तो पहली बार तुम पूर्ण हो जाओगे—अद्वैत, एक। कोई विभाजन, कोई द्वैत नहीं रहेगा। विभाजनों वाला मन विदा हो जाएगा, और पहली बार वह सत्ता प्रकट होगी जो अविभाजित है, अविभाज्य है।

आज इतना ही।

18

# प्रामाणिक होना अत्यंत महत्वपूर्ण है

# प्रश्न-सार

1. क्या अभिव्यक्ति की उन्मुक्तता प्रामाणिक होने की ओर एक कदम है?
2. काम-क्रोध आदि पर ध्यान देने से बेचैनी सी क्यों होती है?
3. भावावेग में मूर्च्छा पकड़ती है, तो रुकें कैसे?
4. क्या दीक्षा और गुरु-कृपा विधियों से अधिक महत्वपूर्ण नहीं हैं?

▲

**पहला प्रश्नः**

***पिछली रात आपने कहा कि आधुनिक आदमी क्रोध, हिंसा, कामवासना वगैरह को अभिव्यक्त करने में गैर-प्रामाणिक हो गया है। आप यह भी कहते हैं कि भारत के विद्यार्थी और उसकी युवा पीढ़ी अपने आवेगों की अभिव्यक्ति में पश्चिम की युवा पीढ़ी से बहुत कम उग्र है। क्या इसका अर्थ यह है कि पश्चिम के युवक अपनी अभिव्यक्ति में अधिक प्रामाणिक हो रहे हैं? कामवासना और क्रोध में अभिव्यक्ति की मुक्तता क्या आवेगात्मक अभिव्यक्ति में प्रामाणिक होने की ओर गति की सूचक है?***

यहां कई बातें ख्याल में लेने जैसी हैं। एक, प्रामाणिक होने का अर्थ पूरी तरह तथ्यपूर्ण होना है। आदर्श, सिद्धांत, वाद तुम्हें विकृत करते हैं और एक झूठा मुखौटा देते हैं। तुम चेहरे ओढ़ लेते हो, और तब जो कुछ भी तुम दिखाते हो वह तुम नहीं होते हो। यथार्थ खो जाता है, और तुम अचानक अभिनय ही करते हो। तुम्हारा जीवन जीवन कम, नाटक ज्यादा हो जाता है। तुम कुछ अभिनय करते हो जिसमें तुम्हारी आत्मा नहीं रहती है; जिसमें सिर्फ तुम्हारा समाज, तुम्हारी शिक्षा, संस्कृति और सभ्यता ही होती हैं।

मनुष्य को परिष्कृत किया जा सकता है; लेकिन जितने तुम परिष्कृत होते हो उतने ही तुम कम वास्तविक हो जाते हो। वास्तविक तो तुम्हारी अपरिष्कृत आत्मा है—समाज से अछूती आत्मा।

लेकिन वह खतरनाक है। अगर एक बच्चे को अपने पर ही छोड़ दिया जाए तो वह महज जानवर हो जाएगा; प्रामाणिक तो होगा मगर जानवर होगा; वह आदमी नहीं बनेगा।

यह संभव नहीं है; यह विकल्प संभव नहीं है। हम बच्चे को उस पर ही नहीं छोड़ सकते हैं; हमें कुछ करना होगा। और हम जो भी करेंगे वह उसकी वास्तविक आत्मा को विकृत करेगा। वह बच्चे को आवरण देगा, चेहरे देगा, मुखौटे देगा। वह आदमी बन जाएगा; लेकिन साथ-साथ वह अभिनेता हो जाएगा। वह नकली हो जाएगा, असली नहीं रहेगा। और अगर हम उसे उसके ही ऊपर छोड़ देंगे तो वह जानवर की तरह होगा—प्रामाणिक और वास्तविक—लेकिन वह आदमी नहीं होगा। तो यह एक आवश्यक बुराई है कि हम उसे सिखाएं, उसे परिष्कृत और संस्कारित करें। तब वह आदमी होगा, लेकिन झूठा आदमी होगा।

ध्यान की इन विधियों के साथ तीसरा विकल्प खुलता है। ध्यान की सभी विधियां संस्कार-मुक्त करने की विधियां हैं। जो भी समाज से तुम्हें मिला है वह वापस किया जा सकता है, और तब तुम पशु नहीं रहोगे। तब तुम मनुष्य से भी कुछ अधिक हो ज़ाओगे। तब तुम अतिमानव होगे, और वास्तविक भी। तब तुम पशु नहीं रहोगे।

▲

यह कैसे होता है? बच्चे को शिक्षा और संस्कृति देना जरूरी है। हम उसे उस पर नहीं छोड़ सकते। अगर उसे उसके ऊपर छोड़ दिया जाए तो वह कभी आदमी नहीं होगा। वह जानवर ही रह जाएगा। वह वास्तविक होगा; लेकिन वह संसार से, चेतना के उस आयाम से वंचित रह जाएगा, जो मनुष्य के साथ अस्तित्व में आता है। इसलिए उसे आदमी बनाना ही होगा; हालांकि वह झूठा भी हो जाएगा।

वह झूठा क्यों हो जाएगा? वह झूठा इसलिए हो जाएगा कि उस पर आदमियत ऊपर से थोपी जाएगी। भीतर तो वह जानवर ही रहेगा, और ऊपर से हम उस पर आदमियत आरोपित कर देंगे। फलतः वह विभाजित हो जाएगा, दो में बंट जाएगा। अब जानवर उसके भीतर रहेगा, और आदमी बाहर-बाहर।

यही कारण है कि तुम जो भी कहते हो और जो भी करते हो, उसमें दोहरापन होता है। एक ओर समाज से जो चेहरा मिला है उसे बाहर कायम रखना पड़ता है और दूसरी ओर सतत भीतर के जानवर को भी संतुष्ट रखना पड़ता है। उससे समस्याएं पैदा होती हैं; और हर आदमी बेईमान हो जाता है। तुम जितने आदर्शवादी होगे उतना ही बेईमान होना पड़ेगा। आदर्श कहेगा कि यह करो, और भीतर का जानवर ठीक उसके विपरीत चाहेगा, वह ठीक इसके विपरीत करने को कहेगा। इस हालत में कोई क्या करे?

आदमी अपने को और दूसरों को धोखा दे सकता है। तब वह बाहर झूठा चेहरा ओढ़े रहेगा और भीतर जानवर का जानवर बना रहेगा। वही तो हो रहा है। तुम कामवासना का जीवन जीते हो, लेकिन कभी उसकी चर्चा नहीं करते; चर्चा ब्रह्मचर्य की करते हो। तुम्हारा कामवासना का जीवन अंधेरे में सरक जाता है; समाज से ही नहीं, परिवार से ही नहीं, स्वयं तुम्हारे चेतन मन से भी ओझल हो जाता है। तुम उसे अंधेरे में ऐसे रख देते हो जैसे कि वह तुम्हारे जीवन का हिस्सा ही नहीं है। और तब तुम ऐसे काम किए जाते हो जिनके तुम विरोधी हो; क्योंकि सिर्फ शिक्षा से तुम्हारी जेविक संरचना को नहीं बदला जा सकता।

याद रहे, तुम्हारी बायोलाजी, तुम्हारी जैविक संरचना सिर्फ आदर्श की शिक्षा से नहीं बदली जा सकती है। कोई विद्यापीठ, कोई आदर्शवाद तुम्हारे आंतरिक पशु को नहीं बदल सकता है। भीतर की चेतना तो सिर्फ वैज्ञानिक विधि से बदली जा सकती है। नैतिक सिखावनों से काम नहीं चलेगा; आंतरिक चेतना को समग्रतः बदलने के लिए वैज्ञानिक विधि की जरूरत है। उसके प्रयोग से तुम्हारा दोहरापन मिटेगा, और तुम एक होगे।

पशु अखंड है, एक है। संत भी अखंड है, एक है। लेकिन मनुष्य दोहरा है; क्योंकि वह दोनों के, संत और पशु के बीच में है। तुम यह भी कह सकते हो कि मनुष्य परमात्मा और पशु के बीच में है। मनुष्य ठीक दोनों के मध्य में है। भीतर वह पशु बना रहता है, और बाहर परमात्मा होने का ढोंग करता है। उससे ही तनाव पैदा होता है, संताप पैदा होता है। और तब सब कुछ झूठा हो जाता है।

तो यह हो सकता है कि तुम मनुष्य से नीचे उतरकर जानवर हो जाओ; तब तुम मनुष्य से ज्यादा प्रामाणिक हो जाओगे। लेकिन तब तुम बहुत कुछ गंवा दोगे, परमात्मा होने की संभावना गंवा दोगे। पशु परमात्मा नहीं हो सकता; क्योंकि पशु के पास अतिक्रमण करने के लिए समस्याएं नहीं हैं।

▲

स्मरण रहे कि पशु परमात्मा नहीं हो सकता, क्योंकि उसके पास रूपांतरित करने के लिए कुछ नहीं है। पशु अपने आपसे तृप्त है। उसको कोई समस्या नहीं है, संघर्ष नहीं है; इसलिए अतिक्रमण की बात ही नहीं उठती। पशु चेतन भी नहीं है; हालांकि वह प्रामाणिक है। पशु अचेतन रूप से प्रामाणिक है; उसकी प्रामाणिकता अचेतन है।

कोई जानवर झूठ नहीं बोल सकता है। यह असंभव है। ऐसा इसलिए नहीं है कि जानवर नीति-नियम पालन करता है। जानवर इसलिए झूठ नहीं बोल सकता है कि उसे इस संभावना का पता ही नहीं है कि झूठ भी बोला जा सकता है। जानवर को सच्चा रहना पड़ता है। लेकिन यह सच्चाई उसका चुनाव नहीं है; यह उसकी मजबूरी है। जानवर सच्चा होने का चुनाव नहीं करता है। उसे सच्चा होने के अतिरिक्त कोई विकल्प नहीं है। वह वही हो सकता है जो वह है। उसके लिए झूठा होने की संभावना नहीं है। उसे संभावनाओं का बोध भी नहीं है।

मनुष्य को इन संभावनाओं का बोध होता है। इसलिए केवल मनुष्य ही झूठा हो सकता है। यह प्रगति है, विकास है। मनुष्य झूठा हो सकता है, और इसीलिए वह सच्चा भी हो सकता है। मनुष्य चुनाव कर सकता है। पशु सच्चा होने को बाध्य है। वह उसकी मुक्ति नहीं, दासता है। अगर तुम सच्चे हो तो वह तुम्हारी उपलब्धि है। क्योंकि तुम अगर चाहते तो झूठे हो सकते थे, तुम्हारे झूठे होने की संभावना खुली थी; लेकिन तुम ने उसका चुनाव न करके सच होने को चुना। यह सचेतन चुनाव है।

लेकिन तब आदमी कठिनाइयों में पड़ सकता है। चुनाव करना सदा कठिन है। मन उसे चुनना चाहता है जो सरल हो, जिसमें सबसे कम प्रतिरोध हो। झूठ बोलना सरल है; झूठा होना सरल है। प्रेमपूर्ण दिखाई देना सरल है; सचमुच प्रेमपूर्ण होना कठिन है। मुखौटा निर्मित करना आसान है; आत्मा निर्मित करना बहुत कठिन है। इसलिए आदमी सरल को, आसान को चुनता है; जिसे पूरा करने में कोई प्रयत्न न लगे, कोई त्याग न करना पड़े, वह उसे चुनता है। मनुष्य के साथ स्वतंत्रता आती है। पशु महज गुलाम है। मनुष्य के साथ स्वतंत्रता और चुनाव अस्तित्व में आते हैं। और उनके साथ-साथ आती हैं कठिनाइयां और चिंताएं। मनुष्य के साथ असत्य भी आता है, झूठ भी आता है। तुम धोखा दे सकते हो।

यहां तक यह एक आवश्यक बुराई है। मनुष्य वैसे सरल और शुद्ध नहीं हो सकता जैसे पशु होते हैं। मनुष्य ज्यादा सरल और शुद्ध हो सकता है और वह ज्यादा जटिल और अशुद्ध हो सकता है। वह ज्यादा सरल, ज्यादा निर्दोष हो सकता है; लेकिन वह पशुओं की तरह सरल और शुद्ध और निर्दोष नहीं हो सकता।

पशु की निर्दोषता अचेतन है, और मनुष्य चेतन हो गया है। वह अब दो चीजें ही कर सकता है। वह अपने झूठ को जारी रख सकता है; और इस तरह खंडित रहकर वह सदा अपने द्वंद्व में जी सकता है। या वह पूरी घटना के प्रति, जो हुआ है और जो हो रहा है, उसके प्रति होश से भर सकता है, और वह निर्णय कर सकता है कि झूठ में नहीं जीना है। वह सारे झूठ को छोड़ सकता है। वह त्याग कर सकता है; झूठ से मिलने वाले लाभ का त्याग कर सकता है। तब वह फिर से प्रामाणिक हो जाता है।

पर अब यह प्रामाणिकता पशु की प्रामाणिकता से गुणात्मक रूप से भिन्न है। पशु अचेतन है। उसके बस में कुछ नहीं है; वह प्रकृति के द्वारा प्रामाणिक होने को मजबूर है।

लेकिन मनुष्य प्रामाणिक होने का निर्णय ले सकता है। इसके लिए उसे कोई मजबूर नहीं कर सकता है।

सच तो यह है कि सब कुछ—समाज, संस्कृति, परिवेश—उसे अप्रामाणिक होने के लिए मजबूर कर रहे हैं। इसलिए प्रामाणिक होना उसका अपना निर्णय है। यह निर्णय तुम्हें आत्मा प्रदान करता है, और यह निर्णय तुम्हें स्वतंत्रता देता है। यह आत्मा, यह स्वतंत्रता न कोई पशु प्राप्त कर सकता है और न झूठा आदमी ही प्राप्त कर सकता है।

स्मरण रहे कि जब भी तुम झूठ बोलते हो, धोखा देते हो, या बेईमानी करते हो, तब तुम वैसा करने को बाध्य हो। वह तुम्हारा निर्णय नहीं है—सच्चा निर्णय नहीं है। आखिर तुम झूठ क्यों बोलते हो? परिणाम के भय के कारण, समाज के कारण तुम झूठ बोलते हो। अगर तुम सच-सच कह दो तो तुम्हें दुख भोगना पड़े। तुम झूठ बोलकर दुख से बच जाते हो।

तो असल में समाज तुम्हें झूठ बोलने को मजबूर करता है; वह तुम्हारा अपना चुनाव नहीं है। लेकिन अगर तुम सच बोलते हो तो वह तुम्हारा अपना चुनाव है। कोई तुम्हें सच बोलने को मजबूर नहीं कर रहा है; उलटे सब कुछ तुम पर झूठ कहने के लिए, बेईमान होने के लिए दबाव दे रहा है। इसलिए झूठ और बेईमानी में सुविधा है, सुरक्षा है। तब तुम सत्य चुनकर खतरा मोल ले रहे हो। लेकिन यह तुम्हारा चुनाव है। और इस चुनाव के साथ पहली बार तुम आत्मवान बनते हो।

तो पशु और मनुष्य की प्रामाणिकता में गुणात्मक भेद है। मनुष्य की प्रामाणिकता सचेतन चुनाव से आई है। बुद्ध प्रामाणिक हैं; और उस अर्थ में वे पशु से मिलते-जुलते हैं—सिर्फ एक भेद के साथ। बुद्ध पशु की भांति सरल, शुद्ध और निर्दोष हैं; लेकिन यह भेद है कि वे बोधपूर्ण हैं। उनकी प्रामाणिकता बोधपूर्ण चुनाव है; वे सजग हैं, सावचेत हैं।

प्रश्न है: 'क्या इसका यह अर्थ है कि पश्चिम का युवक अधिक प्रामाणिक हो रहा है?' एक अर्थ में, हां। वह ज्यादा प्रामाणिक हो रहा है; क्योंकि वह पशु की ओर झुक रहा है। यह चुनाव नहीं है; बल्कि यह सरलतम उपाय है—वापस गिर जाना। पश्चिम का युवक इस अर्थ में पूरब के युवक से ज्यादा प्रामाणिक है कि अब वह पशुता में ज्यादा गहरे उतर रहा है। पूरब का युवक झूठा है; उसका व्यवहार सच्चा नहीं है, बनावटी है, नकली है।

लेकिन केवल ये दो ही विकल्प नहीं हैं। पूरब का युवक झूठा है, सुसंस्कृत है, परिष्कृत है; वह वह होने को मजबूर हुआ है जो वह यथार्थतः नहीं है। पश्चिम के युवक ने इसके खिलाफ बगावत की है, और वह बगावत पशु की प्रामाणिकता के पक्ष में है।

यही कारण है कि सेक्स और हिंसा ने पश्चिम के युवकों को अधिकाधिक अपनी जकड़ में ले लिया है। एक तरफ से वे ज्यादा प्रामाणिक हैं तो दूसरी तरफ से वे एक बड़ी संभावना चूक रहे हैं।

बुद्ध भी बगावत में हैं और हिप्पी भी बगावत में हैं, लेकिन दोनों की बगावत में फर्क है। उनकी गुणवत्ता भिन्न है। बुद्ध भी संस्कारों के खिलाफ बगावत करते हैं, लेकिन यह बगावत संस्कारों के पार ले जाती है—उस एकता की ओर ले जाती है जो पशु और मनुष्य दोनों से ऊंची है। तुम विद्रोह करके नीचे भी जा सकते हो, पशु हो सकते हो। वह भी एकता की ओर जाना है। लेकिन यह एकता मनुष्य से निचले तल की एकता है।

लेकिन एक ढंग से यह विद्रोह अच्छा है, शुभ है। क्योंकि एक बार विद्रोह की बात मन में उठ जाए तो वह दिन दूर नहीं है जब तुम समझ लोगे कि यह विद्रोह प्रतिगामी है। विद्रोह तो वह चाहिए जो आगे ले जाए। पश्चिम का युवक देर-अबेर समझेगा कि उसका विद्रोह तो ठीक है, लेकिन उसकी दिशा गलत है। और तब पश्चिम में एक नई मनुष्यता का जन्म संभव हो जाएगा। इस अर्थ में पूरब का नकलीपन किसी काम का नहीं है। प्रामाणिक होना, बगावती होना उससे बेहतर है। बगावती मन को यह जानने में देर नहीं लगती कि उसकी दिशा गलत है। लेकिन एक नकली युवक सदियों तक नकली बना रह सकता है और उसे पता भी नहीं चलेगा कि बगावत की और आगे जाने की संभावना है।

लेकिन इन दोनों में चुनाव करने जैसा कुछ नहीं है। तीसरा विकल्प ही मार्ग है। मनुष्य को संस्कार के खिलाफ विद्रोह करना है, और आगे जाना है। अगर तुम नीचे गिर जाओ तो भी तुम्हें विद्रोह करने का सुख होगा। लेकिन तब वह विद्रोह सृजनात्मक नहीं, विध्वंसक होगा।

धर्म गहनतम क्रांति है। लेकिन इस पर तुम ने इस ढंग से विचार न किया होगा। हम धर्म को सर्वाधिक रूढ़ि की तरह लेते हैं—पारंपरिक, रूढ़। लेकिन धर्म रूढ़ि नहीं है, परंपरा नहीं है। धर्म मनुष्य की चेतना में सर्वाधिक क्रांतिकारी तत्व है, क्योंकि यह उस एकता की ओर ले जाता है जो पशु और मनुष्य दोनों से ऊंची है।

ये विधियां उसी क्रांति से संबंध रखती हैं। इसलिए जब शिव कहते हैं कि प्रामाणिक होओ तो उनका यही मतलब है कि नकली मत बनो, झूठे मत बनो। अपने झूठे व्यक्तित्व के प्रति, अपने आवरणों और मुखौटों के प्रति सजग होओ और प्रामाणिक रहो। तुम जो कुछ भी हो, पहले उसको ठीक से देख लो।

असली समस्या यह है कि तुम अपने ही छलावों से छले जाते हो। तुम करुणा की बात करते हो। भारत में करुणा की, अहिंसा की बहुत चर्चा होती है; यहां हरेक आदमी अपने को अहिंसावादी समझता है। लेकिन अगर तुम किसी के कामों को देखो, उसके संबंधों को, उसके उठने-बैठने को देखो, तो तुम पाओगे कि वह हिंसा से भरा है। लेकिन उसे पता नहीं है कि मैं हिंसक हूं। वह अपनी अहिंसा में भी हिंसक हो सकता है। अगर वह दूसरों को अहिंसक होने के लिए मजबूर करता है तो वह हिंसक है। अगर वह खुद को भी अहिंसक बनाने के लिए जबरदस्ती करता है तो वह हिंसक है।

प्रामाणिक होने का अर्थ है कि तुम समझो कि तुम्हारे मन की यथार्थ स्थिति क्या है। विचार और सिद्धांत को नहीं समझना है, मन की स्थिति को जानना है। तुम्हारे मन की स्थिति क्या है? तुम हिंसक हो? क्रोधी हो? क्या हो? जब शिव प्रामाणिक होने को कहते हैं तो उनका यही मतलब है। जानो कि तुम्हारी असलियत क्या है, तथ्य क्या है। क्योंकि केवल तथ्य ही बदला जा सकता है, कल्पना या झूठ नहीं बदले जा सकते। अगर तुम्हें अपने को रूपांतरित करना है तो तुम्हें अपनी असलियत से परिचित होना होगा। तुम झूठ को नहीं बदल सकते।

अगर तुम हिंसक हो और सोचते हो कि मैं अहिंसक हूं तो उस हालत में तुम्हारे रूपांतरण की कोई संभावना नहीं है। जो अहिंसा कहीं नहीं है, तुम उसे बदल नहीं सकते। और हिंसा है; लेकिन तुम उसके प्रति बेहोश हो। फिर उसे कैसे बदल सकोगे? इसलिए पहले तथ्यों को वैसे जानो जैसे वे हैं।

तथ्यों को कैसे जाना जाए? बिना किसी व्याख्या के तथ्यों को देखो, उनका साक्षात्कार करो। यही कल के सूत्र में कहा गया था: विमर्श करो। तुम्हारा नौकर कमरे में आया है; तुम उसे कैसे देखते हो, इस पर विमर्श करो। तुम्हारा मालिक दफ्तर में आया है; तुम उसे कैसे देखते हो, इस पर विमर्श करो। देखो कि जिस निगाह से तुम नौकर को देखते हो, क्या उसी निगाह से मालिक को भी देखते हो? क्या तुम्हारी निगाह वही है या इसमें कोई फर्क है?

अगर कोई फर्क है तो तुम हिंसक आदमी हो। तुम मनुष्य को मनुष्य की तरह नहीं देखते हो; तुम्हारी दृष्टि में व्याख्या है। अगर वह धनवान है तो तुम एक ढंग से देखते हो, और अगर वह गरीब है तो दूसरे ढंग से। तुम्हारी निगाह में अर्थशास्त्र होता है। तुम्हारे ठीक सामने जो आदमी है तुम उसे नहीं देखते, तुम उसके बैंक बैलेंस को देखते हो। अगर तुम्हारे सामने कोई गरीब आदमी है तो तुम्हारी निगाह में हिंसा भरी रहती है, अपमान रहता है, हिकारत रहती, है। धनी आदमी के लिए तुम्हारी निगाह में सगहना और स्वागत होता है। तुम जो भी करते हो उससे तुम्हारा गहरा लगाव रहता है, उसके लिए तुम फिक्रमंद रहते हो।

तुम जरा अपनी फिक्र को तो देखो। तुम अपने बेटे या बेटी से नाराज हो और तुम कहते हो कि मेरा क्रोध उसके हित में है, उसके भले के लिए है। इसमें जरा गहरे उतरो और परखो कि यह बात कितनी सच है। तुम्हारे बेटे ने तुम्हारी आज्ञा नहीं मानी है, और तुम नाराज हो; लेकिन तुम कहते हो कि मैं उसे उसके हित में बदलना चाहता हूं। लेकिन भीतर देखो और तथ्य पर विचार करो। क्या यह तथ्य है कि तुम उसके हित की सोच रहे हो? या तुम उसकी अवज्ञा के कारण अपमानित अनुभव करते हो?

सच तो यह है कि तुम्हें चोट लगी है; क्योंकि बेटे ने तुम्हारी आज्ञा नहीं मानी है। तुम्हारे अहंकार को चोट लगी है; क्योंकि बेटे ने तुम्हारी नहीं सुनी है। तथ्य तो यह है कि तुम्हारा अहंकार आहत हुआ है। और तुम कह रहे हो कि ऐसी बात नहीं है। तुम कहते हो कि मैं अपने बेटे की भलाई के लिए क्रोध करता हूं। यह सिर्फ बेटे के हित में किया गया क्रोध है। तुम कैसे क्रोध कर सकते हो। तुम तो प्रेमपूर्ण पिता हो, इसलिए क्रोध कर रहे हो। तुम अपने बेटे को इतना प्रेम करते हो और चूंकि वह गलत रास्ते पर जा रहा है, इसलिए प्रेम के कारण क्रोध करके तुम उसे बदलना चाहते हो। तुम कहते हो कि मेरा क्रोध एक अभिनय है। लेकिन क्या यह तथ्य है? क्या तुम अभिनय कर रहे हो? या तुम इसलिए दुखी हो कि बेटे ने तुम्हारी आज्ञा नहीं मानी? क्या तुम्हें इस बात का पक्का भरोसा है कि जो तुम कहते हो या करते हो वह उसके हित में है?

अपने भीतर उतरो और तथ्य का निरीक्षण करो, तथ्य पर विमर्श करो और प्रामाणिक होओ। यदि उसकी अवज्ञा से तुम्हें चोट लगी है तो इस बात को भलीभांति जानना चाहिए, स्वीकार करना चाहिए। इसको ही प्रामाणिकता कहते हैं। और तभी तुम अपने को बदल सकते हो। क्योंकि तथ्य ही बदले जा सकते हैं, झूठ नहीं। जो कुछ भी तुम कहते हो या करते हो, उसका निरीक्षण खूब गहराई में उतरकर करो। तथ्यों को आंखें गड़ाकर देखो; व्याख्या और शब्दों को उन्हें रंगने मत दो।

इस विमर्श से तुम धीरे-धीरे प्रामाणिक हो जाओगे। और यह प्रामाणिकता पशु की नहीं, संत की प्रामाणिकता होगी। जितना ही तुम जानोगे कि मैं कितना कुरूप हूं, जितना ही

जानोगे कि मैं कितना हिंसक हूं, जितना ही तुम अपने भीतर प्रवेश करके तथ्यों को देखोगे और अपनी मूर्खताओं को समझोगे, उतने ही तुम जागरूक होते जाओगे। यह जागरूकता ही काम देगी। तब धीरे-धीरे तुम्हारी कुरूपता मुर्झाकर मिट जाएगी। अगर तुम अपनी करूपता के प्रति जागरूक हो तो वह कुरूपता नहीं बचेगी।

लेकिन यदि तुम चाहते हो कि तुम्हारी कुरूपता बनी रहे तो उससे आंखें फेर लो, उसके प्रति बेहोश हो जाओ, और अपने चारों ओर सौंदर्य ही सौंदर्य का आवरण, दिखावा खड़ा कर लो। तब तुम्हें अपनी कुरूपता का प्रत्यक्ष दर्शन नहीं होगा। दूसरे सब उसे देखेंगे, लेकिन तुम नहीं। और यही समस्या है। तुम्हारा बेटा देखेगा कि पिताजी मेरे लिए नहीं, बल्कि अपने लिए नाराज हैं। वे इसलिए नाराज हैं कि उनकी अवज्ञा हुई है और उन्हें चोट पहुंची है। तुम्हारे बेटे को यह बात स्पष्ट दिखाई देगी। तुम अपनी कुरूपता को अपने से भला छिपा लो, दूसरों से नहीं छिपा पाओगे। तुम्हारा चेहरा सबको बता देगा कि तुम हिंसा से भरे हो। तुम अपने को धोखा दे सकते हो कि मैं करुणा कर रहा हूं।

यही कारण है कि हरेक आदमी समझता है कि मैं बहुत महान व्यक्ति हूं, यद्यपि कोई उससे राजी नहीं होता है। तुम्हारी पत्नी तुमसे राजी नहीं है कि तुम महान व्यक्ति हो। तुम्हारे बच्चे भी तुमसे इस बात पर राजी नहीं हैं। तुम्हारे मित्र भी तुमसे राजी नहीं हैं।

रूस में एक लोकोक्ति है कि अगर हर कोई अपने मन की बात पूरी की पूरी प्रकट कर दे तो सारी पृथ्वी पर चार मित्र भी नहीं मिलेंगे। असंभव हैं। तुम्हारा मित्र जो तुम्हारे बारे में सोचता है वह तुम्हें नहीं बताता है। इससे ही मित्रता कायम रहती है। लेकिन वह तुम्हारी पीठ पीछे सब कुछ कहता है। और तुम भी उसकी पीठ पीछे अपने मित्र के संबंध में सब कुछ कहते हो। कोई एक-दूसरे को सच्ची बात इसलिए नहीं कहता कि तब मित्रता की संभावना समाप्त हो जाएगी।

क्यों? क्यों कोई तुम्हारे साथ सहमत नहीं है? कारण यह है कि तुम अपने को धोखा दे सकते हो, लेकिन दूसरों को धोखा नहीं दे सकते। सिर्फ आत्म-प्रवंचना संभव है। और जब तुम सोचते हो कि मैं दूसरों को धोखा दे रहा हूं तो भी तुम अपने को ही धोखा दे रहे हो। हो सकता है कि दूसरे तुम्हें धोखा दें, हो सकता है कि तुम दूसरों को धोखा दो, क्योंकि कभी-कभी जान-बूझकर धोखा खाना सुविधाजनक होता है। हो सकता है कि धोखा खाना उस व्यक्ति के लिए लाभदायक हो।

तुम किसी से अपनी महानता की चर्चा करते हो। हर कोई प्रत्यक्ष या अप्रत्यक्ष अपनी महानता का बखान करता है। तो कोई व्यक्ति तुम्हारे साथ सहमत हो जा सकता है कि तुम महान हो। अगर यह बात उसके लाभ की है तो वह तुम्हें यह समझने का भ्रम देगा कि तुम उसे धोखा दे रहे हो। लेकिन वह अपने भीतर जानता है कि तुम कौन हो। तुम किसी को तब तक धोखा नहीं दे सकते जब तक वह धोखा खाने को राजी न हो। लेकिन यह और बात है।

प्रामाणिकता से मेरा मतलब है कि तुम अपनी असलियत को स्मरण रखो, कि तुम असलियत को व्याख्याओं से बचाओ। व्याख्याओं से बाहर निकलो। व्याख्याओं को अलग करो और सीधे इस तथ्य को देखो कि तुम क्या हो। और डरो मत। तुममें बहुत कुछ कुरूप है। अगर तुम डरोगे तो उसे बदल न पाओगे। कुरूपता है तो उसे स्वीकार करो, उस पर विमर्श करो।

विमर्श का यही अर्थ है: तथ्य को उसकी समग्र नग्नता में देखो। उसके चारों तरफ घूमो, उसकी जड़ तक जाओ। उसका विश्लेषण करो, देखो कि वह कौन है, तुम उसकी सहायता किस तरह करते हो, किस तरह तुम उसे पोषण देते हो, संरक्षण देते हो और देखो कि कैसे वह बढ़कर बीज से वृक्ष हो गया है। अपनी कुरूपता को, अपनी घृणा और हिंसा को कैसे मैंने निर्मित किया है, कैसे उन्हें विस्तार दिया है, यह सब देखो। उनकी जड़ों को देखो। उनकी समग्रता में देखो।

और शिव कहते हैं कि अगर तुम समग्रता से विमर्श करो तो तुम अपनी कुरूपता से तुरंत, इसी क्षण मुक्त हो सकते हो। क्योंकि तुमने ही उसे पैदा किया है, तुमने ही उसे संरक्षण दिया है, तुमने ही उसे अपने भीतर जड़ें जमाने में मदद की है। यह तुम्हारा सृजन है। तुम उसे इसी क्षण छोड़ सकते हो। तुम इसी क्षण उससे मुक्त हो सकते हो। तब उस पर दुबारा नजर डालने की जरूरत न रहेगी।

लेकिन इसके पहले तुम्हें उसे जानना होगा कि वह क्या है। तुम्हें उसके पूरे यंत्र को, उसकी पूरी जटिलता को जानना होगा। और जानना होगा कि कैसे क्षण-क्षण तुम उसे अपना सहयोग देते हो।

यदि कोई तुम्हारा अपमान करता है तो तुम्हारी प्रतिक्रिया क्या होती है? क्या तुमने कभी सोचा है कि वह व्यक्ति सही भी हो सकता है? नहीं सोचा है तो सोचो। देखो। वह सही हो सकता है। संभावना तो यही है कि तुम्हारे संबंध में वह तुमसे ज्यादा सही हो; क्योंकि वह तुमसे अलग है, तुमसे दूर है, वह निरीक्षण कर सकता है।

तो प्रतिक्रिया मत करो। रुको। उसको कहो कि तुमने जो कहा है उस पर मैं विमर्श करूंगा। तुमने मेरा अपमान किया, मैं इस तथ्य पर मनन करूंगा। तुम सही भी हो सकते हो। और अगर तुम सही निकले तो मैं तुम्हें धन्यवाद दूंगा। मुझे विमर्श करने दो। यदि मैंने पाया कि तुम गलत थे तो मैं तुम्हें खबर कर दूंगा।

लेकिन प्रतिक्रिया मत करो। प्रतिक्रिया भिन्न बात है। अगर तुम मेरा अपमान करते हो तो प्रतिक्रिया करने की बजाय मैं तुमसे कहूंगाः 'रुको। सात दिन के बाद फिर आओ। तुमने जो कहा है मैं उस पर विमर्श करूंगा। तुम सही हो सकते हो। मैं अपने को तुम्हारी जगह रखूंगा, और तब दूरी से अपना निरीक्षण करूंगा। तुम सही हो सकते हो। इसलिए मुझे तथ्य को देखने दो। यह तुम्हारी कृपा थी कि तुमने मुझे बताया; मैं उस पर विमर्श करूंगा। और यदि मुझे लगा कि तुम ठीक थे तो मैं तुम्हें धन्यवाद दूंगा। और यदि तुम गलत निकले तो मैं कह दूंगा कि तुम गलत हो।' लेकिन प्रतिक्रिया की क्या जरूरत है?

जब तुम मेरा अपमान करते हो तो मैं क्या करता हूं? मैं भी तुरंत ही तुम्हारा अपमान कर देता हूं। यह मेरी प्रतिक्रिया हुई। अपमान के बदले अपमान। लेकिन ऐसा करके मैं विमर्श से चूक जाता हूं। और स्मरण रहे कि प्रतिक्रिया कभी सही नहीं हो सकती। अगर तुम मेरा अपमान करते हो तो तुम मेरे क्रोध की एक संभावना पैदा करते हो। और जब मैं क्रोध करता हूं तो मैं होश में नहीं हूं। मैं तुम्हारे संबंध में कोई ऐसी बात कहता हूं जिसे मैंने कभी सोचा भी नहीं था। और यह भी संभव है कि अभी अपमान के बदले में मैं तुम्हारा अपमान करूं और अगले ही क्षण मुझे इसके लिए पश्चात्ताप होने लगे।

▲

तो प्रतिक्रिया मत करो। तथ्यों पर विमर्श करो। और यदि विमर्श समग्र है तो तुम किसी भी वृत्ति से मुक्त हो सकते हो। यह तुम्हारे हाथ की बात है। वृत्ति है; क्योंकि तुम उससे चिपके हुए हो। तुम चाहो तो उसे इसी क्षण छोड़ सकते हो।

और स्मरण रहे, यह दमन नहीं होगा। जब किसी तथ्य के प्रति तुम विमर्श से भरते हो तो उसमें दमन नहीं होता है। या तो तुम उसे पसंद करते हो और जारी रखते हो, और या तुम उसे नापसंद करते हो और छोड़ देते हो।

**दूसरा प्रश्न :**

***पिछली रात जिस विधि की चर्चा हुई उसके अनुसार जब क्रोध, हिंसा या कामवासना का उदय हो तो उस पर विमर्श करना चाहिए और तब अचानक उसे छोड़ देना चाहिए। लेकिन जब कोई यह प्रयोग करता है तो कभी-कभी उलझन और बेचैनी सी अनुभव होती है। इन नकारात्मक भावों के कारण क्या हैं?***

एक ही कारण है, वह है विमर्श का समग्र न होना। हरेक व्यक्ति क्रोध को समझे बिना क्रोध छोड़ना चाहता है। हरेक व्यक्ति कामवासना को समझे बिना कामवासना से मुक्त होना चाहता है। लेकिन समझ के बिना क्रांति संभव नहीं है। समझ के बिना तुम अपनी समस्याएं बढ़ा लोगे, तुम अपने दुख बढ़ा लोगे।

छोड़ने की बात मत सोचो; सोचो कि कैसे समझें। छोड़ना नहीं, समझना है। त्याग नहीं, बोध। किसी चीज को छोड़ने के लिए उस पर सोच-विचार करने की जरूरत नहीं है; जरूरत है उस चीज की उसकी समग्रता समझने की। अगर तुमने समग्रता से समझ लिया तो रूपांतरण उसका परिणाम है। यदि यह चीज तुम्हारे लिए, तुम्हारे होने के लिए शुभ है तो वह बढ़ेगी, और यदि अशुभ है तो वह विसर्जित हो जाएगी। तो असल बात छोड़ना नहीं है, असली बात है समझना।

तुम क्रोध को क्यों छोड़ना चाहते हो? क्यों? क्योंकि तुम्हें सिखाया गया है कि क्रोध बुरा है। लेकिन क्या तुमने भी समझा है कि क्रोध बुरा है? क्या तुम अपनी गहन अंतर्दृष्टि के जरिए इस वैयिक्तक निष्पत्ति पर पहुंचे हो कि क्रोध बुरा है? अगर तुम अपनी ही आंतरिक खोज के द्वारा इस निष्पत्ति पर पहुंचे हो तो छोड़ने की जरूरत नहीं रहेगी; वह चीज अपने आप ही विदा हो जाएगी। यह जानना पर्याप्त है कि यह जहर है। तब तुम दूसरे ही आदमी हो।

लेकिन तुम सोचे चले जाते हो कि छोड़ना है, त्याग करना है। यह इसलिए कि दूसरे लोग कहते हैं कि क्रोध बुरा है, और तुम उनसे महज प्रभावित हो गए हो। नतीजा यह है कि तुम सोचते हो कि क्रोध बुरा है; लेकिन जब मौका आता है तो क्रोध करने से चूकते नहीं हो। ऐसे ही एक दोहरा चित्त निर्मित होता है; तुम क्रोध में भी होते हो और सोचते हो कि वह बुरा है। यही अप्रामाणिकता है। अगर तुम सोचते हो कि क्रोध बुरा है और अगर तुम कहते हो कि क्रोध बुरा है, तो समझने की कोशिश करो कि यह तुम्हारा निजी बोध है या किसी दूसरे व्यक्ति ने ऐसा कहा है।

दूसरों के कारण प्रत्येक आदमी अपने इर्द-गिर्द संताप इकट्ठा कर रहा है। कोई कहता

है कि यह बुरा है; और कोई कहता है कि नहीं, यह अच्छा है। और ऐसे सब लोग अपने-अपने विचार तुम पर लाद रहे हैं। मां-बाप यही कर रहे हैं; समाज यही कर रहा है। और तब एक दिन तुम दूसरों के विचारों के गुलाम भर हो जाते हो। और तुम्हारा स्वभाव और दूसरों के विचार तुम्हारे भीतर विभाजन पैदा कर देते हैं; तुम स्कीजोफ्रेनिया के, खंडित-चित्तता के शिकार हो जाते हो। तब तुम करोगे कुछ, और मानोगे कुछ और ही।

कृत्य और मान्यता के इस विभाजन से अपराध-भाव पैदा होता है। प्रत्येक व्यक्ति अपराधी अनुभव करता है। ऐसा नहीं है कि प्रत्येक व्यक्ति अपराधी है, लेकिन इस दोहरे चित्त के कारण हर आदमी अपराधी अनुभव करता है।

सब कहते हैं कि क्रोध बुरा है। सबने तुमसे भी यही कहा है। लेकिन किसी ने तुमको यह नहीं बताया कि क्रोध क्या है और इसे कैसे जानें। हर कोई कहता है कि कामवासना बुरी है। लोग सिखाए चले जा रहे हैं कि कामवासना बुरी है। लेकिन कोई यह नहीं बताता कि कामवासना क्या है और इसे कैसे जानें।

यह प्रश्न अपने बाप से पूछो और वह बेचैन हो जाएगा, वह कहेगा कि यह प्रश्न मत पूछो। वह तुम्हें नहीं बताएगा कि कामवासना क्या है, वह तुम्हें नहीं बताएगा कि तुम संसार में कैसे आए। वह खुद कामवासना से गुजरा है, अन्यथा तुम पैदा ही नहीं होते। लेकिन अगर तुम पूछोगे तो वह बेचैन होगा, क्योंकि उसे भी किसी ने नहीं बताया है कि कामवासना क्या है। उसके मां-बाप ने भी उसे नहीं बताया कि कामवासना बुरी क्यों है।

तुम्हें कोई नहीं बताएगा कि कामवासना क्या है, उसे कैसे जाना जाए, उसमें कैसे गहरे उतरा जाए। लोग इतना ही कहते रहते हैं कि फलां चीज अच्छी है और फलां चीज बुरी है। और इसी लेबलिंग से दुख पैदा होता है, नरक पैदा होता है।

तो किसी भी साधक के लिए, सच्चे साधक के लिए एक बात याद रखने योग्य है, एक बुनियादी बात समझने योग्य है कि मुझे सदा अपने तथ्यों के साथ जीना चाहिए। उन्हें जानने की चेष्टा करो। समाज को अपना आदर्श अपने ऊपर मत लादने दो। दूसरों की आंखों से अपने को मत देखो। तुम्हें आंखें हैं, तुम अंधे नहीं हो। और तुम्हारे आंतरिक जीवन के तथ्य तुम्हारे पास हैं। आंखों को काम में लाओ। विमर्श का यही अर्थ है। और अगर विमर्श हो तो यह समस्या नहीं रह जाती।

लेकिन विमर्श करते हुए कोई कभी-कभी उलझन और बेचैनी महसूस कर सकता है। अगर तुमने तथ्यों को नहीं समझा है तो तुम्हें बेचैनी मालूम होगी। क्योंकि यह सूक्ष्म दमन है। तुम पहले से जानते हो कि क्रोध बुरा है। और मैं तुमसे कहता हूं कि इस पर विमर्श करो तो तुम विमर्श भी इसलिए करते हो कि उससे छुटकारा मिले। छुटकारे की बात सदा तुम्हारे मन में बनी रहती है।

एक बूढ़े व्यक्ति, उनकी उम्र साठ के करीब होगी, मेरे पास आए थे। वे बहुत धार्मिक किस्म के व्यक्ति हैं; धार्मिक ही नहीं, किसी किस्म के नेता भी हैं। वे बहुत लोगों के गुरु हैं, और उन्होंने अनेक पुस्तकें लिखी हैं। वे सदा नीति की शिक्षा देते रहते हैं। और अब साठ साल की उम्र में मेरे पास आकर कहते हैं, 'आप ही वह आदमी हैं जिनसे मैं अपनी असली समस्या कह सकता हूं, कामवासना से मुक्ति कैसे हो?'

▲

और मैंने उन्हें कामवासना से उत्पन्न होने वाले दुखों पर भाषण करते सुना है। उन्होंने इस पर किताबें लिखी हैं; और अपने बेटे-बेटियों को बहुत सताया है।

यदि तुम किसी को सताना चाहते हो तो नैतिकता सबसे अच्छा और सरल उपाय है। उसके जरिए तुम दूसरे व्यक्ति में अपराध-भाव पैदा कर देते हो। यह सबसे सूक्ष्म यातना है; ब्रह्मचर्य की चर्चा करो और तुरंत अपराध-भाव पैदा हो जाता है। कारण यह है कि ब्रह्मचारी रहना बहुत कठिन है; इसलिए जब तुम ब्रह्मचर्य की चर्चा करते हो तो दूसरा जानता है कि यह नहीं हो सकता, और वह अपराधी अनुभव करता है।

इस तरह अपराध-भाव पैदा करके तुम उसे सता सकते हो। तुमने दूसरे आदमी को ओछा, पतित बना दिया। अब वह कभी चैन से नहीं रहेगा। वह कामवासना में जीएगा और अपने को पापी समझता रहेगा। वह सदा ब्रह्मचर्य की सोचेगा, उसका मन ब्रह्मचर्य का चिंतन करेगा, और उसका शरीर कामवासना में जीएगा। और तब वह अपने शरीर का विरोधी हो जाएगा। तब वह सोचेगा कि मैं यह नहीं हूं; यह शरीर बहुत बुरी चीज है। और एक बार तुम ने किसी के भीतर अपराध-भाव पैदा कर दिया कि उसका मन विषाक्त हो जाता है, कि वह बुझ जाता है।

तो वे वृद्ध सज्जन आए और उन्होंने पूछा कि कामवासना से कैसे मुक्त हुआ जाए? मैंने उनसे कहा कि पहले तथ्य के प्रति होशपूर्ण बनें। और वे काफी अवसर खो चुके थे। उनकी कामवासना अब कमजोर पड़ चुकी है; इसलिए होश साधना कठिन होगा। जब कामवासना बलवती होती है, उद्दाम होती है, युवा होती है, तो तुम उसके प्रति आसानी से होशपूर्ण हो सकते हो। तब वह इतनी शक्तिशाली होती है कि उसे देखना, जानना और महसूस करना कठिन नहीं होता है।

इस साठ वर्षीय आदमी को, जब वह दुर्बल और रुग्ण हो चला है, अपनी कामवासना के प्रति सजग होने में बहुत कठिनाई होगी। जब वे युवक थे तब वे ब्रह्मचर्य की सोचते रहे। उन्होंने ब्रह्मचर्य साधा नहीं होगा; क्योंकि उनके पांच बच्चे हैं। लेकिन वे ब्रह्मचर्य का चिंतन करते रहे और अवसर उनके हाथ से चला गया।

मैंने उनसे कहा कि अपने उपदेशों को भूल जाओ, अपनी किताबें जला दो। बिना स्वयं जाने किसी को कामवासना के संबंध में उपदेश मत दो; स्वयं अपनी कामवासना के प्रति जागरूक बनो। मैंने उन्हें जागरूक रहने को कहा।

उन्होंने कहा कि यदि मैं जागरूक रहूं तो कितने दिनों में कामवासना से मुक्त हो जाऊंगा? मन का यही ढंग है। वे जानना भी चाहते हैं तो इसलिए कि काम से छुटकारा हो। मैंने उनसे कहा कि जब आप इसे नहीं जानते हैं तो आप कौन होते हैं निर्णय लेने वाले कि कामवासना से छुटकारा हो? आप इस निष्पत्ति पर कैसे पहुंचे कि कामवासना बुरी चीज है? कैसे तय हुआ? क्या इसे अपने भीतर खोजने की जरूरत नहीं है?

किसी चीज को छोड़ने की बात मत सोचो। त्याग का मतलब है कि दूसरे तुम्हें मजबुर कर रहे हैं। व्यक्ति बनो। समाज को अपने पर आधिपत्य मत करने दो। गुलाम मत बनो। तुम्हें आंखें हैं। तुम्हें चेतना है। फिर तुम्हारी कामवासना है, तुम्हारा क्रोध है, तुम्हारे दूसरे तथ्य हैं। अपनी आंख का उपयोग करो। अपनी चेतना का उपयोग करो। ऐसा समझो कि तुम अकेले

हो; कोई तुम्हें सिखाने वाला नहीं है। तब तुम क्या करोगे?

आरंभ से आरंभ करो; अ ब स से शुरू करो। और तब भीतर जाओ। न जल्दी निर्णय लो और न निष्पत्ति निकालो। अगर तुम अपने ही बोध से किसी निष्पत्ति पर पहुंचे तो वह निष्पत्ति रूपांतरण बनेगी। तब तुम्हें कोई असुविधा या बेचैनी नहीं होगी, तब दमन नहीं होगा। और तभी तुम किसी चीज को छोड़ सकते हो।

मैं यह नहीं कहता हूं कि छोड़ने के लिए सजग बनो। स्मरण रहे, मैं कहता हूं कि अगर तुम होशपूर्ण रहे तो छुटकारा हो जाएगा। होश को कामवासना छोड़ने के लिए विधि की तरह उपयोग न करो। छूटना परिणाम है। अगर तुम होशपूर्ण हो तो कोई भी चीज छूट सकती है। लेकिन छोड़ने के लिए निर्णय लेना जरूरी नहीं है। हो सकता है तुम्हें छोड़ने का खयाल भी न आए।

कामवासना है। अगर तुम उसके प्रति पूरे होशपूर्ण हो जाओ तो उसे छोड़ने का निर्णय नहीं लेना पड़ेगा। तब अगर पूरे बोध से तुम कामवासना में रहने का निर्णय लो तो कामवासना का अपना अलग सौंदर्य होगा। और अगर पूरे बोध से तुम उसे त्यागने का निर्णय लो तो तुम्हारे त्याग का भी सौंदर्य अलग होगा।

मुझे ठीक से समझने की कोशिश करो। बोध के साथ जो भी घटित होता है वह सुंदर है, और बोध के बिना जो भी घटित होता है वह कुरूप है। यही कारण है कि तुम्हारे तथाकथित ब्रह्मचारी बुनियादी रूप से कुरूप होते हैं। उनके जीवन का पूरा ढंग ही कुरूप होता है। उनका ब्रह्मचर्य परिणाम के रूप में नहीं आया है; यह उनकी अपनी खोज नहीं है।

अब डी.एच.लारेंस जैसे व्यक्ति को देखो; उसका कामवासना का स्वीकार सुंदर है। तुम्हारे ब्रह्मचारियों के त्याग से उसका स्वीकार सुंदर है, क्योंकि उसने कामवासना को पूरे होश से स्वीकारा है। भीतरी खोज के जरिए वह इस निष्पत्ति पर पहुंचा है कि मैं कामवासना के साथ जीऊंगा। उसने तथ्य को स्वीकारा है। इसमें कोई अड़चन नहीं है, कोई अपराध-भाव नहीं है; बल्कि कामवासना गरिमापूर्ण हो गई है। अपनी कामवासना को पूरी तरह जानने वाले, स्वीकार करने वाले, उसे जीने वाले डी .एच .लारेंस का अपना ही सौंदर्य है।

वैसे ही तथ्य को पूरी तरह जानकर उसे छोड़ने वाले महावीर का भी अपना सौंदर्य है। लारेंस और महावीर दोनों सुंदर हैं, दोनों सुंदर हैं। लेकिन यह सौंदर्य कामवासना का सौंदर्य नहीं है, न कामवासना के त्याग का है; यह सौंदर्य बोध का सौंदर्य है।

यह बात भी सदा याद रखने की है कि तुम उसी निष्कर्ष पर नहीं पहुंच सकते जिस पर बुद्ध पहुंचे। उसकी जरूरत भी नहीं है। तुम उस निष्पत्ति पर भी नहीं पहुंच सकते जिस पर महावीर पहुंचे। वह अनिवार्य नहीं है। यदि कोई अनिवार्यता है तो वह एक ही है, वह बोध की अनिवार्यता है। जब तुम पूरी तरह बोधपूर्ण हो तो जो कुछ होता है वह सुंदर है, दिव्य है।

अतीत के सिद्धों को देखो। शिव पार्वती के साथ बैठे हैं; पार्वती गहन प्रेम-मुद्रा में शिव की गोद में बैठी हैं। तुम इस मुद्रा में महावीर की कल्पना भी नहीं कर सकते—असंभव है। इस मुद्रा में बुद्ध की कभी कल्पना भी नहीं हो सकती है। क्योंकि राम सीता के साथ खड़े हैं, इसलिए जैन उन्हें अवतार मानने के लिए राजी नहीं हैं। वे कहते हैं कि वे अब भी स्त्री के साथ हैं!

▲

जैन राम को अवतार की तरह सोच ही नहीं सकते; इसलिए वे उन्हें महामानव कहते हैं, अवतार नहीं। वे महामानव हैं; लेकिन मानव ही। क्योंकि स्त्री है! स्त्री के रहते हुए तुम मनुष्य के पार नहीं जा सकते; अर्धांगिनी जब तक है तब तक तुम मनुष्य ही हो। जैन कहते हैं कि राम महापुरुष थे, उससे अधिक नहीं।

अगर तुम हिंदुओं से पूछो तो उन्होंने महावीर की चर्चा तक नहीं की है, उन्होंने अपने शास्त्रों में महावीर के नाम का भी उल्लेख नहीं किया है। हिंदू-चित्त कहता है कि स्त्री के बिना पुरुष अधूरा है, अखंड नहीं। राम अकेले संपूर्ण नहीं हैं; इसलिए हिंदू सीताराम कहते हैं। और वे स्त्री को पहले रखते हैं; वे कभी रामसीता नहीं कहते। वे सीताराम कहते हैं, वे राधाकृष्ण कहते हैं। और एक बुनियादी कारण से वे स्त्री को पहले रखते हैं। कारण है कि पुरुष भी स्त्री से जन्म लेता है, और वह आधा है; स्त्री के साथ वह पूर्ण हो जाता है।

इसलिए कोई हिंदू देवता अकेला नहीं है; उसकी अर्धांगिनी उसके साथ है। सीताराम पूर्ण हैं, वैसे ही राधाकृष्ण पूर्ण हैं। कृष्ण अकेले आधे हैं। राम के लिए सीता को छोड़ना जरूरी नहीं है। कृष्ण के लिए राधा को छोड़ना जरूरी नहीं है। क्यों? वे पूरे बोध को उपलब्ध लोग हैं। शिव से अधिक बोधपूर्ण, शिव से अधिक होशपूर्ण व्यक्ति और कहां मिलेगा? लेकिन वे पार्वती को गोद में लेकर बैठे हैं। इससे समस्या खड़ी होती है। कौन सही है? बुद्ध सही हैं या शिव सही हैं?

समस्या इसलिए पैदा होती है क्योंकि हम नहीं जानते हैं कि प्रत्येक व्यक्ति अपने निजी ढंग से खिलता है। बुद्ध और शिव दोनों पूर्ण रूप से जाग्रत पुरुष हैं। लेकिन ऐसा होता है कि बुद्ध इस पूर्ण बोध में कुछ छोड़ देते हैं। यह उनका चुनाव है। शिव अपने पूर्ण बोध में सब कुछ स्वीकार कर लेते हैं। जहां तक ज्ञान का, बुद्धत्व का सवाल है, दोनों एक ही शिखर पर हैं। लेकिन उनकी अभिव्यक्ति भिन्न-भिन्न होगी।

तो किसी ढांचे में मत पड़ो। कोई नहीं जानता है कि तुम जब बोध को उपलब्ध होगे तो क्या होगा। बुद्धत्व के पहले मत निर्णय लो कि यह छोड़ना है कि वह छोड़ना है। निर्णय ही मत लो। कोई नहीं जानता है। प्रतीक्षा करो। बोधपूर्ण होओ और अपने फूल को खिलने दो। कोई नहीं जानता है कि क्या होगा। प्रत्येक के फूल खिलने की संभावना अलग और अज्ञात है। और तुम्हें किसी का अनुगमन नहीं करना है; क्योंकि अनुगमन खतरनाक है, विध्वंसक है। सब अनुकरण आत्मघात है। प्रतीक्षा करो!

ये सारी विधियां तुम्हारे बोध को जगाने के लिए हैं। और जब तुम बोधपूर्ण हो जाओ तो तुम छोड़ सकते हो या जारी रख सकते हो। जब तक जागे नहीं हो तब तक जो हो रहा है उसे स्मरण रखो, उसे देखो। तुम उसे न सहज स्वीकार कर सकते हो और न छोड़ सकते हो।

तुम्हें कामवासना है। तुम न इसे पूरी तरह स्वीकार करके भूल सकते हो और न उसे छोड़ सकते हो। मैं कहता हूं कि या तो इसे स्वीकार कर लो और भूल जाओ, या फिर छोड़ ही दो और भूल जाओ। लेकिन तुम इन दोनों में से एक नहीं करोगे; तुम सदा दोनों करोगे। तुम स्वीकार करोगे और फिर छोड़ने की सोचोगे। यह दुश्चक्र है। जब भी तुम कामवासमना में उतरते हो तो फिर कुछ घंटों के लिए या कुछ दिनों के लिए उसे त्यागने की सोचते हो। लेकिन सच में तुम क्या कर रहे हो? तुम सिर्फ फिर से शक्ति इकट्ठी कर रहे हो। और जब शक्ति

इकट्ठी कर लोगे तो तुम फिर कामवासना में उतरने की सोचोगे।

और यह सिलसिला जीवनभर चलेगा। यही सिलसिला अनेक जन्मों से चलता रहा है। लेकिन जब तुम पूरे बोध को उपलब्ध होकर स्वीकार करोगे तो उस स्वीकार में सौंदर्य होगा। और तब अगर त्याग करोगे तो उस त्याग में भी सौंदर्य होगा।

एक बात निश्चित है कि जब तुम जागरूक होते हो तो भूल सकते हो, दोनों ढंग से भूल सकते हो। तब यह समस्या नहीं रहेगी। तब तुम्हारा निर्णय समग्र है, और समस्या गिर जाती है। लेकिन अगर तुम्हें बेचैनी महसूस होती है तो उसका अर्थ है कि तुमने विमर्श नहीं किया है, कि तुम जागरूक नहीं हो। इसलिए अधिकाधिक जागरूक होओ। किसी भी तथ्य पर ज्यादा गहराई से, ज्यादा वैयक्तिक ढंग से, दूसरों की निष्पत्ति को बीच में लाए बिना विमर्श करो।

**तीसरा प्रश्न:**

***जब कोई वृत्ति प्रामाणिक होती है तब मैं बेहोश होता हूं। तो इसमें रुकने का प्रयोग मैं कैसे कर सकता हूं?***

यह बहुत महत्वपूर्ण प्रश्न है। जब तुम झूठे हो तो किसी चीज को रोकना आसान है; लेकिन जब तुम सच्चे हो तो रोकना कठिन होता है। जब क्रोध सच्चा होगा तो तुम रुकने की विधि भूल जाओगे। और अगर क्रोध झूठा होगा तो तुम्हें विधि याद रहेगी और तुम उसका उपयोग भी करोगे, लेकिन झूठे क्रोध में विधि का उपयोग कोई अर्थ नहीं रखता है। जहां ऊर्जा नहीं है वहां रुक तो सकते हो, लेकिन यह रुकना व्यर्थ होगा। जब क्रोध सच्चा हो तो उसमें ऊर्जा होती है; और उस हालत में रुकने पर ऊर्जा भीतर की ओर मुड़ती है।

तो क्या किया जाए? होश साधने की चेष्टा करो। सीधे क्रोध से मत शुरू करो, आसान चीजों से शुरू करो। तुम चल रहे हो, उसके प्रति होश रखो। क्रोध से मत शुरू करो, छोटी-छोटी चीजों से शुरू करो। अपने चलने के प्रति सजग होने में कोई समस्या नहीं है। और चलते-चलते अचानक रुक जाओ। आसान चीजों से शुरू कर जटिल चीजों पर जाओ। जटिल चीजों से शुरू मत करो; कामवासना पर तुरंत मत छलांग लगाओ। यह जगा सूक्ष्म है, और उसके लिए गहरे बोध की जरूरत पड़ेगी।

तो पहले हलकी चीजों के साथ होश साधो। तुम चल रहे हो, तुम स्नान कर रहे हो, तुम्हें प्यास लगी है, तुम्हें भूख लगी है—ऐसी चीजों से शुरू करो। ये मामूली चीजें हैं। तुम किसी से कुछ कहने जा रहे हो, रुक जाओ, वाक्य के बीच में ही रुक जाओ। तुम कोई कहानी कहने जा रहे थे जिसे तुम हजार बार कह चुके हो; हर आदमी उसे सुन-सुनकर ऊब चुका है। और तुम फिर कहते हो, 'एक था राजा...', वहीं रुक जाओ।

सरल चीजों से शुरू करो, इससे भी सरल चीजों से शुरू करो। तुम्हारे सिर पर एक मक्खी बैठी है, और तुम उसे हाथ से उड़ाने जा रहे हो; वहीं रुक जाओ। मक्खी जहां है वहीं रहे, और तुम्हारा हाथ भी जहां का तहां रुक जाए। छोटी चीजों के साथ प्रयोग करो, ताकि तुम्हें सजगता के साथ रुकने का एहसास हो सके। और तब जटिल चीजों पर जाओ। क्रोध बहुत जटिल चीज है। उसकी बजाय किसी यांत्रिक चीज को लो।

▲

तुम हर रोज सुबह बिस्तर से उठते हो। क्या तुमने देखा कि हर रोज तुम एक ही ढंग से बिस्तर से निकलते हो? यदि तुम्हारा दाहिना पांव पहले निकलता है तो यही रोज होता है। कल सुबह जब दाहिना पांव निकलने लगे तो रुक जाओ ओर उसकी जगह बाएं पांव को पहले निकलने दो। आसान चीजों से आरंभ करने में एक आदत के सिवाय कुछ नहीं त्यागना है। यदि तुम चलने के समय सदा दाहिना पांव पहले आगे बढ़ाते हो तो अगली बार उसे आगे बढ़ाते हुए रुक जाओ।

किसी भी चीज से काम चलेगा। कोई भी सरल चीज खोज लो। जितनी चीज सरल होगी उतना अच्छा। जब तुम आसान चीजों में निष्णत हो जाओगे और अचानक रुकना सरल हो जाएगा, और जब तुम्हें उसमें होश का एहसास होने लगेगा, तब तुम्हारे भीतर थोड़ी देर को एक मौन, एक शांति का विस्फोट होगा। वह आंतरिक शांति होगी।

गुरजिएफ अपने शिष्यों को ऐसी ही आसान चीजों के द्वारा प्रशिक्षित करता था। जैसे, जब तुम कुछ कहते हो तो सिर हिलाते हो। गुरजिएफ कहता था कि इस बार जब कुछ कहो तो सिर मत हिलाओ। सिर हिलाना एक यांत्रिक आदत है। मैं जब कुछ कहता हूं तो हाथ की एक मुद्रा बनाता हूं। गुरजिएफ कहता कि यह बात बोलते समय इसका ध्यान रखो कि यह मुद्रा न बने। कोई और मुद्रा तुम बना सकते हो; लेकिन इतना स्मरण रहे कि यह बात कहते समय यह मुद्रा मत बनाओ। इतनी सावधानी बरतनी है।

किसी भी चीज से चलेगा। तुम बातचीत शुरू करते हो तो एक विशेष वाक्य से शुरू करते हो। उससे मत शुरू करो। कोई दूसरा आदमी तुम्हें कुछ कहता है, तुम उसे यांत्रिक ढंग से प्रत्युत्तर देते हो। उस ढंग से प्रत्युत्तर मत दो; उसकी जगह कुछ और कहो। या अगर पुरानी चीज ही कहने लग गए तो बीच में ही रुक जाओ। और एक झटके के साथ, अचानक रुक जाओ। और जब तुम धीरे-धीरे इस विधि में निष्णात हो जाओ तो जटिल चीजों को हाथ में लो।

मन की बुनियादी चालाकियों में एक यह है कि वह सदा जटिल चीजों पर छलांग लगाता है। और उसे उसमें विफलता मिलती है। और तब तुम फिर कभी प्रयोग नहीं करोगे। तुम जानते हो, यह होने वाला नहीं है। यह मन की चालाकी है। मन कहेगा कि अच्छा, तुम तो जानते ही हो कि क्रोध में रुकने का प्रयोग सफल नहीं होगा। तब तुम दुबारा प्रयोग नहीं करोगे। इसलिए तीव्र चीजों के साथ प्रयोग करने की बजाय मद्धिम चीजों के साथ प्रयोग करो। और जब मद्धिम चीजों के साथ प्रयोग कर लो तो फिर तीव्र चीजों की ओर बढ़ो। धीरे-धीरे कदम बढ़ाकर मार्ग का अनुभव लो। जल्दी मत करो। अन्यथा कुछ भी नहीं होगा।

**अंतिम प्रश्नः**

***विज्ञान भैरव तंत्र की अनेक ध्यान-विधियों के संबंध में सुनकर मैं यह महसूस करने लगा हूं कि आंतरिक द्वार असल में विधियों से नहीं खुलता है; असल में तो वह दीक्षा, गुरु-कृपा जैसी चीजों पर निर्भर करता है। क्या यह सही नहीं है? और कब कोई दीक्षा का पात्र बनता है?***

सच तो यह है कि गुरु-कृपा भी एक विधि है। सिर्फ शब्दों को बदलने से कुछ नहीं

बदलता है। गुरु-कृपा का अर्थ है समर्पण। गुरु-कृपा तब मिलती है जब तुम समर्पण करते हो। और समर्पण एक विधि है। अगर तुम्हें समर्पण करना नहीं आता है तो कृपा नहीं प्राप्त होगी।

असल में कृपा दी नहीं जाती, ली जाती है। कोई उसे दे नहीं सकता; लेकिन उसे लिया जा सकता है। बुद्धपुरुष से कृपा बहती है। कृपा उसका स्वभाव है। जैसे दीया जलता है तो उससे प्रकाश झरता है, वैसे ही बुद्धपुरुष से कृपा झरती है। उसे प्रयत्न नहीं करना पड़ता है; कृपा उससे अनायास बहती है। वह है। अगर उसे पा सको तो पा लो। और अगर नहीं पा सको तो बात खतम।

यह बात विरोधाभासी मालूम पड़ती है; लेकिन यह सच है। गुरु-कृपा देता नहीं है, लेकिन शिष्य उसे पा लेता है। लेकिन शिष्य कैसे हुआ जाए? यह भी फिर एक विधि है। समर्पण कैसे किया जाए? ग्राहक कैसे हुआ जाए?

समर्पण करना सर्वाधिक कठिन है। जब तुम अपना क्रोध समर्पित नहीं कर सकते, दुख समर्पित नहीं कर सकते, तो अपने अस्तित्व को कैसे समर्पित करोगे? जब व्यर्थ की चीजें नहीं समर्पित कर सकते, जब रोग जैसी चीज नहीं दे सकते, तो अपने को कैसे समर्पित करोगे?

समर्पण का अर्थ है समग्र समर्पण। तुम अपने को समग्रतः अपने गुरु के हाथ में छोड़ देते हो। तुम कहते हो : 'अब मैं नहीं हूं, अब आप ही हैं; आप जो चाहें करें।' और यह कहकर जब तुम प्रतीक्षा करते हो, जब तुम फिर उसके पास यह पूछने को नहीं जाते कि अब आप क्या करेंगे, तब तुमने सच में समर्पण किया। तुम तो समाप्त हो गए; अब पूछने को कुछ भी नहीं रहा। जब ठीक क्षण आएगा तो बात हो जाएगी। लेकिन यह कैसे हो?

इसके लिए भी बहुत सजगता की जरूरत पड़ेगी। सामान्यतः कई मूढ़ सोचते हैं कि समर्पण बहुत आसान है। ऐसा सोचना मूढ़ता है। वे सोचते हैं कि तुम गए और गुरु के पैर छू आए और समर्पण हो गया।

समर्पण में पैर छूना हो सकता है, लेकिन सिर्फ पैर छू लेने से समर्पण हो गया ऐसा मत सोचना। समर्पण एक आंतरिक भाव-दशा है। इसमें अपने को मिटाना है, अपने को पूरी तरह पोंछ देना है। केवल गुरु होता है, तुम नहीं होते। बस गुरु होता है।

इसके लिए भी बहुत होश की जरूरत है, बड़ी सजगता की। और यह सजगता क्या है? वह सजगता तब आती है जब तुम विधियों का प्रयोग करते हो और सतत यह अनुभव करते हो कि मैं असहाय हूं। लेकिन प्रयोग करने के पहले ही अपने असहाय होने का निर्णय मत लो। वह गलत निर्णय होगा। पहले विधियों का प्रयोग करो, और प्रामाणिकता से प्रयोग करो। यदि विधियों से ही काम चल गया तो समर्पण की जरूरत नहीं होगी; तब तुम रूपांतरित हो जाओगे।

अगर तुम प्रामाणिक रूप से प्रयोग करते हो, सच में और समग्रतः, अगर तुम अपने को धोखा नहीं देते हो और इसके बावजूद कुछ नहीं होता है, तब तुम्हें असहाय होने का अनुभव होगा, तब तुम अनुभव करोगे कि मैं कुछ भी नहीं कर सकता हूं। अगर यह भाव गहरा चला जाए, असहायता का यह भाव, तभी तुम समर्पण के योग्य होगे। उसके पहले नहीं।

क्या तुम असहाय अनुभव करते हो? कोई असहाय नहीं अनुभव करता है। कोई नहीं समझता है कि मैं असहाय हूं। हरेक आदमी मानता है कि मैं यह कर सकता हूं, यदि मैं चाहूं

तो कर सकता हूं। हरेक आदमी सोचता है कि क्योंकि मैं नहीं चाहता हूं इसलिए नहीं करता हूं; यदि चाहूं तो जरूर कर लूंगा, जिस क्षण चाहूंगा उसी क्षण कर लूंगा। न करने का इतना ही कारण है किं मैं अभी नहीं करना चाहता हूं। लेकिन कोई व्यक्ति असहाय नहीं अनुभव करता है।

लेकिन अगर कोई कहे कि गुरु-कृपा से घटना घट सकती है तो तुम सोचोगे कि मैं इसी क्षण उसके लिए तैयार हूं। जब कुछ करने का सवाल उठता है तो तुम कहते हो कि जब मैं चाहूंगा तब कर लूंगा। और जब कृपा से मिलने का सवाल उठता है तब तुम कहते हो कि अगर दूसरे की कृपा से मिलता हो तो मैं इसी क्षण लेने को तैयार हूं।

तुम असहाय नहीं हो; तुम महज आलसी हो। और दोनों बातों में बहुत फर्क है। आलस्य में कृपा नहीं मिलती है; केवल असहायावस्था में मिलती है। असहायावस्था आलस्य नहीं है। असहायावस्था केवल उन्हें प्राप्त होती है जो पहुंचने के लिए सब प्रयत्न पहले कर चुकते हैं, सब प्रयास कर चुकते हैं। तब तुम असहाय अनुभव करते हो। और तभी तुम किसी के प्रति समर्पित हो सकते हो। और तब तुम्हारा समर्पण एक विधि बन जाएगा।

समर्पण अंतिम विधि है; लेकिन लोग उसका प्रयोग पहले करते हैं। यह अंतिम है, आत्यंतिक है। जब करने से कुछ नहीं होता है, जब असहायावस्था के अतिरिक्त कुछ भी नहीं दिखाई पड़ता है, जब तुम्हारी सारी आशा मिट जाती है और तुम्हारा अहंकार धूल-धूसरित हो जाता है, तब तुम जानते हो कि मुझसे अकेले कुछ नहीं होगा। तब तुम्हारे हाथ गुरु के चरणों की ओर बढ़ते हैं। यह बढ़ना और ढंग का है। तब तुम असहाय होकर, बेसहारा होकर गुरु को खोजते हो। तब तुम पूरे प्राणों से गुरु के चरणों में बैठते हो। तब तुम कृपा पाने के लिए गर्भ बन जाते हो। तब प्रसाद उपलब्ध होता है।

प्रसाद तो सदा उपलब्ध रहा है; वह सदा उपलब्ध है। सभी युग में, सभी काल में बुद्धपुरुष हुए हैं, होते रहे हैं। लेकिन जब तक तुम अपने को खोने को राजी नहीं होगे तब तक उनके संपर्क में न आ सकोगे। हो सकता है, तुम उनके ठीक पीछे या बगल में बैठे होओ, लेकिन संपर्क नहीं होगा।

दूरियां तीन किस्म की होती हैं। एक तो स्थान की दूरी है। तुम वहां बैठे हो और मैं यहां बैठा हूं, और इन दो बिंदुओं के बीच दूरी है। यह स्थान की दूरी है। तुम नजदीक सरक आओ तो दूरी कम हो जाएगी। और यदि तुम मुझे छू लो तो दूरी समाप्त हो गई—लेकिन केवल स्थान की दूरी समाप्त हुई।

दूसरी दूरी समय की दूरी है। तुम्हारा प्रेमी मर गया है; तुम्हारा मित्र चल बसा है। स्थान में एक बिंदु पूरी तरह लापता हो गया है। लेकिन तुम अनुभव करोगे कि समय में तुम मित्र के निकट ही हो। आंखें बंद करो और मित्र को पास पाओगे। और हो सकता है कि कोई व्यक्ति तुम्हारे बिलकुल बगल में बैठा हो और वह समय में तुमसे, तुम्हारे दिवंगत प्रेमी से दूर पड़ता हो। तीसरी दूरी है, वह प्रेम की दूरी है। प्रेमी मर गया है; धीरे-धीरे उससे भी समय की दूरी पैदा हो जाएगी। लोग कहते हैं कि समय सब भुला देता है। लोग कहते हैं कि समय से सब घाव भर जाते हैं। जब समय की भी दूरी लंबी हो जाती है तो स्मृति धुंधली होती-होती मिट जाती है। लेकिन प्रेम की दूरी समय के भी पार है। वह तीसरा आयाम है। अगर तुम किसी को प्रेम करते हो और वह अन्य किसी ग्रह पर रहता है तो भी प्रेम में वह तुम्हारे पास ही होगा। हो

सकता है, वह मर गया हो और तुम दोनों के बीच सदियों की दूरी पैदा हो गई हो; लेकिन प्रेम में कोई दूरी नहीं है।

तो बुद्ध के पास कोई अभी हो सकता है। पच्चीस सौ वर्षों का कोई अर्थ नहीं है; क्योंकि दूरी प्रेम की है। स्थान में बुद्ध नहीं हैं; शरीर जा चुका। समय में पच्चीस सौ वर्षों की दूरी है। लेकिन प्रेम में कोई दूरी नहीं है। अगर कोई बुद्ध के प्रेम में है तो समय और स्थान की दूरियां मिट जाएंगी। तब बुद्ध यहां और अभी हैं। और तुम्हें उनका प्रसाद मिल सकता है।

और तुम बुद्ध के बगल में ही बैठे हो सकते हो। जहां तक स्थान का संबंध है, कोई अंतराल नहीं है। समय में भी कोई अंतराल नहीं है। लेकिन अगर प्रेम नहीं है तो दूरी अनंत है। इसलिए हो सकता है कि कोई बुद्ध के समय में उनके साथ रहकर भी उनके संपर्क में न रहा हो, और कोई यहां और अभी उनके संपर्क में हो सकता है।

प्रसाद प्रेम के आयाम में घटता है। प्रेम में सब कुछ सदा शाश्वत रूप से मौजूद है। इसलिए यदि तुम प्रेम में हो तो प्रसाद घट सकता है। लेकिन प्रेम समर्पण है। प्रेम का अर्थ है कि दूसरा तुम से ज्यादा महत्वपूर्ण हो गया। अब तुम दूसरे के जीवन के लिए अपना जीवन दे सकते हो। दूसरा जीए इसके लिए तुम अपने को निछावर कर सकते हो। दूसरा तुम्हारा केंद्र बन गया है। तुम महज परिधि हो। धीरे-धीरे तुम पूरी तरह विलीन हो जाते हो, और दूसरा ही रहता है। उस सम्यक क्षण में प्रसाद उपलब्ध होता है।

तो यह मत सोचो कि कोई गुरु तुम्हें प्रसाद दे सकता है। बस एक असहाय शिष्य बनने की सोचो, जो प्रेम में पूरी तरह समर्पित हो। गुरु तुम्हारे पास आएगा। जब शिष्य तैयार है तो गुरु सदा आता है। यह शारीरिक उपस्थिति का सवाल नहीं है। जब तुम तैयार हो तो प्रेम के किसी अज्ञात आयाम से प्रसाद उतरता है।

लेकिन प्रसाद को पलायन के रूप में मत सोचो। चूंकि मैं अनेक विधियों पर बोलता हूं इसलिए दो संभावनाएं हैं। तुम उनमें से कुछ पर प्रयोग कर सकते हो, या तुम उलझन में पड़ सकते हो, भ्रांत हो सकते हो। दूसरी बात ज्यादा संभव है। एक के बाद एक, सतत एक सौ बारह विधियों को सुनते-सुनते तुम उलझन में पड़ जाओगे। तुम सोचोगे कि यह मेरे बस की बात नहीं है। इतनी सारी विधियां—क्या करूं क्या न करूं!

तब तुम्हारे मन में यह विचार आ सकता है कि विधियों के जंगल में भटकने की बजाय गुरु-कृपा पाना ज्यादा बेहतर है। तुम सोच सकते हो कि विधियां जटिल हैं और गुरु-कृपा सरल है। लेकिन ऐसा सोचने से ही गुरु-कृपा नहीं मिलती है। इन विधियों को प्रयोग में लाओ। और ईमानदारी से प्रयोग करो। यदि तुम असफल हुए तो वही असफलता तुम्हारा समर्पण बन जाएगी।

समर्पण आत्यंतिक विधि है।

आज इतना ही।

19

# भक्ति मुक्त करती है

# सूत्र

28. कल्पना करो कि तुम धीरे-धीरे शक्ति या ज्ञान से वंचित किए जा रहे हो। वंचित किए जाने के क्षण में, अतिक्रमण करो।

29. भक्ति मुक्त करती है।

तंत्र के लिए मनुष्य स्वयं ही रोग है। ऐसा नहीं है कि तुम्हारे मन में उपद्रव है, वस्तुतः तुम्हारा मन ही उपद्रव है। ऐसा नहीं है कि तुम तनावग्रस्त हो, बल्कि तुम स्वयं ही तनाव हो।

इस फर्क को ठीक से समझ लो। अगर चित्त रुग्ण है तो रुग्णता का इलाज हो सकता है। लेकिन अगर चित्त ही रुग्णता है तो इसका इलाज नहीं हो सकता, इसका अतिक्रमण हो सकता है। यही बुनियादी फर्क है पश्चिम के मनोविज्ञान में और पूरब के मनोविज्ञान में। पूरब का मनोविज्ञान तंत्र और योग पर आधारित है।

पूरब के तंत्र और योग में तथा पश्चिम के मनोविज्ञान में यही भेद है। पश्चिम का मनोविज्ञान सोचता है कि चित्त स्वस्थ हो सकता है, कि मन जैसा है उसका उपचार हो सकता है, उसे सुधारा जा सकता है। क्योंकि पश्चिम के चिंतन में अतिक्रमण की धारणा ही नहीं है; क्योंकि वहां मन के पार कुछ नहीं है। अतिक्रमण तो तभी संभव है जब उसके पार कुछ हो, ताकि तुम अपनी वर्तमान अवस्था में रहकर आगे की ओर गति कर सको। लेकिन यदि इसके पार कुछ नहीं है और यदि मन ही अंतिम है, तो अतिक्रमण असंभव है।

अगर तुम सोचते हो कि मैं सिर्फ शरीर हूं तो तुम शरीर का अतिक्रमण नहीं कर सकते। क्योंकि कौन अतिक्रमण करेगा? और अतिक्रमण करके कहां जाएगा? अगर तुम शरीर ही हो तो तुम शरीर के पार नहीं जा सकते। और अगर शरीर के पार जा सकते हो तो उसका अर्थ है कि तुम शरीर ही नहीं हो कुछ और भी हो। वह कुछ और गति के लिए आयाम बनता है।

वैसे ही अगर तुम मन ही हो, कुछ और नहीं हो, तो भी अतिक्रमण संभव नहीं है। तब हम अलग-अलग तरह के रोग का इलाज कर सकते हैं। अगर कोई मानसिक रूप से रुग्ण है तो उस रुग्णता का इलाज किया जा सकता है। लेकिन तब हम चित्त को अछूता छोड़ देंगे; बीमारी का इलाज करेंगे और मन को सामान्य बना देंगे।

लेकिन कोई यह नहीं सोचता कि यह जो सामान्य मन है वह खुद स्वस्थ है या नहीं! सामान्य मन महज औसत मन है। फ्रायड कहता है कि जैसा मनुष्य है उसमें हम किसी बीमार

मन को सिर्फ सामान्य बना सकते हैं, लेकिन मनुष्य स्वस्थ है या नहीं, यह प्रश्न नहीं उठाया जा सकता।

हम माने बैठे हैं कि साधारण मन ठीक है, दुरुस्त है। इसलिए जब कोई व्यक्ति इस सामान्य मन के बाहर चला जाता है, कहीं और चला जाता है, तो उसे वापस लाकर समायोजित करना पड़ता है। पश्चिम का पूरा मनोविज्ञान इसी समायोजन का प्रयत्न है—वह सामान्य मन, औसत मन के साथ समायोजन है।

तो ऐसे विचारक हुए हैं, विशेषकर एक अदभुत प्रतिभाशाली विचारक हुआ, ज्याफ्रे, जो कहता है कि एक अर्थ में प्रतिभा रोग है, क्योंकि प्रतिभा असामान्य है। अगर सामान्यता स्वास्थ्य है तो प्रतिभा अवश्य रोग है। प्रतिभावान व्यक्ति सामान्य नहीं है, वह एक ढंग का पागल है। हो सकता है, उसका पागलपन उपयोगी हो और इसलिए हम उसे जीने देते हैं।

आइंस्टीन, वानगाग, एजरा पाऊंड—वैज्ञानिक, चित्रकार, कवि, रहस्यवादी—ये सब विक्षिप्त हैं। लेकिन हम दो कारणों से उनकी विक्षिप्तता को बरदाश्त कर लेते हैं। या तो उनकी विक्षिप्तता निरापद है, या उनकी विक्षिप्तता उपयोगी है। वे लोग अपनी विक्षिप्तता के द्वारा समाज को कुछ देते हैं जो सामान्य चित्त नहीं दे सकता। पागल होकर वे किसी अति पर पहुंच गए हैं और वे वहां से कुछ चीजें देख लेते हैं जिन्हें सामान्य मन नहीं देख पाता। इसलिए हम ऐसे पागलों को अपने बीच रहने देते हैं; इतना ही नहीं, हम उन्हें नोबल पुरस्कार भी देते हैं।

यदि सामान्य होना कसौटी है और स्वास्थ्य का मानक है, तो हर असामान्य व्यक्ति बीमार है। ज्याफ्रे कहता है कि एक दिन आएगा जब हम वैज्ञानिकों और कवियों का वैसे ही इलाज करेंगे जैसे अभी पागलों का करते हैं; हम उन्हें औसत चित्त के साथ समायोजित कर देंगे।

ऐसा चिंतन इस विशेष मान्यता के कारण पैदा हुआ कि मन ही सब कुछ है, उसके पार कुछ नहीं है। इस मान्यंता के बिलकुल विपरीत पूरब की खोज है। यहां हम कहते हैं कि चित्त स्वयं रोग है। इसलिए सामान्य और असामान्य चित्त में हम इतना ही फर्क करेंगे कि हम एक को सामान्य रूप से रुग्ण कहेंगे और दूसरे को असामान्य रूप से रुग्ण कहेंगे। सामान्य व्यक्ति सामान्यतः बीमार है; वह इतना बीमार नहीं है कि पता चले। वह महज औसत रूप से बीमार है। और चूंकि दूसरे भी उसके ही जैसे हैं इसलिए, उसके रोग का पता नहीं चलता है। जो उसका इलाज करता है वह मनोविश्लेषक भी सामान्य ढंग का बीमार आदमी है।

हमारे लिए तो मन ही रोग है। क्यों? क्यों हम मन को रोग कहते हैं?

हम इस बात को एक भिन्न ही आयाम से देखेंगे, परखेंगे, और तब इसे समझना आसान होगा। हमारे लिए शरीर मृत्यु है; पूरब की दृष्टि में शरीर ही मृत्यु है। शरीर पूरी तरह स्वस्थ नहीं हो सकता है; अन्यथा वह मरेगा कैसे? तुम एक संतुलन पैदा कर सकते हो; लेकिन शरीर मरणधर्मा है और उसे रोग होंगे ही। इसलिए स्वास्थ्य एक सापेक्ष बात हो सकती है। शरीर पूरी तरह स्वस्थ नहीं हो सकता है।

यही कारण है कि चिकित्सा विज्ञान के पास स्वास्थ्य के लिए न कोई मानक है और न कोई परिभाषा। वे रोग की परिभाषा कर सकते हैं। वे किसी रोग विशेष की परिभाषा कर सकते हैं; लेकिन वे स्वास्थ्य की परिभाषा नहीं कर सकते। ज्यादा से ज्यादा वे नकारात्मक ढंग से यही कह सकते हैं कि जब व्यक्ति बीमार नहीं है, किसी बीमारी से ग्रस्त नहीं है, तो वह स्वस्थ

है। यह नकारात्मक परिभाषा हुई।

लेकिन स्वास्थ्य की नकारात्मक परिभाषा करना बेतुका मालूम पड़ता है। क्योंकि तब तुम स्वास्थ्य की परिभाषा रोग से करते हो, और रोग स्वास्थ्य की परिभाषा के लिए प्राथमिक हो जाता है।

लेकिन स्वास्थ्य की परिभाषा नहीं हो सकती; क्योंकि सच में शरीर कभी स्वस्थ नहीं हो सकता है। प्रत्येक क्षण शरीर एक सापेक्ष संतुलन में होता है। क्योंकि जीवन के साथ-साथ मृत्यु भी चल रही है। तुम मर भी रहे हो। तुम सिर्फ जीते ही नहीं, तुम साथ-साथ मरते भी रहते हो। मृत्यु और जीवन एक-दूसरे से पृथक और दूर नहीं हैं। वे साथ-साथ चलने वाले दो पैरों की भांति हैं। और वे दोनों पैर तुम्हारे हैं। इस क्षण में ही तुम जीवित भी हो और मर भी रहे हो। प्रत्येक क्षण तुम्हारे भीतर कुछ मर रहा है। सत्तर वर्षों की अवधि में मृत्यु अपनी मंजिल पा लेगी। प्रतिक्षण तुम मरते जाओगे, मरते जाओगे; और एक दिन मृत्यु पूरी हो जाएगी। जिस दिन तुम्हारा जन्म हुआ उसी दिन तुम्हारा मरना भी शुरू हो गया। जन्म-दिन ही मृत्यु-दिन है।

अगर तुम निरंतर मर रहे हो—और मृत्यु बाहर से नहीं आती है, वह भीतर ही बढ़ती है, फैलती है—तो शरीर यथार्थतः कभी स्वस्थ नहीं हो सकता है। कैसे होगा? जब वह क्षण-क्षण मर रहा है, तो वह यथार्थतः स्वस्थ कैसे होगा? शरीर सिर्फ सापेक्षतः स्वस्थ हो सकता है। यह पर्याप्त है कि तुम सामान्यतः स्वस्थ हो।

यही बात मन के लिए सच है। मन सच में स्वस्थ और संपूर्ण नहीं हो सकता; क्योंकि मन का होना ही कुछ ऐसा है कि वह बीमार, बेचैन, तनावग्रस्त और चिंताग्रस्त होने को बाध्य है। मन का स्वभाव ही ऐसा है। और मन के इस स्वभाव को हमें समझना होगा।

इसमें तीन चीजें हैं। एक, मन शरीर और अशरीरी के बीच सेतु है। यह अशरीरी तुम्हारे भीतर है। मन पदार्थ और अपदार्थ के बीच की कड़ी है। यह अपदार्थ तुम्हारे भीतर है। और मन सबसे रहस्यपूर्ण सेतु है। यह दो परस्पर विरोधी चीजों को, पदार्थ और आत्मा को जोड़ता है। इस विरोधाभास को तो देखो! आमतौर से तुम नदी पर पुल बनाते हो, जिसके दोनों किनारे पार्थिव होते हैं। लेकिन मन वह पुल है जिसका एक किनारा पदार्थ है और दूसरा किनारा अपदार्थ, एक किनारा दृश्य है तो दूसरा किनारा अदृश्य, एक मृण्मय है तो दूसरा चिन्मय, एक जीवन है तो दूसरा मृत्यु, एक शरीर है तो दूसरा आत्मा।

और क्योंकि मन परस्पर विरोधी चीजों को जोड़ता है इसलिए उसे सदा तनाव में रहना पड़ता है; वह चैन में नहीं हो सकता। मन सदा दृश्य से अदृश्य की ओर, अदृश्य से दृश्य की ओर गति करता रहता है। इसलिए मन प्रत्येक क्षण गहन तनाव में होता है। यह दो ऐसी चीजों को जोड़ता है जो जोड़ी नहीं जा सकतीं। यही तनाव है, यही चिंता है। तुम हर क्षण चिंता में जीते हो।

मैं तुम्हारी आर्थिक चिंता या ऐसी दूसरी चिंताओं की बात नहीं करता; वे परिधि की चिंताएं हैं, बाहरी चिंताएं हैं। वे वास्तविक चिंताएं नहीं हैं। बुद्ध की चिंता वास्तविक चिंता है। तुम भी उस चिंता में हो; लेकिन दैनंदिन चिंताओं से तुम इस कदर लदे हो कि तुम्हें बुनियादी चिंता का पता ही नहीं चलता।

एक बार तुम उस बुनियादी चिंता का सुराग पा लो तो तुम धार्मिक हो जाओगे। इस

▲

बुनियादी चिंता की फिक्र ही धर्म है। बुद्ध उसी चिंता से चिंतित हुए थे। वे धन के लिए नहीं चिंतित थे, सुंदर पत्नी के लिए नहीं चिंतित थे; उन्हें किसी चीज की चिंता न थी। सामान्य चिंताएं उनके पास बिलकुल न थीं। वे सुखी-संपन्न थे; बड़े राजा के बेटे थे; अत्यंत सुंदर पत्नी के पति थे; और उनके पास सब कुछ था। चाहने भर से उनकी चाह पूरी हो सकती थी। जो भी संभव था, वह उनके पास था। लेकिन अचानक वे चिंताग्रस्त हो उठे। यह बुनियादी चिंता थी—प्राथमिक चिंता।

उन्होंने एक शव को जाते देखा और उन्होंने अपने सारथी से पूछा कि इस आदमी को क्या हुआ है? सारथी ने कहा कि यह आदमी मर गया है। मृत्यु के साथ बुद्ध का यह पहला साक्षात्कार था। उन्होंने तुरंत दूसरा प्रश्न पूछा : 'क्या सभी लोग मरते हैं? क्या मैं भी मरूंगा?'

इस प्रश्न को देखो। तुम यह प्रश्न नहीं पूछते। तुम शायद पूछते कि कौन मरा है, और क्यों मरा है? या तुम शायद यह कहते कि युवा नजर आ रहा है; यह मरने की उम्र न थी। लेकिन यह चिंता बुनियादी नहीं है; इसका तुम से कुछ लेना-देना नहीं है। हो सकता है, तुम्हें सहानुभूति हुई होती, तुम दुखी भी होते। लेकिन यह चिंता परिधि पर ही रहती, जरा देर बाद तुम उसे भूल जाते।

बुद्ध ने पूरे प्रश्न को अपनी तरफ मोड़ दिया: 'क्या मैं भी मरूंगा?' सारथी ने कहा: 'मैं आपसे झूठ कैसे बोलूं; सबको मरना है; हरेक को मरना है।' तब बुद्ध ने कहा : 'रथ वापस ले चलो। जब मुझे मरना ही है तो अब जीवन का कोई अर्थ न रहा। तुमने मेरे भीतर एक गहरी चिंता को जन्म दे दिया है। और जब तक यह चिंता समाप्त नहीं होती, मुझे चैन नहीं है।'

यह चिंता क्या है? यह बुनियादी चिंता है। अगर तुम जीवन की वस्तुस्थिति के प्रति बुनियादी रूप से सजग हो जाओ तो एक सूक्ष्म चिंता तुम्हें घेर लेगी और तुम भीतर ही भीतर उस चिंता से कांपते रहोगे। चाहे तुम कुछ करो या न करो, वह चिंता रहेगी, एक संताप बनकर रहेगी।

मन ऐसे दो किनारों को जोड़ता है जिनके बीच अतल खाई है। एक ओर शरीर है जो मृण्मय है, और दूसरी ओर तुम्हारे भीतर कुछ है जो चिन्मय है। ये दो विपरीतताएं हैं। यह ऐसा ही है मानो तुम विपरीत दिशाओं में जाने वाली दो नावों पर सवार हो। तब तुम गहरे द्वंद्व में रहोगे ही। वही द्वंद्व मन का द्वंद्व है। मन दो विपरीतताओं के मध्य में है—यह एक बात हुई।

दूसरे, मन एक प्रक्रिया है, वस्तु नहीं। मन कोई वस्तु नहीं है, वरन एक प्रक्रिया है। मन शब्द से एक धोखा होता है। जब हम कहते हैं मन, तो ऐसा लगता है कि तुम्हारे भीतर मन नाम की कोई चीज है। ऐसी कोई चीज नहीं है। मन कोई चीज नहीं है, एक प्रक्रिया है। इसलिए उसे मन न कहकर मनन कहना उचित होगा। संस्कृत में एक शब्द है: चित्त, जिसका अर्थ मनन करना है; मन नहीं, मनन—एक प्रक्रिया।

और प्रक्रिया कभी मौन, शांत नहीं हो सकती है। प्रक्रिया सदा तनावग्रस्त होती है। प्रक्रिया का अर्थ है विक्षोभ। और मन सदा अतीत से भविष्य में गति करता रहता है। अतीत उस पर बोझ बन जाता है। इसलिए उसे भविष्य में गति करनी होती है। वह सतत गति तुम्हारे भीतर दूसरा तनाव पैदा करती है। और अगर तुम इसके बारे में ज्यादा सचेत हो जाओ तो तुम पागल हो जाओगे।

▲

यही कारण है कि हम सदा किसी न किसी चीज में व्यस्त रहते हैं; हम अव्यस्त रहना नहीं चाहते। अगर तुम अव्यस्त रहते हो तो तुम्हें भीतर की प्रक्रिया का, मनन की प्रक्रिया का पता चलने लगेगा। और उससे तुम्हारे भीतर अजीबोगरीब तनाव पैदा होंगे। यही कारण है कि हरेक आदमी किसी न किसी रूप में व्यस्त रहना चाहता है। अगर कुछ करने को नहीं है तो वह एक ही अखबार को फिर-फिर पढ़ता है। क्यों? तुम चुप क्यों नहीं बैठ सकते?

यह कठिन है। अगर तुम चुप बैठो तो तुम्हारे भीतर की तनावग्रस्त प्रक्रिया का पता चलने लगेगा। और यही कारण है कि हरेक झादमी पलायन की खोज में है। शराब वह पलायन है; तुम बेहोश हो जाते हो। काम-संभोग वह पलायन प्रस्तुत करता है; एक क्षण के लिए तुम अपने को पूरी तरह से भूल जाते हो। टेलीविजन से भी वही होता है। संगीत से भी यह पलायन उपलब्ध हो सकता है। किसी भी चीज से यह हो सकता है; जहां भी तुम अपने को भूल सको और इतने व्यस्त रहो सको जैसे कि तुम नहीं हो तो काम चलेगा। मनन की इस प्रक्रिया के कारण ही आदमी अपने से निरंतर भागता रहता है।

अगर तुम अव्यस्त रहो—और अव्यस्त रहना ध्यान है—अगर तुम बिलकुल अव्यस्त रहो तो अपनी आंतरिक प्रक्रिया के प्रति सजग हो जाओगे। अनेक लोग मेरे पास आते हैं और कहते हैं: 'हम ध्यान तो करना चाहते हैं, लेकिन जब हम ध्यान करते हैं तो ज्यादा तनावग्रस्त हो जाते हैं।' वे कहते हैं कि हम पहले इतने तनावग्रस्त नहीं थे। सामान्यतः हम कभी इतने चिंतित नहीं रहते हैं। लेकिन जब हम मौन होकर बैठते हैं और ध्यान करते हैं तो विचारों की भाग-दौड़ शुरू हो जाती है, विचारों की भीड़ जमा होने लगती है। वे सोचते हैं कि ध्यान के कारण यह विचारों की भीड़ लग रही है।

ध्यान के कारण ऐसा नहीं है। प्रत्येक क्षण तुम्हारे भीतर विचारों की भीड़ लगी है; लेकिन तुम बाहर इतने व्यस्त हो कि तुम्हें इसका होश ही नहीं रहता। इसलिए जब तुम मौन बैठते हो और सजग होते हो तो तुम उस चीज के प्रति सजग हो जाते हो जिससे तुम निरंतर भाग रहे थे।

मनन एक प्रक्रिया है, और प्रक्रिया प्रयत्न है। उसमें ऊर्जा नष्ट होती है, व्यर्थ होती है। लेकिन यह आवश्यक है, यह जीवन के लिए जरूरी है। यह जीवन-संघर्ष का एक हिस्सा है। यह एक हथियार है, और एक बहुत ही घातक हथियार है। यही कारण है कि मनुष्य दूसरे जानवरों को हरा कर जीवित है। दूसरे जानवर शारीरिक तौर से अधिक बलवान हैं; लेकिन उनके पास मनन का सूक्ष्म हथियार नहीं है। उनके दांत, उनके नाखून ज्यादा खतरनाक हैं। वे एक क्षण में मनुष्य को मार डाल सकते हैं; लेकिन उनके पास एक हथियार नहीं है—मनन का हथियार। और इस कारण ही मनुष्य उन्हें मारकर जीवित रह सका है।

अतः मन जीवित रहने की व्यवस्था है। इसकी जरूरत है; यह जरूरी है। यह मन हिंसक है। यह मन उसी लंबी हिंसा का हिस्सा है जिससे आदमी को गुजरना पड़ा है। वह हिंसा से गुजरकर निर्मित हुआ है। जब तुम बैठे हो तो भी अंदर हिंसा उबलती रहती है; विचार, हिंसक विचार आंधी की तरह चलते रहते हैं। और ऐसा लगता है कि कभी भी विस्फोट हो जाएगा। यही कारण है कि कोई चुप होकर बैठना नहीं चाहता है।

लोग मेरे पास आते हैं और कहते हैं कि मुझे कुछ सहारा चाहिए, आंतरिक सहारा। मैं

चुपचाप शांत होकर बैठ नहीं सकता। कुछ न हो तो कोई नाम ही दे दें कि मैं रटता रहूं, राम-राम-राम दोहराता रहूं। तब मैं शांत बैठ सकता हूं।

लेकिन असल में तुम क्या कर रहे हो? तुम एक नई व्यस्तता पैदा कर रहे हो। तुम तब चुप हो सकोगे जब मन व्यस्त रहे। अब तुम राम-राम रटने में व्यस्त हो; तुम्हारा मन अभी भी अव्यस्त नहीं हुआ।

एक प्रक्रिया की भांति मन सदा बीमार ही रहता है। शांति के लिए जो संतुलन जरूरी है वह संतुलन मन के पास नहीं है।

तीसरी बात कि मन का निर्माण बाहर से होता है। जब तुम पैदा होते हो तो तुम्हारे पास मन नहीं होता, मन की क्षमता भर होती है—एक संभावना। यदि बच्चे को समाज के बिना पाला जाए तो वह बढ़ेगा, उसका शरीर बढ़ेगा; लेकिन उसके पास मन नहीं होगा। वह कोई भाषा नहीं बोल सकेगा; वह चिंतन में समर्थ नहीं होगा। वह किसी जानवर जैसा होगा।

समाज तुम्हारे मन की क्षमता को वास्तविक बनाता है। वह प्रशिक्षित कर तुम्हें मन देता है। यही कारण है कि हिंदू मन अलग है और मुसलमान मन अलग। दोनों मनुष्य हैं, लेकिन उनके मन अलग-अलग हैं। ईसाई का मन भिन्न है। मन भिन्न-भिन्न हैं; क्योंकि भिन्न-भिन्न समाजों ने भिन्न-भिन्न इरादों से उन्हें निर्मित और संस्कारित किया है।

एक लड़का पैदा होता है, या एक लड़की जन्म लेती है। उस समय किसी के भी पास मन नहीं होता—सिर्फ मन के होने की संभावना होती है। हो भी सकता है और नहीं भी हो सकता है; वह अभी महज बीज है। फिर तुम उन्हें प्रशिक्षित करते हो। तब लड़के का मन एक किस्म का होता है और लड़की का मन दूसरी किस्म का होता है। क्यों? इसलिए कि तुम उन्हें भिन्न-भिन्न ढंग से शिक्षित करते हो। वैसे ही हिंदू भिन्न होता है और मुसलमान भिन्न होता है। आस्तिक भिन्न होता है और नास्तिक अलग होता है। ये मन तुम्हारे भीतर पैदा किए जाते हैं। ये तुम पर थोपे जाते हैं।

यही कारण है कि मन सदा पुराना और रूढ़िवादी होता है। मन प्रगतिशील नहीं हो सकता है। यह वक्तव्य कुछ अजीब सा लगता है कि मन प्रगतिशील नहीं हो सकता है। मन रूढ़िवादी है; क्योंकि मन संस्कार है। ये तथाकथित प्रगतिशील लोग अपनी प्रगतिशीलता के प्रसंग में उतने ही रूढ़िवादी हैं जितने अन्य रूढ़िवादी लोग।

एक कम्युनिस्ट को देखो। वह समझता है कि मैं प्रगतिशील हूं; लेकिन उसके सिर पर दास कैपिटल वैसे ही बैठा है जैसे मुसलमान के सिर पर कुरान और हिंदू के सिर पर गीता बैठी है। अगर तुम उसके सामने मार्क्स की आलोचना करो तो वह उतना ही दुखी होता है जितना कोई जैन महावीर की आलोचना सुनकर दुखी होता है। मन रूढ़िवादी है; क्योंकि उसे अतीत ने, समाज ने, दूसरों ने किसी खास प्रयोजन के लिए संस्कारित किया है।

लेकिन मैं क्यों तुम्हें इस तथ्य के प्रति सजग कर रहा हूं? इसलिए कि जीवन प्रतिपल बदल रहा है और मन अतीत से अटका है। मन सदा पुराना है और जीवन सदा नया। इसलिए तनाव और द्वंद्व अनिवार्य हैं। समझो कि एक नई स्थिति सामने आ गई है; तुम किसी स्त्री के प्रेम में पड़ गए हो। तुम्हारे पास एक हिंदू का मन है और वह स्त्री मुसलमान है। अब द्वंद्व होगा; अब अनावश्यक ही बहुत संताप पैदा होगा। वह स्त्री मुसलमान है; और जीवन तुम्हें

वहां ले आया है जहां तुम उसके प्रेम में पड़ जाते हो। जीवन तो तुम्हें एक नई घटना के आमने-सामने कर देता है। लेकिन तुम्हारा मन नहीं जानता है कि उस घटना से कैसे निबटा जाए। कोई जानकारी नहीं है; इसलिए द्वंद्व होगा ही।

यही कारण है कि तेजी से बदलती हुई दुनिया में लोग अपने मूल से टूट जाते हैं और उनका जीवन चिंताग्रस्त हो जाता है। बीते युगों में ऐसी बात नहीं थी। मनुष्य ज्यादा शांत था। यथार्थतः तो वह शांत नहीं था, लेकिन वह ज्यादा शांत मालूम पड़ता था। क्योंकि उसके आस-पास की जिंदगी इतनी ठहरी हुई थी और मन में कोई द्वंद्व न था। अब सब चीजें बहुत तेजी से बदल रही हैं, और मन उतनी तेजी से नहीं बदल सकता। मन अतीत से चिपका रहता है, और चीजें हर क्षण बदल रही हैं।

यही वजह है कि पश्चिम में इतनी चिंता है। पूरब में चिंता कम है। यह हैरानी की बात है, क्योंकि पूरब को ज्यादा बुनियादी समस्याओं का सामना करना पड़ता है। भोजन नहीं है, कपड़ा नहीं है, मकान का अभाव है, लोग भूखे मर रहे हैं। लेकिन उन्हें चिंता बहुत कम है, जब कि पश्चिम में ज्यादा चिंता है। पश्चिम समृद्ध है, वैज्ञानिक तल पर बहुत विकसित है, तकनीकी दृष्टि से उसके जीवन का स्तर बहुत ऊंचा है। तब भी इतनी चिंता क्यों?

वह इसलिए क्योंकि तकनीकी विकास ने जीवन में तीव्र बदलाहट ला दी है, इतनी तीव्र कि मन उसके साथ नहीं चल सकता। इसके पहले कि तुम किसी चीज के साथ अपना तालमेल बिठाओ कि वह चीज पुरानी हो जाती है, बदल जाती है। फिर वही अंतराल।

जीवन सतत नई स्थितियां पैदा किए जाता है और मन है कि अपने पुराने संस्कारों के मुताबिक प्रतिक्रिया करता है, फलतः अंतराल बढ़ता है। और जितना बड़ा यह अंतराल होगा उतनी ही बड़ी चिंता होगी। मन रूढ़िवादी है, लेकिन जीवन रूढ़िवादी नहीं है।

मन खुद रोग क्यों है, इसके ये तीन कारण हैं। फिर करना क्या है?

अगर मन का उपचार करना है तो उसके कई आसान उपाय हैं। मनोविश्लेषण एक आसान उपाय है। इसमें समय अधिक लग सकता है, यह सफल भी नहीं होता है, लेकिन कठिन नहीं है। पर मन का अतिक्रमण कठिन है, दुष्कर है। क्योंकि उसमें मन को समग्रतः विसर्जित करना पड़ता है। अतिक्रमण में तुम पंख लगाकर मन के पार उड़ जाते हो, मन अपनी जगह जैसा था वैसा ही पड़ा रह जाता है। तुम उसे छूते भी नहीं हो।

उदाहरण के लिए, मैं यहां हूं और कमरा गर्म है। तो मैं दो काम कर सकता हूं। मैं कमरे को वातानुकूलित कर सकता हूं और उसमें रह सकता हूं। मैं ऐसे उपाय कर सकता हूं कि कमरा गर्म न हो। लेकिन तब उपायों के भी उपाय करने होंगे। और हर उपाय समस्या और चिंताएं पैदा करता है। दूसरी संभावना है कि मैं कमरा छोड़कर बाहर चला जाऊं।

यही फर्क है। पश्चिम मन के उसी कमरे में रहे चला जाता है। वह समायोजन के सभी उपाय करता है, ताकि मन में रहना कम से कम सामान्य हो सके। वह बहुत आनंदपूर्ण तो नहीं हो सकता है; लेकिन कम दुखदायी हो सकता है। मन में रहना सुख का शिखर तो नहीं छू सकता है, लेकिन अतिशय दुख से बचा जा सकता है। दुख को कम से कम किया जा सकता है।

फ्रायड ने कहा है कि मनुष्य के सुखी होने की कोई संभावना नहीं है। ज्यादा से ज्यादा

▲

तुम यही कर सकते हो कि मन को ऐसे व्यवस्थित करो कि तुम सामान्य जीवन बिता सको। तब तुम दूसरों से कम दुखी होगे। बस इतना ही।

यह तो बड़ी निराशाजनक स्थिति है। लेकिन फ्रायड बड़ा सच्चा और प्रामाणिक चिंतक था, और एक ढंग से उसकी बात सही है, क्योंकि वह मन के पार नहीं देख सकता था। यही कारण है कि पूरब में फ्रायड, जुंग या एडलर की तरह का मनोविज्ञान नहीं विकसित हुआ। यह हैरानी की बात है; क्योंकि पूरब मन के संबंध में कम से कम पांच हजार वर्षों से चर्चा करता आ रहा है। मन और ध्यान और अतिक्रमण की पांच हजार वर्षों तक चर्चा करने के बाद भी पूरब मनोविज्ञान क्यों नहीं विकसित कर सका? पश्चिम में मनोविज्ञान का विकास हाल की घटना है। फिर पूरब मनोविज्ञान क्यों नहीं निर्मित कर सका? यहां बुद्ध हुए, जिन्होंने मन के गहनतम तलों की चर्चा की। उन्होंने चेतन की चर्चा की, अवचेतन की चर्चा की और उन्होंने अचेतन की चर्चा की। वे तो जरूर जानते होंगे। लेकिन उन्होंने भी चेतन, अवचेतन और अचेतन का मनोविज्ञान क्यों नहीं विकसित किया?

कारण है। कारण यह है कि पूरब कमरे में उत्सुक नहीं रहा। उसने कमरे की थोड़ी चर्चा भी की तो सिर्फ इसलिए कि कमरे के बाहर कैसे जाया जाए, कमरे के पार कैसे जाया जाए। सिर्फ उसका द्वार पता लगाने के लिए हम कमरे में उत्सुक रहे। बस। कमरे के संबंध में हमारी बहुत उत्सुकता नहीं है; क्योंकि हम उसमें रहने नहीं जा रहे हैं। हमारी रुचि इतनी ही रही है कि हम जानें कि द्वार कहां है, और कैसे बाहर निकल जाएं। हमने कमरे की चर्चा भी इसलिए की कि द्वार का पता चले और हम जान लें कि कैसे उसे खोला जाता है और बाहर निकला जाता है। हमारी सारी अभिरुचि यहीं तक सीमित रही है। इसी कारण से भारत में मनोविज्ञान विकसित नहीं हो सका।

अगर तुम कमरे में उत्सुक नहीं हो तो तुम कमरे के नक्शे न बनाओगे, तो तुम कमरे की हर दीवार की, उसकी इंच-इंच जगह की नाप-जोख नहीं करोगे। तुम इन चीजों की फिक्र ही नहीं करते। तुम्हारी दिलचस्पी इतनी ही है कि दरवाजा कहां है, खिड़की कहां है, ताकि उससे बाहर निकला जा सके। और जिस क्षण तुम बाहर निकलोगे, तुम कमरे को बिलकुल भूल जाओगे। क्योंकि तब तुम अनंत आकाश के नीचे होगे। तब तुम्हें याद भी नहीं रहेगा कि कहीं एक कमरा था और मैं एक गुफा में रहता था, जब कि एक निस्सीम आकाश उसके पार था और मैं किसी भी क्षण उसमें प्रवेश कर सकता था। तब तुम मन को बिलकुल भूल जाते हो।

अगर तुम मन का अतिक्रमण कर सको, तो क्या होगा? मन तो वही का वही रहता है। तुम मन में कोई बदलाहट नहीं करते, बस उसके पार निकल जाते हो। और सब कुछ बदल जाता है। उसके बाद तुम जरूरत पड़ने पर कमरे में वापस भी आ सकते हो; लेकिन तुम अब आदमी दूसरे होगे। वह बाहर जाना और भीतर आना तुम्हें गुणात्मक रूप से बदल देगा। जो आदमी सदा कमरे में ही रहा है और नहीं जानता है कि कमरे के बाहर कैसा है, वह आदमी और है। उसे आदमी कहना भी उचित नहीं है; वह कीड़ों-मकोड़ों की जिंदगी जीता है। और जब वह आकाश के नीचे, खुले आकाश के नीचे पहुंच जाता है, जब वह सूरज से और बादलों से और अनंत विस्तार से गुफ्तगू करता है, तो वह तुरंत दूसरा आदमी हो जाता है। अनंत-असीम के प्रभाव में वह पहली बार आदमी बनता है, चैतन्य बनता है।

▲

वह अब कमरे में वापस लौट सकता है; लेकिन अब वह आदमी और ही होगा। अब वह कमरा किसी उपयोग के लिए होगा; अब वह कारागृह नहीं होगा। अब वह जब चाहे उससे बाहर जा सकता है। अब वह कमरे को किसी उपयोग में ला सकता है; कमरा कामचलाऊ है। पहले वह उसमें कैद था; अब वह कैद नहीं है। अब वह मालिक है। अब वह जानता है कि बाहर आकाश है और वह अनंत आकाश उसकी प्रतीक्षा कर रहा है। अब वह यह भी जानता है कि यह कमरा भी उस अनंत का ही हिस्सा है, और इस कमरे के भीतर जो सीमित आकाश है वह भी इसी आकाश का हिस्सा है जो बाहर है। वह आदमी फिर वापस आकर कमरे में रह भी सकता है, कमरे का उपयोग भी कर सकता है; लेकिन अब वह कमरे का कैदी नहीं रहा।

यह गुणात्मक भेद है। पूरब फिक्र करता है कि कैसे मन के पार जाया जाए और तब उसका उपयोग किया जाए। और तरकीब यह है: मन के साथ तादात्म्य मत करो। ध्यान की सभी विधियां इसी बात की फिक्र करती हैं कि कैसे द्वार को ढूंढा जाए, कैसे कुंजी का उपयोग किया जाए, और कैसे द्वार खोलकर बाहर निकला जाए।

आज हम दो विधियों की चर्चा करेंगे। पहली विधि का संबंध किसी क्रिया के बीच में रुकने है। इसके पहले हम ऐसी तीन रुकने वाली विधियों की चर्चा कर चुके हैं। यह विधि बाकी है।

अचानक रुकने की चौथी विधि:

*कल्पना करो कि तुम धीरे-धीरे शक्ति या ज्ञान से वंचित किए जा रहे हो। वंचित किए जाने के क्षण में, अतिक्रमण करो।*

इस विधि का प्रयोग किसी यथार्थ स्थिति में भी किया जा सकता है और तुम ऐसी स्थिति की कल्पना भी कर सकते हो। उदाहरण के लिए, लेट जाओ, शिथिल हो जाओ, और भाव करो कि तुम्हारा शरीर मर रहा है। आंखें बंद कर लो और भाव करो कि मैं मर रहा हूं। जल्दी ही तुम महसूस करोगे कि मेरा शरीर भारी हो रहा है। भाव करो : 'मैं मर रहा हूं, मैं मर रहा हूं, मैं मर रहा हूं।'

अगर भाव प्रामाणिक है तो तुम्हारा शरीर भारी होने लगेगा। तुम्हें महसूस होगा कि मेरा शरीर पत्थर जैसा हो गया है। तुम अपने हाथ हिलाना चाहोगे, लेकिन हिला नहीं पाओगे। क्योंकि वह इतना भारी और मुर्दा हो गया है। भाव किए जाओ कि मैं मर रहा हूं, मैं मर रहा हूं, मर रहा हूं, मर रहा हूं, मर रहा हूं। और जब तुम्हें मालूम हो कि अब वह क्षण आ गया है, एक छलांग और कि मैं मर जाऊंगा, तब शरीर को भूल जाओ और अतिक्रमण करो।

'कल्पना करो कि तुम धीरे-धीरे शक्ति या ज्ञान से वंचित किए जा रहे हो। वंचित किए जाने के क्षण में, अतिक्रमण करो।'

जब तुम अनुभव करते हो कि शरीर मृत हो गया है, तब अतिक्रमण करने का क्या अर्थ है? शरीर को देखो। अब तक तुम भाव करते रहे थे कि मैं मर रहा हूं। अब शरीर मृत बोझ बन गया है। शरीर को देखो। भूल जाओ कि मर रहा हूं, और अब द्रष्टा हो जाओ। शरीर मृत पड़ा है और तुम उसे देख रहे हो। अतिक्रमण घटित हो जाएगा। तुम अपने मन से बाहर

निकल जाओ; क्योंकि मृत शरीर को मन की जरूरत नहीं है। मृत शरीर इतना विश्राम में होता है कि मन की प्रक्रिया ही ठहर जाती है। तुम हो, शरीर भी है; लेकिन मन अनुपस्थित है।

स्मरण रहे, मन की जरूरत जीवन के लिए है, मृत्यु के लिए नहीं। अगर तुम्हें अचानक पता चले कि मैं एक घंटे के अंदर मर जाऊंगा तो उस एक घंटे के भीतर तुम क्या करोगे? एक घंटा बचा है। और निश्चित है कि एक घंटे बाद, ठीक एक घंटे बाद तुम मर जाओगे, तो तुम क्या करोगे?

तुम्हारा विचार बिलकुल बंद हो जाएगा। क्योंकि सब विचारना अतीत से या भविष्य से संबंधित है। तुम एक घर खरीदने की सोच रहे थे, या एक कार खरीदना चाहते थे। या हो सकता है कि तुम किसी से विवाह की योजना बना रहे थे, या किसी को तलाक देना चाहते थे। तुम बहुत सी बातें सोच रहे थे, और वे सतत तुम्हारे मन पर भारी थीं। अब जब कि सिर्फ एक घंटा हाथ में है तब न विवाह का कोई अर्थ है और न तलाक का। अब तुम सारी योजना उनके लिए छोड़ सकते हो जो जीने वाले हैं।

मृत्यु के साथ आयोजन समाप्त हो जाता है। मृत्यु के साथ चिंता समाप्त हो जाती है। क्योंकि हर आयोजन, हर चिंता जीवन से संबंधित है। कल तुम जीओगे, इसी कारण से चिंता होती है। और यही कारण है कि जो लोग ध्यान सिखाते हैं वे सतत कहते हैं कि कल की मत सोचो। जीसस अपने शिष्यों से कहते हैं कि कल की मत सोचो। क्योंकि कल की सोचोगे तो तुम ध्यान में नहीं उतर पाओगे, तुम चिंता में उतर जाओगे।

लेकिन हमें चिंताओं से इतना लगाव है कि हम कल की ही नहीं सोचते, आने वाले जन्म तक की चिंता करते हैं। हम इस जीवन के लिए ही आयोजन नहीं करते, मृत्यु के बाद आने वाले जीवन के लिए भी आयोजन करते हैं।

एक दिन मैं सड़क से गुजर रहा था कि किसी ने एक पुस्तिका मेरे हाथ में थमा दी। उसके मुख-पृष्ठ पर एक बहुत ही सुंदर मकान का चित्र बना था, और उसके साथ ही एक सुंदर बगीचा भी था। वह सुंदर था, अदभुत रूप से सुंदर था। और बड़े-बड़े अक्षरों में यह प्रश्न लिखा था: 'क्या तुम ऐसा सुंदर घर और ऐसा सुंदर बगीचा चाहते हो? और वह भी बिना मूल्य के, मुफ्त?'

मैंने उस किताब को उलट-पुलटकर देखा; वह घर और बगीचा इस दुनिया के नहीं थे। वह ईसाइयों की पुस्तिका थी। उसमें लिखा था कि अगर तुम्हें ऐसे सुंदर घर और बगीचे की चाह है तो जीसस में विश्वास करो। जो लोग उनमें विश्वास करते हैं उन्हें प्रभु के राज्य में ऐसे घर मुफ्त में मिलते हैं।

मन कल की ही नहीं सोचता, वरन मृत्यु के बाद की भी सोचता है; वह अगले जन्मों के लिए भी व्यवस्था और आरक्षण करता रहता है। ऐसा मन धार्मिक नहीं हो सकता है। धार्मिक मन कल की चिंता नहीं करता है। इसलिए जो लोग अगले जन्मों की चिंता करते हैं, वे सतत सोचते रहते हैं कि परमात्मा उनके साथ कैसा व्यवहार करेगा। चर्चिल मर रहा था और किसी ने उससे पूछा: 'तुम स्वर्ग में परमपिता से मिलने को तैयार हो?' चर्चिल ने कहा: 'वह मेरी चिंता नहीं है; मुझे तो यह चिंता है कि क्या परमपिता मुझसे मिलने को तैयार है?' चाहे जो भी ढंग हो, तुम चिंता भविष्य की ही करते हो।

▲

बुद्ध ने कहा है कि कोई स्वर्ग नहीं है और न कोई भावी जीवन है। और उन्होंने यह भी कहा है कि आत्मा नहीं है, और तुम्हारी मृत्यु समग्र और पूरी होगी। कुछ भी नहीं बचेगा।

इस पर लोगों ने सोचा कि बुद्ध नास्तिक हैं। वे नास्तिक नहीं थे। वे एक स्थिति पैदा कर रहे थे जिसमें तुम कल को भूल सको और इस क्षण में, यहां और अभी जी सको। तब ध्यान बहुत सरल हो जाता है।

तो अगर तुम मृत्यु की सोच रहे हो—वह मृत्यु नहीं जो भविष्य में आएगी—तो जमीन पर लेट जाओ, मृतवत हो जाओ, शिथिल हो जाओ और भाव करो कि मैं मर रहा हूं, मैं मर रहा हूं, मैं मर रहा हूं। यह सिर्फ सोचो ही नहीं, शरीर के एक-एक अंग में, शरीर के एक-एक तंतु में इसे अनुभव करो। मृत्यु को अपने भीतर सरकने दो। यह एक अत्यंत सुंदर ध्यान-विधि है। और जब तुम समझो कि शरीर मृत बोझ हो गया है और जब तुम अपना हाथ या सिर भी नहीं हिला सकते, जब लगे कि सब कुछ मृतबत हो गया, तब एकाएक अपने शरीर को देखो। तब मन वहां नहीं होगा। तब तुम देख सकते हो। तब सिर्फ तुम होगे, चेतना होगी।

अपने शरीर को देखो। तुम्हें नहीं लगेगा कि यह तुम्हारा शरीर है। बस एक शरीर है, कोई शरीर, ऐसा लगेगा। तुम और तुम्हारे शरीर के बीच का अंतराल साफ हो जाएगा, स्फटिक की तरह साफ। कोई सेतु नहीं बचेगा। शरीर मृत पड़ा होगा, और तुम साक्षी की तरह खड़े होगे। तुम शरीर में नहीं होगे।

ध्यान रहे, मन के कारण ही अहं भाव उठता है कि मैं शरीर हूं। यह भाव कि मैं शरीर हूं मन के कारण है। अगर मन न हो, अनुपस्थित हो, तो तुम नहीं कहोगे कि मैं शरीर में हूं या शरीर के बाहर हूं। तुम महज होगे; भीतर और बाहर नहीं होगे। भीतर और बाहर सापेक्ष शब्द हैं, जो मन से संबंधित हैं। तब तुम मात्र साक्षी रहोगे। यही अतिक्रमण है।

तुम यह प्रयोग कई ढंगों से कर सकते हो। कभी-कभी वास्तविक स्थितियों में भी यह प्रयोग संभव है। तुम बीमार हो और तुम्हें लगता है कि अब कोई आशा न बची, मृत्यु निश्चित है। यह बहुत उपयोगी स्थिति है। ध्यान के लिए इसका उपयोग करो।

और दूसरे ढंगों से भी इसका उपयोग कर सकते हो। कल्पना करो कि धीरे-धीरे तुम्हारी शक्ति क्षीण हो रही है। लेट जाओ और भाव करो कि समस्त अस्तित्व मेरी शक्ति को चूस रहा है। चारों ओर से मेरी शक्ति चूसी जा रही है, और शीघ्र ही मैं निःसत्व हो जाऊंगा; सर्वथा बलहीन हो जाऊंगा; मेरे भीतर कुछ भी नहीं बचेगा।

और जीवन ऐसा ही है। तुम चूसे जा रहे हो। तुम्हारे चारों ओर की चीजें तुम्हें चूस रही हैं। और एक दिन तुम मुर्दा हो जाओगे—सब कुछ चूस लिया जाएगा। जीवन तुम से जा चुकेगा और केवल शव पड़ा रहेगा।

इस क्षण भी तुम यह प्रयोग कर सकते हो, कल्पना कर सकते हो। लेट जाओ और भाव करो कि ऊर्जा चूसी जा रही है। थोड़े ही दिनों में तुम्हें साफ होने लगेगा कि कैसे ऊर्जा बाहर जाती है। और जब तुम समझो कि सारी ऊर्जा बाहर निकल गई है, भीतर कुछ नहीं बची है, तब अतिक्रमण कर जाओ।

वचित किए जाने के क्षण में, अतिक्रमण करो।'

जब ऊर्जा का अंतिम कण तुम से बाहर जा रहा है, अतिक्रमण कर जाओ। द्रष्टा हो

जाओ, मात्र साक्षी। तब यह जगत और यह शरीर दोनों तुम नहीं हो; तुम बस देखने वाले हो।

यह अतिक्रमण तुम्हें तुम्हिरे मन के बाहर ले जाएगा। यह कुंजी है। और तुम अपनी पसंद के मुताबिक कई ढंगों से यह प्रयोग कर सकते हो। उदाहरण के लिए, हम लोग दौड़ने की बात कर रहे थे। उसमें ही अपने को थका दो। दौड़ते जाओ, दौड़ते जाओ। खुद मत रुको। शरीर को अपने आप ही गिरने दो। जब शरीर का जर्र-जर्रा थक जाएगा, तुम गिर पड़ोगे। और जब तुम गिर रहे हो तभी सजग हो जाओ। सिर्फ देखो कि शरीर गिर रहा है।

कभी-कभी चमत्कारपूर्ण घटना घटती है। तुम खड़े रहते हो, शरीर गिर गया है, और तुम उसे देख सकते हो। तुम देख सकते हो; क्योंकि शरीर ही गिरा है और तुम खड़े ही हो। शरीर के साथ मत गिरो। चारों तरफ घूमो, दौड़ो, नाचो; शरीर को थका डालो। लेकिन ध्यान रहे, तुम्हें लेटना नहीं है; क्योंकि उस हालत में आंतरिक चेतना भी शरीर के साथ गति करके लेट जाती है। इसलिए लेटना नहीं है। तुम चलते ही चलो, जब तक कि शरीर अपने आप ही न गिर जाए। तब शरीर शव की तरह गिर जाता है। और तुरंत तुम्हें दिखाई देता है कि शरीर गिर रहा है और तुम कुछ नहीं कर सकते।

उसी क्षण आंख खोलो, सजग हो जाओ। चूको मत। जागरूक होकर देखो कि क्या हो रहा है। हो सकता है, तुम खड़े हो और शरीर गिर पड़ा है। एक बार यह जान लो तो फिर तुम यह कभी न भूलोगे कि मैं इस शरीर से पृथक हूं।

अंग्रेजी के शब्द 'एक्सटैसी' का यही अर्थ है: बाहर खड़ा होना। एक्सटैसी अर्थात बाहर खड़ा होना। अंग्रेजी में एक्सटैसी का प्रयोग समाधि के लिए होता है। और एक बार तुम समझ लो कि तुम शरीर के बाहर हो तो उस क्षण में मन नहीं रह जाता है। क्योंकि मन ही वह सेतु है जिससे यह भाव पैदा होता है कि मैं शरीर हूं। अगर तुम एक क्षण के लिए भी शरीर के बाहर हुए तो उस क्षण में मन नहीं रहेगा।

यह अतिक्रमण है। अब तुम शरीर में वापस हो सकते हो, मन में भी वापस हो सकते हो; लेकिन अब तुम इस अनुभव को नहीं भूल सकोगे। यह अनुभव तुम्हारे अस्तित्व का भाग बन गया है; यह सदा तुम्हारे साथ रहेगा।

इस प्रयोग को प्रतिदिन करो। और इस सरल प्रक्रिया से बहुत कुछ घटित होता है।

मन को लेकर पश्चिम सदा चिंतित रहता है और अनेक उपाय भी करता है, लेकिन अब तक कोई उपाय काम करता नजर नहीं आ रहा है। हरेक चीज फैशन बनकर समाप्त हो जाती है। मनोविश्लेषण अब एक मृत आंदोलन है। उसकी जगह नए आंदोलन आ गए हैं—एनकाउंटर समूह हैं, समूह मनोविज्ञान है, कर्म मनोविज्ञान है—और भी ऐसी ही चीजें हैं। लेकिन वे फैशन की तरह आती हैं और चली जाती हैं। क्यों?

इसलिए कि मन के भीतर तुम ज्यादा से ज्यादा व्यवस्था ही बिठा सकते हो। और ये व्यवस्थाएं बार-बार उपद्रव में पड़ेंगी। मन की व्यवस्था, उसके साथ समायोजन करना रेत पर घर बनाने जैसा है, ताश का घर बनाने जैसा है। वह घर सदा हिलता रहेगा, और यह डर सदा रहेगा कि अब गिरा तब गिरा। वह किसी भी क्षण गिर सकता है।

आंतरिक रूप से सुखी और स्वस्थ होने के लिए, संपूर्ण होने के लिए मन के पार जाना ही एकमात्र उपाय है। तब तुम मन में भी लौट सकते हो, और उसे उपयोग में भी ला सकते

हो। तब मन यंत्र का काम करता है, और तुम उससे तादात्म्य नहीं रखते।

तो दो चीजें हैं। एक कि मन के साथ तुम्हारा तादात्म्य है। तंत्र के लिए यही रुग्णता है। दूसरे, मन के साथ तुम्हारा तादात्म्य नहीं रहा; तुम उसे यंत्र की तरह काम में लाते हो। तब तुम स्वस्थ और संपूर्ण हो।

अचानक रुकने की पांचवीं विधि। थोड़े से शब्दों की यह विधि एक अर्थ में बहुत सरल है और दूसरे अर्थ में अत्यंत कठिन। यह पांचवीं विधि कहती है:

*भक्ति मुक्त करती है।*

थोड़े से शब्द: 'भक्ति मुक्त करती है।' सच में तो यह एक ही शब्द है। क्योंकि 'मुक्त करती है' भक्ति का परिणाम है। भक्ति का क्या मतलब है?

विज्ञान भैरव तंत्र में दो कोटि की विधियां हैं। एक कोटि उनके लिए है जो मस्तिष्क-प्रधान हैं, विज्ञानोन्मुख हैं। और दूसरी उनके लिए है जो हृदय-प्रधान हैं, भावोन्मुख हैं, कवि हैं। और दो ही तरह के मन हैं—वैज्ञानिक मन और काव्यात्मक मन। और इनमें जमीन-आसमान का अंतर है; वे एक-दूसरे से कहीं नहीं मिलते हैं। मिलन असंभव है। कभी-कभी वे समानांतर चलते हैं, लेकिन मिलते कहीं नहीं।

कभी-कभी ऐसा होता है कि कोई आदमी कवि भी है और वैज्ञानिक भी। यह दुर्लभ घटना भी घटती है कि कोई व्यक्ति कवि और विज्ञानी दोनों हो। तब उसका व्यक्तित्व खंडित होगा। तब वह यथार्थ में दो होगा, एक नहीं। जब वह कवि होता है तब वैज्ञानिक को बिलकुल भूल जाता है, अन्यथा उसका वैज्ञानिक उपद्रव पैदा करेगा। और जब वह वैज्ञानिक होता है तो अपने कवि को बिलकुल भूल जाता है और तब वह दूसरे जगत में प्रवेश करता है—जो धारणा, विचार, तर्क, बुद्धि और गणित का जगत है। वह जगत ही अलग है। और जब वह कविता के जगत में विचरण करता है तो वहां गणित नहीं, संगीत होता है। वहां धारणाएं नहीं होतीं, वहां शब्द होते हैं, लेकिन तरल शब्द, ठोस नहीं। वहां एक शब्द दूसरे शब्द में प्रवेश कर जाता है। वहां एक शब्द के अनेक अर्थ हो सकते हैं और हो सकता है कोई भी अर्थ न हो। वहां व्याकरण खो जाता है, सिर्फ काव्य रहता है। यह और ही दुनिया है।

विचारक और भावुक, ये दो कोटियां हैं। पहली विधि, जिसकी चर्चा अभी मैंने की, वैज्ञानिक मन के लिए थी। 'भक्ति मुक्त करती है,' भावुक मन के लिए है। और याद रहे कि तुम्हें अपनी कोटि खोज लेनी है। कोई भी कोटि छोटी-बड़ी या ऊंची-नीची नहीं है। यह मत सोचो कि बौद्धिक मन श्रेष्ठ है या भावुक मन श्रेष्ठ है। नहीं, वे सिर्फ कोटियां हैं, ऊंच-नीच की कोई बात नहीं है। इसलिए खोजो कि तुम्हारी कोटि तथ्यत: क्या है।

दूसरी विधि भावुक कोटि के लोगों के लिए है। क्यों? क्योंकि भक्ति किसी और के प्रति होती है, और भक्ति अंधी होती है। भक्ति में दूसरा तुमसे ज्यादा महत्वपूर्ण होता है। यह श्रद्धा है। बुद्धिवादी किसी पर श्रद्धा नहीं कर सकता है। वह सिर्फ आलोचना कर सकता है, श्रद्धा नहीं। वह संदेह कर सकता है, भरोसा नहीं। और अगर कभी कोई बुद्धि-प्रधान व्यक्ति आस्था के निकट आता भी है तो उसकी आस्था प्रामाणिक नहीं होती।

पहली बात तो यह कि वह किसी तरह अपनी आस्था के संबंध में अपने को राजी

करता है। ऐसी आस्था कभी प्रामाणिक नहीं होती। वह प्रमाण खोजता है, दलील खोजता है। और वह पाता है कि दलीलें ठोस हैं, प्रमाण जोरदार हैं, तो ही विश्वास करता है। लेकिन यहीं वह चूक जाता है। क्योंकि आस्था तर्क नहीं करती है और न आस्था प्रमाणों पर आधारित है। अगर प्रमाण उपलब्ध हैं तो आस्था की जरूरत क्या रही!

तुम सूरज में विश्वास नहीं करते हो, तुम आसमान में विश्वास नहीं करते हो, तुम बस उन्हें जानते हो। सूरज उग रहा है, इसमें विश्वास करने की क्या बात है? अगर कोई तुमसे पूछे कि क्या तुम सूरज के उगने में विश्वास करते हो, तो तुम यह नहीं कहते कि हां, मैं विश्वास करता हूं और एक बड़ा विश्वासी हूं। तुम यही कहते हो कि सूरज उग रहा है और मैं यह जानता हूं। विश्वास या अविश्वास का प्रश्न ही नहीं है। क्या कोई ऐसा व्यक्ति भी है जिसे सूरज में विश्वास हो? ऐसा कोई नहीं है।

श्रद्धा का अर्थ है: बिना किसी प्रमाण के अज्ञात में छलांग।

यह कठिन है, बौद्धिक कोटि के मनुष्य के लिए यह कठिन है। क्योंकि तब पूरी चीज बेतुकी हो जाती है, पागलपन की हो जाती है। पहले प्रमाण चाहिए। अगर तुम कहते हो कि ईश्वर है और उसके प्रति समर्पण करना है, तो पहले ईश्वर को सिद्ध करना होगा।

लेकिन तब ईश्वर एक प्रमेय हो जाता है; सिद्ध तो हो जाता है, पर व्यर्थ हो जाता है। ईश्वर को असिद्ध ही रहना है; अन्यथा वह किसी काम का न रहेगा। क्योंकि तब श्रद्धा अर्थहीन हो जाती है। अगर तुम एक सिद्ध किए हुए ईश्वर में विश्वास करते हो तो तुम्हारा ईश्वर ज्यामिति का एक प्रमेय मात्र है। कोई यूक्लिड के प्रमेयों में विश्वास नहीं करता; उसकी जरूरत नहीं है। वे प्रमेय सिद्ध किए जा सकते हैं। और जो सिद्ध किया जा सकता है वह श्रद्धा के लिए आधार नहीं हो सकता।

एक अत्यंत रहस्यवादी ईसाई संत तरतूलियन ने कहा है कि मैं ईश्वर में इसलिए विश्वास करता हूं क्योंकि वह बेतुका है, अविश्वसनीय है। और वह ठीक कहता है। भावुक लोगों की दृष्टि यही है। तरतूलियन कहता है कि चूंकि उसे सिद्ध नहीं किया जा सकता इसलिए में ईश्वर में विश्वास करता हूं।

यह वक्तव्य तर्कहीन है, अबुद्धिपूर्ण है। तर्कपूर्ण वक्तव्य ऐसा होना चाहिए: 'ईश्वर के ये प्रमाण हैं, और इसलिए मैं उसमें विश्वास करता हूं।' और तरतूलियन कहता है, क्योंकि उसके पक्ष में कोई सबूत नहीं है, क्योंकि कोई भी दलील यह सिद्ध नहीं कर सकती है कि ईश्वर है, इसलिए मैं ईश्वर में विश्वास करता हूं।

और वह एक अर्थ में सही है; क्योंकि श्रद्धा का अर्थ है, किन्हीं कारणों के बिना अज्ञात में छलांग। और सिर्फ भावपूर्ण व्यक्ति ही यह कर सकता है।

भक्ति को छोड़ो; पहले प्रेम को समझो। और तब तुम भक्ति को भी समझ सकोगे।

तुम किसी के प्रेम में पड़ते हो। अंग्रेजी में इसे फालिंग इन लव—प्रेम में गिरना कहते हैं। हम प्रेम में गिरना क्यों कहते हैं? कुछ नहीं गिरता है, सिर्फ तुम्हारा सिर गिरता है। प्रेम में सिर के सिवाय और क्या गिरता है? तुम अपने सिर से नीचे गिर जाते हो। इसी से हम इसे 'प्रेम में गिरना' कहते हैं। भाषा बौद्धिक कोटि के लोग निर्मित करते हैं। उनके लिए प्रेम पागलपन है, विक्षिप्तता है। कोई प्रेम में गिर गया है, इसका मतलब हुआ कि अब वह कुछ

भी कर सकता है। अब वह पागल है, बुद्धि उसे काम न आएगी; तुम उसके साथ तर्क न कर सकोगे। क्या तुम किसी प्रेमी के साथ तर्क कर सकते हो? लोग चेष्टा करते हैं; लेकिन कुछ हाथ नहीं आता।

तुम किसी के प्रेम में पड़ गए हो। हर कोई कहता है कि यह तुम्हारे योग्य नहीं है, या कि तुम मुसीबत मोल ले रहे हो, या कि तुम मूर्ख बन रहे हो, और इससे अच्छा प्रेम-पात्र मिल सकता था। लेकिन यह सब कहने का तुम पर कोई असर न होगा; कोई दलील काम न आएगी। तुम प्रेम में हो; अब बुद्धि व्यर्थ हो गई। प्रेम की अपनी तर्क-सरणी है।

प्रेम में गिरने का अर्थ है कि तुम्हारा व्यवहार अब अबुद्धिपूर्ण होगा। दो प्रेमियों को देखो, उनके व्यवहार को, उनके संवाद को देखो। सब कुछ अबुद्धिपूर्ण है। वे बच्चों की तरह बोलते हैं। क्यों? एक बड़ा वैज्ञानिक भी जब प्रेम में पड़ता है तो बच्चों की तरह तुतलाने लगता है। वह बहुत विकसित, टेक्नालाजी की भाषा में क्यों नहीं बोलता है? उसकी बातचीत बच्चों जैसी अटपटी क्यों होती है?

इसीलिए क्योंकि प्रेम में बहुत उन्नत टेक्नालाजी की भाषा काम की नहीं है। मेरे एक मित्र ने विवाह किया। लड़की चेकोसलोवाकिया की थी। लड़की थोड़ी सी अंग्रेजी जानती थी। और वैसे ही मेरे मित्र थोड़ी सी चेकोसलोवाकिया की भाषा जानते थे। वे विवाहित हो गए। मेरे मित्र उच्च शिक्षा-प्राप्त व्यक्ति थे, विश्वविद्यालय में प्रोफेसर थे। और लड़की भी प्रोफेसर थी।

मैं एक बार इन मित्र के साथ टिका था। उन्होंने मुझसे कहा कि हम दोनों बड़ी कठिनाई में पड़े हैं। मेरा चेकोसलोवाकिया की भाषा का ज्ञान टेक्नालाजी की शब्दावली तक सीमित है, और मेरी पत्नी का अंग्रेजी का ज्ञान भी टेक्नालाजी की शब्दावली तक सीमित है। नतीजा है कि हम बच्चों की भाषा नहीं बोल सकते हैं। यह अजीब बात है। हमें लगता है कि हमारा प्रेम कहीं सतह पर अटका है; वह गहरे नहीं जा सकता। भाषा बाधा बन जाती है। मैं प्रोफेसर की तरह बोल सकता हूं; जहां तक मेरे विषय का संबंध है, मैं खूब बोल सकता हूं। वह लड़की भी अपने विषय पर ठीक से बोल सकती है। लेकिन प्रेम तो हममें से किसी का भी विषय नहीं रहा।

लेकिन तुम प्रेम में बच्चों की तरह क्यों बोलने लगते हो? इसलिए कि तुम्हारा प्रेम का पहला अनुभव मां के साथ बचपन में होता है। पहले-पहले तुम जो शब्द बोले थे वे प्रेम के शब्द थे। वे सिर से नहीं, हृदय से आए थे। वे भाव-जगत के शब्द थे। उनकी गुणवत्ता भिन्न थी। इसीलिए जब तुम प्रेम में पड़ते हो तो अपनी उन्नत भाषा के बावजूद तुम बच्चों की भाषा बोलने लगते हो, तुम पीछे लौट जाते हो। वे बोल कुछ और हैं; वे सिर से नहीं, हृदय से निकलते हैं। वे उतने व्यंजक और अर्थपूर्ण नहीं भी हो सकते हैं। फिर भी वे ज्यादा व्यंजक और अर्थपूर्ण होते हैं। लेकिन उनके अर्थ का आयाम सर्वथा भिन्न होता है।

अगर तुम बहुत गहरे प्रेम में हो तो तुम मौन हो जाओगे। तब तुम अपनी प्रेमिका से बोल न सकोगे। और यदि बोलोगे भी तो नाम के लिए ही। बातचीत संभव नहीं है। प्रेम जब गहराता है तब शब्द व्यर्थ हो जाते हैं, तुम चुप हो जाते हो। अगर तुम अपनी प्रेमिका के साथ मौन नहीं रह सकते हो तो भलीभांति समझ लो कि प्रेम नहीं है। क्योंकि जिससे तुम्हें प्रेम नहीं है उसके पास चुप रहना बहुत कठिन होता है। किसी अजनबी के साथ तुम तुरंत बातचीत में लग जाते हो।

▲

अगर तुम रेलगाड़ी या बस से यात्रा कर रहे हो तो तुम तुरंत बातचीत में लग जाते हो। क्योंकि अजनबी के बगल में चुप बैठना कठिन मालूम होता है, भद्दा मालूम होता है। और चूंकि कोई दूसरा सेतु नहीं बन पाता इसलिए तुम भाषा का सेतु निर्मित कर लेते हो। अजनबी के साथ आंतरिक सेतु संभव नहीं है। तुम अपने में बंद हो; वह अपने में बंद है। मानो दो बंद घेरे अगल-बगल में बैठे हों। और डर है कि कहीं वे आपस में टकरा न जाएं, कोई खतरा न हो जाए। इसलिए तुम सेतु बना लेते हो, इसलिए तुम बातचीत करने लगते हो, इसलिए तुम मौसम या किसी भी चीज पर बातचीत करने लगते हो, वह कोई भी बेकार की बात हो सकती है। लेकिन उससे तुम्हें एहसास होता है कि तुम जुड़े हो और संवाद चल रहा है।

दो प्रेमी मौन हो जाते हैं। और जब दो प्रेमी फिर बातचीत करने लग जाएं तो समझ लेना कि प्रेम विदा हो चुका है, कि वे फिर अजनबी हो गए हैं। जाओ और पति-पत्नियों को देखो, जब वे अकेले होते हैं तो वे किसी भी चीज के बारे में बातचीत करते रहते हैं। और वे दोनों जानते हैं कि बातचीत गैर-जरूरी है। लेकिन चुप रहना कितना कठिन है! इसलिए किसी क्षुद्र सी बात पर भी बात किए जाओ, ताकि संवाद चलता रहे।

लेकिन दो प्रेमी मौन हो जाएंगे। भाषा खो जाएगी; क्योंकि भाषा बुद्धि की चीज है। शुरुआत तो बच्चों जैसी बातचीत से होगी, लेकिन फिर वह नहीं रहेगी। तब वे मौन में संवाद करेंगे। उनका संवाद क्या है? उनका संवाद अतर्क्य है; वे अस्तित्व के एक भिन्न आयाम के साथ लयबद्ध हो जाते हैं। और वे उस लयबद्धता में सुखी अनुभव करते हैं। और अगर तुम उनसे पूछो कि उनका सुख क्या है, तो वे उसे प्रमाणित नहीं कर सकते।

अब तक कोई प्रेमी प्रमाणित नहीं कर सका है कि प्रेम में उन्हें सुख क्यों होता है। क्यों? प्रेम तो बहुत पीड़ा, बहुत दुख लाता है; तथापि प्रेमी सुखी है। प्रेम में एक गहरी पीड़ा है। क्योंकि जब तुम किसी से एक होते हो तो उसमें अड़चन आती है। प्रेम में दो मन एक हो जाते हैं; यह केवल दो शरीरों के एक होने की बात नहीं है।

सेक्स ओर प्रेम में यही भेद है। अगर सिर्फ दो शरीर एक होते हों तो बहुत अड़चन नहीं है और उसमें पीड़ा भी नहीं है। वह बहुत सरल बात है; कोई पशु भी कर सकता है। लेकिन जब दो व्यक्ति प्रेम में मिलते हैं तब कठिनाई है, बहुत कठिनाई है। क्योंकि तब दो मनों को विसर्जित होना पड़ता है, अनुपस्थित होना पड़ता है। तभी वह स्थान निर्मित होता है जिसमें प्रेम का फूल खिल सके।

प्रेम के बारे में तर्क नहीं किया जा सकता; कोई यह प्रमाणित नहीं कर सकता कि प्रेम सुख लाता है। कोई यह भी नहीं प्रमाणित कर सकता कि प्रेम है।

और ऐसे वैज्ञानिक हैं, व्यवहारवादी वैज्ञानिक, वाटसन और स्कीनर के अनुयायी, जो कहते हैं कि प्रेम महज भ्रम है। कोई प्रेम वगैरह नहीं है; तुम मात्र भ्रम में हो। वे कहते हैं कि तुम्हें सिर्फ आभास होता है कि मैं प्रेम में हूं; प्रेम है नहीं। तुम बस प्रेम का सपना देखते हो। और कोई भी सिद्ध नहीं कर सकता कि वे वैज्ञानिक गलत हैं।

वे कहते हैं कि प्रेम बिलकुल भ्रम है—मनोकल्पित अनुभव। उसमें कुछ भी यथार्थ नहीं है, बस शरीर का रसायन तुम्हें प्रभावित कर रहा है। वे शरीर के हारमोन हैं, रासायनिक द्रव्य हैं, जो तुम्हारे व्यवहार को प्रभावित कर रहे हैं और तुम्हें सुख-संतोष का झूठा भाव दे रहे

हैं। और कोई उन्हें गलत नहीं सिद्ध कर सकता।

लेकिन यह चमत्कार है कि वाटसन भी प्रेम में पड़ेगा। यह जानते हुए कि यह महज एक रासायनिक प्रक्रिया है, वाटसन भी प्रेम में गिरेगा और वाटसन भी सुखी होगा। लेकिन प्रेम सिद्ध नहीं किया जा सकता है। यह इतना आंतरिक और वैयक्तिक है।

प्रेम में होता क्या है? प्रेम में दूसरा महत्वपूर्ण हो जाता है—तुमसे ज्यादा महत्वपूर्ण। तुम परिधि हो जाते हो और वह केंद्र हो जाता है।

तर्क सदा स्व-केंद्रित रहता है। मन सदा अहं-केंद्रित होता है। मैं केंद्र हूं और शेष सब चीजें मेरे चारों ओर घूमती हैं, और मेरे लिए घूमती हैं, लेकिन केंद्र मैं हूं। बुद्धि सदा इसी भांति काम करती है।

अगर तुम बुद्धि के साथ बहुत दूर तक चलोगे तो तुम उसी निष्कर्ष पर पहुंचोगे जिस पर बर्कले पहुंचा था। उसने कहा: केवल मैं हूं और शेष सब चीजें मेरे मन की धारणाएं भर हैं। में कैसे सिद्ध कर सकता हूं कि तुम सचमुच हो? हो सकता है, तुम एक सपना होओ और मैं भी एक सपना देख रहा होऊं और बोल रहा होऊं। और हो सकता है कि तुम बिलकुल न होओ। मैं कैसे अपने को समझाऊं कि तुम सचमुच हो? हालांकि मैं तुमको छू सकता हूं, लेकिन ऐसा छूना तो सपने में भी होता है। और सपने में भी मुझे किसी के छूने पर छूने की अनुभूति होती है। मैं तुम्हें चोट कर सकता हूं और तुम रोओगे, लेकिन ऐसे तो सपने में भी किसी को चोट कर मैं उस स्वप्न के व्यक्ति को रुला सकता हूं। यह भेद कैसे किया जाए कि जो व्यक्ति मेरे सामने है वह स्वप्न नहीं यथार्थ है? हो सकता है, वह काल्पनिक हो।

किसी पागलखाने में जाकर देखो और तुम्हें अपने आप से बातें करते हुए लोग मिलेंगे। वे किससे बातें कर रहे हैं? हो सकता है, मैं भी वैसे ही अपने आप से बातें कर रहा होऊं। बुद्धि से मैं कैसे सिद्ध करूं कि तुम हो ही? अगर बुद्धि को उसकी अति तक ले जाया जाए, तार्किक अति तक, तो सिर्फ मैं बचता हूं और शेष सब स्वप्न हो जाता है। बुद्धि ऐसे ही काम करती है।

हृदय का मार्ग इसके विपरीत है। मैं खो जाता हूं और दूसरा, प्रेम-पात्र यथार्थ हो जाता है। अगर तुम प्रेम को उसकी पराकाष्ठा पर पहुंचा दो तो वह भक्ति बन जाता है। अगर तुम्हारा प्रेम इस चरम बिंदु पर पहुंच जाए कि जहां तुम बिलकुल भूल जाओ कि मैं हूं, जहां तुम्हें अपना होश न रहे, और जहां दूसरा ही रह जाए, तो वही भक्त है।

प्रेम भक्ति बन सकता है। प्रेम पहला चरण है, तभी भक्ति का फूल खिलता है। लेकिन हमारे लिए तो प्रेम भी दूर का तारा है। हमारे लिए सेक्स या काम ही सच्चाई है।

प्रेम की दो संभावनाएं हैं। प्रेम अगर नीचे गिरे तो काम बन जाता है, शारीरिक रह जाता है। और अगर प्रेम ऊपर उठे तो भक्ति बन जाता है, आत्मा की चीज बन जाता है। प्रेम दोनों के बीच में है। प्रेम के नीचे सेक्स का पाताल है, और उसके ऊपर भक्ति का अनंत आकाश है।

यदि तुम्हारा प्रेम गहरा हो तो दूसरा ज्यादा-ज्यादा अर्थपूर्ण हो जाता है—वह इतना अर्थपूर्ण हो जाता है कि तुम उसे अपना भगवान कहने लगते हो। यही कारण है कि मीरा कृष्ण को प्रभु कहे चली जाती है। न कृष्ण को कोई देख सकता है, न मीरा सिद्ध कर सकती है कि

▲

कृष्ण वहां हैं; लेकिन मीरा इसे सिद्ध करने में उत्सुक भी नहीं है। मीरा ने कृष्ण को अपना प्रेम-पात्र बना लिया है।

और याद रहे, तुम किसी यथार्थ व्यक्ति को अपना प्रेम-पात्र बनाते हो या किसी कल्पना के व्यक्ति को, इससे कोई फर्क नहीं पड़ता है। कारण यह है कि सारा रूपांतरण भक्ति के माध्यम से आता है, प्रेम-पात्र के माध्यम से नहीं। इस बात को सदा स्मरण रखो। कृष्ण नहीं भी हो सकते हैं; यह अप्रासंगिक है। प्रेम के लिए अप्रासंगिक है।

राधा के लिए कृष्ण यथार्थत: थे; मीरा के लिए यथार्थतः नहीं थे। यही चीज मीरा को राधा से भक्ति में ऊपर उठा देती है। राधा भी मीरा से ईर्ष्या कर सकती है। राधा के लिए कृष्ण जीते-जागते पुरुष थे; उनकी उपस्थिति में उन्हें अनुभव करना बहुत कठिन नहीं है। लेकिन जब कृष्ण नहीं हैं, और मीरा कमरे में अकेली है और कृष्ण से बातचीत करती है, और उन कृष्ण के लिए जी रही है जो कहीं नहीं हैं, तब बात और हो जाती है। मीरा के लिए कृष्ण सब कुछ हो गए हैं। वह इसे सिद्ध नहीं कर सकती है; यह अतर्क्य है। लेकिन उसने छलांग ली और वह रूपांतरित हो गई। भक्ति ने उसे मुक्त कर दिया।

मैं यह बात जोर देकर कहना चाहता हूं कि कृष्ण के होने न होने का प्रश्न नहीं है, बिलकुल नहीं है; यह भाव कि कृष्ण हैं, यह समग्र प्रेम का भाव, यह समग्र समर्पण, यह किसी में अपने को विलीन कर देना, चाहे वह हो या न हो, यह विलीन हो जाना ही रूपांतरण है। अचानक व्यक्ति शुद्ध हो जाता है, समग्ररूपेण शुद्ध हो जाता है। क्योंकि जब अहंकार ही नहीं है तो तुम किसी रूप में भी अशुद्ध नहीं हो सकते। अहंकार ही सब अशुद्धि का बीज है। अहंकार का भाव ही सब विक्षिप्तता का जनक है। भाव के जगत के लिए, भक्त के जगत के लिए अहंकार रोग है।

यह अहंकार एक ही उपाय से विसर्जित होता है—कोई दूसरा उपाय नहीं है—वह उपाय यह है कि दूसरा इतना महत्वपूर्ण हो जाए, इतना महिमापूर्ण हो जाए कि तुम धीरे-धीरे विलीन हो जाओ, और एक दिन तुम बिलकुल ही न बचो, सिर्फ दूसरे का बोध रह जाए। और जब तुम न रहे तो दूसरा दूसरा नहीं रह जाता है; क्योंकि दूसरा दूसरा तब तक है जब तक तुम हो। जब मैं विदा होता है तो उसके साथ तू भी विदा हो जाता है।

प्रेम में तुम पहला कदम उठाते हो: दूसरा महत्वपूर्ण हो जाता है। तुम बचते हो; लेकिन किसी क्षण में ऐसा शिखर आता है कि तुम नहीं रहते। वे प्रेम के दुर्लभ शिखर हैं। लेकिन सामान्यत: तुम रहते हो और प्रेमी भी रहता है। और जब प्रेमी तुम से ज्यादा महत्वपूर्ण हो जाता है, जब तुम उसके लिए जान भी दे सकते हो, तब प्रेम घटित होता है। तब दूसरा तुम्हारे जीवन का अर्थ हो जाता है।

और जब तुम किसी के लिए मर सकते हो तभी तुम किसी के लिए जी सकते हो। अगर तुम किसी के लिए मर नहीं सकते हो तो तुम उसके लिए जी भी नहीं सकते हो। जीवन मृत्यु के द्वारा ही अर्थवत्ता पाता है।

प्रेम में दूसरा महत्वपूर्ण हो गया है; लेकिन तुम रहते हो। तुम प्रेम में मिलन के किसी शिखर को छूकर विलीन हो जा सकते हो; लेकिन फिर लौट जाओगे। यह विलीन होना क्षणिक होगा। इसलिए प्रेमियों को भक्ति की झलक मिल जाती है। और इसी कारण से भारत

में प्रेमिका अपने प्रेमी को परमात्मा कहती थी। प्रेम के किन्हीं आत्यंतिक क्षणों में ही दूसरा परमात्मा होता है—जब तुम नहीं होते हो।

और फिर यह बढ़ सकता है। अगर तुम इसे अपनी साधना बना लो, आंतरिक खोज बना लो, अगर तुम सिर्फ प्रेम का सुख ही नहीं लेते, वरन प्रेम के द्वारा अपने को रूपांतरित भी करते हो, तब प्रेम भक्ति बन जाता है। और भक्ति में तुम अपने को पूरी तरह समर्पित कर देते हो।

और यह समर्पण किसी परमात्मा के प्रति हो सकता है, जो आकाश में कहीं बैठा हो या न बैठा हो। यह समर्पण किसी गुरु के प्रति हो सकता है, जो ज्ञानोपलब्ध हो या न हो। यह समर्पण किसी प्रेमी के प्रति हो सकता है, जो उसके योग्य हो या न हो। यह बात प्रासंगिक नहीं है। अगर तुम अपने को दूसरे के लिए खो सकते हो तो तुम रूपांतरित हो जाओगे।

भक्ति मुक्त करती है।'

इसलिए हमें प्रेम में ही स्वतंत्रता की झलक मिलती है। जब तुम प्रेम में होते हो तो तुम्हें सूक्ष्म ढंग की स्वतंत्रता का अहसास होता है। यह विरोधाभासी है; क्योंकि दूसरे तो यही देखेंगे कि तुम गुलाम हो गए हो। अगर तुम किसी के प्रेम में हो तो तुम्हारे इर्द-गिर्द के लोग सोचेंगे कि तुम एक-दूसरे के गुलाम हो गए हो। लेकिन तुम्हें स्वतंत्रता की झलकें मिलने लगेंगी।

प्रेम मुक्ति है। क्यों? इसलिए कि अहंकार ही बंधन है, और कोई बंधन नहीं है। कल्पना करो कि तुम कारागृह में हो और उसके बाहर निकलने का कोई उपाय नहीं है। लेकिन अगर तुम्हारी प्रेमिका उस कारागृह में पहुंच जाए तो वह कारागृह तत्क्षण खो जाएगा। दीवारें तो जहां की तहां होंगी; लेकिन वे अब तुम्हें कैद न कर सकेंगी। तुम उन्हें बिलकुल भूल जा सकते हो। तुम एक-दूसरे में डूब सकते हो और तुम एक-दूसरे के उड़ने के लिए आकाश बन जा सकते हो। कारागृह विलीन हो गया; वह कारागृह अब कारागृह न रहा।

और यह भी हो सकता है कि तुम खुले आकाश के नीचे हो, सर्वथा बंधनहीन, सर्वथा मुक्त; लेकिन प्रेम न हो तो तुम कारागृह में ही हो। क्योंकि तब तुम्हारे उड़ने के लिए आकाश न रहा। यह बाहर का आकाश काम न देगा। इस आकाश में पक्षी उड़ते हैं; लेकिन तुम न उड़ सकोगे। तुम्हारे उड़ने के लिए एक भिन्न आकाश की जरूरत है, चेतना के आकाश की जरूरत है। कोई दूसरा ही तुम्हें वह आकाश दे सकता है, उसका पहला स्वाद दे सकता है। जब दूसरा तुम्हारे लिए अपने को खोलता है और तुम उसमें प्रवेश करते हो, तभी तुम उड़ सकते हो।

प्रेम स्वतंत्रता है; लेकिन समग्र स्वतंत्रता नहीं। जब प्रेम भक्ति बनता है तो ही वह समग्र स्वतंत्रता बनता है। उसका मतलब है कि तुम ने पूर्णरूपेण समर्पण कर दिया।

इसलिए यह सूत्र कि भक्ति मुक्त करती है, उनके लिए है जो भाव-प्रधान हैं। रामकृष्ण को लो। अगर रामकृष्ण को देखो तो तुम्हें लगेगा कि वे काली के, मां काली के गुलाम हैं। वे उसकी आज्ञा के बिना कुछ भी नहीं कर सकते; वे बिलकुल गुलाम मालूम पड़ते हैं। लेकिन उनसे ज्यादा कौन स्वतंत्र होगा?

रामकृष्ण जब पहले-पहल दक्षिणेश्वर के मंदिर में पुजारी नियुक्त हुए तो उनका रंग-ढंग ही हैरान करने वाला था। मंदिर के ट्रस्टियों ने बैठक बुलायी और कहा कि इस आदमी को निकाल बाहर करो, यह तो अभक्त जैसा व्यवहार करता है। ऐसा इसलिए हुआ

▲

क्योंकि रामकृष्ण पहले खुद फूल को सूंघते और तब उसे काली के चरणों में चढ़ाते। लेकिन यह बात कर्मकांड के विपरीत जाती थी। सूंघा हुआ फूल देवी-देवताओं को नहीं चढ़ाया जा सकता; वह तो झूठा हो गया, अशुद्ध हो गया। रामकृष्ण पहले खुद चखते थे, तब काली को भोग लगाते। और वे पुजारी थे! तो ट्रस्टियों ने कहा कि ऐसा नहीं चल सकता है।

रामकृष्ण ने ट्रस्टियों को जवाब दिया कि तब मुझे काम से मुक्त कर दो। मैं मंदिर से निकल जाना पसंद करूंगा; लेकिन मैं चखे बिना मां को भोग नहीं लगा सकता। मेरी मां ऐसा ही करती थी। जब भी वह कुछ भोजन बनाती थी तो पहले खुद चखती, तब मुझे खिलाती थी। मैं सूंघे बिना कोई भी फूल काली को नहीं चढ़ा सकता। और मैं निकल जाने के लिए राजी हूं, और तुम मुझे रोक नहीं सकते। मैं कहीं भी पूजा कर लूंगा; क्योंकि मां सर्वत्र है। वह तुम्हारे मंदिर में ही सीमित नहीं है। मैं जहां भी जाऊंगा, इसी तरह मां की पूजा करता रहूंगा।

ऐसा हुआ कि किसी मुसलमान ने रामकृष्ण से कहा कि अगर आपकी काली सर्वत्र हैं तो आप मेरी मस्जिद में क्यों नहीं आते? उन्होंने कहा कि ठीक, मैं आऊंगा। और वे छह महीने मस्जिद में रहे। वे दक्षिणेश्वर को पूरी तरह भूल गए और मस्जिद में रहे। तब उनके मित्र ने कहा कि अब आप वापस जा सकते हैं। उन्होंने कहा, मां हर जगह हैं।

कोई सोच सकता है कि रामकृष्ण गुलाम हैं; लेकिन उनकी भक्ति ऐसी प्रगाढ़ है कि अब प्रेम-पात्र सब जगह है। जब तुम नहीं होते तो प्रेम-पात्र सर्वत्र होता है, और जब तुम होते हो तो प्रेम-पात्र कहीं नहीं होता।

आज इतना ही।

20

# शरीर और तंत्र, आसक्ति और प्रेम

## प्रश्न–सूत्र

▲

1. क्या प्रेम में सातत्य जरूरी है? और प्रेम कब भक्ति बनता है?
2. तंत्र शरीर को इतना महत्व क्यों देता है?
3. कृपया हमें आसक्ति और स्वतंत्रता के संबंध में कुछ कहें।

**पहला प्रश्न:**

***किसी को दिन को चौबीसों घंटे प्रेम करना बहुत कठिन मालूम होता है। ऐसा क्यों होता है? क्या प्रेम में सातत्य जरूरी है? और प्रेम कब भक्ति बनता है?***

प्रेम कृत्य नहीं है; वह कोई ऐसी चीज नहीं है जिसे तुम कर सको। अगर तुम इसे कर सकते हो तो यह प्रेम नहीं है। प्रेम किया नहीं जाता है, होता है। वह कृत्य नहीं, होने की अवस्था है।

कोई व्यक्ति कोई चीज चौबीस घंटे नहीं करता रह सकता है। अगर तुम प्रेम 'करते हो' तो उसे तुम चौबीस घंटे नहीं कर सकते। हर काम थका देता है; हर काम से ऊब पैदा होती है। हर कृत्य के बाद विश्राम की जरूरत पैदा होती है। अगर तुम प्रेम भी करते हो तो तुम्हें घृणा में विश्राम करना होगा। क्योंकि विपरीत में ही विश्राम संभव है।

इसी वजह से सदा हमारे प्रेम में घृणा मिली होती है। इस क्षण तुम किसी व्यक्ति को प्रेम करते हो और अगले क्षण उसको ही घृणा भी करते हो। एक ही व्यक्ति तुम्हारे प्रेम और घृणा दोनों का पात्र हो जाता है। प्रेमियों का द्वंद्ध यही है। और क्योंकि तुम्हारा प्रेम कृत्य है, इसलिए उसमें इतना दुख और संताप है।

तो पहले तो यह समझना है कि प्रेम कृत्य नहीं है। तुम प्रेम कर नहीं सकते हो। तुम प्रेम में हो सकते हो, कर नहीं सकते। प्रेम करना बेतुका है।

इसमें और बातें भी निहित हैं। प्रेम प्रयत्न भी नहीं है। अगर प्रेम प्रयत्न हो तो तुम थक जाओगे। प्रेम चित्त की एक अवस्था है। और इसे संबंधों की भाषा में भी मत सोचो, इसे चित्त की एक अवस्था की भांति सोचो। अगर तुम प्रेमपूर्ण हो तो वह चित्त की एक अवस्था है। यह चित्त की अवस्था एक व्यक्ति पर भी केंद्रीभूत हो सकती है और यह समस्त पर भी फैल सकती है। जब वह एक व्यक्ति पर केंद्रित होती है तो उसे प्रेम कहते हैं। और जब वह अकेंद्रित होकर समस्त पर फैल जाती है तब वह प्रार्थना हो जाती है। तब तुम बस प्रेम में होते हो; किसी के प्रेम में नहीं, सिर्फ प्रेम में।

यह वैसा ही है जैसा श्वास लेना। अगर श्वास लेने के लिए प्रयत्न की जरूरत होती तो तुम उसमें थक जाते; तब तुम्हें विश्राम की जरूरत होती, और तब तुम मर जाते। अगर श्वास में प्रयत्न निहित होता तो कभी तुम श्वास लेना भूल भी सकते थे, और तब मृत्यु निश्चित थी।

▲

प्रेम श्वास लेने जैसा है—यह ऊंचे तल का श्वसन है। अगर तुम श्वास नहीं लेते हो तो तुम्हारा शरीर मरेगा और अगर तुम प्रेम नहीं करते हो तो तुम्हारी आत्मा का जन्म नहीं होगा। तो प्रेम को आत्मा का श्वसन समझो, श्वास समझो। जब तुम प्रेम में होते हो तब तुम्हारी आत्मा श्वास-प्रश्वास की तरह ही जीवंत और शक्तिशाली होगी।

लेकिन इसे ऐसा सोचो। अगर मैं तुम से कहूं कि तुम मेरे पास ही श्वास लो, और कहीं नहीं, तो तुम मर जाओगे। और जब दूसरी बार मेरे निकट आओगे तो तुम मृतवत होगे और मेरे निकट भी श्वास न ले सकोगे।

प्रेम के साथ यही दुर्घटना हुई है। प्रेम में हम मालकियत करते हैं, जिससे हमारा प्रेम होता है उस पर कब्जा रखना चाहते हैं। प्रेमी कहते हैं कि किसी दूसरे को प्रेम मत करो, केवल मुझे प्रेम करो। लेकिन तब प्रेम मर जाता है। और तब प्रेमी प्रेम भी नहीं कर सकता। तब प्रेम असंभव हो जाता है।

इसका यह अर्थ नहीं है कि तुम्हें हरेक व्यक्ति को प्रेम करना है। इसका इतना ही अर्थ है कि तुम्हें चित्त की प्रेमपूर्ण अवस्था में होना है। यह श्वास लेने जैसा है; तुम अपने दुश्मन के पास होकर भी श्वास लेते हो। जीसस का यही मतलब है जब वे कहते हैं कि अपने शत्रु को प्रेम करो। ईसाइयत के लिए जीसस के इस वचन को समझाना कि शत्रु को प्रेम करो, एक समस्या रही है। यह विरोधाभासी मालूम पड़ता है। लेकिन अगर प्रेम कृत्य नहीं है, अगर वह चित्त की दशा है, तो फिर शत्रु या मित्र का प्रश्न नहीं रहता। तब तुम बस प्रेम हो।

इस बात को दूसरी तरफ से देखो। ऐसे लोग हैं जो निरंतर घृणा में जीते हैं और जब वे प्रेम दिखाना चाहते हैं तो उन्हें बहुत प्रयत्न करना पड़ता है। उनका प्रेम प्रयत्न है; क्योंकि उनके चित्त की स्थायी अवस्था घृणा की है। इसलिए प्रयत्न की जरूरत पड़ती है। ऐसे लोग हैं जो सतत उदास रहते हैं; तब उन्हें हंसने के लिए प्रयत्न करना पड़ता है। उन्हें अपने आपसे लड़ना पड़ता है। और तब उनकी हंसी चिपकायी हुई हंसी हो जाती है—झूठी, आरोपित, कृत्रिम, आयोजित। वह भीतर से नहीं आती है। उसमें कोई सहजता नहीं होती, वह बिलकुल बनावटी है।

ऐसे लोग हैं जो सदा क्रोध में होते हैं, ऐसा नहीं कि वे किसी वस्तु या व्यक्ति के प्रति क्रोध में हैं, वे बस क्रोध में हैं। ऐसे व्यक्ति के लिए प्रेम करना प्रयत्न हो जाता है। दूसरी ओर अगर तुम्हारे चित्त की अवस्था प्रेम की है तो क्रोध करना प्रयत्न हो जाएगा। तुम क्रोध करोगे; लेकिन वह क्रोध क्रोध नहीं होगा, बनावटी क्रोध होगा। वह झूठा होगा।

यदि बुद्ध क्रोध करने की चेष्टा करें तो उन्हें बहुत प्रयत्न करना पड़ेगा; और फिर भी उनका क्रोध झूठा होगा। जो उन्हें नहीं जानते हैं वे लोग ही उनके क्रोध के धोखे में पड़ सकते हैं; जो जानते हैं वे जानते हैं कि यह क्रोध मिथ्या है, ओढ़ा हुआ है, कृत्रिम है। यह भीतर से नहीं आता है। यह असंभव है।

कोई बुद्ध, कोई जीसस घृणा नहीं कर सकते; उसके लिए उन्हें प्रयत्न करना होगा। अगर वे घृणा दिखाना चाहेंगे तो उसका उन्हें अभिनय करना होगा। लेकिन तुम्हें घृणा करने के लिए प्रयत्न की जरूरत नहीं होगी। हां, प्रेम करने के लिए प्रयत्न जरूरी होगा।

चित्त की इस अवस्था को बदलो। चित्त की अवस्था को कैसे बदला जाए? प्रेमपूर्ण

कैसे हुआ जाए? और यह समय का प्रश्न नहीं है कि चौबीस घंटे प्रेमपूर्ण कैसे रहा जाए। यह प्रश्न ही व्यर्थ है। यह समय का प्रश्न ही नहीं है। अगर तुम एक क्षण के लिए भी प्रेमपूर्ण हो सको तो पर्याप्त है। तुम्हें दो क्षण एक साथ कभी नहीं मिलते हैं; जब मिलता है एक क्षण ही मिलता है। एक जब चला जाता है तभी दूसरा क्षण आता है। तुम्हारे हाथ में सदा एक ही क्षण होता है।

और अगर तुमने जान लिया कि इस एक क्षण में प्रेमपूर्ण कैसे हुआ जाए तो कुंजी तुम्हारे हाथ आ गयी। तुम्हें चौबीस घंटे या जिंदगीभर की बात नहीं सोचनी है। प्रेम का एक क्षण पर्याप्त है। जब तुमने जान लिया कि एक क्षण को प्रेम से कैसे भरा जाए तब दूसरा क्षण तुम्हें मिलेगा और तुम उसको प्रेम से भर सकोगे।

इसलिए याद रहे कि यह समय की बात नहीं है; बस एक क्षण की बात है। और क्षण समय का हिस्सा नहीं है। क्षण कोई प्रक्रिया नहीं है; वह बस अभी है। एक बार तुम जान लो कि एक क्षण के भीतर प्रेमपूर्ण होकर कैसे प्रवेश किया जाए तो तुमने शाश्वत को जान लिया; तब समय नहीं रह जाता है।

बुद्ध अभी जीते हैं, इस क्षण में जीते हैं; तुम समय में जीते हो। समय का मतलब है : अतीत की सोचना, भविष्य की सोचना। और जब तुम अतीत और भविष्य की सोच रहे होते हो तब वर्तमान खो जाता है। तुम भविष्य और अतीत में अटके होते हो और वर्तमान हाथ से निकल जाता है। और अस्तित्व वर्तमान में है; वर्तमान ही अस्तित्व है। अतीत वह है जो बीत चुका और भविष्य वह है जो होने को है। वे दोनों नहीं हैं, वे दोनों अनस्तित्व हैं। यही क्षण, यह एक, अकेला आणविक क्षण अस्तित्व है; वह यहीं और अभी है।

अगर तुम प्रेमपूर्ण होना चाहते हो तो तुम्हें कुंजी प्राप्त है। और तुम्हें कभी भी दो क्षण एक साथ नहीं मिलेंगे। तो तुम समय की फिक्र मत करो।

एक अकेला क्षण सदा, और सदा अभी के रूप में आता है। स्मरण रहे, 'यह क्षण' दो तरह का नहीं होता है। यह एक क्षण सदा समान है, एक जैसा है। वह बीते क्षण से या आने वाले क्षण से किसी भी भांति भिन्न नहीं है। यह आणविक 'अब' सदा एक जैसा है। इसीलिए इकहार्ट कहता है, समय नहीं बीतता है। समय तो वही है, हम बीतते हैं। शुद्ध समय सदा एक जैसा होता है। सिर्फ हम बीतते रहते हैं।

तो चौबीस घंटे की मत सोचो। और तब तुम्हें वर्तमान क्षण की फिक्र करने की जरूरत नहीं रहेगी।

एक और बात। सोचने के लिए समय की जरूरत है; जीने के लिए समय की जरूरत नहीं है। तुम इसी क्षण में सोच नहीं सकते हो। इस क्षण में अगर तुम होना चाहते हो, तुम्हें सोचना बंद करना पड़ेगा। विचारना बुनियादी रूप से अतीत या भविष्य से संबंधित है। वर्तमान में तुम क्या सोच सकते हो? ज्यों ही तुम सोचते हो वर्तमान अतीत हो जाता है।

एक फूल है; तुम कहते हो कि यह सुंदर फूल है। यह कहना भी अब वर्तमान में नहीं है; यह अतीत हो चुका। जब तुम किसी चीज को विचार में पकड़ना चाहते हो, वह अतीत हो चुकती है। वर्तमान में तुम हो तो सकते हो, लेकिन विचार नहीं कर सकते। तुम फूल के साथ हो सकते हो, लेकिन विचार नहीं कर सकते। तुम फूल के साथ हो सकते हो, परंतु उसके

संबंध में विचार नहीं कर सकते। विचारने के लिए समय की जरूरत है। दूसरे शब्दों में, विचारना ही समय है। अगर तुम विचार नहीं करते हो तो समय नहीं है।

इसीलिए ध्यान में समय-शून्यता का एहसास होता है। इसीलिए प्रेम में कालातीत का अनुभव होता है। प्रेम विचारना नहीं है; वह विचार का विसर्जन है। तुम बस हो। जब तुम अपनी प्रेमिका के साथ हो तो तुम प्रेम के संबंध में विचार नहीं कर रहे हो, न तुम अपनी प्रेमिका के संबंध में विचार करते हो। तुम कुछ भी विचार नहीं करते हो। और अगर विचार कर रहे हो तो तुम अपनी प्रेमिका के साथ नहीं हो, कहीं और हो। विचारने का अर्थ है कि अभी—यहां तुम अनुपस्थित हो; तुम नहीं हो।

यही वजह है कि जो लोग विचारों से बहुत ग्रस्त रहते हैं वे प्रेम नहीं कर सकते। अगर ऐसे लोग भगवत्ता के मूल स्त्रोत पर भी पहुंच जाएं, अगर वे परमात्मा को भी मिल जाएं, तो भी वे उसके संबंध में सोचते रहेंगे और उसे बिलकुल चूक जाएंगे। तुम किसी चीज के संबंध में सोचते रहो, सोचते रहो, सोचते रहो; लेकिन वह कभी तथ्य नहीं है।

प्रेम का एक क्षण समयातीत क्षण है। तब यह सोचने का प्रश्न नहीं उठता कि कैसे चौबीस घंटे प्रेम में रहा जाए। तुम यह कभी नहीं सोचते कि कैसे चौबीस घंटे जीवित रहा जाए। या तो तुम जीवित हो या नहीं जीवित हो। समझने की बुनियादी बात समय नहीं, 'अब' है; कैसे यहां और अभी प्रेम की अवस्था में रहा जाए।

आखिर घृणा क्यों है? जब तुम्हें घृणा पकड़े है तो उसके कारण की खोज करो। केवल तभी प्रेम का फूल खिल सकता है। तुम्हें घृणा कब महसूस होती है? जब तुम समझते हो कि तुम्हारा अस्तित्व, तुम्हारा जीवन खतरे में है, जब तुम्हें लगता है कि तुम्हारा अस्तित्व मिट सकता है, तो तुम अचानक घृणा से भर जाते हो। जब तुम्हें लगता है कि तुम्हें मिटाया जा सकता है तो तुम दूसरों को मिटाने में लग जाते हो। वह सुरक्षा का इंतजाम है; तुम्हारा ही एक अंश तब जीवित रहने के लिए संघर्ष करने लगता है। जब भी तुम्हें लगता है कि मेरा अस्तित्व खतरे में है, तुम घृणा से भर जाते हो।

इसलिए जब तक तुम्हें यह न लगे कि मेरा अस्तित्व खतरे में नहीं है, कि मुझे मिटाना असंभव है, तब तक तुम्हारे प्राण प्रेम से नहीं भर सकते। जीसस प्रेम कर सकते हैं, क्योंकि वे उसे जानते हैं जो चिन्मय है। तुम प्रेम नहीं कर सकते, क्योंकि तुम उसे ही जानते हो जो मृण्मय है। प्रत्येक क्षण तुम्हारे लिए मृत्यु है। प्रत्येक क्षण तुम भयभीत हो। और जो भयभीत है वह प्रेम कैसे कर सकता है? प्रेम और भय साथ-साथ नहीं चल सकते। और तुम भयभीत हो। इसलिए तुम केवल प्रेम करने का भ्रम पैदा कर सकते हो।

और फिर तुम्हारा प्रेम सुरक्षा-व्यवस्था के सिवाय और कुछ नहीं है। तुम भय से बचने के लिए प्रेम करते हो। जब तुम मानते हो कि तुम प्रेम में हो तो तुम्हारा भय कम हो जाता है। क्षणभर के लिए तुम मृत्यु को भूल सकते हो। एक भ्रम निर्मित होता है जिसमें तुम्हें लगता है कि मुझे अस्तित्व ने स्वीकार कर लिया है; मैं अस्वीकृत नहीं हूं, उपेक्षित नहीं हूं।

यही कारण है कि प्रेम की और प्रेम पाने की इतनी आकांक्षा है। जब भी तुम्हें कोई प्रेम करता है तो तुम्हें यह भ्रम होता है कि अस्तित्व को मेरी जरूरत है—कम से कम किसी को तो मेरी जरूरत है। तुम सोचते हो कि मैं व्यर्थ नहीं हू; क्योंकि किसी के लिए तो मैं जरूरी हूं। तुम

सोचते हो कि मैं आकस्मिक नहीं हूं; क्योंकि कहीं न कहीं में पूछा जाता हूं। तुम्हें लगता है कि मेरे बिना अस्तित्व में कुछ कमी रह जाएगी। और इससे तुम्हें अच्छा लगता है; तुम्हें लगता है कि मेरा भी प्रयोजन है, मेरी भी नियति है, अर्थवत्ता है और पात्रता है।

और जब तुम्हें कोई प्रेम नहीं करता है तो तुम अस्वीकृत हो जाते हो और उपेक्षित अनुभव करते हो। तब तुम्हें लगता है कि मैं व्यर्थ हूं, मेरा कोई प्रयोजन नहीं है, मेरी कोई अर्थवत्ता नहीं है। अगर कोई तुम्हें प्रेम न करे और तुम मर जाओ तो तुम्हारी अनुपस्थिति का एहसास नहीं होगा, किसी को भी एहसास नहीं होगा कि तुम कभी थे और तुम अब नहीं हो।

प्रेम तुम्हें यह भाव देता है कि मेरी भी जरूरत है। इसी से प्रेम में भय कम हो जाता है। और जब प्रेम नहीं रहता तो तुम ज्यादा भयभीत हो जाते हो और भय में सुरक्षा के लिए तुम घृणा करने लगते हो। घृणा सुरक्षा है। खुद ध्वंस से बचने के लिए तुम ध्वंसात्मक हो जाते हो। प्रेम में तुम्हें लगता है कि मैं स्वीकृत हूं, कि मेरा स्वागत है, कि मैं बिनबुलाया मेहमान नहीं हूं, कि लोग मेरी प्रतीक्षा में थे, और यह कि अस्तित्व मुझे पाकर प्रसन्न है। तुम्हारा प्रेमी समूचे अस्तित्व का प्रतिनिधि बन जाता है।

लेकिन प्रेम बुनियादी रूप से भय पर खड़ा है। तुम प्रेम के द्वारा भय और मृत्यु से अपना बचाव कर रहे हो; तुम अपने प्रति अस्तित्व की अमानवीय उपेक्षा से अपना बचाव कर रहे हो। सच तो यह है कि अस्तित्व तुम्हारे प्रति उदासीन है; कम से कम ऊपरी तौर पर तो यही दिखाई देता है। सूरज, सागर, ग्रह, नक्षत्र, पृथ्वी, सभी तुम्हारे प्रति उदासीन लगते हैं; कोई भी तो तुम्हारी फिक्र करता नहीं मालूम पड़ता है। देखने में तो यह स्पष्ट है कि तुम जरूरी नहीं हो। तुम्हारे बिना सब कुछ वैसा ही रहेगा जैसा तुम्हारे होने पर है; कुछ भी कम नहीं होगा।

यदि अस्तित्व को ऊपर-ऊपर देखो तो तुम्हें लगेगा कि किसी को भी मेरी चिंता नहीं है। अस्तित्व को शायद तुम्हारा पता भी न हो। चांद-सितारों को तुम्हारा पता नहीं है; इस धरती को भी तुम्हारा पता नहीं है जिसे तुम मां कहकर पुकारते हो। जब तुम मर जाओगे तो धरती दुखी न होगी, कहीं कोई बदलाहट न होगी; सब कुछ वैसा ही रहेगा जैसा है और सदा रहा है। तुम रहो न रहो, कोई फर्क नहीं पड़ता है। इससे तुम्हें लगता है कि मैं महज आकस्मिक हूं, मैं जरूरी नहीं हूं। तुम्हें लगता है कि मैं अनामंत्रित आ गया हँ—मात्र संयोगवश।

इससे भय पैदा होता है। और इसको ही कीर्कगार्ड ने संताप कहा है। एक सूक्ष्म भय निरंतर बना रहता है।

जब कोई तुम्हें प्रेम करता है तो तुम्हें लगता है कि मैं जरूरी हूं। तब तुम्हें लगता है कि मेरे जीवन में नए आयाम का उदय हुआ है। अब कम से कम एक मनुष्य तो होगा जो मेरे लिए रोएगा, जो मेरे लिए दुखी होगा, जो मेरे लिए आंसू बहाएगा। तब तुम्हें लगेगा कि मेरी भी जरूरत है। तब कम से कम एक आदमी तो होगा जिसे तुम्हारे न रहने पर सतत तुम्हारी कमी महसूस होगी। कम से कम एक व्यक्ति के लिए तुम्हारे जीवन का अर्थ होगा, सार्थकता होगी। यही कारण है कि प्रेम की इतनी ज्यादा मांग है। और यदि तुम्हें प्रेम नहीं मिलता है तो तुम उखड़े-उखड़े मालूम पड़ते हो।

लेकिन यह वह प्रेम नहीं है जिसकी मैं चर्चा कर रहा हूं। यह तो एक संबंध है, जिसमें हम परस्पर एक-दूसरे के लिए यह भ्रम निर्मित करते हैं कि मेरे लिए तुम जरूरी हो और तुम्हारे

लिए मैं जरूरी हूं। इस प्रेम में मैं तुम्हें यह भ्रम देता हूं कि तुम्हारे बिना मेरा प्रयोजन, मेरी अर्थवत्ता, मेरा जीवन, सब कुछ खो जाएगा। और वैसे ही तुम मुझे यह भ्रम देते हो कि मेरे बिना तुम्हारा सब कुछ खो जाएगा। इस तरह हम एक-दूसरे को भ्रम में पड़े रहने में सहायता करते हैं। हम एक पृथक, निजी दुनिया बना लेते हैं, जिसमें हम फिर से अर्थपूर्ण हो जाते हैं, जिसमें इस विराट जगत की समस्त उदासीनता भूल जाती है।

दो प्रेमी एक निजी जगत बनाकर एक-दूसरे के सहारे जीते हैं। उन्होंने अपनी एक अलग निजी, व्यक्तिगत दुनिया बना ली है। इसलिए प्रेम में एकांत की बहुत जरूरत है। अगर यह एकांत न रहे तो दुनिया तुम पर हावी होने लगती है और कहने लगती है कि तुम्हारा प्रेम महज स्वप्न है, वहम है, एक पारस्परिक भ्रम है। प्रेम को एकांत चाहिए; क्योंकि एकांत में संसार भूल जाता है। एकांत में सिर्फ दो प्रेमी होते हैं और जगत की उदासीनता, सारी उदासीनता भुला दी जाती है। वहां तुम्हें प्रेम मिलता है, स्वागत मिलता है। वहां तुम्हारे बिना बहुत कुछ सूना हो जाएगा। कम से कम इस निजी दुनिया में तुम्हारे बिना सब कुछ उजाड़ हो जाएगा। तो जीवन अर्थपूर्ण हो जाता है।

मैं इस प्रेम की चर्चा नहीं कर रहा हूं। यह सचमुच भ्रामक है, और यह भ्रम अभ्यासजन्य है। और आदमी इतना कमजोर है कि वह इस भ्रम के बिना जिंदा नहीं रह सकता। कोई विरला ही, कोई बुद्ध ही इस भ्रम के बिना रह सकता है। और उसे यह भ्रम निर्मित करने की जरूरत नहीं है।

और जब किसी का भ्रम-मुक्त होकर जीना संभव होता है तभी प्रेम का दूसरा आयाम पैदा होता है। तब ऐसा नहीं है कि किसी एक व्यक्ति को तुम्हारी जरूरत है। इस प्रेम में यह बोध होता है कि तुम इस उदासीन नजर आने वाले अस्तित्व से भिन्न नहीं हो, कि तुम उसके अंश हो, कि तुम उसके साथ जैविक रूप से जुड़े हो। और फिर जब किसी वृक्ष में फूल लगते हैं तो वह फूलों वाला वृक्ष तुम से भिन्न नहीं है; तुम वृक्ष में फूल बनकर खिले हो और वृक्ष तुम में सचेतन हुआ है। सागर, रेत और सितारे सब तुम्हारे साथ एक हैं। तुम कोई अलग-थलग द्वीप नहीं हो। तुम ब्रह्मांड के साथ जैविक रूप से एक हो। समस्त ब्रह्मांड तुम्हारे भीतर है और तुम समस्त ब्रह्मांड में हो। जब तक तुम इस बात को नहीं जानते, नहीं अनुभव करते, तब तक उस प्रेम को नहीं अनुभव कर सकते हो, जो एक चित्त की अवस्था है।

और जब तुम यह समझ लेते हो, तब तुम्हें यह निजी भ्रम निर्मित करने की जरूरत नहीं रहती कि कोई व्यक्ति मुझे प्रेम करता है। और तब जीवन में अर्थ है। और यदि कोई व्यक्ति तुम्हें प्रेम नहीं करता है तो उससे इस अर्थ में कोई कमी नहीं पड़ती है। तब तुम जरा भी भयभीत नहीं होगे; क्योंकि मृत्यु भी तुम्हें नहीं मिटा सकेगी। मृत्यु तुम्हारे आकार को, शरीर को मिटा सकती है; लेकिन वह तुम्हें नहीं मिटा सकती। क्योंकि तुम अस्तित्व ही हो।

ध्यान से यही घटित होता है। ध्यान का अर्थ ही यही है। इस प्रेम में तुम अंश बन जाते हो, द्वार बन जाते हो; तुम जानते हो कि अस्तित्व और मैं एक हैं। तब तुम्हारा सर्वत्र स्वागत है। तब भय नहीं रह जाता है। तब मृत्यु नहीं बचती है। तब प्रेम तुमसे प्रवाहित होता है। और तब प्रेम प्रयत्न नहीं है। तब तुम प्रेम करने के अतिरिक्त कुछ नहीं कर सकते; तब प्रेम श्वास जैसा हो जाता है। तुम अपने भीतर और बाहर प्रेम की ही श्वास लेते हो।

यही प्रेम बढ़कर भक्ति हो जाता है। और अंत में तुम इसे भूल जाओगे, जैसे तुम अपनी श्वास को भूल जाते हो। क्या तुम ने देखा है कि श्वास तुम्हें याद कब आती है? यह याद तब आती है जब श्वास लेने में कोई कठिनाई अनुभव होती है। श्वास की तकलीफ में ही तुम जानते हो कि मैं श्वास लेता हूं। अन्यथा जानने की कोई जरूरत नहीं रहती। और अगर तुम्हें अपनी श्वास पता चलती है तो उसका मतलब है कि तुम्हारी श्वास-क्रिया में कुछ गड़बड़ है। अन्यथा श्वास-क्रिया के पता चलने की जरूरत नहीं है; वह अपने आप ही: चुपचाप चलती रहती है।

वैसे ही अगर तुम्हें अपने प्रेम का बोध है—उस प्रेम का जिसे हम चित्त की अवस्था कहते हैं—तो समझना चाहिए कि प्रेम में कोई भूल है। धीरे-धीरे यह बोध चला जाता है और तुम भीतर-बाहर प्रेम की श्वास लेते रहते हो। तुम्हें सब कुछ भूल गया है; यह भी भूल गया है कि तुम प्रेम करते हो। तब यह प्रेम भक्ति बन गया। वह आत्यंतिक शिखर है, परम संभावना है, या जो भी नाम तुम इसे देना चाहो।

जब प्रेम का बोध भी चला जाता है तब भक्ति का उदय होता है। इसका यह मतलब नहीं है कि तुम बेहोश हो गए हो। इसका इतना ही अर्थ है कि प्रक्रिया इतनी मौन हो गई है कि उसके इर्द-गिर्द कोई शोरगुल नहीं है। तुम इसके प्रति बेहोश नहीं हो और इसके प्रति तुम होशपूर्ण भी नहीं हो। प्रेम इतना स्वाभाविक हो गया है कि यह है; लेकिन कोई हलचल पैदा नहीं करता है। यह सहज और लयबद्ध हो गया है।

तो स्मरण रहे कि जब मैं प्रेम की चर्चा करता हूं तो वह तुम्हारे प्रेम की चर्चा नहीं है। लेकिन अगर तुम अपने प्रेम को समझने की कोशिश करो तो वह किसी भिन्न कोटि के प्रेम के विकास में सहयोगी होगा। इसलिए मैं तुम्हारे प्रेम के विरोध में नहीं हू। मैं सिर्फ इस तथ्य को प्रकट कर रहा हूं कि अगर तुम्हारा प्रेम भय पर खड़ा है तो वह सामान्य पाशविक प्रेम से भिन्न नहीं है। इसमें कोई निंदा या आलोचना की बात नहीं है; यह एक तथ्य भर है।

मनुष्य भयभीत है। उसे किसी की जरूरत है जो उसे यह आश्वासन दे दे कि कोई उसे भी चाहता है, उसे डरने की जरूरत नहीं है। एक प्रेमी उसे आश्वस्त करता है कि कम से कम एक व्यक्ति के साथ तुम्हें भयभीत होने की जरूरत नहीं है। अपनी जगह यह अच्छी बात है; लेकिन यह वही नहीं है जिसे बुद्ध या जीसस प्रेम कहते हैं। वे प्रेम को चित्त की अवस्था कहते हैं, संबंध नहीं। इसलिए संबंध के ऊपर उठो और धीरे-धीरे प्रेमपूर्ण होओ।

यह प्रेम तब तक संभव नहीं है जब तक तुम ध्यान में नहीं उतरते। जब तक तुम अपने भीतर के अमृत को नहीं जान लेते हो, जब तक तुम भीतर और बाहर के बीच की गहरी एकता को नहीं जानते, जब तक तुम यह नहीं जानते कि मैं अस्तित्व हूं, तब तक यह प्रेम कठिन होगा। ध्यान की ये विधियां तुम्हें संबंध से चित्त की अवस्था की ओर गति करने में सहयोगी होंगी। और समय की फिक्र मत करो; प्रेम में समय बिलकुल अप्रासंगिक है।

**दूसरा प्रश्न :**

***आपने जिन विधियों की चर्चा की है उनमें से बहुसंख्यक विधियां शरीर का एक यंत्र की तरह उपयोग करती हैं। क्या कारण है कि तंत्र शरीर को इतना महत्व देता है?***

▲

यहां बहुत सी बुनियादी बातें समझने जैसी हैं। एक, तुम तुम्हारा शरीर हो। अभी तुम सिर्फ शरीर हो, और कुछ नहीं हो। तुम्हें आत्मा वगैरह के बारे में खयाल होंगे, लेकिन वे खयाल ही हैं। जैसे तुम अभी हो, शरीर ही हो। अपने को यह धोखा मत दो कि मैं मृत्युंजय आत्मा, अमर आत्मा हूं। इस आत्मवंचना में मत रहो। यह एक खयाल भर है, और वह भी भयजनित खयाल।

आत्मा है या नहीं, तुम्हें इसका कुछ पता नहीं है। तुमने उस अंतरतम में अब तक नहीं प्रवेश किया है जहां अमृत की उपलब्धि होती है। तुमने सिर्फ आत्मा के संबंध में कुछ सुना है। और चूंकि तुम मृत्यु से डरे हुए हो इसलिए तुम इस खयाल से चिपके हुए हो। तुम जानते हो कि मृत्यु हकीकत है। और इसलिए तुम चाहते हो और मानते हो कि तुम्हारे भीतर कुछ हो जो अमृत हो। यह एक विश फुलफिलमेंट है।

मैं यह नहीं कह रहा हूं कि आत्मा नहीं है; मैं यह भी नहीं कह रहा हूं कि ऐसा कुछ भी नहीं है जो अमृत है। नहीं, मैं यह नहीं कह रहा हूं। लेकिन जहां तक तुम्हारा सवाल है, तुम केवल देह हो और तुम्हें खयाल भर है कि आत्मा अमर है। यह खयाल सिर्फ मानसिक है और वह भी मृत्यु के भय के कारण निर्मित हुआ है। और ज्यों-ज्यों तुम कमजोर होगे, बूढ़े होगे त्यों-त्यों अमर आत्मा और परमात्मा में तुम्हारा विश्वास बड़ा होता जाएगा। तब तुम मस्जिद मंदिर और चर्च के चक्कर लगाने लगोगे। तुम मंदिरों-मस्जिदों में जाकर देखो, वहां तुम्हें मृत्यु की कगार पर खड़े बूढ़े-बूढ़ियां इकट्ठे मिलेंगे।

युवक बुनियादी रूप से नास्तिक होता है। ऐसा सदा रहा है। जितने तुम जवान हो उतने ही नास्तिक भी हो। जितने तुम युवा हो उतने ही अविश्वासी हो। क्यों? यह इसलिए कि तुम अभी बलवान हो। अभी तुम्हें भय बहुत कम है और मृत्यु के संबंध में तुम अभी अनजान हो। तुम्हारे लिए मृत्यु किसी सुदूर भविष्य में है; वह केवल दूसरों को घटित होती है। मृत्यु अभी तुम्हारे लिए नहीं है।

लेकिन जैसे-जैसे तुम बड़े होगे वैसे-वैसे तुम्हें अहसास होगा कि अब मैं भी मर सकता हूं। मृत्यु करीब आती है और व्यक्ति आस्तिक होने लगता है। सभी विश्वास भय पर खड़े हैं—सभी विश्वास। और जो भय से विश्वास करता है वह अपने को सिर्फ धोखा देता है।

तुम अभी देह ही हो, यही तथ्य है। तुम्हें चिन्मय का अभी कोई पता नहीं है; तुम केवल मृण्मय को जानते हो। लेकिन चिन्मय है; तुम उसे जान भी सकते हो। विश्वास से काम नहीं चलेगा। जानना भी जरूरी है। तुम उसे जान सकते हो। खयाल किसी काम के नहीं हैं—जब तक कि वे ठोस अनुभव न बन जाएं। इसलिए खयालों के धोखे में मत पड़ो; खयालों और विश्वासों को अनुभव मत समझ लो।

यही कारण है कि तंत्र शरीर से शुरू करता है। शरीर तथ्य है। तुम्हें शरीर से यात्रा करनी होगी; क्योंकि तुम शरीर में हो। यह कहना भी ठीक नहीं है, मेरा यह कहना सही नहीं है कि तुम शरीर में हो। जहां तक तुम्हारा संबंध है, तुम शरीर ही हो, शरीर में नहीं हो। तुम्हें इस बात का कुछ पता नहीं है कि शरीर में क्या छिपा है। तुम सिर्फ शरीर को जानते हो; शरीर के पार का अनुभव तुम्हारे लिए अभी बहुत दूर का तारा है।

अगर तुम दार्शनिकों और धर्म-शास्त्रियों के पास जाओ तो तुम पाओगे कि वे सीधे

आत्मा से आरंभ करते हैं। लेकिन तंत्र सर्वथा वैज्ञानिक है। वह वहां से शुरू करता है जहां तुम हो। वह वहां से शुरू नहीं करता है जहां तुम कभी हो सकते हो। जहां हो सकते हो वहां से शुरू करना मूढ़ता है; तुम वहां से शुरू नहीं कर सकते। आरंभ तो वहीं से हो सकता है जहां तुम हो।

तंत्र शरीर की निंदा नहीं करता है; चीजें जैसी हैं, उनका सर्व-स्वीकार तंत्र है। ईसाइयत और अन्य धर्मों के पंडित-पुरोहित शरीर के प्रति निंदा से भरे हैं। वे तुम्हारे भीतर एक विभाजन पैदा करते हैं। वे कहते हैं कि तुम दो हो। वे यह भी कहते हैं कि देह दुश्मन है, कि देह पाप है, और यह कि देह से लड़ना है।

यह द्वैत, दुहरापन बुनियादी तौर से गलत है। यह द्वैत तुम्हारे चित्त को दो हिस्सों में बांट देता है, तुम्हारे भीतर विखंडित व्यक्तित्व निर्मित करता है। धर्मों ने मनुष्य के मन को खंड-खंड कर दिया है, उसे स्कीजोफ्रेनिक बना दिया है। कोई भी विभाजन तुम्हें अंदर-अंदर तोड़ देता है; तब तुम दो ही नहीं, अनेक हो जाते हो। प्रत्येक व्यक्ति अनेक खंडों की भीड़ भर है; उसमें कोई जैविक एकता नहीं है, उसमें कोई केंद्र नहीं है।

अंग्रेजी भाषा में व्यक्ति को इंडिविजुअल कहते हैं। जहां तक शब्दार्थ का संबंध है इंडिविजुअल का अर्थ है अविभाज्य। उस अर्थ में तुम अभी व्यक्ति नहीं हो, अविभाज्य नहीं हो। अभी तुम अनेक खंडों में, अनेक चीजों में बंटे हो। यही नहीं कि तुम्हारे मन और शरीर बंटे हैं, अलग-अलग हैं, तुम्हारी आत्मा और शरीर भी बंटे हैं। यह मूढ़ता इतनी गहरी चली गई है कि खुद शरीर भी दो में बंट गया है। एक शरीर का ऊपरी भाग है जिसे तुम अच्छा समझते हो और दूसरा शरीर का निचला भाग है जिसे तुम बुरा मानते हो। यह मूढ़ता है; लेकिन है। तुम खुद भी अपने शरीर के निचले हिस्से के साथ चैन नहीं अनुभव करते हो, उसके साथ एक बेचैनी सरकती रहती है। विभाजन और विभाजन, सर्वत्र विभाजन ही है।

तंत्र को सब स्वीकार है; कह सबको स्वीकार करता है। जो कुछ भी है, तंत्र उसे पूरे हृदय से स्वीकार करता है। यही कारण है कि तंत्र कामवासना को भी समग्रता से स्वीकार करता है। पांच हजार वर्षों से तंत्र ही अकेली परंपरा रही है जिसने काम को समग्रता से स्वीकार किया है। इस अर्थ में पूरे विश्व में तंत्र ऐसी अकेली परंपरा है। क्यों? क्योंकि सेक्स या काम वह बिंदु है जहां तुम हो। और कोई भी यात्रा वहीं से हो सकती है जहां तुम हो।

तुम अपने काम-केंद्र पर हो; तुम्हारी ऊर्जा काम-केंद्र पर है। और उसी बिंदु से उसे यात्रा करनी है, उसे आगे जाना है, पार जाना है। अगर तुम केंद्र को ही इनकार करते हो तो तुम सिर्फ अपने को धोखा दे सकते हो कि तुम गति कर रहे हो; लेकिन गति असंभव है। तब तुम उसी बिंदु को इनकार कर रहे हो जहां से गति संभव होती है।

इसलिए तंत्र देह को स्वीकार करता है, काम को स्वीकार करता है, सबको स्वीकार करता है। और तंत्र कहता है कि विवेक सबको स्वीकार कर उसे रूपांतरित करता है; केवल अज्ञान इनकार करना जानता है। विवेक को सब कुछ स्वीकार है; अज्ञान को सब कुछ अस्वीकार है। विवेक के हाथों में पड़कर जहर भी औषधि बन जाता है। देह उस चीज के लिए साधन बन सकती है जो देहातीत है। वैसे ही काम-ऊर्जा आध्यात्मिक शक्ति बन सकती है।

स्मरण रहे कि जब तुम पूछते हो कि तंत्र में शरीर को इतना महत्व क्यों दिया जाता है

▲

तो यह प्रश्न तुम क्यों पूछते हो? क्या कारण है?

तुम शरीर के रूप में जन्म लेते हो और शरीर के ही रूप में जीते हो। तुम शरीर के रूप में बीमार पड़ते हो, और शरीर के रूप में ही तुम्हारा इलाज होता है, तुम्हें औषधि दी जाती है, तुम्हें पूर्ण और स्वस्थ बनाया जाता है। शरीर के रूप में ही तुम युवा होते हो; शरीर के रूप में ही तुम बूढ़े होते हो। और अंत में शरीर के रूप में ही तुम मर जाओगे। तुम्हारा समूचा जीवन शरीर-केंद्रित है, शरीर के चारों ओर ही घूमता रहता है। फिर तुम किसी को प्यार करोगे, उसके साथ संभोग में उतरोगे, और दूसरे शरीरों का निर्माण करोगे।

तुम सारी जिंदगी कर क्या रहे हो? अपने को बचा रहे हो। भोजन, हवा और मकान के जरिए तुम किसको सम्हाल रहे हो? शरीर को सम्हाल रहे हो, जिंदा रख रहे हो। और बच्चे पैदा करके तुम क्या करते हो? शरीर ही पैदा करते हो। सारा जीवन निन्यानबे दशमलव नौ प्रतिशत शरीर-केंद्रित है। तुम शरीर के पार जा सकते हो; लेकिन यह यात्रा शरीर से होकर और शरीर के द्वारा की जाती है। इस यात्रा में शरीर का उपयोग आवश्यक है।

लेकिन तुम यह प्रश्न क्यों पूछ रहे हो? क्योंकि शरीर तो बाहरी खोल है; गहराई में शरीर सेक्स का, काम का प्रतीक है। इसीलिए जो परंपराएं काम-विरोधी हैं वे शरीर-विरोधी भी हैं। और जो परंपराएं काम-विरोधी नहीं हैं, वे ही शरीर के प्रति मैत्रीपूर्ण हो सकती हैं।

तंत्र सर्वथा मैत्रीपूर्ण है। और तंत्र कहता है कि शरीर पवित्र है, धार्मिक है। तंत्र की दृष्टि में शरीर की निंदा अधार्मिक कृत्य है, पाप है। यह कहना कि शरीर अशुद्ध है या शरीर पाप है, तंत्र की निगाह में मूढ़ता है। तंत्र ऐसी शिक्षा को विष-भरी शिक्षा मानता है। तंत्र शरीर को स्वीकार करता है। स्वीकार ही नहीं करता, वह उसे शुद्ध, निर्दोष और पवित्र मानता है। तुम शरीर का उपयोग कर सकते हो, उसे पार जाने का माध्यम बना सकते हो। पार जाने में भी वह सहयोगी होता है।

लेकिन अगर तुम शरीर से लड़ने लगोगे तो तुम चुक गए। अगर तुम शरीर से लड़ने लगे तो तुम बीमार से भी बीमार होते जाओगे। और अगर तुम शरीर से लड़ते ही रहे तो अवसर हाथ से निकल जाएगा। लड़ना नकारात्मक है; तंत्र विधायक रूपांतरण है। शरीर से मत लड़ो; लड़ने की कोई जरूरत नहीं है।

यह ऐसे ही है कि तुम जिस कार में बेठे हो उसी कार से लड़ रहे हो। और तब कोई यात्रा नहीं हो सकती; क्योंकि तुम वाहन से लड़ रहे हो। वाहन से लड़ना नहीं है, बल्कि उसका सदुपयोग करना है। लड़ने से वाहन नष्ट होगा और यात्रा कठिन हो जाएगी।

शरीर एक सुंदर वाहन है—बहुत रहस्यपूर्ण, बहुत जटिल। इसका उपयोग करो; इससे लड़ो मत। इसके साथ सहयोग करो। जिस क्षण तुम इसके विरोध में जाते हो तुम स्वयं के विरोध में जाते हो। यह ऐसा ही है कि कोई व्यक्ति कहीं जाना चाहे और अपने पांव से लड़ने लगे, उन्हें काट फेंके।

तंत्र कहता है कि शरीर को जानो, उसके रहस्यों को समझो। तंत्र कहता है कि शरीर की ऊर्जा को जानो और जानो कि यह ऊर्जा कैसे भिन्न-भिन्न आयामों में गति करती है और रूपांतरित होती है। उदाहरण के लिए काम-ऊर्जा को लो; वह शरीर की बुनियादी ऊर्जा है। सामान्यतः हम काम-ऊर्जा का उपयोग सिर्फ बच्चे पैदा करने के लिए करते हैं। एक शरीर

दूसरे शरीरों को पैदा करता है, और ऐसे सिलसिला चलता रहता है। काम-ऊर्जा का जैविक उपयोग सिर्फ बच्चे पैदा करना है। लेकिन वह अनेक उपयोगों में से एक उपयोग है और निम्नतम उपयोग है। निम्नतम कहने में कोई निंदा नहीं है; मगर निम्नतम है। वही ऊर्जा दूसरे सृजनात्मक काम भी कर सकती है।

बच्चे पैदा करना मूलभूत सृजन है—तुमने कुछ निर्मित किया। यही कारण है कि कोई स्त्री मां बनने पर एक सूक्ष्म आनंद का अनुभव करती है; उसने कुछ सृजन किया है। मनोवैज्ञानिक कहते हैं कि पुरुष चूंकि स्त्री की भांति सृजन नहीं कर पाता है, चूंकि वह मां नहीं बन सकता है, उसे बेचैनी होती है। और इस बेचैनी पर विजय पाने के लिए वह बहुत सी चीजों का सृजन करता है। वह चित्र बनाएगा, वह कुछ करेगा जिससे कि वह सर्जक हो जाए, जिससे कि वह मां बन जाए।

यह भी एक कारण है कि क्यों स्त्रियां कम सृजनात्मक होती हैं और पुरुष अधिक सृजनात्मक होते हैं। स्त्रियों को एक स्वाभाविक आयाम उपलब्ध है जिसमें वे सहज ही सृजनात्मक हो सकती हैं, जिसमें वे मां बन सकती हैं, जिसमें वे परितृप्त हो सकती हैं। उन्हें एक गहरी तृप्ति महसूस होती है।

लेकिन पुरुष को उसका अभाव है और वह अपने भीतर कहीं एक असंतुलन अनुभव करता है। इसलिए वह सृजन करना चाहता है, कोई परिपूरक सृजन। वह चित्र बनाएगा, वह गाएगा, वह नाचेगा, वह कुछ करेगा जिसमें वह भी मां बन सके।

मनोवैज्ञानिक यह बात अब कहने लगे हैं—और तंत्र सदा से कहता रहा है—कि काम-ऊर्जा सदा सारे सृजन का स्त्रोत है। इसीलिए ऐसा होता है कि यदि कोई चित्रकार सचमुच अपने सृजन में गहरा डूब जाए तो वह कामवासना को बिलकुल भूल सकता है। अगर कोई कवि अपनी कविता में बहुत तल्लीन हो जाए तो वह भी काम को भूल जाएगा। उसे ब्रह्मचर्य ओढ़ने की जरूरत न होगी। सिर्फ साधु-महात्माओं को, मठों में रहने वाले गैर-सृजनशील साधु-महात्माओं को ही अपने पर ब्रह्मचर्य लादने की जरूरत पड़ती है। क्योंकि अगर तुम सृजनशील हो तो जो ऊर्जा कामवासना में संलग्न थी वही सृजन में लग जाती है। तब तुम कामवासना को बिलकुल भूल सकते हो; और इस भूलने में किसी प्रयत्न की जरूरत नहीं होती।

प्रयत्न करके भूलना असंभव है। किसी चीज को भूलने के लिए तुम प्रयत्न नहीं कर सकते; प्रयत्न ही तुम्हें बार-बार उसकी याद दिला देगा। वह व्यर्थ है; दरअसल वह आत्मघातक है। तुम किसी चीज को भूलने का प्रयत्न नहीं कर सकते।

यही कारण है कि जो लोग अपने पर ब्रह्मचर्य लादते हैं, ब्रह्मचारी बनने को अपने को मजबूर करते हैं, वे मानसिक रूप से काम-विकृति के शिकार भर हो जाते हैं। तब कामवासना शरीर से हटकर मन में चक्कर लगाने लगती है, पूरी बात मानसिक हो जाती है। और वह बदतर है; क्योंकि तब मन बिलकुल विक्षिप्त हो जाता है।

सृजन का कोई भी काम कामवासना को विलीन करने में सहयोगी होगा। तंत्र कहता है, अगर तुम ध्यान में उतर जाओ तो कामवासना बिलकुल विलीन हो जाएगी। कामवासना बिलकुल विलीन हो सकती है, क्योंकि सारी ऊर्जा किसी ऊंचे केंद्र में समाहित हो रही है।

और तुम्हारे शरीर में कई केंद्र हैं और काम निम्नतम केंद्र है। और मनुष्य इस निम्नतम केंद्र पर जीता है। और जैसे-जैसे ऊर्जा नीचे से ऊपर की ओर गति करती है, वैसे-वैसे ऊपर के केंद्र खुलने-खिलने लगते हैं। वही ऊर्जा जब हृदय में पहुंचती है तो प्रेम बन जाती है। वही ऊर्जा जब और ऊंचे उठती है तो नए आयाम और अनुभव फलित होते हैं। और जब वह ऊर्जा शिखर पर पहुंचती है, तुम्हारे शरीर के अंतिम शिखर पर, तो वह वहां पहुंच जाती है जिसे तंत्र सहस्त्रार कहता है। वह उच्चतम चक्र है।

सेक्स या काम निम्नतम चक्र है, और सहस्रार उच्चतम। और काम-ऊर्जा इन दोनों के बीच गति करती है। काम-केंद्र से इसे मुक्त किया जा सकता है। जब वह काम-केंद्र से छूटती है तो तुम किसी को जन्म देने का कारण बनते हो। और जब वही ऊर्जा सहस्नार से मुक्त होकर ब्रह्मांड में समाती है तो तुम अपने को नया जन्म देते हो। यह भी जन्म देना है; लेकिन जैविक तल पर नहीं। तब यह आध्यात्मिक पुनर्जन्म है; तब तुम्हारा पुनर्जन्म हुआ।

भारत में हम ऐसे व्यक्ति को द्विज कहते हैं; उसका दुबारा जन्म हुआ। अब उसने अपने को एक नया जन्म दिया। वही ऊर्जा ऊर्ध्वगमन कर गई।

तंत्र के पास कोई निंदा नहीं है; तंत्र के पास रूपांतरण की गुह्य विधियां हैं। यही कारण है कि तंत्र शरीर की इतनी चर्चा करता है; वह जरूरी है। शरीर को समझना जरूरी है। और तुम वहीं से आरंभ कर सकते हो जहां तुम हो।

**तीसरा प्रश्न :**

***आपने कहा कि प्रेम तुम्हें स्वतंत्र कर सकता है। लेकिन साधारणत : हम देखते हैं कि प्रेम आसक्ति बन जाता है और वह हमें मुक्त करने की बजाय और भी बांध देता है। कृपा कर आसक्ति और स्वतंत्रता के संबंध में हमें कुछ और कहें।***

प्रेम अगर आसक्ति बनता है तो वह प्रेम नहीं है। तुम प्रेम का अभिनय कर रहे थे। तुम अपने को धोखा दे रहे थे। आसक्ति ही सच्चाई है; प्रेम तो उसकी भूमिका भर था। इसलिए जब भी तुम प्रेम में पड़ते हो, देर-अबेर तुम्हें पता चलता है कि तुम एक साधन भर हो। और तब सारा संताप शुरू होता है। इसकी मेकेनिज्म क्या है? ऐसा क्यों होता है?

अभी थोड़े दिन हुए एक आदमी मेरे पास आया। वह बहुत अपराधी अनुभव कर रहा था। उसने कहा: 'मैं एक स्त्री को प्रेम करता था और अतिशय प्रेम करता था। जिस दिन उसकी मृत्यु हुई, मैं जार-जार रो रहा था। लेकिन अचानक मुझे मेरे भीतर किसी स्वतंत्रता का बोध हुआ और ऐसा लगा कि जैसे कोई बोझ उतर गया हो। मैंने एक गहरी सांस ली—मानो मैं मुक्त हो गया हूं।'

उसी क्षण उस व्यक्ति को अपने भाव की एक दूसरी पर्त का बोध हुआ। बाहर-बाहर तो वह चीखता-चिल्लाता था और कह रहा था कि उसके बिना मैं जिंदा नहीं रह सकता, अब जीना असंभव है, अब जीना मृत्यु जैसा होगा। लेकिन उसने कहा कि 'किसी गहरे तल पर मुझे पता चला कि मैं हलका अनुभव कर रहा हूं, मुक्त अनुभव कर रहा हूं।'

लेकिन तभी भाव की एक तीसरी पर्त सक्रिय हुई और वह आदमी अपराधी महसूस

करने लगा। उस पर्त ने उससे पूछा कि यह क्या करते हो! और उस समय उसकी पत्नी का शव उसके सामने पड़ा था। फलतः वह बहुत अपराध-भाव से भर गया। और उसने मुझसे कहा कि मेरी मदद करें। यह मेरे मन को क्या हो गया है? मैंने उसे इतनी जल्दी धोखा दिया क्या?

कुछ नहीं हुआ है; किसी ने धोखा नहीं दिया है। प्रेम जब आसक्ति बन जाता है तो वह बोझ हो जाता है, बंधन हो जाता है। लेकिन प्रेम आसक्ति क्यों बनता है?

पहली चीज तो यह है कि तुम्हारा प्रेम अगर आसक्ति बन जाए तो समझना चाहिए कि तुम प्रेम के महज भ्रम में थे, धोखे में थे। तुम अपने साथ खिलवाड़ कर रहे थे और समझ रहे थे कि यह प्रेम है। सच तो यह है कि तुम्हें आसक्ति की जरूरत थी। और अगर और गहरे जाओ तो पता चलेगा कि तुम गुलाम बनना चाहते थे।

स्वतंत्रता के प्रति एक सूक्ष्म भय है और इसलिए हर व्यक्ति गुलाम होना चाहता है। वैसे हरेक आदमी स्वतंत्रता की बात करता है, लेकिन किसी को भी सचमुच स्वतंत्र होने का साहस नहीं है। क्योंकि अगर तुम सचमुच स्वतंत्र हो जाओ तो तुम अकेले हो जाओगे। इसलिए अगर तुम्हें अकेले होने का साहस हो तो ही तुम स्वतंत्र हो सकते हो। लेकिन किसी को भी अकेला होने का पर्याप्त साहस नहीं है। तुम्हें किसी की जरूरत है। तुम्हें किसी की जरूरत क्यों है?

तुम अपने अकेलेपन से ही भयभीत हो। तुम अपने से ही ऊबे हुए हो। और सचाई यह है कि जब तुम अकेले होते हो तो कुछ भी अर्थपूर्ण मालूम नहीं पड़ता है। और किसी के संग-साथ में तुम व्यस्त मालूम पड़ते हो और तुम अपने चारों ओर एक कृत्रिम अर्थवत्ता पैदा कर लेते हो। चूंकि तुम अपने लिए नहीं जी सकते, इसलिए तुम किसी अन्य के लिए जीने लगते हो। और यही बात दूसरे के लिए भी सच है; वह भी अकेले नहीं रह सकता, उसे भी किसी अन्य की खोज होती है।

इस तरह दो व्यक्ति, जो अपने-अपने अकेलेपन से भयभीत हैं, इकट्ठे हो जाते हैं और एक खेल शुरू करते हैं, जिसे वे प्रेम कहते हैं। लेकिन गहरे में वे आसक्ति, प्रतिबद्धता और गुलामी खोज रहे हैं।

और जो तुम चाहते हो वह देर-अबेर हो ही जाता है। और इस दुनिया में यह बड़ी दुर्भाग्यपूर्ण बात होती है कि जो तुम कामना करते हो वह फलित हो जाता है। देर-अबेर वह तुम्हें मिल जाएगा और पूर्व-क्रीड़ा समाप्त हो जाएगी। जब उसका काम पूरा हो जाता है तो वह पूर्व-क्रीड़ा समाप्त हो जाएगी। जब तुम पति-पत्नी हो जाते हो, एक-दूसरे के गुलाम हो जाते हो, जब विवाह हो जाता है, तब प्रेम विदा हो जाता है। क्यों? क्योंकि प्रेम दो व्यक्तियों के बीच वह भ्रम है जो उन्हें एक-दूसरे का गुलाम बनाने में सहयोगी होता है।

सीधे-सीधे तुम किसी के गुलाम नहीं बन सकते; यह बहुत अपमानजनक है। तुम सीधे-सीधे किसी से नहीं कह सकते कि मेरे गुलाम बनो! वह विद्रोह कर उठेगा। तुम यह भी नहीं कह सकते कि मैं तुम्हारा गुलाम होना चाहता हूं। इसलिए तुम कहते हो कि मैं तुम्हारे बिना जी नहीं सकता। लेकिन अर्थ वही है, मतलब एक ही है। और जब यह असली इच्छा पूरी हो जाती है तो प्रेम विदा हो जाता है। और तब बंधन और गुलामी का अहसास होता: है और तुम फिर से स्वतंत्र होने के लिए संघर्ष करने लगते हो।

स्मरण रहे, मन का यह बड़ा विरोधाभास है कि जो तुम्हें मिल जाता है उससे तुम ऊब जाते हो और जो नहीं मिलता है उसकी कामना करते हो। जब तुम अकेले होते हो तो किसी बंधन, किसी गुलामी की चाह होती है और जब बंधन में होते हो तो स्वतंत्रता के लिए तरसने लगते हो। सच तो यह है कि गुलाम ही स्वतंत्रता के आकांक्षी होते हैं और स्वतंत्र लोग फिर से गुलाम होने की चेष्टा करते हैं। ऐसे मन घड़ी के पेंडुलम की तरह एक अति से दूसरी अति के बीच डोलता रहता है।

प्रेम आसक्ति नहीं बनता है। आसक्ति जरूरत थी; प्रेम ने बस कांटे में आटे का काम किया। तुम आसक्ति नाम की मछली खोज रहे थे; प्रेम ने उस मछली को पकड़ने के लिए कांटे में आटे का काम किया। और जब मछली पकड़ ली जाती है तो आटा और कांटा दोनों फेंक दिए जाते हैं।

इस बात को खयाल में रखो। और जब भी तुम कुछ करो तो उसके बुनियादी कारण का पता लगाने के लिए अपने भीतर जाओ। अगर सच्चा प्रेम हो तो वह कभी आसक्त नहीं बनेगा। प्रेम के आसक्ति बनने में कौन सी चीज काम करती है?

जिस क्षण तुम अपने प्रेमी या प्रेमिका से कहते हो कि सिर्फ मुझ को प्रेम करो, तुम ने उस पर मालकियत शुरू कर दी। और जिस क्षण तुम उस पर मालकियत करते हो उस क्षण तुम उसे प्रगाढ़ रूप से अपमानित करते हो; क्योंकि मालकियत करके तुम उसे वस्तु में बदल देते हो। जब मैं तुम्हें अपने कब्जे में लेता हूं तब तुम व्यक्ति न रहे, तब तुम एक वस्तु हो गए। और तब मैं तुम्हारा उपयोग करता हूं। और चूंकि तुम मेरी चीज हो, इसीलिए मैं दूसरों को तुम्हारा उपयोग नहीं करने दे सकता। और यह एक परस्पर सौदा है जिसमें तुम भी मुझ पर मालकियत करते हो और मैं तुम्हारी वस्तु बन जाता हूं। यह एक सौदा है कि अब कोई दूसरा तुम्हारा उपयोग नहीं करेगा। दोनों एक-दूसरे से बंध जाते हैं और एक-दूसरे के गुलाम हो जाते हैं। मैं तुम्हें गुलाम बनाता हूं और बदले में तुम मुझे गुलाम बनाते हो।

और तब संघर्ष शुरू होता है। मैं स्वतंत्र व्यक्ति होना चाहता हूं और साथ ही यह भी चाहता हूं कि तुम पर मेरी मालकियत बनी रहे। वैसे ही तुम भी अपनी स्वतंत्रता कायम रखना चाहते हो। यही संघर्ष है। अगर मैं तुम पर मालकियत करूंगा तो तुम भी मुझ पर मालकियत करोगे। और अगर मैं अपने पर तुम्हारी मालकियत नहीं चाहता हूं तो मुझे तुम पर अपनी मालकियत भी छोड़ देनी होगी।

मालकियत को प्रेम के बीच में नहीं आना चाहिए। हमें व्यक्ति बने रहना है; हमें स्वतंत्र, मुक्त चेतना की तरह जीना है। हम साथ-साथ रह सकते हैं, हम एक-दूसरे में विलीन भी हो सकते हैं; लेकिन मालकियत नहीं होनी चाहिए। तब कोई बंधन नहीं है। और तब कोई आसक्ति भी नहीं है।

आसक्त अत्यंत कुरूप चीज है। और मैं इसे धार्मिक अर्थों में ही नहीं, बल्कि सौंदर्य के अर्थों में भी अत्यंत कुरूप कहता हूं। जब तुम आसक्त होते हो तो तुम्हारा अकेलापन खो जाता है, तुम्हारा एकांत खो जाता है, तुम्हारा सब कुछ खो जाता है। सिर्फ इतने से सुख के लिए कि किसी को मेरी जरूरत है, कि कोई मेरे साथ है, तुम ने सब कुछ गंवा दिया, तुम ने अपने को भी गंवा दिया। लेकिन चालबाजी सदा एक ही है कि तुम तो स्वतंत्र रहने की चेष्टा

करते हो और दूसरे पर मालकियत करते हो। और दूसरा भी यही कर रहा है। तो किसी पर मालकियत मत करो, ताकि दूसरा भी तुम पर मालकियत न करे।

जीसस ने कहीं कहा है: 'दूसरे के संबंध में निर्णय मत लो, ताकि दूसरा तुम्हारे संबंध में निर्णय न ले।'

यह वही बात है। दूसरे पर मालकियत मत करो, ताकि दूसरा तुम पर मालकियत न करे। किसी को भी गुलाम मत बनाओ; अन्यथा तुम खुद गुलाम बन जाओगे। मालिक, तथाकथित मालिक सदा अपने गुलामों के भी गुलाम हो जाते हैं। गुलाम बने बिना तुम किसी के मालिक नहीं बन सकते; यह असंभव है।

तुम मालिक तभी हो सकते हो जब कोई भी तुम्हारा गुलाम न हो। यह बात विरोधाभासी मालूम होती है। जब मैं कहता हूं कि तुम मालिक तभी हो सकते हो जब कोई तुम्हारा गुलाम न हो, तब तुम कह सकते हो कि फिर मालकियत का मतलब क्या रहा। जब कोई मेरा गुलाम ही नहीं है तो फिर मालकियत कैसी। लेकिन मैं कहता हूं कि तुम उसी हालत में मालिक हो सकते हो जब कोई तुम्हारा गुलाम न हो और कोई तुम्हें गुलाम बनाने की कोशिश न कर रहा हो।

स्वतंत्रता को प्रेम करने का, स्वतंत्र होने की चेष्टा का बुनियादी अर्थ यह है कि तुम्हें अपने संबंध में गहरा बोध हो गया है—स्वबोध। और अब तुम जानते हो कि मैं अपने आप में पर्याप्त हूं। अब तुम किसी के भी साथ सहभागी हो सकते हो; लेकिन तुम पराधीन नहीं हो। मैं अपने में किसी को भागीदार बना सकता हूं; वैसे ही मैं अपने प्रेम में किसी को भागीदार बना सकता हूं, अपने सुख, आनंद और शांति में किसी को सहभागी बना सकता हूं। लेकिन वह सहभागिता है, पराधीनता नहीं। यदि कोई दूसरा नहीं भी है तो भी मैं उतना ही सुखी हूं; कोई दूसरा नहीं भी है तो भी मैं उतना ही सुखी हूं, उतना ही आनंदित हूं। और यदि दूसरा है तो वह भी अच्छा है, मैं उस के साथ भी सहभागिता के लिए राजी हूं।

जब तुम अपनी आंतरिक चेतना को, अपने केंद्र को उपलब्ध होते हो, तभी प्रेम आसक्त नहीं बनता है। और अगर तुम अपने आंतरिक केंद्र को नहीं जानते हो तो प्रेम आसक्त में बदल जाएगा। लेकिन अगर आंतरिक केंद्र को जानते हो तो प्रेम भक्ति बन जाएगा। लेकिन प्रेम करने के लिए पहले तुम्हें होना होगा, और तुम नहीं हो।

बुद्ध एक गांव से गुजर रहे थे। एक युवक उनके पास आया और उसने कहा: 'मुझे शिक्षा दें; मैं दूसरों की सेवा कैसे करूं?' बुद्ध हंसे और उससे बोले: 'पहले स्वयं होओ; दूसरों को भूल जाओ। पहले स्वयं होओ, और तब शेष चीजें अपने आप ही छाया की तरह पीछे-पीछे आएंगी।'

अभी तुम नहीं हो। जब तुम कहते हो कि मैं प्रेम करता हूं और वह प्रेम आसक्ति बन जाता है तो तुम यह कह रहे हो कि मैं नहीं हूं। इसलिए तुम जो भी करते हो वह गलत हो जाता है; क्योंकि कर्ता अनुपस्थित है। बोध का आंतरिक बिंदु मौजूद नहीं है; इसलिए तुम जो भी करते हो वह गलत हो जाता है। पहले होओ, और तब तुम दूसरों को भागीदार बना सकते हो। और वह सहभागिता प्रेम होगी। उसके पहले तुम जो भी करोगे वह आसक्ति बन जाएगा।

और अंतिम बात। अगर तुम आसक्त से संघर्ष कर रहे हो, लड़ रहे हो तो यह भूल

हो रही है; तुम ने गलत कदम उठा लिया। तुम लड़ सकते हो। अनेक साधु-संन्यासी यही कर रहे हैं। उन्हें लगता है कि हम अपने घर से, अपनी संपत्ति से, पत्नी से, बच्चों से बंधे हैं, कैदी हैं। और तब वे भाग खड़े होते हैं। वे अपना घर-परिवार, पत्नी-बच्चे, धन-संपत्ति छोड़कर भिखारी हो जाते हैं, जंगल में, एकांत में जा छिपते हैं। लेकिन जाकर उन्हें देखो। वे अपने नए परिवेश से आसकत हो गए हैं, बंध गए हैं।

मैं अपने एक मित्र को मिलने गया जो फकीर थे और एक घने जंगल में झाड़ के नीचे रहते थे। वहां दूसरे तपस्वी भी थे। एक दिन ऐसा हुआ कि मेरे मित्र कहीं बाहर गए थे और मैं अकेला उनके झाड़ के नीचे बैठा था। मेरे मित्र नदी में स्नान करने गए थे। तभी एक संन्यासी आया और उसी पेड़ के नीचे बैठकर ध्यान करने लगा।

थोड़ी देर में मेरे मित्र नदी से वापस आए और उन्होंने नए संन्यासी को पेड़ के नीचे से भगा दिया। उन्होंने कहा: 'यह मेरा झाड़ है। तुम कहीं कोई दूसरा झाड़ अपने लिए खोज लो। मेरे झाड़ के नीचे कोई दूसरा आदमी नहीं बैठ सकता है।' और यही आदमी है जो अपनी घर-गृहस्थी, पत्नी-बच्चे त्याग कर जंगल आया था। लेकिन अब झाड़ पर उसकी आसक्त हो गई है और कोई दूसरा व्यक्ति इस झाड़ के नीचे ध्यान नहीं कर सकता है।

तुम आसक्ति से इतनी आसानी से नहीं बच सकते हो। आसक्ति नए रंग-रूप ले लेगी। तुम धोखे में पड़ जाओगे; लेकिन आसक्ति अपनी जगह बनी रहेगी। आसक्ति से लड़ो मत, केवल यह समझने की कोशिश करो कि वह क्यों है। और तब उसके गहरे कारण को समझो।

यह आसक्ति इसलिए है कि तुम नहीं हो। तुम्हारे भीतर तुम स्वयं ही इतने अनुपस्थित हो कि तुम सुरक्षा के लिए किसी से भी चिपकने की कोशिश करते हो। तुम्हारी अपनी जड़ें नहीं हैं; इसलिए तुम किसी भी चीज को अपनी जड़ बनाने की चेष्टा करते हो। जब तुम स्वयं में केंद्रित हो जाओगे, जब तुम जानोगे कि मैं कौन हूं, वह आत्मा, वह चैतन्य क्या है जो हमारे भीतर है, तब तुम किसी से भी बंधे नहीं रहोगे।

इसका यह अर्थ नहीं है कि तब तुम प्रेम नहीं करोगे। सच तो यह है कि तभी प्रेम कर सकोगे; क्योंकि तभी तुम दूसरों को सहभागी बना सकोगे। और यह किसी शर्त, किसी अपेक्षा के बिना होगा। तुम दूसरों को अपना प्रेम बांटोगे; क्योंकि तुम्हारे पास प्रेम अतिशय है, इतना है कि कूल-किनारा तोड़कर वह रहा है।

यह ओवरफ्लोइंग, यह स्वयं का प्रवाह ही प्रेम है। और जब यह स्वयं का प्रवाह बाढ़ का रूप ले लेता है और इस में सारा ब्रह्मांड समा जाता है, जब तुम्हारा प्रेम चांद-तारों को छता है, जब तुम्हारे प्रेम में धरती आह्लादित अनुभव करती है और पूरी सृष्टि नहा जाती है, तब वह भक्ति है।

आज इतना ही।

21

# अंतर्यात्रा में आंख के उपयोग

# सूत्र

30. आंखें बंद करके अपने अंतरस्थ अस्तित्व को विस्तार से देखो। इस प्रकार अपने सच्चे स्वभाव को देख लो।

31. किसी कटोरे को उसके पार्श्व-भाग या पदार्थ को देखे बिना देखो। थोड़े ही क्षणों में बोध को उपलब्ध हो जाओ।

32. किसी सुंदर व्यक्ति या सामान्य विषय को ऐसे देखो जैसे उसे पहली बार देख रहे हो।

# 87

▲

आज रात हम जिन विधियों की चर्चा करेंगे, वे दर्शन की, देखने की साधना से संबंध रखती हैं। इसलिए इन विधियों में प्रवेश के पहले आंख के संबंध में कुछ के समझ लेनी जरूरी हैं। क्योंकि ये सातों विधियां आंख पर ही निर्भर हैं।

पहली बात, आंख मनुष्य के शरीर का सबसे कम शारीरिक अंग है; उसे सर्वाधिक अशरीरी कहना उचित होगा। अगर पदार्थ अपदार्थ हो सकता है तो आंख के प्रसंग में यह बात सच है। आंख पदार्थ है; लेकिन साथ-साथ वह अपदार्थ भी है।

आंख तुम और तुम्हारे शरीर के बीच मिलन-बिंदु है; शरीर में और कहीं भी यह मिलन इतना गहरा नहीं है। मानव शरीर और तुम बहुत पृथक-पृथक हो, उनके बीच की दूरी बड़ी है। लेकिन आंख के बिंदु पर तुम अपने शरीर के निकटतम हो और शरीर तुम्हारे निकटतम है। यही कारण है कि आंख को अंतर्यात्रा के उपयोग में लाया जा सकता है। एक ही छलांग में तुम आंख से स्त्रोत पर पहुंच जाओगे।

वह हाथ से संभव नहीं है; हृदय से भी संभव नहीं है। वह शरीर के और किसी अंग से संभव नहीं है। शरीर के अन्य किसी भी भाग से यात्रा लंबी होगी; दूरी बड़ी है। लेकिन आंख से एक कदम तुम्हें तुम्हारे भीतर ले जाने के लिए काफी है।

इसी वजह से योग और तंत्र की साधना में, धर्म की साधना में निरंतर आंख का उपयोग किया जाता रहा है। इसका पहला कारण यह है कि तुम अपनी आंख के निकटतम हो। अगर तुम किसी की आंख में आंख डालकर देखना जानते हो तो तुम उसे उसके गहरे तलों तक देख ले सकते हो। वह वहीं है—आंख में। वह अपने शरीर के अन्य किसी हिस्से में उतना मौजूद नहीं है, लेकिन तुम उसे उसकी आंखों में देखो और उसे पा लोगे।

किसी की आंख में झांकना कठिन कला है। और यह कला तुम तब सीखते हो जब तुम अपनी आंख से अपने भीतर छलांग लगाते हो; अन्यथा नहीं देख सकते। अगर तुमने अपनी ही आंखों के पार उसे नहीं देखा है जो तुम्हारा अंतरस्थ है तो तुम किसी दूसरे की आंख

में नहीं देख सकते। लेकिन अगर आंख में देखना सीख लो तो तुम किसी के भी अंतरस्थ को स्पर्श कर सकते हो।

इसीलिए केवल प्रेम में ही तुम दूसरे की आंख में सीधा झाक सकते हो, घूर कर देख सकते हो। प्रेम के बिना अगर तुम किसी की आंख में घूरोगे तो वह बुरा मानेगा। यह अनधिकार प्रवेश होगा। शरीर को देखना अनधिकार प्रवेश नहीं है; लेकिन जिस क्षण तुम किसी की आंख में झांकते हो, तत्क्षण तुम उसकी निजता में, उसकी व्यक्तिगत स्वतंत्रता में अनधिकार प्रवेश करते हो, तुम उसके भीतर बिनबुलाए प्रवेश करते हो।

इसलिए एक सीमा है। और अब तो उस सीमा की माप भी निश्चित हो गयी है। ज्यादा से ज्यादा तीन सेकेंड तक तुम किसी को घूर सकते हो। उसका मतलब हुआ कि किसी पर एक सरसरी निगाह डालकर तुम्हें अपनी आंखें फेर लेनी होंगी, अन्यथा दूसरा बुरा मानेगा। यह हिंसा है; क्योंकि तुम दूसरे की गोपनीयता में झांक रहे हो, और वह निषिद्ध है।

केवल गहन प्रेम में ही तुम दूसरे की आंख में झांक सकते हो। प्रेम का अर्थ ही है कि तुम अपने प्रेमी से कुछ छिपाना नहीं चाहते हो, कि अब तुम दूसरे के लिए खुले हो और तुममें प्रवेश करने के लिए दूसरे का स्वागत है। जब प्रेमी एक-दूसरे की आंख में झांकते हैं तो एक मिलन घटित होता है जो शरीर का नहीं है, जो अशरीरी है।

इसलिए दूसरी बात यह याद रखने की है कि तुम्हारा मन, तुम्हारी चेतना, तुम्हारी आत्मा, जो भी तुम्हारा अंतरस्थ है, सबमें आंखों के माध्यम से झांका जा सकता है।

यही कारण है कि अंधे आदमी का चेहरा मृतबत होता है। इतना ही नहीं है कि उसकी आंखें नहीं हैं; बल्कि उसका चेहरा भी निर्जीव होता है। आंखें चेहरे की रोशनी हैं। वे तुम्हारे चेहरे को दीप्त बनाती हैं। वे उसे आंतरिक सजीवता प्रदान करती हैं। आंखों के अभाव में तुम्हारे चेहरे की सजीवता जाती रहती है। अंधा आदमी सच में बंद आदमी है; उसमें आसानी से प्रवेश संभव नहीं है।

इसी वजह से अंधे लोग बहुत गोपनीय होते हैं; अंधे आदमी पर तुम भरोसा कर सकते हो। तुम उसे कोई अपनी गुप्त बात बताओ तो इसका भरोसा कर सकते हो कि वह उसे गुप्त रखेगा। किसी के लिए यह भी पता लगाना मुश्किल होता है कि अंधे आदमी ने कोई राज छिपा रखा है।

लेकिन जीवित आंख वाले को देखकर तुरंत कहा जा सकता है कि इसके भीतर कुछ गोपनीय है। उदाहरण के लिए, तुम रेलगाड़ी में टिकट के बिना सफर कर रहे हो, तब तुम्हारी आंखें बता देंगी कि तुम्हारे पास टिकट नहीं है। यद्यपि कोई दूसरा यह नहीं जानता है, सिर्फ तुम जानते हो, तो भी तुम्हारी आंखें और ढंग की हो जाएंगी और तुम्हारे डिब्बे में प्रवेश करने वाले किसी भी नवागंतुक को वे और ही ढंग से देखेंगी। अगर उसे इसकी पहचान हो तो वह तुरंत समझ जाएगा कि तुम्हारे पास टिकट नहीं है। और जब तुम्हारे पास टिकट है तो तुम्हारी आंखें कुछ और ही होंगी। उनकी निगाह भिन्न होगी।

तो अगर तुमने कोई भेद छिपा रखा है तो तुम्हारी आंखें उसे कह देंगी। और आंख को नियंत्रण में रखना बहुत कठिन है। शरीर में आंख वह इंद्रिय है जिसका नियंत्रण सबसे कठिन है। इसलिए हर कोई बड़ा जासूस नहीं बन सकता है। जासूस के लिए आंख का प्रशिक्षण

▲

सबसे बुनियादी प्रशिक्षण है। उसकी आंखें ऐसी होनी चाहिए कि कुछ प्रकट न करें, बल्कि विपरीत को प्रकट करें। जब वह बिना टिकट भी यात्रा करे तो उसकी आंखें कहें कि टिकट है। यह कठिन है; क्योंकि आंखें स्वैच्छिक नहीं हैं, गैर-स्वैच्छिक हैं।

अब तो आंख पर बहुत से प्रयोग हो रहे हैं। कोई व्यक्ति ब्रह्मचारी है और कहता है कि स्त्रियों के लिए मेरे मन में कोई चाव नहीं है। लेकिन उसकी आंखें सब कुछ कह देंगी; वह अपने लगाव को छिपा रहा होगा। उसके कमरे में एक सुंदर स्त्री प्रवेश करे तो हो सकता है कि वह उसकी ओर न देखे, लेकिन उसका यह न देखना भी बहुत कुछ प्रकट कर देगा। इस न देखने में प्रयत्न होगा, सूक्ष्म दमन होगा; और उसकी आंखें यह सब बता देंगी। इतना ही नहीं, उसकी आंख की पुतली फैल जाएगी। जब एक सुंदर स्त्री प्रवेश करेगी तो उसकी आंख की पुतलियां उस सुंदर स्त्री को अपने भीतर प्रवेश देने के लिए तुरंत फैल जाएंगी। और तुम इस संबंध में कुछ भी नहीं कर सकते हो; क्योंकि पुतलियों और उनके घटने-बढ़ने पर तुम्हारा बस नहीं है। तुम कुछ भी नहीं कर सकते; उन्हें नियंत्रित करना सर्वथा असंभव है।

तो दूसरी बात यह याद रखने की है कि तुम्हारी आंखों से तुम्हारे भेद जाने जा सकते हैं। अगर कोई व्यक्ति तुम्हारी निजता के, तुम्हारे भेदों के जगत में प्रवेश करना चाहे तो उसके लिए तुम्हारी आंखें द्वार का काम करेंगी। अगर वह उन्हें खोलना जानता है तो तुम उसके लिए प्रकट हो जाओगे, खुल जाओगे। और अगर तुम अपने ही गुह्य जीवन में, अंतरस्थ जीवन में प्रवेश करना चाहते हो, तो भी तुम्हें इसी द्वार का उपयोग सीखना होगा, तुम्हें अपनी आंख पर काम करना होगा; तभी भीतर प्रवेश संभव है।

तीसरी बात, आंखें बहुत तरल हैं और सतत गतिमान हैं। और उनकी गति की अपनी लय है, अपनी व्यवस्था है। तुम्हारी आंखें कोई बेतरतीब, अराजक ढंग से नहीं घूमती हैं; बल्कि उनकी अपनी लयबद्धता है। और वह लयबद्धता कई चीजें बताती है। अगर तुम्हारे मन में कोई कामुक विचार है तो तुम्हारी आंखें भिन्न ढंग से, भिन्न लय के साथ गति करेंगी। सिर्फ तुम्हारी आंख और उसकी गति को देखकर कोई कह सकता है कि तुम्हारे भीतर किस भांति के विचार चल रहे हैं।

तुम जब भूखे होते हो और भोजन का विचार मन में चलता है तो तुम्हारी आंखें और ही ढंग से गति करती हैं। अब तो आंखों के जरिए तुम्हारे सपनों में भी प्रवेश किया जा सकता है। जब तुम सो रहे हो तब भी तुम्हारी आंखों की गति पढ़ी जा सकती है।

और स्मरण रहे, सपना देखते समय भी तुम्हारी आंखें गति करती हैं। अगर तुम सपने में किसी नग्न स्त्री को देख रहे हो तो यह बात भी तुम्हारी आंख की गति को देखकर कही जा सकती है। अब उन्होंने आंख की गति को जानने-समझने के यांत्रिक उपाय भी कर लिए हैं। वे इन गतियों को 'रेम' नाम देते हैं, जिसका अर्थ है रैपिड आई मूवमेंट, यानी आंख की तीव्र गति। जैसे हृदय की गति का ग्राफ कार्डियोग्राम में उतारा जाता है वैसे ही आंख की गति भी ग्राफ पर उतारी जा सकती है। रातभर नींद में तुम्हारी आंखों की पूरी गति ग्राफ पर उतारी जा सकती है। और वह ग्राफ बता देगा कि तुम कब सपने देखते थे और कब नहीं।

जब तुम सपने नहीं देखते तो आंखें ठहर जाती हैं, स्थिर हो जाती हैं। और जब तुम सपना देखते हो तो आंखें गति करती हैं और वह गति वैसी ही होती है जैसी गति पर्दे पर फिल्म

देखते हुए होती है। अगर तुम फिल्म देख रहे हो तो आंख चलती रहती है, वैसे ही सपने में आंख चलती है, वह कुछ देखती है। फिल्म में आंख की जैसी गति होती है वैसी ही गति सपने में होती है। आंख के लिए पर्दे की फिल्म और स्वप्न की फिल्म में कोई फर्क नहीं है।

तो रेम रिकार्डर बता देता है कि रात में तुम कितनी देर सपना देखते रहे और कितनी देर बिना सपनों के सोए; क्योंकि जब तुम स्वप्न नहीं देखते हो तो आंख की गति ठहर जाती है। अनेक लोग हैं जो कहते हैं कि हम कभी सपना नहीं देखते हैं। इन लोगों की स्मृति कमजोर है, और कुछ नहीं। उन्हें याद नहीं रहता है, इतनी सी बात है। वे स्वप्न देखते हैं, सारी रात स्वप्न देखते हैं; लेकिन उन्हें याद नहीं रहता। इतना ही है कि उनकी याददाश्त अच्छी नहीं है। इसलिए जब वे सुबह उठकर कहें कि रात हमने सपने नहीं देखे, तो उनका भरोसा मत करना।

सपना देखते हुए आंखें गति क्यों करती हैं और गैर-स्वप्न की अवस्था में वे ठहर क्यों जाती हैं?

आंख की प्रत्येक गति विचारणा की प्रक्रिया से जुड़ी हुई है। यदि विचार चलता है तो उसके साथ आंख भी चलेगी। और अगर विचार नहीं चलता है तो आंख भी नहीं चलेगी; उसकी जरूरत न रही। तो इस तीसरे बिंदु को भी खयाल में रख लो कि आंख की गति और विचारणा दोनों आपस में जुड़े हैं। यही कारण है कि अगर तुम आंख और उसकी गति को रोक दो तो तुम्हारी विचार-प्रक्रिया भी तुरंत ठहर जाएगी। या अगर विचार की प्रक्रिया बंद हो जाए तो आंखें अपने आप ही ठहर जाएंगी।

एक और बात—चौथी बात। आंखें सतत एक विषय से दूसरे विषय की ओर गति करती रहती हैं; अ से ब तक और ब से स तक चलती रहती हैं। गति उनकी प्रकृति है। यह वैसे ही है जैसे नदी बहती है; प्रवाह नदी की प्रकृति है। और इस गति के कारण ही वे इतनी जीवंत हैं। गति जीवन भी है। तुम अपनी आंखों को किसी खास बिंदु पर, किसी खास विषय पर रोकने की चेष्टा कर सकते हो, उन्हें गति करने से रोकने की चेष्टा कर सकते हो, लेकिन यह संभव नहीं होगा। गति आंखों की प्रकृति है। तुम गति को नहीं रोक सकते, लेकिन तुम आंख को ठहरा सकते हो। इस भेद को समझ लो।

तुम अपनी आंखों को एक निश्चित बिंदु पर, दीवार पर लगे एक चिह्न पर स्थिर कर सकते हो। तुम चिह्न को घूर सकते हो; तुम आंखों की गति बंद कर सकते हो। लेकिन गति तो आंखों का स्वभाव है। तो हो सकता है, आंखें विषय अ से विषय ब पर गति न करें, क्योंकि तुमने उन्हें अ पर ठहरा दिया है। लेकिन तब एक हैरानी की बात घटित होगी। गति तो होगी ही, क्योंकि गति उनकी प्रकृति है। अगर तुम आंखों को अ से ब पर जाने से रोक दोगे तो वे बाहर से भीतर की ओर जाने लगेंगी। या तो वे अ से ब पर जाएंगी, या बाहर से भीतर जाएंगी। तुम अगर उनकी बाहरी यात्रा बंद कर दोगे तो उनकी भीतर की ओर यात्रा शुरू हो जाएगी। गति उनका स्वभाव है; गति की उन्हें जरूरत है। यदि तुम अचानक उन्हें रोक दो, उनकी बाहर की गति बंद कर दो, तो वे भीतर की ओर गति करना शुरू कर देंगी।

तो गति की ये दो संभावनाएं हैं। एक है विषय अ से विषय ब की ओर गति; यह बाहरी गति है। और यही स्वाभाविक रूप से घटित होती है। लेकिन एक दूसरी संभावना भी है। और वह तंत्र और योग की संभावना है। उसमें बाहर के एक विषय से दूसरे विषय तक

▲

आंखों की गति रोक दी जाती है, बाह्य गति रोक दी जाती है। और तब आंखें बाहर के विषय से भीतर की चेतना में छलांग लगाती हैं। वे भीतर की ओर गति करती हैं।

इन चार बिंदुओं को खयाल में रख लो; तब विधियों को समझना सरल हो जाएगा।

देखने की पहली विधि:

*आंखें बंद करके अपने अंतरस्थ अस्तित्व को विस्तार से देखो। इस प्रकार अपने सच्चे स्वभाव को देख लो।*

'आंखें बंद करके. . !'

अपनी आंखें बंद कर लो। लेकिन आंखें बंद करना ही काफी नहीं है, समग्र रूप से बंद करना है। उसका अर्थ है कि आंखों को बंद करके उनकी गति भी रोक दो। अन्यथा आंखें बाहर की ही चीजों को देखती रहेंगी; बंद आंखें भी चीजों को चीजों के प्रतिबिंबों को देखती रहेंगी। असली चीज़ें तो नहीं रहेंगी, लेकिन उनके चित्र, विचार, संचित यादें तब भी सामने तैरती रहेंगी। ये चित्र, ये यादें भी बाहर की हैं। इसलिए जब तक वे तैरती रहेंगी तब तक आंखों को समग्रलपेण बंद मत समझो। समग्र रूप से बंद होने का अर्थ है कि अब देखने को कुछ भी नहीं है।

इस फर्क को ठीक से समझ लो। तुम अपनी आंखें बंद कर सकते हो; वह आसान है। हर कोई हर क्षण आंखें बंद करता है। रात में भी तुम आंखें बंद रखते हो। लेकिन इससे अंतरस्थ स्वभाव प्रकट नहीं हो जाएगा। आंखें ऐसे बंद करो कि देखने को कुछ भी न बचे—न बाहर का विषय बचे और न भीतर बाहरी विषय का बिंब बचे। तुम्हारे सामने बस खाली अंधेरा रह जाए, मानो तुम अचानक अंधे हो गए हो—यथार्थ के प्रति ही नहीं, स्वप्न-यथार्थ के प्रति भी।

इसमें अभ्यास की जरूरत पड़ेगी—एक लंबे अभ्यास की जरूरत पड़ेगी। यह अचानक संभव नहीं है; एक लंबे प्रशिक्षण की जरूरत है। आंखें बंद कर लो। जब भी तुम्हें लगे कि यह आसानी से किया जा सकता है और जब भी तुम्हें समय हो तब आंखें बंद कर लो और आंखों की सभी भीतरी हलन-चलन को भी बंद कर दो। किसी तरह की भी गति मत होने दो। आंखों की सारी गतियां बंद हो जानी चाहिए। भाव करो कि आंखें पत्थर हो गई हैं, और तब आंखों की पथराई अवस्था में ठहरे रहो। कुछ भी मत करो; मात्र स्थित रहो। तब किसी दिन अचानक तुम्हें यह बोध होगा कि तुम अपने भीतर देख रहे हो।

तुम इस मकान के बाहर जा सकते हो और इसके चारों ओर घूमकर इसे देख सकते हो। लेकिन यह बाहर से मकान को देखना होगा। फिर तुम इस कमरे में वापस आ सकते हो और कमरे के अंदर खड़े होकर इसे देख सकते हो। यह मकान को भीतर से देखना है। जब तुम मकान के बाहर चक्कर लगाते हो तो तुम उन्हीं दीवारों को देखते हो, लेकिन उनके उसी पहलू को नहीं देखते हो। दीवारें वही हैं, लेकिन पहलू बाहरी है। लेकिन जब तुम मकान के अंदर आ जाते हो तो उन्हीं दीवारों का भीतरी पहलू दिखायी देता है।

तुमने अपने शरीर को बाहर से ही देखा है। उसे किसी आईने में तुम ने देखा है, या बाहर से तुम अपने हाथ वगैरह देख सकते हो। लेकिन तुम्हारा शरीर भीतर से क्या है, यह तुम

नहीं जानते। तुम अपने भीतर कभी नहीं गए हो। तुमने अपने शरीर और अस्तित्व के केंद्र में प्रवेश नहीं किया है; तुमने वहां से अपने अंतरस्थ को नहीं देखा है।

यह विधि भीतर से देखने के लिए बहुत सहयोगी है। और यह दर्शन तुम्हारी समग्र चेतना को, तुम्हारे समूचे अस्तित्व को रूपांतरित कर देता है। कारण यह है कि जब तुम अपने को भीतर से देखते हो तो तुम तुरंत संसार से भिन्न हो जाते हो। यह झूठा तादात्म्य कि मैं शरीर हूं इसीलिए है क्योंकि हम अपने शरीर को बाहर से देखते हैं। अगर कोई उसे भीतर से देख सके तो द्रष्टा शरीर से भिन्न हो जाता है। और तब तुम अपनी चेतना को अंगूठे से सिर तक अपने शरीर के भीतर गतिमान कर सकते हो; अब तुम शरीर के भीतर परिभ्रमण कर सकते हो।

और एक बार तुम शरीर को अंदर से देखने और उसमें गति करने में समर्थ हो गए तो फिर बाहर जाना जरा भी कठिन नहीं है। एक बार तुम गति करना सीख गए, एक बार तुम ने जान लिया कि तुम शरीर से पृथक हो, तो तुम एक महाबंधन से मुक्त हो गए। अब तुम पर गुरुत्वाकर्षण की पकड़ न रही; अब तुम्हारी कोई सीमा न रही। अब तुम परिपूर्ण स्वतंत्र हो अब तुम शरीर के बाहर जा सकते हो। अब बाहर-भीतर होना आसान है। अब तुम्हारा शरीर महज निवास-स्थान है।

आंखें बंद करो और अपने अंतरस्थ प्राणी को विस्तार से देखो। और भीतर-भीतर शरीर के अंग-अंग में परिभ्रमण करो। सबसे पहले अंगूठे के पास जाओ। पूरे शरीर को भूल जाओ और अंगूठे पर पहुंचो। वहां रुको और उसका दर्शन करो। फिर पांव से होकर ऊपर बढ़ो; और ऐसे प्रत्येक अंग को देखो।

तब बहुत सी बातें घटित होंगी—बहुत बातें। तब तुम्हारा शरीर ऐसा संवेदनशील वाहन बन जाएगा जिसकी तुम कल्पना नहीं कर सकते। तब अगर तुम किसी को स्पर्श करोगे तो तुम पूरे के पूरे अपने हाथ में गति कर जाओगे और वह स्पर्श रूपांतरकारी होगा। गुरु के स्पर्श का वही अर्थ है। गुरु अपने किसी अंग में भी समग्र रूप से पहुंच सकता है और वहां एकाग्र हो सकता है।

अगर तुम समग्र रूप से अपने किसी अंग में चले जाओ तो वह अंग जीवंत हो जाता है, इतना जीवंत कि तुम कल्पना नहीं कर सकते कि उसे क्या हो गया है। तब तुम अपनी आंखों में समग्ररूपेण समा सकते हो। इस तरह आंखों में समग्रत समाकर अगर तुम किसी दूसरे की आंखों में झांकोगे तो तुम उसमें प्रवेश कर जाओगे, उसकी गहनतम गहराई को छ लोगे।

अभी मनोविश्लेषक मनोविश्लेषण के जरिए गहराई में उतरने की चेष्टा कर रहे हैं। इसमें वे दो-दो, तीन-तीन वर्ष लगा देते हैं। यह केवल समय की बर्बादी है। जीवन इतना छोटा है कि अगर तीन वर्ष मनुष्य के मन के विश्लेषण में ही लगाए जाएं तो वह मूढ़ता है। और तीन बर्ष के बाद भी तुम भरोसा नहीं कर सकते कि विश्लेषण पूरा हुआ। तुम अंधेरे में ही टटोल रहे हो।

पूरब यह प्रयोग आंख के माध्यम से करता है। इतने लंबे समय तक विश्लेषण करने की जरूरत नहीं है। यह काम उसकी आंखों में समग्ररूप से प्रवेश कर ओर उसकी गहसई को छूकर किया जा सकता हैं। सब उम्र व्यक्ति के संबंध में बहुत बातें जानी जा सकती हैं जिनका उसे भी पता नहीं हैं।

▲

गुरु अनेक काम करता है। उनमें से एक बुनियादी काम यह है कि तुम्हारा विश्लेषण करने के लिए तुम में गहरे उतरता है और वह तुम्हारे अंधेरे तलघरों में प्रवेश करता है। तुम्हें भी अपने इन तलघरों का पता नहीं है; अगर गुरु कहेगा कि तुम्हारे भीतर कुछ चीजें छिपी पड़ी हैं, तो तुम उसका विश्वास नहीं करोगे। कैसे विश्वास करोगे? तुम्हें उनका पता ही नहीं है। तुम अपने मन के एक ही हिस्से को जानते हो। और वह उसका बहुत छोटा हिस्सा है, ऊपरी हिस्सा है। वह उसकी पहली पर्त भर है; उसके पीछे नौ और पर्तें छिपी हैं जिनकी तुम्हें कोई खबर नहीं है। लेकिन आंखों के द्वारा उनमें प्रवेश किया जा सकता है।

आंखें बंद करके अपने अंतरस्थ अस्तित्व को विस्तार से देखो।'

इस दर्शन का पहला चरण, बाहरी चरण अपने शरीर को भीतर से, अपने आंतरिक केंद्र से देखना है। केंद्र पर खड़े हो जाओ और देखो। तब तुम शरीर से पृथक हो जाओगे; क्योंकि द्रष्टा कभी दृश्य नहीं होता है, निरीक्षक अपने विषय से भिन्न होता है। अगर तुम अंदर से अपने शरीर को समग्रत: देख सको तो तुम कभी फिर इस भ्रम में नहीं पड़ोगे कि मैं शरीर हूं। तब तुम सर्वथा पृथक रहोगे। तब तुम शरीर में रहोगे, लेकिन शरीर नहीं रहोगे।

यह पहला चरण है। फिर तुम और गति कर सकते हो। तब तुम गति करने के लिए स्वतंत्र हो। शरीर से मुक्त होकर, तादात्म्य से मुक्त होकर तुम गति करने के लिए मुक्त हो। अब तुम अपने मन में, मन की गहराइयों में प्रवेश कर सकते हो। अब तुम उन नौ पर्तों में, जो भीतर हैं और अचेतन हैं, प्रवेश कर सकते हो।

यह मन की अंतरस्थ गुफा है। और अगर मन की गुफा में प्रवेश करते हो तो तुम मन से भी पृथक हो जाते हो। तब तुम देखोगे कि मन भी एक विषय है जिसे देखा जा सकता है और जो मन में प्रवेश कर रहा है वह मन से पृथक और भिन्न है।

'अंतरस्थ अस्तित्व को विस्तार से देखो' इसका यही अर्थ है—मन में प्रवेश। शरीर और मन दोनों के भीतर जाना है और भीतर से उन्हें देखना है। तब तुम केवल साक्षी हो। और इस साक्षी में प्रवेश नहीं हो सकता है। इसी से यह तुम्हारा अंतरतम है; यही तुम हो। जिसमें प्रवेश किया जा सकता है, जिसे देखा जा सकता है, वह तुम नहीं हो। जब तुम वहां आ गए जिससे आगे नहीं जाया जा सकता, जिसमें प्रवेश नहीं किया जा सकता, जिसे देखा नहीं जा सकता, तभी समझना कि तुम अपने सच्चे स्व के पास, अपनी आत्मा के पास पहुंचे।

तुम साक्षी के साक्षी नहीं हो सकते; यह स्मरण रहे। यह बात ही बेतुकी है। अगर कोई कहता है कि मैंने अपने साक्षी को देखा है तो वह गलत कहता है। यह बात ही अनर्गल है। यह अनर्गल क्यों है?

यह इसलिए है कि अगर तुम मे साक्षी आत्मा को देख लिया तो वह साक्षी आत्मा साक्षी आत्मा ही नहीं है। साक्षी वह है जिसने उसको देखा। जिसे तुम देख सकते हो वह तुम नहीं हो। जिसका तुम निरीक्षण कर सकते हो वह तुम नंहीं हो। जिसका तुम्हें बोध हो सकता है वह तुम् नहीं हो।

लेकिन मन के पार एक बिंदु आता है जहां तुम मात्र हो, बस हो। अब तुम अपने अखंड अस्तित्व की दो में नहीं बांट सकते; दृश्य और द्रष्टा में नहीं बाट सकते।

वहां केवल द्रष्टा है, मात्र साक्षीभाव 'हैं। इस बात को बुद्धि से, त्तर्क से समझता बहुत

कठिन है; क्योंकि वहां बुद्धि की सभी कोटियां समाप्त हो जाती हैं।

तर्क की इस कठिनाई के कारण चार्वाक ने, जिसने संसार के एक अत्यंत तर्कपूर्ण दर्शनशास्त्र की स्थापना की, कहा कि तुम आत्मा को नहीं जान सकते हो, कोई आत्म-ज्ञान नहीं होता है। और क्योंकि आत्म-ज्ञान नहीं होता है, इसलिए तुम कैसे कह सकते हो कि आत्मा है! जो भी तुम जानते हो वह आत्मा नहीं है। जो जानता है वह आत्मा है, जो जाना जाता है वह आत्मा नहीं हो सकता। इसलिए तुम तर्क के अनुसार नहीं कह सकते कि मैंने अपनी आत्मा को जान लिया। वह बेतुका है, तर्कहीन है। तुम अपनी आत्मा को कैसे जान सकते हो? क्योंकि तब कौन जानेगा और किसको जानेगा?

ज्ञान का अर्थ है द्वैत—विषय और विषयी के बीच, ज्ञाता और ज्ञात के बीच। इसलिए चार्वाक कहता है कि जो लोग कहते हैं कि हमने आत्मा को जान लिया है वे मूढ़ता की बात करते हैं। आत्म-ज्ञान असंभव है; क्योंकि आत्मा निर्विवाद रूप से जानने वाला है; उसे जाना जाने वाले में बदला नहीं जा सकता। और तब चार्वाक कहता है कि अगर तुम आत्मा को नहीं जान सकते तो यह कैसे कह सकते हो कि आत्मा है?

चार्वाक जैसे लोग, जो आत्मा के अस्तित्व में विश्वास नहीं रखते, अनात्मवादी कहलाते हैं। वे कहते हैं कि आत्मा नहीं है; जिसे जाना नहीं जा सकता वह नहीं है।

और वे तर्क के अनुसार सही हैं, अगर तर्क ही सब कुछ है तो वे सही हैं। लेकिन जीवन का यह रहस्य है कि तर्क सिर्फ आरंभ है, अंत नहीं। एक क्षण आता है जब तर्क समाप्त हो जाता है; लेकिन तुम समाप्त नहीं होते। एक क्षण आता है जब तर्क खतम हो जाता है, लेकिन तुम तब भी होते हो। जीवन अतर्क्य है। यही कारण है कि यह समझना बहुत कठिन होता है कि सिर्फ साक्षी बचता है।

उदाहरण के लिए अगर इस कमरे में एक दीया हो तो तुम्हें अपने चारों ओर बहुत सी चीजें दिखाई देती हैं। और अगर दीए को बुझा दिया जाए तो अंधेरा हो जाएगा, कुछ भी दिखाई नहीं पड़ेगा। और उसे फिर जला दिया जाए तो प्रकाश हो जाएगा और कमरे की सब चीजें तुम्हें दिखाई देंगी। लेकिन क्या तुमने इस बात का निरीक्षण किया है कि इसमें घटित क्या होता है? अगर कमरे में कोई आब्जेक्ट नहीं हो, कोई चीज नहीं हो, तो क्या तुम दीए और उसके प्रकाश को देख सकोगे?

तुम दीए के प्रकाश को नहीं देख सकते; क्योंकि देखे जाने के लिए प्रकाश को कुछ प्रकाशित करना जरूरी है। प्रकाश को किसी आब्जेक्ट पर, किसी वस्तु पर पड़ना चाहिए। जब उसकी किरणें किसी विषय-वस्तु पर पड़ती हैं तब वह चीज प्रकाशित होती है और तभी वह तुम्हारी आंखों के लिए दृश्य होती है। पहले तुम्हें चीजें दिखाई देती हैं और उनसे तुम अनुमान लगाते हो कि प्रकाश है।

जब तुम कोई दीया या मोमबत्ती जलाते हो तो तुम पहले प्रकाश को कभी नहीं देखते, पहले तुम्हें चीजें दिखाई देती हैं और उन चीजों के कारण तुम प्रकाश को जान पाते हो। वैज्ञानिक कहते हैं कि अगर चीजें न हों, विषय न हों, तो प्रकाश को नहीं देखा जा सकता।

आकाश को देखो, वह नीला दिखाई देता है। लेकिन आकाश नीला नहीं है; वह कास्मिक-किरणों से भरा है। क्योंकि वहां कोई विषय-वस्तु नहीं है, इसीलिए आकाश नीला

▲

दिखाई देता है। वे किरणें प्रतिबिंबित नहीं कर सकतीं, तुम्हारी आंखों तक नहीं आ सकतीं। अगर तुम अंतरिक्ष में जाओ और वहां कोई वस्तु न हो तो तुम्हें वहां अंधेरा ही अंधेरा मालूम पड़ेगा। हालांकि तुम्हारे बगल से किरणें गुजरती रहेंगी, लेकिन तुम्हें अंधेरा ही मालूम पड़ेगा। प्रकाश को जानने के लिए विषय-वस्तु का होना जरूरी है।

तो चार्वाक कहता है कि अगर तुम भीतर जाते हो और उस बिंदु पर पहुंचते हो जहां सिर्फ साक्षी बचता है और कुछ देखने को नहीं बचता, तो तुम यह बात कैसे जानोगे? देखने के लिए कोई विषय अवश्य चाहिए; तभी तुम साक्षित्व को जान सकते हो।

तर्क के अनुसार, विज्ञान के अनुसार यह सही है; लेकिन यह अस्तित्वतः सही नहीं है। जो लोग सचमुच भीतर प्रवेश करते हैं वे ऐसे बिंदु पर पहुंचते हैं जहां मात्र चैतनय के अतिरिक्त कोई भी विषय नहीं रहता है। तुम हो, लेकिन देखने को कुछ भी नहीं है—मात्र द्रष्टा है, एकमात्र द्रष्ट। अपने आस-पास किसी विषय के बिना शुद्ध विषयी होता है। जिस क्षण तुम इस बिंदु पर पहुंचते हो, तुम अपने अस्तित्व के परम लक्ष्य पर पहुंच गए। उसे तुम आदि कह सकते हो। उसे तुम अंत भी कह सकते हो, वह आदि और अंत दोनों है। वह आत्म-ज्ञान है।

भाषागत रूप से यह आत्म-ज्ञान शब्द गलत है; क्योंकि भाषा में इसके संबंध में कुछ भी नहीं कहा जा सकता। जब तुम अद्वैत के जगत में प्रवेश करते हो, तो भाषा व्यर्थ हो जाती है। भाषा तभी तक सार्थक है जब तक तुम द्वैत के जगत में हो। द्वैत के जगत में भाषा अर्थवान है; क्योंकि भाषा द्वैतवादी जगत की कृति है, उसका हिस्सा है। अद्वैत में प्रवेश करते ही भाषा व्यर्थ हो जाती है।

यही कारण है कि जो जानते हैं वे चुप ही रहते हैं; और यदि वे कुछ कहते भी हैं तो वे उसमें तुरंत यह जोड़ देते हैं कि जो कहा जा रहा है वह महज प्रतीकात्मक है, और जो कहा जा रहा है वह सर्वथा सच नहीं है, वह गलत है।

लाओत्से ने कहा है कि जो कहा जा सकता है वह सच नहीं हो सकता और जो सच है वह कहा नहीं जा सकता। वह मौन रह गया। जिंदगी के अंतिम दिनों तक उसने कुछ भी लिखने से इनकार किया। उसने कहा कि अगर मैं कुछ कहूं तो वह असत्य हो जाएगा; क्योंकि उस जगत के संबंध में कुछ भी नहीं कहा जा सकता जहां एक ही बचता है।

'आंखें बंद करके अपने अंतरस्थ अस्तित्व को विस्तार से देखो।'

शरीर और मन दोनों को विस्तार से देखो।

'इस प्रकार अपने सच्चे स्वभाव को देख लो।'

अपने शरीर और मन और पूरी संरचना को देखो। और याद रहे, शरीर और मन दो नहीं हैं, बल्कि तुम दोनों हो—शरीर-मन, मनो-शरीर। मन शरीर का सूक्ष्म अंश है और शरीर मन का स्थूल अंश है। तो अगर तुम शरीर-मन की संरचना के प्रति जागरूक हो जाओ, अगर तुम उनकी संरचना को जान लो, तो तुम संरचना से मुक्त हो जाते हो। तब तुम वाहन से मुक्त हो गए, तुम भिन्न हो गए।

और यह जानना ही कि मैं शरीर-मन से पृथक हूं, तुम्हारा सच्चा स्वभाव है। यही तुम यथार्थतः हो। यह शरीर मर जाएगा, लेकिन सच्चा स्वभाव कभी नहीं मरता है। यह मन भी बदलेगा और मरेगा, बार-बार मरेगा, लेकिन सच्चा स्वभाव कभी नहीं मरता है। सच्चा

स्वभाव शाश्वत है। यही कारण है कि स्वभाव तुम्हारा नाम-रूप नहीं है; वह दोनों के पार है।

तो इस विधि का प्रयोग कैसे करें? आंखों का समग्र रूप से बंद होना जरूरी है। अगर तुम इसका प्रयोग करते हो तो पहले आंखें बंद करो और फिर आंखों की सारी गति रोक दो। अपनी आंखों को पत्थर की तरह हो जाने दो, गति बिलकुल बंद कर दो। इसका अभ्यास करते हुए किसी दिन अचानक, हठात तुम अपने अंदर देखने में समर्थ हो जाओगे। वे आंखें जो सतत बाहर देखने की आदी थीं भीतर को मुड़ जाएंगी और तुम्हें अपने अंतरस्थ की एक झलक मिल जाएगी। और तब कोई कठिनाई नहीं रहेगी।

एक बार तुम्हें अंतरस्थ की झलक मिल गई तो तुम जानते हो कि क्या किया जाए और कैसे गति की जाए। पहली झलक ही कठिन है। उसके बाद तुम्हें तरकीब हाथ लग गई। तब वह एक खेल, एक युक्ति की बात हो जाएगी। किसी भी क्षण तुम अपनी आंखें बंद कर सकते हो, उन्हें स्थिर कर सकते हो और अंतस में प्रवेश कर सकते हो।

बुद्ध मर रहे थे। यह उनके जीवन का अंतिम दिन था। और उन्होंने अपने शिष्यों से कहा कि कुछ पूछना हो तो पूछी। शिष्य रो रहे थे, आंसू बहा रहे थे। उन्होंने बुद्ध से कहा कि आपने हमें इतना समझाया; अब पूछने को क्या बाकी है। बुद्ध की आदत थी कि वे एक बात को तीन बार पूछते थे। वे एक बार ही पूछकर नहीं रुकते थे। उन्होंने एक बार फिर पूछा। और फिर तीसरी बार पूछा कि कोई प्रश्न तो नहीं पूछना है।

कई बार बुद्ध से पूछा गया कि आप एक ही बात को तीन-तीन बार क्यों पूछते हैं? उन्होंने कहा: क्योंकि मनुष्य इतना अचेतन है, बेहोश है कि हो सकता है कि वह पहली बार नहीं सुने और दूसरी बार भी चूक जाए।'

तो तीन बार उन्होंने पूछा और हर बार उनके भिक्षुओं ने, शिष्यों ने कहा कि हम अब कुछ भी नहीं पूछना चाहते; आपने हमें इतना समझाया है। तब बुद्ध ने अपनी आंखें बंद कर लीं और कहा: अगर तुम कुछ नहीं पूछना चाहते हो तो मैं शरीर की मृत्यु के पहले ही उससे हट जाऊंगा; इसके पहले कि मृत्यु शरीर में प्रवेश करे में शरीर से हट जाऊंगा। और उन्होंने आंखें बंद कर लीं और वे शरीर से अलग होने लगे।

कहा जाता है कि बुद्ध की इस आंतरिक यात्रा के चार चरण थे। पहले उन्होंने आंखें बंद कीं और तब उन्होंने आंखों को स्थिर कर लिया। उनमें कोई गति न रही। उस समय यदि तुम रेम-रिकार्डिंग कर प्रयोग करते, तो उसमें कोई ग्राफ नहीं बनता। आंखें स्थिर हो गईं, यह दूसरी बात हुई। और तीसरी बात कि उन्होंने अपने शरीर को देखा और अंत में अपने मन को देखा। यह उनकी पूरी यात्रा थी। मृत्यु घटित होने के पहले वे अपने केंद्र पर, मूल स्त्रोत पर पहुंच गए।

यहीः वजह है कि उनकी मृत्यु मृत्यु नहीं कहलाती है। हम: उसे निर्वाण कहते हैं, मृत्यु नहीं। यह फर्क है। सामान्यतः हम मरते हैं, क्योंकि हमारी मृत्यु घटित होती है। बुद्ध के साथ यह मृत्यु नहीं घटित हुई। मृत्यु के आने के पहले वे अपने स्त्रोत को वापस लौट गए थे। उनके मृत शरीर की ही मृत्यु हुई। वे वहां मौजूद नहीं थे।

बौद्ध परंपरा में कहा जाता है: कि: बुद्ध की कभी मृत्यु नहीं घटित हुई; मृत्यु उन्हें पकड़ ही नहीं पाई। मृत्यु ने उनका पीछा 'तो किया, जैसे कि वह सबका पीछा करती है। लेकिन वे

उसके जाल में नहीं आए। मृत्यु उनके द्वारा छली गई। बुद्ध मृत्यु के पार खड़े होकर हंस रहे होंगे; क्योंकि मृत्यु मृत शरीर के पास खड़ी थी।

यह वही विधि है। इसके चार चरण करो और आगे बढ़ो। और जब एक झलक मिल जाएगी तो पूरी चीज आसान और सरल हो जाएगी। तब तुम किसी भी क्षण अंदर जा सकते हो और बाहर आ सकते हो—वैसे ही जैसे तुम अपने घर के बाहर-भीतर होते हो।

देखने की दूसरी विधि:

*किसी कटोरे को उसके पार्श्व-भाग या पदार्थ को देखे बिना देखो। थोड़े ही क्षणों में बोध को उपलब्ध हो जाओ।*

किसी भी चीज को देखो। एक कटोरा या कोई भी चीज काम देगी। लेकिन देखने की गुणवत्ता भिन्न हो।

'किसी कटोरे को उसके पार्श्व-भाग या पदार्थ को देखे बिना देखो।'

किसी भी चीज को देखो; लेकिन इन दो शर्तों के साथ। चीज के *पार्श्व*-भाग को, किनारों को मत देखो; पूरे विषय को, पूरी चीज को देखो। आमतौर से हम अंशों को देखते हैं। हो सकता है कि यह सचेतन न हो; लेकिन हम अंशों को ही देखते हैं। अगर मैं तुम्हें देखता हूं. तो पहले तुम्हारा चेहरा देखता हूं, तब धड़ को और तब पूरे शरीर को देखता हू।

किसी विषय को पूरे का पूरा देखो; उसे टुकड़ों में मत बांटो। क्यों? इसलिए कि जब तुम किसी चीज को हिस्सों में बाटते हो तो आंखों को हिस्सों में देखने का मौका मिलता है। चीज को उसकी समग्रता में देखो। तुम यह कर सकते हो।

मैं तुम सभी को दो ढंग से देख सकता हूं। मैं एक तरफ से देखता हुआ आगे बढ़ सकता हूं। पहले अ को देखूं, तब ब को और तब स को, और इस तरह आगे बढ़ूं। लेकिन जब मैं अ, ब या स को देखता हूं तो मैं उपस्थित नहीं रहता हूं; यदि उपस्थित भी रहूं तो किनारे पर, परिधि पर उपस्थित रहता हूं। और उस हालत में मेरी दृष्टि एकाग्र और समग्र नहीं रहती है। क्योंकि जब मैं ब को देखता हूं तो अ से हट जाता हूं और जब स को देखता हूं तो अ पूरी तरह खो जाता है, मेरी निगाह से बाहर चला जाता है। इस समूह को देखने का एक ढंग यह है। लेकिन मैं इस पूरे समूह को व्यक्तियों में, इकाइयों में बांटे बगैर भी पूरे का पूरा देख सकता हूं। इसका प्रयोग करो। पहले किसी चीज को अंश-अंश में देखो—एक अंश के बाद दूसरे अंश को। और तब अचानक ससे पूरे का पूरा देखो, उसे टुकड़ों में बांटो मत। जब तुम किसी चीज को पूरे का पूरा देखते हो, तो आंखों को गति करने की जरूरत नहीं रहती। आंखों को गति करने का मौका न मिले, इस उद्देश्य से ही ये शर्तें रखी गई हैं।

एक कि पूरे विषय को उसकी समग्रता में देखो, पूरे का पूरा देखो। और दूसरी कि पदार्थ को मत देखो। अगर क़टोरा लकड़ी का है तो लकड़ी क़ो मत देखो, सिर्फ कटोरे को देखों, उसके रूप को देखो। पदार्थ को मत देखो; वह सोने का हो सकता है, चांदी का हो सकता है। उसे देखो, वह किस चीज का बना है यह मत देखो। केवल उसके रूप को देखो। पहली बात कि उसे: पूरे का पूरा देखो, और दूसरी कि उसके पदार्थ को नहीं, रूप को देखो,। क्यों?

पदार्थ कटोरे का भौतिक भाग है और रूप उसका अभौतिक भाग है। और तुम्हें पदार्थ

से अपदार्थ की ओर गति करनी है। यह सहयोगी होगा; प्रयोग करो। किसी व्यक्ति के साथ भी प्रयोग कर सकते हो। कोई पुरुष या कोई स्त्री खड़ी है, उसे देखो। उस स्त्री या पुरुष को पूरे का पूरा, समग्रतः अपनी दृष्टि में समेटो।

शुरू-शुरू में यह कुछ अजीब सा लगेगा; क्योंकि तुम इसके आदी नहीं हो। लेकिन अंत में यह बहुत सुंदर अनुभव होगा। और तब यह मत सोचो कि शरीर सुंदर है या असुंदर, गोरा है या काला, मर्द है या औरत। सोचो मत; रूप को देखो, सिर्फ रूप को। पदार्थ को भूल जाओ और केवल रूप पर निगाह रखो।

थोड़े ही क्षणों में बोध को उपलब्ध हो जाओ।!'

रूप को समग्रता में देखते जाओ। आंखों को गति मत करने दो और यह मत सोचने लगो कि कटोरा किस चीज का बना है। ऐसे देखने से क्या घटित होगा?

तुम एकाएक स्वयं के प्रति, अपने प्रति बोध से भर जाओगे। किसी चीज को देखते हुए तुम अपने को जान लोगे। क्यों? क्योंकि आंखों को बाहर गति करने की गुंजाइश न रही। रूप को समग्रता में लिया गया है; इसलिए तुम उसके अंशों में नहीं जा सकते। पदार्थ को छोड़ दिया गया है; शुद्ध रूप को लिया गया है। अब तुम उसके पदार्थ सोना, चांदी, लकड़ी वगैरह के संबंध में नहीं सोच सकते। रूप शुद्ध है; उसके संबंध में सोचना संभव नहीं है। रूप बस रूप है; उसके संबंध में क्या सोचोगे?

अगर वह सोने का है तो तुम हजार बातें सोच सकते हो। तुम सोच सकते हो कि यह मुझे पसंद है, कि मैं इसे चुरा लूं, या इसके संबंध में कुछ करूं, या इसे बेच दूं, या हो सकता है कि तुम उसकी कीमत की सोचो। बहुत सी बातें संभव हैं। लेकिन शुद्ध रूप के संबंध में सोचना संभव नहीं है। शुद्ध रूप सोच-विचार को बंद कर देता है।

और तुमने कटोरे को उसकी समग्रता में लिया है। इसलिए उसके एक भाग से दूसरे भाग पर गति करने की संभावना न रही। तुम्हें समग्र के साथ रहना है और रूप के साथ रहना है। तब हठात तुम स्वयं को, अपने को जान लोगे। क्योंकि अब आंखें गति नहीं कर सकती हैं। और आंखों को गति करने की जरूरत है, यह उनका स्वभाव है। इसलिए अब तुम्हारी दृष्टि तुम पर लौट आएगी। यह दृष्टि की अंतर्यात्रा है; दृष्टि स्त्रोत पर लौट आएगी और तुम अचानक स्वयं के प्रति जाग जाओगे।

यह स्वयं के प्रति जागना जीवन का सर्वाधिक आनंदपूर्ण क्षण है, यही समाधि है। जब पहली बार तुम स्वयं के बोध से भरते हो तो उसमें जो सौंदर्य, जो आनंद होता है, उसकी तुलना तुम किसी भी जानी हुई चीज से नहीं कर सकते। सच तो यह है कि पहली बार तुम स्वयं होते हो, आत्मवान होते हो; पहली बार तुम जानते हो कि मैं हूं। तुम्हारा होना बिजली की कौंध की तरह पहली बार प्रकट होता है। लेकिन यह क्यों होता है?

तुम ने देखा होगा, खासकर बच्चों की किताबों में या किसी मनोविज्ञान की किताब में—मुझे आशा है कि हरेक ने कहीं न कहीं देखा होगा—एक बूढ़ी स्त्री का चित्र। इस चित्र में, जिन रेखाओं से वह चित्र बना है, उसके भीतर ही एक सुंदर युवती का चित्र भी छिपा है। चित्र एक ही है, रेखाएं भी वही हैं; लेकिन आकृतियां दो हैं—एक बूढ़ी स्त्री की और दूसरी युवती की।

उस चित्र को देखो तो एक साथ दोनों चित्रों को नहीं देख पाओगे। एक बार में उनमें से एक का ही बोध तुम्हें हो सकता है। अगर बूढ़ी स्त्री दिखाई देगी तो वह जवान स्त्री नहीं दिखाई देगी, वह छिपी रहेगी। तुम उसे ढूंढना भी चाहोगे तो कठिन होगा; प्रयास ही बाधा बन जाएगा। कारण कि तुम बूढ़ी स्त्री के प्रति बोधपूर्ण हो गए हो, बूढ़ी स्त्री तुम्हारी निगाह में बैठ गई है। इस दृष्टि के साथ युवती को ढूंढ पाना असंभव होगा, तुम उसे न ढूंढ सकोगे। तो इसके लिए तुम्हें एक तरकीब करनी होगी।

बूढ़ी स्त्री को एकटक देखो; युवती को बिलकुल भूल जाओ। बूढ़ी स्त्री पर, उसके चित्र पर टकटकी लगाओ। टकटकी। एकटक देखते जाओ। अकस्मात बूढ़ी स्त्री विदा हो जाएगी और उसके पीछे छिपी युवती को तुम देख लोगे। क्यों? अगर तुमने उसको ढूंढने की कोशिश की तो तुम चूक जाओगे।

इस भांति के चित्र बच्चों को पहेली के रूप में दिए जाते हैं और उनसे कहा जाता है कि दूसरे को ढूंढो। वे झट ढूंढने लगते हैं और इस प्रयास के कारण ही चूक जाते हैं।

तरकीब यह है कि उसे खोजो मत; चित्र को एकटक देखो और तुम उसे जान लोगे। दूसरे को भूल जाओ; उसका विचार करने की भी जरूरत नहीं है।

तुम्हारी आंखें किसी एक बिंदु पर रुकी नहीं रह सकती हैं। अगर तुम बूढ़ी स्त्री के चित्र पर टकटकी लगाओगे, तो तुम्हारी आंखें थक जाएंगी। तब वे अकस्मात उस चित्र से हटने लगेंगी। और इस हटने के क्रम में ही तुम दूसरे चित्र को देख लोगे, जो उस बूढ़ी स्त्री के चित्र के बाजू में छिपा था, उन्हीं रेखाओं में छिपा था।

लेकिन चमत्कार यह है कि अब तुम्हें युवा स्त्री का बोध होगा तो बूढ़ी स्त्री तुम्हारी आंखों से ओझल हो जाएगी। पर अब तुम्हें पता है कि दोनों वहां हैं। शुरू में तो चाहे तुम को विश्वास नहीं होता कि वहां एक युवती छिपी है, लेकिन अब तो तुम जानते हो कि बूढ़ी स्त्री छिपी है, क्योंकि तुम उसे पहले देख चुके हो। अब तुम जानते हो कि बूढ़ी स्त्री वहां है, लेकिन जब तक युवती को देखते रहोगे, तुम साथ-साथ बूढ़ी स्त्री को नहीं देख सकोगे। और जब बूढ़ी स्त्री को देखोगे तो युवती गायब हो जाएगी। दोनों चित्र युगपत नहीं देखे जा सकते; एक बार में एक ही देखा जा सकता है।

बाहर और भीतर को देखने के संबंध में भी यही बात घटित होती है; तुम दोनों को एक साथ नहीं देख सकते। जब तुम कटोरे या किसी चीज को देखते हो तो तुम बाहर देखते हो। चेतना बाहर गति कर रही है, नदी बाहर बह रही है। तुम्हारा ध्यान कटोरे पर है; उसे एकटक देखते रहो। यह टकटकी ही भीतर जाने की सुविधा बना देगी। तुम्हारी आंखें थक जाएंगी; वे गति करना चाहेंगी। बाहर जाने का कोई उपाय न देखकर नदी अचानक पीछे मुड़ जाएगी। वही एकमात्र संभावना बची है। तुम ने अपनी चेतना को पीछे लौटने के लिए मजबूर कर दिया। और जब तुम अपने प्रति जागरूक होगे तो कटोरा विदा हो जाएगा, कटोरा वहां नहीं होगा।

यही वजह है कि शंकर या नागार्जुन कहते हैं कि सारा जगत माया है। उन्होंने ऐसा ही जाना। जब हम अपने को जानते हैं तो जगत नहीं रहता है। हकीकत में जगत माया नहीं है; वह है। लेकिन समस्या यह है कि तुम दोनों जगतों को एक साथ नहीं देख सकते हो। जब शंकर अपने में प्रवेश करते हैं, अपनी आत्मा को जान लेते हैं, जब वे साक्षी हो जाते हैं, तो संसार

नहीं रहता है। वे भी सही हैं। वे कहते हैं यह माया है; यह भासता है, है नहीं।

तो तथ्य के प्रति जागो। जब तुम संसार को जानते हो तो तुम नहीं हो। तुम हो, लेकिन प्रच्छन्न हो; और तुम विश्वास नहीं कर सकते कि मैं प्रच्छन्न हूं। तुम्हारे लिए संसार अतिशय मौजूद है। और अगर तुम अपने को सीधे देखने की कोशिश करोगे तो यह कठिन होगा। प्रयत्न ही बाधा बन जा सकता है।

इसलिए तंत्र कहता है कि अपनी दृष्टि को कहीं भी संसार में, किसी भी विषय पर स्थिर करो, और वहां से मत हटो। वहां टिके रहो। टिके रहने का यह प्रयत्न ही यह संभावना पैदा कर देगा कि चेतना प्रतिक्रमण करने लगे, पीछे लौटने लगे। तब तुम स्वयं के प्रति बोध से भरोगे।

लेकिन जब तुम स्वयं के प्रति जागोगे तो कटोरा नहीं रहेगा। कटोरा तो है; लेकिन वह तुम्हारे लिए नहीं रहेगा। इसलिए शंकर कहते हैं कि संसार माया है। जब तुम स्वयं को जान लेते हो तो जगत नहीं रहता है, स्वप्नवत विलीन हो जाता है।

लेकिन चार्वाक, एपिकुरस और मार्क्स, वे भी सही हैं। वे कहते हैं कि जगत सत्य है और आत्मा मिथ्या है, वह कहीं मिलती नहीं। वे कहते हैं, विज्ञान सही है। विज्ञान कहता है कि केवल पदार्थ है, केवल विषय हैं; विषयी नहीं है। वे भी सही हैं; क्योंकि उनकी आंखें अभी विषय पर टिकी हैं। वैज्ञानिक का ध्यान निरंतर विषयों से बंधा होता है, वह आत्मा को बिलकुल भूल बैठता है।

शंकर और मार्क्स दोनों एक अर्थ में सही हैं और एक अर्थ में गलत हैं। अगर तुम संसार से बंधे हो, अगर तुम्हारी दृष्टि संसार पर टिकी है, तो आत्मा माया मालूम होगी, स्वप्नवत लगेगी। और अगर तुम भीतर देख रहे हो तो संसार स्वप्नवत हो जाएगा। संसार और आत्मा दोनों सत्य हैं; लेकिन दोनों के प्रति युगपत सजग नहीं हुआ जा सकता है। यही समस्या है, और इसमें कुछ भी नहीं किया जा सकता है। या तो तुम बूढ़ी स्त्री से मिलोगे या युवती से। उनमें से एक सदा माया रहेगी।

यह विधि सरलता से उपयोग की जा सकती है। और यह थोड़ा समय लेगी। लेकिन यह कठिन नहीं है। एक बार तुम चेतना की प्रतिगति को, पीछे लौटने की प्रक्रिया को ठीक से समझ लो, तो इस विधि का प्रयोग कहीं भी कर सकते हो। किसी बस या रेलगाड़ी से यात्रा करते हुए भी यह संभव है, कहीं भी संभव है। और कटोरा या किसी खास विषय की जरूरत नहीं है। किसी भी चीज से काम चलेगा। किसी भी चीज को एकटक देखते रहो, देखते ही रहो। और अचानक तुम भीतर मुड़ जाओगे और रेलगाड़ी या बस खो जाएगी।

निश्चित ही जब तुम अपनी आंतरिक यात्रा से लौटोगे तो तुम्हारी बाहरी यात्रा भी काफी हो चुकेगी; लेकिन रेलगाड़ी खो जाएगी। तुम एक स्टेशन से दूसरे स्टेशन पहुंच जाओगे और उनके बीच रेलगाड़ी नहीं, अंतराल रहेगा। रेलगाड़ी तो थी; अन्यथा तुम दूसरे स्टेशन पर कैसे पहुंचते। लेकिन वह तुम्हारे लिए नहीं थी।

जो लोग इस विधि का प्रयोग कर सकते हैं वे इस संसार में सरलता से रह सकते हैं। याद रहे, वे किसी भी क्षण किसी भी चीज को गायब करा सकते हैं। तुम अपनी पत्नी या अपने पति से तंग आ गए हो, तुम उसे विलीन करा सकते हो। तुम्हारी पत्नी तुम्हारे बाजू में ही बैठी

है, और वह नहीं है। वह माया हो गई है, प्रच्छन्न हो गई है। सिर्फ टकटकी बांधकर और अपनी चेतना को भीतर ले जाकर उसे तुम अपने लिए अनुपस्थित कर सकते हो। और ऐसा कई बार हुआ है।

मुझे सुकरात की याद आती है। उसकी पत्नी जेनथिप्पे उसके लिए बहुत चिंतित रहा करती थी। और कोई भी पत्नी उसकी जगह वैसे ही परेशान रहती। सुकरात को पति के रूप में बर्दाश्त करना महाकठिन काम है। सुकरात शिक्षक के रूप में तो ठीक है; लेकिन पति के रूप में नहीं।

एक दिन की बात है, और इस घटना के चलते सुकरात की पत्नी दो हजार वर्षों से निरंतर निंदित रही है; लेकिन मेरे विचार में यह निंदा उचित नहीं है। उसने कोई भूल नहीं की थी। सुकरात बैठा था और उसने इस विधि जैसा ही कुछ किया होगा; इसका उल्लेख नहीं है; यह मेरा अनुमान भर है। उसकी पत्नी उसके लिए ट्रे में चाय लेकर आई। उसने देखा होगा कि सुकरात वहां नहीं है। और इसलिए, कहा जाता है कि, उसने सुकरात के चेहरे पर चाय उड़ेल दी। और अचानक वह वापस आ गया। आजीवन उसके चेहरे पर जलने के दाग पड़े रहे।

इस घटना के कारण सुकरात की पत्नी की बहुत निंदा हुई। लेकिन कोई नहीं जानता है कि सुकरात उस समय क्या कर रहा था। क्योंकि कोई पत्नी अचानक ऐसा नहीं कर सकती; उसकी कोई जरूरत नहीं है। उसने अवश्य कुछ किया होगा। कोई ऐसी बात अवश्य हुई होगी जिस वजह से जेनथिप्पे को उस पर चाय उड़ेल देनी पड़ी। वह जरूर किसी आंतरिक समाधि में चला गया होगा। और गरम चांय की जलन के कारण समाधि से वापस लौटा होगा। इस जलन के कारण ही उसकी चेतना लौटी होगी। ऐसा हुआ होगा, यह मेरा अनुमान है। क्योंकि सुकरात के संबंध में ऐसी ही अनेक घटनाओं का उल्लेख मिलता है।

एक बार ऐसा हुआ कि सुकरात अड़तालीस घंटों तक लापता रहा। सब जगह उसकी खोजबीन की गई। सारा एथेंस सुकरात की तलाश में संलग्न हो गया। लेकिन वह कहीं नहीं मिला। और जब मिला तो वह नगर से बहुत दूर किसी वृक्ष के नीचे खड़ा था। उसका आधा शरीर बर्फ से ढंका था। बर्फ गिर रही थी और वह भी बर्फ हो गया था। वह खड़ा था और उसकी आंखें खुली थीं, लेकिन वे आंखें किसी भी चीज को देख नहीं रही थीं।

जब लोग उसके चारों तरफ जमा हो गए और उन्होंने उसकी आंखों में झांका तो उन्हें लगा कि वह मर गया है। उसकी आंखें पत्थर जैसी हो गई थीं; वे देख रही थीं, लेकिन किसी खास चीज को नहीं देख रही थीं। वे स्थिर थीं, अचल थीं। फिर लोगों ने उसकी छाती पर हाथ रखा और तब उन्हें भरोसा हुआ कि वह जीवित है। उसकी छाती हौले-हौले धड़क रही थी। तब उन्होंने उसे हिलाया-डुलाया और उसकी चेतना वापस लौटी।

होश में आने पर उससे पूछताछ की गई। पता चला कि अड़तालीस घंटों से वह यहां था और उसे इन घंटों का पता ही नहीं चला। मानो ये घंटे उसके लिए घटित नहीं हुए। इतनी देर वह देश-काल के इस जगत में नहीं था। तो लोगों ने पूछा कि तुम इतनी देर कर क्या रहे थे? हम तो समझे कि तुम मर गए। अड़तालीस घंटे!

सुकरात ने कहा: 'मैं तारों को एकटक देख रहा था और तब अचानक ऐसा हुआ कि तारे खो गए। और तब, मैं नहीं कह सकता, सारा संसार ही विलीन हो गया। लेकिन मैं ऐसी

शीतल, शांत और आनंदपूर्ण अवस्था में रहा कि अगर उसे मृत्यु कहा जाए तो वह मृत्यु हजारों जिंदगी के बराबर है। अगर यह मृत्यु है तो मैं बार-बार इस मृत्यु में जाना पसंद करूंगा।'

संभव है, यह बात उसकी जानकारी के बिना घटित हुई हो; क्योंकि सुकरात न योगी था न तांत्रिक। सचेतन रूप से वह किसी आध्यात्मिक साधना से संबंधित नहीं था। लेकिन वह बड़ा चिंतक था। और हो सकता है यह बात आकस्मिक घटित हुई हो कि रात में वह तारों को देख रहा हो और अचानक उसकी निगाह अंतर्मुखी हो गई हो।

तुम भी यह प्रयोग कर सकते हो। तारे अदभुत हैं और सुंदर हैं। जमीन पर लेट जाओ, अंधेरे आसमान को देखो और तब अपनी दृष्टि को किसी एक तारे पर स्थिर करो। उस पर अपने को एकाग्र करो, उस पर टकटकी बांध दो। अपनी चेतना को समेटकर एक ही तारे के साथ जोड़ दो; शेष तारों को भूल जाओ। धीरे-धीरे अपनी दृष्टि को समेटो, एकाग्र करो।

दूसरे सितारे दूर हो जाएंगे और धीरे-धीरे विलीन हो जाएंगे और सिर्फ एक तारा बच रहेगा। उसे एकटक देखते जाओ, देखते जाओ। एक क्षण आएगा जब वह तारा भी विलीन हो जाएगा। और जब वह तारा विलीन होगा तब तुम्हारा स्वरूप तुम्हारे सामने प्रकट हो जाएगा।

देखने की तीसरी विधि :

*किसी सुंदर व्यक्ति या सामान्य विषय को ऐसे देखो जैसे उसे पहली बार देख रहे हो।*

पहले कुछ बुनियादी बातें समझ लो, तब इस विधि का प्रयोग कर सकते हो। हम सदा चीजों को पुरानी आंखों से देखते हैं। तुम अपने घर आते हो तो तुम उसे देखे बिना ही देखते हो; तुम उसे जानते हो, उसे देखने की जरूरत नहीं है। वर्षों से तुम इस घर में सतत आते रहे हो। तुम सीधे दरवाजे के पास आते हो, उसे खोलते हो और अंदर दाखिल हो जाते हो। उसे देखने की क्या जरूरत है?

यह पूरी प्रक्रिया यंत्र-मानव जैसी, रोबोट जैसी है। पूरी प्रक्रिया यांत्रिक है, अचेतन है। यदि कोई चूक हो जाए, ताले में कुंजी न लगे, तो तुम ताले पर दृष्टि डालते हो। कुंजी लग जाए तो ताले को क्या देखना।

यांत्रिक आदत के कारण, एक ही चीज को बार-बार दुहराने के कारण तुम्हारी देखने की क्षमता नष्ट हो जाती है, तुम्हारी दृष्टि का ताजापन जाता रहता है। सच तो यह है कि तुम्हारी आंख का काम ही खतम हो जाता है। इस बात को खयाल में रख लो तो अच्छा। तुम बुनियादी रूप से अंधे हो जाते हो; आंख की जरूरत जो न रही।

स्मरण करो कि तुमने अपनी पत्नी को पिछली दफा कब देखा। संभव है, तुम्हें अपनी पत्नी या पति को देखे वर्षों हो गए हों, हालांकि दोनों साथ ही रहते हो। कितने वर्ष हो गए एक-दूसरे को देखे। तुम एक-दूसरे पर भागती नजर डालकर निकल जाते हो; लेकिन कभी उसे देखते नहीं, पूरी निगाह नहीं डालते। तो जाओ और अपनी पत्नी या पति को ऐसे देखो जैसे कि पहली बार देख रहे हो। क्यों?

क्योंकि जब तुम पहली बार देखते हो तो तुम्हारी आंखों में ताजगी होती है; तुम्हारी आंखें जीवंत होती हैं। समझो कि तुम रास्ते से गुजर रहे हो। एक सुंदर स्त्री सामने से आती है। उसे देखते ही तुम्हारी आंखें सजीव हो उठती हैं, दीप्त बन जाती हैं, उनमें अचानक एक ज्योति

जलने लगती है। हो सकता है, यह स्त्री किसी की पत्नी हो। उसका पति उसे नहीं देखना चाहेगा; वह इस स्त्री के प्रति वैसे ही अंधा है जैसे तुम अपनी पत्नी के प्रति अंधे हो। क्यों? क्योंकि पहली बार ही आंखों की जरूरत पड़ती है; दूसरी बार उतनी नहीं और तीसरी बार बिलकुल नहीं। कुछ पुनरुक्तियों के बाद हम अंधे हो जाते हैं। और हम अंधे ही जीते हैं।

जरा होश से देखो। जब तुम अपने बच्चों से मिलते हो, क्या तुम उन्हें देखते भी हो? नहीं, तुम उन्हें नहीं देखते। नहीं देखने की आदत आंखों को मुर्दा बना देती है। आंखें ऊब जाती हैं, थक जाती हैं। उन्हें लगता है कि पुरानी चीज को ही बार-बार क्या देखना!

सच्चाई यह है कि कोई भी चीज पुरानी नहीं है। तुम्हारी आदत के कारण ऐसा दिखाई पड़ता है। तुम्हारी पत्नी वही नहीं है जो कल थी; हो नहीं सकती। अन्यथा वह चमत्कार है। दूसरे क्षण कोई भी चीज वही नहीं रहती जो थी। जीवन एक प्रवाह है; सब कुछ बहा जा रहा है। कुछ भी तो वही नहीं है।

वही सूर्योदय कल नहीं होगा जो आज हुआ। ठीक-ठीक अर्थों में सूरज कल वही नहीं रहेगा। हर रोज वह नया है। हर रोज उसमें बुनियादी बदलाहट हो रही है। आकाश भी कल वही नहीं रहेगा। आज की सुबह कल फिर नहीं आएगी। और प्रत्येक सुबह की अपनी निजता है, अपना व्यक्तित्व है। आसमान और उसके रंग फिर उसी रूप-रंग में नहीं प्रकट होंगे।

लेकिन तुम ऐसे जीते हो जैसे कि सब कुछ वही का वही है। कहते हैं कि आसमान के नीचे कुछ भी नया नहीं है। लेकिन सच्चाई यह है कि आसमान के नीचे कुछ भी पुराना नहीं है। सिर्फ तुम्हारी आंखें पुरानी हो गई हैं, चीजों की आदी हो गई हैं। तब कुछ भी नया नहीं है।

बच्चों के लिए सब कुछ नया है; इसलिए उन्हें सब कुछ उत्तेजित करता है। समुद्र-तट पर एक रंगीन पत्थर का टुकड़ा देखकर बच्चा मचल उठता है। और तुम स्वयं भगवान को अपने घर आते देखकर भी उत्तेजित नहीं होगे। तुम कहोगे कि मैं उन्हें जानता हू, मैंने उनके बारे में पढ़ा है। बच्चे उत्तेजित होते हैं; क्योंकि उनकी आंखें नई और ताजा हैं। और हरेक चीज एक नई दुनिया है, नया आयाम है। बच्चों की आंखों को देखो। उनकी ताजगी, उनकी प्रभापूर्ण सजीवता, उनकी जीवंतता को देखो। वे दर्पण जैसी हैं—शांत, किंतु गहरे जाने वाली और ऐसी आंखें ही भीतर पहुंच सकती हैं।

यह विधि कहती है: 'किसी सुंदर व्यक्ति या सामान्य विषय को ऐसे देखो जैसे उसे पहली बार देख रहे हो।'

कोई भी चीज काम देगी। अपने जूतों को ही देखो। तुम वर्षों से उनका इस्तेमाल कर रहे हो। आज उन्हें ऐसे देखो जैसे कि पहली बार देख रहे हो और फर्क को समझो। तुम्हारी चेतना की गुणवत्ता अचानक बदल जाती है।

पता नहीं, तुम ने वानगाग का अपने जूते का चित्र देखा है या नहीं। यह एक अति दुर्लभ चित्र है। एक पुराना जूता है—थका हुआ, उदास, मानो मृत्यु के मुंह में हो। यह एक महज फटा-पुराना जूता है; लेकिन उसे देखो, उसे महसूस करो। और तब तुम्हें प्रतीति होगी कि इस जूते ने कैसी लंबी, ऊब भरी जिंदगी काटी है। यह इतना दुखी है, बिलकुल थका-मांदा है, जर्जरित है, कि बूढ़े आदमी की तरह यह बूढ़ा जूता प्रार्थना कर रहा है कि है परमात्मा, मुझे दुनिया से उठा लो। सर्वाधिक मौलिक चित्रों में इस चित्र की गिनती है।

▲

लेकिन सवाल यह है कि वानगाग को यह दिखाई कैसे पड़ा? तुम्हारे पास उससे भी पुराने जूते होंगे—ज्यादा थके-हारे, ज्यादा मरे-मराए, ज्यादा दुखी, ज्यादा विपन्न। लेकिन तुम ने कभी उन पर निगाह न डाली होगी। तुम ने यह नहीं देखा होगा कि तुमने उनके साथ क्या किया है, कि तुम्हारा व्यवहार कैसा रहा है। सच तो यह है कि वे तुम्हारी जीवन-गाथा कह रहे हैं; क्योंकि वे तुम्हारे जूते हैं। वे तुम्हारे संबंध में सब कुछ बता सकते हैं। अगर उन्हें लिखना आता हो तो वे उस आदमी की सबसे प्रामाणिक जीवनी लिख डालते, जिनके साथ उन्हें रहना पड़ा। वे उसकी हर मुद्रा, हर मूड को बता देते। जब उनका मालिक प्रेमपूर्ण था तो उसका उनके साथ व्यवहार कुछ और था और जब क्रोध में था तब कुछ और ही। यद्यपि जूतों का उनसे कुछ लेना-देना नहीं था, तो भी हर चीज उन पर छाप छोड़ गई है।

वानगाग के चित्र को गौर से देखो, और तब तुम्हें पता चलेगा कि उसे जूते में क्या-क्या दिखाई पड़ा था। उसमें सब कुछ है—उसके पहनने वाले का संपूर्ण जीवन-चरित्र। लेकिन उसने यह कैसे देखा होगा?

चित्रकार होने के लिए बच्चे की दृष्टि की ताजगी फिर से प्राप्त करनी होती है। तभी वह किसी चीज को देख सकता है, छोटी से छोटी चीज को भी देख सकता है। और केवल वही देख सकता है।

सिझान ने एक कुर्सी का चित्र बनाया है—महज मामूली कुर्सी का। और तुम हैरान होगे कि एक कुर्सी का क्या चित्र बनाना, उसकी जरूरत क्या है। लेकिन उसने उस चित्र पर महीनों काम किया। तुम उस कुर्सी को देखने के लिए एक क्षण भी नहीं देते और सिझान ने उस पर महीनों काम किया। कारण कि वह कुर्सी को देख सका। कुर्सी के अपने प्राण हैं; उसकी अपनी कहानी है, उसके अपने सुख-दुख हैं। वह जिंदगी से गुजरी है। उसने जिंदगी देखी है। उसके अपने अनुभव हैं, अपनी स्मृतियां हैं। सिझान के चित्र में यह सब अभिव्यक्त हुआ है।

लेकिन क्या तुम अपनी कुर्सी को कभी देखते हो? नहीं, कोई नहीं देखता है और न किसी को ऐसे भाव ही उठते हैं।

कोई भी चीज चलेगी। यह विधि तुम्हारी आंखों को ताजा और जीवंत बना देगी—इतना ताजा और जीवंत कि वे भीतर मुड़ सकें और तुम अपने अंतरस्थ को देख लो। लेकिन ऐसे देखो, मानो पहली बार देख रहे हो। इस बात को खयाल में रख लो कि किसी चीज को ऐसे देखना है जैसे कि पहली बार देख रहे हो। और तब अचानक किसी समय तुम चकित रह जाओगे कि कैसा सौंदर्य भरा संसार तुम चूके जा रहे थे।

अचानक होश से भर जाओ और अपनी पत्नी को देखो—ऐसे कि पहली बार देख रहे हो। और आश्चर्य नहीं कि तुम्हें उसके प्रति फिर उसी प्रेम की प्रतीति हो जिसका उद्रेक प्रथम मिलन में हुआ था। ऊर्जा की वह लहर, आकर्षण की वह पूर्णता तुम्हें अभिभूत कर देगी। लेकिन 'किसी सुंदर व्यक्ति या सामान्य विषय को ऐसे देखो जेसे कि पहली बार देख रहे हो।'

उससे क्या होगा? तुम्हारी दृष्टि तुम्हें वापस मिल जाएगी। तुम अंधे हो। अभी जैसे हो तुम अंधे हो। और वह अंधापन शारीरिक अंधेपन से ज्यादा घातक है; क्योंकि आंख के रहते हुए भी तुम नहीं देख सकते।

जीसस बार-बार कहते हैं: 'जिनके आंखें हों वे देखें और जिनके कान हों वे सुनें।'

▲

ऐसा लगता है कि जीसस अंधे और बहरे लोगों से बोल रहे हैं। लेकिन वे इस बात को दुहराए चले जाते हैं। क्या वे किसी अंधों की संस्था के अधीक्षक थे? वे कहे ही चले जाते हैं कि देखो, अगर तुम्हारे पास आंखें हैं। वे आंख वाले सामान्य लोगों से ही बोल रहे होंगे। फिर भी आंख के होने पर इतना जोर क्यों देते हैं?

वे उस आंख की बात कर रहे हैं जो आंख तुम्हें इस विधि के प्रयोग से मिल सकती है। जो भी चीज दिखाई पड़े ऐसे देखो जैसे कि पहली बार देख रहे हो। इसे अपनी सतत स्थायी दृष्टि बना लो। किसी चीज को ऐसे छुओ जैसे कि पहली बार छू रहे हो। तब क्या होगा? अगर तुम ऐसा कर सको तो तुम अपने अतीत से मुक्त हो जाओगे। अतीत के बोझ, उसकी गंदगी, उसके संगृहीत अनुभव, उसकी गहनता, सबसे मुक्त हो जाओगे।

प्रत्येक क्षण अपने को अतीत से तोड़ते चलो। अतीत को अपने भीतर प्रवेश मत करने दो। अतीत को अपने साथ मत ढोओ। अतीत को अतीत में ही छोड़ दो। और प्रत्येक चीज को ऐसे देखो जैसे कि पहली बार देख रहे हो। तुम्हें तुम्हारे अतीत से मुक्त करने की यह एक बहुत कारगर विधि है।

इस विधि के प्रयोग से तुम सतत वर्तमान में जीने लगोगे। और धीरे-धीरे वर्तमान के साथ तुम्हारी घनिष्ठता बन जाएगी। तब हरेक चीज नई होगी। और तब तुम हैराक्लाइटस के इस कथन को ठीक से समझ सकोगे कि तुम एक ही नदी में दोबारा नहीं उतर सकते।

तुम एक ही व्यक्ति को दोबारा नहीं देख सकते। क्यों? क्योंकि जगत में कुछ भी स्थायी नहीं है। हर चीज नदी की भांति है—प्रवाहमान और प्रवाहमान। यदि तुम अतीत से मुक्त हो जाओ और तुम्हें वर्तमान को देखने की दृष्टि मिल जाए तो तुम अस्तित्व में प्रवेश कर जाओगे। और यह प्रवेश दोहरा होगा। तुम प्रत्येक चीज में, उसके अंतरतम में प्रवेश कर सकोगे; और तुम अपने भीतर भी प्रवेश कर सकोगे।

वर्तमान द्वार है। और सभी ध्यान किसी न किसी रूप में तुम्हें वर्तमान से जोड़ने की चेष्टा करते हैं, ताकि तुम वर्तमान में जी सको।

तो यह विधि सर्वाधिक सुंदर विधियों में से एक है और सरल भी है। और तुम इसका प्रयोग बिना किसी हानि के कर सकते हो।

तुम किसी गली से दूसरी बार गुजर रहे हो; लेकिन अगर उसे ताजा आंखों से देखते हो तो वही गली नई गली हो जाएगी। तब मिलने पर एक मित्र भी अजनबी मालूम पड़ेगा। ऐसे देखने पर तुम्हारी पत्नी ऐसी लगेगी जैसी पहली बार मिलने पर लगी थी—एक अजनबी। लेकिन क्या तुम कह सकते हो कि तुम्हारी पत्नी या तुम्हारा पति तुम्हारे लिए आज भी अजनबी नहीं है? हो सकता है, तुम उसके साथ बीस, तीस या चालीस वर्षों से रह रहे हो; लेकिन क्या तुम कह सकते हो कि तुम उससे परिचित हो?

वह अभी भी अजनबी है। तुम दो अजनबी एक साथ रह रहे हो। तुम एक-दूसरे की बाह्य आदतों को, बाहरी प्रतिक्रियाओं को जानते हो; लेकिन अस्तित्व का अंतरस्थ अभी भी अपरिचित है, अस्पर्शित है। फिर अपनी पत्नी या पति को ताजा निगाह से देखो, मानो पहली बार देख रहे हो। और वह अजनबी तुम्हें फिर मिल जाएगा। कुछ भी पुराना नहीं हुआ है; सब नया-नया है।

यह प्रयोग तुम्हारी दृष्टि को ताजगी से भर देगा; तुम्हारी आंखें निर्दोष हो जाएंगी। वे निर्दोष आंखें ही देख सकती हैं। वे निर्दोष आंखें ही अंतरस्थ जगत में प्रवेश कर सकती हैं।

आज इतना ही।

22

# तीसरी आंख और सिद्धियां

## प्रश्न-सार

1. देखने की विधियां तीसरी आंख को कैसे प्रभावित करती हैं ?
2. सम्मोहन विद्याओं में लगे लोगों की आंखें डरावनी क्यों होती हैं ?
3. आंखों की गति रोकने से मानसिक तनाव क्यों होता है ?

▲

**पहला प्रश्नः**

***कृपया तीसरी आंख के साथ दो सामान्य आंखों के संबंध को समझाएं। देखने की विधियां किस भांति तीसरी आंख को प्रभावित करती हैं?***

पहले तो दो बातें समझ लेने की हैं। एक, तीसरी आंख की ऊर्जा वही है जो ऊर्जा दो सामान्य आंखों को चलाती है। ऊर्जा वही है, सिर्फ वह नई दिशा में नए केंद्र की ओर गति करने लगती है। तीसरी आंख है; लेकिन निष्क्रिय है। और जब तक सामान्य आंखें देखना बंद नहीं करतीं, तीसरी आंख सक्रिय नहीं हो सकती, देख नहीं सकती।

उसी ऊर्जा को यहां भी बहना है। जब ऊर्जा सामान्य आंखों में बहना बंद कर देती है तो वह तीसरी आंख में बहने लगती है। और जब ऊर्जा तीसरी आंख में बहती है तो सामान्य आंखें देखना बंद कर देती हैं। तब उनके रहते हुए भी तुम उनके द्वारा कुछ नहीं देखते हो। जो ऊर्जा उनमें बहती थी वह वहां से हटकर एक नए केंद्र पर गतिमान हो जाती है। यह केंद्र दो आंखों के बीच में स्थित है। तीसरी आंख बिलकुल तैयार है; वह किसी भी क्षण सक्रिय हो सकती है। लेकिन इसे सक्रिय होने के लिए ऊर्जा चाहिए। और सामान्य आंखों की ऊर्जा को यहां लाना होगा।

दूसरी बात, जब तुम सामान्य आंखों से देखते हो तब तुम सचमुच स्थूल शरीर से देखते हो। तीसरी आंख स्थूल शरीर का हिस्सा नहीं है; यह दूसरे शरीर का हिस्सा है, जिसे सूक्ष्म शरीर कहते हैं। स्थूल शरीर के भीतर उसके जैसा ही सूक्ष्म शरीर भी है; लेकिन यह स्थूल शरीर का हिस्सा नहीं है। यही वजह है कि शरीर-शास्त्र यह मानने को राजी नहीं है कि तीसरी आंख या उसकी जैसी कोई चीज है। तुम्हारी खोपड़ी की खोज-बीन की जा सकती है, एक्सरे के द्वारा उसे देखा-परखा जा सकता है। लेकिन उसमें कहीं भी वह चीज नहीं मिलेगी जिसे तीसरी आंख कहा जा सके। तीसरी आंख सूक्ष्म शरीर का हिस्सा है।

जब तुम मरते हो तो तुम्हारा स्थूल शरीर ही मरता है; तुम्हारा सूक्ष्म शरीर तुम्हारे साथ जाता है और वह दूसरा जन्म लेता है। जब तक सूक्ष्म शरीर नहीं मरेगा तुम जन्म-मरण के, आवागमन के चक्कर से मुक्त नहीं हो सकते; तब तक संसार चलता रहेगा।

तीसरी आंख सूक्ष्म शरीर का अंग है। जब ऊर्जा स्थूल शरीर में गतिमान रहती है तो

तुम अपनी स्थूल आंखों से देख पाते हो। यही कारण है कि स्थूल आंखों से तुम स्थूल को ही देख सकते हो, पदार्थ को ही देख सकते हो; अन्य किसी चीज को नहीं देख सकते। सामान्य आंखें भौतिक हैं। इन आंखों से तुम उसे नहीं देख सकते जो अशरीरी है। तीसरी आंख के सक्रिय होते ही तुम एक नए आयाम में प्रवेश करते हो। अब तुम वे चीजें देख सकते हो जो स्थूल आंखों के लिए दृश्य नहीं हैं। लेकिन वे सूक्ष्म आंखों के लिए दृश्य हो जाती हैं।

तीसरी आंख के सक्रिय होने पर अगर तुम किसी आदमी पर निगाह डालोगे तो तुम उसकी आत्मा में झांक लोगे। यह वैसे ही है जैसे स्थूल आंखों से स्थूल शरीर तो दिखाई देगा, लेकिन आत्मा दिखाई नहीं देगी। तीसरी आंख से देखने पर तुम्हें जो दिखाई देगा वह शरीर नहीं होगा; वह वह होगा जो शरीर के भीतर रहता है।

इन दो बातों को स्मरण रखो। पहली, एक ही ऊर्जा दोनों जगह गति करती है; उसे सामान्य स्थूल आंखों से हटाकर ही तीसरी आंख में गतिमान किया जा सकता है। दूसरी बात कि तीसरी आंख स्थूल शरीर का हिस्सा नहीं है। वह सूक्ष्म शरीर का हिस्सा है, जिसे हम दूसरा शरीर भी कहते हैं। क्योंकि तीसरी आंख सूक्ष्म शरीर का हिस्सा है, इसलिए जिस क्षण तुम इसके द्वारा देखते हो तुम्हें सूक्ष्म जगत दिखाई पड़ने लगता है।

तुम यहां बैठे हो। अगर एक प्रेत भी यहां बैठा हो तो वह तुम्हें नहीं दिखाई देगा। लेकिन अगर तुम्हारी तीसरी आंख काम करने लगे तो तुम प्रेत को देख लोगे। क्योंकि सूक्ष्म अस्तित्व सूक्ष्म आंखों से ही देखा जा सकता है।

तीसरी आंख देखने की इस विधि से कैसे संबंधित है?

गहन रूप से संबंधित है। सच तो यह है कि यह विधि तीसरी आंख को खोलने की विधि है। अगर तुम्हारी दो आंखें बिलकुल ठहर जाएं, वे स्थिर हो जाएं, पत्थर की तरह स्थिर हो जाएं, तो उनके भीतर ऊर्जा का प्रवाह भी ठहर जाता है। अगर आंखों को ठहरा दो तो उनके भीतर ऊर्जा का प्रवाह ठहर जाता है।

ऊर्जा प्रवाहित है, इससे ही आंखों में गति है। कंपन या गति ऊर्जा के कारण है। अगर ऊर्जा गति न करे तो तुम्हारी आंखें मुर्दों की आंखों जैसी हो जाएंगी—पथराई और मृत। किसी स्थान पर दृष्टि स्थिर करने से, इधर-उधर देखे बिना उस पर टकटकी बांधने से एक गतिहीनता पैदा होती है। जो ऊर्जा दोनों आंखों में गतिमान थी वह अचानक गति बंद कर देगी।

लेकिन गति करना ऊर्जा का स्वभाव है; ऊर्जा गतिहीन नहीं हो सकती। आंखें गतिहीन हो सकती हैं; लेकिन ऊर्जा नहीं। इसलिए जब ऊर्जा इन दो आंखों से वंचित कर दी जाती है, जब उसके लिए आंखों के द्वार अचानक बंद कर दिए जाते हैं, जब उनके द्वारा ऊर्जा की गति असंभव हो जाती है, तो वह ऊर्जा अपने स्वभाव के अनुसार नए मार्ग ढूंढने में लग जाती है। और तीसरा नेत्र निकट ही है, दो भृकुटियों के बीच, आधा इंच अंदर है। उस ऊर्जा के लिए वह निकटतम बिंदु है।

इसलिए जब ऊर्जा दोनों आंखों से मुक्त हो जाती है तो पहली बात यह होती है कि वह तीसरी आंख से बहने लगती है। यह ऐसा ही है जैसे कि पानी बहता हो और तुम उसके एक छेद को बंद कर दो, वह तुरंत निकटतम दूसरे छेद को ढूंढ लेगा। जो निकटतम छेद होगा और जो न्यूनतम प्रतिरोध पैदा करेगा, उसे पानी ढूंढ लेगा। वह छेद अपने आप ही मिल जाता है,

▲

उसके लिए कुछ करना नहीं पड़ता है। ज्यों ही इन दो आंखों से ऊर्जा का बहना बंद करोगे, त्यों ही ऊर्जा अपना मार्ग ढूंढ लेगी और वह तीसरी आंख से बहने लगेगी।

तीसरी आंख से ऊर्जा का यह प्रवाह तुम्हें रूपांतरित कर दूसरे ही लोक में पहुंचा देगा। तब तुम ऐसी चीजें देखने लगते हो जिन्हें कभी न देखा था; ऐसी चीजें महसूस करने लगते हो जिन्हें कभी नहीं महसूस किया था। और तब तुम्हें ऐसी सुगंधों का अनुभव होगा जिन्हें जीवन में कभी नहीं जाना था। तब एक नया लोक, एक सूक्ष्म लोक सक्रिय हो जाता है। यह नया लोक अभी भी है। तीसरी आंख भी है, सूक्ष्म लोक भी है; दोनों हैं; लेकिन अप्रकट हैं। एक बार तुम उस आयाम में सक्रिय होते हो तो तुम्हें बहुत सी चीजें दिखाई देने लगेंगी।

उदाहरण के लिए, अगर कोई आदमी मरणासन्न है और तुम्हारी तीसरी आंख सक्रिय है तो तुम तुरंत जान लोगे कि यह आदमी अब जाने वाला है। कोई भी शारीरिक विश्लेषण, कोई भी चिकित्सा-निदान निश्चयपूर्वक नहीं बता सकता है कि यह आदमी मरेगा। वे ज्यादा से ज्यादा संभावना की बात कह सकते हैं; कह सकते हैं कि शायद यह आदमी मरेगा। यह वक्तव्य भी सशर्त होगा कि यदि ऐसी-ऐसी हालतें रहीं तो यह आदमी मरेगा, या यदि कुछ किया जाए तो यह नहीं मरेगा।

चिकित्सा-विज्ञान अभी भी मृत्यु के संबंध में अनिश्चित है। क्यों? इतने विकास के बावजूद यह मृत्यु के संबंध में इतना अनिश्चित क्यों है? असल में चिकित्सा-विज्ञान शारीरिक लक्षणों के द्वारा मृत्यु के संबंध में अपनी निष्पत्ति निकालता है। लेकिन मृत्यु शारीरिक नहीं, सूक्ष्म घटना है। यह किसी भिन्न आयाम की एक अदृश्य घटना है।

लेकिन यदि तीसरी आंख सक्रिय हो जाए और कोई आदमी मरने वाला हो तो तुम यह जान लोगे। यह कैसे जाना जाता है?

मृत्यु का अपना प्रभाव होता है। अगर कोई मरने वाला होता है तो समझो कि मृत्यु ने पहले ही उस पर अपनी छाया डाल दी होती है। और तीसरी आंख से इस छाया को महसूस किया जा सकता है, देखा जा सकता है।

जब एक बच्चा जन्म लेता है तो जिन्हें तीसरी आंख के प्रयोग का गहरा अभ्यास है वे उसी क्षण उसकी मृत्यु का समय भी जान ले सकते हैं। लेकिन उस समय मृत्यु की छाया अत्यंत सूक्ष्म होती है। लेकिन किसी की मृत्यु के छह महीने पहले वह व्यक्ति भी कह सकता है कि यह आदमी मरने वाला है जिसकी तीसरी आंख थोड़ी भी सक्रिय हो गई है। असल में उस समय तुम्हारे चारों तरफ एक काली छाया सघन हो जाती है और उसे देखा जा सकता है। लेकिन सामान्य आंखों से उसे नहीं देखा जा सकता है।

तीसरी आंख के खुलते ही तुम्हें लोगों का प्रभामंडल दिखाई देने लगता है। अब कोई आदमी आकर तुम्हें धोखा नहीं दे सकता है; क्योंकि अगर उसकी कथनी उसके प्रभामंडल से मेल नहीं खाती है तो वह कथनी दो कौड़ी की है। वह कह सकता है कि मुझे कभी क्रोध नहीं आता है; लेकिन उसका लाल प्रभामंडल बता देगा कि वह क्रोध से भरा है। वह तुम्हें धोखा नहीं दे सकता है। जहां तक उसके प्रभामंडल का सवाल है, उसे इसका कुछ पता नहीं है। लेकिन तुम उसका प्रभामंडल देखकर कह सकते हो कि उसका वक्तव्य सही है या गलत। तीसरी आंख के खुलते ही सूक्ष्म प्रभामंडल दिखाई देने लगते हैं।

पुराने जमाने में शिष्य की दीक्षा में प्रभामंडल का उपयोग किया जाता था। जब तक तुम्हारा प्रभामंडल सम्यक न हो तब तक गुरु प्रतीक्षा करेगा। यह तुम्हारे चाहने की बात नहीं है। तुम कह सकते हो कि मैं दीक्षा लेना चाहता हूं; लेकिन उतना काफी नहीं है। तुम्हारा प्रभामंडल देखकर जाना जा सकता है कि तुम तैयार हो या नहीं। इसलिए शिष्य को वर्षों इंतजार करना पड़ता था। शिष्यत्व तुम्हारे चाहने पर नहीं तुम्हारे प्रभामंडल पर निर्भर है। चाह यहां व्यर्थ है। कभी-कभी तो शिष्य को कई जन्मों तक प्रतीक्षा करनी पड़ती थी।

उदाहरण के लिए, बुद्ध ने वर्षों तक स्त्रियों को दीक्षित करने से अपने को रोके रखा। यद्यपि उन पर बहुत दबाव डाला गया; लेकिन वे राजी नहीं हुए। और अंत में जब वे राजी भी हुए तो उन्होंने कहा कि अब मेरा धर्म पांच सौ वर्षों के बाद जीवंत नहीं रहेगा; क्योंकि मैंने समझौता किया है। बुद्ध ने अपने शिष्यों से कहा कि मैं तुम्हारे आग्रह के दबाव के कारण स्त्रियों को दीक्षित करूंगा।

क्या कारण था कि बुद्ध स्त्रियों को दीक्षित नहीं करना चाहते थे?

एक बुनियादी कारण था जिसका संबंध प्रभामंडल से है। पुरुष की काम-ऊर्जा को बहुत आसानी से संयमित किया जा सकता है; पुरुष सरलता से ब्रह्मचर्य को उपलब्ध हो सकता है। लेकिन यह बात स्त्री के लिए कठिन है। स्त्री का मासिक-धर्म नियमित घटता है—अचेतन, अनियंत्रित और अनैच्छिक। वीर्यपात को तो नियंत्रित किया जा सकता है; लेकिन मासिक-स्त्राव को नियंत्रित नहीं किया जा सकता। और यदि उसे नियंत्रित करने की कोशिश की जाए तो शरीर पर उसके बहुत बुरे असर होंगे।

और स्त्री जब अपने मासिक काल में होती है, उसका प्रभामंडल बिलकुल बदल जाता है। वह कामुक, आक्रमक और उदास हो जाती है। जो भी नकारात्मक भाव हैं वे हर महीने स्त्री को एक बार घेरते हैं। इसी कारण बुद्ध स्त्रियों को दीक्षा देने के पक्ष में नहीं थे। बुद्ध ने कहा कि स्त्री की दीक्षा कठिन है; क्योंकि हर महीने मासिक-धर्म वर्तुल में आता रहता है और उसके साथ ऐच्छिक रूप से कुछ भी नहीं किया जा सकता। अब कुछ किया जा सकता है; लेकिन वह बुद्ध के समय में कठिन था। अब वह किया जा सकता है।

महावीर ने तो स्त्री-पर्याय के लिए मोक्ष की संभावना को बिलकुल ही अस्वीकार कर दिया। उन्होंने कहा कि स्त्री को पहले पुरुष-पर्याय में जन्म लेना होगा और तब उसे मोक्ष मिल सकता है। इसलिए पहले तो पूरी चेष्टा यह होनी चाहिए कि वह पुरुष-पर्याय में नया जन्म ले।

क्यों? यह भी प्रभामंडल की समस्या थी। अगर तुम किसी स्त्री को दीक्षित करते हो तो हर महीने वह गिरेगी और सारा प्रयत्न व्यर्थ चला जाएगा। इसमें कोई भेदभाव का प्रश्न नहीं था; कोई समानता का सवाल नहीं था कि स्त्री और पुरुष समान हैं या नहीं; यह समता का प्रश्न नहीं था। महावीर के लिए प्रश्न यह था कि स्त्री की सहायता कैसे की जाए। तो उन्होंने एक सरल रास्ता निकाला कि स्त्री पुरुष के पर्याय में जन्म ले, इसमें उसे सहयोग दिया जाए। यह ज्यादा सरल लगा। इसका मतलब था कि स्त्री को दूसरे जीवन के लिए ठहरना पड़ेगा और इस बीच उसे पुरुष-पर्याय में नया जन्म दिलाने के सभी प्रयत्न किए जाएं। महावीर को यह बात सरल मालूम हुई। स्त्रियों को दीक्षित करना कठिन था; क्योंकि वे हर महीने लुढ़ककर अपनी बुनियादी स्थिति में लौट जाती हैं और उन पर किया गया सब श्रम व्यर्थ चला जाता है।

▲

लेकिन पिछले दो हजार वर्षों में इस दिशा में बहुत काम हुए हैं; विशेषकर तंत्र ने बहुत काम किया है। तंत्र ने भिन्न-भिन्न द्वार खोज निकाले हैं। और तंत्र संसार में अकेली व्यवस्था है जो पुरुष और स्त्री में भेद नहीं करती। बल्कि इसके विपरीत तंत्र का मानना है कि स्त्री अधिक आसानी से मुक्त हो सकती है। और कारण वही है; सिर्फ भिन्न दृष्टिकोण से देखा गया है।

तंत्र कहता है कि क्योंकि स्त्री का शरीर समय-समय पर संयमित होता रहता है, इसलिए पुरुष की अपेक्षा स्त्री अपने को शरीर से ज्यादा सरलता से अलग कर सकती है। क्योंकि मनुष्य का चित्त शरीर में ज्यादा आसक्त है, इसलिए वह शरीर को संयमित कर सकता है और इसीलिए वह अपनी कामवासना को भी संयमित कर सकता है। लेकिन स्त्री अपने शरीर से उतनी नहीं बंधी है। उसका शरीर स्वचालित यंत्र की तरह चलता है—एक अगल तल पर; और स्त्री इस दिशा में कुछ नहीं कर सकती। स्त्री का शरीर स्वचालित यंत्र की तरह काम करता है। तंत्र कहता है कि इसीलिए स्त्री अपने को अपने शरीर से अधिक आसानी से पृथक कर सकती है। और अगर यह संभव हो—यह अनासक्ति, यह अंतराल—तो कोई समस्या नहीं रह जाती है, कोई भी समस्या नहीं रह जाती है।

तो यह बहुत विरोधाभासी है; लेकिन ऐसा है। यदि कोई स्त्री ब्रह्मचर्य धारण करना चाहे और अपने शरीर से पृथक रहना चाहे तो वह यह पुरुष की अपेक्षा अधिक आसानी से कर सकती है। वह अपनी पवित्रता अधिक आसानी से साध सकती है। एक बार शरीर से अनासक्ति सध जाए तो वह अपने शरीर को पूरी तरह भूल सकती है।

पुरुष बहुत सरलता से नियंत्रण कर सकता है; लेकिन उसका चित्त उसके शरीर से ज्यादा बंधा हुआ है। इसी कारण से नियंत्रण उसके लिए संभव है; लेकिन यह नियंत्रण उसे रोज-रोज करना होगा, सतत करना होगा। और चूंकि स्त्री की कामवासना अनाक्रमक है, इसलिए वह इस दिशा में अधिक विश्रामपूर्ण हो सकती है, अधिक अनासक्त हो सकती है। पुरुष की कामवासना सक्रिय है। उसके लिए नियंत्रण तो आसान है; लेकिन अनासक्ति कठिन है।

तो तंत्र ने अनेक-अनेक उपाय खोजे हैं। और तंत्र अकेली व्यवस्था है जो स्त्री-पुरुष में भेद नहीं करता और कहता है कि स्त्री पर्याय का उपयोग भी किया जा सकता है। तंत्र अकेला मार्ग है जो स्त्री को समान हैसियत प्रदान करता है।

शेष सभी धर्म, कहते कुछ भी हों, अपने अंतस में यही समझते हैं कि स्त्री हीन पर्याय है। चाहे ईसाइयत हो, इस्लाम हो, जैन हो या बौद्ध हो, सब गहरे में यही मानते हैं कि स्त्री हीन पर्याय है। और इस मान्यता का कारण वही है—तीसरी आंख द्वारा किया गया निदान। हर महीने मासिक-धर्म के समय स्त्रियों का प्रभामंडल बदल जाता है।

तीसरी आंख के जरिए तुम उन चीजों को देखने में समर्थ हो जाते हो जो हैं, लेकिन जिन्हें सामान्य आंखों से नहीं देखा जा सकता। देखने की जितनी विधियां हैं वे सभी तीसरी आंख को प्रभावित करती हैं। कारण यह है कि देखने में जो ऊर्जा बाहर की ओर, संसार की ओर प्रवाहित होती है, वह अचानक रोक दिए जाने के कारण बहने के नए मार्ग ढूंढती है और निकट पड़ने के कारण तीसरी आंख पर पहुंच जाती है।

तिब्बत में तो तीसरी आंख के लिए शल्य-चिकित्सा तक का उपाय किया गया था।

कभी-कभी ऐसा होता है कि हजारों वर्षों से निष्क्रिय पड़े रहने के कारण तीसरी आंख बिलकुल , बंद हो जाती है, मुंद जाती है। इस हालत में अगर तुम सामान्य आंखों की गति रोक दो तो तुम बेचेनी अनुभव करने लगोगे। कारण यह है कि आंख की ऊर्जा को गति करने का मार्ग नहीं मिलेगा। इस ऊर्जा को मार्ग देने के लिए तिब्बत में तीसरी आंख का आपरेशन किया जाने लगा। यह संभव है। और अगर यह आपरेशन न किया जाए तो कई अड़चनें आ सकती हैं।

अभी दो या तीन दिन पहले एक संन्यासिनी मेरे पास आई थी—वह अभी यहां मौजूद है। उसने मुझसे कहा कि उसकी तीसरी आंख पर बहुत जलन महसूस हो रही है। इतना ही नहीं कि वह जलन महसूस करती थी, उस जगह की चमड़ी सच में जल गई थी। ऐसा लगता था कि किसी ने बाहर से उसकी चमड़ी जला दी हो। जलन तो भीतरी थी, लेकिन उससे ऊपर की चमड़ी तक प्रभावित हो गई थी, वह बिलकुल जल गई थी। वह संन्यासिनी भयभीत थी कि पता नहीं क्या हो रहा है। साथ ही उसे वह जलन प्रीतिकर भी लगती थी—मानो कोई चीज गल रही हो। कुछ घटित हो रहा था और उससे स्थूल शरीर भी प्रभावित था—मानो असली आग ने उसे छू दिया हो। कारण क्या था?

कारण यह था कि तीसरी आंख सक्रिय हो गई थी; उसकी ओर ऊर्जा प्रवाहित होने लगी थी। जन्मों-जन्मों से यह आंख ठंडी पड़ी थी, कभी उससे ऊर्जा प्रवाहित नहीं हुई थी। इसलिए जब पहली बार ऊर्जा का प्रवाह आया तो वह गर्म हो उठी, जलन होने लगी। और क्योंकि मार्ग अवरुद्ध था, इसलिए ऊर्जा आग जैसी उत्तप्त हो गई। इस तरह वह तीसरी आंख पर इकट्ठी ऊर्जा चोट करने लगी थी।

भारत में हम इसके लिए चंदन, घी तथा अन्य चीजों का उपयोग करते हैं, उन्हें तीसरी आंख पर लगाते हैं और उसे तिलक कहते हैं। उसे तीसरी आंख की जगह पर लगाकर बाहर से थोड़ी ठंडक दी जाती है, ताकि भीतर की गर्मी से, जलन से बाहर की चमड़ी न जले। इस आग से चमड़ी ही नहीं जलती है, कभी-कभी सिर की हड्डी में छेद तक हो जाते हैं।

मैं एक किताब पढ़ रहा था, जिसमें पृथ्वी पर मानवीय अस्तित्व की गहन रहस्यमयता के संबंध में बड़ी गहरी खोजें हैं। सदा ही यह प्रस्तावना की गई है कि मनुष्य यहां किसी दूसरे ग्रह से आया है। इस बात की कोई संभावना नहीं है कि मनुष्य पृथ्वी पर एकाएक विकास को उपलब्ध हो गया हो। इस बात की भी संभावना नहीं है कि मनुष्य बैबून या वनमानुष से विकसित हुआ हो। क्योंकि अगर मनुष्य बनमानुष से आता तो उसके और वनमानुष के बीच कोई कड़ी होनी चाहिए थी। सारी खोजों और आंकड़ों के बावजूद अब तक कोई एक भी शव, कपाल या कोई ऐसी चीज नहीं मिली है जिसके सहारे यह कहा जा सके कि वनमानुष और मनुष्य के बीच की कड़ी उपलब्ध है।

विकास का अर्थ है कदम दर कदम वृद्धि। कोई वनमानुष एकाएक मनुष्य नहीं बन जा सकता; सीढ़ी दर सीढ़ी चढ़ना होता है। पर इसका कोई सबूत नहीं है कि वनमानुष क्रमशः कैसे इस विकास को उपलब्ध हुआ। डार्विन का सिद्धांत परिकल्पना भर है; क्योंकि बीच की कड़ियां नहीं मिलती हैं।

यही कारण है कि ऐसे सुझाव दिए गए हैं कि आदमी अचानक पृथ्वी पर उतर आया होगा। एक मनुष्य की बहुत पुरानी खोपड़ी, कोई लाख साल पुरानी खोपड़ी मिली है। यह

खोपड़ी दूसरी खोपड़ियों से जरा भी भिन्न नहीं है; उसमें कोई कमी नहीं है। उसके भीतर का ढांचा और संरचना सबकी सब वही है। जहां तक मस्तिष्क की संरचना का संबंध है, मनुष्य विकास करके नहीं आया मालूम पड़ता है। मालूम यही पड़ता है कि यह अचानक कहीं से पृथ्वी पर आ धमका।

निस्संदेह मनुष्य किसी दूसरे ग्रह से आया होगा। अभी हम अंतरिक्ष की यात्राएं कर रहे हैं। यदि इस यात्रा में कोई ऐसा ग्रह हमें मिल जाए जो बसने लायक हो तो हम वहां पर बस जाएंगे। और तब उस ग्रह पर आदमी एकाएक प्रकट हो जाएगा।

तो मैं एक पुस्तक पढ़ रहा था जिसमें ऐसा प्रस्ताव किया गया है। लेखक ने उसमें अपनी परिकल्पना को मजबूत बनाने के लिए बहुत से तर्क खोजे हैं। उनमें से एक बात है जिसका संबंध इस देखने की विधि से है और वह मैं तुम्हें बताना चाहता हूं। उसे दो खोपड़ियां मिली हैं—एक मैक्सिको में, दूसरी तिब्बत में। दोनों खोपड़ियों में तीसरी आंख के स्थान पर छेद हैं। और छेद ऐसे हैं जेसे कि बंदूक की गोली से हुए हों। ये खोपड़ियों कम से कम पांच से दस लाख वर्ष पुरानी हैं। अगर वे छेद तीर से किएं गए होते तो वे इतने गोल नहीं होते; वे इतने गोल हैं कि तीर के हो नहीं सकते। तो इस आधार पर कि वे छेद बंदूक की गोली से बने हैं लेखक ने यह साबित करने की चेष्टा की है कि दस लाख वर्ष पहले बंदूकें थीं; अन्यथा ये दो व्यक्ति मारे कैसे जाते।

सच्चाई यह है कि इस बात का बंदूक या गोली से कुछ लेना-देना नहीं है। जब भी तीसरी आंख के पूरी तरह अवरुद्ध होने पर आंखों की ऊर्जा अचानक गति करती है तो वह ऐसा छेद बना देती है। ऊर्जा भीतर से गोली की तरह आती है—बिलकुल गोली की तरह। वह संचित आग है; वह छेद बनाएगी ही। छेद वाली वे दो खोपड़ियां यह नहीं बताती हैं कि वे दो मनुष्य गोली से मारे गए। वे सिर्फ यह बताती हैं कि यह तीसरी आंख की घटना है। तीसरी आंख बिलकुल अवरुद्ध हो गई होगी, ऊर्जा इकट्ठी हो गई होगी; और गति के लिए जगह न पाकर वह आग बन गई होगी। उससे ही यह विस्फोट हुआ होगा। अन्यथा ऐसी घटना नहीं घट सकती थी।

यही कारण है कि तिब्बत में उन्होंने तीसरी आंख में छेद करने के उपाय निकाले, ताकि ऊर्जा आसानी से गति कर सके और इस तरह के एक्सिडेंट न हों।

तो जब तुम देखने की विधि का प्रयोग करो तो इस बात का सदा ध्यान रखना। जब भी जलन महसूस हो, डरना मत। लेकिन जब तुम्हें ऐसा लगे कि ऊर्जा बड़ी आग जैसी हो गई है, जब लगे कि बंदूक की गर्म गोली जैसी कोई चीज खोपड़ी को भेदने के लिए तत्पर है, तो विधि का प्रयोग बंद कर दो और तुरंत मेरे पास चले आओ। तब प्रयोग को आगे मत जारी रखो। ज्यों ही लगे कि गोली जैसी कोई चीज मेरे माथे को छेदकर निकलना चाहती है तो प्रयोग बंद कर दो और आंखें खोल लो। और उन्हें उतनी गति दो जितनी दे सको। आंखों के हिलने से ही जलन तुरंत कम हो जाएगी; ऊर्जा दो आंखों से फिर गति करने लगेगी। और जब तक मैं न कहू, प्रयोग को फिर शुरू न करना; क्योंकि कई बार ऐसा हुआ है कि इस ऊर्जा से खोपड़ी फट गई।

वैसे तो यदि ऐसा हो भी जाए तो कुछ बुरा नहीं है। इसमें मर जाना भी अच्छा है;

क्योंकि वह स्वयं एक ऐसी उपलब्धि है जो मृत्यु के पार जाती है। लेकिन बचाव के लिए अच्छा है कि जब लगे कि कुछ गड़बड़ होने वाली है—चाहे इस विधि से या किसी भी विधि से—तो विधि का प्रयोग बंद कर दो। किसी भी विधि से कुछ गलत की संभावना मालूम हो तो प्रयोग बंद कर देना उचित है।

भारत में अभी ऐसी बहुत सी विधियां सिखाई जा रही हैं और अनेक साधक नाहक कष्ट में पड़ते हैं; क्योंकि सिखाने वालों को खतरे का पता ही नहीं है। और सीखने वाले महज अंधी गली में भटकते हैं; उन्हें पता नहीं है कि वे कहां जा रहे हैं और क्या कर रहे हैं।

मैं इन एक सौ बारह विधियों पर विशेषकर इसी कारण से बोल रहा हूं। मैं चाहता हूं कि तुम्हें इन सारी विधियों की, उनकी संभावनाओं की, उनके खतरों की जानकारी हो जाए। और तब तुम अपने लिए वह विधि चुन सकते हो जो तुम्हारे लिए सर्वाधिक अनुकूल हो। और तब अगर तुम किसी विधि का प्रयोग करोगे तो तुम्हें भलीभांति पता होगा कि वह क्या है, कि क्या हो सकता है और कुछ होने पर उससे निबटने के लिए क्या करना चाहिए।

**दूसरा प्रश्न :**

***मनस- विद्याओं के प्रयोग में लगे लोगों कीं आंखें तनावग्रस्त और डरावनी क्यों होती हैं? कृपया समझाएं कि इसका मतलब क्या है और इससे छुटकारा कैसे पाया जाए।***

जो लोग सम्मोहन-विद्या जैसी चीजों का प्रयोग करते हैं उनकी आंखें तनावग्रस्त होंगी, यह साफ ही है। कारण यह है कि वे बलपूर्वक अपनी ऊर्जा को आंख के माध्यम से प्रवाहित करने की कोशिश करते हैं। वे किसी को प्रभावित करने के या किसी पर अधिकार जमाने के इरादे से अपनी समस्त ऊर्जा को आंख के पास इकट्ठा कर लेते हैं। उनकी आंखें तनाव से भर जाएंगी; क्योंकि वे आंखों में उतनी ऊर्जा भर देते हैं जितनी ऊर्जा वे झेल नहीं सकतीं। उनकी आंखें लाल हो जाती हैं और तन जाती हैं और उन्हें देखकर ही तुम सहसा कांपने लग सकते हो। बात यह है कि वे अपनी आंखों का राजनीतिक ढंग से उपयोग कर रहे हैं। अगर वे तुम्हारी तरफ देखते हैं तो वे आंखों द्वारा अपनी ऊर्जा भेजकर तुम पर मालकियत करना.चाहते हैं। और आंख के द्वारा किसी पर मालकियत करना आसान है।

रासपुटिन के साथ यही बात थी। इस आदमी ने आंख के द्वारा ही लेनिन के पहले के रूस पर बड़ी मालकियत की। वह एक मामूली किसान था—अशिक्षित, अनपढ़, लेकिन उसके पास चुंबकीय आंखें थीं। वह उनका इस्तेमाल करना भी जानता था। जिस क्षण तुम उसकी आंखों में झांकते, तुम अपने को भूल जाते और उस बेहोशी में वह मन ही मन जो सुझाव देता तुम्हें उनका पालन करना पड़ता। इसी ढंग से उसने जार और जारीना पर, राज-परिवार पर और उनके जरिए पूरे रूस पर कब्जा कर लिया। उसकी मर्जी के बिना वहां कुछ भी नहीं होता था।

तुम्हें भी वे आंखें मिल सकती हैं; यह कठिन नहीं है। तुम्हें सिर्फ यह सीखना है कि सारी ऊर्जा को आंख के पास कैसे ले आएं। ऐसा करने से आंखें ऊर्जा से आपूरित हो जाती हैं। और इस दशा में जब तुम किसी को देखोगे तो तुम्हारी ऊर्जा उसकी तरफ बहने लगेगी, उस

पर छा जाएगी, उसके मन में प्रवेश कर जाएगी। और उसके धक्के से उसका सोच-विचार बंद हो जाएगा।

यह आदमियों पर ही घटने वाली दुर्लभ चीज नहीं है; पशु जगत में भी यह घटित होती है। अनेक पशु हैं जो अपने शिकार की आंखों में घूरते हैं। और यदि शिकार ने भी उनकी आंखों से आंखें मिला लीं तो वह गया। तब शिकार की आंखें बंध जाती हैं; तब वह वहां से हिल नहीं सकता।

शिकारी इस बात को बखूबी जानते हैं। शिकारियों की आंखें बहुत ही शक्तिशाली हो जाती हैं; क्योंकि रात के अंधेरे में वे जानवरों की टोह लेते रहते हैं। स्वभावतः उनकी आंखें शक्तिशाली होंगी ही। उनके धंधों के कारण ही चोर और शिकारी की आंखों में अपने ही आप बहुत शक्ति इकट्ठी हो जाती है। किसी शिकारी के सामने अचानक एक सिंह प्रकट हो जाए और शिकारी निहत्था हो तो वह क्या करे? ऐसी हालत में कुशल शिकारी सदा एक काम करते हैं। शिकारी सिंह की आंखों में आंख डालकर घूरेगा।

अब बात इस पर निर्भर है कि शिकारी की आंखें ज्यादा चुंबकीय हैं या सिंह की। अगर सिंह कम चुंबकीय है और अगर शिकारी अपनी समग्र ऊर्जा आंखों में इकट्ठी कर सकता है—और यह संभव है, मृत्यु को सामने देखकर आदमी कुछ भी कर सकता है, शिकारी अपनी समग्र शक्ति को दांव पर लगा सकता है—अगर शिकारी सब कुछ भूलकर सिंह की आंखों में सीधा घूर सके, टकटकी बांध सके, तो उसकी समस्त ऊर्जा सिंह को अभिभूत कर देगी, सिंह भय से कांपने लगेगा और अंततः भाग जाएगा।

आंख के जरिए तुम अपनी समस्त ऊर्जा को प्रवाहमान कर सकते हो; लेकिन जब ऐसा करोगे तो तुम्हारी आंखें तनाव से भर जाएंगी, तुम्हारी नींद खो जाएगी, तुम आराम में न रह सकोगे। जो लोग भी दूसरों पर मालकियत करने में लगे हैं वे चैन से नहीं रह सकते। तुम उन्हें देखोगे तो उनकी आंखें तो बहुत जीवित मालूम होंगी, लेकिन चेहरे मरे-मराए होंगे। किसी सम्मोहनविद को देखो; उसकी आंखें तो बहुत जीवित होंगी, लेकिन उसका चेहरा मुर्दा-मुर्दा होगा। कारण यह है कि उसकी आंखें उसकी सब ऊर्जा पी जाती हैं; और जगहों के लिए ऊर्जा बचती ही नहीं।

ऐसा मत करो; क्योंकि दूसरे पर मालकियत करना व्यर्थ है। अपना मालिक होना ही सार्थक है। दूसरे पर प्रभुत्व करना अपनी शक्ति का अपव्यय है; उससे सिर्फ अहंकार की तृप्ति होती है, और कुछ भी नहीं। यह एक दुष्ट कला है, काली साधना है। काली साधना का, जादू-टोने का अर्थ है कि तुम दूसरे पर प्रभुत्व जमाने के लिए अपनी ऊर्जा का अपव्यय कर रहे हो। और शुभ साधना उसे कहते हैं जिसमें उन्हीं उपायों का इस्तेमाल तुम अपने पर प्रभुत्व के लिए, अपना स्वामी आप बनने के लिए करते हो।

और स्मरण रहे, कभी-कभी समान घटनाएं घटती हैं। अगर कोई बुद्ध तुम्हारे बीच घूमें तो तुम पर उनका प्रभाव हो जाएगा। हालांकि वे प्रभुत्व करने की कोशिश नहीं करते हैं। वे तुम पर प्रभुत्व करने की कोशिश नहीं करते हैं; लेकिन तुम प्रभाव में आ जाओगे। क्योंकि बुद्ध अपने मालिक आप हैं; और वे ऐसे मालिक हैं कि उनके इर्द-गिर्द जो भी आएगा, वह उनका दास हो जाएगा। लेकिन बुद्ध की ओर से ऐसा कोई सचेतन प्रयत्न नहीं होता है। वरन

इसके विपरीत वे निरंतर कहते हैं कि अपने स्वामी आप बनो।

और याद रहे कि बुद्ध इसीलिए कहते हैं क्योंकि उन्हें इसका पता है। बुद्ध जानते हैं कि जो भी उनके आस-पास होगा वह उनका गुलाम हो जाएगा। वे कुछ करते नहीं हैं, प्रभुत्व जमाने की कोई चेष्टा नहीं करते हैं। लेकिन वे जानते हैं कि इसके बावजूद ऐसा होगा।

बुद्ध के अंतिम वचन थे: 'अप्प दीपो भव।' वे मृत्यु-शय्या पर थे। मरने के एक दिन पहले आनंद ने उनसे पूछा कि जब आप नहीं होंगे तो हम क्या करेंगे। बुद्ध ने कहा: 'अच्छा ही होगा कि अब मैं नहीं रहूंगा। तब तुम अपने स्वामी हो जाओगे। मुझे भूल जाओ और अपना दीया आप बनो। यह अच्छा होगा; क्योंकि जब मैं नहीं रहूंगा तो तुम मेरे प्रभुत्व से मुक्त हो जाओगे।'

तो जो दूसरों पर प्रभुत्व करने की चेष्टा करते हैं वे सब तरह से तुम्हें अपना गुलाम बनाने की कोशिश करेंगे। यह दुष्टता है, यह शैतानी है। और जो अपने स्वामी आप होते हैं वे तुम्हें भी स्वामी बनाने की चेष्टा करेंगे, वे हर तरह से अपने प्रभाव को कम करेंगे। और यह कई ढंगों से किया जा सकता है।

उदाहरण के लिए मैं एक हाल की घटना बताता हूं। गुरजिएफ का प्रधान शिष्य ऑसपेंस्की गुरजिएफ के मातहत दस वर्षों से काम कर रहा था। गुरजिएफ के मातहत काम करना बहुत कठिन था। उसकी चुंबकीय शक्ति अतिशय थी, असीम थी; जो भी उसके पास आता था उसके वश में हो जाता था।

ऐसे लोगों के प्रति तटस्थ नहीं रहा जा सकता; या तो तुम उनके वश में रहोगे और या उनसे भयभीत होकर उनके विरोध में खड़े हो जाओगे। पक्ष या विपक्ष में खड़ा होना अनिवार्य है; ऐसे लोगों के प्रति उदासीन नहीं रहा जा सकता। और विरोध में जाना बचाव का उपाय है। चुंबकीय शक्ति वाले लोगों के पास जाने पर तुम्हें उनका गुलाम बनना पड़ेगा। और यदि तुम उनसे बचना चाहोगे तो तुम्हें उनका दुश्मन बनना पड़ेगा। यह सिर्फ सुरक्षा है।

तो ऑसपेंस्की गुरजिएफ के पास आया और उसके साथ रहकर उसने काम किया। और वहां कोई सैद्धांतिक शिक्षा नहीं दी जाती थी। गुरजिएफ कर्मशील आदमी था। वह विधियां बताता था और लोग उन्हें साधते थे। ऑसपेंस्की में एक क्रिस्टलाइजेशन, एक अखंडता पैदा हुई; वह रूपांतरित हुआ। वह पूरी तरह बुद्ध तो नहीं हुआ था; लेकिन वह हमारी तरह गहरी नींद में भी न था। वह दोनों के बीच में था—बुद्धत्व के कगार पर।

कभी-कभी ऐसा होता है तुम्हें थोड़ी भनक मालूम पड़ती है कि सुबह करीब है, सुबह की खबर देने वाला कलरव सुनाई देने लगता है, तब तुम सोए भी रहो तो पूरे सोए नहीं हो सकते। तब नींद जाने-जाने को होती है। लेकिन तुम अभी जागे नहीं हो और खतरा है कि तुम फिर से सो सकते हो। तुम अभी जागरण के निकट भर हो।

ऐसे ही जब ऑसपेंस्की जागरण के निकट पहुंच गया था तो उसने सोचा कि अब गुरजिएफ मेरी अधिक सहायता करेंगे; क्योंकि सहायता का क्षण आ गया है। लेकिन अचानक गुरजिएफ ने ऑसपेंस्की के साथ अजीबोगरीब व्यवहार करना शुरू कर दिया और नतीजा हुआ कि ऑसपेंस्की को उससे विदा ले लेनी पड़ी। गुरजिएफ उसके साथ ऐसे पेश आया, उसने ऐसी-ऐसी बेतुकी और बेहूदी हरकतें कीं—वे सतह पर ऐसी लगती थीं—कि ऑसपेंस्की

खुद ही छोड़कर चला गया। गुरजिएफ ने उसको जाने को कभी नहीं कहा।।

इतना ही नहीं कि ऑसपेंस्की गुरजिएफ से अलग हो गया, बल्कि वह उसका विरोध भी करने लगा। उसने कहा कि गुरजिएफ पागल हो गया है। ऑसपेंस्की खुद लोगों को सिखाने लगा; लेकिन उसने सदा ही कहा कि मैं गुरजिएफ की शिक्षा के अनुसार सिखाता हूं। वह यह भी कहता था कि अब गुरजिएफ पागल हो गया है, इसलिए मैं पहले के गुरजिएफ का अनुगमन करता हूं। वह बाद के गुरजिएफ की बात ही नहीं करता था।

लेकिन गुरजिएफ के इस व्यवहार की बुनियाद में उसकी गहरी करुणा थी। वह क्षण आ गया था जब ऑसपेंस्की को अकेला छोड़ देना जरूरी था, अन्यथा वह सदा के लिए गुरजिएफ पर निर्भर रह जाता। यह अवसर था कि उसे अलग करना जरूरी था और वह भी इस ढंग से कि उसे पता न चले कि मैं निकाला गया हूं।

बुद्ध या गुरजिएफ जैसे लोग सचेतन चेष्टा के बिना ही तुम्हें प्रभावित करते हैं और तुम उनके पास खिंचे चले आते हो। लेकिन वे लोग हर तरह से कोशिश करेंगे कि तुम ऐसे न खिंचे चले आओ, कि तुम उनके सम्मोहन में न पड़ो, कि तुम उनके गुलाम न बन जाओ। बल्कि उलटे वे तुम्हें तुम्हारा स्वामी बनने में सहयोग देंगे।

जो दूसरों पर मालकियत करने की चेष्टा में लगे हैं, उनकी आंखें तनी होंगी, अशुभ होंगी। उनकी आंखों में तुम्हें किसी निर्दोषता की, पवित्रता की खबर नहीं मिलेगी। तुम्हें उनमें आकर्षण जरूर मिलेगा; लेकिन वह आकर्षण शराब जैसा होगा। तुम्हें उनकी तरफ एक चुंबकीय खिंचाव अनुभव होगा; लेकिन वह खिंचाव तुम्हें गुलाम बनाने वाला होगा, मुक्त करने वाला नहीं।

स्मरण रहे, किसी पर प्रभुत्व करने के लिए ऊर्जा का उपयोग मत करो। यही कारण है कि बुद्ध, महावीर, जीसस निरंतर कहते रहे, जोर देकर कहते रहे कि जिस क्षण तुम आध्यात्मिक खोज पर निकलो, सबके लिए—शत्रुओं के लिए भी—प्रेम से भरकर निकलो। अगर तुम प्रेम से भरे रहोगे तो तुम उस आंतरिक हिंसा के खिंचाव से बच जाओगे जो मालकियत करना चाहता है। उस आंतरिक हिंसा का एंटीडोट सिर्फ प्रेम है। अन्यथा जब तुम्हें ऊर्जा प्राप्त होगी, जब तुम ऊर्जा से भर जाओगे, तो तुम दूसरों पर मालकियत करने लगोगे।

ऐसा रोज होता है; ऐसे अनेक लोग मेरे संपर्क में आए हैं। उन्हें मैं मदद देता है, वे थोड़ी प्रगति करते हैं। और ज्यों ही उन्हें लगता है कि उन्हें ऊर्जा मिली, वे झट दूसरों पर प्रभुत्व जमाने लगते हैं। वे अब इस ऊर्जा का उपयोग करने लगते हैं।

ध्यान रहे, दूसरों पर प्रभुत्व करने के लिए आध्यात्मिक ऊर्जा का उपयोग मत करो। तुम नाहक अपनी शक्ति नष्ट करोगे। देर-अबेर तुम फिर चुक जाओगे, रिक्त हो जाओगे। और सहसा फिर तुम्हारा पतन हो जाएगा। और यह शुद्ध अपव्यय है।

लेकिन जब तुम्हें लगता है कि अब मैं कुछ कर सकता हूं तो अपने पर अंकुश रखना कठिन होता है। अगर तुम किसी बीमार को छूते हो और वह तुम्हारे छते ही स्वस्थ हो जाता है तो अब तुम दूसरों को छूने से अपने को कैसे रोकोगे? अब तुम अपने को बस में न रख सकोगे। और बस में न रख सकोगे तो तुम ऊर्जा का अपव्यय करोगे। तुम्हें कुछ घटित हुआ है; लेकिन तुम जल्दी ही उसे गंवा दोगे और नाहक गंवा दोगे।

▲

और मनुष्य का मन इतना चालाक है कि तुम सोच सकते हो कि मैं दूसरों का उपचार कर रहा हूं, दूसरों की मदद कर रहा हूं। वह मन की महज चालाकी हो सकती है। अगर तुम्हारे दिल में प्रेम नहीं है तो तुम दूसरों की बीमारी, दूसरों के स्वास्थ्य की फिक्र नहीं कर सकते। तुम्हें इससे कुछ मतलब नहीं है। सच तो यह है कि तुम्हें शक्ति मिल गई है और उपचार के जरिए तुम दूसरों पर प्रभुत्व पैदा करना चाहते हो। तुम भले कहते होओ कि मैं उनकी मदद कर रहा हूं; लेकिन तुम मदद के नाम पर दूसरों पर आधिपत्य जमा रहे हो। और उससे तुम्हारा अहंकार तृप्त होगा; वह तुम्हारे अहंकार के लिए भोजन बन जाएगा।

इसलिए सभी पुराने धर्मग्रंथ सावधान करते हैं। वे कहते हैं कि सावधान रहो; क्योंकि जब शक्ति आती है तो तुम एक खतरनाक जगह पर पहुंच जाते हो। तुम उसे फेंक दे सकते हो, गंवा दे सकते हो। इसलिए जब शक्ति प्राप्त हो तो उसे गुप्त ही रखो, उसके बारे में किसी को कुछ मत जानने दो।

जीसस ने कहा है कि अगर तुम्हारा दाहिना हाथ कुछ करे तो उसे बाएं हाथ को भी मत जानने दो। सूफी संत परंपरा में वे कहते हैं कि जब शक्ति आने लगे तो दूसरों के सामने प्रार्थना भी मत करो, दूसरों के सामने मस्जिद भी मत जाओ। क्यों? क्योंकि जब शक्ति के आने पर कोई प्रार्थना करता है और बहुत लोगों की मौजूदगी में करता है तो दूसरों को तुरंत पता चलने लगता है कि कुछ हो रहा है। तो सूफी कहते हैं कि तब तुम्हें रात के अंधेरे में, आधी रात में अपनी नमाज कहनी चाहिए जब सब सोए हों और किसी को पता न चले कि तुम्हें कुछ हो रहा है। किसी को बताओ भी मत कि तुम्हें क्या हो रहा है।

लेकिन मन बहुत बकवादी है। अगर तुम्हें कुछ घटित होगा तो तुम तुरंत दूसरों को इसका शुभ समाचार देने निकल पड़ोगे। लेकिन तभी चूक हो जाएगी। यह शक्ति का अपव्यय होगा। और अगर लोग तुमसे प्रभावित भी होंगे तो तुम्हें उसकी वाहवाही मिलेगी, और कुछ भी नहीं। वह कोई बढ़िया सौदा नहीं है।

अभी रुको। एक क्षण आएगा जब तुम्हारी ऊर्जा संगृहीत हो जाएगी, जब वह अखंड हो जाएगी, रूपांतरित हो जाएगी, तब तुम्हारे आस-पास तुम्हारे कुछ किए बिना ही बहुत कुछ घटित होगा। जब तुम अपने मालिक हो जाओगे तभी तुम दूसरों को अपना मालिक बनने में सहयोग दे सकोगे।

मुझे सूफी संत जुन्नैद का स्मरण आता है। एक दिन एक आदमी उसके पास आया और उसने कहा: 'गुरुवर, मैं आपसे आपका गुप्त रहस्य जानने आया हूं। लोग कहते हैं कि आपके पास कोई स्वर्ण-रहस्य है और अब तक आपने उसे किसी को भी नहीं बताया है। आप मुझे वह बता दें; मैं उसके बदले में कुछ भी करने को राजी हूं।'

जुन्नेद ने कहा: 'मैं इस रहस्य को तीस वर्षों से छिपाए हूं; तुम उसके लिए कितने समय तक इंतजार करने को तैयार हो? तुम्हें उसके लिए तैयारी करनी होगी। मैंने इस रहस्य को तीस वर्षों से छिपाए रखा है; लेकिन तुम्हें मैं बता दूंगा। लेकिन कितने समय तक तुम इसके लिए प्रतीक्षा कर सकते हो?'

वह आदमी डर गया, घबरा गया। उसने जुन्नैद से कहा कि आप ही बताएं कि मुझे कितने समय तक प्रतीक्षा करनी चाहिए। जुन्नेद ने कहा कि कम से कम तीस वर्ष धीरज रखना

होगा; ज्यादा समय नहीं कहता हूं। मैं बहुत की मांग नहीं कर रहा हूं।

उस आदमी ने कहा: 'तीस वर्ष? मैं विचार करूंगा। जुन्नेद ने कहा कि तब तीस वर्षों के बाद भी में तुम्हें नहीं दूंगा। याद रहे, अभी तय करो तो ठीक, अन्यथा मुझे भी विचार करना पड़ेगा। और वह आदमी राजी हो गया।

कहते हैं कि वह आदमी कोई तीस वर्षों तक जुन्नेद के साथ रहा। तब अंतिम दिन आया और वह जुन्नेद के पास जाकर बोला कि अब अपना रहस्य मुझे बता दें। जुन्नेद ने कहा कि वह मैं तुम्हें इसी शर्त पर दे सकता हूं कि तुम उसे गुप्त रखो; किसी को बताओ नहीं। रहस्य को अपने साथ लिए मर जाना।

उस आदमी ने कहा: 'तो आपने मेरी जिंदगी क्यों बर्बाद की? तीस साल मैंने इसीलिए तो इंतजार किया कि रहस्य मिलेगा तो उसे दूसरों को बताऊंगा, और अब आप यह शर्त लगाते हैं। तब जानने का क्या फायदा जब मैं उसे किसी को बता ही नहीं सकता? अगर यह शर्त है तो मुझे बताएं ही मत। यह तो तब मेरी समस्या बन जाएगी जो मेरा पीछा करेगी; कोई चीज जानते हुए भी मैं किसी को बता नहीं सकूंगा। उससे तो अच्छा है कि कहें ही मत। आपने मेरी जिंदगी बर्बाद कर दी। अब तो थोड़े दिन बचे हैं, शांति से जीने दें। किसी चीज को जानते हुए औरों को न बताना मेरे लिए बड़ा कठिन होगा।'

इसलिए जब किसी आध्यात्मिक साधना से कुछ उपलब्ध हो तो उसे छिपाए रखना। उसका प्रचार मत करो; उसका उपयोग मत करो। उसे अछूता, शुद्ध रहने दो। तभी वह आंतरिक रूपांतरण के काम आएगा। अगर उसका बाहरी उपयोग करोगे तो वह व्यर्थ चला जाएगा।

**तीसरा प्रश्न:**

***आपने बताया कि आंखों की गति मानसिक सोच-विचार की सूचक है और आंखों की गति रोक देने से मन की गति भी बंद हो जाती है। लेकिन यह मानसिक प्रक्रियाओं का शारीरिक नियंत्रण, यह आंखों की गति को रोका जाना मानसिक तनाव पैदा करता है— वैसा ही तनाव जैसा देर तक पट्टी लगाकर आंख बंद रखने से होता है।***

पहली बात तो यह है कि जहां तक तंत्र का संबंध है, तुम्हारा मन और तुम्हारा शरीर दो चीजें नहीं हैं। इस बात को सदा स्मरण रखो। ऐसा मत कहो कि यह शारीरिक प्रक्रिया है और यह मानसिक प्रक्रिया है। वे दो नहीं हैं। वे एक इकाई के दो हिस्से हैं। शरीर के तल पर तुम जो भी करते हो वह मन को प्रभावित करता है और मन के तल पर जो भी करते हो वह शरीर को प्रभावित करता है। वे दो नहीं हैं, एक ही हैं।

तुम ऐसा कह सकते हो कि शरीर उसी ऊर्जा की ठोस अवस्था है और मन उसी ऊर्जा की तरल अवस्था। ऊर्जा एक ही है। इसलिए तुम अगर शरीर के तल पर कुछ कर रहे हो तो ऐसा मत समझो कि यह महज शारीरिक है; इसकी फिक्र मत लो कि यह मन के रूपांतरण में सहयोगी कैसे होगा।

जब तुम शराब पीते हो तो तुम्हारे मन को क्या होता है? शराब तो शरीर में जाती है, लेकिन मन प्रभावित होता है। जब तुम एल.एस.डी. लेते हो तो वह शरीर में जाती है, मन में

▲

नहीं; लेकिन मन प्रभावित होता है। या अगर तुम उपवास करो तो यह उपवास शरीर के तल पर होगा; लेकिन मन प्रभावित होगा।

इसी चीज को दूसरे छोर से देखो। जब कामुक विचार उठते हैं तो वे उठते मन के तल पर हैं; लेकिन शरीर तुरंत उनसे प्रभावित होता है। मन में काम-विषय की चिंतना शुरू होती है; और शरीर तैयार होने लगता है।

विलियम जेम्स का एक सिद्धांत है। इस सदी के पूर्वार्द्ध में यह सिद्धांत बेतुका मालूम पड़ता था; लेकिन एक अर्थ में यह सही है। विलियम जेम्स और दूसरे विज्ञानविद लैंग ने मिलकर इस सिद्धांत को प्रस्तावित किया था और इसीलिए उसे जेम्स-लैंग सिद्धांत कहते हैं।

आमतौर से हम कहते हैं कि जब तुम भयभीत होते हो तो तुम सुरक्षा के लिए भागते हो, या जब तुम क्रोध करते हो तो तुम्हारी आंखें लाल हो जाती हैं और तुम अपने दुश्मन पर चोट करने लगते हो। लेकिन जेम्स और लैंग ने जो बात कही वह ठीक इसके विपरीत है। उन्होंने कहा कि चूंकि तुम भागते हो इसलिए तुम भयभीत होते हो और चूंकि तुम्हारी आंखें लाल हो जाती हैं और तुम शत्रु पर चोट करने लगते हो इसलिए तुम्हें क्रोध होता है।

कितनी विरोधी बातें हैं। जेम्स और लैंग ने कहा कि यदि ऐसा नहीं है तो हम क्रोध की एक ऐसी मिसाल देखना चाहेंगे जिसमें आंखें लाल न हों, शरीर प्रभावित न हो और शुद्ध क्रोध हो। अपने शरीर को प्रभावित मत होने दो और क्रोध करने की चेष्टा करो; तब तुम्हें पता चलेगा कि तुम क्रोध नहीं कर सकते।

जापान में वे अपने बच्चों को क्रोध पर काबू पाने का एक सरल उपाय सिखाते हैं। वे कहते हैं कि जब भी तुम्हें क्रोध हो, क्रोध के साथ सीधे कुछ मत करो; बस गहरी श्वास लेना शुरू करो। इसका प्रयोग करो और तुम क्रोध नहीं कर सकोगे। क्यों? क्यों सिर्फ गहरी श्वास लेने से क्रोध नहीं कर सकते? क्यों क्रोध करना असंभव हो जाता है?

इसके दो कारण हैं। तुम गहरी श्वास लेने लगते हो; लेकिन क्रोध के लिए श्वास की एक खास लय, उसका एक विशेष ढंग आवश्यक है। उस ढंग के बिना क्रोध संभव नहीं है। क्रोध करने के लिए जरूरी है कि श्वास एक विशेष लय में चले। असल में क्रोध के लिए श्वास का अराजक होना जरूरी है। इसलिए जब तुम गहरी श्वास लेते हो तो क्रोध का उभरना असंभव हो जाता है। अगर तुम सचेतन रूप से गहरी श्वास लेते हो तो क्रोध प्रकट नहीं हो सकता। क्रोध के लिए एक भिन्न ढंग की श्वास की गति जरूरी है। वह गति तुम्हें लानी नहीं पड़ती है, क्रोध ही उसे ले आता है। गहरी श्वास के साथ तुम क्रोध नहीं कर सकते।

और दूसरा कारण है कि मन बंट जाता है। जब तुम क्रोध करते हो और साथ ही गहरी श्वास लेने लगते हो तो तुम्हारा मन श्वास पर चला जाता है। अब शरीर क्रोध करने की अवस्था में नहीं रहा; क्योंकि मन की एकाग्रता किसी और चीज पर चली गई। ऐसी हालत में क्रोध करना कठिन है।

यही कारण है कि जापानी पृथ्वी पर सबसे संयमित लोग हैं—सर्वाधिक संयमित। बचपन से ही उन्हें इसके लिए प्रशिक्षित किया जाता है। दुनिया में अन्यत्र ऐसी घटना देखने को नहीं मिलती है; लेकिन जापान में यह आम बात है। अब तो जापान में भी वह कम हो रहा है; क्योंकि जापान कम जापान होता जा रहा है। यह देश अधिकाधिक पाश्चात्य बनता जा रहा है

और उसके पारंपरिक ढंग-ढांचे खोते जा रहे हैं। लेकिन ऐसी बात होती थी और आज भी हो रही है।

मेरे एक मित्र क्योटो में रहते थे। मुझे उनका एक पत्र मिला जिसमें उन्होंने कहा कि आज मुझे एक ऐसी सुंदर घटना देखने को मिली कि उससे मैं आपको अवगत कराना चाहता हूं। और जब मैं भारत वापस आऊंगा तो मैं आपसे समझना चाहूंगा कि ऐसी बात कैसे घटित होती है। एक आदमी को कार से धक्का लगा और वह जमीन पर गिर पड़ा; लेकिन जब वह उठा तो उसने ड्राइवर को धन्यवाद दिया और तब अपनी राह ली। उसने ड्राइवर को धन्यवाद दिया! जापान में यह कठिन नहीं है। उसने कुछ गहरी श्वासें ली होंगी; तभी यह संभव है। तब तुम्हारा दृष्टिकोण पूरी तरह बदल जाता है। और तब तुम उस आदमी को भी धन्यवाद दे सकते हो जो तुम्हारी हत्या करने जा रहा हो, या जिसने तुम्हारी हत्या का प्रयास किया हो।

तो शारीरिक और मानसिक प्रक्रियाएं दो चीजें नहीं हैं; वे एक हैं। और तुम किसी भी छोर से दूसरे को बदलने की शुरुआत कर सकते हो। और कोई भी वैज्ञानिक विधि उपयोग में आ सकती है। उदाहरण के लिए तंत्र यह कर सकता है; क्योंकि तंत्र को शरीर पर गहरा भरोसा है। सिर्फ दर्शनशास्त्र धुंधला-धुंधला, हवाई और बातूनी है; वह और कहीं से भी शुरू कर सकता है। लेकिन कोई भी वैज्ञानिक पद्धति शरीर से ही शुरू कर सकती है; क्योंकि शरीर तुम्हारी पहुंच के भीतर है। अगर मैं तुमसे कुछ कह जो तुम्हारी पकड़ के बाहर हो तो तुम उसे सुन लोगे, उसे स्मृति में इकट्ठा कर लोगे; तुम उसकी चर्चा भी करोगे; लेकिन उससे कुछ भी नहीं होगा। तुम वही के वही होगे; तुम्हारी जानकारी बढ़ जाएगी, लेकिन तुम नहीं बढ़ोगे। तुम्हारा ज्ञान तो बढ़ता चला जाएगा; लेकिन तुम्हारे प्राण गरीब के गरीब रह जाएंगे, जहां के तहां पड़े रहेंगे। तुम्हें उससे कुछ भी नहीं होगा।

स्मरण रहे, शरीर तुम्हारे हाथ में है, तुम्हारी पहुच के भीतर है। तुम उसके साथ अभी कुछ कर सकते हो और शरीर के जरिए मन को बदल सकते हो। और धीरे-धीरे तुम अपने शरीर के मालिक हो जाओगे। और तब तुम मन के भी मालिक हो जाओगे। और जब तुम मन के मालिक हो जाते हो तो धीरे-धीरे उसे रूपांतरित कर मन के भी पार जा सकते हो। जब शरीर बदलता है तो तुम शरीर के पार जाते हो; और जब मन बदलता है तो तुम मन के पार जाते हो।

और सदा वह करो जो तुम कर सकते हो। उदाहरण के लिए, तुम अभी तुरंत बुद्ध की तरह अपने क्रोध के मालिक नहीं हो सकते हो। कैसे हो सकते हो? लेकिन अगर तुम श्वास की प्रक्रिया को बदल दो तो तुम उसके सूक्ष्म प्रभाव को, परिवर्तन को अनुभव कर लोगे। इसे करके देखो। अगर तुम कामवासना से भरे हो तो थोड़ी सी गहरी श्वासें लो और उनके प्रभाव को देखो; कामवासना तितर-बितर हो जाएगी।

अल्डुअस हक्सले की पत्नी लारा हक्सले ने एक सुंदर किताब लिखी है; उसमें उसने कुछ करने के सरल उपाय बताए हैं। लारा हक्सले कहती है कि अगर तुम्हें क्रेध आए तो तुम अपने चेहरे की मांस-पेशियों को खींचो, सख्त बनाओ। तुम यह काम अपने स्नानगृह में जाकर कर सकते हो, या महज मेज के नीचे झुककर कर सकते हो; ताकि तुम्हें कोई देख न सके। समझो कि कोई तुम्हारे सामने ही बैठा है और तुम्हें क्रोध आ गया है। तो स्नानघर में जाकर या

मेज के नीचे सिर करके अपने चेहरे को कसो और कसते ही जाओ। जब कसावट हद पर पहुंच जाए तो अचानक ढील दे दो, और तब तुम्हें फर्क का अनुभव होगा; क्रोध जा चुकेगा। या यदि इतने पर भी न जाए तो इस प्रयोग को दुहराओ—दो बार करो, तीन बार करो।

इससे क्या होता है? अगर तुम चेहरे की मांस-पेशियों को कसते जाओ, और कसते ही चले जाओ, और उसे तनाव से भर दो, तो जो ऊर्जा क्रोध में लगी थी वही चेहरे में गति करने लगेगी। और चेहरे में गति करना बहुत आसान है। जब तुम क्रोध करते हो तो क्या होता है? तुम्हारा जी करता है कि किसी को मुक्के मारो, क्योंकि इस ऊर्जा का उपयोग करना है। और उपयोग कर सको तो ऊर्जा बिखर जाएगी और तुम्हारा चेहरा शिथिल और शांत हो जाएगा। और जो आदमी तुम्हारे सामने बैठा था उसे पता भी नहीं चलेगा कि तुम क्रोध में थे। ऐसा लगेगा कि तुम्हें कुछ भी नहीं हुआ है।

और एक बार तुम इन चीजों को जान लो तो तुम्हें अधिकाधिक बोध होगा कि ऊर्जा रूपांतरित की जा सकती है, उसकी दिशा बदली जा सकती है, उसे नियंत्रित किया जा सकता है, उसे राह दी जा सकती है और उसकी राह रोकी भी जा सकती है। तुम्हें यह बोध होगा कि ऊर्जा का उपयोग भिन्न-भिन्न ढंगों से किया जा सकता है। और जब तुम ऊर्जा का उपयोग सीख लोगे तो तुम उसके मालिक हो जाओगे। और तब किसी दिन यह तुम्हारे हाथ में होगा कि ऊर्जा का उपयोग न करके उसका संरक्षण करो।

यह प्रयोग, घूंसा तानने का प्रयोग, बुद्ध के काम का नहीं है। बुद्ध के काम का इसलिए नहीं है क्योंकि यह ऊर्जा का अपव्यय है। लेकिन यह तुम्हारे बहुत काम का है। कम से कम दूसरा तुम्हारे क्रोध का शिकार होने से बच जाता है; और इस तरह पैदा होने वाले एक दुश्चक्र का अंत हो जाता है। जब तुम किसी पर क्रोध करते हो तो दूसरा भी क्रोध करता है, और इसका कहीं अंत नहीं है। इससे तुम्हारी पूरी रात खराब हो जाती है; इस उपद्रव का असर सप्ताह भर रह सकता है। और तब इसके प्रभाव में तुम कई ऐसी चीजें कर गुजरोगे जिन्हें तुम कभी नहीं करना चाहते थे।

तो यह मत कहो कि यह महज शारीरिक प्रक्रिया है। तुम शारीरिक हो; इसके बारे में कुछ नहीं किया जा सकता। तुम शरीर ही हो, इस तथ्य को इनकारा नहीं जा सकता। अपनी ऊर्जा का उपयोग करो; उसे इनकार करने की जरूरत नहीं है।

अगर तुम अपनी आंखें बंद करो तो कभी-कभी तुम्हें वहां थोड़ा तनाव, थोड़ी बेचैनी अनुभव हो सकती है। इस संबंध में कुछ बातें उपयोगी हो सकती हैं। एक तो यह कि जब आंखें बंद करो तो उसके संबंध में तनाव न लो; उन्हें शिथिल रहने दो। तुम आंखों को जबरदस्ती भी बंद कर सकते हो; तब तनाव पैदा होगा, तब तुम्हारी आंखें थक जाएंगी और तुम्हें भीतर बेचैनी महसूस होगी। पहले चेहरे को शिथिल होने दो, फिर आंखों को शिथिल होने दो और तब उन्हें बंद होने दो। मैं कहता हूं कि आंखों को बंद होने दो। मैं यह नहीं कहता कि उन्हें बंद करो। विश्राम में रहो। पलकों को गिरने दो और आंखों को बंद होने दो। उनके साथ जबरदस्ती मत करो। जबरदस्ती करना अच्छा नहीं है।

और अगर तुम्हें फर्क पता न चले तो ऐसा करो कि पहले आंखों को जबरदस्ती बंद करो। पहले पूरे चेहरे को तनाव से भर दो और तब आंखों को जबरदस्ती बंद करो। और फिर

▲

दूसरी बार उन्हें विश्रामपूर्वक बंद करो। तब तुम्हें फर्क पता चलेगा। तो कुछ भी करने में जबरदस्ती मत करो; वह तुम्हें थका डालेगी।

और दूसरी बात कि जब आंखें बंद हो जाएं और चेहरा शिथिल हो जाए, तो ऐसे देखो जैसे कि सब अंधकारमय है, तुम्हारे चारों ओर गहरा अंधकार है। भाव करो कि गहरी अंधेरी रात में तुम अंधकार ही अंधकार से, मखमली अंधकार से घिरे हो। इस अंधकार को महसूस करो। उससे तुम्हारी आंखों की गति बंद हो जाएगी; जब कुछ भी देखने को नहीं रहेगा तो आंखें ठहर जाएंगी। इसलिए अंधकार में होना उपयोगी है। यह काम तुम अंधेरे कमरे में कर सकते हो। आंखें खोलो और अंधकार को देखो, और फिर उन्हें बंद करके अंधकार को अनुभव करो। फिर आंखें खोलकर अंधकार को देखो; और फिर आंखें बंद कर अंधकार को भीतर महसूस करो।

अंधकार गहन रूप से आरामदायक है। अंधकार तुम्हारे बाहर है और अंधकार तुम्हारे भीतर है। और इसमें सब कुछ मृत मालूम देता है—मृत और अंधेरा। अंधकार और मृत्यु एक-दूसरे से परस्पर जुड़े हैं। यही कारण है कि हम मृत्यु को काले रंग से चित्रित करते हैं। दुनियाभर में लोग मृत्यु को काले रंग में चित्रित करते हैं।

इस विधि का प्रयोग करते हुए अंधेरे को महसूस करो, उसे प्रेम करो और अपने भीतर भाव करो कि मेरी मृत्यु होने वाली है। भाव करो कि चारों तरफ अंधेरा है और मैं मर रहा हूं। तब आंखें ठहर जाएंगी। तुम देखोगे कि वे सचमुच ठहर गई हैं। तब तुम्हारी ऊर्जा ऊर्ध्वगामी होकर तीसरी आंख पर चोट करने लगेगी।

इस चोट को तुम सुनोगे, अनुभव करोगे। तुम्हें एक उष्णता का अनुभव होगा और ऐसा लगेगा कि कोई तरल आग प्रवाहित हो रही है और नए मार्ग खोज रही है। इससे डरना मत; इसके साथ सहयोग करना। इस आग को गति करने देना। तुम यह आग ही हो जाना।

और जब यह तीसरी आंख पहली बार खुलेगी तो अंधेरा समाप्त हो जाएगा और प्रकाश ही प्रकाश होगा। इस प्रकाश का कोई स्त्रोत नहीं है, उदगम नहीं है। तुमने प्रकाश देखा होगा जिसका स्त्रोत होता है—चाहे वह सूर्य से आए, चांद-तारों से आए और चाहे दीए से आए। उसका कोई न कोई स्त्रोत होता है। लेकिन जब ऊर्जा तीसरी आंख से होकर बहती है तब एक स्त्रोतहीन प्रकाश का उदय होता है। यह कहीं से आता नहीं है; यह बस है।

यही कारण है कि उपनिषद कहते हैं कि परमात्मा स्त्रोतहीन प्रकाश है। वह सूरज या ज्योतिशिखा की भांति नहीं है; उसका कहीं भी कोई स्त्रोत नहीं है; केवल प्रकाश है, रोशनी है—मानो वह ऊषाकाल है जब कि रात तो चली गई और सूर्य उदित नहीं हुआ है। दोनों के बीच जो ऊषाकाल है, यह वह है। या यह संध्या की गोधूलि है, जब सूर्य डूब गया है और रात अभी आई नहीं है। इसलिए उसे संध्या भी कहते हैं—दिन और रात की संधि-बेला।

और यही कारण है कि हिंदुओं ने ध्यान के लिए संध्या को उचित समय माना है। वे ध्यान को संध्या ही कहने लगे फिर। वह ठीक मध्य-वेला है; जब दिन जा चुका है और रात आने को होती है। क्यों? यह महज प्रतीक है। प्रकाश तो है, लेकिन स्त्रोतहीन। वही बात अंतस से घटित होगी—स्त्रोतहीन प्रकाश घटित होगा। उसकी कल्पना मत करो; उसकी प्रतीक्षा करो।

▲

और आखिरी बात याद रखने की यही है: उसकी कल्पना मत करो। तुम कुछ भी कल्पना कर ले सकते हो। इसलिए तुम्हें बहुत सी बातें बताना खतरनाक है; तुम उनकी कल्पना करने लगोगे। तुम आंखें बंद कर लोगे और कल्पना में देख लोगे कि तीसरी आंख खुल रही है। कल्पना से तुम प्रकाश भी देख लोगे। लेकिन यह कल्पना मत करो। कल्पना से बचो। आंखें बंद करो और प्रतीक्षा करो। जो भी आए, उसे अनुभव करो; उसके साथ सहयोग करो। लेकिन प्रतीक्षा करो। आगे की छलांग मत लो; अन्यथा कुछ भी नहीं होगा। तुम्हारे हाथ एक सपना आ सकता है—सुंदर आध्यात्मिक सपना—और कुछ नहीं।

लोग मेरे पास आते हैं और कहते हैं कि हमने यह देखा और हमने वह देखा। लेकिन यह सब उनकी कल्पना है। यदि यह देखना सच होता तो वे रूपांतरित हो गए होते। मगर वे रूपांतरित नहीं हुए हैं। वे वही के वही लोग हैं; लेकिन एक नया आध्यात्मिक दंभ उनसे जुड़ गया है। उन्होंने कुछ सपने देख लिए हैं—सुंदर आध्यात्मिक सपने। किसी ने बांसुरी बजाते कृष्ण को देखा है; कोई प्रकाश देख रहा है; किसी की कुंडलिनी जाग रही है। ये चीजें वे देखते रहते हैं और वही के वही बने रहते हैं—मंदमति और मूढ़। कुछ भी उन्हें नहीं हुआ है। और वे वही के वही बने रहते हैं—क्रोधी, दुखी, बचकाने और मूढ़। कुछ भी उनका नहीं बदला है।

अगर सचमुच तुम्हें वह प्रकाश दिखाई पड़े जो तीसरी आंख से आता है तो तुम दूसरे ही व्यक्ति हो जाओगे। और तब तुम्हें किसी को भी बताने की जरूरत नहीं होगी। लोग जान लेंगे कि तुम दूसरे व्यक्ति हो गए हो। तुम इसे छिपा भी नहीं सकते; यह बात लोगों के अनुभव में आ जाती है। तुम जहां भी जाओगे वहां लोग महसूस करेंगे कि इस आदमी को कुछ हुआ है।

इसलिए कल्पना मत करो। प्रतीक्षा करो और चीजों को अपने आप ही घटित होने दो। तुम तो विधि का प्रयोग करो और प्रतीक्षा करो। आगे की छलांग मत लो।

आज इतना ही।

23

# शांति और मुक्ति के चार प्रयोग

# सूत्र

33. बादलों के पार नीलाकाश को देखने मात्र से शांति को, सौम्यता को उपलब्ध होओ।

34. जब परम रहस्यमय उपदेश दिया जा रहा हो, उसे श्रवण करो। अविचल, अपलक आंखों से; अविलंब परम मुक्ति को उपलब्ध होओ।

35. किसी गहरे कुएं के किनारे खड़े होकर उसकी गहराइयों में निरंतर देखते रहो—जब तक विस्मय-विमुग्ध न हो जाओ।

36. किसी विषय को देखो, फिर धीरे-धीरे उससे अपनी दृष्टि हटा लो, और फिर धीरे-धीरे उससे अपने विचार अलग कर लो। तब !

हम अपनी सतह पर जीते हैं—किनारे-किनारे, सीमा पर। इंद्रियां महज सीमा पर हैं; और तुम्हारी चेतना गहरे केंद्र पर है। और हम इंद्रियों में जीते हैं। वह स्वाभाविक है, लेकिन वहां जीवन का परम फूल नहीं खिलता है; वह तो उसका आरंभ भर है।

और जब हम इंद्रियों में जीते हैं तो हम बुनियादी तौर से विषयों में अटके रहते हैं; क्योंकि विषय-भोग के बिना इंद्रियां अप्रासंगिक हैं, व्यर्थ हैं। उदाहरण के लिए, आंखें व्यर्थ हैं अगर देखने को कुछ न हो, कान व्यर्थ हैं अगर सुनने को कुछ न हो और हाथ व्यर्थ हैं अगर छूने को कुछ न हो। हम इंद्रियों के तल पर जीते हैं, इसलिए हमें विषयों में जीना पड़ता है। इंद्रियां हमारे होने की सीमा पर हैं, हमारे शरीर में हैं। और विषय तो सीमा पर भी नहीं हैं; वे सीमा के भी पार हैं।

इसलिए इन विधियों में प्रवेश के पहले तीन बातें समझ लेने जैसी हैं। एक कि चेतना केंद्र पर है। दूसरी कि जिनके द्वारा चेतना बाहर जाती है वे इंद्रियों सीमा पर हैं। और तीसरी कि संसार के विषय, जिनकी ओर चेतना इंद्रियों के माध्यम से गतिमान होती है, सीमा के भी पार हैं। इन बातों को साफ-साफ समझने की कोशिश करो; क्योंकि तब ये विधियों सरल हो जाएंगी।

इस बात को दूसरी दिशा से समझो। एक कि इंद्रियां बीच में हैं। उनके एक तरफ चेतना है और दूसरी तरफ विषयों का संसार है। और इंद्रियां ठीक बीच में हैं, मध्य में हैं। इंद्रियों से तुम दोनों ओर यात्रा कर सकते हो। वहां से विषयों की ओर जा सकते हो और वहां से केंद्र की यात्रा भी कर सकते हो। और दोनों तरफ की दूरियां समान हैं। इंद्रियों से दोनों ओर द्वार खुलते हैं; वहां से चाहे तुम विषयों की तरफ जाओ या केंद्र की तरह जाओ।

तुम इंद्रियों में हो। इसीलिए प्रसिद्ध झेन गुरु बोकोजू ने कहा कि निर्वाण और संसार समान दूरी पर हैं। यह मत सोचो कि निर्वाण बहुत दूर है। संसार और निर्वाण, यह लोक और वह लोक, दोनों समान दूरी पर हैं।

इस कथन ने बहुत विभ्रम पैदा किया; क्योंकि हम समझते हैं कि निर्वाण बहुत-बहुत

दूर है, मोक्ष या प्रभु का राज्य बड़ी दूरी पर है। और हम समझते हैं कि संसार बहुत निकट है, हाथ के पास है, यहीं है। लेकिन बोकोजू कहता है—और वह सही कहता है—कि दोनों की दूरी एक ही है।

संसार यहां है और निर्वाण भी यहां है। संसार निकट है और निर्वाण भी निकट है। निर्वाण के लिए तुम्हें भीतर जाना होगा; संसार के लिए, विषयों के लिए बाहर जाना होगा। लेकिन दूरी समान है। मेरी आंखों से मेरा केंद्र उतनी ही दूरी पर है जितनी दूरी पर तुम हो। मैं बाहर जाकर तुम्हें देख सकता हूं और भीतर जाकर अपने को देख सकता हूं। और हम इंद्रियों के द्वार पर हैं।

लेकिन स्वभावतः शारीरिक जरूरतें ऐसी होती हैं कि चेतना बहुत सहजता से बाहर की ओर प्रवाहित होती है। तुम्हें भोजन चाहिए, पीने को पानी चाहिए, रहने को घर चाहिए। ये तुम्हारी शारीरिक जरूरतें हैं और ये सिर्फ संसार में मिल सकती हैं। इसलिए चेतना बहुत सहजता से संसार की ओर प्रवाहित होती है। जब तक तुम ऐसी जरूरत नहीं पैदा करते जो भीतर जाने से ही तृप्त होती हो तब तक तुम कभी भीतर नहीं जाओगे।

उदाहरण के लिए, अगर कोई बच्चा आत्म-निर्भर ही पैदा हो, उसे भोजन की कतई जरूरत न हो, तो वह मां की ओर आंख उठाकर भी नहीं देखेगा। मां उसके लिए अप्रासंगिक हो जाएगी, व्यर्थ हो जाएगी। बच्चे के लिए अर्थ मां में नहीं है, भोजन में है। मां उसका पहला भोजन है। और चूंकि मां उसे भोजन देती है और उसकी बुनियादी जरूरत पूरी करती है, अन्यथा वह मर जाएगा, इसलिए बच्चा मां को प्यार करता है। वह प्यार छाया की तरह आता है; क्योंकि मां बच्चे की बुनियादी जरूरत पूरी करती है।

तो जो माता अपने बच्चों को बोतल का दूध पिलाती हैं उन्हें उनसे बहुत प्यार की अपेक्षा नहीं करनी चाहिए। बच्चे की जरूरत भोजन है, मां नहीं। मां उसके जीवन में भोजन के द्वारा ही प्रवेश करेगी। यही कारण है कि भोजन और प्रेम के बीच इतना घनिष्ठ संबंध है। अगर तुम्हारी प्रेम की आवश्यकता पूरी हो जाए तो तुम्हारी भोजन की मांग कम हो जाएगी। और यदि प्रेम न मिले, प्रेम की आवश्यकता तृप्त न हो, तो तुम ज्यादा से ज्यादा भोजन मांगोगे।

इसलिए जो लोग प्रेम करते हैं और प्रेम पाते हैं वे बहुत मोटापे के शिकार नहीं होते, उनके शरीर पर बहुत चर्बी नहीं जमा होती। मोटापे का यह बुनियादी कारण है, हालांकि उसके और कारण भी हो सकते हैं। भोजन प्रेम का परिपूरक बन जाता है, प्रेम के अभाव में लोग बहुत खाने लगते हैं।

बच्चे के लिए भोजन उसकी बुनियादी जरूरत है। लेकिन अगर बच्चा आत्म-निर्भर ही जन्म ले, उसे जीने के लिए भोजन या किसी बाहरी चीज की जरूरत न हो तो वह संसार में गति ही नहीं करेगा। या कि तुम सोचते हो कि वह करेगा? उसकी जरूरत ही नहीं होगी। और जरूरत के बिना ऊर्जा कभी गति नहीं करती है। हम संसार में इसलिए नहीं जाते हैं क्योंकि हम पापी हैं, वरन हम बाहर की यात्रा इसलिए करते हैं क्योंकि हमारी जरूरतें बाहर जाने से ही पूरी हो सकती हैं। जरूरत की चीजें बाहर ही हैं।

और तुम भीतर क्यों नहीं जाते हो? कारण यह है कि तुमने भीतर जाने की जरूरत ही नहीं पैदा की है। एक बार जरूरत पैदा हो जाए तो भीतर भी जाना उतना ही आसान है जितना

बाहर जाना। वह जरूरत क्या है? वह जरूरत धर्म से संबंधित है। उसे पूरा किए बिना तुम धार्मिक नहीं हो सकते। मगर वह पैदा कैसे की जाती है? वह प्रक्रिया क्या है जिससे उस गहरी जरूरत का बोध हो जो भीतर ले जाने में मदद करती है?

इस प्रसंग में तीन बातें याद रखने की हैं। पहली बात कि मृत्यु है। याद रहे, जीवन की सारी जरूरतें तुम्हें बाहर जाने को मजबूर करती हैं। यदि तुम भीतर जाना चाहते हो तो मृत्यु की चिंता बुनियादी चिंता होनी चाहिए, अन्यथा तुम भीतर नहीं जा सकते। बुद्ध जैसे लोग मृत्यु के प्रति गहरे बोध से भरकर ही अंतर्यात्रा पर निकले थे। मृत्यु के प्रति सजग होने पर ही पीछे लौटकर देखने की जरूरत का जन्म होता है।

जीवन बहिर्मुखी है। मृत्यु के बोध के बिना धर्म तुम्हारे लिए अर्थहीन है। यही कारण है कि पशुओं में कोई धर्म नहीं है। पशु जीवित हैं, उतने ही जीवित हैं जितना मनुष्य जीवित है, मनुष्य से बढ़कर जीवित हैं; लेकिन उन्हें मृत्यु का बोध नहीं है। उन्हें मृत्यु की धारणा नहीं है; उन्हें भविष्य में होने वाली अपनी मृत्यु का पता नहीं है। पशु भी देखता है कि दूसरे मरते हैं; लेकिन इससे उसे अपनी मृत्यु का कभी एहसास नहीं होता।

पशु के लिए मृत्यु सदा दूसरे की होती है। और अगर तुम्हारे लिए भी मृत्यु का यही अर्थ है कि वह दूसरे की होती है तो तुम भी पशु-चित्त की अवस्था में जी रहे हो। तुम्हें यदि मृत्यु का बोध नहीं हुआ है तो तुम अभी मनुष्य नहीं हुए हो। पशु और मनुष्य में यही मौलिक भेद है। पशु को मृत्यु का बोध नहीं हो सकता, सिर्फ मनुष्य को यह बोध होता है। यदि तुम्हें मृत्यु का बोध नहीं हो तो तुम अभी मनुष्य नहीं हो। और केवल मनुष्य भीतर जाने की जरूरत निर्मित करता है।

मेरे लिए मनुष्य वही है जिसे मृत्यु का बोध है। मैं यह नहीं कहता कि मृत्यु से डरो; वह बोध नहीं है। सिर्फ इस तथ्य के प्रति सजग रहो कि मृत्यु निकट से निकटतर आ रही है और हमें उसके लिए तैयार रहना है।

जीवन की अपनी जरूरतें हैं। मृत्यु अपनी अलग जरूरतें पैदा करती है। यही कारण है कि युवा समाज अधार्मिक होते हैं। युवा समाज को मृत्यु का बोध नहीं रहता; यह उसकी केंद्रीय चिंता नहीं है। भारत के जैसे बूढ़े समाज को, जो दुनिया के अत्यंत वृद्ध समाजों में से एक है, मृत्यु का बोध गहन है। और इसी बोध के कारण भारत बहुत गहरे में धार्मिक है।

तो पहली तो बात यह है कि मृत्यु के प्रति सजग होओ। उस पर विचार करो, उसे देखो। उस पर मनन करो। डरो मत और तथ्य से भागो मत। मृत्यु है और उससे बचा नहीं जा सकता है। तुम्हारे साथ ही मृत्यु अस्तित्व में आ गई है। तुम्हारे साथ ही तुम्हारी मृत्यु का जन्म हुआ है और तुम उससे बच नहीं सकते। तुमने उसे अपने भीतर छिपा रखा है। उसके प्रति जागरूक हो जाओ।

जिस क्षण तुम इस बोध से भरोगे कि मैं मरने वाला हूं, कि मेरी मृत्यु निश्चित है, उसी क्षण तुम्हारा पूरा चित्त किसी भिन्न आयाम में गतिमान हो जाएगा। तब भोजन शरीर की ही बुनियादी जरूरत रहेगी, आत्मा की नहीं। भोजन के बावजूद मृत्यु होती है; वह तुम्हें मृत्यु से नहीं बचा सकता। भोजन मृत्यु को केवल टालने में सहयोगी होता है। वैसे ही अच्छा मकान भी मृत्यु से नहीं बचा सकता है। अच्छा मकान तुम्हें आराम से, सुविधा से मरने की व्यवस्था

जुटा देगा। लेकिन चाहे सुविधा से मरो या असुविधा से, मृत्यु की घटना एक ही है। जीवन में तुम गरीब या अमीर हो सकते हो; लेकिन मृत्यु में सब बराबर हैं। मृत्यु में सर्वाधिक साम्यवाद है। तुम कैसे भी जीओ, उससे कोई फर्क नहीं पड़ता। मृत्यु समान ढंग से घटती है। जीवन में समानता असंभव है; मृत्यु में असमानता असंभव है।

तो मृत्यु के प्रति सजग होओ, उस पर मनन करो। ऐसा भी नहीं है कि मृत्यु दूर भविष्य में ही निश्चित है; वह कभी भी घट सकती है। अगर तुम्हारी यह धारणा है कि मृत्यु बहुत दूर है तो तुम उस पर मनन न कर सकोगे। मन की सीमा है; उसका दायरा बहुत छोटा है। तीस वर्षों के आगे तुम नहीं सोच सकते हो। और अगर तुम्हारी मृत्यु तीस वर्ष बाद होने वाली है तो यह ऐसा ही है जैसे कि तुम मरने वाले नहीं हो। तीस वर्ष इतनी दूरी है; दूरी बड़ी है। अगर तीस वर्षों के बाद मरना हो तो वह मरना न मरने जैसा है।

अगर तुम मृत्यु पर मनन करना चाहते हो तो यह समझो कि मृत्यु अगले क्षण घटित होने जा रही है। वह अगले क्षण भी संभव है; हो सकता है कि तुम यहां मेरा पूरा वाक्य भी न सुन सको, हो सकता है कि मैं यह वाक्य भी पूरा न कर पाऊं।

मेरे नाना कहते थे कि जब मेरा जन्म हुआ तो उन्होंने एक ज्योतिषी को, उस समय के सब से प्रसिद्ध ज्योतिषी को मेरी कुंडली बनाने को कहा। ज्योतिषी ने मेरे ग्रह-नक्षत्रों का अध्ययन करके कहा कि अगर यह बच्चा सात वर्ष पार कर जाएगा तो मैं इसकी कुंडली बना दूंगा। यह असंभव लगता है कि यह सात वर्ष से ज्यादा जी पाएगा। सातवें बर्ष पर इसका मृत्यु-योग है; इसलिए इसकी कुंडली बनाना व्यर्थ है। और यह मेरा नियम रहा है कि जब तक मैं यह न समझूं कि यह कुंडली काम आएगी, मैं कुंडली नहीं बनाता हूं। और उन्होंने कुंडली नहीं बनाई।

भाग्य या दुर्भाग्य से मैं जीवित रह गया। तब मेरे नाना फिर उस ज्योतिषी के पास पहुँचे। लेकिन तब तक उनकी मृत्यु हो चुकी थी; वे मेरी कुंडली न बना सके। वे खुद' चल बसे। और तब से मैं इस बात पर विचार करता रहा हूं। उन्हें यह मालूम था कि यह लड़का मरने वाला है; लेकिन उन्हें यह नहीं मालूम था कि मैं खुद मर जाऊंगा। उन्हें नहीं मालूम था। ऐसा लगता है कि उन्हें इस बात की चिंता ही नहीं रही। और वे कोई मामूली आदमी नहीं थे। लेकिन कोई भी तो अपनी मृत्यु की चिंता नहीं करता है। सोच-समझकर, चालाकी से हम मृत्यु की चिंता करने से बचते हैं; क्योंकि मृत्यु भय पैदा करती है। इसलिए मुझे सदा संदेह रहा है कि उन ज्योतिषी ने अपनी कुंडली नहीं देखी होगी, अन्यथा वे जरूर जान जाते।

मृत्यु अगले क्षण भी संभव है। लेकिन मन यह मानने को कभी राजी नहीं होगा। मैं यहां यह बात कर रहा हूं और तुम्हारा मन कहेगा कि नहीं, मृत्यु अगले क्षण कैसे संभव है। यह बहुत दूर है। लेकिन वह मन की चालाकी है। अगर तुम मृत्यु को स्थगित करते हो, दूर हटा देते हो, तो तुम उस पर मनन नहीं कर सकते। उसे इतना निकट होना चाहिए कि तुम उस पर अवधान दे सको। और जब मैं कहता हूं कि मृत्यु अगले क्षण संभव है तो मैं एक सत्य कहता हूं। यही होता है। जब भी मृत्यु होगी, वह अगला क्षण होगा। उस क्षण के पहले तुम सोच नहीं सकते थे कि मृत्यु होने वाली है।

एक व्यक्ति मर रहा है; एक क्षण पूर्व वह कल्पना नहीं कर सकता था कि उसकी मृत्यु

इतनी आसन है। याद रहे, मृत्यु सदा अगले क्षण होती है। सदा यही हुआ है; सदा यही होगा। वह अगले क्षण ही घटित होती है। तो उसको निकट ले आओ, ताकि उस पर ध्यान कर सको। वह ध्यान तुम्हें भीतर प्रवेश दिला देगा; वह ध्यान अंतर्यात्रा की नयी जरूरत पैदा कर देगा।

दूसरी बात कि तुम यों ही जीए चले जाते हो। तुम अभी के लिए झूठे अर्थ और उद्देश्य निर्मित किए जाते हो। तुम कभी अपने पूरे जीवन पर विचार नहीं करते कि उसमें कोई अर्थ भी है या नहीं। तुम सतत नए अर्थ पैदा किए चलते हो और उनके सहारे जीए जाते हो।

यही कारण है कि गरीब आदमी के जीवन में धनी आदमी से ज्यादा अर्थ होता है; क्योंकि उसे अभी बहुत कुछ पाने को है। उससे उसके जीवन में अर्थ आता है। अगर तुम सच में धनी हो तो उसका मतलब है कि तुम्हारे पास सभी कुछ है जो संभव है; अब यह संसार तुम्हें और कुछ नहीं दे सकता। और तब तुम्हारा जीवन बहुत अर्थहीन हो जाता है। अब तुम इस क्षण के लिए, इस दिन के लिए और कोई अर्थ नहीं पैदा कर सकते ताकि तुम जी सको।

यही कारण है कि जो समाज जितना धनी होता है, जो संस्कृति जितनी समृद्ध होती है, वह उतनी ही अधिक अर्थहीनता अनुभव करने लगती है। गरीब समाजों को इस अर्थहीनता का कभी अनुभव नहीं होता।

एक गरीब आदमी है; वह एक घर बनाना चाहता है। वर्षों वह इस घर के लिए मेहनत करता रहेगा। उसके जीवन में एक अर्थ है; उसे कुछ उपलब्ध करना है। और जब उसे घर मिल जाएगा तो वह उस घर से कुछ समय के लिए सुख अनुभव करेगा। फिर उससे भी बड़े मकान हैं; वह उनकी फिक्र करने लगेगा। ऐसे वह चलता जाएगा। उसे अपने पूरे जीवन पर विचार करने का मौका ही नहीं मिलेगा कि उसमें कुछ अर्थ भी है। वह अपने समग्र जीवन के प्रति कभी विमर्श से नहीं भरता है।

थोड़ा सोचो कि तुम्हारे पास सब कुछ है—घर, कार और वह सब जो तुम चाहते थे। तुम्हारे सपने पूरे हो गए हैं। फिर क्या होगा? थोड़ी कल्पना करो कि तुम्हारी सभी जरूरतें पूरी हो गई हैं, तुम्हारे पास सब कुछ है; तब क्या होगा? अचानक तुम्हारे जीवन से अर्थ विदा हो जाएगा। तुम अब एक अतल खाई में खड़े हो और असहाय हो। तुम व्यर्थ हो जाओगे।

तुम अभी भी व्यर्थ हो; सिर्फ तुम्हें इसका बोध नहीं है। अगर तुम्हें सारा संसार भी मिल जाए तो क्या होगा? क्या उपलब्धि है?

सिकंदर भारत आ रहा था। वह एक महान संत डायोजनीज से मिलने गया। वह अदभुत संत था। महावीर को तरह वह नग्न रहता था। वह यूनानी संस्कृति का महावीर था। उसने सब त्याग दिया था। और यह त्याग कुछ पाने के लिए नहीं था। जो कुछ पाने के लिए किया जाए वह सच्चा त्याग नहीं है, प्रामाणिक त्याग नहीं है। अगर तुम कुछ पाने के लिए त्याग करते हो तो वह सौदा है। अगर तुम सोचते हो कि त्याग करने से स्वर्ग में तुम्हारी जगह आरक्षित हो जाएगी तो वह त्याग नहीं है। अगर तुम आध्यात्मिक सुख के लिए भौतिक सुखों का त्याग करते हो तो वह भी त्याग नहीं है।

डायोजनीज ने बदले में कुछ पाने के लिए त्याग नहीं किया था; उसने यह देखने के लिए त्याग किया था कि जब कुछ नहीं रहता है तब जीवन में अर्थ रहता है या नहीं। उसने समझा कि जब कुछ भी नहीं रहे और उसके बावजूद जीवन में अर्थवत्ता हो, जीवन की कोई

नियति रह जाए, तो मृत्यु कुछ भी नहीं कर सकती। मृत्यु तो बाहर की संपदा भर छीनती है। और शरीर भी बाहर की संपदा है।

तो डायोजनीज ने सब त्याग दिया था। उसके पास सिर्फ एक चीज बची थी; वह था पानी पीने के लिए लकड़ी का एक पात्र और वह उसे संपदा में नहीं गिनता था। तब एक दिन उसने एक बच्चे को हाथ की अंजुलि से पानी पीते देखा और उसने तुरंत अपना पात्र फेंक दिया। उसने कहा कि जब एक बच्चा हाथ से पानी पी सकता है तो क्या मैं बच्चे से भी कमजोर हूं!

जब सिकंदर दुनिया को जीतने के इरादे से भारत आ रहा था, किसी ने उससे कहा कि तुम्हारे रास्ते में ही, जहां तुम रुकोगे, एक महान संत रहता है, जो तुमसे ठीक उलटा है। उससे कहा गया कि तुम विश्व-साम्राज्य बनाने निकले हो और उसने अपना जल-पात्र भी फेंक दिया है; क्योंकि वह कहता है कि मैं उसके बिना भी सुखी हूं तो इतना भार भी क्यों ढोऊं। और तुम कहते हो कि जब तक सारे संसार पर मेरा राज्य नहीं स्थापित हो जाएगा तब तक मैं सुखी नहीं हो सकता। तो डायोजनीज तुमसे सर्वथा विपरीत है और अच्छा होगा कि तुम उससे मिलते जाना।

सिकंदर को उत्सुकता हुई। ऐसा होता है कि विपरीत सदा मोहित करता है; विपरीत में बहुत आकर्षण है। सेक्स में जो पुरुष स्त्री से आकर्षित होता है, स्त्री पुरुष के प्रति आकर्षित होती है, वह विपरीत का ही आकर्षण है। विपरीत मोहक है। सिकंदर डायोजनीज को भुला नहीं सका। लेकिन फिर उसके मन में प्रतिष्ठा की बात उठी। उसका डायोजनीज के पास जाना उचित नहीं था और यह असंभव था कि डायोजनीज उसके पास आता। फिर उपाय क्या था?

तो डायोजनीज को खबर भेजी गई। अनेक संदेशवाहक कहने आए कि सिकंदर महान इस रास्ते से आ रहे हैं, अच्छा हो कि आप उनसे मिलें। डायोजनीज ने कहा: 'महान सिकंदर? किसने यह बात तुमसे कही? मैं सोचता हूं, उसी ने कहा होगा। अपने महान सिकंदर से कह दो कि वे मुझे कुछ भी नहीं दे सकते हैं और उन्हें मुझसे मिलने की जरूरत नहीं है; मैं एक बहुत छोटा आदमी हूं।' डायोजनीज तो कहा करता था कि मैं आदमी भी नहीं हूं, बस कुत्ता हूं। तों उसने संदेशवाहकों से कहा कि यह महान सिकंदर की प्रतिष्ठा के विरुद्ध होगा कि वे एक कुत्ते से मिलें।

आखिर में सिकंदर को ही आना पड़ा। डायोजनीज ने सिकंदर से कहा: 'मैंने सुना है कि तुम दुनिया को जीतने जा रहे हो। यह सुनकर मैंने अपनी आंखें बंद कीं और विचार किया कि यदि मैं सारे संसार को जीत लूं तो क्या होगा? निरंतर मैंने इस पर विचार किया कि यदि मैं सारे संसार को जीत भी लूं तो क्या होगा?' कहा जाता है कि यह सुनकर सिकंदर बहुत उदास हो गया। उसने डायोजनीज से कहा: 'ऐसी बातें मत कहो कि तब क्या होगा। यह सुनकर मुझे बहुत दुख होता है।'

डायोजनीज ने कहा: 'वही होने वाला है। दुनिया को जीतकर तुम दुखी ही होगे। मैं क्या कर सकता हूं! मैं तो सिर्फ कल्पना करता हूं और तब इस नतीजे पर पहुंचा हूं कि यह सब व्यर्थ है। तुम आत्मघात के रास्ते पर हो। तुम दुनिया को जीतने में सफल भी हो जाओ तो क्या होगा?'

▲

सिकंदर डायोजनीज के पास से बहुत दुखी और बेचैन होकर वापस आया। और उसने अपने साथियों से कहा कि यह आदमी बहुत खतरनाक है; उसने मेरे सभी सपने चूर-चूर कर दिए। तब से सिकंदर ने डायोजनीज को कभी क्षमा नहीं किया और न वह उसे भूल ही सका। जिस दिन उसकी मृत्यु हुई, उसने फिर इस संत को स्मरण किया और कहा कि हो सकता है कि वह सही हो; वह ठीक कहता था कि जीतने के बाद क्या होगा?

तो सदा स्मरण रखो कि तुम जो भी करो, जो भी तुम्हारी उपलब्धि हो, अपने से यह जरूर पूछो कि इस जीत के बाद क्या होगा? क्या इसमें कोई अर्थ भी है? या कि यह तुम्हारे ही द्वारा दिया गया एक झूठा अर्थ है, ताकि तुम इस भ्रम में रहो कि मैं कुछ कर रहा हूं जो मूल्यवान है।

सच्चाई यह है कि तुम निरंतर अपनी ऊर्जा, अपना जीवन गंवा रहे हो, कुछ मूल्यवान नहीं कर रहे हो। जगत में एक ही चीज मूल्यवान है, वह यह कि तुम किसी की सहायता के बिना, किसी पर निर्भर हुए बिना आनंदित हो सको। और तुम तभी आनंदित हो सकते हो जब तुम्हारा आनंद तुम्हारे परम एकांत में घटित हो और अकारण घटित हो। अन्यथा तुम दुखी रहोगे, सदा दुखी रहोगे।

पराधीनता दुख है, निर्भरता दुख है। जो लोग धन पर निर्भर हैं, जो लोग संगहीत ज्ञान पर निर्भर हैं, या किसी भी चीज पर निर्भर हैं, वे सिर्फ दुख बटोरते हैं। इसलिए यह प्रश्न पूछने जैसा है, महत्वपूर्ण है कि तुम्हारे जीवन में कोई अर्थ भी है या तुम व्यर्थ भटक रहे हो? ऐसा तो नहीं है कि तुमने अपने को समझा लिया है कि मेरे जीवन का यह या वह अर्थ है?

एक आदमी मेरे पास आता था। वह निरंतर कहता था कि अगर मेरा बेटा कालेज में पहुंच जाएगा तो मेरा काम पूरा हो जाएगा और मैं सुखी हो जाऊंगा। वह गरीब आदमी था, एक मामूली क्लर्क था। और उसका एक ही सपना था कि उसका बेटा कालेज में पहुंच जाए। फिर बेटा कालेज भी पहुंच गया और अब वह वन-विभाग का एक अधिकारी हो गया है।

कुछ महीने पहले वह अधिकारी मेरे पास आया और उसने कहा कि मुझे अभी सिर्फ छह सौ रुपए महीने मिल रहे हैं और मेरे दो लड़के हैं। मेरा एक ही सपना है कि दोनों लड़कों को अच्छी शिक्षा मिले, बस। इसके लिए मै कठिन श्रम भी करता हूं। मेरी चाह इतनी ही है कि दोनों लड़के शिक्षित हो जाएं और उनमें से कोई एक विदेश जाकर ऊंची शिक्षा प्राप्त करे।

इस आदमी के पिता अब नहीं हैं, वे चल बसे। उनके जीवन का इतना ही उद्देश्य था कि अपने इस बेटे को पढ़ा-लिखाकर कहीं व्यवस्थित कर दें। अब वह बेटा भी अच्छी जगह पर है और उसके जीवन का भी वही उद्देश्य है कि अपने दो बेटों को पढ़ा-लिखाकर किसी अच्छे पद पर लगा दे। और यह आदमी भी मरेगा तो इसके बाद इसके बच्चे इसी मूढ़ता में. लग जाएंगे।

इस सब का मतलब क्या है? तुम कर क्या रहे हो? सिर्फ समय गंवा रहे हो; सिर्फ जीवन नष्ट कर रहे हो। या कि तुम्हारे पास कुछ प्रामाणिक अर्थवत्ता है जो कि तुम्हारे जीवन में सुख और आनंद भरती हो? यह दूसरी बात है जो तुम्हें अंतर्मुखी बना सकती है।

और तीसरी बात, आदमी भूलता रहता है। तुम चीजों को भूल-भूल जाते हो। कल तुमने क्रोध किया था और फिर पश्चात्ताप भी किया था। यह अब तुम्हें याद ही नहीं है और

यदि वही कारण फिर मौजूद हो जाए तो तुम फिर क्रोध करोगे। यह तुम जिंदगीभर करते रहे हो। तुम वही-वही दोहराते रहते हो। ऐसा आदमी खोजना बहुत मुश्किल है जो जीवन से कुछ सीखता हो; वह आदमी बहुत दुर्लभ है; सच में कोई नहीं सीखता है। अगर तुम सीखो तो तुम एक ही भूल दोबारा नहीं कर सकते। तुम बार-बार वही भूलें करते हो। और जितनी ज्यादा बार करते हो उतने ही ज्यादा उसके आदी हो जाते हो।

तुम बार-बार क्रोध करते हो, बार-बार पश्चात्ताप भी करते हो और उससे कुछ सीखते नहीं। अगर तुम्हारे क्रोध को उकसाने वाला वही कारण फिर उपस्थित हो तो तुम फिर क्रोध करोगे, फिर वही पागलपन दोहराओगे। और फिर पश्चात्ताप भी करोगे, पश्चात्ताप भी उसका हिस्सा बन गया है। ऐसे तुम बार-बार उकसाए जाओगे और क्रोध करोगे।

तो तीसरी बात कि अगर भीतर की तरफ मुड़ना चाहते हो तो जीवन से सीखो। जो भी करो, उससे सीखो, उसका सार-निचोड़ निकाल लो। पीछे लौटकर देखो कि तुम अपने जीवन के साथ, अपनी ऊर्जा के साथ, समय के साथ क्या कर रहे हो। वही भूलें, वही मूढ़ताएं, वही पागलपन फिर-फिर दोहरा रहे हो। तुम कोल्हू के बैल की भांति गोल-गोल घूमते रहते हो। यह कहना ठीक नहीं है कि तुम चक्र को चलाते हो; चक्र ही तुम्हें चलाता है। तुम यंत्रवत चलते रहते हो, चलते रहते हो।

भारत में हम जगत को संसार कहते हैं; संसार 'का अर्थ चक्र ही होता है। संसार चक्र है जो घूमता रहता है, घूमता रहता है। और तुम भी इस चक्र के किसी डंडे से लटके हुए घूमते रहते हो। जब तक तुम इस संसार के संबंध में, इस चक्र के संबंध में नहीं सीखते, तुम इसके दुश्चक्र के संबंध में नहीं सीखते, तब तक तुम उसके डंडे को छोड़कर बाहर छलांग नहीं ले सकते।

तो ये तीन शब्द, तीन सूत्र याद रखो: मृत्यु, अर्थवत्ता और सीखना। मृत्यु का सतत मनन करो; अपने जीवन में अर्थवत्ता की खोज करो; और जीवन से सीखो। सीखने का कोई दूसरा उपाय नहीं है। शास्त्र तुम्हें कुछ नहीं दे सकते हैं। अगर तुम्हें तुम्हारा जीवन कुछ नहीं दे सकता तो और कोई क्या दे सकता है? अपने जीवन से ही सीखो, उससे ही निष्पत्तियों निकालो। यह तुम अपने साथ क्या कर रहे हो? यदि संसार-चक्र में फंसे हो तो उससे बाहर निकलो।

लेकिन यह जानने के लिए कि मैं चक्र में फंसा हूं, तुम्हें समझ और सीख की गहराई में जाना होगा। ये तीन चीजें तुम्हें अंतर्मुखी होने में सहयोगी होंगी।

अब विधियां

*बादलों के पार नीलाकाश को देखने मात्र से शांति को, सौम्यता को उपलब्ध होओ।*

मैंने इतनी बातें इसलिए बताईं कि ये विधियां बहुत सरल हैं। और उन्हें प्रयोग करके भी तुम्हें कुछ नहीं मिलेगा। और तब तुम कहोगे, ये किस ढंग की विधियां हैं। तुम कहोगे कि इन विधियों को तो हम अपने आप ही कर सकते हैं। केवल आकाश को, बादलों के पार नीलाकाश को देखते-देखते कोई शांत हो जाए, आप्तकाम हो जाए!

बादलों के पार नीलाकाश को तुम देखते रह सकते हो, और कुछ भी घटित नहीं होगा। तब तुम कहोगे कि ये कैसी विधियां हैं। तुम कहोगे कि शिव के मन में जो भी आता है वे बोल

▲

देते हैं; उसमें कोई तर्क या बुद्धि नहीं है। यह कैसी विधि कि बादलों के पार नीलाकाश को देखते-देखते शांति को उपलब्ध हो जाओ।

लेकिन यदि तुम्हें मृत्यु, अर्थवत्ता और सिखावन के तीन सूत्र याद रहें तो यह विधि तुम्हें तुरंत भीतर की तरफ मुड़ने में सहायता देगी।

'बादलों के पार नीलाकाश को देखने मात्र से. . .।'

इस सूत्र में विचारना नहीं, देखना बुनियादी है। आकाश असीम है; उसका कहीं अंत नहीं है। उसे महज देखो। वहां कोई विषय-वस्तु नहीं है। यही कारण है कि आकाश चुना गया है। आकाश कोई विषय नहीं है। भाषागत रूप से वह विषय है; लेकिन अस्तित्व में वह कोई विषय नहीं है। विषय वह है जिसका आरंभ और अंत हो। तुम किसी विषय के चारों ओर घूम सकते हो; लेकिन आकाश की परिक्रमा नहीं कर सकते। तुम आकाश में ही हो, लेकिन तुम आकाश के चारों तरफ नहीं घूम सकते। तुम आकाश के विषय बन सकते हो; लेकिन आकाश तुम्हारा विषय नहीं बन सकता। आकाश में तो तुम झांक सकते हो; लेकिन आकाश पर नहीं झांक सकते। और आकाश में झांकना अनंत काल तक चल सकता है; उसका कोई अंत नहीं है।

तो नीले आकाश को देखो और देखते ही रहो। उसका कोई अंत नहीं है; उसकी कोई सीमा नहीं है। और उसके संबंध में सोच-विचार मत करो। मत कहो कि यह कितना सुंदर है। मत कहो कि यह कितना मोहक है। उसके रंगों की प्रशंसा मत करो। उससे सोचना शुरू हो जाएगा। और सोचना शुरू करते ही देखना बंद हो जाता है; अब तुम्हारी आंखें अनंत आकाश में गति नहीं कर रहीं। इसलिए सिर्फ देखो। अनंत आकाश में गति करो। विचार मत करो; शब्द मत बनाओ। शब्द बाधा बन जाते हैं। इतना भी मत कहो कि यह नीलाकाश है। इसे शब्द ही नहीं दो। इसे नीलाकाश का महज दर्शन रहने दो—निर्दोष दर्शन।

आकाश का कहीं अंत नहीं है, इसलिए तुम्हारे देखने का भी अंत नहीं आ सकता। तुम देखते जाओगे, देखते ही जाओगे। और क्योंकि वहां कोई विषय नहीं है, मात्र शून्य है, इसलिए अचानक तुम अपने प्रति जाग जाओगे। क्यों?

क्योंकि शून्य में इंद्रियां व्यर्थ हो जाती हैं। यदि कोई विषय हो तो इंद्रियों की सार्थकता है। अगर तुम किसी फूल को देख रहे हो तो वह किसी विषय को देखना हुआ। फूल है; लेकिन आकाश नहीं है।

हम किसे आकाश कहते हैं? उसे जो है नहीं। आकाश का अर्थ जगह या स्थान होता है। सभी चीजें आकाश में हैं, लेकिन आकाश स्वयं कोई चीज नहीं है, विषय नहीं है। आकाश शून्य है, रिक्तता है, खाली स्थान है, जिसमें विषय हो सकते हैं। आकाश स्वयं शुद्ध खालीपन है। इस शुद्ध खालीपन को देखो; इस शुद्ध रिक्तता को देखो।

इसलिए सूत्र कहता है कि बादलों के पार नीलाकाश को देखो। बादल आकाश नहीं हैं; वे आकाश में तिरते हुए विषय हैं। तुम बादलों को भी देख सकते हो; लेकिन उससे कुछ नहीं होगा। बादलों को नहीं, चांद-तारों को भी नहीं, वरन विषय-शून्यता को देखना है, विराट रिक्तता को देखना है। उसे ही देखो। उससे क्या होगा?

शून्य में इंद्रियों के पकड़ने के लिए कोई विषय नहीं है। और जब पकड़ने को, चिपकने को कोई विषय न हो, तो इंद्रियां बेकार हो जाती हैं। और अगर तुम नीलाकाश को बिना

सोचे-विचारे देखते ही चले जाओ तो अचानक किसी क्षण तुम्हें लगेगा कि सब कुछ विलीन हो गया है, सिर्फ शून्य बचा है। और इस विलीनता में, इस शून्य में तुम्हें अपना बोध होगा, तुम अपने प्रति जाग जाओगे। रिक्तता को देखते-देखते तुम भी रिक्त हो जाओगे। क्यों? क्योंकि तुम्हारी आंखें दर्पण की भांति हैं। उनके सामने जो कुछ भी प्रकट होता है, दर्पण उसे प्रतिबिंबित कर देता है।

मैं तुम्हें देखता हूं; तुम दुखी हो। और तब सहसा वह दुख मुझ में प्रविष्ट हो जाता है। अगर कोई दुखी आदमी तुम्हारे कमरे में प्रवेश करता है तो तुम भी दुखी हो जाते हो। क्या हो जाता है? तुमने दुख को देखा, और क्योंकि तुम दर्पण की भांति हो, इसलिए वह दुख तुममें प्रतिबिंबित हो जाता है। कोई व्यक्ति दिल खोलकर हंसता है और अचानक तुम भी हंसी से भर जाते हो। हंसी संक्रामक है।

लेकिन हुआ क्या? तुम दर्पण की तरह हो; तुम चीजों को प्रतिबिबित करते हो। तुम कोई सुंदर चीज देखते हो; वह चीज तुममें प्रतिबिंबित हो जाती है। तुम कोई कुरूप चीज देखते हो; वह चीज भी तुममें प्रतिबिंबित हो जाती है। तुम जो कुछ भी देखते हो वह तुम्हारे भीतर गहरे रूप से प्रविष्ट हो जाता है; वह तुम्हारी चेतना का हिस्सा बन जाता है।

अगर तुम रिक्तता को, शून्य को देख रहे हो तो कुछ भी प्रतिबिंबित होने जैसा नहीं है; या है तो सिर्फ अनंत नीलाकाश है। और अगर यह असीम नीलाकाश तुममें प्रतिबिंबित हो जाए, अगर तुम अपने अंतस में उस आकाश को अनुभव कर सको, तो तुम शांत हो जाओगे, सौम्य हो जाओगे। आकाश शांत और सौम्य है। और अगर तुम शून्य को अनुभव कर सको—जहां नीलिमा, आकाश सब कुछ विलीन हो जाता है—तो तुम्हारे अंतस में भी वह शून्य प्रतिबिंबित होगा। और शून्य में तुम चिंतित कैसे हो सकते हो? तनावग्रस्त कैसे हो सकते हो? शून्य में मन कैसे सक्रिय रह सकता है? शून्य में मन ठहर जाता है, विदा हो जाता है। और मन के विदा होते ही—मन जो तनाव और चिंता से, संगत-असंगत विचारों से भरा है—उसके विदा होते ही तुम शांति को उपलब्ध हो जाते हो।

एक बात और। शून्य जब अंतस में प्रतिबिंबित होता है, तो वह निर्वासना बन जाता है, अचाह बन जाता है। चाह ही तनाव है। चाह करते ही तुम चिंताग्रस्त हो जाते हो। तुम्हें एक सुंदर स्त्री दिखाई पड़ती है और अचानक वासना पैदा हो जाती है। तुम्हें एक सुंदर मकान दिखाई पड़ता है और तुम उसे पाना चाहते हो। तुम्हारे पास से एक सुंदर कार निकलती है और तुम्हें इच्छा पकड़ती है कि मैं भी इस कार में बैठकर चलूं। बस, वासना पैदा हो गई। और वासना के साथ ही मन चिंतित हो उठता है कि उसे कैसे पाया जाए, क्या किया जाए। मन आशावान हो उठता है या निराश; लेकिन दोनों हालतों में वह सपने देख रहा है। कई बातें हो सकती हैं।

जब चाह पैदा होती है तो तुम उपद्रव में पड़ते हो। मन अनेक खंडों में टूट जाता है और अनेक योजनाएं, सपने और प्रक्षेपण शुरू हो जाते हैं। बस, पागलपन शुरू हुआ। चाह पागलपन का बीज है।

लेकिन शून्य कोई विषय नहीं है, वह बस शून्य है। तुम शून्य को देखते हो तो कोई चाह नहीं पैदा होती है। हो नहीं सकती है। तुम शून्य पर अधिकार करना नहीं चाहते; न तुम

शून्य को प्रेम करना चाहते हो। शून्य से तुम मकान भी नहीं बना सकते हो; शून्य से कुछ भी तो नहीं कर सकते। शून्य में मन की सब गति रुक जाती है; कोई कामना नहीं उठती। और जहां चाह नहीं है वहीं शांति है। तुम सौम्य और शांत हो जाते हो। तुम्हारे भीतर सहसा शांति का विस्फोट होता है। तुम आकाशवत हो गए।

दूसरी बात कि तुम जिस चीज़ का भी मनन-चिंतन करते हो, तुम उसके जैसे ही हो जाते हो, तुम वही हो जाते हो। क्योंकि मन अनंत रूप धारणा कर सकता है। तुम जो भी चाहते हो, मन उसका ही रूप ले लेता है; तुम वही बन जाते हो। जो आदमी धन-दौलत के पीछे भागता है, उसका मन धन-दौलत बनकर रह जाता है। उसे हिलाओ और तुम उसके भीतर रुपयों की झनझनाहट सुनोगे, और कुछ नहीं सुनोगे। तुम जो भी चाहते हो तुम वही हो जाते हो। इसलिए अपनी चाह के प्रति सावधान रहो; क्योंकि तुम वही हो जाते हो।

आकाश सर्वथा रिक्त हैं, खाली है। उससे ज्यादा रिक्त और क्या होगा! और वह तुम्हारे बिलकुल निकट है। उसके लिए कुछ खर्चा करने की भी जरूरत नहीं है। और उसे पाने के लिए तुम्हें हिमालय या तिब्बत या कहीं भी नहीं जाना है। विज्ञान ने, टेक्नालाजी ने सब कुछ नष्ट कर दिया है; लेकिन आकाश बचा हुआ है। तुम उसका उपयोग कर सकते हो। इसके पहले कि वे उसे भी नष्ट कर दें, तुम उसका उपयोग कर लो। किसी भी दिन वे उसे नष्ट कर देंगे। उसे देखो, उसमें प्रवेश करो, उसमें गहरे डूबो। लेकिन याद रहे, यह देखना निर्विचार देखना हो। तब तुम अपने अंतस में उसी आकाश को अनुभव करोगे, उसी आयाम को अनुभव करोगे। तब वही विराट, वही नीलिमा, वही शून्य तुम्हारे भीतर होगा।

यही कारण है कि शिव कहते हैं: 'बादलों के पार नीलाकाश को देखने मात्र से शांति को, सौम्यता को उपलब्ध होओ।!'

देखने की अगली विधि:

*जब परम रहस्यमय उपदेश दिया जा रहा हो, उसे श्रवण करो। अविचल, अपलक आंखों से; अविलंब परम मुक्ति को उपलब्ध होओ।*

'जब परम रहस्यमय उपदेश दिया जा रहा हो, उसे श्रवण करो।'

यह एक गुह्य विधि है। इस गुह्य तंत्र में गुरु तुम्हें अपना उपदेश या मंत्र गुप्त ढंग से देता है। जब शिष्य तैयार होता है तब गुरु उसे उसकी निजता में वह परम रहस्य या मंत्र संप्रेषित करता है। वह उसके कान में चुपचाप कह दिया जाएगा, फुसफुसा दिया जाएगा। यह विधि उस फुसफुसाहट से संबंध रखती है।

'जब परम रहस्यमय उपदेश दिया जा रहा हो, उसे श्रवण करो।'

जब गुरु निर्णय करे कि तुम तैयार हो और उसके अनुभव का गुह्य रहस्य तुम्हें बताया जा सकता है, जब वह समझे कि वह क्षण आ गया है कि तुम्हें वह कहा जा सके जो अकथनीय है, तब इस विधि का उपयोग होता है।

'अविचल, अपलक आंखों से; अविलंब परम मुक्ति को उपलब्ध होओ।'

जब गुरु अपना गुह्य ज्ञान या मंत्र तुम्हारे कान में कहे तो तुम्हारी आंखों को बिलकुल स्थिर रहना चाहिए; उनमें किसी तरह की भी गति नहीं होनी चाहिए।

इसका मतलब है कि मन निर्विचार हो, शांत हो। पलक भी नहीं हिले; क्योंकि पलक का हिलना आंतरिक अशांति का लक्षण है। जरा सी गति भी न हो। केवल कान बन जाओ; भीतर कोई भी हलचल न रहे। और तुम्हारी चेतना निष्क्रिय, खुली, ग्राहक की अवस्था में रहे—गर्भ धारण करने की अवस्था में। जब ऐसा होगा, जब वह क्षण आएगा जिसमें तुम समग्रत: रिक्त होते हो, निर्विचार होते हो, प्रतीक्षा में होते हो—किसी चीज की प्रतीक्षा में नहीं, क्योंकि वह विचार करना होगा, बस प्रतीक्षा में—जब यह अचल क्षण, ठहरा हुआ क्षण घटित होगा, जब सब कुछ ठहर जाता है, समय का प्रवाह बंद हो जाता है और चित्त समग्रत: रिक्त है, तब अ-मन का जन्म होता है। और अ-मन में ही गुरु उपदेश प्रेषित करता है।

और गुरु कोई लंबा प्रवचन नहीं देगा, वह बस दो या तीन शब्द ही कहेगा। उस मौन में उसके वे एक या दो या तीन शब्द तुम्हारे अंतर्तम में उतर जाएंगे, केंद्र में प्रविष्ट हो जाएंगे और वे वहां बीज बनकर रहेंगे।

इस निष्क्रिय जागरूकता में, इस मौन में 'अविलंब परम मुक्ति को उपलब्ध होओ।'

मन से मुक्त होकर ही कोई मुक्त हो सकता है। मन से मुक्ति ही एकमात्र मुक्ति है; और कोई मुक्ति नहीं है। मन ही बंधन है, दासता है, गुलामी है।

इसलिए शिष्य को गुरु के पास उस सम्यक क्षण की प्रतीक्षा में रहना होगा जब गुरु उसे बुलाएगा और उपदेश देगा। उसे पूछना भी नहीं है; क्योंकि पूछने का मतलब चाह है, वासना है। उसे अपेक्षा भी नहीं करनी है; क्योंकि अपेक्षा का अर्थ शर्त है, वासना है, मन है। उसे सिर्फ अनंत प्रतीक्षा में रहना है। और जब वह तैयार होगा, जब उसकी प्रतीक्षा समग्र हो जाएगी, तो गुरु कुछ करेगा। कभी-कभी तो गुरु छोटी सी चीज करेगा और बात घट जाएगी।

और सामान्यत: यदि शिव एक सौ बारह विधियां भी समझा दें तो कुछ नहीं होगा। कुछ भी नहीं होगा, क्योंकि तैयारी नहीं है। तुम पत्थर पर बीज बोओ तो क्या होगा? उसमें बीज का दोष भी नहीं है। ऋतु के बाहर बीज बोने से कुछ नहीं होता है। उसमें बीज का दोष नहीं है। सम्यक मौसम चाहिए, सम्यक घड़ी चाहिए, सम्यक भूमि चाहिए। तो ही बीज जीवित हो उठेगा, रूपांतरित होगा।

तो कभी-कभी छोटी सी चीज काम कर जाती है। उदाहरण के लिए, लिंची ज्ञान को प्राप्त हुआ जब वह अपने गुरु के दालान में बैठा था। गुरु आया और हंसा। गुरु ने लिंची की आंखों में देखा और ठहाका मारकर हंस पड़ा। लिंची भी हंसा, गुरु के चरणों में सिर रखा और वहां से विदा हो गया।

लेकिन वह छह वर्षों से मौन प्रतीक्षा में था; वह दालान छह वर्षों तक उसका घर बना था। गुरु रोज आता था और लिंची को आंख उठाकर भी नहीं देखता था। और वह वहीं रहता था। दो वर्षों के बाद उसने पहली बार उसे देखा। जब और दो वर्ष बीते तो उसने उसकी पीठ थपथपाई। और लिंची प्रतीक्षा करता रहा, प्रतीक्षा करता रहा। छह वर्ष पूरे होने पर गुरु आया और उसकी आंख में आंख डालकर जोर से हंसा।

अवश्य ही लिंची ने इस विधि का अभ्यास किया होगा।

'जब परम रहस्यमय उपदेश दिया जा रहा हो, उसे श्रवण करो। अविचल, अपलक आंखों से; अविलंब परम मुक्ति को उपलब्ध होओ।!'

▲

गुरु ने देखा और हंसी को अपना माध्यम बनाया। वह महान सदगुरु था। सच तो यह है कि शब्द जरूरी नहीं थे, मात्र हंसी से काम हो गया। अचानक वह हंसी फूटी और लिंची के भीतर कुछ घटित हो गया। उसने सिर झुकाया, वह भी हंसा और विदा हो गया। उसने लोगों को बताया कि मैं अब नहीं हूं, कि मैं मुक्त हो गया।

वह अब नहीं था, यही मुक्ति का अर्थ है। तुम मुक्त नहीं होते, तुम अपने से मुक्त होते हो। और लिंची ने बताया कि यह कैसे हुआ।

वह छह वर्षों तक प्रतीक्षा में रहा। यह लंबी प्रतीक्षा थी, धैर्यपूर्ण प्रतीक्षा थी। वह दालान में बैठा रहता था। गुरु रोज ही आता था। और वह ठीक घड़ी की प्रतीक्षा करता कि जब लिंची तैयार हो तो वह कुछ करे। और छह वर्षों तक प्रतीक्षा करते-करते तुम ध्यान में उतर ही जाओगे। और क्या करोगे? लिंची ने कुछ दिनों तक पुरानी बातों को सोचा-विचारा होगा। लेकिन यह कब तक चले?

अगर तुम मन को रोज-रोज भोजन न दो तो धीरे-धीरे मन ठहर जाता है। एक ही चीज को तुम कितने दिनों तक बार-बार चबाते रहोगे? वह बीती बातों पर विचार करता रहा होगा; फिर धीरे-धीरे नया ईंधन न मिलने के कारण उसका मन ठहर गया। उसे न पढ़ने की इजाजत थी, न गपशप करने की। उसे घूमने-फिरने और किसी से मिलने की भी मनाही थी। उसे अपनी शारीरिक जरूरतों को पूरा करके चुपचाप इंतजार करना था। दिन आए और गए; रातें आईं और गईं, गर्मी आई और गई; जाड़ा आया और गया; वर्षा आई-गई। धीरे-धीरे वह समय की गिनती भूल गया, उसे पता नहीं था कि वह कहां कितने दिनों से टिका था।

और तब एक दिन सहसा गुरु आया और उसने लिंची की आंखों में झांका। लिंची की आंखें भी सहसा ठहर गई होंगी, अचल हो गई होंगी। यही क्षण था। छह वर्ष लगे थे इसमें। उसकी आंखों में जरा भी गति नहीं थी। गति होती तो वह चूक जाता। सब कुछ मौन हो चुका था। और तब अचानक अट्टाहास। गुरु पागल की तरह हंसने लगा। और वह हंसी लिंची के अंतर्तम में सुनी गई होगी; वहां तक पहुंच गई होगी।

तो जब लिंची से लोगों ने पूछा कि तुम्हें क्या हुआ तो उसने कहा : 'जब मेरे गुरु हंसे, सहसा मुझे प्रतीति हुई कि सारा संसार एक मजाक है। उनकी हंसी में यह संदेश था: सारा संसार महज एक मजाक है, नाटक है। उस प्रतीति के साथ गंभीरता विदा हो गई। अगर संसार एक मजाक है तो फिर कौन बंधन में है और किसे मुक्ति चाहिए!' लिंची ने कहा कि 'अब बंधन नहीं रहा। मैं सोचता था कि मैं बंधन में हूं और इसलिए मैं बंधन-मुक्त होने की चेष्टा करता था। गुरु की हंसी के साथ बंधन गिर गया।'

कभी-कभी इतनी छोटी-छोटी बातों से घटना घट गई है कि उसकी तुम कल्पना भी नहीं कर सकते। ऐसी अनेक झेन कहानियां हैं। एक झेन गुरु मंदिर के घंटे की आवाज सुनकर संबोधि को प्राप्त हो गया। घंटे की आवाज सुनते-सुनते उसके भीतर कुछ चकनाचूर हो गया। एक झेन साध्वी पानी की बहंगी ढो रही थी, और ज्ञान को प्राप्त हो गई। एकाएक बांस टूट गया और घड़े फूट गए। उसकी आवाज, घड़ों का फूटना, पानी का बहना, और साध्वी आत्मोपलब्ध हो गई। क्या हुआ?

तुम बहुत से घड़े फोड़ दे सकते हो, और कुछ नहीं होगा। लेकिन साध्वी के लिए ठीक

क्षण आ गया था। वह पानी भरकर लौट रही थी। उसके गुरु ने कहा था: 'आज रात मैं तुम्हें गुह्य मंत्र देने वाला हूं। इसलिए जाकर स्नान कर ले और मेरे लिए दो घड़े पानी ले आ। मैं भी स्नान कर लूंगा और तब तुम्हें वह मंत्र बताऊंगा जिसके लिए तुम इंतजार कर रही हो।' साध्वी जरूर आह्लादित हो उठी होगी कि सौभाग्य का क्षण आ गया। उसने स्नान किया, घड़े भरे और उन्हें लेकर वापस चली।

पूर्णिमा की रात थी। और जब वह नदी से आश्रम को जा रही थी कि राह में ही बांस टूट गया। और जब वह पहुंची तो गुरु उसकी प्रतीक्षा कर रहा था। गुरु ने उसे देखा और कहा कि अब जरूरत न रही; घटना घट गई। अब मुझे कुछ नहीं कहना है; तुमने पा लिया।

वह बूढ़ी साध्वी कहा करती थी कि बांस के टूटने के साथ ही मेरे भीतर कुछ टूट गया, मेरे भीतर भी कुछ मिट गया। ये दो घड़े क्या फूटे मेरा शरीर ही टूट गिरा। मैंने आकाश में चांद को देखा और पाया कि मेरे भीतर सब कुछ शांत और सौम्य था। और तब से मैं नहीं हूं। मुक्ति या मोक्ष का यही अर्थ है।

देखने की अगली विधि :

*किसी गहरे कुएं के किनारे खड़े होकर उसकी गहराइयों में निरंतर देखते रहो—जब तक विस्मय-विमुग्ध न हो जाओ।*

ये विधियां थोड़े से फर्क के साथ एक जैसी हैं।

'किसी गहरे कुएं के किनारे खड़े होकर उसकी गहराइयों में निरंतर देखते रहो—जब तक विस्मय-विमुग्ध न हो जाओ।'

किसी गहरे कुएं में देखो; कुआं तुममें प्रतिबिंबित हो जाएगा। सोचना बिलकुल भूल जाओ; सोचना बिलकुल बंद कर दो; सिर्फ गहराई में देखते रहो। अब वे कहते हैं कि कुएं की भांति मन की भी अपनी गहराई है। अब पश्चिम में वे गहराई का मनोविज्ञान विकसित कर रहे हैं। वे कहते हैं कि मन कोई सतह पर ही नहीं है, वह उसका आरंभ भर है। उसकी गहराइयां हैं, अनेक गहराइयां हैं, छिपी गहराइयां हैं।

किसी कुएं में निर्विचार होकर झोंको; गहराई तुममें प्रतिबिंबित हो जाएगी। कुआं भीतरी गहराई का बाह्य प्रतीक बन जाएगा। और निरंतर झांकते जाओ—जब तक कि तुम विस्मय-विमुग्ध न हो जाओ। जब तक ऐसा क्षण न आए, झांकते ही चले जाओ, झांकते ही चले जाओ। दिनों, हफ्तों, महीनों झाकते रहो। किसी कुएं पर चले जाओ, उसमें गहरे देखो। लेकिन ध्यान रहे कि मन में सोच-विचार न चले। बस ध्यान करो, गहराई में ध्यान करो। गहराई के साथ एक हो जाओ—ध्यान जारी रखो। किसी दिन तुम्हारे विचार विसर्जित हो जाएंगे। यह किसी क्षण भी हो सकता है। अचानक तुम्हें प्रतीत होगा कि तुम्हारे भीतर भी वही कुआं है, वही गहराई है। और तब एक अजीब, बहुत अजीब भाव का उदय होगा, तुम विस्मय-विमुग्ध अनुभव करोगे।

च्वांगत्सु अपने गुरु लाओत्सु के साथ एक पुल पर से गुजर रहा था। कहा जाता है कि लाओत्सु ने च्वांगत्सु से कहा कि यहां रुको और यहां से नीचे नदी को देखते रहो—और तब तक देखते रहो जब तक नदी रुक न जाए और पुल न बहने लगे।

▲

अब नदी बहती है, पुल कभी नहीं बहता। लेकिन च्वांगत्सु को यह ध्यान दिया गया कि इस पुल पर रहकर नदी को देखते रहो। कहते हैं कि उसने पुल पर झोपड़ी बना ली और वहीं रहने लगा। महीनों गुजर गए ओर वह पुल पर बैठकर नीचे नदी में झांकता रहा, और उस क्षण की प्रतीक्षा करने लगा, जब नदी रुक जाए और पुल बहने लगे। ऐसा होने पर ही उसे गुरु के पास जाना था।

और एक दिन ऐसा ही हुआ; नदी ठहर गई और पुल बहने लगा।

यह कैसे संभव है? यदि विचार पूरी तरह ठहर जाएं तो कुछ भी हो सकता है। क्योंकि हमारी बंधीबंधाई मान्यता के कारण ही नदी बहती हुई मालूम पड़ती है और पुल ठहरा हुआ। यह सापेक्ष है, महज सापेक्ष।

आइंस्टीन कहता है, भौतिकी कहती है कि सब कुछ सापेक्ष है। तुम एक तेज चलने वाली रेलगाड़ी में यात्रा कर रहे हो। क्या होता है? पेड़ भाग रहे हैं, भागे जा रहे हैं। और अगर रेलगाड़ी में हलन-चलन न हो, जिससे कि रेल के चलने का एहसास होता है और तुम खिड़की से बाहर देखो, तो गाड़ी नहीं, पेड़ भागते मालूम होंगे।

आइंस्टीन ने कहा है कि अगर दो रेलगाड़ियां या दो अंतरिक्ष यान अंतरिक्ष में अगल-बगल एक ही गति से चलें तो तुम्हें पता ही नहीं चलेगा कि वे चल रहे हैं। तुम्हें चलती गाड़ी का पता इसलिए चलता है क्योंकि उसके बगल में ठहरी हुई चीजें हैं। यदि वे न हों, या समझो कि पेड़ भी उसी गति से चलने लगें, तो तुम्हें गति का पता नहीं चलेगा, तुम्हें लगेगा कि सब कुछ ठहरा हुआ है। या यदि दो गाड़ियां अगल-बगल में विपरीत दिशा में भाग रही हों तो प्रत्येक की गति दुगुनी हो जाएगी। तुम्हें लगेगा कि वे बहुत तेज भागने लगी हैं।

वे तेज नहीं भागने लगी हैं। गाड़ियां वही हैं, गति वही है; लेकिन विपरीत दिशाओं में गति करने के कारण तुम्हें दुगुनी गति का अनुभव होता है। और अगर गति सापेक्ष है तो यह मन का कोई ठहराव है जो सोचता है कि नदी बहती है और पुल ठहरा हुआ है।

निरंतर ध्यान करते-करते च्वांगत्सु को बोध हुआ कि सब कुछ सापेक्ष है। नदी वह रही है; क्योंकि तुम पुल को थिर समझते हो। बंहुत गहरे में पुल भी वह रहा है। इस जगत में कुछ भी थिर नहीं है। परमाणु घूम रहे हैं; इलेक्ट्रान घूम रहे हैं; पुल भी अपने भीतर निरंतर घूम रहा है। सब कुछ वह रहा है, पुल भी वह रहा है। च्वांगत्सु को पुल की आणविक संरचना की झलक मिल गई होगी।

अब तो वे कहते हैं कि यह जो दीवार थिर दिखाई देती है, वह सच में थिर नहीं है। उसमें भी गति है। प्रत्येक इलेक्ट्रान भाग रहा है; लेकिन गति इतनी तीव्र है कि दिखाई नहीं देती। इसी वजह से तुम्हें थिर मालूम पड़ती है।

यदि यह पंखा अत्यंत तेजी से चलने लगे तो तुम्हें उसके पंखे या उनके बीच के स्थान नहीं दिखाई देंगे। और अगर वह प्रकाश की गति से चलने लगे तो तुम्हें लगेगा कि वह कोई थिर गोल चक्का है। उसमें कुछ भी गतिमान नहीं मालूम पड़ेगा; क्योंकि इतनी तीव्र गति को आंखें पकड़ नहीं सकतीं।

च्वांगत्सु को पुल के अणु-अणु की झलक जरूर मिल गई होगी। उसने इतनी प्रतीक्षा की कि उसकी बंधीबंधाई मान्यता विलीन हो गई। तब उसने देखा कि पुल वह रहा है और पुल

का बहाव इतना तीव्र है कि उसकी तुलना में नदी ठहरी हुई मालूम हुई। तब च्वांगत्सु भागा हुआ लाओत्सु के पास गया। लाओत्सु ने कहा कि ठीक है, अब पूछने की भी जरूरत नहीं है। घटना घट गई।

क्या घटना घटी? अ-मन घटित हुआ है।

यह विधि कहती है : 'किसी गहरे कुएं के किनारे खड़े होकर उसकी गहराइयों में निरंतर देखते रहो—जब तक विस्मय-विमुग्ध न हो जाओ।'

जब तुम विस्मय-विमुग्ध हो जाओगे, जब तुम्हारे ऊपर रहस्य का अवतरण होगा, जब मन नहीं बचेगा, केवल रहस्य और रहस्य का माहौल बचेगा, तब तुम स्वयं को जानने में समर्थ हो जाओगे।

देखने की एक और विधि :

*किसी विषय को देखो, फिर धीरे-धीरे उससे अपनी दृष्टि हटा लो, और फिर धीरे- धीरे उससे अपने विचार हटा लो। तब !*

'किसी विषय को देखो. . .।'

किसी फूल को देखो। लेकिन याद रहे कि इस देखने का अर्थ क्या है। केवल देखो, विचार मत करो। मुझे यह बार-बार कहने की जरूरत नहीं है। तुम सदा स्मरण रखो कि देखने का अर्थ देखना भर है; विचार मत करो। अगर तुम सोचते हो तो वह देखना नहीं है; तब तुमने सब कुछ दूषित कर दिया। यह शुद्ध देखना है; महज देखना।

'किसी विषय को देखो. ..।'

किसी फूल को देखो। गुलाब को देखो।

'फिर धीरे-धीरे उससे अपनी दृष्टि हटा लो।'

पहले फूल को देखो, विचार हटाकर देखो। और जब तुम्हें लगे कि मन में कोई विचार नहीं बचा सिर्फ फूल बचा है, तब हलके-हलके अपनी आंखों को फूल से अलग करो। धीरे-धीरे फूल तुम्हारी दृष्टि से ओझल हो जाएगा पर उसका बिंब तुम्हारे साथ रहेगा। विषय तुम्हारी दृष्टि से ओझल हो जाएगा, तुम दृष्टि हटा लोगे। अब बाहरी फूल तो नहीं रहा; लेकिन उसका प्रतिबिंब तुम्हारी चेतना के दर्पण में बना रहेगा।

'किसी विषय को देखो, फिर धीरे-धीरे उससे अपनी दृष्टि हटा लो, और फिर धीरे-धीरे उससे अपने विचार हटा लो। तब।'

तो पहले-बाहरी विषय से अपने को अलग करो। तब भीतरी छवि बची रहेगी; वह गुलाब का विचार होगा। अब उस विचार को भी अलग करो। यह कठिन होगा। यह दूसरा हिस्सा कठिन है। लेकिन अगर पहले हिस्से को ठीक ढंग से प्रयोग में ला सको जिस ढंग से वह कहा गया है, तो यह दूसरा हिस्सा उतना कठिन नहीं होगा। पहले विषय से अपनी दृष्टि को हटाओ। और तब आंखें बंद कर लो। और जैसे तुमने विषय से अपनी दृष्टि अलग की वैसे ही अब उसकी छवि से अपने विचार को, अपने को अलग कर लो। अपने को अलग करो; उदासीन हो जाओ। भीतर भी उसे मत देखो; भाव करो कि तुम उससे दूर हो। जल्दी ही छवि भी विलीन हो जाएगी।

▲

पहले विषय विलीन होता है, फिर छवि विलीन होती है। और जब छवि विलीन होती है, शिव कहते हैं: 'तब।' तब तुम एकाकी रह जाते हो। उस एकाकीपन में, उस एकांत में व्यक्ति ख़बर को उपलब्ध होता है, वह अपने केंद्र पर आता है, वह अपने मूल स्त्रोत पर पहुंच जाता है।

यह एक बहुत बढ़िया ध्यान है। तुम इसे प्रयोग में ला सकते हो। किसी विषय को चुन लो। लेकिन ध्यान रहे कि रोज-रोज वही विषय रहे, ताकि भीतर एक ही प्रतिबिंब बने और एक ही प्रतिबिंब से तुम्हें अपने को अलग करना पड़े। इसी विधि के प्रयोग के लिए मंदिरों में मूर्तियां रखी गई थीं। मूर्तियां बची हैं, लेकिन विधि खो गई।

तुम किसी मंदिर में जाओ और इस विधि का प्रयोग करो। वहां महावीर या बुद्ध या राम या कृष्ण किसी की भी मूर्ति को देखो। मूर्ति को निहारो। मूर्ति पर अपने को एकाग्र करो। अपने संपूर्ण मन को मूर्ति पर इस भांति केंद्रित करो कि उसकी छवि तुम्हारे भीतर साफ-साफ अंकित हो जाए। फिर अपनी आंखों को मूर्ति से अलग करो और आंखों को बंद करो। उसके बाद छवि को भी अलग करो, मन से उसे बिलकुल पोंछ दो। तब वहां तुम अपने समग्र एकाकीपन में, अपनी समग्र शुद्धता में, अपनी समग्र निर्दोषता में प्रकट हो जाओगे।

उसे पा लेना ही मुक्ति है। उसे पा लेना ही सत्य है।

आज इतना ही।

24

# संदेह और श्रद्धा, मृत्यु और जीवन

# प्रश्न–सूत्र

1. क्या मिश्रित ढंग के व्यक्ति त को दो भिन्न-भिन्न विधियां करनी चाहिए ?
2. जीवन-स्वीकार की दृष्टि रखने वाले तंत्र में मृत्यु-दर्शन का कैसे उपयोग हो सकता है ?
3. शरीर के मृतवत होने से मन का रूपांतरण कैसे संभव है ?

**पहला प्रश्न :**

***मैं समझता हूं कि मैं पूरे अर्थों में न भावुक ढंग का आदमी हूं और न बौद्धिक ढंग का; मैं मिश्रित ढंग का हूं। तो क्या मुझे बारी-बारी से दो भिन्न ढंग कीं विधियों का प्रयोग करना चाहिए? कृपया मार्गदर्शन दें।***

यह प्रश्न महत्वपूर्ण है। बहुत सी बातें समझने जैसी हैं।

एक, जब भी तुम्हें महसूस हो कि तुम न बौद्धिक ढंग के आदमी हो न भावुक ढंग के तो भलीभांति समझ लो कि तुम बौद्धिक ढंग के आदमी हो। कारण कि विभ्रम, मन की उलझन बौद्धिक चित्त का लक्षण है। भावुक चित्त कभी विभ्रम में नहीं पड़ता है; इस ढंग का व्यक्ति कभी ऐसी उलझन नहीं महसूस करता है। भाव सदा समग्र और पूर्ण होता है। बुद्धि सदा विभाजित, खंडित और भ्रमित होती है। बुद्धि का वही स्वभाव है। क्यों?

क्योंकि बुद्धि संदेह पर निर्भर है और भाव श्रद्धा पर। जहां भी संदेह है वहां विभाजन होगा; संदेह कभी समग्र नहीं हो सकता है। कैसे हो सकता है? संदेह का स्वभाव ही संदेह करना है। वह कभी समग्र नहीं हो सकता। तुम किसी चीज पर समग्रता से संदेह नहीं कर सकते। और यदि समग्रता से संदेह किया जा सके तो संदेह श्रद्धा बन जाएगा। संदेह सदा विभ्रम है, उलझाव है। और जब तुम संदेह करते हो तो असल में तुम्हें अपने संदेह पर भी संदेह होता है। तुम अपने संदेह के बारे में निश्चित नहीं हो सकते; संदेहशील मन अपने संदेह के संबंध में भी निश्चित नहीं होता है। तो वहां भ्रम की पर्त पर पर्त होगी और हर संदेह किसी संदेह पर खड़ा होगा।

बौद्धिक ढंग का व्यक्ति सदा इसी ढंग से सोचता है। उसे सदा ऐसा लगता है कि मैं कहीं नहीं हूं, मैं कहीं का नहीं हूं। या वह कभी यहां होगा और कभी वहां होगा। वह कभी यह होगा और कभी वह होगा। लेकिन भावुक ढंग का व्यक्ति इस द्वंद्व का शिकार नहीं होता है; वह अपनी स्थिति जानता है। क्योंकि उसका आधार श्रद्धा है, इसलिए भाव खंडित नहीं होता है। भाव सदा पूर्ण होता है, अखंड होता है।

अगर तुम्हें संदेह है, अगर तुम निश्चित नहीं हो कि तुम किस ढंग के व्यक्ति हो, तो भलीभांति जान लो कि तुम बौद्धिक हो। तब तुम्हें उन विधियों का प्रयोग करना चाहिए जो बौद्धिक ढंग के लोगों के लिए बनी हैं। और यदि तुम्हें कोई भ्रांति नहीं है, कोई उलझन नहीं है,

तो तुम निश्चित ही भावुक किस्म के आदमी हो।

उदाहरण के लिए, रामकृष्ण भावुक व्यक्ति हैं। तुम उनमें संदेह नहीं पैदा कर सकते; वह असंभव है। संदेह वहीं पैदा किया जा सकता है जहां बुनियाद में ही संदेह हो। अगर तुम्हारे भीतर संदेह ने पहले ही छिपकर घर नहीं किया हुआ है तो कोई भी तुममें संदेह नहीं पैदा कर सकता। दूसरे संदेह पैदा नहीं कर सकते, वे केवल उसे उभारने में सहयोगी होते हैं। वैसे ही श्रद्धा भी पैदा नहीं की जा सकती; उसे भी दूसरे उभारने में सहयोगी होते हैं।

तुम्हारे बुनियादी ढंग को नहीं बदला जा सकता है। इसलिए यह जानना बहुत जरूरी है कि तुम बुनियादी तौर से किस ढंग के आदमी हो। यदि तुम कोई ऐसी साधना करते हो जो तुम्हारी प्रकृति से मेल नहीं खाती है, जो तुम्हें रास नहीं आती है, तो तुम नाहक अपना समय और ऊर्जा नष्ट कर रहे हो। और गलत प्रयत्नों के कारण तुम्हारी उलझनें भी बढ़ती चली जाएंगी।

न संदेह पैदा किया जा सकता है और न श्रद्धा; उनमें से किसी न किसी का बीज तुम्हारे भीतर मौजूद है। अगर तुम्हें संदेह है तो बेहतर है कि श्रद्धा की सोचो ही मत। क्योंकि वह धोखा होगा, पाखंड होगा। और संदेह है तो उससे डरने की जरूरत नहीं है। संदेह भी परमात्मा तक ले जा सकता है; तुम संदेह का भी उपयोग कर सकते हो।

मुझे इस बात को दोहराने दो कि संदेह भी परमात्मा तक पहुंचा सकता है। क्योंकि अगर तुम्हारा संदेह परमात्मा को नष्ट कर सकता है तो उसका अर्थ हुआ कि संदेह परमात्मा से भी बलवान है। संदेह का भी उपयोग किया जा सकता है। संदेह को भी विधि बनाया जा सकता है। लेकिन अपने को धोखा मत दो। लोग हैं जो सिखाते हैं कि संदेह से परमात्मा तक कभी नहीं पहुंचा जा सकता। तब क्या करना है? तब तुम अपने संदेह को दबाओगे, उसे छिपाओगे और उसकी जगह एक झूठा विश्वास निर्मित करोगे। लेकिन यह विश्वास सतही होगा; वह तुम्हारे प्राणों को स्पंदित नहीं करेगा। गहरे में तुम्हारा संदेह जीवित रहेगा और ऊपर से तुम विश्वास का नकाब लगा लोगे।

श्रद्धा और विश्वास में यही फर्क है। विश्वास सदा झूठा होता है। श्रद्धा एक गुणवत्ता है। विश्वास केवल धारणा है। श्रद्धा चित्त की गुणवत्ता है। विश्वास महज उधार है। इसलिए जो संदेहशील लोग हैं और अपने संदेह से भी डरते हैं वे विश्वास को पकड़ लेते हैं। वे कहते हैं कि हमें विश्वास है। लेकिन उन्हें श्रद्धा नहीं है; गहरे में उन्हें अपने संदेह का पता है। और वे अपने इस संदेह से सदा भयभीत रहते हैं। अगर तुम उनके विश्वास को जरा छू दो, जरा उनकी आलोचना कर दो, तो वे तुरंत क्रोधित हो जाएंगे। क्यों? यह क्रोध क्यों? यह गुस्सा क्यों? उनका गुस्सा दरअसल तुम पर नहीं है; वे अपने संदेह से परेशान हैं और तुमने उस संदेह को उभार दिया है। अगर तुम श्रद्धा वाले व्यक्ति की आलोचना करोगे तो उसे क्रोध नहीं होगा। तुम श्रद्धा को नष्ट नहीं कर सकते हो।

रामकृष्ण, चैतन्य या मीरा भाव वाले लोग हैं। बंगाल के एक अपूर्व मनीषी केशवचंद्र रामकृष्ण से मिलने गए। वे मिलने के लिए नहीं, बल्कि उन्हें हराने के लिए गए थे। और रामकृष्ण तो अनपढ़ ग्रामीण थे; पंडित बिलकुल नहीं थे। और केशवचंद्र भारत की सर्वश्रेष्ठ प्रतिभाओं में गिने जाते हैं। उनकी बुद्धि कुशाग्र और तर्कशील थी। निश्चित था कि रामकृष्ण हारते।

▲

जब केशवचंद्र आए तो कलकत्ता के सभी बुद्धिवादी लोग दक्षिणेश्वर में इकट्ठे हो गए—सिर्फ रामकृष्ण की हार देखने के लिए। केशबचंद्र ने जब बहस शुरू की तो वे खुद यह देखकर चकित हुए कि रामकृष्ण उनके तर्कों में बहुत आनंद ले रहे थे। केशवचंद्र जब ईश्वर के खिलाफ कोई दलील देते तो रामकृष्ण उठकर झूमने लगते, उठकर नाचने लगते। केशबचंद्र बेचैन होने लगे और उन्होंने रामकृष्ण से कहा कि आप यह क्या करते हैं। आपको मेरे तर्कों का जवाब देना है।

रामकृष्ण ने कहा: तुमको देखकर मेरी श्रद्धा बहुत मजबूत हुई है। ईश्वर के बिना ऐसी प्रतिभा असंभव है। और मैं भविष्यवाणी करता हूं कि देर-अबेर तुम मुझसे भी बड़े भक्त होने वाले हो; क्योंकि तुम्हारी प्रतिभा बड़ी है। ऐसी प्रतिभा पाकर तुम परमात्मा से लड़ाई कैसे करोगे? ऐसी सुतीक्ष्ण प्रतिभा कब तक दूर रहेगी? जब मेरे जैसा मूढ़ भी पहुंच सकता है तो तुम पीछे कैसे रहोगे?

रामकृष्ण ने न क्रोध किया और न बहस की, लेकिन उन्होंने केशवचंद्र को पराजित कर दिया। केशबचंद्र ने उनके पैर छुए और कहा: आप मुझे पहले आस्तिक मिले हैं जिनके साथ सब बहस व्यर्थ है। आपकी आंखों को देखकर, आपको देखकर, अपने साथ आपके व्यवहार को देखकर मुझे परमात्मा की पहली झलक मिली है; परमात्मा संभव है। बिना प्रमाण दिए आप उसके प्रमाण हैं।

रामकृष्ण प्रमाण बन गए।

बौद्धिक किस्म के लोगों को संदेह से गुजरकर यात्रा करनी होगी। तो अपने ऊपर कोई विश्वास मत लादो; वह अपने को धोखा देना होगा। और तुम दूसरों को नहीं, अपने को ही धोखा दे सकते हो। इसलिए जबरदस्ती मत करो; प्रामाणिक बनो। अगर संदेह तुम्हारा स्वभाव है, तो संदेह से चलो; जितना हो सके संदेह करो। और अपने लिए कोई श्रद्धा पर आधारित विधि मत चुनो। वह तुम्हारे लिए नहीं है। कोई ऐसी विधि चुनो जो विज्ञान-सम्मत हो प्रायोगिक हो। विश्वास करने की बिलकुल जरूरत नहीं है।

दो तरह की विधियां हैं। एक तो प्रायोगिक विधियां हैं। वे तुम्हें यह नहीं कहती कि विश्वास करो; वे सिर्फ प्रयोग करने को कहती हैं। उस प्रयोग के परिणाम में विश्वास या श्रद्धा सहज आती है। वैज्ञानिक विश्वास नहीं कर सकता है; वह कोई परिकल्पना लेकर सीधे उस पर काम शुरू कर देता है, प्रयोग करता है। और अगर प्रयोग ठीक आता है, अगर प्रयोग बताता है कि परिकल्पना सही थी, तब वह निष्पत्ति लेता है। श्रद्धा प्रयोग से आती है।

और इन एक सौ बारह विधियों में ऐसी भी विधियां हैं जो तुमसे श्रद्धा की मांग नहीं करतीं। जैसे रामकृष्ण और चैतन्य भाव-प्रधान लोग हैं वैसे ही महावीर और बुद्ध बुद्धि-प्रधान हैं। यही कारण है कि बुद्ध कहते हैं कि ईश्वर में विश्वास की जरूरत नहीं है; ईश्वर नहीं है। वे कहते हैं कि मुझमें भी विश्वास मत करो; सिर्फ जो मैं कहता हूं उस पर प्रयोग करो। और अगर प्रयोग सही निकले तो तुम उसमें विश्वास कर सकते हो।

बुद्ध तो यहां तक कहते हैं कि मुझमें भी विश्वास मत करो; किसी चीज को सिर्फ इसलिए मत मान लो क्योंकि मैं कहता हूं। सिर्फ उस पर प्रयोग करो, जो मैं कहता हूं। और जब तक तुम्हें तुम्हारी निष्पत्ति न हाथ लगे, संदेह करते रहो। तुम्हारा अनुभव ही तुम्हारी श्रद्धा

बनेगा। और महावीर कहते हैं कि किसी में भी विश्वास करने की जरूरत नहीं है—गुरु में भी नहीं। सिर्फ विधि को प्रयोग में लाना है।

विज्ञान कभी विश्वास करने को नहीं कहता है। वह कहता है कि प्रयोगशाला में जाओ, प्रयोग करो। यह बौद्धिक लोगों के लिए है। प्रयोग के पहले श्रद्धा में मत उतरो। उसके पहले श्रद्धा करना तुम्हारे बस में नहीं है। तुम सबको झुठला दोगे। अपने साथ ईमानदारी बरतो। यथार्थ और प्रामाणिक रहो।

कभी-कभी ऐसा हुआ है कि नास्तिक भी अपने प्रति सच्चे होने के कारण पहुंच गए हैं। महावीर नास्तिक हैं; वे किसी ईश्वर में विश्वास नहीं करते। बुद्ध भी नास्तिक हैं; वे किसी परमात्मा को नहीं मानते। बुद्ध के साथ चमत्कार घटित हुआ। उनके संबंध में कहा जाता है कि वे सबसे ज्यादा ईश्वर-विहीन व्यक्ति थे और साथ ही साथ सबसे ज्यादा ईश्वर-तुल्य। वे बिलकुल बौद्धिक थे; लेकिन वे पहुंच गए। क्योंकि उन्होंने कभी अपने को धोखा नहीं दिया। वे बस प्रयोग करते गए।

बुद्ध निरंतर छह वर्षों तक प्रयोग पर प्रयोग करते रहे; लेकिन उन्होंने विश्वास नहीं किया। जब तक कोई बात अनुभव से प्रमाणित न हो जाए, बुद्ध उसे नहीं मानते थे। इसलिए वे प्रयोग करते थे और अगर उनसे कुछ होता नहीं नजर आता तो वे उसे छोड़ देते थे। और एक दिन वे पहुंच गए। संदेह पर संदेह करते और प्रयोग करते हुए एक ऐसा बिंदु आया जहां कुछ भी संदेह करने को न बचा। विषय के अभाव में संदेह गिर गया; अब संदेह करने के लिए कुछ भी न बचा। उन्होंने प्रत्येक चीज पर संदेह किया था और अब संदेह भी व्यर्थ हो गया था। संदेह गिर गया और उसके गिरते ही वे उपलब्ध हो गए।

और तब बुद्ध को बोध हुआ कि संदेह महत्वपूर्ण नहीं है, संदेह करने वाला महत्वपूर्ण है; और संदेह करने वाले पर संदेह नहीं किया जा सकता। संदेह करने वाला कहता है कि नहीं, यह बात सही नहीं है। यह बात सही हो न हो; लेकिन वह कौन है जो कहता है कि यह सही है और यह सही नहीं है? इस कथन का जो स्त्रोत है वह सही है, वह वास्तविक है।

तुम यह कह सकते हो कि ईश्वर नहीं है; लेकिन तुम यह नहीं कह सकते कि मैं नहीं हूं। जिस क्षण तुम कहते हो कि मैं नहीं हूं उसी क्षण तुम अपने होने को स्वीकार कर लेते हो। अन्यथा यह वक्तव्य कौन दे रहा है? अपने को स्वीकारे बिना तुम अपने को इनकार नहीं कर सकते; वह असंभव है। अपने को इनकार करने के लिए भी तुम्हें होना पड़ेगा। तुम किसी को, अपने द्वार पर दस्तक देने वाले किसी मेहमान को यह तो नहीं कह सकते कि मैं घर में नहीं हूं। कैसे कह सकते हो? यह असंगत होगा। तुम्हारा यह कहना कि मैं घर में नहीं हूं सिद्ध करता है कि तुम हो।

बुद्ध ने प्रत्येक चीज पर संदेह किया; लेकिन वे अपने पर संदेह न कर सके। जब सब कुछ संदिग्ध हो गया, व्यर्थ हो गया, तो वे अपने आप पर फेंक दिए गए। और वहां संदेह करना असंभव था; इसलिए संदेह गिर गया। और वे अचानक अपने सत्य के प्रति, अपने चेतना-स्त्रोत के प्रति, चेतना की आधारभूमि के प्रति बोध से भर गए। ईश्वर-विहीन बुद्ध ईश्वरवत हो गए। सच तो यह है कि इस धरती पर उन जैसा ईश्वर-तुल्य व्यक्ति कभी नहीं चला। लेकिन उनकी वृत्ति बोद्धिक थी, रुझान उनका बौद्धिक था।

तो दोनों ढंग की विधियां मौजूद हैं। अगर तुम समझते हो कि मैं बुद्धिजीवी हूं, भ्रांत हूं, संदेहग्रस्त हूं, तो श्रद्धा वाली विधियों को मत प्रयोग करो। वे तुम्हारे लिए नहीं हैं। सब विधियां हर एक के लिए नहीं हैं। अगर तुम श्रद्धावान हो तो तुम्हें किसी भी दूसरे उपाय की जरूरत नहीं है; तब तुम उन्हीं विधियों को काम में लाओ जिनके लिए श्रद्धा आवश्यक है।

लेकिन प्रामाणिक होना बुनियादी बात है। इस सारभूत बात को सतत स्मरण रखना जरूरी है। धोखा देना आसान है; धोखा देना अत्यंत आसान है। क्योंकि हम अनुकरण करते हैं। तुम रामकृष्ण का अनुकरण कर सकते हो—यह जाने बिना कि उनका ढंग तुम्हारा ढंग नहीं है। अगर तुम नकल करते हो तो तुम नकली हो जाओगे। तुम बुद्ध की नकल कर सकते हो।

यह रोज ही होता है; क्योंकि धर्म जन्म से निश्चित होता है। उसके कारण बहुत मूढ़ता चलती है। धर्म जन्म से नहीं तय होना चाहिए; धर्म का चुनाव किया जाना चाहिए। धर्म का मांस-मज्जा और जन्म से कुछ भी लेना-देना नहीं है। कोई जन्म से बौद्ध है; लेकिन वह भाव का व्यक्ति हो सकता है। मगर उसे बुद्ध का अनुगमन करना होगा। और तब उसका सारा जीवन व्यर्थ चला जाएगा। हो सकता है कि कोई व्यक्ति बौद्धिक हो; लेकिन मुसलमान या किसी भक्ति-संप्रदाय में जन्म होने के कारण उसका जीवन भी व्यर्थ हो जाएगा, वह झूठ हो जाएगा।

सारा संसार अधार्मिक है; क्योंकि धर्म मूढ़तावश जन्म से जुड़ा है। दोनों में कोई संबंध नहीं है। तुम्हें धर्म का सचेतन चुनाव करना होगा। पहले तुम्हें अपने ढंग-ढांचे को समझना पड़ेगा और तब चुनाव करना होगा। उस दिन संसार अधिक धार्मिक होगा जिस दिन प्रत्येक व्यक्ति को अपना धर्म, अपनी साधना, अपना मार्ग चुनने की स्वतंत्रता होगी।

लेकिन धर्म संगठनात्मक बन गया है। धर्म राजनीतिक रूप से संगठनात्मक हो गया है। यही कारण है कि ज्यों ही बच्चा जन्म लेता है, हम उस पर धर्म लाद देते हैं। हम उसे किसी न किसी धर्म में संस्कारित करते हैं। मां-बाप डरते हैं कि कहीं उनका बच्चा किसी दूसरे संगठन में न चला जाए, इसलिए होश आने के पहले ही उस पर धर्म लादकर उसे पंगु बना देना, उसे मिटा देना जरूरी है। इसके पहले कि उसे बोध हो, वह चीजों के बारे में सोचे-विचारे, उसके चित्त को संस्कारित कर देना जरूरी है। तब वह स्वतंत्र चिंतन नहीं कर पाएगा। अगर तुम्हें संस्कारित कर दिया जाए तो तुम स्वतंत्र रूप से सोच-विचार नहीं कर सकते।

मैं बर्ट्रेंड रसेल को पढ़ रहा था। उन्होंने एक जगह कहा है कि मैं बुद्धि के तल पर मानता हूं कि बुद्ध जीसस से बड़े थे; लेकिन भीतर हृदय में यह स्वीकारना असंभव लगता है। वहां तो यही लगता है कि जीसस बुद्ध से बड़े हैं। और अगर मैं अपने ऊपर दबाव डालूं तो अधिक से अधिक यही मान सकता हूं कि दोनों समान थे। समझ के तल पर मुझे महसूस होता है कि बुद्ध विराट हैं और जीसस उनके सामने कुछ नहीं हैं।

ऐसा क्यों लगता है? क्योंकि बर्ट्रेंड रसेल खुद बुद्धवादी हैं और इसलिए बुद्ध उन्हें प्रभावित करते हैं, जीसस नहीं। लेकिन उनका मन ईसाइयत में संस्कारित हुआ है। यह तुलना ठीक नहीं है; क्योंकि यह तुलना अर्थहीन है। यह सिर्फ बर्ट्रेंड रसेल के बाबत खबर देती है, बुद्ध और जीसस के बाबत नहीं। क्योंकि तुलना संभव ही नहीं है।

जो व्यक्ति भावुक है उसे जीसस बुद्ध से महान मालूम पड़ेंगे। लेकिन अगर वह बौद्ध है, जन्मजात बौद्ध है, तो उसे अड़चन होगी। अगर वह किसी को भी बुद्ध से बड़ा मानेगा तो

उसके मन को बेचैनी होगी। यह कठिन होगा, करीब-करीब असंभव होगा। क्योंकि तुम्हारे मन में जो भी डाल दिया जाता है वह वहां घर कर लेता है।

तुम्हारा मन कंप्यूटर जैसा है। उसमें सूचनाएं भर दी गई हैं, मूल्यांकन भर दिए गए हैं। तुम कुछ मूढ़ धारणाओं से, परंपराओं से बंधे हो; तुम उन्हें आसानी से नहीं हटा सकते। यही कारण है कि धर्म महज शब्द रह गया है। बहुत थोड़े से लोग धार्मिक हो सकते हैं; क्योंकि बहुत थोड़े से लोग अपने संस्कारों से बगावत कर सकते हैं। सिर्फ क्रांतिकारी चित्त हीं धार्मिक हो सकता है—ऐसा चित्त जो किसी चीज को सीधे देख सके, उसकी तथ्यता को देख सके और तब निर्णय करे।

लेकिन अपने ढंग-ढांचे को महसूस करो, उसे समझो। यह कठिन नहीं है। पहली बात कि अगर तुम भ्रांत अनुभव करते हो तो तुम बौद्धिक ढंग के व्यक्ति हो। और अगर तुम निश्चित अनुभव करते हो, श्रद्धावान हो, तो दूसरी विधियों का प्रयोग करो, जो बुनियाद में श्रद्धा की मांग करती हो। और याद रहे, कभी भी दोनों तरह की विधियों का प्रयोग मत करो। उससे तुम और भी भ्रांत हो जाओगे। कुछ भी गलत नहीं है; दोनों तरह की विधियां सही हैं। रामकृष्ण भी सही हैं; बुद्ध भी सही हैं।

स्मरण रहे, इस संसार में अनेक रास्ते सत्य तक जाते हैं। किसी एक मार्ग को एकाधिकार नहीं है। यहां तक कि परस्पर विरोधी मार्ग, सर्वथा विरोधी मार्ग भी एक ही मंजिल पर पहुंचते हैं। कोई एक मार्ग नहीं है। अगर तुम गहरे जाओगे और ज्ञान को उपलब्ध करोगे तो तुम्हें पता चलेगा कि उतने ही मार्ग हैं जितने यात्री हैं। क्योंकि प्रत्येक व्यक्ति को उस बिंदु से यात्रा शुरू करनी है जहां वह खड़ा है। कहीं कोई बना-बनाया मार्ग नहीं है। असल में तुम स्वयं चलकर अपना मार्ग निर्मित करते हो। कहीं कोई बना-बनाया मार्ग नहीं है; कहीं कोई राजपथ नहीं है।

लेकिन प्रत्येक धर्म लोगों पर इस धारणा को लादने की चेष्टा करता है कि रास्ता तैयार है; तुम्हें सिर्फ चलने की जरूरत है। यह गलत बात है। आंतरिक यात्रा जमीन पर चलने की बजाय आकाश में उड़ने जैसी ज्यादा है। पक्षी उड़ता है; आकाश में कहीं पदचिह्न नहीं छूटते। आकाश शून्य का शून्य बना रहता है। पक्षी उड़ता है; लेकिन कोई पदचिह्न नहीं छूटते, जिनका अनुसरण दूसरे पक्षी कर सकें। आकाश सदा रिक्त है, खाली है। दूसरे पक्षी को अपना मार्ग आप बनाना होगा।

चेतना आकाश की भांति है, जमीन की भांति नहीं। उस पर बुद्ध यात्रा करते हैं महावीर, मीरा और मोहम्मद यात्रा करते हैं; तुम उनकी उपलब्धियां देख सकते हो। लेकिन उनकी यात्रा का पथ नहीं दिखाई पड़ता है; उनके चलने के साथ ही पथ विलीन हो जाता है। तुम उनका अनुगमन नहीं कर सकते, तुम उनका अनुकरण नहीं कर सकते। तुम्हें अपना मार्ग आप खोजना होगा।

तो पहले अपने ढंग-ढांचे पर विचार करो और तब अपनी साधना का चुनाव करो। इन एक सौ बारह विधियों में अनेक विधियां बुद्धि-प्रधान लोगों के लिए हैं और अनेक भाव-प्रधान लोगों के लिए। लेकिन यह मत सोचो कि क्योंकि मैं मिश्रित ढंग का व्यक्ति हूं, इसलिए मुझे दोनों तरह की विधियों का प्रयोग करना है। उससे उलझन बढ़ेगी और तुम

खंड-खंड हो जाओगे। तुम विक्षिप्त हो सकते हो, स्कीजोफ्रेनिया के शिकार हो सकते हो; टूट जा सकते हो। वैसा मत करो।

**दूसरा प्रश्नः**

***कल आपने कहा कि मृत्यु निश्चित है, यह जानना है। लेकिन यह तो बुद्ध का मार्ग मालूम होता है; क्योंकि बुद्ध जीवन-विरोधी थे। लेकिन तंत्र तो जीवन को स्वीकार करता है; वह जीवन का निषेध नहीं करता। तो इस मृत्यु-दर्शन का उपयोग तंत्र में कैसे हो सकता है?***

बुद्ध सच में जीवन-विरोधी नहीं हैं; वे ऐसे मालूम भर पड़ते हैं। वे जीवन-विरोधी मालूम पड़ते हैं; क्योंकि वे मृत्यु पर बहुत अधिक ध्यान देते हैं। हमें लगता है कि बुद्ध मृत्यु को प्रेम करते हैं; लेकिन ऐसी बात नहीं है। बल्कि इसके विपरीत वे जीवन को, शाश्वत जीवन को प्रेम करते हैं। अमृत जीवन को पाने के लिए वे मृत्यु को साधन बनाते हैं। मृत्यु से उन्हें प्रेम नहीं है; लेकिन मृत्यु के अतीत जो है उसे पाने के लिए वे मृत्यु को माध्यम बनाते हैं।

बुद्ध कहते हैं कि अगर मृत्यु के पार कुछ नहीं है तो जीवन व्यर्थ है; लेकिन तो ही व्यर्थ है। वे यह कभी नहीं कहते कि जीवन व्यर्थ है, वे यही कहते हैं कि अगर मृत्यु के पार कुछ नहीं है तो जीवन व्यर्थ है। और वे कहते हैं कि तुम्हारा जीवन व्यर्थ है, क्योंकि तुम्हारा जीवन मृत्यु के पार नहीं जाता है। तुम जिसे जीवन समझते हो वह मृत्यु का हिस्सा भर है। तुम उससे धोखे में पड़ जाते हो। तुम उसे जीवन समझते हो और वह मृत्यु की ओर एक कदम के सिवाय कुछ नहीं है।

एक बच्चा जन्म लेता है; वह मृत्यु की राह का राही है। वह जो भी हो जाए, वह जो भी प्राप्त कर ले, लेकिन कुछ भी उसे मृत्यु के मुंह में जाने से नहीं बचा सकेगा। यह तथाकथित जीवन मृत्यु की ओर यात्रा है। इस जीवन को जीवन कैसे कहा जाए, यह बुद्ध का प्रश्न है। जो जीवन मृत्यु की ओर ले जाए, उसे हम जीवन कैसे कह सकते हैं?

जो जीवन अनिवार्यतः मृत्यु में समाप्त हो उसे छिपी हुई मृत्यु ही कहा जा सकता है, जीवन नहीं। वह क्रमिक मृत्यु है; धीरे-धीरे तुम मर रहे हो। लेकिन तुम सोचते हो कि मैं जी रहा हूं। ठीक इसी क्षण तुम सोचते हो कि मैं जी रहा हूं; लेकिन यथार्थतः तुम मर रहे हो। प्रत्येक क्षण तुम जीवन गंवा रहे हो और मृत्यु कमा रहे हो। वृक्ष को उसके फल से पहचाना जाता है। तो बुद्ध कहते हैं कि तुम्हारे जीवन के वृक्ष को जीवन कैसे कहा जाए, जब कि मृत्यु उसका फल है! वृक्ष यदि फल से जाना जाता है और अगर तुम्हारे जीवन-वृक्ष पर सिर्फ मृत्यु के फल लगते हैं, तो जाहिर है कि वृक्ष ने तुम्हें धोखा दिया।

और दूसरी बात कि अगर कोई वृक्ष एक विशेष फल देता है तो उससे जाहिर है कि वह फल उस वृक्ष का बीज रहा होगा। अन्यथा उस वृक्ष से वह फल कैसे पैदा होता? तो अगर जीवन से मृत्यु का फल पैदा होता हो तो मानना होगा कि मृत्यु बीज में थी।

इसे ऐसा समझो। तुम्हारा जन्म हुआ, और तुम समझते हो कि यह आरंभ है। यह आरंभ नहीं है। इस जन्म के पूर्व तुम पिछले जीवन में मृत्यु को प्राप्त हुए थे। वह मृत्यु इस

जन्म का बीज थी, और फिर मृत्यु फल बन जाएगी। और फिर वह फल दूसरे जन्म के लिए बीज बनेगा। जन्म मृत्यु में ले जाता है; और जन्म से पहले मृत्यु होती है। तो अगर तुम जीवन को वैसा ही देखना चाहते हो जैसा वह है तो तुम पाओगे कि उसके दोनों छोरों पर मृत्यु खड़ी है। मृत्यु आरंभ है और फिर मृत्यु ही अंत भी है; और उनके बीच में जीवन भ्रम भर है। तुम दो मृत्युओं के बीच जीवित अनुभव करते हो। दो मृत्युओं को जोड़ने वाले रास्ते को तुम जीवन कहते हो।

बुद्ध कहते हैं कि यह जीवन जीवन नहीं है; यह जीवन दुख है, यह जीवन मृत्यु है। यही कारण है कि बुद्ध हमें जीवन-विरोधी मालूम पड़ते हैं। हम जीवन से इतने सघन रूप से सम्मोहित हैं, हम जीने के लिए इतने आतुर हैं कि बुद्ध हमें जीवन-विरोधी मालूम पड़ते हैं। हम जिंदा रहने को ही सब कुछ मानते हैं। हम मृत्यु से इतने भयभीत हैं कि बुद्ध हमें मृत्यु के प्रेम में मालूम पड़ते हैं। यह बात हमें कुछ अजीब सी लगती है। बुद्ध आत्मघाती प्रतीत होते हैं। और इसके लिए अनेक लोगों ने बुद्ध की आलोचना की है। अल्बर्ट श्वीत्जर ने बुद्ध की आलोचना की है; क्योंकि वह समझता है कि बुद्ध मृत्यु के प्रति आग्रह से भरे थे।

बुद्ध मृत्यु के प्रति आग्रह से नहीं भरे हैं; हम जीवन के प्रति बहुत आग्रह से भरे हैं। बुद्ध तो सिर्फ चीजों का विश्लेषण करते हैं, तथ्य का पता लगाते हैं। और यदि तुम भी गहरे उतरोगे तो पाओगे कि बुद्ध सही हैं। तुम्हारा जीवन ढोंग है, झूठ है, नकली है, दिखाबटी है; भीतर उसके मृत्यु छिपी है। बुद्ध का जोर मृत्यु पर इसलिए है कि वे कहते हैं कि अगर मैं जान लूं कि मृत्यु क्या है तो मैं जीवन को भी जान लूंगा। और अगर मैं जीवन और मृत्यु दोनों को जान सकू तो संभावना है कि मैं दोनों का अतिक्रमण करके उसे जान लूं जो दोनों के पार है, जीवन और मृत्यु के पार है। वे जीवन-विरोधी नहीं हैं; लेकिन ऐसे मालूम पड़ते हैं।

तंत्र जीवन-स्वीकार का मार्ग प्रतीत होता है; लेकिन वह भी हमारी व्याख्या है। न बुद्ध जीवन-विरोधी हैं, न तंत्र जीवन-स्वीकार पर खड़ा है। दोनों का स्त्रोत एक है। बुद्ध मृत्यु पर जोर देते हैं; तंत्र जीवन पर जोर देता है। और दोनों एक हैं। तुम जहां से चलना चाहो वहां से चल सकते हो। लेकिन उसमें इतने गहरे जाओ कि दूसरे को भी जान सको।

बुद्ध अंत को देखते हैं, मृत्यु को; तंत्र प्रारंभ को देखता है, जीवन को। यही कारण है कि बुद्ध मृत्यु को बहुत प्रेम करते मालूम होते हैं और तंत्र सेक्स, प्रेम, शरीर, जीवन को प्रेम करता मालूम पड़ता है। अंत में मृत्यु है और आरंभ में सेक्स है, काम है। क्योंकि तंत्र आरंभ पर ध्यान देता है, इसलिए काम या सेक्स बहुत महत्वपूर्ण हो जाता है। तंत्र कहता है कि सेक्स की गहराई में उतरो, प्रेम के रहस्य को जानो, आरंभ में, बीज में प्रवेश करो, और तुम उसका अतिक्रमण कर जाओगे, उसके पार चले जाओगे। बुद्ध मृत्यु पर बल देते हैं। वे कहते हैं, मृत्यु पर ध्यान करो, उसमें गहरे जाओ और उसके सत्य को जान लो।

काम और मृत्यु एक ही चीज के दो छोर हैं। काम मृत्यु है और मृत्यु बहुत कामुक है। यह समझना कठिन होगा। अनेक कीड़े हैं जो प्रथम संभोग में ही मर जाते हैं; पहले संभोग में ही उनकी मृत्यु घट जाती है। अफ्रीका में मकोड़े की एक जाति है जिसमें नर संभोग में ही समाप्त हो जाता है; वह संभोग से जीवित नहीं लौटता। मादा पर चढ़े-चढ़े ही उसकी मृत्यु हो जाती है। पहला संभोग ही मृत्यु बन जाता है। और यह बहुत भयानक मृत्यु है; ठीक वीर्यपात

▲

करते हुए वह मरता है। और जब वह ठीक से मरा भी नहीं है, मृत्यु-पीड़ा से ही गुजर रहा है, तभी मादा उसे खाने लगती है। और जब संभोग पूरा होता है, मादा उसे आधा खा चुकती है।

काम और मृत्यु दोनों परस्पर जुड़े हैं। इसी कारण मनुष्य काम से इतना भयभीत है। जो लोग ज्यादा जीना चाहते हैं, जो लंबी उम्र से मोहित होते हैं, वे सदा काम से भयभीत रहेंगे, काम से बचेंगे। और जो लोग अमर होना चाहते हैं, ब्रह्मचर्य उनका व्रत होगा।

लेकिन अब तक न कोई अमर हुआ है और न हो सकता है। कारण यह है कि तुम्हारा जन्म ही कामवासना से है। अगर तुम्हारा जन्म ब्रह्मचर्य से होता तो बात दूसरी थी; तब अमर होना संभव होता। अगर तुम्हारे मां-बाप ब्रह्मचारी होते तो ही तुम अमर हो सकते थे। तुम्हारे जन्म के साथ ही काम प्रवेश कर जाता है। तुम काम में उतरो या नहीं, इससे फर्क नहीं पड़ता है; तुम मृत्यु से नहीं बच सकते। तुम्हारा होना ही, अस्तित्व ही काम से शुरू होता है; और काम मृत्यु का आरंभ है।

इसी वजह से ईसाई कहते हैं कि जीसस का जन्म कुंवारी मां से हुआ। केवल यह बताने के लिए कि जीसस कोई मामूली मनुष्य नहीं थे, मृण्मय मनुष्य नहीं थे, वे कहते हैं कि जीसस का जन्म कुंवारी मां से हुआ। यह बताने के लिए कि उन पर मृत्यु का बस नहीं है, यह मिथक गढ़ा गया।

यह एक बड़े मिथक का हिस्सा है। अगर जीसस का जन्म काम से हुआ होता तो उन पर मृत्यु का बल बना रहता। तब वे मृत्यु से नहीं बच पाते; क्योंकि काम के साथ ही मृत्यु चली आती है। इसलिए ईसाई कहते हैं कि वे काम-कृत्य से नहीं पैदा हुए, वे काम की उत्पत्ति ही नहीं हैं। और चूंकि वे कुंवारी मां से पैदा हुए थे, इसलिए वे सूली के बाद भी पुनजी□वित हो उठे। उन्होंने उन्हें सूली तो दी, पर वे उन्हें मार नहीं सके। वे जीवित रहे; क्योंकि वे काम से पैदा नहीं थे। वे उन्हें नहीं मार सके; कुंवारी मां से पैदा हुए जीसस का मारना असंभव था। मृत्यु ही असंभव है। जब आरंभ ही नहीं है तो अंत कैसे हो सकता है? यदि वे कुंवारी मां से नहीं पैदा हुए होते तो मृत्यु निश्चित होती, अनिवार्य होती।

इसलिए पूरा मिथक गढ़ना पड़ता है। अगर तुम कहते हो कि जीसस कुंवारी मां से नहीं जन्मे तो मिथक का दूसरा हिस्सा—पुनर्जीवन—गलत हो जाता है। अगर तुम कहते हो कि वे पुनर्जीवित हो गए, कि उन्होंने मृत्यु को झुठला दिया, व्यर्थ कर दिया, कि मृत्यु उन्हें मार नहीं सकी, कि वे उन्हें सूली नहीं दे सके, कि उन्हें सूली देने वाले धोखा खा गए, कि वे जीवित रहे, तब तुम्हें मिथक के पहले भाग को कायम रखना होगा।

मैं मिथक के पक्ष या विपक्ष में कुछ नहीं कह रहा हूं; मैं सिर्फ यह कह रहा हूं कि पूरे मिथक को कायम रखना है। कोई एक हिस्सा अकेला नहीं रह सकता। अगर जन्म के पहले काम है तो मृत्यु भी वहां होगी।

काम और मृत्यु के बीच इस गहरे संबंध के कारण अनेक बार अनेक समाज काम से भयभीत रहे हैं। वह भय मृत्यु का भय है। अगर काम को तुम स्वीकार भी कर लो तो भी कुछ भय बना रहता है। काम-कृत्य में उतरने में भी यही भय है। कोई भी अपने को उसमें पूरी तरह नहीं डूबने देता है। भय है; तुम पहरे पर होते हो। तुम संभोग में समग्रता से नहीं उतरते, तुम उसमें अपने को पूरी छूट नहीं देते; क्योंकि वैसा करना मृत्यु जैसा है।

▲

न तंत्र तुम्हारी धारणा के जीवन के पक्ष में है और न बुद्ध सच्चे जीवन के विरोध में हैं। तंत्र आरंभ से आरंभ करता है; बुद्ध अंत से आरंभ करते हैं। और तंत्र बुद्ध से ज्यादा विज्ञान-सम्मत है; क्योंकि आरंभ से आरंभ करना सदा शुभ है। तुम जन्म ले चुके हो और मृत्यु अभी बहुत दूर है। जन्म घटित हो चुका है; तुम उस पर ज्यादा गहराई से काम कर सकते हो। मृत्यु के आने में देरी है; वह अभी तुम्हारी कल्पना में है, यथार्थ नहीं बनी है।

जब तुम किसी को मरते देखते हो तो तुम मृत्यु को नहीं देखते। तुम इतना ही देखते हो कि कोई मर रहा है, लेकिन मरने वाले के भीतर मृत्यु की जो असली प्रक्रिया घटित हो रही है उसे तुम कभी नहीं देखते। उसे तुम देख भी नहीं सकते; वह प्रक्रिया वैयक्तिक है, अदृश्य है। और मरने वाला व्यक्ति भी उसे नहीं देख सकता है, क्योंकि ज्यों ही वह उस प्रक्रिया में प्रवेश करता है, वह समाप्त हो जाता है। वह वहां से वापस नहीं आ सकता—यह बताने के लिए कि क्या हुआ।

तो मृत्यु के बारे में जो जानकारी है, वह अनुमान भर है। मृत्यु के बारे में कोई भी यथार्थतः नहीं जानता है। जब तक तुम अपने पूर्व-जन्मों को न जान लो, न याद कर लो, तब तक तुम मृत्यु के संबंध में कुछ भी नहीं जान सकते। तुम अनेक बार मर चुके हो। यही कारण है कि बुद्ध को जाति-स्मरण के, पूर्व-जन्मों की स्मृति को जगाने के अनेक उपाय खोजने पड़े। इस जन्म में तुम्हारी मृत्यु अभी बहुत दूर है, तुम उस पर अपने को एकाग्र कैसे करोगे? तुम आने वाली मृत्यु का ध्यान कैसे करोगे? वह अभी नहीं आयी है; वह अज्ञात है, अस्पष्ट है, धूमिल है। तो तुम क्या कर सकते हो? तुम उसके बारे में सोच-विचार कर सकते हो। लेकिन वह उधार होगा; तुम दूसरे के विचार दोहराओगे। किसी ने मृत्यु के संबंध में कुछ कहा है, तुम उसे दोहरा दोगे। तुम मृत्यु पर ध्यान कैसे कर सकते हो?

तुम दूसरों को मरते देख सकते हो, लेकिन वह मृत्यु में प्रवेश नहीं हो सकता। तुम तो बाहर ही रह जाते हो। यह ऐसा ही है जैसे कोई मिठाई खा रहा है और तुम देखते हो। लेकिन तुम यह कैसे महसूस करोगे कि उसे क्या अनुभव हो रहा है, क्या स्वाद, क्या मिठास, क्या सुगंध मिल रही है। उसके भीतर क्या घटित हो रहा है, यह तुम नहीं जान सकते। तुम उसका मुंह देख सकते हो, उसका क्रिया-कलाप देख सकते हो। तुम उसके चेहरे की अभिव्यक्ति देख सकते हो। लेकिन वह सब अनुमान होगा, अनुभव नहीं। जब तक वह कुछ कहे नहीं तुम नहीं जान सकते कि उसे क्या हो रहा है। और अगर वह कुछ कहेगा भी तो वह बात ही होगी, अनुभव नहीं।

बुद्ध ने अपनी पिछली मृत्युओं की बात कही; लेकिन किसी ने विश्वास नहीं किया। मैं भी अगर अपनी पिछली मृत्युओं की बात बताऊं तो गहरे में तुम्हें उस पर भरोसा नहीं आएगा। कैसे भरोसा आएगा? उसके यथार्थ तक तुम्हारी पहुंच नहीं है। जन्म के पहले की तुम्हें स्मृति नहीं है और इस जीवन की मृत्यु अभी आयी नहीं है। यह सदा दूसरों को घटती है; तुम्हारी तो अभी तक हुई नहीं है।

मृत्यु पर ध्यान करना कठिन है। इसलिए उसकी भूमिका बनाने के लिए तुम्हें अपने पूर्व-जन्मों में प्रवेश करना होगा, पुरानी स्मृतियों को जगाना होगा। बुद्ध और महावीर, दोनों ने जाति-स्मरण की विधि का प्रयोग किया था। तभी तुम मृत्यु पर ध्यान कर सकते हो।

तंत्र अधिक विज्ञान-सम्मत है। वह जीवन से शुरू करता है, जन्म और काम से शुरू करता है। जन्म और काम तुम्हारे तथ्य हैं। मृत्यु अभी कल्पना है। लेकिन स्मरण रहे, दोनों का अंत एक ही है। दोनों शाश्वत जीवन की खोज करते हैं—अमृत जीवन की खोज। चाहे आरंभ से अतिक्रमण करो या अंत से, चाहे एक ध्रुव से चलो या दूसरे से, लेकिन स्मरण रहे, किसी ध्रुव से ही तुम छलांग लगा सकते हो। बीच से छलांग संभव नहीं है। अगर मैं इस कमरे से बाहर छलांग लगाना चाहूं तो मुझे इसके एक न एक छोर पर सरक जाना होगा। मैं कमरे के बीच से छलांग नहीं लगा सकता; छलांग लगाने के लिए छोर अनिवार्य है।

और जीवन में दो छोर हैं, दो ध्रुव हैं—जन्म और मृत्यु। तंत्र जन्म से शुरू करता है। यह ज्यादा वैज्ञानिक है, ज्यादा यथार्थ है। तुम उसके साथ हो; उस पर ध्यान करना आसान होगा। काम भी तथ्य है, उस पर भी ध्यान कर सकते हो; उसमें गहरे उतर सकते हो। मृत्यु तथ्य नहीं है। मृत्यु की धारणा बनाने के लिए बहुत प्रगाढ़ मेधा की जरूरत है; भविष्य में प्रवेश करने के लिए बहुत तीव्र प्रतिभा चाहिए। कभी-कभार कोई बुद्ध मृत्यु की ऐसी गहरी धारणा कर सकता है कि उसके लिए भविष्य वर्तमान हो जाए। लेकिन ऐसे लोग दुर्लभ हैं। तंत्र का उपयोग कोई भी व्यक्ति कर सकता है जो सच्चे जीवन को जानने के लिए खोज में उतरने को उत्सुक हो।

तंत्र भी मृत्यु का उपयोग करता है। वह अंतर्यात्रा में जाने के लिए मृत्यु का उपयोग करता है। तंत्र मृत्यु का उपयोग उस पर ध्यान करने के लिए नहीं, उससे छलांग लगाने के लिए नहीं, बल्कि तुम्हें तुम्हारे भीतर उतारने के लिए करता है। और बुद्ध ने भी जन्म की बात की; लेकिन वे जन्म को मृत्यु के ध्यान का हिस्सा बनाना चाहते थे।

दूसरा हिस्सा सदा सहायक के रूप में उपयोग में लाया जा सकता है; लेकिन वह केंद्रीय नहीं हो सकता है। तंत्र कहता है कि तुम अगर मृत्यु की सोच सको तो तुम्हारे जीवन का और ही रूप होगा, उसमें और ही अर्थवत्ता होगी। तुम्हारा मन नए आयामों में सोचना शुरू करेगा। मृत्यु की धारणा के बिना यह कठिन होगा, असंभव होगा। जब तुम समझने लगोगे कि इस जीवन का अंत मृत्यु में होना है, मृत्यु निश्चित है, जीवन का मोह व्यर्थ है, तब मन अपने आप ही मृत्यु के पार गति करने लगता है।

कल मैं यही कह रहा था। अगर तुम इस जीवन की ही सोचते रहे तो तुम्हारा मन बाहर ही बाहर यात्रा करेगा, तब वह विषयों के लिए बाहर ही बाहर गति करता रहेगा। और अगर तुम यह भी देखने लगे कि मृत्यु सब के भीतर छिपी है तो तुम विषयों से नहीं लगे रह सकते। तब तुम्हारा मन भीतर की यात्रा पर निकल आएगा।

अभी उस दिन एक युवती मेरे पास आई। वह भारतीय है और एक अमेरिकी लड़के के प्रेम में पड़ गई है। प्रेम होने के बाद दोनों विवाह करने की सोचने लगे। तभी लड़का बीमार पड़ा और पता चला कि उसे ऐसा कैंसर है जिसका कोई इलाज नहीं है। मृत्यु निश्चित थी। वह ज्यादा से ज्यादा दो-चार साल का मेहमान था। तो लड़के ने लड़की को बहुत समझाया कि जब मृत्यु निश्चित है तो वह अपना जीवन नष्ट न करे, विवाह का विचार छोड़ दे। लेकिन लड़के ने मनाने की जितनी कोशिश की—यह है मन का ढंग—उतनी ही लड़की विवाह करने पर तुल गई।

ऐसे मन विरोधों में काम करता है। अगर उस लड़के की जगह मैं होता तो मैं विवाह करने की जिद करता। और तब वह लड़की विवाह से भागती; तब विवाह असंभव था। तब वह लड़की मुझे कहीं नहीं दिखाई देती। लेकिन प्रेम के कारण, और साथ ही मन की चालों को न समझने की मूर्खता के कारण, लड़के ने लड़की को विवाह के विरुद्ध बहुत समझाया। कोई भी व्यक्ति उसकी जगह होता तो वही करता। और क्योंकि उसने जिद की तो लड़की ने इसको अंतःकरण की बात मान ली; उसने विवाह करने की जिद ठानी।

आखिरकार उनका विवाह हो गया। अब विवाह के बाद वह लड़की सतत मृत्यु से घिरी रहती है। वह दुखी है; वह उस लड़के को प्रेम नहीं कर सकती। किसी के लिए मरना आसान है; किसी के लिए जीना बहुत कठिन है। मरना बहुत आसान है। शहीद होना बड़ी सरल बात है; क्योंकि यह क्षणभर की बात है, इसलिए शहीद होना बहुत सरल है। एक क्षण में तुम शहीद हो जा सकते हो। अगर तुम मुझे प्रेम करते हो और मैं तुमसे कहूं कि इस मकान से कूद जाओ तो तुम कूद जा सकते हो, क्योंकि तुम मुझे प्रेम करते हो। लेकिन अगर मैं कहूं कि ठीक है, अब तीस वर्षों तक मेरे साथ रहो तो वह बहुत कठिन होगा। बहुत कठिन।

एक क्षण में शहीद हुआ जा सकता है। किसी व्यक्ति या चीज के लिए मर जाना संसार में सबसे सरल काम है; लेकिन किसी के लिए जीना सर्वाधिक कठिन है। वह शहीद बन गई; लेकिन अब सरल मृत्यु के साथ रहना है। वह प्रेम भी नहीं कर सकती, वह अपने पति का मुंह भी नहीं देख सकती, क्योंकि देखते ही उसे लगता है कि कहीं बगल में मृत्यु खड़ी है। किसी भी क्षण मृत्यु घट सकती है। तो वह लड़की सतत संताप में है।

हुआ क्या? मृत्यु निश्चित है, अब उसके लिए जीवन में कोई रस न रहा। सब कुछ खत्म हो गया; सब कुछ मर गया। अमेरिका से चलकर वह लड़की मुझे मिलने आयी। वह ध्यान करना चाहती है; क्योंकि जीवन व्यर्थ हो गया। उसके लिए जीवन कैंसर का पर्याय बन गया है। वह मुझसे कहने लगी कि मुझे ध्यान सिखाएं कि मैं जीवन के पार जा सकूं। जब तक जीवन व्यर्थ नहीं होता तब तक तुम उसके पार जाने की नहीं सोचते।

मैंने उस लड़की से कहा कि ऊपर से देखने पर तो तुम्हारा विवाह दुर्भाग्यपूर्ण मालूम देता है, लेकिन वह सौभाग्यपूर्ण भी बन सकता है। हर किसी का पति मरने वाला है, लेकिन वह निश्चित नहीं है। मृत्यु तो निश्चित है, लेकिन तारीख निश्चित नहीं है। और कौन जानता है, तारीख भी निश्चित हो।। तुम्हें पता भर नहीं है।

यही कारण है कि अज्ञान बड़ा वरदान है। यदि वे अभी अज्ञान में होते तो संभव है कि लड़की लड़के को प्रेम करती रहती। देखने पर कुछ भी गलत नहीं मालूम पड़ता है। लेकिन अब प्रेम असंभव हो गया है। जीवन ही असंभव हो गया है, मृत्यु खड़ी है; दोनों के बीच निरंतर मृत्यु खड़ी है।

मैंने उस लड़की से कहा कि अब तो तुम्हें उस लड़के को और अधिक प्रेम करना चाहिए; क्योंकि वह मरने जा रहा है। उसे अधिक प्रेम करो।

लड़की ने कहा कि यह नहीं हो सकता; क्योंकि अब एकांत खो गया। अब हम तीन हैं; मैं हूं, मेरा पति है और हम दोनों के बीच मृत्यु खड़ी है। एकांत नहीं बचा। मृत्यु बहुत ज्यादा उपस्थित है; उसके साथ जीना असंभव है।

▲

लेकिन मृत्यु मोड़ बन सकती है। तंत्र कहता है कि अगर तुम मृत्यु के प्रति सजग हो सको तो उसे अंतर्यात्रा के लिए उपयोग में लाया जा सकता है। मृत्यु के विस्तार में नहीं जाना है; मृत्यु का चितन-मनन नहीं करना है। मृत्यु को ग्रस्तता मत बनाओ। महज यह बोध कि मृत्यु है, तुम्हें भीतर ले जाने में, ध्यानपूर्ण बनाने में सहयोगी होगा।

**तीसरा प्रश्न :**
***सिर्फ शरीर को मृतवत अवस्था में ले जाने से मन का अतिक्रमण और रूपांतरण कैसे संभव है ?***

मन सदा सक्रिय है। लेकिन सक्रिय रहते हुए ध्यान असंभव है। ध्यान का अर्थ है, गहन निष्क्रियता। तुम अपने को तभी जान सकते हो जब सब कुछ अचल, शांत और मौन हो जाता है। उस मौन में ही तुम अपना साक्षात्कार कर सकते हो।

सक्रियता में, जब तुम किसी न किसी चीज में व्यस्त हो, तुम्हें अपनी उपस्थिति का . एहसास नहीं हो सकता; तुम अपना विस्मरण किए रहते हो। तुम सतत किसी न किसी बात में उलझे रहकर अपने को भूले रहते हो। सक्रियता का अर्थ है, अपने से बाहर किसी चीज से संबंधित होना। तुम जब सक्रिय होते हो तो तुम अपने से बाहर किसी चीज से संबंधित होते हो। कर्म बाहर होता है। निष्क्रियता का अर्थ है कि तुम घर लौट आए; अब तुम कुछ कर नहीं रहे।

यूनानी भाषा में लेज़र को, फुरसत के समय को 'स्कोल' कहते हैं; अंगरेजी का स्कूल शब्द भी इसी स्कोल शब्द से बना है। स्कूल यानी पाठशाला का अर्थ लेज़र होता है। तुम तभी कुछ सीख सकते हो जब तुम लेज़र में होते हो, फुरसत में होते हो। अगर तुम व्यस्त हो, यह-वह कर रहे हो, तो सीखना नहीं हो सकता है। इसलिए विद्यालय सुविधा-संपन्न वर्ग के लिए था। जिन्हें सुविधा थी उनके बच्चे ही स्कूल जाते थे, विद्यालय जाते थे। उन्हें सीखने के अतिरिक्त कुछ नहीं करना है। जहां तक संसार का संबंध था, उन्हें पूरी छुट्टी मिली थी; सांसारिक झंझटों से वे मुक्त थे। तभी वे कुछ सीख सकते थे।

वही बात अपने संबंध में सीखने के लिए लागू होती है। तुम्हें पूरी तरह निष्क्रिय, सभी तरह निष्क्रिय होना पड़ेगा। तुम्हें सिर्फ होना है; कुछ करना नहीं है। सभी लहरें शांत हो जानी चाहिए, सभी काम-काज विदा हो जाने चाहिए। तुम हो, सिर्फ तुम हो। उस क्षण में ही तुम पहली बार अपनी प्रेजेंस के प्रति, अपने होने के प्रति बोध से भरते हो। क्यों ?

क्योंकि यह उपस्थिति ही इतनी सूक्ष्म है। ऐसी सूक्ष्म उपस्थिति के प्रति स्थूल विषयों से घिरे रहकर, स्थूल काम-काज में व्यस्त रहकर तुम बोधपूर्ण नहीं हो सकते। तुम्हारी उपस्थिति बहुत ही मौन संगीत है; और तुम इतने शोरगुल से भरे हो, हर तरह के शोरगुल से भरे हो, कि तुम अंतस की इस मौन, सूक्ष्म ध्वनि को नहीं सुन सकते।

तो बाहर के शोरगुल और सक्रियता से मुक्त होओ। तभी तुम पहली बार उस मौन, शांत नाद को सुन सकोगे; तभी तुम उस अनाहत नाद को, उस निशब्द संगीत को महसूस कर सकोगे। तब तुम स्थूल को छोड़कर सूक्ष्म में प्रवेश करते हो। सक्रियता स्थूल है; निष्क्रियता सूक्ष्म है। और तुम्हारी उपस्थिति, तुम्हारा होना जगत में सूक्ष्मतम चीज है। उसकी प्रतीति के

लिए तुम्हें नहीं हो जाना होगा, तुम्हें सब जगह से अनुपस्थित हो जाना होगा। तभी तुम्हारी समग्र उपस्थिति घटित होगी और तुम अपना साक्षात्कार कर सकोगे।

यही कारण है कि अनेक विधियों में शरीर को मृतवत करने के लिए कहा गया है। इसका इतना ही अर्थ है कि मृत व्यक्ति की तरह निष्क्रिय हो जाओ। ध्यान करते समय शरीर को मृत्यु में प्रवेश करने दो। यह कल्पना ही होगी; लेकिन कल्पना भी सहयोगी होगी। यह मत पूछो कि कल्पना कैसे सहयोगी हो सकती है। कल्पना का अपना ही काम करने का ढंग है।

अब तो वैज्ञानिक प्रयोग उपलब्ध हैं। उदाहरण के लिए, तुम बैठे हो और एक डाक्टर तुम्हारी नाड़ी देख रहा है। तुम अपने भीतर क्रोध पैदा करो। सिर्फ कल्पना करो कि तुम क्रोध में हो, लड़ रहे हो। और तुम्हारी नाड़ी की गति तुरंत बढ़ जाएगी। फिर दूसरा प्रयोग करो। भीतर कल्पना करो कि तुम मर रहे हो, तुम अभी मरने जा रहे हो। शांत हो जाओ और भाव करो कि तुम पर मृत्यु उतर रही है। और तुम्हारी नाड़ी की गति कम हो जाएगी। नाड़ी की गति सर्वथा शारीरिक बात है और तुम महज कल्पना कर रहे थे। लेकिन कल्पना बिलकुल झूठ ही नहीं है, उसकी अपनी सच्चाई है। अगर तुम सच में कल्पना कर सको, भाव कर सको, तो सच्ची मृत्यु भी घटित हो सकती है। भाव से भौतिक चीजें भी प्रभावित की जा सकती हैं।

तुमने सम्मोहन के खेल देखे होंगे। अगर तुमने नहीं देखे हैं तो तुम खुद अपने घर में ही उसका प्रयोग कर सकते हो। वह कठिन नहीं है, आसान है। अपने बच्चे को माध्यम बनाओ। लड़की हो तो और अच्छा। लड़की लड़के से बेहतर माध्यम होती है। लड़का अधिक संदेहशील होता है और वह सहयोग देने की बजाय संघर्ष में ज्यादा उत्सुक रहता है। लड़के का अर्थ ही है संघर्ष की वृत्ति। सहयोग जरूरी है।

बच्चे को पहले शिथिल होने को कहो और तब उसे यह सुझाव बार-बार दो: 'तुम गहरी निद्रा में उतर रहे हो; तुम गहरी निद्रा में उतर रहे हो; और तुम्हारी पलकें भारी से भारी हो रही हैं...।' और ध्यान रहे कि सुझाव थोड़ा मोनोटोनस हो, थोड़ी विरसता हो। जब कहो कि 'पलकें भारी से भारी हो रही हैं' तो ऐसे कहो जैसे कि तुम्हें भी नींद आ रही है। पांच मिनट के अंदर बच्चा गहरी नींद में चला जाएगा।

यह सामान्य नींद नहीं है; यह सम्मोहनजनित नींद है, बेहोशी है। यह सामान्य नींद से बुनियादी रूप से, गुणात्मक रूप से भिन्न है। क्योंकि अब बच्चा सिर्फ तुम्हारी आवाज सुनेगा और किसी की आवाज उसे नहीं सुनाई पड़ेगी। वह औरों की बातचीत के प्रति बिलकुल बहरा हो जाएगा; लेकिन वह तुम्हारी बात, सम्मोहन करने वाले की बात बखूबी सुनेगा। और वह तुम्हारी बात पर चलेगा भी।

अब कुछ प्रयोग करो। बच्चे को कहो: 'यह जलता अंगारा तुम्हारी हथेली पर रख रहा हूं; इससे तुम्हारा हाथ जल जाएगा।' और तब बच्चे के हाथ पर कोई भी चीज रख दो, एक ठंडा कंकड़ ही उठाकर रख दो। लड़का तुरंत कंकड़ को फेंक देगा; क्योंकि उसके मन को यह सुझाव मिल गया है कि अंगारा उसके हाथ पर है और इससे उसका हाथ जलने वाला है। वह कंकड़ को फेंक देगा और ऐसे चीखेगा मानो वह किसी जलती चीज से छ गया हो।

लेकिन उससे भी बड़ा चमत्कार तो यह होगा कि तुम देखोगे कि उसका हाथ सचमुच जल गया है, कि उसकी हथेली पर फफोले उग आए हैं। क्या हुआ? ठंडे कंकड़ से जलने की

कोई संभावना नहीं थी; लेकिन बच्चे की हथेली ठीक उसी तरह जल गई है जिस तरह वह अंगारे से जलती।

यह कल्पना की करामात है। जिन्होंने मनुष्य के मन को गहराई में देखा है वे कहते हैं कि कल्पना वैसी ही सच है जैसी कोई भी चीज़। कल्पना महज कल्पना नहीं है; क्योंकि वह यथार्थ बन जाती है।

तो यह प्रयोग करो। जमीन पर लेट जाओ और भाव करो कि मैं मर रहा हूं; मेरा शरीर मृतवत हो रहा है। धीरे-धीरे तुम्हें शरीर में एक भारीपन महसूस होगा; सारा शरीर बोझिल हो जाएगा। तब अपने को यह सुझाव दो कि अगर मैं अपना हाथ उठाना चाहूं तो वह उठने वाला नहीं है। और तब तुम कोशिश करके भी अपने हाथ को उसकी जगह से नहीं हटा पाओगे। अब भाव काम करने लगा है।

इस स्थिति में, जब तुम्हारा शरीर मृतवत हो जाए, तुम अपने को कर्म के जगत से आसानी से अलग कर सकते हो। यही कारण है कि मृतवत होने को कहा जाता है। तुम अब निष्क्रिय हो सकते हो; क्योंकि तुम मर गए हो। अब तुम समझते हो कि सब कुछ मर गया है और तुम्हारे और संसार के बीच का सेतु टूट गया है। शरीर वह सेतु है। जब शरीर ही मर गया तो तुम कुछ नहीं कर सकते। क्या तुम शरीर के बिना कुछ कर सकते हो? कुछ नहीं कर सकते। सब कर्म शरीर से ही होता है। मन सोच-विचार कर सकता है और कुछ नहीं कर सकता। शरीर के मृतवत होते ही तुम निर्बल हो गए; अब तुम कुछ भी नहीं कर सकते। तुम भीतर चले गए; संसार बाहर पड़ा रह गया, वाहन ही न रहा; सेतु टूट गया।

इस हालत में तुम्हारी ऊर्जा भीतर की ओर बहने लगेगी; क्योंकि उसके बाहर जाने का उपाय न रहा। बाहर का मार्ग अवरुद्ध हो गया, बंद हो गया। इसलिए अब भीतर सरक जाओ। भीतर जाकर तुम अपने को हृदय-केंद्र पर खड़ा पाओगे। अब तुम भीतर से अपने पूरे शरीर को विस्तार से देखो। और जब तुम पहली बार अपने ही शरीर को भीतर से देखोगे तो तुम्हें अजीब-अजीब अनुभव होंगे।

तंत्र, योग, आयुर्वेद, जो भी प्राचीन शरीर-विज्ञान हैं, उनके बड़े से बड़े सिद्धांत ऐसी ही आंतरिक ध्यान-विधियों के जरिए उपलब्ध हुए थे। आधुनिक शरीर-विज्ञान चीर-फाड़ के जरिए जाना गया है; लेकिन प्राचीन शरीर-विज्ञान ध्यान के जरिए जाना गया था। अब तो चिकित्सा-जगत में ऐसे विचारकों का समूह आगे आ रहा है जो कहता है कि जब तुम किसी शरीर को चीर-फाड़कर कुछ जानते हो तो वह जानना मृत शरीर के बाबत खबर देता है। और जो भी मृत शरीर से जाना जाता है वह जीवित शरीर के लिए प्रासंगिक नहीं हो सकता।

और ये विचारक सही हो सकते हैं। अगर तुम मेरा खून निकाल लो और उसकी जांच करो तो तुम मरे हुए खून की जांच करोगे। यह वही खून नहीं रहा जो मेरे भीतर प्रवाहित था। ऊपरी तौर से तो यह वही है; लेकिन यह यथार्थतः वही नहीं है। मेरे भीतर वह जीवंत प्रवाह था, वह जीवित था, जैविक इकाई का अंग था; बाहर आते ही वह मृत हो गया।

यह ऐसा ही है कि तुम पहले मेरी आंखें निकाल लो और तब उनकी जांच करो। जब वे आंखें मेरे साथ थीं, तब मैं उनके पीछे था, मैं उनमें था; अब वे मृत पत्थर हैं। और तुम उनके संबंध में जो भी जानोगे मेरी आंखों की बाबत नहीं जानोगे। क्योंकि उनका बुनियादी

अंश, सारभूत अंश उनमें नहीं रहा—मैं उनमें नहीं रहा। वे आंखें एक बड़े पूर्ण का अंग भर थीं। उनकी गुणवत्ता ही बड़े पूर्ण का अंग होने में थी। अब वे अलग हैं, किसी का अंग नहीं हैं। संबंध टूट गया है; जीवंत संपर्क टूट गया है।

योग और तंत्र की सब परंपराएं कहती हैं कि जब तक तुम जीवित शरीर को नहीं जानते तब तक तुम्हारा ज्ञान झूठा है। लेकिन जीवित शरीर को कैसे जाना जाए? उसका एक ही उपाय है कि तुम अपने भीतर प्रवेश करो और वहां से शरीर को विस्तार से देखो। इन विधियों के जरिए एक भिन्न जगत का, एक जीवंत जगत का उदघाटन हुआ है।

तो पहली बात है कि अपने हृदय में स्थित होओ, वहां से अपने शरीर को सब तरफ से देखो। इससे दो चीजें घटित होंगी। एक, अब तुम्हें यह नहीं लगेगा कि मैं शरीर हूं। अब तुम्हें अनुभव होगा कि मैं द्रष्टा हूं, सजग हूं, देखने वाला हूं। अब तुम दृश्य न रहे। पहली बार तुम्हारा शरीर आवरण बन जाएगा और तुम उससे पृथक हो जाओगे। और दूसरी चीज यह होगी कि तुम तुरंत जानोगे कि मैं मर नहीं सकता।

यह अजीब लगेगा कि एक काल्पनिक विधि के प्रयोग से, मृत्यु की कल्पना की विधि के प्रयोग से, कोई अमृत बिंदु को पहुंच जाए, कोई अचानक यह जान जाए कि मैं नहीं मर सकता।

तुमने औरों को मरते देखा है। उन्हें क्या हुआ? उनके शरीर मृत हो गए, और उससे ही तुमने अनुमान लगाया कि वे मर गए। लेकिन अब तुम देख सकते हो कि पूरा शरीर मृत पड़ा है और तुम जीवित हो। शरीर की मृत्यु तुम्हारी मृत्यु नहीं है। शरीर मर जाता है और तुम आगे बढ़ जाते हो। और अगर तुम इस विधि का सतत प्रयोग करते रहे तो वह समय दूर नहीं है जब तुम अपने शरीर से बाहर आकर और बाहर खड़े रहकर देख सकते हो कि तुम्हारा शरीर तुम्हारे सामने मृत पड़ा है। यह बहुत कठिन नहीं है।

और एक बार तुम्हें इसका अनुभव हो जाए तो तुम फिर वही आदमी नहीं रहोगे। तुम्हारा दोबारा जन्म हो जाएगा, तुम द्विज हो जाओगे। अब एक नया जीवन शुरू होता है।

कल मैं तुम्हें बता रहा था कि एक ज्योतिषी ने मेरी जन्मकुंडली तैयार करने का वादा किया था। कुंडली तैयार करने के पूर्व ही वे चल बसे और उनके बेटे को यह काम पूरा करना पड़ा। वह भी भारी अचंभे में पड़ गया। उसने कहा कि यह करीब-करीब निश्चित है कि यह लड़का इक्कीस वर्ष की उम्र में मर जाएगा। हर सातवें वर्ष पर उसे मृत्यु-योग है।

इससे मेरे मां-बाप, मेरे परिवार के लोग बहुत चिंतित हो उठे। जब भी सातवां वर्ष आता, वे घबराने लगते। और ज्योतिषी सही था। सात वर्ष की उम्र का होकर मैं मरा तो नहीं; लेकिन मुझे मृत्यु का गहरा अनुभव हुआ। यह अपनी मृत्यु का नहीं, अपने नाना की मृत्यु का अनुभव था। और मेरा उनसे इतना लगाब था कि मुझे उनकी मृत्यु अपनी मृत्यु मालूम पड़ी। मैंने अपने छुटपन के ढंग से उनकी मृत्यु का अनुकरण करना चाहा। लगातार तीन दिनों तक मैंने न भोजन लिया और न पानी; क्योंकि मुझे लगा कि मैं उन्हें इतना प्रेम करता था कि अगर ऐसा नहीं किया तो वह उनके प्रति विश्वासघात होगा।

मैं उन्हें इतना प्रेम करता था, वे मुझे इतना प्रेम करते थे कि मुझे कभी अपने माता-पिता के पास नहीं जाने दिया गया; मैं नाना के घर ही रहता था। उन्होंने कहा था कि जब मैं मर जाऊं

तभी तुम जा सकते हो। उनका गांव बहुत छोटा था, इसलिए मुझे स्कूल जाने का मौका भी नहीं मिला। वहां स्कूल ही नहीं था। वे मुझे छोड़ते ही नहीं थे। लेकिन समय आया और वे चल बसे। वे मेरे जीवन के अंग हो गए थे; मैं उनके प्यार के साए में बड़ा हुआ था।

तो जब उनकी मृत्यु हुई तो मुझे लगा कि भोजन लेना उनके प्रति विश्वासघात होगा। अब मैं जीना ही नहीं चाहता था। यह लड़कपन था। लेकिन इसके जरिए एक गहरी चीज घटित हुई। तीन दिन तक मैं पड़ा रहा; बिस्तर से बाहर ही नहीं आया। मैंने कहा कि जब नाना नहीं रहे तो मैं भी जीवित रहना नहीं चाहता हूं। मैं बच गया; लेकिन वे तीन दिन मृत्यु के अनुभव के दिन बन गए। एक तरह से मैं मर गया। और मुझे बोध हुआ—अब मैं उसे बता सकता हूं; उस समय तो वह एक धुंधला सा अनुभव था—कि मृत्यु असंभव है। ऐसा भाव हुआ।

फिर जब मैं चौदह वर्ष का हुआ तो फिर मेरे परिवार को चिंता हुई कि कहीं मैं मर न जाऊं। में फिर बच गया; लेकिन इस बार मैंने सचेतन प्रयोग किया। मैंने उनसे कहा: 'अगर ज्योतिषी के कहने के मुताबिक मृत्यु होने वाली है तो अच्छा है कि उसके लिए तैयार रहा जाए। और मृत्यु को मौका क्यों दिया जाए? क्यों नहीं मैं खुद चलकर आधी राह में मृत्यु को मिलूं? जब मुझे मरना ही है तो अच्छा है कि सावचेत होकर मरूं।'

मैंने अपने स्कूल से सात दिन की छुट्टी ले ली। मैं प्राचार्य के पास गया और उनसे कहा कि मैं मरने जा रहा हूं। उन्होंने कहा कि क्या मूढ़ता की बातें करते हो: क्या तुम आत्महत्या करने जा रहे हो? यह क्या कह रहे हो कि मैं मरने जा रहा हूं? मैंने उन्हें ज्योतिषी की भविष्यवाणी बताई कि हर सातवें वर्ष पर मुझे मृत्यु-योग है। और मैंने उनसे कहा कि मैं मृत्यु की प्रतीक्षा करने के इरादे से सात दिन के लिए विश्राम में जा रहा हूं। अगर मृत्यु आएगी तो अच्छा है कि उससे सचेतन मिलूं, ताकि वह अनुभव बन जाए।

मैं अपने गांव के बाहर एक मंदिर में चला गया। मैंने मंदिर के पुजारी के साथ तय कर लिया कि वह मुझे बाधा न दे। वह एक बहुत एकाकी, बहुत पुराना, टूटा-फूटा मंदिर था, जहां कोई नहीं जाता था। मैंने पुजारी से कहा कि मैं मंदिर में रहूंगा, तुम मुझे दिन में बस एक बार कुछ खाने-पीने को दे दिया करो। और मैं यहां पूरे दिन पड़ा-पड़ा मृत्यु की प्रतीक्षा करूंगा।

सात दिन तक मैं मृत्यु की प्रतीक्षा करता रहा। वे सात दिन अपूर्व अनुभव के दिन बन गए। मृत्यु नहीं आई; लेकिन अपनी ओर से मैंने मृतवत हो जाने की सब कोशिश की। अजीबोगरीब और आश्चर्यजनक बातें हुईं। बहुत बातें घटित हुईं; लेकिन बुनियादी स्वर यह था कि जब तुम भाव करते हो कि मैं मरने जा रहा हूं तो तुम शांत और मौन हो जाते हो। तब फिर कोई चिंता नहीं रह जाती है। क्योंकि सब चिंताएं जीवन के लिए हैं। जीवन से सब चिंताओं का संबंध है। जीवन सब चिंताओं का आधार है। जब तुम किसी दिन मरने के लिए राजी हो जाते हो तो चिंता क्यों?

मैं मंदिर में पड़ा था। तीसरे या चौथे दिन एक सांप उस मंदिर के अंदर दाखिल हुआ। वह मेरी निगाह में था; मैं उस सांप को देख रहा था। लेकिन जरा भी भय नहीं था। अचानक मुझे बहुत अनूठा अनुभव हुआ। ज्यों-ज्यों सांप निकट से निकटतर आया, मुझे बहुत अनूठा अनुभव हुआ। कोई भय नहीं था। मैंने सोचा कि जब मृत्यु आ रही है तो इस सांप के जरिए आ सकती है; फिर डरना क्या? प्रतीक्षा करो। और सांप मेरे शरीर के ऊपर से रेंगता हुआ निकल

गया। भय भी निकल गया। यदि तुम मृत्यु को स्वीकार करते हो तो कोई भय नहीं है। और अगर जीवन से चिपकते हो तो भय ही भय है।

कई बार मक्खियां मेरे इर्द-गिर्द चक्कर लगाती थीं। वे मेरे आस-पास उड़तीं, मेरे शरीर और मुंह पर रेंगती थीं। कभी-कभी मुझे चिढ़ होती थी और मैं उन्हें भगाना चाहता था। लेकिन मैंने सोचा कि उन्हें भगाने का क्या प्रयोजन है जब में देर-अबेर मरने वाला हूं! मरने के बाद तो कोई भी इस शरीर की हिफाजत करने को यहां नहीं होगा। तो इन मक्खियों को भी उनकी मौज पर छोड़ दो।

और जिस क्षण मैंने उन्हें उनकी मौज पर छोड़ने का निर्णय लिया उसी क्षण मेरी सब चिढ़ विलीन हो गई। मक्खियां अब भी मेरे शरीर पर थीं; लेकिन मैं उनके प्रति बेफिक्र हो गया—मानो वे किसी और के शरीर पर रेंग रही हों। तुरंत एक दूरी निर्मित हो गई। अगर तुम मृत्यु को स्वीकार करते हो तो एक दूरी निर्मित हो जाती है। जीवन अपनी सब चिंताओं और संतापों के साथ बहुत दूर सरक जाता है।

एक भांति मैं मर गया; लेकिन मैंने जाना कि अमृत भी है। जब एक बार तुम समग्रता से मृत्यु को स्वीकारते हो तो तुम्हें अमृत का बोध हो जाता है।

जब मैं इक्कीस वर्ष का हुआ तो मेरे परिवार को फिर मेरी मृत्यु की प्रतीक्षा होने लगी। मैंने परिवार से कहा कि क्यों प्रतीक्षा करते हो? प्रतीक्षा छोड़ो। मैं मरने वाला नहीं हूं। यह ठीक है कि किसी दिन यह शरीर नहीं रहेगा।

जो भी हो, ज्योतिषी की भविष्यवाणी ने मेरी बड़ी मदद की; क्योंकि उसने बहुत पहले मुझे प से परिचित करा दिया। निरंतर मैंने मृत्यु का ध्यान किया और स्वीकारा कि वह आने वाली है।

मृत्यु को सघन ध्यान के लिए उपयोग में लाया जा सकता है, क्योंकि उससे तुम निष्क्रिय हो जाते हो। तब ऊर्जा संसार से मुक्त हो जाती है और वह अंतर्यात्रा पर निकल सकती है। यही कारण है कि शवासन का सुझीव दिया जाता है।

जीवन और मृत्यु दोनों का उपयोग उसे खोजने के लिए करो जो दोनों के पार है।

आज इतना ही।

25

# शब्द, ध्वनि और अनाहत

# सूत्र

▲

37. हे देवीं, बोध के मधु-भरे दृष्टिपथ में संस्कृत वर्णमाला के अक्षरों की कल्पना करो—पहले अक्षरों की भांति, फिर सूक्ष्मतर ध्वनि की भांति और फिर सूक्ष्मतम भाव की भांति। और तब, उन्हें अलग छोड़कर मुक्त हो जाओ।

38. ध्वनि के केंद्र में स्नान करो, मानो जलप्रपात की अखंड ध्वनि में स्नान कर रहे हो। या कानों में अंगुली डालकर नादों के नाद, अनाहत को सुनो।

▲

ज्यां पाल सार्त्र ने आत्मकथा लिखी है; उसने उसे नाम दिया है: 'वर्ड्स'—शब्द। यह नाम बहुत अर्थपूर्ण है। यही प्रत्येक मनुष्य की आत्मकथा है—शब्द और शब्द और शब्द। तुम शब्दों से भरे हो। यह शब्दों की प्रक्रिया दिनभर तुम्हारे मन में चलती रहती है; और रात में भी जब तुम सोए हो, तुम शब्दों से, विचारों से भरे रहते हो।

मन शब्दों का संग्रह मात्र है। और प्रत्येक व्यक्ति शब्दों से ग्रस्त है, शब्दों से दबा है। यही कारण है कि आत्म-ज्ञान ज्यादा से ज्यादा असंभव हो रहा है। आत्मा तो शब्दों के पार है, या शब्दों के पीछे है, या उनके नीचे या ऊपर है। लेकिन वह शब्दों में कभी नहीं है। तुम्हारा होना मन में नहीं है, वरन मन के ठीक पीछे या ऊपर है—मन में कभी नहीं। तुम मन से बंधे जरूर हो; लेकिन वहां हो नहीं। बाहर रहकर तुम मन में केंद्रित हो। और इस सतत केंद्रित होने के कारण मन के साथ तुम्हारा तादात्म्य हो गया है। तुम सोचते हो कि मैं मन हूं।

यही एकमात्र समस्या है, बुनियादी समस्या है। और जब तक तुम्हें यह बोध नहीं होता कि मैं मन नहीं हूं, तब तक कुछ अर्थपूर्ण घटित नहीं होगा। तब तक तुम दुख में रहोगे। यह तादात्म्य ही दुख है। यह मानो अपनी छाया के साथ तादात्म्य है। तब सारा जीवन झूठ हो जाता है।

तुम्हारा सारा जीवन झूठ है। और बुनियादी भूल यह है कि तुमने मन के साथ तादात्म्य कर लिया है। तुम सोचते हो कि मैं मन हूं। यही अज्ञान है। तुम मन को विकसित भी कर सकते हो; लेकिन उससे अज्ञान का विसर्जन नहीं होगा। तुम बहुत बुद्धिमान हो जा सकते हो; तुम बहुत मेधावी हो सकते हो; तुम जीनियस, अति-प्रतिभावान भी हो सकते हो। लेकिन अगर मन के साथ तादात्म्य बना रहता है तो तुम मीडियाकर ही, औसत आदमी ही बने रहते हो। क्योंकि तुम्हारा झूठी छाया के साथ तादात्म्य है।

यह कैसे होता है? जब तक तुम इस प्रक्रिया को नहीं समझते कि यह कैसे होता है, तब तक तुम मन के पार नहीं जा सकते। और ध्यान की सभी विधियां पार जाने की, मन के

पार जाने की प्रक्रियाएं हैं; इसके अतिरिक्त वे और कुछ नहीं हैं। ध्यान की विधियां संसार के विरोध में नहीं हैं; वे मन के विरोध में हैं। सच तो यह है कि वे विधियां मन के भी विरोध में नहीं हैं; वे असल में तादात्म्य के विरोध में हैं। तुम मन के साथ तादात्म्य कैसे कर लेते हो? तादात्म्य की प्रक्रिया क्या है?

मन एक जरूरत है—बड़ी जरूरत है। विशेषकर मनुष्य जाति के लिए मन बहुत जरूरी है। मनुष्य और पशु में यही बुनियादी फर्क है। मनुष्य विचार करता है। और उसने अपने जीवन संघर्ष में विचार को एक अस्त्र की भांति उपयोग किया है। वह बच सका; क्योंकि वह विचार कर सकता है। अन्यथा वह किसी भी पशु से ज्यादा कमजोर है, ज्यादा असहाय है। शारीरिक रूप से उसका बचना असंभव था। वह बच सका, क्योंकि वह सोच-विचार कर सकता है। और विचार के कारण ही वह दुनिया का मालिक बन गया है।

जब विचार इतना सहयोगी रहा है तो यह समझना आसान है कि आदमी ने मन के साथ तादात्म्य क्यों कर लिया। तुम्हारे शरीर के साथ तुम्हारा वैसा तादात्म्य नहीं है जैसा मन के साथ है। निश्चित ही, धर्म कहे जाते हैं कि शरीर के साथ तादात्म्य मत करो; लेकिन कोई भी शरीर के साथ तादात्म्य नहीं करता है। कोई भी नहीं करता। तुम्हारा तादात्म्य मन के साथ है, शरीर के साथ नहीं। और शरीर के साथ तादात्म्य उतना घातक नहीं है जितना मन के साथ तादात्म्य घातक है। क्योंकि शरीर ज्यादा यथार्थ है। शरीर है; वह अस्तित्व के साथ ज्यादा गहराई में जुड़ा है। और मन मात्र छाया है। शरीर के तादात्म्य से मन का तादात्म्य ज्यादा सूक्ष्म है।

लेकिन हमने मन के साथ तादात्म्य किया है, क्योंकि जीवन-संघर्ष में मन ने बड़ी मदद की है। मन न सिर्फ जानवरों के विरुद्ध, न सिर्फ प्रकृति के विरुद्ध संघर्ष में सहयोग करता है, बल्कि अन्य मनुष्यों के विरुद्ध संघर्ष में भी वह सहयोग करता है। अगर तुम्हें तीक्ष्ण बुद्धि है तो तुम दूसरे मनुष्यों से भी जीत जाओगे। तुम सफल होओगे, तुम धनवान होओगे; क्योंकि तुम ज्यादा हिसाबी हो, तुम ज्यादा चालाक हो। अन्य मनुष्यों के विरुद्ध भी मन अस्त्र का काम करता है। यही कारण है कि मन के साथ हमारा तादात्म्य इतना है—यह स्मरण रहे।

मौत से, रोग से, प्रकृति और अन्य मनुष्यों से भी मन तुम्हारा बचाव करता है, तुम्हारी सुरक्षा करता है। मन ने बहुत किया है; इसलिए साफ है कि हम अपने को मन मान बेठे हैं। अगर कोई तुम्हें कहे कि तुम्हारा शरीर रुग्ण है तो उससे तुम्हें बुरा नहीं महसूस होता; लेकिन अगर कोई कहे कि तुम्हारा मन रुग्ण है तो तुम्हें निश्चित बुरा लगता है। क्यों? शरीर के बीमार होने की बात सुनकर तुम्हें क्षोभ नहीं होता है। क्यों? क्योंकि तुम्हारा शरीर के साथ तादात्म्य नहीं है। लेकिन अगर तुम्हारा मन बीमार है और कोई कहता है कि तुम मानसिक रूप से बीमार हो तो तुम्हें बहुत क्षोभ होता है। क्योंकि अब यह तुम्हारे संबंध में खबर देता है, तुम्हारे शरीर के संबंध में नहीं।

तुम शरीर के साथ ऐसा व्यवहार करते हो जैसे कि वह एक वाहन है, तुम्हारी कोई चीज है। लेकिन मन के साथ ऐसा व्यवहार तुम नहीं करते। मन के साथ तुम मन ही हो; शरीर के साथ तुम उसके मालिक हो।

इस मन ने तुम्हारे अस्तित्व में, होने में भी विभाजन पैदा कर दिया है। और वह दूसरा बुनियादी कारण है कि हमने उसके साथ तादात्म्य कर रखा है। तुम बाहर की चीजों के संबंध में

ही विचार नहीं करते, तुम भीतर की चीजों के संबंध में भी विचार करते हो। उदाहरण के लिए, शरीर की भी अपनी अनेक वृत्तियां हैं, तुम उन वृत्तियों के संबंध में भी विचार करते हो। तुम सोच-विचार ही नहीं करते, तुम उनसे लड़ते भी हो। एक सतत आंतरिक लड़ाई चलती रहती है। कामवासना है; मन उससे लड़ता है या उसे अपने ढंग-ढांचे में ढालना चाहता है। वह उसका दमन करता है, उसे विकृत करता है और उसे नियंत्रित करता है।

मन भीतर भी लड़ रहा है। वह लड़ाई तुम्हारे और तुम्हारे शरीर के बीच विभाजन पैदा कर देती है। और तब तुम सोचने लगते हो कि शरीर दुश्मन है, दोस्त नहीं है। क्योंकि शरीर ऐसे काम किए जाता है जिनके मन विरोध में है। और शरीर मन की सुनने को राजी नहीं है और इससे मन नाराज होता है, वह इसे अपनी हार मानता है। वह शरीर से लड़ता है। और उससे विभाजन पैदा होता है।

और तुम सदा मन के साथ तादात्म्य करते हो, शरीर के साथ नहीं। मन तुम्हारा अहंकार है; वह तुम्हारा मैं है। अगर शरीर कामुक अनुभव करता है तो तुम विभाजन कर सकते हो; तुम कह सकते हो कि यह शरीर है, मैं नहीं! मैं तो इसके विरोध में हूं। तुम कह सकते हो कि मैंने ब्रह्मचर्य का व्रत लिया है; मैं तो कामवासना का विरोधी हूं; यह शरीर की मांग है, मेरी नहीं।

लेकिन तब तुम कौन हो? तुम वह मन हो जिसने व्रत लिया है। यह मन तुम्हारा अहंकार है। और तुम शरीर के विरोध में हो जाते हो; क्योंकि शरीर अहंकार को तोड़ता है। तुम जो भी तय करते हो वह उसे सुनता ही नहीं है।

तपस्या की सारी मूढ़ता इसी से पैदा हुई; शरीर सुनता ही नहीं है। शरीर प्रकृति है; शरीर जागतिक समग्रता का एक अंग है। शरीर के अपने नियम हैं। वे नियम अचेतन हैं और शरीर उनके मुताबिक काम करता है। मन शरीर के ऊपर भी अपने नियम बनाने और थोपने की चेष्टा करता है। तब द्वंद्व पैदा होता है, तब मन शरीर से लड़ने लगता है। तब मन शरीर को भूखा मारने लगता है; हर तरह से उसकी हत्या के उपाय करता है।

अतीत में यही हुआ; तथाकथित धार्मिक लोग सचमुच पागल की तरह शरीर के पीछे पड़ गए। वे जो भी करते थे उसका संबंध परमात्मा से नहीं था, वे बस शरीर के विरोध में सब कुछ करते थे। असल में ईश्वर की खोज शरीर-विरोध का पर्याय बन गई। धार्मिक लोगों ने यही रुख अपनाया कि शरीर को मारो, शरीर को नष्ट करो; शरीर शत्रु है।

सच तो यह है कि यह धार्मिक दृष्टि नहीं है। यह तो सर्वाधिक अधार्मिक दृष्टि है; क्योंकि यह सर्वाधिक अहंकार-भरी है। यह अहंकार है और अहंकार को चोट लगती है। तुम निश्चय करते हो कि क्रोध नहीं करूंगा और क्रोध आ जाता है। इससे तुम्हारे अहंकार को चोट लगती है; वह पराजित अनुभव करता है। तुम्हारा निश्चय व्यर्थ हो गया; क्रोध उठ गया। और जब क्रोध उठता है तो तुम समझते हो कि यह क्रोध शरीर से उठ रहा है। वैसे ही तुम कामवासना के विरुद्ध निर्णय लेते हो और कामवासना घेर लेती है। फिर तुम नाराज होते हो और तुम शरीर को दंड देने की चेष्टा करते हो। तपस्या दंड के सिबाय और क्या है? तुम शरीर को दंडित करते हो, ताकि वह तुम्हारे अहंकार के अनुकूल चलने को मंजबूर हो।

यह मन, यह सोच-विचार की प्रक्रिया, यह अहंकार तुम्हारे समूचे अस्तित्व का एक

अंश भर है। और यह अंश मालिक होने की, सर्वेसर्वा होने की कोशिश करता है। यह संभव नहीं है; अंश सर्वेसर्वा नहीं हो सकता है। उसका निष्फल होना अनिवार्य है। यही कारण है कि जीवन में इतनी निराशा है। तुम कभी सफल नहीं हो सकते; तुम असंभव की चेष्टा कर रहे हो। अंश कभी भी सर्वेसर्वा नहीं हो सकता है। संपूर्ण अंश से बहुत बड़ा है। अंशी अंश से बहुत बड़ा है, और संपूर्ण बहुत शक्तिशाली है।

यह ऐसा ही है कि पेड़ की एक डाल समूचे पेड़ पर मालकियत करना चाहे, जड़ों सहित पूरे पेड़ पर अधिकार जमाना चाहे। अब एक शाखा पूरे पेड़ को कैसे नियंत्रित कर सकती है? वह जड़ों को कैसे अपने पीछे चलने के लिए मजबूर कर सकती है? यह असंभव है। वह जो भी सोचे, वह पागलपन है। वह शाखा पागल हो गई है। चाहे वह कितना ही सोच-विचार करे, कितना ही सपना देखे कि भविष्य में वृक्ष उसका अनुगमन करेगा; लेकिन वह संभव नहीं है। यह संभव ही नहीं है। शाखा को ही वृक्ष के पीछे चलना होगा। वृक्ष और उसकी जड़ों के कारण वह जीवित है। और जड़ें शाखा के भी पहले थीं। और जड़ें ही शाखा की स्त्रोत हैं।

तुम्हारा मन तुम्हारे शरीर का एक अंश है; वह उस पर नियंत्रण नहीं कर सकता। शरीर पर नियंत्रण करने की चेष्टा असफलता लाएगी, निराशा लाएगी। और इस कारण पूरी मनुष्यता असफल सिद्ध हुई है। प्रत्येक व्यक्ति पीड़ा में है, चिंता में है, संताप में है। प्रत्येक व्यक्ति भय से कांप रहा है। क्योंकि असंभव की चेष्टा चल रही है। लेकिन अहंकार सदा असंभव की चेष्टा करता है। संभव उसके लिए चुनौती नहीं बन पाता; असंभव चुनोती बन जाता है। अगर असंभव किया जा सके तो अहंकार बहुत खुश होगा। लेकिन तुम चाहे कितनी ही चेष्टा करो, तुम अपनी जिंदगी ही गंवाओगे, जो नहीं हो सकता है वह नहीं होगा।

मालिक बनने के इस आंतरिक प्रयत्न के कारण तुम्हारा मन के साथ तादात्म्य हो गया है। नौकर के साथ तादात्म्य करना कौन चाहेगा? अचेतन के साथ तादात्म्य करना कौन चाहेगा? यह व्यर्थ है। अचेतन उपेक्षित रहता है; क्योंकि वह पकड़ में नहीं आता है। और अचेतन के साथ अहंकार नहीं हो सकता है; उसमें 'मैं' का अनुभव नहीं होता है।

इसे इस तरह समझने की कोशिश करो। जब कामवासना तुम्हें पकड़ती है तो तुम मैं का उपयोग नहीं कर सकते। तुमसे किसी बड़ी शक्ति ने तुम्हें अपने बस में कर लिया है, मानो तुम प्रबल जलधार में पड़ गए हो। तुम नहीं हो; कोई और तुम्हें चला रहा है। इसीलिए तुम कहते हो कि मुझे काम ने वशीभूत कर लिया। वैसे ही क्रोध पकड़ता है, या भूख पकड़ती है। यह तुमसे बड़ी शक्ति है; तुम बस उसके वशीभूत हो जाते हो। और यह शक्ति भयभीत करती है। यह बहुत भयभीत करती है; क्योंकि तब तुम नहीं रहते हो। यह एक तरह की मृत्यु है। यही कारण है कि तुम कामवासना के इतने विरोध में हो। वह एक तरह की मृत्यु है।

जो लोग कामवासना के विरोध में हैं वे सदा मृत्यु से भयभीत रहेंगे। और जो काम से भयभीत नहीं हैं, जो उसमें सरलता से, सहजता से बहते हैं, वे मृत्यु से कभी नहीं डरेंगे। इस एसोसिएशन को देखो: जो काम के विरोधी हैं वे मृत्यु से भयभीत रहेंगे और जो मृत्यु से भयभीत हैं वे काम के विरोधी होंगे। मृत्यु से डरे हुए लोग अमरता के सिद्धांत गढ़ते हैं: वे हमेशा मरणोत्तर जीवन के संबंध में सोच-विचार करते हैं। और जो अमरता का चिंतन करते हैं

वे हमेशा सेक्स या काम के विरोधी होंगे। यही दो विकल्प हैं।

काम भयभीत करता है। यह भय क्या है? भय यह है कि कामवासना के उठने पर तुम नहीं रहते हो; तुमसें कोई बड़ी शक्ति तुम्हें वशीभूत कर लेती है। तुम विदा हो जाते हो, फिंक जाते हो; तुम नहीं रहते। इसलिए जो काम के विरोधी नहीं हैं वे भी कभी काम-भोग में गहरे नहीं उतरते हैं। वे सदा अपने को रोके रहते हैं, थामे रहते हैं; वे उसमें कभी पूरी तरह नहीं डूबते। यही कारण है कि आर्गाज्म जैसी, काम-समाधि जैसी सहज चीज स्त्री-पुरुषों के लिए असंभव हो गई है। प्रगाढ़ आर्गाज्म का अर्थ है कि तुम किसी ऐसी चीज में उतर गए थे जो तुमसे बहुत बड़ी थी; तुम किसी ऐसी चीज में थे जहां तुम नहीं थे, जहां तुम्हारा अहंकार नहीं था।

अहंकार हर चीज पर नियंत्रण पाने के लिए संघर्ष करता है और मन इसमें सहयोग करता है। और इस प्रयत्न में मन के साथ तुम्हारा तादात्म्य हो जाता है। और यही तादात्म्य दुख है। यह छाया है—झूठी छाया है। मन बहुत उपयोगी यंत्र है। उसका उपयोग करो; लेकिन उसके साथ तादात्म्य मत करो। यह बढ़िया यंत्र है, जरूरी यंत्र है, उसे काम में लाओ; लेकिन अपने को मन मत मानो। एक बार तुमने मान लिया कि मैं मन हूं तो फिर तुम मन का उपयोग न कर सकोगे; तब मन ही तुम्हारा उपयोग करने लगेगा। तब तुम मन के साथ भटकते रहोगे।

सभी ध्यान-विधियां तुम्हें उसकी झलक देने के लिए हैं जो मन नहीं है। तो मन के पार कैसे जाया जाए? कैसे उसे छोड़ा जाए और कैसे उसे एक क्षण के लिए भी देखा जाए?

ध्वनि-संबंधी पहली विधि:

*हे देवी, बोध के मधु-भरे दृष्टिपथ में संस्कृत वर्णमाला के अक्षरों की कल्पना करो— पहले अक्षरों की भांति, फिर सूक्ष्मतर ध्वनि की भांति, और फिर सूक्ष्मतम भाव की भांति। और तब, उन्हें छोड़कर मुक्त होओ।*

शब्द ध्वनि हैं। विचार एक अनुक्रम में, तर्कयुक्त अनुक्रम में बंधे, एक खास ढांचे में बंधे शब्द हैं। ध्वनि मूलभूत है। ध्वनि से शब्द बनते हैं और शब्दों से विचार बनते हैं। और तब विचार से धर्म और दर्शनशास्त्र बनता है, सब कुछ बनता है। लेकिन गहराई में ध्वनि है।

यह विधि विपरीत प्रक्रिया का उपयोग करती है।

शिव कहते हैं: 'हे देवी, बोध के मधु-भरे दृष्टिपथ में संस्कृत वर्णमाला के अक्षरों की कल्पना करो—पहले अक्षरों की भांति, फिर सूक्ष्मतर ध्वनि की भांति, और फिर सूक्ष्मतम भाव की भाति। और तब, उन्हें छोड़कर मुक्त होओ।'

हम दर्शनशास्त्र में जीते हैं। कोई हिंदू है, कोई मुसलमान है, कोई ईसाई है, कोई कुछ है। हम दर्शनशास्त्रों में जीते हैं, विचार-तंत्रों में जीते हैं। और वे हमारे लिए इतने महत्वपूर्ण हो गए हैं कि हम उनके लिए अपनी जान दे सकते हैं। आदमी शब्दों के लिए मर सकता है—मात्र शब्दों के लिए। कोई उसके परमात्मा को, उसकी परमात्मा की धारणा को गलत कह दे और वह लड़ पड़ेगा। कोई राम या ईसा या किसी ऐसी धारणां को गलत कह दे और वह लड़ पड़ेगा। मनुष्य महज शब्द के लिए लड़ सकता है, हत्या कर सकता है।

शब्द इतना महत्वपूर्ण हो गया है। यह मूढ़ता है, लेकिन यही मूढ़ता हमारा इतिहास है। और हम अभी उसी भांति पेश आ रहे हैं। एक अकेला शब्द तुम्हारे भीतर इतना उपद्रव पैदा

कर सकता है कि तुम मरने-मारने को तैयार हो जाते हो। हम दर्शनशास्त्रों में जीते हैं; विचार-तंत्रों में जीते हैं।

दर्शनशास्त्र क्या हैं? तर्कयुक्त ढंग से, व्यवस्था से, ढांचे में विचारों के जमाव को हम दर्शनशास्त्र कहते हैं। और विचार क्या हैं? व्यवस्था से और अर्थवत्ता के साथ शब्दों के जमाव को हम विचार कहते हैं। और शब्द क्या हैं? शब्द वे ध्वनियां हैं जिनके बारे में आम सहमति है कि उनका मतलब यह या वह होगा।

ध्वनि बुनियादी है, आधारभूत है। मन की बुनियादी संरचना में ध्वनि है। दर्शनशास्त्र उसका शिखर है; लेकिन जिन ईटों से पूरी इमारत बनी है वे ध्वनियां हैं। इसमें गलत क्या है।

ध्वनि बस ध्वनि है। अर्थ उसमें हम डालते हैं; अर्थ आम सहमति से तय होता है। अन्यथा ध्वनि का कोई अर्थ नहीं है। अर्थ हमारा दिया हुआ है, हमारा प्रक्षेपण है। अन्यथा राम शब्द मात्र ध्वनि है—अर्थहीन ध्वनि। अर्थ हम उसे देते हैं। और वह शब्द बहुत महत्वपूर्ण हो जाता है। और तब हम उसके इर्द-गिर्द विचारों का तंत्र निर्मित करते हैं। तब तुम सब कुछ कर सकते हो, कुछ भी कर सकते हो; उसके लिए जी-मर सकते हो। अगर कोई इस ध्वनि राम को अपमानित करे तो तुम क्रुद्ध हो जाओगे। और यह शब्द राम महज एक सहमति है, नियमगत सहमति है कि इसका यह अर्थ होगा। अन्यथा अपने आप में किसी शब्द का कोई अर्थ नहीं है, वह महज ध्वनि है।

यह सूत्र प्रतिक्रमण करने को, विपरीत दिशा में चलने को कहता है। ध्वनि पर आ जाओ। फिर ध्वनि से भी ज्यादा बुनियादी चीज भाव है, जो कहीं गहरे में छिपा है। इसे समझना होगा।।

आदमी शब्द का उपयोग करता है। शब्द का मतलब ऐसी ध्वनि है जिसको सहमति से अर्थ मिला हुआ है। पशु-पक्षी भी ध्वनि का प्रयोग करते हैं; लेकिन उनकी ध्वनि में कोई भाषागत अर्थ नहीं होता, उनकी कोई भाषा नहीं है। लेकिन वे भाव के साथ ध्वनि का प्रयोग करते हैं। कोई पक्षी गाता है; उसके गाने में भाव है, वह किसी भाव को प्रकट कर रहा है। हो सकता है कि वह अपनी प्रेमिका को पुकार रहा हो, या मां को पुकार रहा हो, या हो सकता है, बच्चा भूखा हो और अपनी पीड़ा जता रहा हो। वह ध्वनि भाव-बोधक है।

ध्वनि के ऊपर शब्द हैं, विचार हैं, दर्शनशास्त्र है; ध्वनि के नीचे भाव हैं। और जब तक तुम भाव के नीचे नहीं उतरते तब तक मन के नीचे नहीं उतर सकते। सारा जगत ध्वनियों से भरा है; सिर्फ मनुष्य का जगत शब्दों से भरा है। मनुष्य का बच्चा भी जब तक भाषा नहीं सीखता है, ध्वनियों का ही प्रयोग करता है।

सच तो यह है कि भाषा का सारा विकास उन ध्वनियों के आधार पर हुआ जो दुनियाभर में बच्चे बोलते हैं। उदाहरण के लिए किसी भी भाषा में मो के लिए शब्द किसी न किसी रूप में मां ध्वनि से जुड़ा है। चाहे वह मातृ हो, मदर हो, मादर हो, मां हो; सब कमोबेश मां ध्वनि से जुड़े हैं। बच्चा मां ध्वनि अत्यंत सरलता से बोल सकता है। यह वह पहली ध्वनि है जो बच्चा बोल सकता है। फिर सारी इमारत मां ध्वनि पर उठती है। बच्चा मा कहना शुरू करता है; क्योंकि यह पहली ध्वनि है जिसे बच्चा आसानी से बोल सकता है। यह नियम सब देश और सब समय के लिए लागू है। शरीर और गले की संरचना ही ऐसी है कि

मां बोलना उसके लिए सबसे आसान पड़ता है। और बच्चे के लिए उसकी मां निकटतम व्यक्ति होती है, सबसे महत्वपूर्ण होती है। इसलिए पहली ध्वनि पहले अर्थपूर्ण व्यक्ति के साथ जुड़ गई और उससे ही मातृ, मदर, मादर, मां शब्द बने।

लेकिन बच्चा जब पहली दफा 'मां' कहता है तो उसमें कोई भाषागत अर्थ नहीं रहता, पर भाव अवश्य रहता है। और उसी भाव के कारण यह ध्वनि मां का पर्याय बन गयी। वह भाव ध्वनि से ज्यादा बुनियादी है।

यह सूत्र कहता है कि संस्कृत वर्णमाला के अक्षरों की कल्पना करो।'

कोई भी भाषा काम दे देगी। क्योंकि शिव पार्वती से बोल रहे थे, इसलिए उन्होंने संस्कृत का नाम लिया। तुम अंग्रेजी, लैटिन या अरबी भाषा भी इस्तेमाल कर सकते हो। किसी भाषा से भी काम चल जाएगा। संस्कृत यहां इसलिए कही गई है क्योंकि शिव पार्वती से संस्कृत में चर्चा करते थे। ऐसी बात नहीं है कि संस्कृत और भाषाओं से श्रेष्ठ है। नहीं, कोई भी भाषा चलेगी।

पहले अपने भीतर, अपनी चेतना में, 'बोध के मधु-भरे दृष्टिपथ' में अ, ब, स, आदि अक्षरों को अनुभव करो। किसी भी भाषा के अक्षरों से काम चल जाएगा। और यह किया जा सकता है; यह बहुत सुंदर प्रयोग है। अगर तुम इसे प्रयोग करना चाहो तो पहले आंख बंद करो और भीतर अपनी चेतना को इन अक्षरों से भर जाने दो। चेतना को काली पट्टी समझो और तब उस पर अ, ब, स, अक्षरों की कल्पना करो। कल्पना में उन्हें सावचेत होकर और साफ-साफ लिखो और उनको देखो। फिर धीरे-धीरे अक्षर अ को भूल जाओ और उसकी ध्वनि को स्मरण रखो—सिर्फ ध्वनि को।

लेकिन पहले कल्पना की आंखों से देखना जरूरी है; क्योंकि हमारे लिए आंख बहुत महत्वपूर्ण है। कान उतने महत्वपूर्ण नहीं हैं। हम आंख-केंद्रित हैं। कारण वही है कि आंख अन्य किसी भी चीज से ज्यादा हमें जीने में सहयोग देती है; हमारी नब्बे प्रतिशत चेतना आंखों में बसती है। आंख को हटाकर अपने संबंध में कल्पना करो और तुम मरे-मरे से हो जाओगे। बहुत न्यून बच रहेगा।

इसलिए पहले देखो। दृष्टि को भीतर ले जाओ और अक्षरों को देखो। वैसे अक्षर आंखों की बजाय कानों से ज्यादा संबंधित हैं; क्योंकि वे ध्वनियां हैं। लेकिन हमारे लिए वे आंख से जुड़ गए हैं; क्योंकि हम पढ़ने के इतने आदी हो गए हैं। बुनियादी रूप से वे कान से संबंधित हैं, वे ध्वनियां हैं। तो आंख से शुरू करो। और फिर धीरे-धीरे आंख को भूल जाओ ओर आंख से कान पर चले जाओ। पहले उन्हें अक्षरों के रूप में कल्पना करो, फिर उन्हें देखो और फिर उन्हें सूक्ष्मतर ध्वनियों की भांति सुनो और अंत में सूक्ष्मतम भाव की भांति भाव करो।

यह एक बहुत सुंदर प्रयोग है। जब तुम अ कहते हो तो तुम्हारे भीतर क्या भाव होता है? हो सकता है, तुम्हें इसका बोध न हो कि क्या भाव होता है। जब भी तुम कोई ध्वनि करते हो तो तुम्हारे भीतर कैसे भाव का उदय होता है? हम इतने भाव-शून्य हो गए हैं कि भूल ही गए हैं। जब तुम कोई ध्वनि देखते हो तो क्या होता है? तुम उसका उपयोग किए जाते हो और ध्वनि को बिलकुल भूल गए हो। उसे तुम निरंतर देखते हो। यदि मैं अ कहता हूं तो तुम पहले अ को देखोगे, तुम्हारे मन में अ दृश्य हो जाएगा। लेकिन अब जब मैं अ कहूं तो उसे देखो

नहीं, सुनो। और तब अनुभव करो कि तुम्हारे भाव-केंद्र में क्या घटित होता है। क्या कुछ भी नहीं होता है?

शिव कहते हैं कि अक्षरों से ध्वनि की तरफ चलो; इन अक्षरों के जरिए ध्वनि को उघाड़ो। पहले ध्वनि को उघाड़ो, और फिर ध्वनि के जरिए भाव को उघाड़ो। तुम्हें कैसा भाव होता है, इसके प्रति सजग होओ।

कहते हैं कि मनुष्य बहुत संवेदनशून्य हो गया है; वह अभी धरती पर सब से संवेदनशून्य जानवर है। मैं एक जर्मन कवि का संस्मरण पढ़ रहा था। वह अपने बचपन की एक घटना बताता है। उसके पिता को घोड़ों का बहुत शौक था। उसके घर पर अनेंक घोड़े थे; एक बड़ा अस्तबल था। लेकिन उसका बाप उसे घोड़ों के पास नहीं जाने देता था। बाप डरता था; क्योंकि बच्चा अभी बहुत छोटा था। लेकिन कभी-कभी जब बाप घर पर नहीं होता तो बच्चा चुपचाप अस्तबल में चला जाता था। वहां उसकी एक घोड़े से दोस्ती हो गई। और जब वह लड़का वहां पहुंचता तो घोड़ा हिनहिनाने लगता था।

उस कवि ने लिखा है कि तब मैं भी घोड़े के साथ कुछ ध्वनि करने लगा; क्योंकि उससे भाषा में बोलने का तो कोई उपाय न था। और तब घोड़े के साथ इस तरह संवाद करते हुए मुझे पहली बार ध्वनियों का बोध हुआ, उनके सौंदर्य का, उनके भाव का बोध हुआ।

तुम्हें किसी मनुष्य के साथ संवाद करके यह बोध नहीं हो सकता है; क्योंकि मनुष्य मुर्दा हो चला है। घोड़ा ज्यादा जीबंत है और उसके पास भाषा नहीं है। उसके पास शुद्ध ध्वनि है। वह हृदय से भरा है, मन से नहीं।

तो कवि ने संस्मरण में कहा है कि पहली बार मुझे ध्वनि के सौंदर्य का, उसके अर्थ का बोध हुआ। यह वह अर्थ नहीं था जो शब्दों और विचारों से आता है; यह अर्थ भाव से भरा था। अगर वहां और कोई मौजूद होता तो घोड़ा नहीं हिनहिनाता; उससे बच्चा समझ जाता कि घोड़ा कह रहा है कि यहां मत आओ, यहां कोई है; और तुम्हारे पिता नाराज होंगे। और जब वहां कोई नहीं होता तो घोड़ा हिनहिनाता, जिसका मतलब होता कि आ जाओ, यहां कोई नहीं है। कवि याद करता है कि यह एक साजिश थी जिससे मुझे बहुत सहायता मिली; उस घोड़े ने मेरी बड़ी मदद की।

कवि ने यह भी बताया है कि जब मैं जाता था और घोड़े को प्रेम करता था तो यदि मेरा प्रेम घोड़े को पसंद आता तो वह एक ढंग से सिर हिलाता था। और यदि नहीं पसंद आता तो वह सिर ही नहीं हिलाता था। पसंदगी की बात और थी; घोड़ा उसे प्रकट करता था। और जब उसका मूड, उसकी भाव-दशा और होती तो वह उस ढंग से सिर नहीं हिलाता था। और कवि कहता है कि यह सिलसिला वर्षों चला कि मैं जाता और घोड़े को सहलाता। और घोड़े के साथ यह प्रेम इतना प्रगाढ़ था कि मुझे कभी किसी और के साथ उस घनिष्ठता का एहसास नहीं हुआ।

कवि आगे कहता है कि एक दिन मैं घोड़े की गरदन सहला रहा था और वह मस्ती में डोलकर उसका आनंद ले रहा था कि मैं अचानक पहली बार अपने हाथ के प्रति सजग हो उठा और मुझे खयाल हुआ कि मैं घोड़े को सहला रहा हूं। इसके साथ ही घोड़े मे डोलना बंद कर दिया, और गरदन हिलाना बिलकुल बंद कर दिया। और वह कवि कहता है, फिर तो मैंने वर्षों

कोशिश की; लेकिन घोड़े से कोई प्रत्युत्तर नहीं मिला। बहुत समय बीतने पर मुझे बोध हुआ कि मेरे हाथ के प्रति, मेरे अहंकार के प्रति सजग होते ही मेरा घोड़े के साथ संवाद समाप्त हो गया और उसे मैं फिर कभी प्राप्त नहीं कर सका। क्या हुआ?

वह भाव का संवाद था। ज्यों ही अहंकार आता है, शब्द आता है, भाषा आती है, विचार आता है, त्यों ही पूरा तल ही बदल जाता है। अब तुम ध्वनि के ऊपर हो; पहले ध्वनि के नीचे थे। वे ध्वनियां भाव हैं और घोड़ा भाव समझ सकता था। वह अहंकार की भाषा नहीं समझ सकता था, इसलिए संबाद टूट गया।

कवि ने बहुत चेष्टा की; लेकिन कोई चेष्टा सफल नहीं हुई। कारण यह है कि तुम्हारी चेष्टा भी तुम्हारे अहंकार का ही हिस्सा है। कवि ने अपने हाथ को भूलने की चेष्टा की; लेकिन भूल न सका। यह भूलना असंभव है। तुम जितनी भूलने की कोशिश करोगे उतनी ही हाथ की याद आएगी। चेष्टा से कुछ भी भूला नहीं जा सकता है। चेष्टा स्मृति को और भी सबल बना देगी। कवि कहता है कि मैं अपने हाथ में उलझ गया; मैं घोड़े को फिर उद्वेलित न कर सका। मैं अपने हाथ ले जाता था, लेकिन उससे कोई ऊर्जा घोड़े की ओर नहीं बहती थी। और घोड़े को इसका पता चल गया। घोड़े को यह पता कैसे चला?

अगर मैं अचानक कोई दूसरी भाषा बोलने लगूं तो संवाद बंद हो जाएगा, तब तुम मुझे नहीं समझ सकोगे। और अगर यह भाषा तुम्हारे लिए परिचित नहीं है तो तुम अचानक रुक जाओगे। तुम्हें भाषा ही नहीं समझ पड़ेगी। घोड़ा ऐसे ही रुक गया था।

प्रत्येक बच्चा भाव के साथ जीता है। पहले ध्वनि आती है; तब वह ध्वनि भाव से भरती है। तब शब्द, विचार, व्यवस्था, धर्म और दर्शनशास्त्र आते हैं। और तब आदमी भाव के केंद्र से दूर-दूर हटता चला जाता है।

यह सूत्र कहता है कि ध्वनि से भाव पर लौट आओ, भाव की भूमि पर खड़े होओ। भाव तुम्हारा मन नहीं है; यही कारण है कि तुम भाव से डरते हो। तुम तर्क से नहीं डरते; लेकिन तुम भाव से सदा डरते हो। क्योंकि भाव तुम्हें अराजकता में ले जा सकता है, जिस पर तुम्हारा काबू नहीं है। तर्क तुम्हारे नियंत्रण में है; सिर के तुम मालिक हो। सिर से नीचे उतरते ही तुम्हारी मालकियत जाती रहती है। तब तुम्हारा नियंत्रण नहीं रहता; तब तुम मनमानी नहीं कर सकते। भाव ठीक मन के नीचे है; भाव तुम्हारे और तुम्हारे मन के बीच की कड़ी है।

फिर शिव कहते हैं: 'तब उन्हें अलग छोड़कर मुक्त हो जाओ।'

तब भाव को भी छोड़ दो। और स्मरण रहे, भाव के गहनतम तल पर पहुंचकर ही तुम भाव को छोड़ सकते हो। अगर तुम उनके गहन तल पर नहीं हो तो उन्हें कैसे छोड़ सकते हो? पहले तुम्हें दर्शनशास्त्र को छोड़ना होगा; हिंदू धर्म, ईसाइयत और इस्लाम को छोड़ना होगा। पहले दर्शनशास्त्र छोड़ना है और तब विचार छोड़ना है। फिर क्रमशः शब्द, अक्षर, ध्वनि और भाव को छोड़ना है।

तुम उसी जगह को छोड़ सकते हो जहां तुम हो। तुम उसी सीढ़ी को छोड़ सकते हो जिस पर तुम खड़े हो। उस सीढ़ी को कैसे छोड़ सकते हो जिस पर तुम खड़े ही नहीं हो? तुम दर्शनशास्त्र की सीढ़ी पंर खड़े हो। यह सबसे दूर की सीढ़ी है। यही कारण है कि मैं इस बात पर इतना जोर देता हूं कि जब तक तुम धर्मों को नहीं छोड़ते, तुम धार्मिक नहीं हो सकते हो।

यह सूत्र, यह विधि बहुत आसानी से प्रयोग की जा सकती है। कठिनाई भाव के साथ नहीं है; कठिनाई शब्दों के साथ है। किसी भाव को तुम वैसे ही छोड़ सकते हो जैसे तुम अपने कपड़े उतारते हो। जैसे तुम अपने शरीर के कपड़े उतारकर फेंक देते हो, ठीक वैसे ही तुम अपने भावों को अपने से अलग कर सकते हो। लेकिन अभी तुम यह नहीं कर सकते, अभी यह करना असंभव है। इसलिए कदम-कदम चलना ठीक है।

अ, ब, स, आदि अक्षरों को कल्पना की आंखों से देखो, और तब उनके लिखित रूप से हटकर उनके सुने हुए स्वर पर ध्यान दो। अब तुम गहराई में उतर रहे हो, सतह पीछे छूट गई। तुम गहराई में डूब रहे हो। और अब देखो कि किसी विशेष ध्वनि से क्या भाव पैदा होता है।

ऐसी विधियों के कारण ही भारत अनेक चीजों का आविष्कार कर सका जो भाव-विशेष से संबंधित हैं। इस विज्ञान के कारण ही मंत्र का विकास हुआ। एक खास ध्वनि एक खास भाव के साथ जुड़ी है; इससे अन्यथा नहीं हो सकता। तो यदि तुम अपने भीतर वह ध्वनि पैदा करो तो उससे उस विशेष भाव का जन्म होगा। तुम एक मंत्र के द्वारा उससे संबंधित भाव पैदा कर सकते हो। मंत्र से वह वातावरण पैदा होता है, जिसमें वह विशेष भाव जन्म लेता है।

इसलिए यूं ही किसी मंत्र का उपयोग मत करो। वह ठीक नहीं है; वह तुम्हारे लिए खतरनाक सिद्ध हो सकता है। अगर तुम नहीं जानते हो या वह व्यक्ति नहीं जानता है जिससे तुम मंत्र लेते हो कि किस ध्वनि से कौन-सा भाव निर्मित होगा, या अगर तुम नहीं जानते हो कि तुम्हें उस भाव की जरूरत है अथवा नहीं तो मंत्र का उपयोग मत करो। मारण मंत्र जैसे भी मंत्र हैं। अगर तुम मारण मंत्र का जाप करोगे तो एक निश्चित अवधि के भीतर तुम्हारी मृत्यु हो जाएगी। वह मंत्र तुम्हारे भीतर मृत्यु की कामना पैदा कर देगा और एक निश्चित समय के अंदर तुम समाप्त हो जाओगे।

फ्रायड कहता है कि आदमी में दो बुनियादी वृत्तियां हैं। उनमें एक है जीवेषणा, इरोस; यानी जीने की कामना, जीवित रहने की चाह। और दूसरी है मृत्युएषणा, थानाटोस; यानी मरने की कामना, मृत्यु की चाह।

ऐसी ध्वनियां हैं जिनके सतत उच्चारण से तुम्हारे भीतर मरण-कामना का जन्म होगा, तुम मृत्यु में समा जाना चाहोगे। वैसे ही ऐसी ध्वनियां हैं जो तुम्हें अधिक जीवेषणा प्रदान करेंगी, जिनसे जीने में, जीवन में तुम्हारा रस बढ़ जाएगा; तुम ज्यादा जीवित रहना चाहोगे। तो अगर तुम अपने भीतर उन ध्वनियों को पैदा करोगे तो उनसे संबंधित भाव तुम्हें अभिभूत कर देंगे। ऐसी ध्वनियां हैं जिनसे मौन और शांति प्राप्त होती है और ऐसी ध्वनियां भी हैं जिनसे क्रोध का जन्म होता है। इसलिए जब तक किसी जानकार गुरु से मंत्र न मिले तब तक मंत्र का प्रयोग करना ठीक नहीं है।

जब तुम ध्वनि से नीचे उतरते हो तो तुम्हें पता चलता है कि प्रत्येक ध्वनि का अपना एक भाव है, जो उसके साथ चलता है, जो उसके पीछे छिपा रहता है। जब तुम भाव में गति कर जाओ, तब तुम ध्वनि को भूल जाओ और भाव में सरक जाओ। इसे समझना कठिन है; लेकिन यह तुम कर सकते हो।

और इसके लिए विशेष विधियां हैं। विशेषकर झेन-साधना में इसके लिए अलग विधियां हैं। किसी साधक को एक खास मंत्र दिया जाता है। और अगर वह उसका ठीक प्रयोग

करता है तो यह बात गुरु उसके चेहरे से जान लेता है। चेहरा देखकर ही गुरु जान जाता है कि साधक ठीक प्रयोग कर रहा है या नहीं; क्योंकि ठीक प्रयोग से एक भाव-विशेष का उदय होता है। अगर ध्वनि ठीक से पैदा की जाए तो भाव का आविर्भाव निश्चित है। और वह भाव चेहरे पर प्रकट होगा; तुम गुरु को धोखा नहीं दे सकते। वह तुम्हारे चेहरे से जान लेगा कि तुम्हारे भीतर क्या घट रहा है।

डोजो एक बड़ा झेन गुरु हुआ। जब वह शिष्य ही था तो उसे बड़ी हैरानी होती कि मेरे गुरु यह कैसे जानते हैं कि मेरे भीतर क्या अनुभव घट रहा है। और झेन गुरु अपना डंडा लिए घूमता था और शिष्य के सिर पर डंडे से चोट कर देता था। अगर तुम्हारे मंत्र के प्रयोग में कोई भूल हो रही है तो वह तुम्हारे सिर पर चोट कर देगा। तो डोजो ने पूछा कि आप कैसे जान लेते हैं कि ठीक वक्त पर ही चोट करते हैं। आप जानते कैसे हैं?

चेहरा भाव को प्रकट कर देता है। वह ध्वनि को नहीं प्रकट कर सकता, लेकिन भाव को प्रकट कर देता है। और तुम जितने गहरे जाओगे उतना ही तुम्हारा चेहरा अभिव्यक्ति के योग्य, नमनीय और तरल होता जाएगा। वह तुरंत बता देता है कि भीतर क्या हो रहा है। अभी जो तुम्हारा चेहरा है वह नहीं रहेगा। वह तो मुखौटा है, चेहरा नहीं। जब तुम भीतर जाते हो तो मुखौटे गिर जाते हैं; क्योंकि उनकी जरूरत नहीं रहती। मुखौटे तो दूसरों के लिए होते हैं।

यही कारण है कि पुराने गुरु संसार छोड़ने के लिए जोर देते थे। यह इसलिए कि तुम आसानी से अपने मुखौटे से मुक्त हो जाओ। अन्यथा जब तक दूसरे रहेंगे तुम उनके लिए मुखौटे लगाते रहोगे। तुम अपने पति या पत्नी को प्रेम नहीं करते हो; लेकिन तुम्हें एक मुखौटा पहने रहना पड़ता है, एक प्रीतिपूर्ण चेहरा बनाए रखना पड़ता है। जिस क्षण तुम अपने घर में प्रवेश करते हो, तुम अपना चेहरा सजाने लगते हो, तुम भीतर जाते ही मुस्कुराने लगते हो। वह तुम्हारा असली चेहरा नहीं है।

झेन गुरु इस बात पर जोर देते थे कि पहले तुम जानो कि तुम्हारा मौलिक चेहरा क्या है। मौलिक चेहरे के साथ सब कुछ आसान हो जाता है। तब गुरु को सब पता चल जाता है कि क्या हो रहा है। इसलिए ज्ञानोपलब्धि की घटना बतानी नहीं पड़ती थी। अगर कोई साधक ज्ञान को उपलब्ध होता था तो उसे यह बात गुरु को बताने की जरूरत नहीं पड़ती थी। गुरु अपने आप ही जान लेता था और वही शिष्य को कहता था। शिष्य को अपनी तरफ से जाकर गुरु को बताने की इजाजत नहीं थी, उसकी जरूरत नहीं थी। चेहरा बता देता था, आंख बता देती थी, चलने का ढंग बता देता था। उसका प्रत्येक कृत्य, उसकी हरेक भाव-भंगिमा बताती है कि वह पहुंच गया।

जब तुम ध्वनि से भाव पर जाते हो तो तुम बहुत ही आनंदपूर्ण संसार में गति करते हो—एक अस्तित्वगत संसार में। तुम मन से दूर हट जाते हो। भाव अस्तित्वगत है; भाव शब्द का अर्थ ही वह है। तुम भावों को अनुभव करते हो। तुम उन्हें देख नहीं सकते, सुन नहीं सकते, सिर्फ अनुभव कर सकते हो।

और जब तुम इस बिंदु पर पहुंचते हो तो छलांग लगा सकते हो। यह आखिरी कदम है। अब तुम अनंत खड्डु के पास खड़े हो; अब कूद सकते हो। और अगर तुम भाव से छलांग लगाते हो तो तुम अपने में छलांग लगाते हो। वह अनंत, वह अतल तुम हो—मन की तरह

नहीं, अस्तित्व की तरह; संचित भविष्य की तरह नहीं, बल्कि वर्तमान की तरह, यहां और अभी की तरह। तुम मन से अस्तित्व पर गति कर जाते हो; और भाव उनके बीच सेतु का काम करता है।

लेकिन भाव पर पहुंचने के लिए तुम्हें बहुत सी चीजें छोड़नी होंगी। शब्द, ध्वनि और मन की सब प्रवंचना छोड़नी होगी।

'तब उन्हें अलग छोड़कर मुक्त हो जाओ।'

तब तुम मुक्त हो। 'मुक्त हो जाओ' का यह मतलब नहीं है कि तुम्हें मुक्त होने के लिए कुछ करना होगा। 'तब उन्हें अलग छोड़कर मुक्त हो जाओ' का मतलब है कि तुम मुक्त हो।

होना मुक्ति है; मन बंधन है। इससे ही कहा है कि मन संसार है। संसार को मत छोड़ो; तुम उसे छोड़ भी नहीं सकते। अगर मन है तो तुम दूसरा संसार निर्मित कर लोगे। बीज तो बचा है। तुम पहाड़ पर जा सकते हो, तुम भागकर किसी आश्रम में रह सकते हो; लेकिन मन तुम्हारे साथ जाएगा। मन को छोड़कर तो नहीं जा सकते। और मन के साथ संसार चलता है। तुम फिर दूसरा संसार गढ़ लोगे। आश्रम में भी तुम संसार बनाने लगोगे; क्योंकि बीज साथ में है। तुम फिर संबंध बनाने लगोगे—चाहे वह संबंध पेड़-पौधे और पशु-पक्षी के साथ ही क्यों न हो। फिर तुम्हारी अपेक्षाएं खड़ी हो जाएंगी। जाल बढ़ता ही जाएगा। क्योंकि बीज मौजूद है। तुम फिर संसार में होगे। मन ही संसार है; मन को तुम कहीं नहीं छोड़ सकते।

तुम मन को तभी छोड़ सकते हो जब तुम अपने भीतर यात्रा करो। वही एक हिमालय है; कोई दूसरा हिमालय नहीं है। अगर तुम शब्द से भाव पर और भाव से होने पर आ जाओ तो तुम संसार से मुक्त हो जाओगे। और जब तुम इस अस्तित्व के अनंत बिराट को जान लोगे तब तुम कहीं भी रह सकते हो, नरक में भी रह सकते हो। तब कोई फर्क नहीं पड़ेगा; कोई भी फर्क नहीं। अगर मन नहीं है तो नरक तुममें प्रवेश नहीं कर सकता और मन के साथ सिर्फ नरक आता है। मन नरक का द्वार है।

'उन्हें अलग छोड़कर मुक्त हो जाओ।'

लेकिन भाव के साथ सीधा प्रयोग मत करो; तुम सफल न हो सकोगे। पहले शब्दों के साथ प्रयोग करो। लेकिन अगर तुमने दर्शनशास्त्र नहीं छोड़ा, विचारों को नहीं छोड़ा तो शब्दों के साथ भी सफल न हो पाओगे। शब्द सिर्फ इकाइयां हैं। और अगर तुम शब्दों को महत्व दोगे तो तुम उन्हें नहीं छोड़ सकते।

यह भलीभांति जान लो कि भाषा मनुष्य की बनाई हुई है। उसका उपयोग है; वह जरूरी है। और ध्वनियों को जो अर्थ मिला है वह भी हमारा दिया हुआ है। इस बात को भलीभांति समझ लो तो यात्रा सरल हो जाएगी। अगर कोई कुरान या वेद के विरुद्ध बोलता है तो तुम्हें कैसा लगता है? क्या तुम उस पर हंस सकते हो? या कि तुम्हारे भीतर कुछ भिंच जाता है? कोई गीता का अपमान कर रहा है, या कोई कृष्ण, राम या क्राइस्ट के खिलाफ बोल रहा है। क्या तुम उस पर हंस सकते हो? क्या तुम देख सकते हो कि वे महज शब्द हैं?

नहीं, तुम्हें चोट लगेगी। और तब शब्दों को छोड़ना कठिन होगा। समझना होगा कि शब्द सिर्फ शब्द हैं। वे ध्वनियां हैं जिन्हें सर्वसम्मत अर्थ दिया गया है। वे और कुछ भी नहीं हैं। इस बात को ठीक से आत्मसात कर लो। हकीकत यही है कि शब्द मात्र शब्द हैं।

पहले शब्दों से विरक्त होओ। शब्दों से विरक्त होकर ही तुम जानोगे कि वे ध्वनियां भर हैं। यह वैसे ही है जैसे मिलिट्री में वे संख्याओं का प्रयोग करते हैं। कोई सिपाही एक सौ एक नंबर का सिपाही है; वह एक सो एक के साथ तादात्म्य कर ले सकता है। और अगर कोई व्यक्ति एक सौ एक नंबर के विरुद्ध कुछ कहेगा तो उसे बुरा लगेगा, वह झगड़ा करेगा। और एक सौ एक महज संख्या है, लेकिन उससे उसका तादात्म्य हो गया है।

तुम्हारा नाम भी संख्या जैसा ही है—गिनती के लिए है। उसके बिना काम चलाना कठिन होगा। वह बस एक लेबल है। कोई दूसरा लेबल भी वही काम देगा। लेकिन तुम्हारे लिए वह लेबल ही नहीं रहा है, वह कुछ और हो गया है। तुम्हारा नाम तुममें गहरे उतरकर तुम्हारा अहंकार बन गया है। इसीलिए बड़े-बूढ़े कहते हैं कि नाम पैदा करो, अपने नाम की शान रखो; ऐसा कुछ करो कि मरने के बाद भी तुम्हारा नाम रहे।

यह नाम पहले भी नहीं था। और वह कोड नंबर से ज्यादा नहीं है। तुम मरोगे और नाम रहेगा? जब तुम ही नहीं रहोगे तो नाम कैसे रहेगा?

शब्दों को देखो; उनकी व्यर्थता को, अर्थहीनता को देखो। उनसे आसक्त मत होओ, लगाव मत बनाओ। केवल तभी इस विधि का प्रयोग तुम कर सकोगे।

ध्वनि-संबंधी दूसरी विधि:

*ध्वनि के केंद्र में स्नान करो, मानो किसी जलप्रपात की अखंड ध्वनि में स्नान कर रहे हो। या कानों में अंगुली डालकर नादों के नाद, अनाहत को सुनो।*

इस विधि का प्रयोग कई ढंग से किया जा सकता है। एक ढंग यह है कि कहीं भी बैठकर इसे शुरू कर दो। ध्वनियां तो सदा मौजूद हैं। चाहे बाजार हो या हिमालय की गुफा, ध्वनियां सब जगह हैं। चुप होकर बैठ जाओ।

और ध्वनियों के साथ एक बड़ी विशेषता है, एक बड़ी खूबी है। जहां भी, जब भी कोई ध्वनि होगी, तुम उसके केंद्र होगे। सभी ध्वनियां तुम्हारे पास आती हैं, चाहे वे कहीं से आएं, किसी दिशा से आएं। आंख के साथ, देखने के साथ यह बात नहीं है। दृष्टि रेखाबद्ध है। मैं तुम्हें देखता हूं तो मुझसे तुम तक एक रेखा खिंच जाती है। लेकिन ध्वनि वर्तुलाकार है; वह रेखाबद्ध नहीं है। सभी ध्वनियां वर्तुल में आती हैं और तुम उनके केंद्र हो। तुम जहां भी हो, तुम सदा ध्वनि के केंद्र हो। ध्वनियों के लिए तुम सदा परमात्मा हो—समूचे ब्रह्मांड का केंद्र। हरेक ध्वनि वर्तुल में तुम्हारी तरफ यात्रा कर रही है।

यह विधि कहती है : 'ध्वनि के केंद्र में स्नान करो।'

अगर तुम इस विधि का प्रयोग कर रहे हो तो तुम जहां भी हो वहीं आंखें बंद कर लो और भाव करो कि सारा ब्रह्मांड ध्वनियों से भरा है। तुम भाव करो कि हरेक ध्वनि तुम्हारी ओर बही आ रही है। और तुम उसके केंद्र हो। यह भाव भी कि मैं केंद्र हूं तुम्हें गहरी शांति से भर देगा। सारा ब्रह्मांड परिधि बन जाता है और तुम उसके केंद्र होते हो। और हर चीज, हर ध्वनि तुम्हारी तरफ बह रही है।

'मानो किसी जलप्रपात की अखंड ध्वनि में स्नान कर रहे हो।'

अगर तुम किसी जलप्रपात के किनारे खड़े हो तो वहीं आंख बंद करो और अपने चारों

ओर से ध्वनि को अपने ऊपर बरसते हुए अनुभव करो। और भाव करो कि तुम उसके केंद्र हो।

अपने को केंद्र समझने पर यह जोर क्या है? क्योंकि केंद्र में कोई ध्वनि नहीं है; केंद्र ध्वनि-शून्य है। यही कारण है कि तुम्हें ध्वनि सुनाई पड़ती है; अन्यथा नहीं सुनाई पड़ती। ध्वनि ही ध्वनि को नहीं सुन सकती। अपने केंद्र पर ध्वनि-शून्य होने के कारण तुम्हें ध्वनियां सुनाई पड़ती हैं। केंद्र तो बिलकुल ही मौन है, शांत है। इसीलिए तुम ध्वनि को अपनी ओर आते, अपने भीतर प्रवेश करते, अपने को घेरते हुए सुनते हो।

अगर तुम खोज लो कि यह केंद्र कहां है, तुम्हारे भीतर वह जगह कहां है जहां सब ध्वनियां बहकर आ रही हैं तो अचानक सब ध्वनियां विलीन हो जाएंगी और तुम निर्ध्वनि में, ध्वनि-शून्यता में प्रवेश कर जाओगे। अगर तुम उस केंद्र को महसूस कर सको जहां सब ध्वनियां सुनी जाती हैं तो अचानक चेतना मुड़ जाती है। एक क्षण तुम निर्ध्वनि से भरे संसार को सुनोगे और दूसरे ही क्षण तुम्हारी चेतना भीतर की ओर मुड़ जाएगी और तुम बस ध्वनि को, मौन को सुनोगे जो जीवन का केंद्र है। और एक बार तुमने उस ध्वनि को सुन लिया तो कोई भी ध्वनि तुम्हें विचलित नहीं कर सकती। वह तुम्हारी ओर आती है; लेकिन वह तुम तक पहुंचती नहीं है। वह सदा तुम्हारी ओर वह रही है; लेकिन वह कभी तुम तक पहुंच नहीं पाती। एक बिंदु है जहां कोई ध्वनि नहीं प्रवेश करती है; वह बिंदु तुम हो।

बीच बाजार में इस विधि का प्रयोग करो। बाजार जैसा कोई दूसरा स्थान नहीं है; वह शोरगुल से, पागल शोरगुल से इस कदर भरा रहता है। लेकिन इस शोरगुल के संबंध में सोच-विचार मत करो; यह मत कहो कि यह ध्वनि अच्छी है, यह बुरी है; यह उपद्रव पैदा करती है, यह सुंदर और लयपूर्ण है। ध्वनियों के संबंध में तुम्हें सोच-विचार नहीं करना है। तुम्हारा यह काम नहीं है कि जो भी ध्वनि तुम्हारी तरफ बहकर आए उस पर तुम विचार करो कि वह अच्छी है, बुरी है, या सुंदर है। तुम्हें इतना ही स्मरण रखना है कि मैं केंद्र हूं और सभी ध्वनियां बहकर मेरे पास आ रही हैं।

शुरू-शुरू में घबराहट होगी; क्योंकि तुम अपने चारों ओर उठने वाली सब ध्वनियों को नहीं सुनते हो। तुम सुनने में चुनाव करते हो। अब वैज्ञानिक शोध कहती है कि हम सिर्फ दो प्रतिशत सुनते हैं, अट्ठानबे प्रतिशत अनसुना कर देते हैं। अगर तुम शत-प्रतिशत सुनो तो तुम पागल हो जाओगे। अपने चारों ओर की आवाजों को शत-प्रतिशत सुनकर तुम पागल होने से नहीं बचोगे।

पहले यह समझा जाता था कि इंद्रियां द्वार-दरवाजे हैं जिनसे बाहर की दुनिया भीतर प्रवेश करती है। लेकिन अब वे कहते हैं कि ऐसी बात नहीं है; वे दरवाजे नहीं हैं, वे उतनी खुली नहीं हैं जितना समझा जाता था। वे द्वार नहीं हैं, बल्कि वे नियंत्रण का, सेंसर का काम करती हैं; वे पहरेदार की तरह हर क्षण देखती रहती हैं कि किसे भीतर जाने दिया जाए और किसे नहीं। दो प्रतिशत सुनकर ही तो तुम पागल हो गए हो; शत-प्रतिशत सुनकर तुम्हारा क्या हाल होगा!

तो जब तुम इस विधि का प्रयोग शुरू करोगे तो तुम्हारा सिर चकराने लगेगा। उस से मत डरना। केंद्र पर रहो और जो कुछ हो रहा है उसे होने दो। सब कुछ को आने दो। अपनी इंद्रियों को शिथिल करो, पहरेदारों को आराम करने दो, सब कुछ को विश्राम में जाने दो और

▲

तब सब कुछ को अपने भीतर प्रवेश करने दो। अब तुम ज्यादा तरल हो गए हो; तुम खुले हो। और सब ध्वनियां, सब आवाजें तुम्हारी ओर आ रही हैं। तब ध्वनियों के साथ चल पड़ो और इस केंद्र पर पहुंचो जहां तुम उन्हें सुनते हो।

ध्वनियां कान में नहीं सुनी जाती हैं, कान उन्हें सुन भी नहीं सकते; कान सिर्फ संचारण करने का काम करते हैं। और इस संचारण के क्रम में वे उस सब को छांट देते हैं जो तुम्हारे लिए जरूरी नहीं है। वे चुनाव करते हैं, वे छांटते हैं, और फिर वे चुनी हुई ध्वनियां तुम्हारे भीतर प्रवेश करती हैं। अब भीतर खोजो कि तुम्हारा केंद्र कहां है। कान केंद्र नहीं हैं। तुम कहीं गहराई में सुनते हो। कान तो कुछ चुनी हुई ध्वनियों को ही भेजते हैं। तुम कहां हो? तुम्हारा केंद्र कहां है?

अगर तुम ध्वनियों के साथ प्रयोग जारी रखते हो तो देर-अबेर तुम जानकर चकित होगे कि यह केंद्र सिर में नहीं है। मालूम तो होता है कि सिर में है; क्योंकि तुम ध्वनि नहीं, शब्द सुनते हो। शब्दों के लिए तो सिर ही केंद्र है; लेकिन ध्वनि के लिए वह केंद्र नहीं है। यही कारण है कि जापान में वे कहते हैं कि आदमी सिर से नहीं, पेट से सोचता है। जापान में उन्होंने बहुत लंबे समय से ध्वनि पर काम किया है।

तुमने मंदिरों में घंटे लगे देखे होंगे। वे वहां साधकों के लिए ही ध्वनि पैदा करने के लिए रखे गए हैं। कोई साधक ध्यान कर रहा है और घंटे बजाए जा रहे हैं। तुम्हें लगेगा कि इस घंटे की आवाज से साधक के लिए बाधा खड़ी हो रही है। लगेगा कि ध्यान करने वाले को बाधा महसूस हो रही है। यह क्या उपद्रव है! मंदिर में आने वाला हरेक दर्शनार्थी घंटे को बजा देता है।

पर यह आवाज उपद्रव नहीं है। वह साधक तो इसी ध्वनि की प्रतीक्षा कर रहा है। हर दर्शनार्थी इसमें सहयोग दे रहा है। बार-बार घंटा बजता है, ध्वनि होती है और ध्यानी फिर अपने में डूब जाता है। वह उस केंद्र को देखता है जहां वह ध्वनि गहरे में उतरती जाती है। पहली चोट दर्शनार्थी घंटे पर लगाता है; दूसरी चोट कहीं ध्यानी के भीतर होती है। यह दूसरी चोट कहां लगती है?

यह दूसरी चोट सदा पेट में लगती है; सिर में कभी नहीं। अगर चोट सिर में लगे तो समझना चाहिए कि वह ध्वनि नहीं है, शब्द है। तब तुमने ध्वनि के संबंध में सोचना शुरू कर दिया। तब शुद्धता नष्ट हो गई।

अभी गर्भस्थ शिशुओं पर बहुत अनुसंधान हो रहा है। उन्हें भी ध्वनि का आघात लगता है और वे भी प्रतिक्रिया करते हैं। वे भाषा के प्रति प्रतिक्रिया नहीं कर सकते, अभी उनको सिर नहीं है, उन्हें अभी तर्क करना नहीं आता है। वे भाषा और समाज-सम्मत नियम नहीं जानते हैं। वे भाषा नहीं जानते हैं, लेकिन वे ध्वनि ठीक से सुनते हैं। और हर ध्वनि मां से ज्यादा बच्चे को प्रभावित करती है। क्योंकि मां ध्वनि नहीं सुन सकती, वह शब्द सुनती है। और हम पागल और अराजक आवाजें पैदा करते रहते हैं और वे आवाजें गर्भस्थ बच्चों को पीड़ित कर रही हैं। वे बच्चे पागल पैदा होंगे। तुमने उन्हें बहुत उपद्रव में डाल दिया है।

ध्वनि से पौधे भी प्रभावित होते हैं। अगर पौधों के निकट संगीतपूर्ण ध्वनि पैदा की जाए तो उनका विकास अधिक होता है। और उनके निकट अराजक ध्वनि पैदा करने से

विकास कम होता है। तुम उन्हें बढ़ने में मदद दे सकते हो; ध्वनियों के द्वारा तुम उन्हें बहुत मदद दे सकते हो।

अब तो वे कहते हैं कि ट्रैफिक के शोर से, आधुनिक शहरों में होने वाले यातायात के शोर से आदमी पागल हुआ जा रहा है। ट्रैफिक का शोर अराजक है, उसमें जरा भी लयबद्धता नहीं है। कहते हैं कि यह शोर अपनी चरम सीमा पर पहुंच गया है। और अगर वह इससे भी आगे गया तो आदमी के लिए कोई आशा नहीं रहेगी।

ये ध्वनियां निरंतर तुम पर आघात कर रही हैं। अगर तुम उनके संबंध में विचार करोगे तो वे तुम्हारे सिर पर चोट करेंगी। और सिर केंद्र नहीं है, केंद्र तो नाभि में है—नाभि-केंद्र। इसलिए ध्वनियों के संबंध में विचार मत करो।

सभी मंत्र अर्थहीन ध्वनियां हैं। अगर कोई गुरु किसी मंत्र का अर्थ बताता है तो समझना चाहिए कि वह मंत्र ही नहीं है। यह जरूरी है कि मंत्र में कोई अर्थ न हो। उसकी उपयोगिता है; लेकिन उसमें कोई अर्थ नहीं है। वह तुम्हारे भीतर कुछ करेगा; लेकिन उसमें कोई अर्थ नहीं है। उसे तुम्हारे भीतर शुद्ध ध्वनि के रूप में ही काम करना है। यही कारण है कि ओम मंत्र का विकास हुआ। उसमें कोई अर्थ नहीं है; वह अर्थहीन है। वह शुद्ध ध्वनि है। अगर तुम्हारे भीतर यह शुद्ध ध्वनि पैदा की जा सके, अगर तुम इसे पैदा कर सको तो भी यही विधि प्रयोग की जा सकती है।

'ध्वनि के केंद्र में स्नान करो, मानो किसी जलप्रपात की अखंड ध्वनि में स्नान कर रहे हो। या कानों में अंगुली डालकर नादों के नाद, अनाहत को सुनो।'

तुम अंगुली के जरिए कानों को बंद करके भी ध्वनि पैदा कर सकते हो। कोई भी चीज जो बलपूर्बक कानों को बंद कर दे, काम दे देगी। उस हालत में भी एक ध्वनि सुनाई देती है। वह कौन सी ध्वनि है जो कान के बंद करने पर सुनाई देती है? और उसे तुम क्यों सुनते हो?

अमेरिका में ऐसी घटना घटी। किसी नगर के पास से रेलगाड़ी गुजरती थी। आधी रात उसके गुजरने का समय था; कोई दो बजे। फिर एक नई लाइन का उदघाटन हुआ; पुरानी लाइन से गाड़ी का चलना बंद हो गया। लेकिन एक बड़ी हैरानी की बात हुई कि जिस इलाके से पुरानी लाइन गुजरती थी और जिधर से गाड़ी का चलना बंद हो गया था, उन लोगों ने पुलिस से शिकायत की कि उन्हें रात के दो बजे के समय कुछ रहस्यपूर्ण आवाज सुनाई देती है। और इस तरह की इतनी शिकायतें आईं कि पुलिस को जांच-पड़ताल करनी पड़ी।

दो बजे रात एक अजीब आवाज सुनाई पड़ती थी, जो पहले कभी नहीं सुनी गई थी जब रेलगाड़ी उस इलाके से गुजरती थी। लोग रेलगाड़ी के आदी हो गए थे। अब अचानक रेल का गुजरना बंद हो गया। वे नींद में रेल की आवाज सुनने का इंतजार करने लगे; वे उसके इतने आदी हो गए थे, उससे इतने जुड़ गए थे, वे इंतजार करते थे। लेकिन अब आवाज नहीं आती थी। उसकी जगह उसकी अनुपस्थिति सुनाई देने लगी; और यह अनुपस्थिति बिलकुल नई चीज थी। और उस इलाके के लोग इस बात को लेकर बहुत परेशान हुए; उनकी नींद हराम हो गई।।

और पहली बार पता चला कि अगर कोई ध्वनि तुम निरंतर सुनते रहे हो और फिर वह बंद हो जाए तो तुम उसकी अनुपस्थिति को सुनने लगोगे। यह मत सोचो कि बस तुम्हें उसका

सुनाई देना बंद हो जाएगा; उसका अभाव सुनाई देने लगेगा।

यह ऐसा ही है कि मैं यहां तुम्हें देख रहा हूं और फिर अगर मैं आंखें बंद कर लूं तो तुम्हारा निगेटिव, तुम्हारा उलटा रूप दिखाई देने लगेगा। अगर तुम खिड़की को देखो और फिर आंखें बंद कर लो तो तुम्हें खिड़की का निगेटिव दिखाई देने लगेगा। और यह निगेटिव चित्र इतना जोरदार हो सकता है कि अगर तुम अचानक दीवार को देखो, तो वह दीवार पर प्रक्षेपित हो जाएगा और तुम उसे देख सकोगे।

जैसे फोटोग्राफ के निगेटिव होते हैं, वैसे ही निगेटिव ध्वनियां भी होती हैं। और न सिर्फ आंखें निगेटिव चित्र देखती हैं; कान भी निगेटिव ध्वनि सुनते हैं। जब तुम कान बंद करते हो तो तुम ध्वनियों के निगेटिव संसार को सुनते हो। सभी ध्वनियां बंद हो गई हैं और अचानक एक नयी आवाज सुनाई देने लगी है। यह ध्वनि ध्वनियों की अनुपस्थिति है। एक अंतराल आ गया; तुम कुछ चूक रहे हो और तब तुम अनुपस्थिति को सुनते हो।

या कानों में अंगुली डालकर नादों के नाद, अनाहत को सुनो।'

वह निगेटिव ध्वनि ही अनाहत कहलाती है। क्योंकि वह दरअसल ध्वनि नहीं है, ध्वनि की अनुपस्थिति है। या वह नैसर्गिक ध्वनि है; क्योंकि वह पैदा नहीं की जाती है। सभी ध्वनियां पैदा की जाती हैं; लेकिन तुम जो ध्वनि कान बंद करके सुनते हो वह अनाहत ध्वनि है। अगर सारा संसार पूरी तरह मौन हो जाए तो तुम उस मौन को भी सुनोगे।

पास्कल ने कहीं कहा है कि जिस क्षण मैं अनंत ब्रह्मांड की सोचता हू, उसका मौन मुझे बहुत भयभीत कर देता है। उसे मौन भयभीत करता है, क्योंकि ध्वनियां तो पृथ्वी पर ही हैं। ध्वनि के लिए वायुमंडल चाहिए। जिस क्षण तुम पृथ्वी के वायुमंडल के बाहर निकल जाते हो, वहां कोई ध्वनि नहीं मिलेगी। वहां परम मौन है। उस मौन को तुम पृथ्वी पर भी पैदा कर सकते हो, अगर तुम अपने दोनों कान पूरी तरह बंद कर लो। तुम धरती पर होकर भी धरती पर नहीं हो, तुम ध्वनि से नीचे उतर गए।

अंतरिक्ष-यात्रियों को अनेक चीजों के लिए प्रशिक्षित किया जा रहा है। उनमें उन्हें मौन में रहना भी सिखाया जाता है। उन्हें ध्वनि-शून्य कक्षों में रखकर निर्ध्वनि में रहने का अभ्यास कराया जाता है। अन्यथा वे अंतरिक्ष में जाकर पागल हो. जाएंगे। उन्हें अनेक समस्याओं का सामना करना पड़ता है; उनमें सबसे गंभीर समस्या यह है कि मनुष्य के ध्वनि-भरे जगत के बाहर कैसे रहा जाए। वहां तुम अलग-थलग पड़ जाते हो, अकेले हो जाते हो।

अगर तुम किसी जंगल में खो जाओ और कोई आवाज तुम्हें सुनाई दे तो उसके स्त्रोत को न जानते हुए भी तुम कम भयभीत होते हो। तुम्हें लगता है कि कोई है। तुम अकेले नहीं हो; कोई है। सन्नाटे में तुम अकेले हो जाते हो। अगर तुम भीड़ में अपने दोनों कान पूरी तरह बंद करके अपने में डूब जाओ, तो तुम अकेले हो जाओगे। भीड़ विलीन हो जाएगी, क्योंकि तुम शोरगुल से ही भीड़ को जानते हो।

'कानों में अंगुली डालकर नादों के नाद, अनाहत को सुनो।'

यह ध्वनियों की अनुपस्थिति बहुत ही सूक्ष्म अनुभव है। यह तुम्हें क्या दे सकता है? जिस क्षण ध्वनियां नहीं रहती हैं, तुम अपने पर आ जाते हो। ध्वनि के साथ तुम अपने से दूर चल पड़ते हो; ध्वनि के साथ तुम दूसरे की तरफ चल पड़ते हो। इसे समझने की कोशिश

करो। ध्वनि से हम दूसरे से संबंधित होते हैं, दूसरे से संवाद करते हैं।

इसीलिए एक अंधा आदमी भी उतनी कठिनाई में नहीं होता जितनी कठिनाई में गूंगा होता है। किसी बहरे आदमी का निरीक्षण करो; वह अमानुषिक मालूम पड़ता है। अंधा आदमी अमानुषिक नहीं मालूम पड़ता; लेकिन गूंगा अमानुषिक मालूम पड़ता है। उसका चेहरा देखकर भाव होता है कि इसमें आदमीयत कुछ कम है। गूंगा आदमी अंधे से अधिक कठिनाई में होता है। अंधा आदमी देख नहीं सकता; लेकिन वह दूसरे से संवाद कर सकता है। वह बड़ी मनुष्यता का अंग हो सकता है। वह समाज और परिवार का सदस्य हो सकता है। वह प्रेम कर सकता है। वह बातचीत कर सकता है। गूंगा आदमी अचानक समाज से बाहर पड़ जाता है। वह बोल नहीं सकता, वह संवाद नहीं कर सकता; वह अभिव्यक्ति नहीं कर सकता।

जरा कल्पना करो कि तुम एक वातानुकूलित और साउंड-प्रूफ कांच के कमरे में हो। वहां कोई ध्वनि नहीं पहुंच सकती है। वहां तुम चीख नहीं सकते; अपने को अभिव्यक्त करने के लिए कुछ भी नहीं कर सकते हो। वहां से ध्वनि बाहर भी नहीं जा सकती है। कांच के कमरे में से तुम सारे संसार को अपने इर्द-गिर्द चलते-फिरते देख सकते हो; लेकिन न तुम उनसे बात कर सकते हो, न वे तुम से बात कर सकते हैं। तुम बुरी तरह हताश हो जाओगे और पूरी चीज एक दुखस्वप्न में बदल जाएगी।

एक बहरा आदमी सतत ऐसे ही दुखस्वप्न में जीता है। संवाद के बिना वह मनुष्यता का अंग नहीं हो पाता है। अभिव्यक्ति के बिना उसके जीवन का फूल नहीं खिल सकता है। वह किसी के भी संपर्क में नहीं आ सकता है। वह तुम्हारे साथ होकर भी तुमसे बहुत दूर है। तुम्हारे और उसके बीच कोई सेतु नहीं बनता है।

अगर ध्वनि दूसरे तक पहुंचने का वाहन है तो मौन स्वयं में पहुंचने का वाहन बन जाता है। ध्वनि के द्वारा तुम दूसरे के साथ संवाद करते हो; मौन के द्वारा तुम अपने में, अपने अतल में उतर जाते हो। यही कारण है कि अनेक विधियों में अंतर्यात्रा के लिए मौन को काम में लाया जाता है। बिलकुल गूंगे और बहरे हो जाओ—जरा देर के लिए ही सही। तब तुम अपने अतिरिक्त और कहीं नहीं जा सकते; अचानक तुम पाओगे कि तुम अपने अंतस में विराजमान हो। कोई गति संभव नहीं होगी। इस कारण से ही मौन का इतना अभ्यास कराया जाता था। मौन में दूसरे तक जाने के सारे सेतु गिर जाते हैं।

गुरजिएफ अपने शिष्यों को लंबे मौन में जाने को कहता था। वह इस बात पर जोर देता था कि मौन में न सिर्फ भाषा का व्यवहार बंद रहे, बल्कि आंख या हाथ के इशारे से भी बातचीत न की जाए। किसी तरह का भी संवाद निषिद्ध था। मौन का अर्थ ही है, संवादशून्यता।

गुरजिएफ अपने तीस-तीस, चालीस-चालीस शिष्यों को एक घर में बंद कर देता था और उनसे कहता था कि यहां ऐसे रहो जैसे कि तुम में से प्रत्येक अकेले हो। उन्हें घर से बाहर जाने की इजाजत भी नहीं थी। वह उनसे कहता था कि इस घर में साथ रहते हुए भी ऐसे रहो कि तुम अकेले-अकेले हो; आपस में किसी तरह की भी बातचीत न हो। वह उनसे कहता था कि तुम यह मानो ही मत कि इस घर में तुम्हारे सिवाय कोई दूसरा भी रहता है; आंख के इशारे से भी दूसरे के होने को मत स्वीकार करो। इस घर में ऐसे चलो-फिरो, मानो तुम ही इसके एकमात्र निवासी हो। अगर तीन महीने ऐसे गूंगे और बहरे होकर रह सको, जिसमें किसी तरह

के संवाद की गुंजाइश न हो तो गति करने का, अपने से बाहर जाने का कोई उपाय नहीं रहेगा।

तुमने शायद यह देखा होगा कि जो लोग खूब बात करना जानते हैं वे समाज में प्रसिद्ध हो जाते हैं; जो अपने विचारों को ठीक से संप्रेषित कर सकते हैं वे नेता हो जाते हैं। धार्मिक, राजनीतिक या साहित्यिक, किसी भी क्षेत्र में यही होता है कि जो कुशलता से अपने विचार व्यक्त कर सकते हैं, जो निपुणता से बातचीत कर सकते हैं, वे नेता बन जाते हैं। क्यों? क्योंकि वे ज्यादा से ज्यादा लोगों तक, सर्वसाधारण तक पहुंच सकते हैं।

क्या तुमने कभी सुना कि कोई गूंगा आदमी नेता हुआ हो? अंधा आदमी आसानी से नेता हो सकता है; कोई कठिनाई नहीं है। कभी-कभी तो वह बड़ा नेता हो जाता है; क्योंकि उसकी आंखों की ऊर्जा भी उसके कानों को मिल जाती है। लेकिन कोई गूंगा आदमी जीवन के किसी क्षेत्र में नेता नहीं हो सकता है। उसमें संवाद की क्षमता नहीं है; वह सामाजिक नहीं हो सकता।

समाज भाषा है। सामाजिक जीवन के लिए, संबंधों के लिए भाषा आधारभूत है। भाषा को छोड़कर तुम अकेले पड़ जाते हो। पृथ्वी करोड़ों लोगों से भरी हो; लेकिन भाषा के खोते ही तुम अकेले हो जाते हो।

मेहर बाबा निरंतर चालीस वर्षों तक मौन में रहे। मौन में वे क्या करते थे? सच तो यह है कि मौन में तुम कुछ नहीं कर सकते; क्योंकि हर कृत्य किसी न किसी भांति दूसरों से संबंधित होता है। यदि कल्पना में भी तुम कुछ करोगे तो तुम्हें दूसरों को कल्पित करना होगा, तुम अकेले नहीं कर सकते। अगर तुम बिलकुल अकेले हो तो कृत्य असंभव हो जाएगा। करना दूसरों से संबंधित है। यदि तुम भीतर भाषा छोड़ दो तो सब करना समाप्त हो जाता है। तुम तो हो, लेकिन कुछ कर नहीं रहे।

कभी-कभी मेहर बाबा अपने शिष्यों को लिखकर सूचित करते थे कि अमुक तारीख को मैं अपना मौन तोड़ने जा रहा हूं। लेकिन उस दिन के आने पर वे मौन नहीं तोड़ते थे। यह सिलसिला चालीस वर्षों तक चलता रहा। और तब वे मौन ही मर गए। बात क्या थी? वे क्यों कहते थे कि मैं अमुक वर्ष, माह और दिन को अपना मौन तोडूंगा, लेकिन उसे तोड़ नहीं पाते थे? उन्हें अपना यह कार्यक्रम क्यों बार-बार स्थगित करना पड़ता था? उनके भीतर क्या हो रहा था? वे अपना वचन क्यों नहीं पूरा कर पाते थे?

अगर तुम लंबे अरसे के लिए मौन में रह जाओ, उसे जान लो तो तुम्हारे लिए ध्वनि के जगत में लौटना असंभव हो जाएगा। एक नियम है जिसका कि पालन मेहर बाबा ने नहीं किया और इसीलिए वे मौन से नहीं लौट सके। नियम यह है कि किसी को तीन साल से ज्यादा समय तक मौन नहीं रहना चाहिए। अगर तुम उस सीमा को पार कर जाओ तो तुम ध्वनि के जगत में फिर वापस नहीं आ सकते। तुम प्रयत्न कर सकते हो; लेकिन यह असंभव है। ध्वनि से मौन में जाना आसान है; लेकिन मौन से ध्वनि में लौटना बहुत कठिन है। तीन वर्षों के बाद बहुत बातें कठिन हो जाती हैं। तब मेकेनिज्म वही नहीं रह जाता है, पुराने ढंग से काम नहीं कर सकता है। उसको निरंतर उपयोग में लाना जरूरी है। कोई ज्यादा से ज्यादा तीन साल मौन रह सकता है; उससे आगे उसे खींचने से ध्वनि ओर शब्द पैदा करने वाला मेकेनिज्म बेकार हो जाता है, वह मर जाता है।

दूसरी बात यह है कि अपने साथ अकेले रहते-रहते आदमी इतना मौन और शांत हो जाता है कि अब उसके लिए बातचीत बहुत दुखदायी हो जाएगी। तब किसी से बातचीत करने में उसे लगेगा कि मैं दीवार से बात कर रहा हूं। क्योंकि जो व्यक्ति इतने दिन मौन रह गया है वह जानता है कि तुम उसे नहीं समझ पाओगे। वह यह भी जानता है कि मैं वही नहीं कह रहा हूं जो कहना चाहता हूं। पूरी बात ही समाप्त हो गई। इतने गहन मौन के बाद अब वह ध्वनियों के जगत में नहीं लौट सकता है।

यही कारण है कि मेहर बाबा कोशिश करने के बावजूद फिर बोल न पाए। और वे कुछ कहना चाहते थे; उनके पास कुछ कहने योग्य भी था। लेकिन नीचे तल पर उतरने का यंत्र ही व्यर्थ हो चला था। ऐसे जो वे कहना चाहते थे उसे वे कहे बिना चले गए।

यह समझना उपयोगी होगा। जो भी करो, उसका विपरीत भी करते रहो। विपरीत में गति करना मत भूलो। कुछ घंटों के लिए मौन रहो और फिर बातचीत करो। किसी एक ही ढांचे में बंद मत हो जाओ। तब तुम अधिक जीवित और गतिमान रहोगे। कुछ दिनों तक ध्यान करो, और फिर उसे अचानक बंद करके वह सब करो जिससे तनाव निर्मित होता है। तब फिर ध्यान में उतर जाओ। विपरीत छोरों के बीच गति करते रहो; उससे तुम ज्यादा जीवित और गतिमान रहोगे। बंध मत जाओ; अटक मत जाओ। एक बार अटक गए तो तुम दूसरे छोर पर गति नहीं कर पाओगे। और दूसरे छोर पर गति करना ही जीवन है। यह गति गई कि तुम भी गए। तब तुम मुर्दा हो। यह गति बहुत शुभ है।

गुरजिएफ अपने शिष्यों को आकस्मिक बदलाहट करना सिखाता था। पहले वह उपवास पर जोर देता था और फिर कहता था कि जितना खा सको खाओ। और फिर उपवास करवाता था। कुछ शिष्यों से वह कहता था कि लगातार कुछ दिन-रात जागते रहो और फिर कुछ दिन-रात सोते ही रहो।

ध्रुवीय विपरीतताओं के बीच गति करते रहने से जीवंतता और गति उपलब्ध होती है।

'या कानों में अंगुली डालकर नादों के नाद, अनाहत को सुनो।'

एक ही विधि में दो विपरीत बातें कही गई हैं।

'ध्वनि के केंद्र में स्नान करो, मानो किसी जलप्रपात की अखंड ध्वनि में स्नान कर रहे हो।' यह एक अति है। 'या कानों में अंगुली डालकर नादों के नाद को सुनो।' यह दूसरी अति है। एक हिस्सा कहता है कि अपने केंद्र पर पहुंचने वाली ध्वनियों को सुनो और दूसरा हिस्सा कहता है कि सब ध्वनियों को बंद कर ध्वनियों की ध्वनि को सुनो। एक ही विधि में दोनों को समाहित करने का एक विशेष उद्देश्य है कि तुम एक छोर से दूसरे छोर तक गति कर सको।

यहां 'या' शब्द चुनाव करने को नहीं कहता है कि इनमें से किसी एक को प्रयोग करना है। नहीं, दोनों को प्रयोग करो। इसीलिए एक विधि में दोनों को समाविष्ट किया गया है। पहले कुछ महीनों तक एक का प्रयोग करो और फिर दूसरे का। इस प्रयोग से तुम ज्यादा जीवंत होगे और तुम दोनों छोरों को जान लोगे। और अगर तुम दोनों छोरों के बीच आसानी से डोलते रहो तो तुम सदा-सर्वदा युवा बने रहोगे। जो लोग सदा एक ही छोर से अटके रहते हैं वे बूढ़े हो जाते हैं और मर जाते हैं।

आज इतना ही।

26

# तंत्रः घाटी और शिखर की स्वीकृति

# प्रश्न-सार

1. क्या हम सचेतन रूप से वृत्तियों का नियमन और संयमन करें ?
2. अराजक शोरगुल को विधायक ध्वनि में कैसे बदलें ?

▲

**पहला प्रश्नः**
***कल रात आपने चेतन मन के द्वारा अचेतन वृत्तियों के नियंत्रण और दमन कीं चर्चा कीं और कहा कि विकास-क्रम में अचेतन वृत्तियां मनुष्य को उसके पशु-जीवन से विरासत में मिलीं हैं। तो क्या यह अच्छा नहीं होगा कि चेतन मन अपनी बुद्धि, विवेक और जीवन-कला के अनुसार उनका नियमन और संयमन करे?***

मनुष्य एक पशु है; लेकिन वह पशु ही नहीं है, पशु से बहुत ज्यादा भी है। लेकिन यह 'ज्यादा' पशु का निषेध नहीं कर सकता; उसे उसको समाहित करना है। मनुष्य पशु से ज्यादा है; लेकिन उससे पशु का इनकार नहीं किया जा सकता। उसे सृजनात्मक ढंग से समाहित करना है। तुम पशु को अलग नहीं कर सकते; वह तुम्हारी जड़ों में समाया है। पशु को हटाया नहीं जा सकता; तुम्हें उसका सृजनात्मक उपयोग करना है।

तो पहली बात याद रखने की यह है कि तुम्हें अपनी पशुता को इनकार नहीं करना है। अगर तुम उसके संबंध में नकार की भाषा में सोचने लगोगे, तो तुम अपने प्रति विध्वंसात्मक हो जाओगे। क्योंकि तुम निन्यानबे प्रतिशत पशु हो। अगर तुम अपने ही भीतर विभाजन पैदा करोगे, तो तुम्हारी हार सुनिश्चित है; तब तुम जीत नहीं सकते। तुम्हारी लड़ाई का परिणाम उलटा होगा; क्योंकि तुममें निन्यानबे प्रतिशत पशु है। सिर्फ एक प्रतिशत मन सचेतन है; यह एक प्रतिशत निन्यानबे प्रतिशत के खिलाफ नहीं जीत सकता। उसकी हार निश्चित है। यही वजह है कि दुनिया में इतनी निराशा है, हताशा है; क्योंकि आदमी अपने ही पशु से हार-हार जाता है। इसमें सफलता असंभव है; तुम्हारी हार अनिवार्य है। एक प्रतिशत निन्यानबे प्रतिशत से नहीं जीत सकता है।

असल में इस एक प्रतिशत को निन्यानबे प्रतिशत से न अलग किया जा सकता है और न उसे उससे लड़ाया जा सकता है। यह एक फूल जैसा है; फूल पूरे वृक्ष के, वृक्ष की जड़ों के विरोध में नहीं जा सकता है। क्या तुम्हें पता है कि तुम अपने जिस पशु के विरोध में हो वही पशु तुम्हें पाल रहा है! उसके सहारे ही तुम जीवित हो। जिस क्षण तुम्हारा पशु मर जाएगा, तुम भी तुरंत मर जाओगे। तुम्हारा मन फूल है; तुम्हारा पशु ही पूरा वृक्ष है।

तो विरोध में मत होओ। यह आत्मघातक है। और अगर तुम अपने ही विरोध में बंटकर खड़े हो गए, तो तुम कभी आनंद को नहीं उपलब्ध हो सकोगे। तुम ही अपना नरक निर्मित कर रहे हो। नरक और कहीं नहीं है; विभाजित व्यक्तित्व ही नरक है। और नरक कोई

भौगोलिक स्थान नहीं है, नरक मनोवैज्ञानिक स्थिति है। वैसे ही स्वर्ग भी मनोवैज्ञानिक स्थिति है। अखंड, अविभाजित व्यक्तित्व, जिसमें कोई द्वैत, कोई द्वंद्व नहीं है, वही स्वर्ग है।

तो पहले तो बात मैं कहना चाहूंगा कि अपने को मत बांटो; अपने ही विरोध में मत खड़े होओ। द्वंद्व में मत रहो। वह जो पशु है वह कुछ बुरा नहीं है; वह तुम्हारे लिए बहुत संभावना से भरा है। वह तुम्हारा अतीत है और वही तुम्हारा भविष्य भी है। उसमें बहुत कुछ छिपा है। उसे उघाड़ो, उसे विकसित करो; उसे बढ़ने दो। उसके पार जाना है; उससे लड़ना नहीं है। तंत्र की बुनियादी शिक्षा यही है।

दूसरी सभी परंपराएं विभाजन करती हैं। वे तुम्हें बांटती हैं; वे तुम्हारे भीतर एक संघर्ष पैदा करती हैं। तंत्र विभाजन नहीं करता है; तंत्र संघर्ष में विश्वास ही नहीं करता। तंत्र बिलकुल विधायक है; तंत्र नहीं कहना नहीं जानता है। तंत्र हां कहने में विश्वास करता है—पूरे जीवन को हां कहने में। हां के द्वारा रूपांतरण घटित होता है; नहीं से सिर्फ उपद्रव पैदा होता है—रूपांतरण नहीं। तुम किसके विरोध में लड़ रहे हो? अपने ही विरोध में तुम कैसे जीत सकते हो? तुम्हारा बड़ा भाग पशु है; इसलिए बड़ा भाग जीतेगा। इसलिए जो लड़ते हैं, वे हारने के लिए ही लड़ते हैं। यदि हारना चाहते हो, तो लड़ो। और यदि जीतना चाहते हो, तो मत लड़ो।

जीतने के लिए ज्ञान जरूरी है, संघर्ष नहीं। संघर्ष सूक्ष्म हिंसा है। यह अजीब है; लेकिन यही हुआ है। जो लोग दूसरों के प्रति अहिंसा की बात करते हैं वे अपने प्रति बहुत हिंसापूर्ण होते हैं। ऐसी देशनाएं हैं, ऐसी परंपराएं हैं, जो कहती हैं कि किसी के प्रति हिंसा मत करो; लेकिन जहां तक तुम्हारा अपना संबंध है वे बहुत हिंसक हैं। वे तुम्हें दूसरों के प्रति तो अहिंसक होने को कहती हैं, लेकिन स्वयं के प्रति हिंसक होने को कहती हैं। त्याग-तपस्या पर आधारित जो जीवन-विरोधी दर्शन हैं, सब तुम्हारे स्वयं के प्रति हिंसक रुख रखते हैं; वे तुम्हें अपने प्रति हिंसा सिखाते हैं।

तंत्र बहुत अहिंसक है—बिलकुल अहिंसक। तंत्र कहता है कि अगर तुम अपने प्रति अहिंसक नहीं हो सकते, तो तुम किसी के प्रति भी अहिंसक नहीं हो सकते; यह असंभव है। जो अपने साथ हिंसा करेगा वह सबके साथ हिंसा करेगा। वह अपनी अहिंसा में भी हिंसा छिपाए रहेगा। तुम हिंसा का रुख अपनी तरफ मोड़ सकते हो; लेकिन हिंसा मात्र विध्वंसात्मक है।

लेकिन उसका यह मतलब नहीं है कि तुम पशु हो, तो तुम्हें पशु ही रहना है। जिस क्षण तुम अपनी विरासत को स्वीकार करते हो, जिस क्षण तुम अपने अतीत को स्वीकार करते हो, उसी क्षण तुम्हारे भविष्य का द्वार खुल जाता है। स्वीकार ही द्वार है। पशु अतीत है; पर उसे भविष्य होने की जरूरत नहीं है। अतीत के विरोध में जाने की जरूरत नहीं है; तुम जा भी नहीं सकते। उसका सृजनात्मक उपयोग करो। उसका सृजनात्मक उपयोग कैसे करें?

पहली बात कि उसके अस्तित्व के प्रति प्रगाढ़ रूप से सजग रहना है, जागरूक रहना है। जो लोग उससे लड़ते हैं वे उसके प्रति जागरूक नहीं हो सकते। क्योंकि वे भयभीत हैं, वे अपने पशु को पीछे धकेल देते हैं, अचेतन में डाल देते हैं। असल में अचेतन के होने की कोई जरूरत नहीं है; अचेतन तो दमन के कारण निर्मित होता है। तुम्हारे भीतर बहुत चीजें हैं, जिन्हें तुम बिना समझे ही निंदित करार देते हो। और जो आदमी समझदार है वह किसी चीज की भी

निंदा नहीं करता; निंदा की जरूरत नहीं है। वह जहर को भी औषधि बना लेता है। क्योंकि वह जानता है कि हर चीज का सृजनात्मक उपयोग किया जा सकता है। क्योंकि तुम नहीं जानते हो, इसलिए अज्ञान में वह जहर है। विवेक के साथ वह अमृत बन जाता है।

जो व्यक्ति अपनी कामवासना से, क्रोध से, लोभ से लड़ता है वह क्या करेगा? वह दमन करेगा। लड़ना दमन है। वह अपने क्रोध को, काम को, लोभ को, घृणा को, ईर्ष्या को सबको दबाएगा। वह सब को किसी तलघर में डाल देगा और ऊपर से झूठा व्यक्तित्व ओढ़ लेगा। वह व्यक्तित्व झूठा होगा; क्योंकि जो ऊर्जा उसे सच्चा बना सकती थी, उसका रूपांतरण नहीं किया गया। यह व्यक्तित्व नकली होगा। असली ऊर्जा तो दमित होकर नीचे अचेतन में डाल दी गई है। वह ऊर्जा सदा वहां सक्रिय रहेगी और मौका पाकर किसी भी क्षण उसका विस्फोट हो सकता है। तुम एक ज्वालामुखी पर बैठे हो और प्रत्येक क्षण वह ज्वालामुखी फूट पड़ने की कोशिश में है। और उसके फूटते ही तुम्हारा ओढ़ा हुआ व्यक्तित्व बिखर जाएगा।

तुमने धर्म, नैतिकता और संस्कृति के नाम पर जो व्यक्तित्व निर्मित किया है वह नकली है, ऊपर-ऊपर है। वह बस मुखौटा है। भीतर असली आदमी छिपा है। तुम्हारा पशु तुमसे दूर नहीं है। तुम्हारा मुखौटा बहुत झीना है। कोई तुम्हारा अपमान करता है और तुरंत तुम्हारा सज्जन पुरुष विदा हो जाता है, पशु प्रकट हो जाता है। सज्जनता का आवरण बहुत झीना है; उसके नीचे ही ज्वालामुखी धधक रहा है। किसी भी क्षण तुम्हारा पशु प्रकट हो सकता है। और जब वह प्रकट होता है, तुम्हारी बुद्धि, तुम्हारी नैतिकता, तुम्हारा धर्म, तुम्हारा पशु से ऊपर होने का भाव, सब विदा हो जाता है। जब यथार्थ सामने आता है, तो झूठ की क्या बिसात? वह तो जब यथार्थ फिर भूमिगत हो जाता है, झूठ फिर से प्रकट होता है।

जब तुम क्रोध में होते हो, तो तुम्हारा मन कहां है? तुम्हारा चैतन्य कहां है? तुम्हारी नैतिकता कहां है? और तुम्हारे वे व्रत कहां हैं जो तुमने बार-बार लिए कि मैं फिर क्रोध नहीं करूंगा? जब क्रोध आता है, वे सब काफूर हो जाते हैं। हां, जब क्रोध फिर से तलघर में लौट जाता है, तब तुम पश्चात्ताप करते हो। तब नीति, नियम और व्रत के झूठे पहरेदार फिर से इकट्ठे हो जाते हैं। और पुरानी बातचीत और निंदा में फिर से संलग्न हो जाते हैं। वे फिर से भविष्य की योजनाएं बनाने लगते हैं। लेकिन भविष्य में फिर वही होने वाला है। जब क्रोध आएगा, ये छायाएं विदा हो जाएंगी।

अभी जो तुम्हारी चेतना है वह महज छाया है। वह असली नहीं है; उसमें सार-तत्व नहीं है। तुम ब्रह्मचर्य का व्रत ले सकते हो; उससे तुम्हारी कामवासना में कोई फर्क नहीं पड़ता। कामवासना सिर्फ भूमिगत हो जाती है, छिप जाती है। और जब वह फिर ऊपर आएगी, तो तुम्हारा ब्रह्मचर्य का व्रत सपने से ज्यादा नहीं सिद्ध होगा। छाया यथार्थ का मुकाबला नहीं कर सकती।

तो ये दो दृष्टिकोण हैं। या तो तुम काम का दमन कर सकते हो, तब तुम कभी उसके पार नहीं जा सकते हो। या तुम अपनी काम-ऊर्जा का सृजनात्मक उपयोग कर सकते हो; उसे इनकार न करके समग्र रूप से स्वीकार कर सकते हो। तब तुम उसे भूमिगत जाने को मजबूर नहीं करोगे; तुम उसके लिए भी ऊपर ही एक घर बना दोगे। और तभी तुम सच्चे मनुष्य बनोगे।

निश्चित ही, यह कठिन होगा। इसीलिए हम आसान रास्ते चुनते हैं। एक झूठा

व्यक्तित्व ओढ़ लेना आसान है; उसके लिए कुछ करने की जरूरत नहीं है। उसके लिए एक ही काम करना जरूरी है, ओर वह यह है कि तुम अपने को ही धोखा दो, बस। अगर तुम अपने को धोखा दे सकते हो, तो झूठा व्यक्तित्व निर्मित करना आसान है। सच में कुछ भी नहीं बदलेगा, लेकिन तुम मान ले सकते हो कि सब कुछ बदल गया। वह आसान है—भ्राति निर्मित करना आसान है। लेकिन सच्चाई को, यथार्थ को निर्मित करना कठिन है। वह सचमुच कठिन काम है।

लेकिन वही करने योग्य है। क्योंकि यदि सच्ची ऊर्जा से कुछ निर्मित किया जाए, तो वह खोएगा नहीं। उदाहरण के लिए, अगर कामवासना को दबाया न जाए, उसे स्वाभाविक रहने दिया जाए, तो तुम उससे कुछ सृजन कर सकते हो; उससे प्रेम का जन्म हो सकता है। अगर कामवासना रूपांतरित होती है, तो वह प्रेम बन जाती है। और अगर उसे दमित किया जाता है, तो वह घृणा बन जाती है।

काम-दमन के कारण तुम प्रेम से डरने लगते हो। जिस आदमी ने काम का दमन किया है वह सदा प्रेम से भयभीत रहेगा। क्योंकि प्रेम के साथ कामवासना चली आती है। प्रेम आत्मा है और कामवासना शरीर है। और कामवासना के डर से प्रेम को ही इनकार कर दिया जाएगा। डर होगा कि कहीं प्रेम के आस-पास ही काम का वास हो। काम का जिसने दमन किया, वह प्रेमपूर्ण नहीं हो सकता। वह प्रेम का प्रदर्शन कर सकता है, प्रेमपूर्ण होने का ढोंग कर सकता है, लेकिन वह सच में प्रेमपूर्ण नहीं हो सकता। वह भयभीत जो है। वह तुम्हें प्रेमपूर्ण हाथों से नहीं छू सकता; क्योंकि भय है। भय यह है कि प्रेमपूर्ण स्पर्श किसी भी क्षण कामुक स्पर्श बन सकता है। वह डरेगा; वह तुम्हें अपने को भी नहीं छने देगा। वह इसके लिए अनेक तर्क दे सकता है; लेकिन असली बात भय है—दमित वृत्ति का भय।

और ऐसा व्यक्ति, दमित और भयभीत व्यक्ति घृणा से भरा होगा। क्योंकि जो ऊर्जा दमित होती है वह उलटी दिशा में बहने लगती है। कामवासना सरलता से प्रेम में गति करती है; वह उसका सहज प्रवाह है। और अगर तुम उसे रोक दोगे, उसके रास्ते में रोड़े अटकाओगे, तो वह घृणा बन जाती है। तो जो तुम्हारे तथाकथित संत और महात्मा, तथाकथित नैतिक शिक्षक हैं, यदि तुम उनमें गहरे झांकोगे, तो पाओगे कि वे घृणा से भरे हैं। वह होना ही है; वह स्वाभाविक है। कामवासना वहां दबी है; वह किसी भी क्षण फूटकर ऊपर आ सकती है। वे एक खतरनाक ज्वालामुखी पर बैठे हैं। अगर तुम ऊर्जा को दबाते हो, तो उसका अर्थ है कि तुम उसे स्थगित कर रहे हो। और जितना तुम टालोगे वह उतना ही असाध्य होता जाएगा।

तंत्र कहता है कि अपने जीवन को सच्ची ऊर्जा से निर्मित करो। और सब सच्ची ऊर्जा पशु-ऊर्जा है। लेकिन जब मैं पशु-ऊर्जा कहता हूं, तो उसमें कोई निंदा निहित नहीं है। मेरे लिए पशु शब्द निंदा सूचक नहीं है, जैसा वह तुम्हारे लिए है। पशु अपने आप में सुंदर है। उसमें निंदा की कोई बात नहीं है। तुम्हारे भीतर जो पशु है वह शुद्ध ऊर्जा है, जो नैसर्गिक नियमों के मुताबिक चलती है।

पूछा गया है कि 'हम सचेतन रूप से क्या करें? क्या हम उसका नियमन न करें? क्या हम उसका नियंत्रण न करें?'

नहीं, तुम्हारी चेतना नियंत्रण करने के लिए नहीं है। तुम्हारी चेतना नियमन करने के

लिए नहीं है। तुम्हारी चेतना एक ही काम कर सकती है—तुम्हारी चेतना समझ सकती है। और समझ ही रूपांतरण बनती है।

तंत्र कहेगा, कामवासना को समझो; उसके नियमन की चेष्टा मत करो। अगर तुम इसे समझ नहीं सकते, तो सब चेष्टा व्यर्थ होने वाली है, सब चेष्टा हानि करने वाली है। कुछ करना नहीं है। पहले इसे समझो। और समझ से ही मार्ग बनता है। तुम्हें अपनी ऊर्जा को जबरदस्ती कोई मार्ग नहीं देना है।

जैसे कि विज्ञान में होता है, समझ के द्वारा तुम्हें नियमों का ज्ञान हो जाता है। तुम विज्ञान में क्या करते हो? जैसे ही तुम नियम को समझते हो, प्रकृति का रहस्य प्रकट हो जाता है। और एक बार प्राकृतिक रहस्य का पता चल जाए, तो तुम उस ऊर्जा का सृजनात्मक उपयोग कर सकते हो। बुनियादी नियमों को समझे बिना सभी प्रयत्न निष्फल होने को बाध्य हैं।

तो तंत्र कहता है, पशु को समझो; क्योंकि पशु के भीतर ही तुम्हारे भविष्य की संभावना छिपी है। सच तो यह है कि पशु में परमात्मा छिपा है। पशु तुम्हारा अतीत है और परमात्मा तुम्हारा भविष्य है। लेकिन तुम्हारा भविष्य तुम्हारे अतीत में छिपा है—बीज-रूप में छिपा है। तुम्हारी जो भी प्राकृतिक शक्तियां हैं, उन्हें समझो। उन्हें स्वीकारो; उन्हें समझो। तुम्हारे मन का यह काम नहीं है कि इन शक्तियों पर प्रभुत्व करे, उनका नियंत्रण करे, उनसे लड़े; मन का काम उन्हें समझना है। अगर सच में तुम उन्हें समझते हो, तो ही तुम अपने मन का सही उपयोग कर रहे हो।

काम को, क्रोध को, लोभ को समझो। सावचेत बनो। तृत्तियों के ढंग-ढांचे को समझो कि वे कैसे काम करती हैं, उनके काम करने का ढंग क्या है। और अपने भीतर इन पशु-वृत्तियों की पूरी गति के प्रति निरंतर सजग रहो, जागे रहो। अगर तुम इन पशु-वृत्तियों के प्रति बोधपूर्ण रह सके, तो द्वैत नहीं होगा; तब तुम्हारे भीतर अचेतन मन नहीं होगा। अगर तुम इन वृत्तियों के साथ गहराई में यात्रा कर सके, तो तुम्हारे पास सिर्फ चेतन मन होगा, अचेतन नहीं होगा।

अचेतन मन दमन के कारण पैदा होता है। तुम भय के कारण अपने अस्तित्व के बड़े हिस्से को चेतना के प्रकाश के सामने नहीं आने देते; तुम अपने ही यथार्थ को नहीं देख पाते। तुम इतने भयभीत हो कि तुम अपने घर के बाहर सदा बरामदे में रहते हो। तुम कभी अपने अंदर नहीं जाते; क्योंकि भय है।

अगर तुम अपने आमने-सामने आ जाओ, अपना साक्षात्कार कर लो, तो तुम्हारी अपने संबंध में जो कल्पनाएं हैं, जो भ्रम हैं, वे सब के सब गिर जाएंगे। तुम अपने को धार्मिक व्यक्ति समझते हो, या और कुछ मानते हो, अगर तुम अपनी वास्तविकता को देखोगे, तो ये सारे भ्रम विदा हो जाएंगे। और हरेक आदमी ने अपनी एक इमेज बना रखी है। वह इमेज झूठी है। लेकिन हम उससे चिपके रहते हैं और इस कारण ही अपने भीतर प्रवेश नहीं कर पाते।

तो पहली बात कि अपने पशु को स्वीकार करो। वह है, और उसमें कुछ गलत नहीं है। वह तुम्हारा अतीत है; और तुम अपने अतीत को इनकार नहीं कर सकते। लेकिन तुम उसे उपयोग में ला सकते हो। अगर तुम बुद्धिमान हो, तो तुम उसके उपयोग से अपने लिए बेहतर भविष्य का निर्माण कर सकते हो। लेकिन अगर तुम मूढ़ निकले, तो तुम अपने पशु से लड़ोगे

और लड़कर अपना भविष्य बरबाद कर लोगे। बीज से लड़कर तुम बीज को नष्ट कर दोगे। उसका सदुपयोग करो, उसे जमीन दो, उसकी देख-रेख करो, ताकि बीज वृक्ष बन जाए, जीवंत वृक्ष बन जाए और उसके जरिए भविष्य का फूल खिले। पशु तुम्हारा बीज है, उससे लड़ो मत।

तंत्र के मन में पशु के लिए कोई निंदा नहीं है, प्रेम ही प्रेम है। तुम्हारा सारा भविष्य उसमें छिपा है। उसे भलीभांति जानो। और तब तुम उसका उपयोग कर सकोगे। तब तुम उसे धन्यवाद दे सकोगे।

मैंने सुना है कि जब संत फ्रांसिस मृत्यु-शय्या पर थे, तो मरने के पूर्व उन्होंने अचानक अपनी आंखें खोलीं और अपने शरीर को धन्यवाद दिया। दूसरे लोक में जाने के पूर्व उन्होंने शरीर को धन्यवाद दिया। उन्होंने कहा, 'हे मेरे शरीर, तुम्हारा धन्यवाद! तुम्हारे भीतर कितना खजाना छिपा था और तुमने मेरी कितनी सहायता की! मैं अज्ञानी था। और ऐसे अनेक अवसर आए जब मैंने तुमसे लड़ाई भी की, तुम्हें अपना शत्रु भी समझा, लेकिन तुम सदा मित्र बने रहे। और तुम्हारे ही कारण मैं चैतन्य की इस अवस्था को उपलब्ध हो सका।'

शरीर को ऐसे धन्यवाद देना सुंदर है। लेकिन संत फ्रांसिस को यह बात अंत में समझ पड़ी। तंत्र कहता है कि आरंभ में ही यह समझ आ जानी चाहिए। जब तुम मरने लगोगे, तब शरीर को धन्यवाद देने से क्या फायदा? तुम्हारा शरीर गुप्त शक्तियों का, रहस्यपूर्ण संभावनाओं का खजाना है। तंत्र कहता है कि तुम्हारे शरीर के भीतर लघु रूप में समूचा ब्रह्मांड छिपा है; वह समूचे ब्रह्मांड का पिंड रूप है। उससे लड़ो मत।

और अगर तुम्हारा शरीर पिंड रूप में ब्रह्मांड है, तो तुम्हारा सेक्स या काम क्या है? अगर यह सच है कि तुम्हारा शरीर पिंड रूप में ब्रह्मांड है, तो तुम्हारी कामवासना क्या है?

ब्रह्मांड में जो सृजन-ऊर्जा है, वही तुम्हारे भीतर कामवासना है। पूरे ब्रह्मांड में प्रतिक्षण जो सृजन का काम चल रहा है, वही तुम्हारे भीतर कामवासना है। और अगर उसमें इतना बल है, तो उसका कारण यह है कि तुम्हें सर्जक होना अनिवार्य है। अगर काम इतना शक्तिशाली है, तो तंत्र के लिए उसका इतना ही अर्थ है कि तुम्हें असृजनशील नहीं होने दिया जा सकता। तुम्हें सृजननशील होना है। अगर तुम कुछ बड़ा नहीं रच सकते, तो कम से कम जीवन का सृजन करो। अगर तुम कुछ अपने से श्रेष्ठ नहीं रच सकते, तो कम से कम वह तो रचो जो तुम्हारे मरने पर तुम्हारी जगह ले सके। कामवासना इतनी शक्तिशाली इसीलिए है कि अस्तित्व तुम्हें असृजनशील नहीं रहने दे सकता। और तुम काम-ऊर्जा से लड़ते हो!

लड़ो मत, उसका उपयोग करो। और जरूरी नहीं है कि संतान पैदा करने के लिए ही उसका उपयोग करो। हर सृजन में काम-ऊर्जा का उपयोग है। संभवतः यही कारण है कि एक बड़े कवि को, एक बड़े चित्रकार को सेक्स की, काम की बहुत चाह नहीं होती। उसका कारण यह नहीं है कि वह कोई संत है। उसका कुल कारण इतना है कि वह किसी महान चीज का सृजन कर रहा है और उसकी जरूरत पूरी हो रही है।

एक महान संगीतज्ञ संगीत की रचना करता है। कोई पिता उतना तृप्त अनुभव नहीं कर सकता जितना तृप्त महान संगीत के सृजन पर एक संगीतज्ञ अनुभव करता है। कोई बेटा अपने मां-बाप को इतना सुख नहीं दे सकता जितना सुख एक महान संगीत संगीतज्ञ को देता है, या

एक सुंदर कविता कवि को देती है। और क्योंकि वह ऊंचे तल पर सृजन करता है, प्रकृति उसे छोटे तल के सृजन कर्म से मुक्त कर देती है। अब ऊर्जा ऊर्ध्व गति करने लगी।

तंत्र कहता है, ऊर्जा से लड़ो नहीं; ऊर्जा को ऊर्ध्व गति दो। और ऊर्ध्व गति के अनेक तल हैं, अनेक आयाम हैं।

बुद्ध न चित्रकार हैं, न संगीतज्ञ हैं और न ही कवि; लेकिन बुद्ध काम के पार चले गए हैं। क्या हुआ? आत्म-सृजन, स्वयं का सूजन श्रेष्ठतम सृजन है। अपने भीतर की समग्र चेतना का, समस्त आंतरिकता का, अखंडता का सृजन सर्वश्रेष्ठ सृजन है। वह शिखर है। वह गौरीशंकर है। बुद्ध उसी शिखर पर हैं, उन्होंने स्वयं का सृजन किया है। जब तुम कामवासना में उतरते हो, तो तुम शरीर का सजन करते हो, उसकी प्रतिकृति निर्मित करते हो। और जब तुम ऊंचे उठते हो, तो तुम आत्मा का सृजन करते हो। और अगर तुम मुझे कहने की इजाजत दो तो मैं कहूंगा, तुम परमात्मा का सृजन करते हो। तुमने सुना है कि परमात्मा ने संसार की रचना की; लेकिन मैं कहता हूं कि तुममें परमात्मा को निर्मित करने की क्षमता है। और जब तक तुम परमात्मा को न निर्मित कर लो, तब तक तुम तृप्त नहीं हो सकते।

तो ऐसा मत सोचो कि परमात्मा प्रारंभ में है। अच्छा होगा यह सोचना कि परमात्मा अंत में है। परमात्मा जगत का कारण नहीं है; बल्कि वह जगत का लक्ष्य है, उद्देश्य है, उसकी परिणति है, मंजिल है, शिखर है। अगर तुम अपनी समग्रता में खिल जाओ, तो तुम परमात्मा हो जाओगे।

यही कारण है कि बुद्ध को हम भगवान कहते हैं। और बुद्ध ने कभी भगवान को नहीं माना। यह बहुत विरोधाभासी बात है। उन्होंने कभी ईश्वर को नहीं माना; वे सबसे गहरे नास्तिकों में एक हैं। वे कहते हैं कि ईश्वर नहीं है, लेकिन हमने उन्हें ही भगवान कहा। एच .जी.वेल्स ने लिखा है कि गौतम बुद्ध सर्वाधिक ईश्वर-विहीन व्यक्ति थे और सर्वाधिक ईश्वर-तुल्य भी।

इन गौतम बुद्ध को क्या हुआ था? उन्होंने सर्वोच्च शिखर को, आत्यंतिक संभावना को जन्म दिया था। उनमें परम घटित हुआ था। फिर उन्होंने कुछ और सृजन नहीं किया; उसकी जरूरत नहीं रही। बुद्ध के लिए काव्य-रचना व्यर्थ होती; उनके लिए चित्रकारी व्यर्थ होती। वह बचपना होता। उन्होंने परम का सृजन किया था; उन्होंने स्वयं को नया जन्म दिया था। नए के जन्म के लिए पुराने का उपयोग किया गया था। और क्योंकि यह परम घटना थी, इसलिए इसमें समस्त अतीत का उपयोग किया गया था। अतीत विलीन हो गया था; पशु विदा हो गया था। जब वृक्ष पैदा होता है, तो बीज विलीन हो जाता है। तब बीज नहीं रह सकता।

जीसस कहते हैं कि जब तक अन्न का दाना जमीन में गिरकर मिट नहीं जाता, तब तक कुछ नहीं हो सकता है। जब बीज जमीन में गिरकर मिट जाता है, नया जीवन उभरकर ऊपर आता है। यह मृत्यु बीज की मृत्यु है, अतीत की मृत्यु है। लेकिन कोई मृत्यु नए को जन्म दिए बिना नहीं हो सकती; उससे कुछ नया आएगा ही।

तंत्र कहता है, नियंत्रण करने की चेष्टा मत करो। नियंत्रण करने वाले तुम हो कौन? और तुम नियंत्रण कैसे कर पाओगे? तुम्हारा नियंत्रण धोखा होगा। इसे समझने की कोशिश करो। ऊर्जा की गति को, उसके आंतरिक स्वभाव को, उसकी घटना को समझने की कोशिश

करो। और वह समझ ही तुम्हें सहजता से बदल देगी।

बदलाहट प्रयत्न से नहीं होती है। अगर वह प्रयत्न से हो, तो वह आनंद नहीं ला सकती। आनंद प्रयत्न के द्वारा कभी घटित नहीं होता है। प्रयत्न से सदा तनाव पैदा होता है और वह दुखदायी है। प्रयत्न सदा कुरूप होता है; क्योंकि तुम जबरदस्ती कर रहे हो। समझ प्रयत्न नहीं है। समझ सुंदर है; समझ सहज घटना है।

तो नियंत्रण मत करो। यदि नियंत्रण करने की कोशिश करोगे, तो तुम्हें असफलता ही हाथ लगेगी। और उस कोशिश में ही तुम नष्ट हो जाओगे। समझो! समझ को ही एकमात्र नियम बनने दो। समझ को ही अपनी साधना बनाओ। सब कुछ को समझ पर छोड़ दो। जो बात समझ से नहीं हो सकती, वह हो ही नहीं सकती है। उस बात को भूल जाओ। जो कुछ भी हो सकता है, समझ से ही हो सकता है।

तो तंत्र कहता है, चीजों को स्वीकार करो; क्योंकि समझ के लिए, बोध के लिए स्वीकार जरूरी है। तुम किसी चीज को नहीं समझ सकते, अगर तुम उसे इनकार करते हो। अगर मैं तुम्हें घृणा करता हूं, तो मैं तुम्हारी आंखों में झांक नहीं सकता, मैं तुम्हारा मुंह भी नहीं देख सकता। मैं अपना ही मुंह फेर लूंगा, मैं तुमसे बचूंगा; मैं कभी तुम्हें सीधा नहीं देख पाऊंगा। जब मैं तुम्हें प्रेम करूंगा, तभी मैं तुम्हारी आंख में आंख डालकर देख सकूंगा। और जब में तुम्हें प्रगाढ़ रूप से प्रेम करूंगा, तभी मैं तुम्हारा मुंह देख सकूंगा।

प्रेम ही मुंह देखता है; अन्यथा तुम कभी किसी का मुंह नहीं देखते। तुम मिलते हो, तुम देखते भी हो; लेकिन यह देखना देखना नहीं है। उसमें गहराई नहीं होती; वह छता तो है, लेकिन भीतर प्रवेश नहीं करता। लेकिन जब तुम प्रेम करते हो, तो तुम्हारी पूरी ऊर्जा आंख बन जाती है। तब वह ऊर्जा बहती है, गहराई से स्पर्श करती है, दूसरे व्यक्ति में गहरे उतर जाती है; उसके प्राणों से एक हो जाती है। और तभी तुम किसी को जान सकते हो।

इसीलिए पुरानी बाइबिल में उन्होंने संभोग के लिए, प्रेम के लिए, गहरे प्रेम के लिए, जानना शब्द का उपयोग किया है। यह कोई सांयोगिक बात नहीं है। बाइबिल में विवरण है कि आदम ने अपनी पत्नी ईव को जाना और तब केन का जन्म हुआ। संभोग के लिए, प्रेम के लिए, जानना शब्द का प्रयोग आश्चर्यजनक है और बहुत अर्थपूर्ण है। क्योंकि जब तुम किसी को जानते हो तो उसका अर्थ है कि तुमने उसे प्रेम किया। जानने का कोई दूसरा उपाय नहीं है।

और व्यक्तियों के साथ ही ऐसा नहीं है, ऊर्जाओं के साथ भी ऐसा ही है। अगर तुम अपने अंतरस्थ अस्तित्व को और ऊर्जा की बहुआयामी घटना को जानना चाहते हो, तो प्रेम करो। पशु को घृणा मत करो, उसे प्रेम करो। और तुम उससे अलग नहीं हो; तुम उसके अंग हो। पशु ही तुम्हें इस बिंदु तक खींचकर ले आया है जहां तुम मनुष्य बने हो। उसका अहसान मानो। यह निरी कृतघ्नता है जब लोग पशु की, आदमी के भीतर के पशु की निंदा करते हैं। पशु ही तुम्हें वहां लाया है जहां तुम मनुष्य हुए हो। और पशु ही तुम्हें वहां पहुंचा सकता है जहां तुम परमात्मा बन सकते हो। पशु ही तुम्हें गतिमान कर रहा है। उसे समझो, उसके ढंग-ढांचे को समझो; उसके काम करने की प्रक्रिया को समझो। वह समझ ही तुम्हारा रूपांतरण बनेगी।

तो नियंत्रण मत करो; मालिक बनने की चेष्टा मत करो। बिलकुल भी नहीं। तुम अपने पशु से इतने भयभीत क्यों हो? इसलिए कि सच में तुम्हारा मन नपुंसक है; इसीलिए तुम

भयभीत हो। तुम उस पर काबू क्यों पाना चाहते हो? अगर तुम वास्तव में उसके मालिक हो तो पशु तुम्हारा अनुगमन करेगा। लेकिन तुम अच्छी तरह जानते हो कि पशु मेरा मालिक है और मुझे उसका अनुगमन करना पड़ेगा। इससे ही मालिक बनने की यह सारी चेष्टा चलती है। तुम भलीभांति जानते हो कि जो कुछ वास्तविक है वह पशु के द्वारा घटित होता है; और जो नकली है वह मन के द्वारा घटित होता है। यह बोध भय पैदा करता है। यही कारण है कि तुम मालिक बनने की चेष्टा करते हो।

लेकिन मालिक प्रयत्न से नहीं पेदा होता है। केवल गुलाम मालिक बनने की चेष्टा करते हैं। मालिक बस मालिक है। वह मालिक है! मैं तुम्हें एक कहानी कहता हूं।

एक बड़े योद्धा के घर ऐसा हुआ। एक रात उसे अचानक एक चूहे से पाला पड़ गया। वह बड़ा योद्धा था, खड्गधारी था। और चूहा ठीक उसके सामने बैठकर उसे घूर रहा था। इससे योद्धा को बहुत क्रोध आया। कभी किसी ने उसके साथ ऐसा करने की हिमाकत नहीं की थी। तो उसने अपनी तलवार म्यान से निकाल ली; लेकिन चूहा अपनी जगह से टस से मस नहीं हुआ। फिर तो योद्धा ने उठाकर तलवार चला दी। लेकिन चूहे ने झट से छलांग लगाई और योद्धा की तलवार जमीन पर गिरकर टूट गई।

योद्धा तो पागल हो उठा। उसने बार-बार चेष्टा की। लेकिन जितनी चेष्टा की उतनी ही हार हाथ लगी। हार पर हार। चूहे से लड़ना कठिन है। उससे लड़ने को राजी होना ही हार का न्योता देना है। वही हार है। चूहा बलवान हो गया; योद्धा की हर हार ने उसे बलवान बना दिया। वह उछलकर उसकी खाट पर चढ़ गया। योद्धा तो घर से बाहर चला गया। उसने मित्रों से पूछा कि क्या किया जाए? उसने कहा कि ऐसा तो मेरी जिंदगी में कभी भी नहीं हुआ। किसी की भी ऐसी जुर्रत नहीं हो सकती है। और वह भी एक मामूली चूहा! लेकिन यह तो चमत्कार मालूम होता है; मैं तो बुरी तरह हार गया।

तो मित्रों ने कहा कि चुहे से लड़ना व्यर्थ है; उसके लिए किसी बिल्ली को लाना बेहतर होगा। लेकिन चारों ओर यह अफवाह फैल गई कि योद्धा हार गया। और बिल्लियों तक यह खबर पहुंच गई। कोई बिल्ली आने को राजी न हुई। सब बिल्लियां इकट्ठी हुईं और उन्होंने अपने नेता से कहा कि तुम जाओ, क्योंकि यह कोई साधारंण चूहा नहीं है। उससे योद्धा हार गया है। और हम तो मामूली बिल्लियां हैं। जब उससे यह महायोद्धा हार गया, तो हम किस खेत की मूली हैं? तो तय हुआ कि नेता भीतर जाएगा ओर शेष बिल्लियां बाहर इंतजार करेंगी।

नेता भी डर गया। नेता सदा डरपोक होते हैं। वे नेता हैं, क्योंकि कायरों की भीड़ है और कायर ही उन्हें चुनते हैं। वे कायरों के नेता हैं। कायर नहीं होते तो नेता भी नहीं होते। बुनियादी बात यह है कि वे कायरों द्वारा चुने जाते हैं; वे कायरों के तेता हैं। लेकिन नेता को जाना पड़ा; क्योंकि अनुयायी उसे धक्के दे रहे थे। वह नेता चुना जा चुका था और अब कुछ नहीं किया जा सकता था।

तो वह नेता बिल्ली डरते-डरते, कांपते-कांपते भीतर गई। चूहा बिस्तर पर बैठा था। बिल्ली ने ऐसा चूहा कभी नहीं देखा था; वह बिस्तर पर मजे से बैठा था। बिल्ली सोचने लगी कि क्या किया जाए, क्या उपाय लगाया जाए। वह इस हालत में अपनी पुरानी याददाश्त और अनुभवों को टटोल ही रही थी कि चूहे ने अचानक आक्रमण कर दिया। बिल्ली भाग खड़ी हुई,

क्योंकि अतीत में कभी ऐसा नहीं हुआ था। इतिहास में ऐसा कोई उल्लेख नहीं है कि किसी चूहे ने बिल्ली पर हमला किया हो! बिल्ली बाहर आकर जमीन पर गिर पड़ी और मर गई।

तो पास-पड़ोस के लोगों ने योद्धा को सलाह दी कि अब मामूली बिल्लियों से काम नहीं चलेगा; तुम राजमहल जाओ और राजा की बिल्ली मांग लाओ। राजा की बिल्ली ही कुछ कर सकती है। यह कोई मामूली मामला नहीं है। योद्धा को राजा के पास जाना पड़ा। उसने बिल्ली के लिए निवेदन किया और राजमहल से बिल्ली आयी। लेकिन योद्धा को भरोसा नहीं आया; क्योंकि बिल्ली बहुत मामूली नजर आयी—महज सामान्य। उसे डर था कि कहीं इस बार भी न असफलता हाथ आए। इससे तो वह बिल्ली कहीं बड़ी और बलशाली थी जो नेता चुनी गई थी और चूहे से हारकर मर गई थी। यह अदना बिल्ली! राजा ने कहीं मजाक तो नहीं किया! लेकिन राजा से वह कुछ कह भी नहीं सकता था।

तो योद्धा उस मामूली बिल्ली को लेकर घर आया। बिल्ली अंदर गई, चूहे को मार डाला ओर बाहर आ गई। सभी बिल्लियां इंतजार कर रही थीं। वे राजमहल की बिल्ली को घेरकर खड़ी हो गईं और उन्होंने उससे पूछा कि तुम्हारा राज क्या है? उस चूहे के हाथों हमारा नेता मारा गया, योद्धा को मुंह की खानी पड़ी और तुमने उसे कैसे इतनी सरलता से मार गिराया और उसके मृत शरीर को लिए बाहर आ गई?

बिल्ली ने कहा: मैं बिल्ली हूं और वह चूहा है। कोई और विधि नहीं है। मैं बिल्ली हूं, यह काफी है। किसी विधि की क्या जरूरत? बिल्ली होना काफी है। जब मैंने घर में प्रवेश किया, तो यह काफी था कि एक बिल्ली ने प्रवेश किया। मैं बिल्ली हूं।

यह एक झेन कथा है। अगर तुम्हारा मन मालिक है तो प्रयत्न की क्या जरूरत? सब प्रयत्न आत्मवंचना है कि तुम बिल्ली नहीं हो और तुम चूहे से लड़ रहे हो। मालिक बनो! लेकिन मालिक कैसे बना जाए?

तंत्र कहता है कि समझ तुम्हें मालिक बना देगी; और कुछ मालिक नहीं बना सकता। सब मालकियत की कुंजी समझ है, बोध है। अगर तुम इसे ठीक से जानते हो, तो तुम मालिक हो। और अगर नहीं जानते, तो तुम लड़ते रहोगे और तब तुम गुलाम ही रहोगे। और जितने लड़ोगे उतने ही हारते रहोगे। तुम चूहे से लड़ रहे हो।

**दूसरा प्रश्न:**

***अगर हम अपने शरीर के केंद्र से सुनें तो क्या भयानक आवाजें नहीं रहेंगी? शहरों के उस चीखते शोरगुल को क्या किया जाए जो हमें जिंदगीभर परेशान करता है? क्या हम उसे भी विधायक ध्वनि में बदल सकते हैं?***

यह सदा ही एक बुनियादी सवाल रहा है कि किसी नकारात्मक ध्वनि को विधायक ध्वनि में कैसे बदला जाए? तुम नहीं बदल सकते। अगर तुम खुद विधायक हो, तो तुम्हारे लिए कुछ भी नकारात्मक नहीं है। और अगर तुम खुद नकारात्मक हो, तो तुम्हारे लिए सब कुछ नकारात्मक हो जाएगा। तुम्हारे चारों तरफ जो भी है, तुम ही उसके स्त्रोत हो। तुम अपने संसार के आप स्त्रष्टा हो।

और याद रहे, हम एक ही जगत में नहीं रहते हैं। उतने ही जगत हैं जितने मन हैं। प्रत्येक मन अपने ही जगत में रहता है। मन ही जगत की सृष्टि करता है। तो अगर तुम्हें हर चीज नकारात्मक, विध्वंसक और शत्रु जैसी लगती है, तो उसका कारण यह है कि तुम्हारे भीतर विधायक केंद्र नहीं है। यह मत सोचो कि नकारात्मक ध्वनियों को कैसे बदला जाए। अगर तुम्हें अपने चारों ओर नकारात्मक अनुभूति होती है तो उसका इतना ही मतलब है कि तुम भीतर नकारात्मक हो। जगत तो एक दर्पण है और उसमें तुम अपना ही प्रतिबिंब देखते हो।

मैं एक डाकबंगले में ठहरा हुआ था—एक गांव के डाकबंगले में। गांव बहुत गरीब था, लेकिन उसमें कुत्ते बहुत थे। रात में सब कुत्ते डाकबंगले के चारों ओर जमा हो गए। शायद उनकी रोज की आदत रही हो। डाकबंगला अच्छी जगह पर था, जहां अनेक छायादार वृक्ष थे। संभव है, कुत्ते रात में वहीं विश्राम करते थे। मैं वहां ठहरा हुआ था और किसी राज्य के एक मंत्री भी वहां ठहरे हुए थे। कत्तों के भौंकने से मंत्री जी बहुत परेशान हो रहे थे। आधी रात बीत चली और मंत्री सो न सके।

फिर वे मेरे पास आए और उन्होंने पूछा कि क्या आप सो गए हैं? में गहरी नींद में था। तो वे मेरे निकट आए और मुझे जगाकर उन्होंने पूछा कि इस शोर-शराबे के बीच आप कैसे सो रहे हैं? कम से कम बीस-तीस कूत्ते हैं ओर वे भौंक रहे हैं, आपस में लड़-झगड़ रहे हैं और वह सब कर रहे हैं जो कुत्ते आमतौर से करते हैं। मंत्री ने कहा, मुझे तो नींद ही नहीं आ रही है। और मैं दिनभर की यात्रा से थका हूं और कल भी मुझे दौरे पर जाना है। उन्होंने कहा कि यदि आज मुझे नींद न आई तो मुश्किल होगी। कल सुबह ही मुझे निकलना है। और नींद आने से रही; मैं सब उपाय कर चुका। मैंने सुना था कि मंत्र जपने से, परमात्मा की प्रार्थना करने से काम बन जाता है। वह सब भी मैं कर चुका। अब मैं क्या करूं?

तो मैंने उनसे कहा कि ये कुत्ते यहां इस इरादे से नहीं जमा हुए हैं कि आपको परेशान करें, वे आपके लिए नहीं आए हैं। उन्हें पता भी नहीं है कि यहां कोई मंत्री ठहरा है; वे समाचारपत्र नहीं पढ़ते; उन्हें कुछ पता नहीं है; वे यहां किसी उद्देश्य से नहीं हैं। उन्हें आप से कुछ लेना-देना नहीं है। वे अपना काम कर रहे हैं। आप क्यों परेशान होते हैं? उन्होंने कहा कि परेशान न होऊं? कैसे परेशान न होऊं? इतनी भौंक-भांक के बीच कैसे सोऊं?

मैंने उन्हें कहा कि कुत्तों के भौंकने से लड़ें न। आप लड़ रहे हैं, यही उपद्रव है। शोरगुल उपद्रव नहीं है; आप उससे नहीं परेशान हैं। आप शोरगुल को निमित्त बनाकर स्वयं ही अपने को उपद्रव में डाल रहे हैं। आप शोरगुल के खिलाफ हैं; आपकी शर्त है। आप कह रहे हैं कि अगर कूत्ते भौंकना बंद कर दें, तो मैं सोऊंगा। कुत्ते आपकी नहीं सुनेंगे। आपकी शर्त है। आप सोचते हैं कि यह शर्त पूरी हो जाए, तो मैं सो पाऊंगा। यही शर्त आपको परेशान कर रही है। कुत्तों के भौंकने को स्वीकार कर लें, यह शर्त न रखें कि जब वे भौंकना बंद कर देंगे तो सोऊंगा। बस स्वीकार कर लें। कुत्ते हैं, और वे भौंक रहे हैं। उनका प्रतिरोध न करें और न लड़ें। उनके शोरगुल को अनसुना करने की भी कोशिश न करें; उन्हें स्वीकार कर लें, उन्हें सुनें। वे सुंदर हैं। रात इतनी शांत है और कुत्ते इतने प्राणवान ढंग से भौंक रहे हैं। उन्हें सुनें। इसे मंत्र बना लें। यही सम्यक मंत्र है : उन्हें सुनें।

उन्होंने कहा कि अच्छा, मैं मानता तो नहीं कि इससे कुछ होने वाला है, लेकिन अब

कोई और उपाय भी नहीं है, तो इसका ही प्रयोग करता हूं।

वे जाकर सो गए, और कुत्ते अब भी भौंक रहे थे। और सुबह नींद से उठकर उन्होंने कहा कि चमत्कार हो गया। मैंने उनका भौंकना स्वीकार कर लिया, अपनी शर्त हटा ली; मैंने उनको सुना। कुत्तों का भौंकना संगीत बन गया और सब उपद्रव समाप्त हो गया। एक तरह से उनका भौंकना लोरी जैसा बन गया और इस कारण मुझे गहरी नींद नसीब हुई।

यह तुम्हारे मन पर निर्भर है। अगर तुम विधायक हो, तो सब चीज विधायक हो जाती है। और अगर तुम नकारात्मक हो, तो सब चीज नकारात्मक हो जाती है, खट्टी हो जाती है। इसे याद रखो, शोरगुल के प्रसंग में ही नहीं, पूरे जीवन के प्रसंग में। अगर तुम्हें लगे कि तुम्हेरिं आस-पास कुछ नकारात्मक है, तो अपने भीतर उसके कारण का पता करो। तुम्हारी जरूर कुछ अपेक्षा होगी। तुम कुछ चाह रहे होगे; तुम कुछ शर्त बांध रहे होगे।

अस्तित्व की धारा को तुम अपनी मर्जी के मुताबिक बहने को मजबूर नहीं कर सकते; वह अपनी ही चाल से बहती है। अगर तुम उसके साथ वह सकते हो तो तुम विधायक बनोगे और अगर तुम उससे लड़ते हो तो तुम नकारात्मक बन जाओगे। तुम ही नहीं, तुम्हारे इर्द-गिर्द का सारा जगत नकारात्मक हो जाएगा।

यह वैसा ही है जैसे कोई नदी की धारा के विपरीत तैरने की चेष्टा करे; उस हालत में धारा उसके लिए नकारात्मक हो जाएगी। अगर तुम नदी में ऊपर की तरफ तैरने की कोशिश करोगे, तो तुम्हें लगेगा कि नदी मेरे खिलाफ है, कि नदी मुझसे लड़ रही है, कि नदी मुझे नीचे की तरफ धकेल रही है। नदी तुम्हें ऊपर की तरफ नहीं नीचे की तरफ धकाएगी और तुम्हें लगेगा कि नदी मुझसे लड़ रही है। लेकिन नदी को तुम्हारा कुछ भी पता नहीं है; वह अपने आप में मगन है। और यह अच्छा है; अन्यथा नदी को पागलखाने जाना पड़े। नदी तुमसे नहीं लड़ रही है, तुम नदी से लड़ रहे हो; क्योंकि तुम ऊपर की ओर तैर रहे हो।

मैं तुम्हें एक कहानी कहूं। एक भीड़ मुल्ला नसरुद्दीन के घर के पास जमा हो गई। लोगों ने मुलला से चिल्लाकर कहा कि क्या कर रहे हो! तुम्हारी पत्नी नदी में गिर गई है और नदी पूर पर है। उन्होंने उससे कहा कि जल्दी भागकर जाओ, अन्यथा नदी तुम्हारी पत्नी को बहाकर समुद्र में ले जाएगी।

नदी करीब थी; मुल्ला दौड़कर किनारे पहुंचा। और अपनी पत्नी को खोजने के लिए वह नदी में कूदकर ऊपर की तरफ तैरने लगा। लोगों ने चिल्लाकर पूछा कि यह क्या कर रहे हो नसरुद्दीन! तुम्हारी पत्ती ऊपर की तरफ नहीं गई होगी, नीचे की तरफ गई होगी।

मुल्ला ने कहा, मुझे बाधा मत दो। मैं अपनी पत्नी को भलीभांति जानता हूं, वह जरूर ऊपर की तरफ गई होगी। अगर कोई दूसरा होता तो नीचे की तरफ जाता; लेकिन मेरी पत्नी नहीं। वह ऊपर की ओर ही गई होगी। मैं अपनी पत्नी को भलीभांति जानता हूं; में चालीस वर्षों से उसके साथ रह रहा हूं।

मन सदा धारा के विपरीत बहना चाहता है। और सबसे लड़कर तुम अपने चारों ओर एक नकार की दुनिया बना लेते हो। तब यही घटता है। संसार तुम्हारे विरोध में नहीं है। लेकिन क्योंकि तुम उसके साथ नहीं हो, इसलिए तुम्हें ऐसा प्रतीत होता है कि संसार मेरे विरोध में है।

नीचे की तरफ बहो; नदी की धारा के साथ बहो। और तब नदी तुम्हें बहने में सहयोग

देगी। तब बहने के लिए तुम्हारी ऊर्जा की जरूरत नहीं पड़ेगी। तब नदी नाव बन जाएगी और तुम्हें ले जाएगी। नदी में नीचे की तरफ बहते हुए तुम्हें ऊर्जा खोने की जरूरत नहीं होगी। यदि तुम नीचे की तरफ बहने लगे, तो उसका अर्थ है कि तुमने नदी को स्वीकार कर लिया, नदी की दिशा को, धारा को, सबको स्वीकार कर लिया। तुम उसके प्रति विधायक हो गए। और जब तुम विधायक होते हो, तो नदी भी विधायक हो जाती है। तुम सब कुछ को विधायक बना सकते हो, अगर तुम जीवन के प्रति विधायक बन जाओ।

लेकिन हम जीवन के प्रति विधायक नहीं हैं। क्यों? हम जीवन के प्रति विधायक क्यों नहीं हैं? हम नकारात्मक क्यों हैं? यह सतत संघर्ष क्यों? हम क्यों जीवन के साथ पूरी तरह बहने को राजी नहीं होते? भय क्या है?

हो सकता है कि तुम्हें पता न हो, पर तुम जीवन से भयभीत हो, बहुत भयभीत हो। यह कहना अजीब लगता है कि तुम जीवन से भयभीत हो, डरे हुए हो। साधारणतः तुम सोचते हो कि हम मृत्यु से डरे हुए हैं, जीवन से नहीं। सामान्य दृष्टिकोण यही है कि आदमी मृत्यु से भयभीत है। लेकिन मैं तुमसे कहता हूं कि तुम मृत्यु से इसलिए डरते हो, क्योंकि तुम जीवन से डरते हो। जो जीवन से नहीं डरता है वह मृत्यु से भी नहीं डरेगा। और हम जीवन से क्यों भयभीत हैं?

इसके तीन कारण हैं। पहली बात कि तुम्हारा अहंकार तभी जी सकता है यदि वह नदी के विपरीत बहे; नदी के अनुकूल बहकर वह नहीं जी सकता। तुम्हारा अहंकार जब लड़ता है, जब नहीं कहता है, तभी उसे जीने का एहसास होता है। अगर वह हां कहे, सदा हां कहे, तो जी नहीं सकता। सब कुछ को नहीं कहने का बुनियादी कारण अहंकार है।

अपने ढंग-ढांचे को देखो; देखो कि तुम कैसे व्यवहार करते हो, कैसे प्रतिक्रिया करते हो। देखो कि कैसे मन को नहीं कहना सरल पड़ता है और हां कहना बहुत-बहुत कठिन। कारण यह है कि नहीं कहने से अहंकार पुष्ट होता है। हां कहने से तुम्हारी अस्मिता ही नहीं रहती; तुम सागर में बूंद के समान हो जाते हो। हां कहने में अहंकार नहीं बचता है। यही कारण है कि हां कहना इतना कठिन है।

क्या तुम मुझे समझ रहे हो? अगर तुम नदी के विपरीत बह रहे हो, तो तुम्हें एहसास होता है कि मैं हूं। और अगर तुम अपने को नदी की मर्जी पर छोड़ देते हो, अगर तुम उसकी धारा के साथ बहने लगते हो—वह चाहे जहां ले जाए—तो तुम्हें मालूम ही नहीं होता कि मैं हूं। तब तुम धारा के हिस्से बन गए। यह अहंकार, यह मैं होने का अलग-थलग भाव तुम्हारे आस-पास नकारात्मकता पैदा करता है। अहंकार ही नकारात्मकता की लहरें उठाता है।

दूसरा कारण है कि जीवन अज्ञात है; उसकी भविष्यवाणी नहीं की जा सकती। और तुम्हारा मन बहुत संकीर्ण है। वह ज्ञात में जीना चाहता है, वह उसमें जीना चाहता है जिसकी भविष्यवाणी हो सके। मन सदा अज्ञात से डरता है। इसका कारण यह है कि मन ज्ञात से ही बना है। जो भी तुमने जाना है, अनुभव किया है, सीखा है, मन उस सबका जोड़ है। इसलिए मन सदा अज्ञात से डरा रहता है। अज्ञात उसे उपद्रव में डालेगा; इसलिए मन अज्ञात के प्रति बंद रहता है। मन रूटीन में, पुनरुक्ति में जीता है, ढांचे बनाकर जीता है; वह जाने-माने रास्तों से ही चलता है। वह कोल्हू के बैल की तरह चक्कर' काटता रहता है। वह अज्ञात में कदम

रखने से डरता है।

लेकिन जीवन सदा अज्ञात में गति करता है। और तुम उससे ही भयभीत हो। तुम चाहते हो कि जीवन तुम्हारे मन की सुनकर चले, ज्ञात की लीक पर चले। लेकिन जीवन तुम्हारी सुनकर नहीं चल सकता; वह सदा अज्ञात में सरकता रहता है। यही कारण है कि हम जीवन से इतने भयभीत हैं। और जब भी हमें मौका मिलता है, हम जीवन की हत्या करने की चेष्टा करते हैं। जब भी हमें मोका मिलता है, हम जीवन को बांधकर रखना चाहते हैं। जीवन प्रवाह है, प्रवाहमान है; और हम उसे बांधकर रखना चाहते हैं। क्योंकि बंधे-बंधाए की भविष्यवाणी हो सकती हैं।

अगर मैं किसी को प्रेम करता हूं, तो मन तुरंत विवाह की व्यवस्था करने में संलग्न हो जाएगा। विवाह चीजों को बांध देता है, उन्हें स्थिर कर देता है, जड़ बना देता है। और प्रेम प्रवाह है; उसकी भविष्यवाणी नहीं की जा सकती। कोई नहीं जानता है कि प्रेम कहां ले जाएगा, या वह कहीं ले भी जाएगा या नहीं। कोई नहीं जानता है। वह नदी के साथ बह रहा है और कोई नहीं जानता है कि नदी कहां जा रही है। अगले दिन या अगले क्षण नदी वहां नहीं हो सकती है जहां वह अभी है। अगले क्षण के बारे में तुम निश्चित नहीं हो सकते। लेकिन मन निश्चित होना चाहता है। और जीवन असुरक्षा है।

मन निश्चित होना चाहता है, इसलिए मन प्रेम के विरोध में है। मन विवाह के पक्ष में है; क्योंकि विवाह निश्चित है, थिर है। और जब ठहराव आता है, तो प्रवाह टूट जाता है। अब पानी बहता नहीं, बर्फ बन गया है। अब तुम्हारे हाथ में प्रेम की लाश है। और लाश की भविष्यवाणी हो सकती है। केवल मुर्दा चीजों की भविष्यवाणी हो सकती है। जो चीज जितनी जीवंत होती है उतनी ही उसकी भविष्यवाणी असंभव है। कोई नहीं जानता है कि जीवन कहां ले जाएगा।

इसीलिए हम जीवन को नहीं, मृत चीजों को पसंद करते हैं। यही कारण है कि हम वस्तुओं का परिग्रह करते हैं। किसी व्यक्ति के साथ रहना कठिन है; वस्तुओं के साथ रहना आसान है। इसीलिए हम चीजों और चीजों के संग्रह में लगे रहते हैं। व्यक्ति के साथ रहना कठिन है। और अगर हमें व्यक्ति के साथ रहना पड़ता है, तो हम उसे तुरंत वस्तु बना देने की कोशिश करते हैं। हम उसे व्यक्ति नहीं रहने देते हैं।

पत्नी वस्तु है; पति वस्तु है। वे जीवित व्यक्ति नहीं, जड़ चीजें हैं। जब पति घर आता है, तो वह जानता है कि पत्नी उसका इंतजार कर रही होगी। वह जानता है; वह उसकी भविष्यवाणी कर सकता है। अगर वह प्रेम करना चाहेगा, तो प्रेम कर सकता है, पत्नी उपलब्ध रहेगी। पत्नी वस्तु हो गई है। पत्नी यह नहीं कह सकती कि नहीं, आज मैं प्रेम करने के मूड में नहीं हूं। पत्नियां ऐसी बातें नहीं कहतीं कि मेरा मूड नहीं है। उनके भी मूड हैं, ऐसा नहीं माना जाता। वे जड़ संस्था जैसी हैं। ओर तुम संस्था पर भरोसा कर सकते हो; जीवन पर भरोसा नहीं किया जा सकता।

ऐसे हम व्यक्तियों को वस्तुओं में बदल देते हैं। किसी भी संबंध पर नजर डालो, शुरू में तो वह दो व्यक्तियों का संबंध मालूम पड़ता है, लेकिन शीघ्र ही वह दो वस्तुओं का संबंध बन जाता है। व्यक्ति विदा हो जाता है, वस्तुएं प्रकट हो जाती हैं। तब हम एक-दूसरे से

▲

अपेक्षाएं करने लगते हैं। हम एक-दूसरे से कहते हैं, यह करो और वह करो; यह पत्नी का कर्तव्य है और वह पति का कर्तव्य है। हम कहते हैं, तुम्हें यह करना ही होगा। यह कर्तव्य है, इसे करना ही होगा। और तुम यह नहीं कह सकते कि मैं यह नहीं कर सकता।

यह ठहराव, यह जड़ता जीवन के भय से पैदा होती है। जीवन एक प्रवाह है; जीवन के संबंध में कुछ नहीं कहा जा सकता। मैं तुम्हें इस क्षण प्रेम करता हूं; अगले क्षण यह प्रेम विदा हो जा सकता है। एक क्षण पहले प्रेम नहीं था, इस क्षण वह मौजूद है। और वह है, तो मेरे कारण नहीं है; वह बस घटित हुआ है। मैं उसे घटित नहीं करा सकता था; वह अपने आप ही घटित हुआ है। और जो घटित हो सकता है वह किसी क्षण खो भी सकता है। तुम क्या कर सकते हो? दूसरे क्षण प्रेम खो सकता है। दूसरे क्षण का क्या भरोसा?

लेकिन मन निश्चितता चाहता है। इसलिए मन प्रेम को विवाह में बदल देता है। और जीवित वस्तु मृत हो जाती है। तब तुम उस पर मालकियत कर सकते हो, तब तुम उसका भरोसा कर सकते हो। तब अगले दिन भी प्रेम होगा। और पूरी विडंबना यही है। उस पर मालकियत करने के इरादे से तुमने व्यक्ति को मार डाला, वस्तु बना दिया। और उसके साथ ही व्यक्ति का जो सुख था, उससे तुम वंचित हो गए। व्यक्ति तो रहा नहीं, वह मर गया। और तुमने व्यक्ति को प्रेम किया था। लेकिन मालकियत करने के लिए व्यक्ति की हत्या कर दी गई।

प्रेमिका को तुमने पत्नी बना लिया और तुम्हारी अपेक्षा है कि पत्नी प्रेमिका की तरह व्यवहार करे। वह व्यर्थ है; पत्नी प्रेमिका जैसा व्यवहार नहीं कर सकती। प्रेमिका जीवंत थी; पत्नी तो लाश है। प्रेमिका घटना थी; पत्नी संस्था है। और जब पत्नी प्रेमिका का व्यवहार नहीं करती, तो तुम कहते हो कि तुम अब मुझे प्रेम नहीं करती, पहले करती थी। लेकिन यह अब वही व्यक्ति नहीं है, बस एक वस्तु है। पहले तो तुमने उस पर मालकियत करने के लिए उसे मार डाला और अब तुम उससे जीवित व्यक्ति का व्यवहार खोजते हो। उससे ही सारा संताप पैदा होता है।

हम जीवन से भयभीत हैं; क्योंकि जीवन एक प्रवाह है। और मन निश्चित होना चाहता है। अगर तुम सचमुच जीवित होना चाहते हो, तो असुरक्षा के लिए तैयार हो जाओ। कोई सुरक्षा नहीं है और सुरक्षा पैदा करने का कोई उपाय भी नहीं है। सुरक्षा का तो एक ही रास्ता है कि जीओ ही मत; तब तुम सुरक्षित रहोगे। इसलिए मुर्दे सर्वाधिक सुरक्षित हैं। जीवित व्यक्ति तो असुरक्षित ही होगा। असुरक्षा जीवन का आधारभूत नियम है। लेकिन मन सुरक्षा चाहता है।

तीसरी बात कि जीवन में, अस्तित्व में एक बुनियादी द्वैत है। अस्तित्व द्वैत पर ही खड़ा है। लेकिन मन इस द्वैत के एक हिस्से को स्वीकार करता है और दूसरे को अस्वीकार कर देता है। उदाहरण के लिए, तुम सुखी होना चाहते हो, तुम सुख चाहते हो; लेकिन दुख तुम नहीं चाहते। पर दुख सुख का ही हिस्सा है, सुख का ही दूसरा पहलू है। सिक्का एक ही है; उसके एक पहलू पर सुख है और दूसरे पर दुख। तुम सुख चाहते हो; लेकिन तुम नहीं जानते कि तुम जितना सुख चाहोगे उतना ही दुख भी तुम्हें भोगना पड़ेगा। तुम सुख के प्रति जितने संवेदनशील होओगे उतने ही दुख के प्रति भी संवेदनशील हो जाओगे।

तो जो व्यक्ति सुख चाहता है उसे दुख के लिए भी तैयार हो जाना चाहिए। यह तो घाटी और शिखर जैसी बात है; दोनों साथ-साथ हैं। मगर तुम शिखर को तो चाहते हो, घाटी

को नहीं चाहते। वह घाटी कहां जाएगी? और घाटी के बिना शिखर कैसे हो सकता है? घाटी के बिना शिखर संभव नहीं है। अगर तुम शिखर को प्रेम करते हो, तो घाटी को भी प्रेम करो। दोनों नियति के हिस्से हैं।

लेकिन मन एक को चाहता है और दूसरे को नहीं। और दूसरा उसका ही अभिन्न हिस्सा है। मन कहता है कि जीवन शुभ है और मृत्यु अशुभ। लेकिन मृत्यु एक हिस्सा, घाटी जैसा हिस्सा है। और जीवन शिखर जैसा हिस्सा है। जीवन मृत्यु के बिना नहीं हो सकता; वह मृत्यु के कारण ही है। अगर मृत्यु विदा हो जाए, तो उसके साथ जीवन भी विदा हो जाएगा। लेकिन मन कहता है, मैं सिर्फ जीवन को चाहता हूं, मृत्यु को नहीं। और तब मन एक स्वप्नलोक में विचरण करने लगता है, जो स्वप्नलोक कहीं भी नहीं है। और तब मन हर चीज से लड़ता है। क्योंकि जीवन में हर चीज अपने विपरीत से जुड़ी है और विपरीत से बचने की चेष्टा में संघर्ष जरूरी हो जाता है।

जो मनुष्य यह समझ लेता है कि जीवन द्वैत पर खड़ा है, वह दोनों को स्वीकार करता है। वह मृत्यु को भी स्वीकार करता है। वह मृत्यु को जीवन के विरोध के रूप में नहीं बल्कि जीवन के भाग के रूप में, उसके घाटी वाले हिस्से के रूप में स्वीकार करता है। वह रात को दिन के घाटी वाले हिस्से के रूप में स्वीकार करता है।

एक क्षण तुम आनंदित हो; दूसरे क्षण तुम उदास हो। तुम दूसरे क्षण को नहीं स्वीकार करना चाहते; वह घाटी वाला हिस्सा है। और आनंद का शिखर जितना ही ऊंचा होगा उसकी घाटी उतनी ही गहरी होगी। क्योंकि ऊंची घाटियां ऊंचे शिखरों के नीचे ही निर्मित होती हैं। इसलिए तुम जितने ऊंचे उठोगे उतने ही नीचे गिरना होगा। जो लहर जितना ऊंचा उठेगी उसे उतना ही नीचे गिरना पड़ेगा।

समझ का अर्थ है इस तथ्य के प्रति जागरूक होना। इस तथ्य के प्रति जागरूक होना ही काफी नहीं है, उसका स्वीकार भी जरूरी है; क्योंकि तथ्य से भागा नहीं जा सकता। तथ्य की जगह तुम कल्पना कर सकते हो, स्वप्न निर्मित कर सकते हो। सदियों-सदियों से हम स्वप्न निर्मित करते रहे हैं। हमने नरक को कहीं नीचे पाताल में रखा है और स्वर्ग को कहीं ऊपर सातवें आसमान पर। हमने दोनों को एक-दूसरे से बिलकुल अलग कर रखा है, जो कि मुढ़तापूर्ण है। सच तो यह है कि नरक स्वर्ग का घाटी वाला हिस्सा है; वह स्वर्ग के साथ ही रहता है, वह अलग नहीं रह सकता है।

यह समझ तुम्हें विधायक बनने में सहयोग देगी; तब तुम सब कुछ को स्वीकार करोगे। विधायक से मेरा मतलब यह है कि तुम सब कुछ को स्वीकार करते हो, क्योंकि तुम जानते हो कि अस्तित्व का विभाजन नहीं हो सकता।

में एक श्वास भीतर ले जाता हूं और तुरंत ही उसे बाहर निकालना पड़ता है। श्वास भीतर लेता हूं और फिर श्वास छोड़ता हूं। अगर मैं सिर्फ श्वास लूं और छोडूं नहीं, तो मैं मर जाऊंगा। वैसे ही अगर मैं सिर्फ श्वास छोडूं और लूं नहीं, तो भी मैं मर जाऊंगा। क्योंकि श्वास लेना और श्वास छोड़ना एक ही प्रक्रिया के हिस्से हैं। दोनों मिलकर वर्तुल बनाते हैं। मैं श्वास छोड़ ही इसलिए पाता हूं क्योंकि मैं श्वास लेता हूं। दोनों साथ-साथ हैं; उन्हें पृथक नहीं किया जा सकता।

ऐसा ही है मुक्त पुरुष—अविभाजित। अगर समझ आ जाए, तो यह मुक्ति घटित होती है। मैं उसे ही मुक्त या बुद्धपुरुष कहता हूं जो अस्तित्व के इस द्वैत को स्वीकार कर लेता है। तब वह विधायक है। और तब जो भी घटित होता है वह उसे स्वीकार है। तब उसकी कोई अपेक्षा नहीं है; तब वह अस्तित्व से कुछ मांग नहीं करता है। तब वह धारा के साथ बह सकता है।

आज इतना ही।

27

# ध्वनि-संबंधी तीन विधियां

# सूत्र

39. ओम जैसी किसी ध्वनि का मंद-मंद उच्चारण करो।
जैसे-जैसे ध्वनि पूर्णध्वनि में प्रवेश करती है,
वैसे-वैसे तुम भी।
40. किसी भी अक्षर के उच्चारण के आरंभ में और
उसके क्रमिक परिष्कार में, निर्ध्वनि में जागो।
41. तार वाले वाद्यों को सुनते हुए उनकी संयुक्त
केंद्रीय ध्वनि को सुनो; इस प्रकार सर्वव्यापकता
को उपलब्ध होओ।

पता नहीं तुमने प्रति-पदार्थ की, एंटी-मैटर की धारणा की चर्चा सुनी है या नहीं। हाल ही में भौतिकी के जगत में एक नयी धारणा का आगमन हुआ है, प्रति-पदार्थ की धारणा का।

यह सदा समझा गया है कि इस जगत में कुछ भी अपने विपरीत के बिना नहीं हो सकता; कोई चीज अपने विपरीत के बिना अकेली हो सके, इसकी कल्पना असंभव है। जाने-अनजाने ध्रुवीय विपरीतताओं का होना अनिवार्य है। छाया प्रकाश के बिना नहीं हो सकती; जीवन मृत्यु के बिना नहीं हो सकता; सुबह रात के बिना नहीं हो सकती; और पुरुष स्त्री के बिना नहीं हो सकता। ऐसी कोई चीज तुम नहीं सोच सकते जो अपने विपरीत के बिना हो सके। विपरीत ध्रुवो का होना अनिवार्य है।

दर्शनशास्त्र तो ऐसा सदा से कहता आया था; लेकिन अब यह प्रस्तावना भौतिक विज्ञान की ओर से की जा रही है। और इस धारणा के कारण बहुत अजीब से विचार विकसित हो रहे हैं। समय अतीत से भविष्य की ओर गति करता है; लेकिन अब भौतिकशास्त्र कहता है कि अगर समय अतीत से भविष्य में गति करता है तो अवश्य ही कहीं न कहीं विपरीत समय की प्रक्रिया भी होनी चाहिए जहां समय भविष्य से अतीत में गति करता हो। अन्यथा समय-क्रम नहीं हो सकता। लेकिन वह है। तो उसकी ध्रुवीय विपरीतता का, प्रति-समय का होना बहुत जरूरी है। भविष्य से अतीत की ओर गति? बात ही बेतुकी लगती है। कोई चीज भविष्य से अतीत में कैसे गति कर सकती है?

भौतिकशास्त्री यह भी कहते हैं कि अगर पदार्थ है तो कहीं प्रति-पदार्थ भी जरूर होगा। यह प्रति-पदार्थ क्या होगा? पदार्थ घनत्व है। मान लो कि यहां मेरे हाथ में एक पत्थर है। वह पत्थर क्या है? उसके चारों ओर स्पेस है, स्थान है और इस स्थान के बीच में पदार्थ का घनत्व है। वह घनत्व ही पदार्थ है। तो प्रति-पदार्थ क्या होगा? वैज्ञानिक कहते हैं कि प्रति-पदार्थ स्थान में, स्पेस में महज छिद्र होगा। घनत्व पदार्थ है, और वैसे ही स्पेस में एक छिद्र है, जिसमें कुछ भी नहीं है। उस छिद्र के चारों ओर स्पेस होगा; लेकिन छिद्र बस शून्यता होगा।

वैज्ञानिक कहते हैं, पदार्थ के संतुलन के लिए प्रति-पदार्थ का होना अनिवार्य है।

लेकिन मैं क्यों इस बात की चर्चा कर रहा हू? क्योंकि ये जो आने वाले सूत्र हैं वे इसी विपरीतता के सिद्धांत पर आधारित हैं। ध्वनि है, लेकिन तंत्र कहता है कि ध्वनि इसीलिए है क्योंकि मौन है। मौन के बिना ध्वनि असंभव है। मौन प्रति-पदार्थ ध्वनि है, अ-ध्वनि है, निर्ध्वनि है। जहां-जहां ध्वनि होगी, उसके पीछे ही मौन होगा—ठीक पीछे। ध्वनि मौन के बिना नहीं हो सकती; वे एक ही सिक्के के दो पहलू हैं।

मैं एक शब्द का उच्चारण करता हूं, उदाहरण के लिए ओम का उच्चारण करता हूं। मैं इसका जितना ही उच्चारण करूंगा उतना ही उसके पीछे उसका प्रति-तत्व, मौन मौजूद होगा। तो अगर तुम मौन में प्रवेश के लिए ध्वनि को विधि के रूप में उपयोग करो तो तुम ध्यान में प्रवेश पा सकोगे। अगर तुम किसी शब्द को शब्द के पार जाने के लिए काम में ला सको तो तुम्हारी ध्यान में गति हो जाएगी।

इसे इस तरह देखो। मन शब्द है और ध्यान अ-मन है। मन ध्वनि से, शब्द से, विचार से भरा है; लेकिन उसके पास ही उसका विपरीत, अ-मन मौजूद है। झेन गुरु ध्यान को अ-मन की अवस्था कहते हैं।

मन क्या है? अगर इसका विश्लेषण करो तो मन विचार की प्रक्रिया है। अगर भौतिकी की भाषा में सोचो तो वह ध्वनि की प्रक्रिया है। यदि यह ध्वनि-प्रक्रिया मन है तो उसके पास ही अ-मन को होना चाहिए। और मन को आधार बनाए बिना तुम अ-मन में नहीं गति कर सकते; क्योंकि मन को समझे बिना अ-मन की धारणा बनाना कठिन है। मन को आधार बनाना ही होगा और उससे ही अ-मन में छलांग लग सकती है।

इस संबंध में दो परस्पर-विरोधी विचारधाराएं हैं। एक विचारधारा है जिसका नाम सांख्य है। सांख्य कहता है कि मन का उपयोग नहीं करना है। अगर तुम मन का उपयोग करोगे तो मन के पार नहीं जा सकते। यही कृष्णमूर्ति कहते हैं। वे सांख्यवादी हैं। तुम मन का उपयोग नहीं कर सकते; उसका उपयोग अगर करोगे तो मन के पार नहीं जा सकते। क्योंकि मन के उपयोग से मन और मजबूत होगा; उसके उपयोग से तुम उसके चक्कर में पड़ जाओगे। मन के उपयोग से मन का अतिक्रमण नहीं हो सकता; मन का उपयोग ही मत करो।

यही कारण है कि कृष्णमूर्ति सभी ध्यान-विधियों के विरोध में हैं। विधि तो मन को आधार बनाकर ही काम में लायी जा सकती है। विधि को उपयोग में लाने के लिए मन का उपयोग अनिवार्य हो जाता है। विधि संस्कार निर्मित करेगी, या पुनर्संस्कार या असंस्कार, जो भी नाम दो, निर्मित करेगी। वह मन का ही खेल होगा। सांख्य कहता है कि मन का उपयोग नहीं किया जा सकता; बस इसे समझो और छलांग लग जाएगी।

लेकिन योग कहता है कि यह असंभव है; यह समझ भी तो मन से ही आएगी। यह समझ—कि मन का उपयोग नहीं किया जा सकता, कि कोई विधि काम नहीं दे सकती, कि हर विधि बाधा बनेगी और तुम जो भी करोगे उससे नया संस्कार ही निर्मित होगा—यह समझ भी तो मन के द्वारा ही घटित होती है। मन को ही तो यह समझना है। तो योग कहता है कि मन के उपयोग से बचने का उपाय नहीं है; मन का उपयोग करना ही होगा।

लेकिन योग कहता है कि मन का उपयोग विधायक रूप से नहीं, नकारात्मक रूप से

किया जाना चाहिए। उसका उपयोग इस ढंग से न किया जाए कि वह और मजबूत हो; बल्कि उपयोग इस ढंग से हो कि उससे मन क्षीण हो, कमजोर हो। विधियां तो उपाय बताती हैं कि मन का उपयोग इस तरह करो कि मन के पार चले जाओ। मन से तुम जंपिंग बोर्ड का काम ले सकते हो; उसे आधार बनाकर तुम अ-मन में छलांग लगा सकते हो।

और अगर मन से जंपिंग बोर्ड का काम लिया जा सकता है—और योग और तंत्र मानते हैं कि यह काम लिया जा सकता है—तो कुछ चीजें जो मन की हैं उनका उपयोग किया जा सकता है। ध्वनि उन्हीं बुनियादी चीजों में है; तुम मौन में जाने के लिए ध्वनि का उपयोग कर सकते हो।

ध्वनि-संबंधी तीसरी विधि:

*ओम जैसी किसी ध्वनि का मंद-मंद उच्चारण करो। जैसे-जैसे ध्वनि पूर्णध्वनि में प्रवेश करती है, वैसे-वैसे तुम भी।*

'ओम जैसी किसी ध्वनि का मंद-मंद उच्चारण करो।'

उदाहरण के लिए ओम को लो। यह एक आधारभूत ध्वनि है। अ, उ और म, ये तीन ध्वनियां ओम में सम्मिलित हैं। ये तीनों बुनियादी ध्वनियां हैं। अन्य सभी ध्वनियां उनसे ही बनी हैं, उनसे ही निकली हैं, या उनकी ही यौगिक ध्वनियां हैं। ये तीनों बुनियादी हैं। जैसे भौतिकी के लिए इलेक्ट्रान, न्यूट्रान और प्रोटान बुनियादी हैं। इस बात को गहराई में समझना होगा।

गुरजिएफ ने तीन के नियम की बात की है। वह कहता है कि आत्यंतिक अर्थ में अस्तित्व एक है। आत्यंतिक अर्थ में, परम अर्थ में एक ही नियम है; लेकिन वह परम है। और जो कुछ हम देखते हैं वह सापेक्ष है, वह परम नहीं है। वह परम तो सदा प्रच्छन्न है, छिपा है; हम उसे देख नहीं सकते। क्योंकि जैसे ही हमें कुछ दिखाई पड़ता है, वह तीन में विभाजित हो जाता है; वह तीन में, द्रष्टा, दृश्य और दर्शन में बंट जाता है।

मैं तुम्हें देख रहा हूं; तो मैं हूं, तुम हो और हम दोनों के बीच दर्शन का, ज्ञान का संबंध है। प्रक्रिया तीन में बंट गई, परम तीन में विभाजित हो गया। जिस क्षण वह ज्ञान बनता है उसी क्षण वह तीन में बंट जाता है। अज्ञात वह एक है; ज्ञात होते ही वह तीन हो जाता है। ज्ञात सापेक्ष है; अज्ञात परम है। परम के संबंध में हमारी चर्चा भी, हमारी बातचीत भी परम नहीं है; क्योंकि ज्यों ही हम उसे परम कहकर पुकारते हैं, वह ज्ञात हो जाता है। जो भी हम जानते हैं वह सापेक्ष है; यह परम शब्द भी सापेक्ष हो जाता है।

यही कारण है कि लाओत्सु जोर देकर कहता है कि सत्य कहा नहीं जा सकता; जैसे ही तुम उसे कहते हो वह असत्य हो जाता है। कारण यह है कि शब्द देते ही वह सापेक्ष हो जाता है। हम जो भी शब्द दें, चाहे सत्य, परम, पारब्रह्म या ताओ कहें, बोलते ही वह सापेक्ष हो जाता है, बोलते ही वह असत्य हो जाता है। एक तीन में बंट जाता है।

तो गुरजिएफ कहता है कि जिस जगत को हम जानते हैं उसके लिए तीन का नियम आधारभूत है। अगर हम गहरे में उतरें तो पाएंगे—पाएंगे ही—कि प्रत्येक चीज तीन से बंधी है। इसे ही तीन का नियम कहते हैं। ईसाई इसे ट्रिनिटी कहते हैं, जिसमें ईश्वर पिता, जीसस पुत्र और पवित्र आत्मा सम्मिलित हैं। भारतीय इसे त्रिमूर्ति कहते हैं, जिसमें ब्रह्मा, विष्णु और

▲

महेश के मुख एक ही सिर में हैं। और अब भौतिकशास्त्र कहता है कि अगर हम पदार्थ का विश्लेषण करते हुए उसके भीतर प्रवेश करें तो पदार्थ भी तीन में टूट जाएगा—इलेक्ट्रान, न्यूट्रान और प्रोटान।

वैसे ही कवि कहते हैं कि यदि हम मनुष्य के सौंदर्य-बोध की, उसके भाव की गहराई में उतरें तो वहां भी तीन ही मिलेंगे—सत्य, शिव और सुंदर। मानवीय भावना भी तीन में बंटी है। और रहस्यवादी कहते हैं कि अगर हम समाधि का विश्लेषण करें तो वहां भी सच्चिदानंद की त्रयी है—सत, चित और आनंद की त्रयी है। मनुष्य की पूरी चेतना, चाहे वह जिस किसी आयाम में गति करे, तीन के नियम पर पहुंच जाती है।

ओम तीन के नियम का प्रतीक है। अ, उ और म—ये तीन बुनियादी ध्वनियां हैं। तुम उन्हें आणविक ध्वनियां भी कह सकते हो, जिन्हें ओम में सम्मिलित कर दिया गया है। ओम परम के, परमात्मा के अत्यंत निकट है; उसके पीछे ही परम का, अज्ञात का वास है। जहां तक ध्वनियों का संबंध है, ओम उनका अंतिम पड़ाव है। अगर तुम ओम के पार जाते हो तो तुम ध्वनियों के पार चले जाते हो। उसके बाद ध्वनि नहीं है। यह ओम अंतिम ध्वनि है। ये तीन अंतिम हैं। ये अस्तित्व की सीमा बनाती हैं; इन तीन के पार अज्ञात में, परम में प्रवेश है।

भौतिकविद कहते हैं कि अब हम इलेक्ट्रान पर पहुंचकर अंतिम सीमा पर पहुंच गए हैं; क्योंकि इलेक्ट्रान को पदार्थ नहीं कहा जा सकता। ये इलेक्ट्रान, ये विद्युत-अणु दृश्य नहीं हैं; उनमें पदार्थ-तत्व नहीं है। और उन्हें अपदार्थ भी नहीं कहा जा सकता; क्योंकि सब पदार्थ उनसे ही बनता है। और अगर वह न पदार्थ है और न अपदार्थ तो फिर उसे क्या कहा जाए? किसी ने भी इलेक्ट्रान को नहीं देखा है। उनका अनुमान भर होता है; गणित के आधार पर माना गया है कि वे हैं। उनका प्रभाव जाना गया है; लेकिन उन्हें देखा नहीं गया है। और हम उनके आगे नहीं जा सकते; तीन का नियम आखिरी है। और अगर तुम तीन के नियम के पार जाते हो तो तुम अज्ञात में प्रवेश कर जाते हो। तब कुछ भी कहना असंभव है। इलेक्ट्रान के बारे में ही बहुत कम कहा जा सकता है।

जहां तक ध्वनि का संबंध है, ओम आखिरी है; तुम ओम के आगे नहीं जा सकते। यही कारण है कि ओम का इतना अधिक उपयोग किया गया। भारत में ही नहीं, सारी दुनिया में ओम का व्यवहार होता आया है। ईसाइयों और मुसलमानों का आमीन ओम का ही दूसरा रूप है। आमीन की बुनियादी ध्वनियां भी वही हैं। अंग्रेजी के शब्द ओमनीप्रेजेंट, ओमनीपोटेंट और ओमनीसिएंट में भी वही है; उनका ओमनी उपसर्ग ओम से ही आता है। ओमनीप्रेजेंट उसे कहते हैं जो समस्त अस्तित्व में समाया हो, सर्वव्यापी हो। ओमनीपोटेंट का अर्थ है कि जो परम शक्तिशाली हो। और ओमनीसिएंट वह है जिसने ओम को, समस्त को, तीन के नियम को देखा हो, सर्वज्ञ हो। सारा ब्रह्मांड उसमें समाया है।

ईसाई और मुसलमान तो अपनी प्रार्थना के अंत में आमीन कहते हैं; लेकिन हिंदुओं ने ओम का एक पूरा विज्ञान ही निर्मित किया है। वह ध्वनि का विज्ञान है; वह ध्वनि के अतिक्रमण का विज्ञान है। और अगर मन ध्वनि है तो अ-मन अवश्य निर्ध्वनि होगा, या पूर्णध्वनि होगा। दोनों का एक ही अर्थ है।

इसे ठीक से समझ लेना चाहिए। परम को विधायक या नकारात्मक, किसी भी ढंग से

कहा जा सकता है। सापेक्ष को दोनों ढंग से कहना होगा, विधायक और नकारात्मक दोनों ढंग से; क्योंकि वह द्वैत है। लेकिन जब तुम परम को अभिव्यक्ति देने चलोगे तो या तो तुम विधायक शब्द प्रयोग करोगे या नकारात्मक। मनुष्य की भाषा में दोनों तरह के शब्द हैं, विधायक और नकारात्मक दोनों हैं। जब तुम परम को, अनिर्वचनीय को बताने चलोगे तो तुम्हें कोई शब्द उपयोग करना होगा जो प्रयोगात्मक हो। यह मन-मन पर निर्भर है।

उदाहरण के लिए बुद्ध नकारात्मक शब्द पसंद करते थे। वे निर्ध्वनि कहते, कभी पूर्णध्वनि नहीं कहते। पूर्णध्वनि विधायक शब्द है; बुद्ध निर्ध्वनि का प्रयोग करते। लेकिन तंत्र विधायक शब्द प्रयोग करता है। तंत्र की पूरी चिंतना विधायक है। यही कारण है कि यहां पूर्णध्वनि का उपयोग किया गया है। सूत्र कहता है: 'पूर्णध्वनि में प्रवेश करो।' बुद्ध परम को नकार के शब्दों में कहते हैं; वे उसे शून्य कहते हैं। उपनिषद उसी परम को ब्रह्म कहते हैं। बुद्ध उसे शून्य कहेंगे और उपनिषद ब्रह्म; लेकिन दोनों का अभिप्राय एक है।

जब शब्दों के अर्थ खो जाते हैं तब तुम विधायक या नकारात्मक दोनों में से किसी का भी उपयोग कर सकते हो। तुम किसी एक को चुन सकते हो; यह तुम पर निर्भर है। किसी मुक्त पुरुष के लिए तुम कह सकते हो कि वह पूर्ण को उपलब्ध हो गया। यह विधायक भाषा है। और तुम यह भी कह सकते हो कि वह शून्य को उपलब्ध हो गया। यह नकारात्मक भाषा है।

उदाहरण के लिए, जब बूंद सागर में मिल जाती है तो तुम कह सकते हो कि बूंद ना-कुछ हो गयी, उसने अपने को खो दिया, मिटा दिया। वह बौद्धों के कहने का ढंग है। यह ठीक है, बिलकुल सही है। कोई भी शब्द बहुत दूर तक नहीं जाता है; लेकिन जहां तक जाता है यह कहना सही है कि बूंद नहीं रही। निर्वाण का अर्थ यही है: बूंद खो गयी। या तुम उपनिषद की शब्दावली काम में ला सकते हो। उपनिषद कहेंगे कि बूंद सागर बन गई। उपनिषद भी सही हैं। क्योंकि जब सीमाएं टूट गईं तो बूंद सागर ही बन गई।

तो ये महज रुझान की बातें हैं। बुद्ध को नकार की भाषा पसंद है। क्योंकि जब तुम किसी चीज को विधायक भाषा में कहते हो तो तत्क्षण उसकी सीमा बन जाती है, वह सीमित हो जाती है। अगर तुम कहोगे कि बूंद सागर बन गई तो बुद्ध कहेंगे कि सागर भी तो सीमित है; बूंद बस बड़ी बूंद हो गई। बड़े हो जाने से क्या फर्क पड़ता है? बुद्ध कहेंगे कि बूंद बड़ी हो गई; लेकिन तो भी सीमित ही रही। सीमा असीम नहीं हुई; वह सीमित ही रही। छोटी बूंद और बड़ी बूंद में फर्क क्या है? बुद्ध के लिए बूंद और सागर का फर्क छोटी बूंद और बड़ी बूंद का फर्क है। और यही सही है, गणित के ढंग से सही है।

तो बुद्ध कहते हैं कि बूंद यदि सागर हो गई तो कुछ भी नहीं हुई, वैसे ही यदि तुम ईश्वर हो गए तो कुछ भी नहीं हुए; बस एक महापुरुष हो गए। यदि तुम ब्रह्म हो गए तो भी कुछ नहीं हुए; तो भी तुम सीमा में हो। बुद्ध कहते हैं, तुम्हें शून्य हो जाना है, सभी सीमाओं और विशेषणों से खाली हो जाना है; उस सबसे खाली हो जाना है जिसकी तुम कल्पना कर सकते हो। तुम्हें सिर्फ शून्य हो जाना है।

लेकिन उपनिषद के ऋषि कहेंगे कि अगर तुम रिक्त भी हो गए तो भी तुम हो; तुम शून्य भी हो गए तो भी तुम हो; क्योंकि शून्य है। अभाव भी भाव का एक ढंग है। अनस्तित्व भी अस्तित्व का एक रूप है। इसलिए वे कहते हैं कि क्यों इस पक्ष को इतना तूल दो, क्यों

नकारात्मक भाषा प्रयोग करो; विधायक होना अच्छा है।

यह तुम्हारा चुनाव है। लेकिन तंत्र सदा विधायक शब्दावली काम में लाता है। तंत्र का पूरा दर्शन विधायक है। वह कहता है कि नहीं या निषेध को जगह ही मत दो। तांत्रिक सब से बड़े हां कहने वाले लोग हैं; उन्होंने सबको हो कहा है। इसीलिए वे विधायक शब्दावली का उपयोग करते हैं।

सूत्र कहता है: 'ओम जैसी किसी ध्वनि का मंद-मंद उच्चारण करो। जैसे-जैसे ध्वनि पूर्णध्वनि में प्रवेश करती है, वैसे-वैसे तुम भी।'

'ओम जैसी किसी ध्वनि का मंद-मंद उच्चारण करो।'

ध्वनि का उच्चारण एक सूक्ष्म विज्ञान है। पहले तुम्हें उसका उच्चारण जोर से करना है, बाहर-बाहर करना है; ताकि दूसरे सुन सकें। जोर से उच्चार शुरू करना अच्छा है। क्यों? क्योंकि जब तुम जोर से उच्चार करते हो तो तुम भी उसे साफ-साफ सुनते हो। जब तुम कुछ कहते हो तो दूसरों से कहते हो; वह तुम्हारी आदत बन गई है। जब तुम बात करते हो तो दूसरों से करते हो। इसलिए तुम अपने को भी तभी सुनते हो जब दूसरों से बात करते हो। तो एक स्वाभाविक आदत से आरंभ करना अच्छा है।

ओम ध्वनि का उच्चार करो, और फिर धीरे-धीरे उस ध्वनि के साथ लयबद्ध अनुभव करो। जब ओम का उच्चार करो तो उससे भर जाओ। और सब कुछ भूलकर ओम ही बन जाओ, ध्वनि ही बन जाओ। और ध्वनि बन जाना बहुत आसान है; क्योंकि ध्वनि तुम्हारे शरीर में, तुम्हारे मन में, तुम्हारे समूचे स्नायु संस्थान में गूंजने लग सकती है। ओम की अनुगूंज को अनुभव करो। उसका उच्चार करो और अनुभव करो कि तुम्हारा सारा शरीर उससे भर गया है, शरीर का प्रत्येक कोश उससे गूंज उठा है।

उच्चार करना लयबद्ध होना भी है। ध्वनि के साथ लयबद्ध होओ; ध्वनि ही बन जाओ। और तब तुम अपने और ध्वनि के बीच गहरी लयबद्धता अनुभव करोगे; तब तुममें उसके लिए गहरा अनुराग पैदा होगा। यह ओम की ध्वनि इतनी सुंदर और संगीतमय है। जितना ही तुम उसका उच्चार करोगे उतने ही तुम उसकी सूक्ष्म मिठास से भर जाओगे। ऐसी ध्वनियां हैं जो बहुत तीखी हैं और ऐसी ध्वनियां हैं जो बहुत मीठी हैं। ओम बहुत ही मीठी ध्वनि है और शुद्धतम ध्वनि है। उसका उच्चार करो और उससे भर जाओ।

जब तुम ओम के साथ लयबद्ध अनुभव करने लगोगे तो तुम उसका जोर से उच्चार करना छोड़ सकते हो। फिर ओंठों को बंद कर लो और भीतर ही भीतर उच्चार करो। लेकिन यह भीतरी उच्चार पहले जोर से करना है। शुरू में यह भीतरी उच्चार भी जोर से करना है, ताकि ध्वनि तुम्हारे समूचे शरीर में फैल जाए, उसके हरेक हिस्से को, एक-एक कोशिका को छुए। उससे तुम नवजीवन प्राप्त करोगे; वह तुम्हें फिर से युवा और शक्तिशाली बना देगा।

तुम्हारा शरीर भी एक वाद्य-यंत्र है; उसे लयबद्धता की जरूरत है। जब शरीर की लयबद्धता टूटती है तो तुम अड़चन में पड़ते हो। और यही कारण है कि जब तुम संगीत सुनते हो तो तुम्हें अच्छा लगता है। तुम्हें अच्छा क्यों लगता है? संगीत थोड़े-से लय-ताल के अतिरिक्त क्या है? जब तुम्हारे चारों तरफ संगीत होता है तो तुम अच्छा क्यों महसूस करते हो? और शोरगुल और अराजकता के बीच तुम्हें बेचैनी क्यों लगती है? कारण यह है कि तुम

स्वयं संगीतमय हो। तुम वाद्य-यंत्र हो; और वह यंत्र प्रतिध्वनि करता है।

अपने भीतर ओम का उच्चार करो और तुम्हें अनुभव होगा कि तुम्हारा समूचा शरीर उसके साथ नृत्य करने लगा है। तब तुम्हें महसूस होगा कि तुम्हारा सारा शरीर उसमें स्नान कर रहा है; उसका पोर-पोर इस स्नान से शुद्ध हो रहा है। लेकिन जैसे-जैसे इसकी प्रतीति गहरी हो, जैसे-जैसे यह ध्वनि ज्यादा से ज्यादा तुम्हारे भीतर प्रवेश करे, वैसे-वैसे उच्चार को धीमा करते जाओ। क्योंकि ध्वनि जितनी धीमी होगी, वह उतनी ही गहराई प्राप्त करेगी। वह होम्योपैथी की खुराक जैसी है; जितनी छोटी खुराक उतनी ही गहरी उसकी पैठ। गहरे जाने के लिए तुम्हें सूक्ष्म से सूक्ष्मतर होता जाना होगा।

भोंडे और कर्कश स्वर तुम्हारे हृदय में नहीं उतर सकते; वे तुम्हारे कानों में तो प्रवेश करेंगे, हृदय में नहीं। हृदय का मार्ग इतना संकरा है और हृदय स्वयं इतना कोमल है कि सिर्फ बहुत धीमे, लयपूर्ण और सूक्ष्म स्वर ही उसमें प्रवेश पा सकते हैं। और जब तक कोई ध्वनि तुम्हारे हृदय तक न जाए तब तक मंत्र पूरा नहीं होता है। मंत्र तभी पूरा होता है जब उसकी ध्वनि तुम्हारे हृदय में प्रवेश करे, तुम्हारे अस्तित्व के गहनतम, केंद्रीय मर्म को स्पर्श करे। इसलिए उच्चार को धीमा और धीमा करते चलो।

और इन ध्वनियों को धीमा और सूक्ष्म बनाने के और भी कारण हैं। ध्वनि जितनी सूक्ष्म होगी उतने ही तीव्र बोध की जरूरत होगी उसे अनुभव करने के लिए। ध्वनि जितनी भोंडी होगी उतने ही कम बोध की जरूरत होगी। वह ध्वनि तुम पर चोट करने के लिए काफी है; तुम्हें उसका बोध होगा ही। लेकिन वह हिंसात्मक है। अगर ध्वनि संगीतपूर्ण, लयपूर्ण और सूक्ष्म हो तो तुम्हें उसे अपने भीतर सुनना होगा। और उसे सुनने के लिए तुम्हें बहुत सजग, बहुत सावधान होना होगा। अगर तुम सावधान न रहे तो तुम सो जा सकते हो। और तब तुम पूरी बात ही चूक जाओगे।

किसी मंत्र या जप के साथ, ध्वनि के प्रयोग के साथ यही कठिनाई है कि वह नींद पैदा करता है। वह एक सूक्ष्म ट्रैक्बेलाइजर है, नींद की दवा है। अगर तुम किसी ध्वनि को निरंतर दोहराते रहे और उसके प्रति सजग न रहे तो तुम सो जाओगे। क्योंकि तब यांत्रिक पुनरुक्ति हो जाती है। तब ओम-ओम यांत्रिक हो जाता है। और पुनरुक्ति ऊब पैदा करती है। नींद के लिए ऊब बुनियादी तौर से जरूरी है; तुम ऊब के बिना नहीं सो सकते। अगर तुम उत्तेजित हो तो तुम्हें नींद नहीं आएगी।

यही कारण है कि आधुनिक मनुष्य धीरे-धीरे नींद खो बैठा है। कारण क्या है? इतनी उत्तेजना है जितनी पहले कभी नहीं थी। पुरानी दुनिया में जीवन ऊब से भरा होता था; पुनरुक्ति की ऊब से भरा होता था। आज भी अगर तुम कहीं पहाड़ियों में छिपे किसी गांव में चले जाओ तो वहां का जीवन ऊब से भरा मिलेगा। हो सकता है, वह ऊब तुम्हें न महसूस हो; क्योंकि तुम वहां रहते नहीं हो, छुट्टी के लिए गए हो और उत्तेजित हो। यह उत्तेजना बंबई के कारण है, उन पहाड़ियों के कारण नहीं। वे पहाड़ियां बिलकुल उबाने वाली हैं। जो वहां रहते हैं वे ऊबे हैं और सोए हैं। एक ही चीज, एक ही चर्चा है, जिसमें कोई उत्तेजना नहीं, कोई बदलाहट नहीं। वहां मानो कुछ होता ही नहीं; वहां समाचार नहीं बनते। चीजें वैसे ही चलती रहती हैं जैसे सदा से चलती रही हैं; वे वर्तुल में घूमती रहती हैं। जैसे ऋतुएं घूमती हैं, प्रकृति घूमती है, दिन-रात

वर्तुल में घूमते रहते हैं, वैसे ही गांव में, पुराने गांव में जीवन वर्तुल में घूमता है। यही वजह है कि गांव वालों को इतनी आसानी से नींद आ जाती है। वहां सब कुछ उबाने वाला है।

आधुनिक जीवन उत्तेजनाओं से भर गया है; वहां कुछ भी दोहरता नहीं है। वहां सब कुछ बदलता रहता है, नया होता रहता है। जीवन की भविष्यवाणी वहां नहीं हो सकती है। और तुम इतनी उत्तेजना से भरे हो कि नींद नहीं आती। हर रोज तुम नयी फिल्म देख सकते हो। हर रोज तुम नया भाषण सुन सकते हो। हर रोज एक नयी किताब पढ़ सकते हो। हर रोज कुछ न कुछ नया उपलब्ध है। यह सतत उत्तेजना जारी है। जब तुम सोने को जाते हो तब भी उत्तेजना मौजूद रहती है। मन जागते रहना चाहता है; उसे सोना व्यर्थ मालूम पड़ता है।

अब तो ऐसे विचारक हैं जो कहते हैं कि नींद शुद्ध अपव्यय है। वे कहते हैं कि अगर तुम साठ साल जीते हो तो बीस साल नींद में व्यर्थ चले जाते हैं। वह महज अपव्यय है। जीवन में इतनी चहल-पहल है; उसे सोकर क्यों गंवाना? लेकिन पुरानी दुनिया में, पुराने दिनों में जीवन इतना उत्तेजनापूर्ण नहीं था; जीवन कोल्हू के बेल की तरह घूमता रहता था। अगर कोई चीज तुम्हें उत्तेजित करती है तो उसका अर्थ है कि वह नयी है।

अगर तुम किसी विशेष ध्वनि को दोहराते रहो तो वह तुम्हारे भीतर वर्तुल निर्मित कर देती है। उससे ऊब पैदा होती है; उससे नींद आती है। यही कारण है कि पश्चिम में महेश योगी का टी.एम., भावातीत ध्यान बिना दवा का ट्रैंक्वेलाइजर माना जाने लगा है। वह इसलिए क्योंकि वह मात्र मंत्र-जाप है। लेकिन अगर मंत्र-जाप केवल जाप बन जाए, तुम्हारे भीतर कोई सावचेत न रहे जो जाप को सुनता हो, तो उससे नींद तो आ सकती है लेकिन और कुछ नहीं हो सकता। ट्रैंक्वेलाइजर के रूप में वह ठीक है; अगर तुम्हें अनिद्रा का रोग है तो टी.एम. ठीक है, उससे सहायता मिलेगी।

तो ओम के उच्चार को सजग आंतरिक कान से सुनो। और तब तुम्हें दो काम करने हैं। एक ओर मंत्र के स्वर को धीमे से धीमा करते जाओ, उसको मंद और सूक्ष्म करते जाओ और दूसरी ओर उसके साथ-साथ ज्यादा से ज्यादा सजग होते जाओ। जैसे-जैसे ध्वनि सूक्ष्म होगी, तुम्हें अधिकाधिक सजग होना होगा। अन्यथा तुम चूक जाओगे।

तो दोनों बातें साथ-साथ चलें : ध्वनि को धीमा करना है और सजगता को तीव्र करना है। ध्वनि जितनी सूक्ष्म हो तुम उतने ही सजग होते जाओ। तुम्हें अधिक सजग बनाने के लिए ध्वनि को अधिक सूक्ष्म होना है। फिर एक बिंदु आता है जब ध्वनि निर्ध्वनि या पूर्णध्वनि में प्रवेश करती है और तुम पूर्ण बोध में प्रवेश कर जाते हो। जब ध्वनि निर्ध्वनि या पूर्णध्वनि पर पहुंचे उस समय तुम्हारे बोध को अपने शिखर पर होना चाहिए। जब ध्वनि अपनी घाटी में उतर जाए, घाटी के निम्नतम, गहनतम केंद्र में उतर जाए, तब तुम्हारी जागरूकता को अपने उच्चतम शिखर पर, गौरीशंकर पर पहुंच जाना चाहिए। वहां ध्वनि निर्ध्वनि या पूर्णध्वनि में विलीन होती है और तुम समग्र बोध में डूब जाते हो।

यह विधि है: 'ओम जैसी किसी ध्वनि का मंद-मंद उच्चारण करो। जैसे-जैसे ध्वनि पूर्णध्वनि में प्रवेश करती है, वैसे-वैसे तुम भी।'

और उस क्षण की प्रतीक्षा करो जब ध्वनि इतनी सूक्ष्म, इतनी आणविक हो जाए कि अब किसी भी क्षण नियमों के जगत से, तीन के जगत से एक के जगत में, परम के जगत में

छलांग ले ले। तब तक प्रतीक्षा करो। ध्वनि का विलीन हो जाना—यह मनुष्य के लिए सर्वाधिक सुंदर अनुभव है। तब तुम्हें अचानक पता चलता है कि ध्वनि कहीं विलीन हो गई। जरा देर पहले तक तुम ओम-ओम की सूक्ष्म ध्वनि को सुन रहे थे और अब वह बिलकुल नहीं है। तुम एक के जगत में प्रवेश कर गए; तीन का जगत जाता रहा। तंत्र इसे पूर्णध्वनि कहता है; बुद्ध इसे ही निर्ध्वनि कहेंगे।

यह एक मार्ग है—सर्वाधिक सहयोगी, सर्वाधिक आजमाया हुआ। इस कारण ही मंत्र इतने महत्वपूर्ण हो गए। ध्वनि मौजूद ही है ओर तुम्हारा मन ध्वनि से भरा है; तुम उसे जंपिंग बोर्ड बना सकते हो।

लेकिन इस मार्ग की अपनी कठिनाइयां हैं। पहली कठिनाई नींद है। जिसे भी मंत्र का उपयोग करना हो उसे इस कठिनाई के प्रति सजग होना चाहिए। नींद ही बाधा है। यह उच्चार इतना पुनरुक्ति भरा है, इतना लयपूर्ण है, इतना उबाने वाला है कि नींद का आना लाजिमी है। तुम नींद के शिकार हो सकते हो। और यह मत सोचो कि तुम्हारी नींद ध्यान है; नींद ध्यान नहीं है। नींद अपने आप में अच्छी है, लेकिन सावधान रहो। नींद के लिए ही अगर मंत्र का उपयोग करना है तो बात अलग है। लेकिन अगर उसका उपयोग आध्यात्मिक जागरण के लिए करना है तो नींद से सावधान रहना जरूरी है। जो मंत्र का उपयोग साधना की तरह करते हैं उनके लिए नींद दुश्मन है। और यह नींद बहुत आसानी से घटती है और बहुत सुंदर है।

यह भी स्मरण रहे कि यह और ही तरह की नींद है। यह सामान्य नींद नहीं है। मंत्र से पैदा होने वाली नींद सामान्य नींद नहीं है, यह और ही तरह की नींद है। यूनानी उसे ही हिप्नोस कहते हैं; उससे ही 'हिप्नोसिस' शब्द बना है, जिसका अर्थ सम्मोहन होता है। योग उसे योग-तंद्रा कहता है—एक विशेष नींद, जो सिर्फ योगी को घटित होती है, साधारणजन को नहीं। यह हिप्नोस है, सम्मोहन-निद्रा है; यह आयोजित है, सामान्य नहीं है। और भेद बुनियादी है, यह ठीक से समझ लेना चाहिए।

अगर तुम मंत्र का, ध्वनि का प्रयोग करते हो तो यही तुम्हारी सबसे बड़ी समस्या होने वाली है। तब नींद तुम्हारी सबसे बड़ी समस्या होने वाली है। हिप्नोसिस ने भी, सम्मोहन ने भी इसी विधि का उपयोग किया है, ऊब का उपयोग किया है। सम्मोहनविद किसी शब्द या वाक्य को बार-बार दोहराता है और इस पुनरुक्ति से तुम ऊब जाते हो। या वह तुम्हारे सामने कोई ज्योति रखकर तुम्हें उस पर एकाग्र होने को कहता है। ज्योति को निरंतर देखते रहने से भी ऊब पैदा होती है।

अनेक मंदिरों में, चर्चों में लोग सो जाते हैं, धर्म-चर्चा सुनते हुए सो जाते हैं। उन्होंने उन शास्त्रों को इतनी बार सुना है कि उन्हें ऊब होने लगती है। उस चर्चा में अब कोई उत्तेजना न रही; पूरी कथा उन्हें मालूम है। अगर एक ही फिल्म को बार-बार देखो तो उससे भी नींद आने लगेगी। उसमें फिर मन के लिए कोई उत्तेजना न रही, कोई चुनौती न रही; कुछ देखने लायक न रहा। तुमने रामायण इतनी बार सुनी है कि तुम मजे में सो सकते हो और नींद में भी सुनते रह सकते हो। और तुम्हें कभी ऐसा भी नहीं लगेगा कि तुम सो गए थे; क्योंकि तुम कुछ चूकोगे भी नहीं। कथा से तुम इतने परिचित हो।

उपदेशकों की आवाज गहन रूप से उबाने वाली होती है, नींद पैदा करने वाली होती

है। अगर एक ही सुर में तुम कुछ बोलते रहो तो उससे नींद पैदा होगी। अनेक मनस्विद अपने अनिद्रा के रोगियों को धार्मिक चर्चा सुनने की सलाह देते हैं। उससे नींद में जाना सरल है। जब भी तुम ऊब से भरोगे तो तुम सो जाओगे। लेकिन यह नींद सम्मोहन है, यह नींद योग-तंद्रा है। इसमें भेद क्या है?

यह नींद स्वाभाविक नहीं है, यह अस्वाभाविक है। और इसके कुछ विशेष गुण हैं। एक तो यह कि जब तुम मंत्र या सम्मोहन के जरिए नींद में उतरते हो तो तुम आसानी से भ्रांतियां निर्मित कर सकते हो; और ये भ्रांतियां बिलकुल यथार्थ मालूम पड़ेंगी। सामान्य नींद में तुम स्वप्न देखते हो और नींद से जागते ही तुम जानते हो कि वे स्वप्न थे। लेकिन सम्मोहन में, योग-तंद्रा में तुम्हें ऐसे दृश्य, ऐसी झांकियां दिखाई देने लगेंगी कि उनसे बाहर आने पर भी तुम यह नहीं कह सकोगे कि वे स्वप्न थे। तुम कहोगे कि वे असली जीवन की झांकियों से भी ज्यादा असली थीं। यह एक भारी भेद है।

तुम भ्रातियां पैदा कर सकते हो। अगर कोई ईसाई सम्मोहित हो तो वह ईसा को देखेगा, हिंदू सम्मोहित होकर कृष्ण को देखेगा—बांसुरी बजाते कृष्ण को। यह सुंदर है। और यह सम्मोहन का गुण है कि तुम उसे सच मानोगे। भाव ही ऐसा होता है कि तुम्हें वह सच प्रतीत होगा। तुम कह सकते हो कि यह पूरा जीवन माया है, भ्रांति है; लेकिन सम्मोहन या योग-तंद्रा में देखे गए दृश्यों को तुम भ्रांति नहीं कह सकते। वे इतने सजीव, इतने रंगीन, इतने मोहक और इतने आकर्षक होते हैं।

यही कारण है कि अगर कोई तुम्हें सम्मोहन की अवस्था में कुछ कहता है तो तुम उस पर बिलकुल भरोसा कर लेते हो। उस पर तुम्हें जरा भी संदेह नहीं होता है; तुम संदेह कर ही नहीं सकते। तुमने कुछ सम्मोहन के प्रयोग देखे होंगे। जो भी सम्मोहनविद कहता है, उसे सम्मोहित व्यक्ति मान लेता है और उसके मुताबिक करने लगता है। अगर वह किसी पुरुष को कहता है कि तुम स्त्री हो और अब तुम मंच पर स्त्री की भांति चलोगे तो वह स्त्री की भांति चलने लगेगा, वह पुरुष की भांति नहीं चलेगा। सम्मोहन ऐसी श्रद्धा है—प्रगाढ़ श्रद्धा। उसमें सोच-विचार करने वाला चेतन मन नहीं रहता है, उसमें तर्क करने वाली बुद्धि नहीं रह जाती है। तब तुम मात्र हृदय हो; तुम महज विश्वास हो। अविश्वास करने का उपाय नहीं है। तुम प्रश्न भी नहीं उठा सकते, क्योंकि प्रश्न उठाने वाला मन सो गया है। यह भेद है।

साधारण नींद में प्रश्न करने वाला मन मौजूद रहता है; वह सो नहीं जाता है। सम्मोहन में तुम्हारा प्रश्न करने वाला मन सो जाता है; लेकिन तुम नहीं सोए होते हो। यही कारण है कि सम्मोहनविद तुम्हें जो कुछ.कहता है उसे तुम सुन पाते हो और तुम उसके आदेश का पालन करते हो। नींद में तुम सुन नहीं सकते; तुम तो सोए हो। लेकिन तुम्हारी बुद्धि नहीं सोती है। इसलिए अगर कुछ ऐसी चीज हो जो तुम्हारे लिए घातक हो सकती है तो तुम्हारी बुद्धि तुम्हारी नींद को तोड़ देगी।

एक मां अपने बच्चे के साथ सोयी है। वह मां और कुछ नहीं सुनेगी, लेकिन अगर उसका बच्चा जरा सी भी आवाज करेगा, जरा भी हरकत करेगा तो वह तुरंत जाग जाएगी। अगर बच्चे को जरा सी बेचैनी होगी तो मां जाग जाएगी। उसकी बुद्धि सजग है, तर्क करने वाला मन जागा हुआ है।

▲

साधारण नींद में तुम सोए होते हो; लेकिन तुम्हारी तर्क-बुद्धि जागी होती है। इसीलिए कभी-कभी नींद में भी पता चलता है कि वे सपने हैं। हां, जिस क्षण तुम समझते हो कि यह स्वप्न है, तुम्हारा स्वप्न टूट जाता है। तुम समझ सकते हो कि यह व्यर्थ है; लेकिन ऐसी प्रतीति के साथ ही स्वप्न टूट जाता है। तुम्हारा मन सजग है; उसका एक हिस्सा सतत देख रहा है। लेकिन सम्मोहन या योग-तंद्रा में द्रष्प सो जाता है।

यही उन सबकी समस्या है जो निर्ध्वनि या पूर्णध्वनि में जाने के लिए, पार जाने के लिए ध्वनि की साधना करते हैं। उन्हें सावधान रहना है कि मंत्र आत्म-सम्मोहन की विधि न बन जाए, कि मंत्र आत्म-सम्मोहन न पैदा करे। तो तुम क्या कर सकते हो?

तुम सिर्फ एक चीज कर सकते हो। जब भी तुम मंत्र का उपयोग करते हो, मंत्रोच्चार करते हो, तो सिर्फ उच्चार ही मत करो, उसके साथ-साथ सजग होकर उसको सुनो भी। दोनों काम करो: उच्चार भी करो और सुनो भी। उच्चार और श्रवण दोनों करना है। अन्यथा खतरा है। अगर सचेत होकर नहीं सुनते हो तो उच्चार तुम्हारे लिए लोरी बन जाएगा और तुम गहन नींद में सो जाओगे। वह नींद बहुत अच्छी होगी। उस नींद से बाहर आने पर तुम ताजे और जीवंत हो जाओगे; तुम अच्छा अनुभव करोगे। लेकिन यह असली चीज नहीं है। तुम तब असली चीज ही चूक गए।

ध्वनि-संबंधी चौथी विधि:

*किसी भी अक्षर के उच्चारण के आरंभ में और उसके क्रमिक परिष्कार में, निर्ध्वनि में जागो।*

कभी-कभी गुरुओं ने इस विधि का खूब उपयोग किया है। और उनके अपने नए-नए ढंग हैं। उदाहरण के लिए, अगर तुम किसी झेन गुरु के झोपड़े पर जाओ तो वह अचानक एक चीख मारेगा और उससे तुम चौंक उठोगे। लेकिन अगर तुम खोजोगे तो तुम्हें पता चलेगा कि वह तुम्हें महज जगाने के लिए ऐसा कर रहा है। कोई भी आकस्मिक बात जगाती है। कोई भी आकस्मिक आवाज तुम्हें जगा दे सकती है। आकस्मिकता तुम्हारी नींद को तोड़ देती है।

सामान्यतः हम सोए रहते हैं। जब तक कुछ गड़बड़ी न हो, हम नींद से नहीं जागते। नींद में ही हम चलते हैं; नींद में ही हम काम करते हैं। यही कारण है कि हमें अपने सोए होने का पता नहीं चलता। तुम दफ्तर जाते हो। तुम गाड़ी चलाते हो। तुम लौटकर घर आते हो और अपने बच्चों को दुलार करते हो। तुम अपनी पत्नी से बातचीत करते हो। यह सब करने से तुम सोचते हो कि मैं बिलकुल जागा हुआ हूं। तुम सोचते हो कि मैं सोया-सोया ये काम कैसे कर सकता हूं। तुम सोचते हो, यह संभव नहीं है।

लेकिन क्या तुम जानते हो कि ऐसे लोग हैं जो नींद में चलते हैं? क्या तुम्हें नींद में चलने वालों के बारे में कुछ खबर है?

नींद में चलने वालों की आंखें खुली रहती हैं और वे सोए होते हैं। और उसी हालत में वे अनेक काम कर गुजरते हैं, लेकिन दूसरी सुबह उन्हें याद भी नहीं रहता कि नींद में मैंने क्या-क्या किया। वे यहां तक कर सकते हैं कि दूसरे दिन थाने चले जाएं और रपट दर्ज कराएं कि कोई व्यक्ति रात उनके घर आया था और उपद्रव कर रहा था। और बाद में पता चलता है

कि यह सारा उपद्रव उन्होंने ही किया था। वे ही रात में सोए-सोए उठ आते हैं, चलते-फिरते हैं, कई काम कर गुजरते हैं; फिर जाकर बिस्तर में सो जाते हैं। अगली सुबह उन्हें बिलकुल याद नहीं रहता कि क्या-क्या हुआ। वे नींद में दरवाजे तक खोल लेते हैं, चाबी से ताले तक खोलते हैं; वे अनेक काम कर गुजरते हैं। उनकी आंखें खुली रहती हैं और वे नींद में होते हैं।

किसी गहरे अर्थ में हम सब नींद में चलने वाले हैं। तुम अपने दफ्तर जा सकते हो; तुम लौट आ सकते हो; तुम अनेक काम कर सकते हो। तुम वही-वही बात दोहराते रह सकते हो। तुम अपनी पत्नी को कहोगे कि मैं तुम्हें प्रेम करता हूं, और इस कहने में कुछ मतलब नहीं होगा। शब्द मात्र यांत्रिक होंगे। तुम्हें इसका बोध भी नहीं रहेगा कि तुम अपनी पत्नी से कहते हो कि मैं तुम्हें प्रेम करता हूं। तुम्हें बोध नहीं है; तुम सब कुछ बिलकुल सोए-सोए कर रहे हो। जाग्रत पुरुष के लिए यह सारा जगत नींद में चलने वालों का जगत है। बुद्ध को यही महसूस होता है, गुरजिएफ को ऐसा ही लगता है कि सब लोग सोए हैं और फिर भी काम कर रहे हैं।

गुरजिएफ कहा करते थे कि इस संसार में जो कुछ हो रहा है—युद्ध, कलह, दंगे, खून, आत्मघात—वह स्वाभाविक है। किसी ने गुरजिएफ से पूछा कि युद्ध बंद करने के लिए क्या किया जा सकता है? उसने कहा, कुछ नहीं किया जा सकता है; क्योंकि जो लड़ रहे हैं वे नींद में हैं और जो शांतिवादी हैं वे भी नींद में हैं।

सब लोग नींद में चल रहे हैं, सोए हैं। इसलिए ये घटनाएं स्वाभाविक हैं, अनिवार्य हैं। जब तक आदमी जागता नहीं है, कुछ भी नहीं बदला जा सकता; क्योंकि वे चीजें नींद की बाइ-प्रोडक्ट हैं। आदमी लड़ेगा; लड़ने से उसे नहीं रोका जा सकता है। हां, लड़ाई के बहाने बदल सकते हैं। कभी वह ईसाइयत के लिए लड़ता था, इस्लाम के लिए लड़ता था, इस-उस के लिए लड़ता था। अब वह ईसाइयत के लिए नहीं लड़ता है; अब वह लोकतंत्र के लिए लड़ रहा है, साम्यवाद के लिए लड़ रहा है। कारण बदल सकते हैं, बहाने बदल सकते हैं; लेकिन युद्ध जारी रहेगा। कारण यह है कि मनुष्य सोया हुआ है और नींद में अन्यथा नहीं हो सकता।

यह नींद टूट सकती है। उसके लिए कुछ विधियों का प्रयोग करना होगा।

यह विधि कहती है: 'किसी भी अक्षर के उच्चारण के आरंभ में और उसके क्रमिक परिष्कार में, निर्ध्वनि में जागो।'

किसी ध्वनि, किसी अक्षर के साथ प्रयोग करो। उदाहरण के लिए, ओम के साथ ही प्रयोग करो। उसके आरंभ में ही जागो, जब तुमने ध्वनि निर्मित नहीं की है; या जब ध्वनि निर्ध्वनि में प्रवेश करे, तब जागो। यह कैसे करोगे?

किसी मंदिर में चले जाओ। वहां घंटा होगा या घंटी होगी। घंटे को हाथ में ले लो और रुको। पहले पूरी तरह से सजग हो जाओ। ध्वनि होने वाली है और तुम्हें उसका आरंभ नहीं चूकना है। पहले तो समग्ररूपेण सजग हो जाओ—मानो इस पर ही तुम्हारी जिंदगी निर्भर है। ऐसा समझो कि अभी कोई तुम्हारी हत्या करने जा रहा है और तुम्हें सावधान रहना है। ऐसे सावधान रहो—मानो कि यह तुम्हारी मृत्यु बनने वाली है।

और यदि तुम्हारे मन में कोई विचार चल रहा हो तो अभी रुको; क्योंकि विचार नींद है। विचार के रहते तुम सजग नहीं हो सकते। और जब तुम सजग होते हो तो विचार नहीं रहता है। रुको। जब लगे कि अब मन निर्विचार हो गया, कि अब मन में कोई बादल न रहा, कि

▲

अब मैं जागरूक हूं, तब ध्वनि के साथ गति करो।

पहले जब ध्वनि नहीं है, तब उस पर ध्यान दो। और फिर आंखें बंद कर लो। और जब ध्वनि हो, घंटा बजे, तब ध्वनि के साथ गति करो। ध्वनि धीमी से धीमी, सूक्ष्म से सूक्ष्म होती जाएगी और फिर खो जाएगी। इस ध्वनि के साथ यात्रा करो। सजग और सावधान रहो। ध्वनि के साथ उसके अंत तक यात्रा करो; उसके दोनों छोरों को, आरंभ और अंत को देखो।

पहले किसी बाहरी ध्वनि के साथ, घंटा या घंटी के साथ प्रयोग करो। फिर आंख बंद करके भीतर किसी अक्षर का, ओम या किसी अन्य अक्षर का उच्चार करो। उसके साथ भी वही प्रयोग करो। यह कठिन होगा। इसीलिए हम पहले बाहर की ध्वनि के साथ प्रयोग करते हैं। जब बाहर करने में सक्षम हो जाओगे तो भीतर करना भी आसान होगा। तब भीतर करो। उस क्षण की प्रतीक्षा करो जब मन खाली हो जाए। और फिर भीतर ध्वनि निर्मित करो। उसे अनुभव करो, उसके साथ गति करो, जब तक वह बिलकुल न खो जाए।

इस प्रयोग को करने में समय लगेगा। कुछ महीने लग जाएंगे, कम से कम तीन महीने। तीन महीनों में तुम बहुत ज्यादा सजग हो जाओगे, अधिकाधिक जागरूक हो जाओगे। ध्वनि-पूर्व अवस्था और ध्वनि के बाद की अवस्था का निरीक्षण करना है; कुछ भी नहीं चूकना है। और जब तुम इतने सजग हो जाओगे कि ध्वनि के आदि और अंत को देख सको तो इस प्रक्रिया के द्वारा तुम बिलकुल भिन्न व्यक्ति हो जाओगे।

कभी-कभी यह अविश्वसनीय सा लगता है कि ऐसी सरल विधियों से रूपांतरण कैसे हो सकता है! आदमी इतना अशांत है, दुखी और संतप्त है; और ये विधियां इतनी सरल मालूम देती हैं। ये विधियां धोखेधड़ी जैसी लगती हैं। अगर तुम कृष्णमूर्ति के पास जाओ और उनसे कहो कि यह एक विधि है तो वे कहेंगे कि यह एक मानसिक धोखाधड़ी है। इसके धोखे में मत पड़ो; इसे भूल जाओ। इसे छोड़ो। देखने पर तो वह ऐसी ही लगती है, धोखे जैसी लगती है। ऐसी सरल विधियों से तुम रूपांतरित कैसे हो सकते हो।

लेकिन तुम्हें पता नहीं है। वे सरल नहीं हैं। तुम जब उनका प्रयोग करोगे तब पता चलेगा कि वे कितनी कठिन हैं। मुझसे उनके बारे में सुनकर तुम्हें लगता है कि वे सरल हैं। अगर मैं तुमसे कहूं कि यह जहर है और इसकी एक बूंद से तुम मर जाओगे, और अगर तुम जहर के बारे में कुछ नहीं जानते हो तो तुम कहोगे : 'आप भी क्या बात करते हैं? बस, एक बूंद और मेरे सरीखा स्वस्थ और शक्तिशाली आदमी मर जाएगा!' अगर तुम्हें जहर के संबंध में कुछ नहीं पता है तो ही तुम ऐसा कह सकते हो। यदि तुम्हें कुछ पता है तो नहीं कह सकते।

यह बहुत सरल मालूम पड़ता है: किसी ध्वनि का उच्चार करो और फिर उसके आरंभ और अंत के प्रति बोधपूर्ण हो जाओ। लेकिन यह बोधपूर्ण होना बहुत कठिन बात है। जब तुम प्रयोग करोगे तब पता चलेगा कि यह बच्चों का खेल नहीं है। तुम बोधपूर्ण नहीं हो। जब तुम इस विधि का प्रयोग करोगे तो पहली बार तुम्हें पता चलेगा कि मैं आजीवन सोया-सोया रहा हूं। अभी तो तुम समझते हो कि मैं जागा हुआ हूं, सजग हूं।

इसका प्रयोग करो, किसी भी छोटी चीज के साथ प्रयोग करो। अपने को कहो कि मैं लगातार दस श्वासों के प्रति सजग रहूंगा, बोधपूर्ण रहूंगा। और फिर श्वासों की गिनती करो। सिर्फ दस श्वासों की बात है। अपने को कहो कि मैं सजग रहूंगा और एक से दस तक गिनूंगा,

आती श्वासों को, जाती श्वासों को, दस श्वासों को सजग रहकर गिनूंगा।

तुम चूक-चूक जाओगे। दो या तीन श्वासों के बाद तुम्हारा अवधान और कहीं चला जाएगा। तब तुम्हें अचानक होश आएगा कि मैं चूक गया, मैं श्वासों को गिनना भूल गया। या अगर गिन भी लोगे तो दस तक गिनने के बाद पता चलेगा कि मैंने बेहोशी में गिना, मैं जागरूक नहीं रहा।

सजगता अत्यंत कठिन बात है। ऐसा मत सोचो कि ये उपाय सरल हैं। विधि जो भी हो, सजगता साधनी है, उसे बोधपूर्वक करना है। बाकी चीजें सिर्फ सहयोगी हैं। और तुम अपनी विधियां स्वयं भी निर्मित कर सकते हो। लेकिन एक चीज सदा याद रखने जैसी है कि सजगता बनी रहे। नींद में तुम कुछ भी कर सकते हो; उसमें कोई समस्या नहीं है। समस्या तो तब खड़ी होती है जब यह शर्त लगायी जाती है कि इसे होश से करो, बोधपूर्वक करो।

ध्वनि-संबंधी पांचवीं विधि:

*तार वाले वाद्यों को सुनते हुए उनकी संयुक्त केंद्रीय ध्वनि को सुनो; इस प्रकार सर्वव्यापकता को उपलब्ध होओ।*

वही चीज!

'तार वाले वाद्यों को सुनते हुए उनकी संयुक्त केंद्रीय ध्वनि को सुनो; इस प्रकार सर्वव्यापकता को उपलब्ध होओ।'

तुम किसी वाद्य को सुन रहे हो—सितार या किसी अन्य वाद्य को। उसमें कई स्वर हैं। सजग होकर उसके केंद्रीय स्वर को सुनो—उस स्वर को जो उसका केंद्र हो और जिसके चारों ओर और सभी स्वर घूमते हों; उसकी आंतरिक धारा को सुनो, जो अन्य सभी स्वरों को सम्हाले हुए हो। जैसे तुम्हारे समूचे शरीर को उसका मेरुदंड, उसकी रीढ़ सम्हाले हुए है; वैसे ही संगीत की भी रीढ़ होती है। संगीत को सुनते हुए सजग होकर उसमें प्रवेश करो और उसके मेरुदंड को खोजो—उस केंद्रीय स्वर को खोजो जो पूरे संगीत को सम्हाले हुए है। स्वर तो आते-जाते रहते हैं; लेकिन केंद्रीय तत्व प्रवाहमान रहता है। उसके प्रति जागरूक होओ।

बुनियादी रूप से, मूलतः, संगीत का उपयोग ध्यान के लिए किया जाता था। भारतीय संगीत का विकास तो विशेष रूप से ध्यान की विधि के रूप में ही हुआ। वैसे ही भारतीय नृत्य का विकास भी ध्यान-विधि की तरह हुआ। संगीतज्ञ या नर्तक के लिए ही नहीं, श्रोता या दर्शक के लिए भी वे गहरे ध्यान के उपाय थे।

नर्तक या संगीतज्ञ मात्र टेक्नीशियन भी हो सकता है। अगर उसके नृत्य या संगीत में ध्यान नहीं है तो वह टेक्नीशियन ही है। वह बड़ा टेक्नीशियन हो सकता है; लेकिन तब उसके संगीत में आत्मा नहीं है, शरीर भर है। आत्मा तो तब होती है जब संगीतज्ञ गहरा ध्यानी भी हो। संगीत तो बाहरी चीज है। सितार बजाते हुए वादक सितार ही नहीं बजाता है, वह भीतर अपने बोध को भी जगा रहा है। बाहर सितार बजता है और भीतर उसका गहन बोध गति करता है। बाहर संगीत बहता रहता है; लेकिन संगीतज्ञ अपने अंतरस्थ केंद्र पर सदा सजग, बोधपूर्ण बना रहता है। वही बोध समाधि बन जाता है। वही शिखर बन जाता है।

कहते हैं कि संगीतज्ञ जब सचमुच संगीतज्ञ हो जाता है तो अपने वाद्य को तोड़ देता है।

वह अब उसके काम का न रहा। और अगर उसे अब भी वाद्य की जरूरत पड़ती है तो वह अभी सच्चा संगीतज्ञ नहीं हुआ है। वह अभी सिक्खड़ ही है—सीख रहा है। अगर तुम ध्यान के साथ संगीत का अभ्यास करते हो, उसे ध्यान बनाते हो तो देर-अबेर आंतरिक संगीत ज्यादा महत्वपूर्ण हो जाएगा और बाहरी संगीत न सिर्फ कम महत्वपूर्ण रहेगा, बल्कि अंततः वह बाधा बन जाएगा। तुम सितार को उठाकर फेंक दोगे, तुम वाद्य को अलग रख दोगे; क्योंकि अब तुम्हें तुम्हागा आंतरिक वाद्य मिल गया है। लेकिन वह बाहरी वाद्य के बिना नहीं मिल सकता है। बाहरी वाद्य के साथ आसानी से सजग हुआ जा सकता है। लेकिन जब सजगता सध जाए तो तुम बाहर को छोड़ो और भीतर गति कर जाओ। यही बात श्रोता के लिए भी सही है।

लेकिन तुम जब संगीत सुनते हो तो क्या करते हो? तुम ध्यान नहीं करते हो; उलटे तुम संगीत का शराब की तरह उपयोग करते हो। तुम विश्राम के लिए उसका उपयोग करते हो, आत्म-विस्मरण के लिए उसका उपयोग करते हो। यही दुर्भाग्य है, यही पीड़ा है कि जो विधियां जागरूकता के लिए विकसित की गई थीं उनका उपयोग नींद के लिए किया जा रहा है। और ऐसे ही आदमी अपने को धोखा देता रहता है। अगर तुम्हें कोई चीज जगाने के लिए दी जाती है तो तुम उसका उपयोग भी अपने को सुलाने के लिए ही करते हो।

यही कारण है कि सदियों-सदियों तक सदगुरुओं के उपदेशों को गुप्त रखा गया। क्योंकि सोचा गया कि सोए हुए व्यक्ति को विधियां बताना व्यर्थ है। वह उसे सोने के ही काम में लगाएगा; अन्यथा वह नहीं कर सकता। इसलिए पात्रों को ही विधियां दी जाती थीं; ऐसे विशेष शिष्यों को ही उनका प्रयोग बताया जाता था जो अपनी नींद को छोड़ने को राजी थे, जो अपनी नींद से जागने के लिए तत्पर थे।

आसपेंस्की ने अपनी एक पुस्तक जार्ज गुरजिएफ को यह कहकर समर्पित की है कि 'इस व्यक्ति ने मेरी नींद तोड़ दी।'

ऐसे लोग उपद्रवी होते हैं। गुरजिएफ, बुद्ध या जीसस जैसे लोग उपद्रवी ही होंगे। यही कारण है कि हम उनसे बदला लेते हैं। जो हमारी नींद में बाधा डालता है उसे हम सूली पर चढ़ा देते हैं। वह हमें नहीं भाता है। हम सुंदर सपने देख रहे थे और वह आकर हमारी नींद में बाधा डालता है। तुम उसकी हत्या कर देना चाहते हो। स्वप्न इतना मधुर था।

स्वप्न मधुर हो चाहे न हो, लेकिन एक बात निश्चित है कि वह स्वप्न है और व्यर्थ है, बेकार है। और स्वप्न अगर सुंदर है तो ज्यादा खतरनाक है; क्योंकि उसमें आकर्षण अधिक होगा। वह नशे का काम कर सकता है।

हम संगीत का, नृत्य का उपयोग नशे के रूप में कर रहे हैं। और अगर तुम संगीत और नृत्य का उपयोग नशे की तरह कर रहे हो तो वे तुम्हारी नींद के लिए ही नहीं, तुम्हारी कामुकता के लिए भी नशे का काम देंगे। और यह स्मरण रहे कि कामुकता और नींद संगी-साथी हैं। जो जितना सोया-सोया होगा, वह उतना ही कामुक होगा। जो जितना जागा हुआ होगा, वह उतना ही कम कामुक होगा। कामवासना की जड़ नींद में ही है। जब तुम जागोगे तो ज्यादा प्रेमपूर्ण होओगे; कामवासना की पूरी ऊर्जा प्रेम में रूपांतरित हो जाएगी।

यह सूत्र कहता है: 'तार वाले वाद्यों को सुनते हुए उनकी संयुक्त केंद्रीय ध्वनि को सुनो; इस प्रकार सर्वव्यापकता को उपलब्ध होओ।'

▲

और तब तुम उसे जान लोगे जो जानना है, जो जानने योग्य है। तब तुम सर्वव्यापक हो जाओगे। उस संगीत के साथ, उसके केंद्रीय तत्व को प्राप्त कर तुम जाग जाओगे और उस जागरूकता के साथ तुम सर्वव्यापी हो जाओगे।

अभी तो तुम कहीं एक जगह हो; उस बिंदु को हम अहंकार कहते हैं। अभी तुम उसी बिंदु पर हो। अगर तुम जाग जाओगे तो यह बिंदु विलीन हो जाएगा, तब तुम कहीं एक जगह नहीं होगे, सब जगह होगे; सर्वव्यापी हो जाओगे। तब तुम सर्व ही हो जाओगे। तुम सागर हो जाओगे, तुम अनंत हो जाओगे।

मन सीमा है; ध्यान से अनंत में प्रवेश है।

आज इतना ही।

28

# ध्यानः दमन से मुक्ति

## प्रश्न-सार

9. दमन इतना सहज सा हो गया है कि हम कैसे जानें कि हममें असली क्या है ?

2. कृपया मंत्र-दीक्षा की प्रक्रिया और उसे गुप्त रखने के कारणों पर प्रकाश डालें ।

3. सक्रिय ध्यान के अराजक संगीत और पश्चिमी रॉक संगीत में क्या फर्क है ?

▲

**पहला प्रश्न :**

***दमन हमारे शरीर और मन की स्वचालित प्रक्रिया बन गया है, जिसे हम न पहचानते हैं और न बदलना ही चाहते हैं। इस हालत में हम कैसे जानें कि हमारा झूठा चेहरा कौन सा है और सच्चा चेहरा कौन सा है?***

कई चीजें समझने जैसी हैं। एक तो यह कि तुम्हारे सभी चेहरे झूठे हैं; तुम्हारा कोई चेहरा सच्चा नहीं है। इसीलिए यह प्रश्न उठता है कि कौन सा चेहरा झूठा है और कौन सा सच्चा। अगर तुम्हारा सच्चा चेहरा होता तो तुम्हें उसका पता होता; तब यह प्रश्न कभी नहीं उठता। सभी चेहरे झूठे हैं, नकली हैं। इसीलिए तुम्हारे पास तुलना करने को कुछ भी नहीं है।

कठिनाई यह है कि तुम्हें यथार्थ का, असली का पता नहीं है। तुमने यथार्थ को नहीं देखा है। ओर यथार्थ सरलता से दिखाई भी नहीं पड़ता; उसको देखने के लिए, उसे पाने के लिए बहुत प्रयत्न की जरूरत है।

झेन संत कहते हैं कि तुम्हारा मौलिक चेहरा, तुम्हारा सच्चा चेहरा वह है, जो तुम्हारे जन्म के पहले था और जो फिर तुम्हारी मृत्यु के बाद होगा। उसका मतलब है कि जीवन के, तथाकथित जीवन के सभी चेहरे झूठे हैं। फिर सच्चे चेहरे को कैसे खोजा जाए?

तुम्हें अपने जन्म के पूर्ब लौटना होगा। असली चेहरे को खोजने का वही उपाय है। क्योंकि जन्म की घड़ी से ही तुम झूठ बोलना शुरू कर देते हो। और तुम झूठ बोलना इसलिए शुरू कर देते हो क्योंकि झूठ बोलने में लाभ है। बच्चा जन्म लेते ही राजनीतिज्ञ होने लगता है। जिस क्षण वह संसार से संबंधित होता है, मां-बाप से, परिवार से जुड़ने लगता है, वह राजनीति में उतर जाता है। अब उसे अपने चेहरे की फिक्र करनी होगी। अब वह रिश्वत के रूप में मुस्कुराएगा। वह खयाल करेगा कि मैं कैसा व्यवहार करूं कि मुझे ज्यादा स्वीकृति मिले, ज्यादा प्यार मिले, ज्यादा सराहना मिले। देर-अबेर बच्चा जान जाएगा कि उसके मां-बाप की नजर में, परिवार की निगाह में क्या-क्या निंदनीय है और वह उसका दमन करना शुरू कर देगा। तभी उसमें झूठ प्रवेश कर जाता है।

तुम्हारे सभी चेहरे झूठे हैं। अपने मौजूदा झूठे चेहरों में सच्चे चेहरे की खोज व्यर्थ है। वे सबके सब झूठे हैं, समान रूप से झूठे हैं। लेकिन वे उपयोगी हैं; इसीलिए तो तुमने उन्हें अपनाया है। वे उपयोगी हैं, लेकिन सच्चे नहीं।

▲

और सबसे बड़ा धोखा यह है कि जब भी तुम्हें पता चलेगा कि मेरे चेहरे झूठे हैं, तुम कोई दूसरा चेहरा निर्मित कर लोगे और सोचोगे कि यह सच्चा चेहरा है। उदाहरण के लिए, एक आदमी सामान्य जीवन जीता है, सामान्य दुनिया में रहता है, एक दुकानदार है। उसे अपने पूरे झूठ का, जीवन की समस्त अप्रामाणिकता का बोध हो जाता है और वह उस जीवन का त्याग कर देता है। वह संन्यासी हो जाता है और संसार को त्याग देता है। वह आदमी सोच सकता है कि अब मेरा चेहरा सच्चा है। लेकिन यह भी झूठा चेहरा है; यह दूसरे चेहरों की प्रतिक्रिया में ग्रहण किया गया है। और प्रतिक्रिया के जरिए तुम यथार्थ को नहीं प्राप्त कर सकते। झूठे चेहरे की प्रतिक्रिया में जो चेहरा अपनाओगे वह भी झूठा ही होगा। तो इस हालत में क्या किया जाए?

सच्चा चेहरा कोई ऐसी चीज नहीं है जिसे उपलब्ध करना है। झूठे चेहरे तुम्हारी उपलब्धि हैं। सच्चे को उपलब्ध नहीं करना है और न उसका अभ्यास ही करना है। उसका आविष्कार करना है; उसे प्रकट करना है। वह है, सदा है, उसे पाना नहीं है। क्योंकि पाने की चेष्टा फिर किसी झूठे चेहरे को निर्मित कर देगी।

झूठे चेहरे के लिए प्रयत्न जरूरी है; उसका अभ्यास करना होता है। सच्चे चेहरे के लिए कुछ भी नहीं करना है, वह है। अगर तुम झूठे चेहरों के प्रति अपना लगाव छोड़ दो तो झूठा चेहरा गिर जाएगा और सच्चा प्रकट हो जाएगा। जब छोड़ने को कुछ भी न बचे, जब वही बचे जिसे छोड़ा न जा सके, तो तुम उसे पा लोगे जो सच्चा है।

और झूठे चेहरों को छोड़ने का मार्ग ध्यान है। यही कारण है कि निर्विचार पर इतना जोर दिया जाता है; क्योंकि विचार के बिना तुम झूठा चेहरा नहीं निर्मित कर सकते। बोध की, निर्विचार की अवस्था में तुम सच्चे हो जाओगे; क्योंकि विचार ही बुनियादी रूप से झूठे चेहरों और मुखौटों का निर्माण करते हैं। जब विचार नहीं रहेंगे तो चेहरे भी नहीं रहेंगे। तब तुम बिना चेहरे के होगे, या तब तुम्हारा मौलिक चेहरा होगा। दोनों बातें एक ही अर्थ रखती हैं।

तो अपने विचारों के प्रति, विचार-प्रक्रिया के प्रति सजग रहो। उनसे लड़ो मत, उनका दमन मत करो। सिर्फ बोध रखो कि विचार आकाश में तैरते बादलों जैसे हैं और तुम उन्हें किसी पूवार्ग्रह के बिना, किसी पक्षपात के बिना देख रहे हो। अगर तुम उनके विरोध में हो तो तुम उनसे लड़ने लगोगे और वह लड़ाई ही नई विचार-श्रृंखला को जन्म दे जाएगी। और यदि तुम उनके पक्ष में हो तो तुम अपने को भूल जाओगे और तुम उस विचार-प्रवाह के साथ बहने लगोगे। तब तुम सचेतन साक्षी की तरह वहां मौजूद नहीं रहोगे। अगर पक्ष में हो तो प्रक्रिया के अंग बन जाओगे और अगर विपक्ष में हो तो तुम प्रतिक्रिया की दूसरी प्रक्रिया आरंभ कर दोगे।

इसलिए न पक्ष लो और न विपक्ष। विचारों को बहने दो; वे जहां चाहें उन्हें जाने दो, तुम अपनी ओर से सब तनाव छोड़ दो और मात्र साक्षी रहो। जो भी हो रहा है, उसे सिर्फ देखो, साक्षी रहो। कोई निर्णय मत लो; मत कहो कि यह भला है कि यह बुरा। अगर किसी देवी-देवता के विचार उठें तो मत कहो कि कितना सुंदर है। जिस क्षण तुम यह कहते हो, उसके साथ तुम्हारा तादात्म्य हो जाता है; तुम उस विचार-श्रृंखला के साथ सहयोग करने लगते हो। ऐसा कहकर तुम उसकी सहायता करते हो; तुम उसे ऊर्जा प्रदान करते हो। ऐसा कहकर तुम उसे भोजन देते हो। और अगर तुम उसे भोजन दोगे तो वह कभी जाने का नाम न लेगा।

वैसे ही अगर कामुकता के विचार उठें तो यह मत कहो कि यह बुरा है, यह पाप है। क्योंकि जैसे ही तुम कहते हो कि यह पाप है, तुमने विचारों की दूसरी श्रृंखला शुरू कर दी। कामवासना विचार है; पाप भी विचार है। वैसे ही ईश्वर भी विचार है। न पक्ष लो न विपक्ष; सिर्फ पूर्वाग्रह-मुक्त आंखों से देखो, उदासीन होकर देखते रहो।

इसमें समय लगेगा। कारण यह है कि तुम्हारा मन धारणाओं से इतना ग्रस्त है कि तटस्थ निरीक्षण कठिन हो जाता है। जैसे ही हम कोई चीज देखते हैं, हम उसके बाबत तुरंत निर्णय ले लेते हैं। हम रुकते नहीं हैं; एक क्षण का भी अंतराल नहीं होता है। तुम एक फूल को देखते हो और देखते ही कह बैठते हो कि यह सुंदर है। देखने में ही व्याख्या प्रवेश कर जाती है। निर्णय लेने की इस यांत्रिक आदत को छोड़ने के लिए तुम्हें सतत जागरूक रहना होगा। तुम कोई चेहरा देखते हो और तुरंत निर्णय ले लेते हो कि यह कुरूप है, या अच्छा है, या बुरा है, या ऐसा है, या वैसा है। यह निर्णय लेने की आदत इतने गहरे चली गई है कि हमारे लिए किसी चीज को मात्र देखना असंभव हो गया है। मन तुरंत प्रवेश कर जाता है। तब वह व्याख्या हो जाती है; वह सरल दर्शन नहीं रहता। व्याख्या मत करो, केवल देखो।

आराम से बैठ जाओ या लेट जाओ, आंखें बंद कर लो और विचारों को चलने दो। अगर तुम कहते हो कि ये बुरे हैं, अगर तुम निंदा करते हो, तो तुम उनका दमन कर रहे हो; तुम उन्हें स्वच्छंदता से बहने नहीं दे रहे हो। यही कारण है कि स्वप्नों की इतनी जरूरत है। तुम दिन में जिसे भी दबाओगे, रात में उसे प्रकट होने का मौका देना होगा। जो भी दमित होता है, वह अभिव्यक्त होने के लिए जोर लगाता है; उसे अभिव्यक्ति की जरूरत पड़ती है। इसलिए तुम जिसका दमन करते हो उसे ही सपने के रूप में देखते हो। सपने रेचन का काम करते हैं।

नींद के ऊपर जो आधुनिक शोध हुई है वह कहती है कि यदि तुम्हें सोने न दिया जाए तो उससे अधिक हानि नहीं होगी, लेकिन तुम्हारे सपने बहुत जरूरी हैं। पुरानी धारणा कि नींद बहुत आवश्यक है, गलत सिद्ध हुई है। नींद नहीं, सपने जरूरी हैं। और नींद सिर्फ इसलिए जरूरी है क्योंकि उसके बिना सपने देखना मुमकिन नहीं है।

शोधकर्ताओं ने ऐसी विधियों विकसित की हैं, जिनके द्वारा बाहर से जाना जा सकता है कि तुम सपने देख रहे हो या सिर्फ सोए हो। जब तुम सोए हो तो वे तुम्हारी नींद में बाधा डालेंगे—सारी रात बाधा डालेंगे। और जब तुम सपने देख रहे हो तो वे उसे चलने देंगे। जब सपने नहीं चल रहे हैं, तब वे नींद में बाधा देंगे। और पाया गया है कि इसका कोई दुष्परिणाम नहीं होता। लेकिन अगर वे तुम्हारे स्वप्न में बाधा दें और स्वप्नहीन नींद को बिना बाधा के चलने दें तो तीन दिन के भीतर तुम्हें चक्कर आने लगेंगे और सात दिन के भीतर तुम्हें गहरी बेचैनी होने लगेगी। तुम्हारे शरीर और मन दोनों बीमार अनुभव करेंगे। और तीन सप्ताह के भीतर तुम एक तरह के पागलपन के शिकार हो जाओगे। क्या होता है?

कारण यह है कि सपने रेचन का काम करते हैं। और अगर तुम दिन में विचारों और भावों का दमन करते हो और रात में उन्हें सपनों के जरिए प्रकट नहीं होने देते तो वे तुम्हारे भीतर इकट्ठे हो जाते हैं। दमन का यही संग्रह पागलपन पैदा करता है।

तो ध्यान में तुम्हें किसी विचार का दमन नहीं करना है। लेकिन यह कठिन है; क्योंकि तुम्हारा सारा मन निर्णयों, सिद्धांतों, धर्मों और पंथों से भरा है। जो आदमी किसी विचार-दर्शन

या धर्म से बहुत ग्रस्त है, वह ध्यान में प्रवेश नहीं कर सकता। यह कठिन इसलिए है कि उसकी ग्रस्तता बाधा बन जाएगी। अगर तुम ईसाई, हिंदू या जैन हो तो तुम्हारे लिए ध्यान में उतरना कठिन होगा। क्योंकि तुम्हारा दर्शनशास्त्र तुम्हें निर्णय देता चलेगा कि यह शुभ है और यह अशुभ है, इसे दबाना है और इसे नहीं होने देना है। सभी दर्शनशास्त्र दमनकारी हैं; सभी धर्म, सभी आदर्श दमनकारी हैं। क्योंकि वे तुम्हें जीवन जैसा है, उसे वैसा ही नहीं देखने देते हैं; वे उस पर अपनी व्याख्या थोपते हैं।

जो व्यक्ति ध्यान में गहरे उतरना चाहता है उसे आदर्शवाद की, सिद्धांतवाद की इस मूढ़ता से, व्यर्थता से सावधान रहना चाहिए। मात्र आदमी होकर जीओ—जिसका न कोई दर्शनशास्त्र है और न कोई दृष्टिकोण। महज साधक रहो—जो खोज रहा है, जो गहन शोध कर रहा है कि जीवन क्या है; उसके ऊपर कोई आदर्शवाद, कोई सिद्धांत, कोई धारणा मत आरोपित करो। तब ध्यान में गति आसान हो जाएगी।

यही कारण था कि इतिहास के सबसे बड़े ध्यानी गौतम बुद्ध इस बात पर जोर देते थे कि दर्शनशास्त्र जरूरी नहीं है, आदर्शवाद जरूरी नहीं है, जीवन की बंधी हुई धारणा जरूरी नहीं है। ईश्वर है या नहीं है, यह बात व्यर्थ है, अप्रासंगिक है। मोक्ष है या नहीं, यह बात अर्थहीन है। आत्मा अमर है या नहीं, यह बात व्यर्थ है। बुद्ध दर्शन-विरोधी थे—इसलिए नहीं कि वे दर्शन-विरोधी थे, बल्कि इसलिए कि दर्शन का अभाव ध्यानी को अज्ञात में छलांग लेने के लिए आधार-भूमि का काम देता है। दर्शनशास्त्र का अर्थ है कि अज्ञात को जाने बिना ही उसके संबंध में कुछ मानना। वह पूर्व धारणा है, परिकल्पना है, मनुष्य-निर्मित आदर्शवाद है।

इस बात को बहुत आधारभूत तथ्य की भांति स्मरण रखो, कोई निर्णय मत लो। मन को सहजता से बहने दो। जैसे नदी बहती है, वैसे ही मन को सहजता से बहने दो। तुम नदी के किनारे बैठकर प्रवाह को चुपचाप देखते रहो। यह दर्शन शुद्ध दर्शन हो; उसमें किसी तरह की व्याख्या न मिली हो। देर-अबेर पानी वह जाएगा। जब दमित विचार निकल जाएंगे तो अंतराल आने शुरू हो जाएंगे। एक विचार चला जाएगा और दूसरे विचार के आने में देर होगी; दोनों के बीच अंतराल होगा, खाली जगह होगी। उस अंतराल में शून्य घटित होता है। उस अंतराल में तुम्हें अपने सच्चे चेहरे की, मौलिक चेहरे की पहली झलक मिलेगी।

जब विचार नहीं है तो समाज नहीं है। जब विचार नहीं है तो दूसरा भी नहीं है। और जब समाज भी नहीं रहा, दूसरा भी नहीं रहा, तब तुम्हें चेहरे की कोई जरूरत न रही। निर्विचार होना चेहरे के बिना होना है। उस अंतराल में, जब एक विचार जा चुकता है और दूसरा अभी नहीं आया है, तुम पहली बार जानोगे कि तुम्हारा मौलिक चेहरा क्या है—जो जन्म के पूर्व था और मृत्यु के बाद होगा। इस जीवन के सभी चेहरे झूठे हैं। और एक बार तुमने जान लिया कि तुम्हारा सच्चा चेहरा क्या है, एक बार तुमने उस आंतरिक स्वभाव को अनुभव कर लिया जिसे बौद्ध बुद्ध-स्वभाव कहते हैं, एक बार यदि तुमने उस स्वभाव को जान लिया तो उसकी एक झलक से भी तुम दूसरे व्यक्ति हो जाओगे। क्योंकि अब तुम निरंतर जानते हो कि सच क्या है और झूठ क्या है। तब तुम्हें कसौटी मिल जाएगी। तब तुम तुलना कर सकते हो; तब तुम्हें पूछना नहीं पड़ेगा कि क्या सच है और क्या झूठ। प्रश्न ही तब उठता है जब तुम नहीं जानते हो कि सत्य क्या है। और जो भी तुम जानते हो वह झूठ है।

▲

ध्यान से ही तुम जान सकोगे कि झूठा चेहरा क्या है और सच्चा चेहरा, प्रामाणिक चेहरा क्या है। यह सही है कि मन स्वचालित है और जो भी तुमने किया है वह यांत्रिक हो गया है। इस यांत्रिकता को तोड़ना कठिन काम है। इस संबंध में पहली बात यह समझने की है कि यह यांत्रिकता जीवन की जरूरत है। तुम्हारे शरीर की अपनी आंतरिक संरचना है। कोलिन विल्सन ने उसे आंतरिक रोबोट कहा है; तुम्हारे भीतर एक रोबोट है, यंत्र-मानव है। जब तुम किसी चीज में प्रशिक्षण प्राप्त करते हो तो वह प्रशिक्षण उस रोबोट के हवाले कर दिया जाता है। तुम उसे स्मृति कह सकते हो, तुम उसे मन कह सकते हो; कुछ भी कह सकते हो। लेकिन रोबोट शब्द अच्छा है; क्योंकि वह बिलकुल यांत्रिक है, स्वचालित है। वह अपने ही ढंग से काम करता है।

तुम कार चलाना सीख रहे हो। जब सीख रहे हो, तुम्हें सजग और सावधान रहना होगा। खतरा है। तुम्हें कार चलाना नहीं आता है और कुछ भी हो सकता है। इसलिए तुम्हें सदा सजग रहना होगा। यही कारण है कि सीखना दुखदायी काम है; आदमी को निरंतर होश सम्हाले रहना पड़ता है। लेकिन फिर जब तुमने कार चलाना सीख लिया तो यह काम मन के रोबोट के सुपुर्द कर दिया जाता है।

अब तुम कार चलाते हुए सिगरेट पी सकते हो, गीत गुनगुना सकते हो, रेडियो सुन सकते हो, किसी मित्र से बातचीत कर सकते हो, यहां तक कि अपनी प्रेमिका को प्रेम भी कर सकते हो। तुम कुछ भी करते रह सकते हो और तुम्हारा रोबोट कार चलाता रहेगा। अब तुम्हारी जरूरत न रही; तुम भार से मुक्त हो गए। रोबोट सब कुछ करेगा।

अब तुम्हें यह भी स्मरण रखने की जरूरत नहीं है कि कहां मुड़ना है। रोबोट यह भी जानता है कि कहां मुड़ना है, कहां रुकना है, कहां नहीं रुकना है, क्या करना है, क्या नहीं करना है। तुम्हारी जरूरत न रही; तुम काम से मुक्त हो गए। रोबोट सब कुछ कर रहा है। हां, जब कुछ आकस्मिक घटित होगा, कोई दुर्घटना या ऐसा कुछ होगा जिसे रोबोट नहीं सम्हाल पाएगा, जिसके लिए वह प्रशिक्षित नहीं है, तभी तुम्हारी जरूरत होगी। तब अचानक तुम्हारे शरीर में एक झटका लगेगा, रोबोट हट जाएगा और तुम उसकी जगह ले लोगे। जब कोई दुर्घटना होने को होगी तो तुम अपने भीतर झटका अनुभव करोगे और रोबोट तुरंत हटकर तुम्हें तुम्हारी जगह दे देगा। अब तुम कार चला रहे हो। लेकिन दुर्घटना से बचने के बाद तुरंत ही रोबोट तुम्हारी जगह ले लेगा। अब तुम आराम करोगे और रोबोट कार चलाएगा।

और यह जीवन में जरूरी भी है, क्योंकि बहुत सारे काम करने को हैं—अनगिनत। और उन्हें करने के लिए रोबोट न रहे तो तुम कतई न कर पाओगे। रोबोट जरूरी है, उसकी जरूरत है। मैं रोबोट के विरोध में नहीं हूं। तुमने जो कुछ सीखा है उसे रोबोट के हवाले कर दो; लेकिन तुम मालिक बने रहो। रोबोट को मालिक मत बनने दो।

यही समस्या है। रोबोट मालिक बनने की चेष्टा करेगा; क्योंकि रोबोट तुमसे ज्यादा कुशल है। देर-अबेर रोबोट मालिक बनने की चेष्टा करेगा। वह तुमसे कहेगा कि आप पूरी छुट्टी ले लें, आपकी जरूरत नहीं है; में ज्यादा कुशलता से सब कर सकता हूं

लेकिन तुम मालिक बने रहो। रोबोट के मालिक बने रहने के लिए तुम्हें क्या करना होगा? एक ही काम करना है। एक ही काम संभव भी है। और वह यह है कि कभी-कभी

खतरे के बिना भी बागडोर अपने हाथ में ले लो। रोबोट से विश्राम करने को कहो और खुद सीट पर आ जाओ और कार चलाओ। यह तब करो जब कोई खतरे की बात न हो; क्योंकि खतरे में बात फिर स्वचालित हो जाती है। खतरे में झटका लगना और रोबोट की जगह लेना अपने आप हो जाता है। इसलिए कार चलाते हुए अचानक, जरूरत के बिना ही रोबोट को आराम करने को कहो, खुद सीट पर आ जाओ और कार चलाओ।

वैसे ही जब तुम चल रहे हो तो अचानक याद करो ओर शरीर से कहो कि अब मैं होशपूर्वक चलूंगा; रोबोट की जरूरत नहीं है, अब मैं बोधपूर्वक चलूंगा। तुम मुझे यहां सुन रहे हो; यह दरअसल तुम्हारा रोबोट है जो सुन रहा है। अचानक उसे एक झटका दो, मन को बीच में मत आने दो और मुझे सीधे सुनो, बोधपूर्वक सुनो। जब मैं कहता हूं कि बोधपूर्वक सुनो तो उसका क्या मतलब है?

जब तुम बेहोशी में सुनते हो तो तुम्हारा पूरा अवधान मुझ पर होता है और अपने को तुम बिलकुल भूल जाते हो। मैं तो होता हूं, बोलने वाला तो होता है; लेकिन सुनने वाला बेहोश है। तुम श्रोता के रूप में अपने प्रति बोधपूर्ण नहीं हो। जब मैं कहता हूं कि बागडोर अपने हाथ में ले लो तो उसका मतलब है कि दो बिंदुओं पर तुम्हें बोधपूर्ण रहना है—वक्ता के प्रति और श्रोता के प्रति। और जब तुम दोनों बिंदुओं पर सजग होते हो तो तुम स्वयं तीसरे हो जाते हो, साक्षी हो जाते हो।

यह साक्षी ही तुम्हें मालिक बनने में मदद करेगा। और अगर तुम मालिक हो तो तुम्हारा रोबोट तुम्हारे जीवन में उपद्रव नहीं करेगा। अभी वह तुम्हारे जीवन में उपद्रव कर रहा है। इस रोबोट के कारण ही तुम्हारा समग्र जीवन उपद्रब बन गया है। यह रोबोट सहयोगी है, कुशल है; इसलिए वह तुमसे सब कुछ लिए ले रहा है—वे चीजें भी जो उसे नहीं दी जानी चाहिए।

तुम प्रेम में पड़ गए हो; किसी से तुम्हारा प्रेम हो गया है। आरंभ में यह बहुत सुंदर लगता है; क्योंकि अभी वह रोबोट के सुपुर्द नहीं किया गया है। तुम सीख रहे हो। तुम जीवंत हो, सावचेत हो; अभी प्रेम में सौंदर्य है। लेकिन देर-अबेर रोबोट उसे भी अपने हाथ में ले लेगा। तुम पति या पत्नी हो जाओगे और तुम सब भार रोबोट पर छोड़ दोगे। फिर तुम अपनी पत्नी से कहोगे कि मैं तुम्हें प्रेम करता हूं; लेकिन यह तुम नहीं कह रहे होगे, रोबोट कह रहा होगा। तब वह ग्रामोफोन के रेकार्ड जैसा हो जाएगा; वह बार-बार दोहराया जाता रहेगा। और तुम्हारी पत्नी को भी उसे समझने में कठिनाई नहीं होगी; क्योंकि जब रोबोट कहता है कि मैं प्रेम करता हूं तो उसका कोई मतलब नहीं होता। और जब तुम्हारी पत्नी कहेगी कि मैं तुम्हें प्रेम करती हूं तो तुम भी जानोगे कि उसका कोई मतलब नहीं है। ग्रामोफोन से निकला हुआ कोई वाक्य सिर्फ शोर ही पैदा करता है; उसका कोई अर्थ नहीं होता।

फिर तुम सब कुछ करना चाहोगे; लेकिन दरअसल तुम नहीं करते हो। तब प्रेम बोझ बन जाता है और आदमी प्रेम से भी बचना चाहता है। तब तुम्हारे सभी भाव, सभी संबंध रोबोट के द्वारा संचालित होते हैं। यही कारण है कि कभी-कभी कोई काम तुम नहीं करना चाहते हो, लेकिन तुम्हारा रोबोट उसे करने पर जोर देता है; क्योंकि वह उसमें प्रशिक्षित है। और उसमें तुम सदा हारते हो और रोबोट सदा जीतता है।

तुम कहते हो कि मैं अब कभी क्रोध नहीं करूंगा; लेकिन तुम्हारा यह कहना अर्थहीन

▲

है। रोबोट को क्रोध करने का प्रशिक्षण प्राप्त है और यह प्रशिक्षण लंबा और गहरा है। इसलिए तुम्हारे मन का एक वाक्य कि मैं अब क्रोध नहीं करूंगा, कोई असर नहीं रखता है। रोबोट को इसका लंबा प्रशिक्षण मिला हुआ है। फिर जब कोई तुम्हें अपमानित करेगा तो तुम्हारा क्रोध नहीं करने का निर्णय काम नहीं आएगा; रोबोट तुरंत भार सम्हाल लेगा और अपने प्रशिक्षण के अनुसार क्रोध कर गुजरेगा। और फिर आखिर में जब रोबोट क्रोध कर चुकेगा तो तुम पश्चात्ताप करोगे।

लेकिन बड़ी कठिनाई यह है कि यह पश्चात्ताप भी रोबोट ही कर रहा है। तुमने यह सदा किया है; क्रोध करने के बाद तुमने सदा पश्चात्ताप किया है। रोबोट ने यह तरकीब भी सीख ली है; वह पश्चात्ताप भी करेगा। लेकिन पश्चात्ताप के बाद तुम फिर क्रोध करोगे। इसी कारण से तुम कभी-कभी सोचते हो कि मैंने अपने बावजूद यह किया, या यह कहा। अपने बावजूद करने का क्या अर्थ होता है? उसका अर्थ है कि तुम्हारे भीतर एक दूसरे तुम भी हो जो तुम्हारे बावजूद कुछ कर सकता है। वह दूसरे तुम कौन हो? वही रोबोट है। तो करना क्या है?

यह व्रत मत लो कि मैं फिर क्रोध नहीं करूंगा। यह व्रत टूटने ही वाला है; वह तुम्हें कहीं नहीं ले जा सकता। उसके बजाय बेहतर होगा कि जो कुछ भी करो, होशपूर्वक करो। किसी साधारण से मामले में रोबोट के हाथ से बागडोर अपने हाथ में ले लो। उदाहरण के लिए, जब खाना खाओ तो होशपूर्वक खाओ; उसे यंत्रवत मत करो, जैसे हर रोज करते आए हो। जब सिगरेट पीयो तो सजग होकर पीयो। अपने हाथ को बेहोशी में जेब से पैकेट या पैकेट से सिगरेट मत निकालने दो। सचेतन रहो; सजग रहो। और बड़ा फर्क हो जाएगा।

मैं अपना हाथ यांत्रिक ढंग से उठा सकता हूं या मैं वही हाथ बोध से भरकर भी उठा सकता हूं। प्रयोग करो और तुम्हें फर्क मालूम हो जाएगा। जब तुम जागरूक हो तो तुम्हारा हाथ बहुत धीरे-धीरे, बहुत आहिस्ता उठेगा और तुम महसूस करोगे कि हाथ बोध से भरा है, हाथ में बोध प्रवाहित है। और जब हाथ बोध से भरा होगा तो मन निर्विचार होगा; क्योंकि तुम्हारा समस्त बोध हाथ में होगा और विचार करने के लिए ऊर्जा नहीं बचेगी। जब तुम यांत्रिक ढंग से हाथ उठाते हो तो तुम्हारा मन विचार करता रहता है और हाथ गति करता रहता है। उस हाथ को तुम्हारा रोबोट चला रहा है। अब तुम उसे स्वयं चलाओ। दिन में कभी भी कुछ भी करते समय इस प्रयोग को करो; रोबोट के हाथ से काम अपने हाथ में ले लो। जल्दी ही तुम रोबोट के मालिक बन जाओगे।

लेकिन कठिन स्थितियों में यह प्रयोग मत करो। वह आत्मघातक होगा। हम सदा कठिन स्थितियों में प्रयोग करते हैं और इस कारण ही सदा हार हाथ आती है। तो आसान स्थितियों से शुरू करो। अगर तुम कुशल नहीं भी हो तो भी इन स्थितियों में हानि नहीं होने वाली है। लेकिन हम हमेशा कठिन स्थितियों में प्रयोग करते हैं।

उदाहरण के लिए, कोई आदमी सोचता है कि मैं क्रोध नहीं करूंगा। अब क्रोध बहुत कठिन स्थिति है और रोबोट उसे तुम्हारे हाथ में नहीं छोड़ेगा। और यह अच्छा है कि रोबोट ही उसे करे; क्योंकि वह तुमसे ज्यादा जानता है, वह ज्यादा कुशल है। तुम कामवासना के संबंध में कोई निर्णय लेते हो, कुछ करने या कुछ नहीं करने का फैसला करते हो। लेकिन तुम उस निर्णय को क्रियान्वित नहीं कर सकते। रोबोट उसे कर लेगा। स्थिति बहुत जटिल है और उसे

अधिक कुशलता से सम्हालने की जरूरत है। और अभी तुम्हारी क्षमता उतनी नहीं है। जब तक तुम पूरी तरह सजग नहीं हो जाते कि किसी जटिल स्थिति को रोबोट के बिना सम्हाल सको, तब तक रोबोट उस स्थिति को तुम्हारे हाथ में नहीं देगा। और यह आवश्यक है, यह डिफेंस मेजर है। अगर ऐसा नहीं होता, अगर तुम कठिन स्थितियों में भी रोबोट से चीजें ले सकते होते तो तुम्हारा जीवन और भी बड़ी दुर्गति में पड़ जाता।

तो प्रयोग करो। टहलने जैसी आसान चीजों से शुरू करो। तुम रोबोट से कह सकते हो कि मैं कहीं नहीं जा रहा हूं, बस टहलने जा रहा हूं, इसमें कोई हानि नहीं होने वाली है, यह काम तुम्हारे बिना भी हो सकता है; इसमें अकुशल रहकर भी चल जाएगा। और तब सजग होकर धीरे-धीरे टहलो। अपने पूरे शरीर में बोध से भर जाओ। जब एक कदम आगे बढ़े तो तुम भी उसके साथ आगे बढ़ो। जब एक कदम जमीन छोड़े तो तुम भी उसके साथ-साथ जमीन छोड़ो। जब दूसरा कदम जमीन को स्पर्श करे तो तुम भी जमीन को स्पर्श करो। पूरी तरह होश में रहो। मन के जरिए कोई दूसरा काम मत करो; पूरे मन को होश ही बन जाने दो।

यह कठिन होगा; क्योंकि रोबोट निरंतर दखल देगा। हर क्षण वह कहेगा कि यह क्या कर रहे हो; मैं यह काम तुमसे ज्यादा बेहतर ढंग से कर सकता हूं। और वह निश्चित ही बेहतर कर सकता है। इसलिए गैर-गंभीर चीजों के साथ, गैर-जटिल चीजों के साथ, हलकी-फुलकी चीजों के साथ प्रयोग शुरू करो।

बुद्ध ने अपने शिष्यों को कहा है कि बोध से चलो, बोध से भोजन करो, बोध से सोओ। अगर तुम इन आसान चीजों को कर सके तो तुम कठिन चीजों में भी बोधपूर्वक प्रवेश करना जान जाओगे। तभी कठिन चीजों के साथ प्रयोग करना।

लेकिन हम सदा कठिन चीजों के साथ प्रयोग करते हैं और तब हमें पराजय ही हाथ लगती है। और वह पराजय तुम्हें अपने प्रति निराशावादी बना देती है। तुम सोचने लगते हो कि मैं कुछ भी नहीं कर सकता। यह बात रोबोट के लिए बड़े काम की होती है। रोबोट सदा कठिनाई की हालत में तुम्हें कुछ करने को उकसाएगा, ताकि तुम हार जाओ। फिर रोबोट तुम से कहेगा: इसे मुझ पर छोड़ दो; में तुम से बेहतर कर सकता हूं

तो आसान स्थितियों के साथ प्रयोग करो।

झेन संत अनेक बार यह आसान प्रयोग करते पाए गए हैं। झेन संत बाशो से किसी ने पूछा, आपका ध्यान क्या है? आपकी साधना क्या है? उसने कहा: 'जब मुझे भूख लगती है तो मैं भोजन करता हूं और जब मुझे नींद लगती है तो सो जाता हूं। यही कुल साधना है।'

पूछने वाले ने कहा, लेकिन यह तो हम सभी करते हैं; इसमें विशेषता क्या है? बाशो ने फिर वही बात दोहराते हुए कहा : 'जब मुझे भूख लगती है तो भोजन करता हूं और जब नींद लगती है तो सोता हूं।'

यही फर्क है। जब तुम्हें भूख लगती है तो तुम्हारा रोबोट भोजन करता है और जब नींद लगती है तो तुम्हारा रोबोट सोता है। बाशो ने कहा कि ये काम मैं खुद करता हूं, यही फर्क है।

अगर तुम अपने रोज-रोज के काम में ज्यादा जागरूक हो जाओ तो बोध बढ़ेगा, होश बढ़ेगा। और उस बोध के साथ तुम यांत्रिक नहीं रहोगे। पहली बार तुम व्यक्ति बनोगे—अभी तुम नहीं हो। व्यक्ति का अपना एक चेहरा होता है। यांत्रिक चीज के कई मुखौटे होते हैं;

उसका चेहरा नहीं होता। और अगर तुम व्यक्ति हो—जीवंत, सजग और बोधपूर्ण—तो तुम्हारा जीवन प्रामाणिक होगा। अगर तुम महज यंत्र हो तो तुम्हारा जीवन प्रामाणिक नहीं हो सकता। हरेक क्षण तुम्हें बदल देगा; हरेक स्थिति तुम्हें बदल देगी। तुम हवा में उड़ते तिनके की भांति होगे, जिसके भीतर आत्मा नहीं होती। बोध तुम्हें आंतरिक उपस्थिति प्रदान करता है। उसके बिना तुम्हें लगता तो है कि मैं हूं, लेकिन दरअसल तुम नहीं हो।

बुद्ध से किसी ने पूछा: मैं मनुष्यता की सेवा करना चाहता हूं; कृपया बताएं कि कैसे करूं? बुद्ध ने उस आदमी को गहराई से, अंतस तक उतर जाने वाली दृष्टि से और करुणा से भरकर देखा और कहा: लेकिन तुम हो कहां? अभी तुम ही नहीं हो तो सेवा कौन करेगा? अभी तुम ही नहीं हो। पहले होओ। और जब तुम होओगे तो तुम्हें पूछने की जरूरत न पड़ेगी। जब तुम होओगे तो तुम कुछ करोगे जो अपने आप ही तुम्हें घटित होगा और जो करने योग्य होगा।

गुरजिएफ ने लिखा है कि हरेक आदमी यह खयाल लेकर आता है कि मैं हूं, में हूं ही। कोई गुरजिएफ के पास आया और उसने कहा, मैं अपने अंदर बहुत विक्षिप्त हूं। मेरा मन सदा द्वंद्व और अंतर्विरोध से ग्रस्त रहता है। कृपा करके मुझे बताएं कि इस मन को विलीन कैसे करूं? मानसिक शांति, आंतरिक निश्चलता कैसे पाऊं? गुरजिएफ ने उसे कहा, मन के बारे में मत सोचो; तुम कुछ नहीं कर सकते। पहली चीज तो यह है कि तुम्हें मौजूद होना है। पहले तुम्हें होना है। तब तुम कुछ कर सकते हो। अभी तुम नहीं हो।

इस तुम नहीं हो का क्या अर्थ है? इसका अर्थ है कि तुम रोबोट हो, एक यंत्र हो, जो यांत्रिक नियमों के अनुसार काम करता है। सजग होना शुरू करो। तुम जो भी कर रहे हो उसे सजगता से करो, होशपूर्वक करो। और आसान चीजों से शुरू करो।

**दूसरा प्रश्न:**
***मंत्र-दीक्षा के अर्थ और उपक्रम को समझाने की कृपा करें। और क्या कारण है कि लोगों को मंत्र गुप्त रखने के लिए कहा जाता है?***

पहले तो यह समझने की कोशिश करो कि दीक्षा क्या है। यह गुरु और शिष्य के बीच गहन संवाद है; यह गुरु से शिष्य को ऊर्जा का गहन हस्तांतरण है। ऊर्जा सदा ऊपर से नीचे की ओर बहती है। जैसे पानी नीचे की तरफ बहता है, वैसे ही ऊर्जा भी नीचे की तरफ बहती है।

गुरु वह है, जिसने पा लिया है, जिसने जाना है, जो हो गया है; वह ऊर्जा का उच्चतम शिखर है, शुद्धतम ऊर्जा का गौरीशंकर है। यह ऊर्जा नीचे खड़े उस व्यक्ति की तरफ वह सकती है जो ग्राहक है, जो झुका हुआ है, जो समर्पित है। उस ऊर्जा को पाने के लिए यह समर्पण का भाव, यह ग्राहकता, यह विनम्नता जरूरी है। अन्यथा तुम अगर खुद शिखर हो, घाटी नहीं हो, तो यह ऊर्जा तुम्हारी तरफ नहीं बहेगी।

तुम भी शिखर हो—दूसरे ही ढंग के शिखर। तुम अहंकार के शिखर हो—ऊर्जा के नहीं, आनंद के नहीं, चेतना के नहीं। तुम अहंकार की सघनता हो—मैं-पन की सघनता। तुम शिखर हो और इस शिखर के रहते दीक्षा संभव नहीं है। अहंकार ही बाधा है; क्योंकि अहंकार तुम्हें बंद कर देता है और तुम समर्पण नहीं कर सकते।

शिष्य होने के लिए, दीक्षित होने के लिए समग्र समर्पण की जरूरत है। और समर्पण आधा-अधूरा नहीं होता है। समर्पण का अर्थ ही है, समग्र समर्पण। तुम यह नहीं कह सकते कि मैं आंशिक समर्पण करता हूं। उसका कोई भी अर्थ नहीं है। तब तुम्हारा अहंकार ज्यों का त्यों तुम्हारे साथ खड़ा है। अहंकार को ही समर्पित करना है। और जब तुम अहंकार को समर्पित कर देते हो तो तुम ग्राहक हो जाते हो, खुल जाते हो। तब तुम घाटी बन जाते हो। और तब शिखर तुम्हारी ओर प्रवाहित होगा। यह बात मैं प्रतीक के रूप में नहीं कह रहा हूं; यही वास्तविक स्थिति है।

क्या तुमने कभी प्रेम किया है? तब तुम समझ सकते हो कि दो शरीरों के बीच प्रेम सच में बहता है। यह एक वास्तविक बहाव है। इसमें ऊर्जा का संप्रेषण हो रहा है, हस्तांतरण हो रहा है, लेन-देन हो रहा है। लेकिन प्रेम समान तल पर है। तुम दोनों अहंकार के शिखर रह सकते हो, फिर भी प्रेम हो सकता है।

लेकिन गुरु के साथ तुम समान तल पर नहीं रह सकते। अगर तुम समान तल पर रहने की चेष्टा करोगे तो दीक्षा असंभव हो जाएगी। समान तल पर प्रेम संभव है, लेकिन दीक्षा असंभव हो जाती है। दीक्षा तो तभी संभव है जब तुम नीचे तल पर हो—झुके हुए, विनम्र, समर्पित, ग्राहक। शिष्य स्त्रैण होता है—गर्भ की भांति, ग्रहण करने को तत्पर। दीक्षा में गुरु की भूमिका पुरुष की है।

दीक्षा का रहस्य अब बिलकुल खो गया है। जितने ही हम शिक्षित, सभ्य और सुसंस्कृत होते जाते हैं, उतने ही अहंकारी भी होते जाते हैं। अब समर्पण करना असंभव हो गया है। कठिन तो वह सदा से रहा है; अब असंभव हो रहा है।

दीक्षा ओतरिक ऊर्जा का, वास्तविक ऊर्जा का हस्तांतरण है। और गुरु तभी तुममें प्रवेश कर सकता है, तभी तुम्हें रूपांतरित कर सकता है, जब तुम तैयार हो, ग्राहक हो। उसके लिए प्रगाढ़ श्रद्धा की जरूरत है। प्रेम में जितनी श्रद्धा की जरूरत है, उससे भी ज्यादा जरूरत दीक्षा में है। क्योंकि तुम्हें नहीं मालूम कि क्या होने वाला है; तुम बिलकुल अंधेरे में हो। केवल गुरु को पता है कि क्या होने वाला है और वह क्या कर रहा है। वह जानता है; तुम नहीं जान सकते।

और ऐसी चीजें हैं जिनमें यह नहीं बताया जा सकता कि क्या होने वाला है; क्योंकि मनुष्य के मन की बहुत सी उलझनें हैं। एक उलझन यह है कि अगर कोई चीज होने के पहले बता दी जाए तो वह घटना को बदल देगी। वह नहीं बतायी जा सकती। अनेक चीजें हैं जिन्हें गुरु तुम्हें नहीं बता सकता। वह उन्हें तुमसे करा सकता है, लेकिन बता नहीं सकता। वह कराना ही दीक्षा है। गुरु सच में तुम्हारे शरीर में, तुम्हारे चित्त में प्रवेश करता है। वह तुम्हें निर्मल करता है; तुम्हें बदलता है। और इसमें एक ही चीज जरूरी है, तुम्हारी समग्र श्रद्धा। क्योंकि श्रद्धा के बिना द्वार नहीं है; श्रद्धा के बिना वह तुममें प्रवेश नहीं कर सकता।

तुम्हारे द्वार-दरवाजे बंद हैं। तुम सदा अपना बचाव करने में लगे हो। जीवन संघर्ष है—जीवित रहने के लिए संघर्ष। इस संघर्ष के कारण तुम बंद हो जाते हो। तुम बंद हो, भयभीत हो। तुम खुले रहने से भयभीत हो; तुम्हें डर है कि कोई तुममें प्रवेश न कर जाए, कोई तुम्हारे साथ कुछ कर न दे। इस भय से तुम सिकुड़ गए हो, अपने में छिप गए हो, बंद हो गए हो; और तुम अपना बचाव कर रहे हो।

▲

दीक्षा में तुम्हें यह सुरक्षा गिरा देनी होगी; सुरक्षा-कवच को उतार फेंकना होगा। तब तुम खुलते हो, द्वार देते हो; और तब गुरु तुममें प्रवेश करता है। यह गहरे प्रेम-कृत्य जैसा ही है। तुम किसी स्त्री पर बलात्कार कर सकते हो; लेकिन शि3ष्य पर बलात्कार नहीं किया जा सकता। तुम स्त्री पर बलात्कार कर सकते हो; क्योंकि वह शारीरिक कृत्य है। बिना किसी की मर्जी के भी उसके शरीर के साथ जबरदस्ती की जा सकती है, उसमें प्रवेश किया जा सकता है। स्त्री की इच्छा के विरुद्ध भी तुम उस पर बलात्कार कर सकते हो; यह जबरदस्ती होगी। शरीर पदार्थ है और पदार्थ के साथ जबरदस्ती की जा सकती है।

गहन प्रेम जैसा ही दीक्षा में होता है। गुरु तुम्हारी आत्मा में प्रवेश करता है, शरीर में नहीं। इसलिए जब तक तुम तैयार नहीं हो, ग्रहणशील नहीं हो, तब तक प्रवेश संभव नहीं है। शिष्य के साथ बलात्कार नहीं किया जा सकता; क्योंकि यह शारीरिक बात नहीं है। यह बात आत्मा की है और आत्मा में बलात प्रवेश नहीं किया जा सकता। उसके साथ हिंसा करना संभव नहीं है। इसलिए जब शिष्य तैयार होता है, खुला होता है, जब वह प्रेमपूर्ण स्त्री की भांति निमंत्रणपूर्ण और ग्राहक होता है, जब वह निरस्त्र होकर समर्पित होता है, तभी गुरु उसमें प्रवेश कर सकता है, काम कर सकता है। और सदियों का काम क्षणों में किया जा सकता है। जो काम तुम अनेक जन्मों में नहीं कर सकते, वह क्षण में हो सकता है। लेकिन तब तुम्हें वलनरेबल होना होगा, समग्रतः आस्थावान होना होगा। तुम्हें पता नहीं है कि क्या होने वाला है और गुरु तुम्हारे भीतर क्या करने वाला है।

एक स्त्री भयभीत होती है; क्योंकि संभोग उसके लिए अज्ञात की यात्रा है। जब तक वह पुरुष को प्रेम नहीं करेगी, जब तक वह पीड़ा को झेलने को, बच्चे का बोझ ढोने को, नौ महीनों तक बच्चे को गर्भ में रखने को तैयार नहीं होगी, जब तक वह जीवनभर के लिए प्रतिबद्ध न हो लेगी, तब तक वह पुरुष को अपने शरीर में प्रवेश नहीं करने देगी। यह सिर्फ उसके शरीर का सवाल नहीं है, यह उसकी पूरी जिंदगी का सवाल है। जब वह :प्रगाढ़ प्रेम में होती है, तभी वह पीड़ा झेलने को राजी होती है। और प्रेम में त्याग और दुख भी आनंदपूर्ण होता है।

शिष्य के साथ यह समस्या और भी बड़ी और गहरी है। यह सिर्फ शारीरिक जन्म की और एक नए बच्चे के जन्म की बात नहीं है; यह उसके स्वयं के पुनर्जन्म की बात है। स्वयं उसका पुनर्जन्म होने वाला है। एक अर्थ में उसकी मृत्यु होगी और किसी दूसरे अर्थ में उसका पुनर्जन्म होगा। और यह तभी संभव होगा जब गुरु उसमें प्रवेश पाएगा। और गुरु इस संबंध में जबरदस्ती नहीं कर सकता है। जबरदस्ती संभव नहीं है। शिष्य इसके लिए आमंत्रण दे सकता है।

आध्यात्मिक शिष्यता के जगत में यह एक बड़ी समस्या है; क्योंकि शिष्य सदा अपना बचाव करता है, अपने चारों ओर कवच पर कवच निर्मित किए जाता है। वह गुरु के साथ भी वैसे ही व्यवहार करता है जैसे वह संसार में दूसरों के साथ करता है; एक ही सुरक्षा-यंत्र काम करता रहता है। और तब उसमें व्यर्थ समय नष्ट होता है, ऊर्जा नष्ट होती है और वह बात टल जाती है जो अभी घटित हो सकती थी। लेकिन यह स्वाभाविक है। और कभी-कभी तो महान गुरुओं के संग रहकर भी शिष्य चूक गए हैं।

आनंद बुद्ध का प्रधान शिष्य था और उनके बहुत निकट था। लेकिन वह बुद्ध के जीते

जी बुद्धत्व को नहीं उपलब्ध हो सका। बुद्ध आनंद के साथ चालीस वर्ष रहे; लेकिन आनंद ज्ञान को उपलब्ध नहीं हुआ। आनंद के बाद आने वाले अनेक लोग बुद्धत्व को उपलब्ध हो गए; और फिर तो यह समस्या बन गई। और आनंद बुद्ध के सर्वाधिक करीब था। वह निरंतर चालीस वर्षों तक बुद्ध के साथ ही सोया था; बुद्ध के साथ ही चला था। वह बुद्ध की छाया की भांति था। वह बुद्ध के संबंध में इतना जानता था जितना बुद्ध भी नहीं जानते थे। लेकिन वह उपलब्ध नहीं हुआ, वह वैसा का वैसा रहा।

एक बहुत छोटी सी बात बाधा बन गई। वह बुद्ध का चचेरा भाई था और उनसे उम्र में बड़ा था। वही अहंकार बन गया।

बुद्ध की मृत्यु हुई। बुद्ध के बचनों का संग्रह करने के निमित्त महासंघ की बैठक हुई। बुद्ध ने जो कुछ कहा था उसे लिपिबद्ध करना था। जो लोग बुद्ध के साथ रहे थे वे थोड़े ही दिनों में नहीं रहेंगे, इसलिए सब कुछ को रिकार्ड कर लेना था, लिख लेना था। लेकिन महासंघ में आनंद को प्रवेश नहीं मिला, यद्यपि आनंद को ही बुद्ध के जीवन, बुद्ध के वचन, बुद्ध के अनुभव के संबंध में सर्वाधिक पता था। आनंद को सब मालूम था; उतना किसी को भी नहीं मालूम था।

लेकिन महासंघ ने तय किया कि चूंकि आनंद को अभी बुद्धत्व नहीं प्राप्त हुआ है, इसलिए उसे प्रवेश नहीं दिया जा सकता। वह बुद्ध के वचन रिकार्ड नहीं करा सकता, क्योंकि अज्ञानी का भरोसा नहीं किया जा सकता है। वह धोखा नहीं देगा; लेकिन अज्ञानी व्यक्ति का क्या भरोसा? वह सोच सकता है कि यही घटित हुआ और वह उसे प्रामाणिक समझकर रिकार्ड करा सकता है। लेकिन वह अभी जाग्रत नहीं है और उसने नींद में जो देखा और सुना है उस पर भरोसा नहीं किया जा सकता। महासंघ ने तय किया कि जो जाग्रत हो गए हैं, वे ही लिखवा सकते हैं।

आनंद द्वार के पास बैठा रो रहा था। महासंघ का द्वार बंद हो गया और आनंद वहां बैठा चौबीस घंटे रोता रहा, आंसू बहाता रहा। लेकिन उन्होंने उसे प्रवेश नहीं दिया। चौबीस घंटों तक आनंद रोता रहा, रोता रहा। और फिर अचानक उसे बोध हुआ कि कारण क्या था कि मैं बुद्ध के जीते जी बुद्धत्व को नहीं उपलब्ध हुआ? बाधा क्या थी?

उसने अपनी स्मृतियों में लौटकर देखा—बुद्ध के साथ चालीस वर्षों का लंबा जीवन! उसे स्मरण आया वह पहला दिन जब वह बुद्ध के पास दीक्षा लेने आया था। लेकिन उसकी एक शर्त थी, जिसके कारण वह पूरी दीक्षा ही चूक बैठा। उस शर्त के कारण सही अर्थों में वह दीक्षित ही नहीं हुआ। वह दीक्षित नहीं हुआ, क्योंकि उसने एक शर्त लगा रखी थी।

वह बुद्ध के पास आया और उसने कहा: मैं आपका शिष्य बनने आया हूं। जब में आपका शिष्य बन जाऊंगा तो आप मेरे गुरु होंगे और मैं आपका शिष्य होऊंगा और तब आप जो कहेंगे वह मुझे करना होगा। मुझे आपकी आज्ञा का पालन करना होगा। लेकिन अभी मैं आपका बड़ा भाई हूं, अभी मैं आपको आज्ञा दे सकता हूं और आपको उसका पालन करना होगा। अभी आप गुरु नहीं हैं ओर में शिष्य नहीं हूं। एक बार मैं दीक्षित हो जाऊंगा तो आप मेरे गुरु होंगे और मैं आपका शिष्य, तब मैं कुछ नहीं कह सकंगा। इसलिए शिष्य बनने के पहले मेरी तीन शर्तें हैं जिन्हें आप स्वीकार कर लें और तब दीक्षा दें।

▲

शर्तें बहुत बड़ी नहीं थीं; लेकिन शर्त शर्त है। और शर्त के साथ तुम्हारा समर्पण समग्र नहीं होता है। शर्तें तो बहुत छोटी थीं और बहुत प्रेमपूर्ण थीं। उसने कहा कि पहली शर्त यह है कि मैं सदा आपके साथ रहूंगा, आप मुझे कहीं और जाने को नहीं कह सकेंगे। जब तक जीऊंगा, मैं आपकी छाया बनकर रहूंगा; आप मुझे अपने पास से हटा नहीं सकेंगे। अभी ही वचन दे दें, क्योंकि बाद में जब मैं आपका शिष्य हो जाऊंगा तो आप जो भी कहेंगे वह मुझे करना होगा। आनंद ने कहा कि अभी बड़े भाई के नाते मैं यह वचन ले रहा हूं कि मैं सदा आपके साथ रहूंगा; आप मुझे अपने से दूर नहीं कर सकेंगे। में आपकी छाया बनकर रहूंगा; उसी कमरे में सोऊंगा जहां आप सोएंगे।

दूसरी शर्त कि मैं जिस आदमी को भी आपसे मिलाने लाऊंगा, आप उससे जरूर मिलेंगे; न मिलने के जो भी कारण हों, आपको उस आदमी से मिलना होगा। अगर मैं किसी आदमी को आपके दर्शन के लिए लाऊंगा तो उसे दर्शन देना होगा। और तीसरी शर्त कि मैं जिस व्यक्ति को दीक्षा देने के लिए आपसे कहूंगा, आप उसे इनकार नहीं करेंगे। ये तीन वचन मुझे दे दें और तब मुझे दीक्षित करें। इसके बाद मैं कोई मांग नहीं करूंगा; क्योंकि तब मैं आपका शिष्य हो जाऊंगा।

महासंघ के द्वार पर बेठकर रोते हुए, अपनी पुरानी स्मृतियों के पन्ने उलटते हुए जब आनंद को यह स्मरण आया तो उसे अचानक बोध हुआ कि मेरी दीक्षा तो हुई नहीं; क्योंकि मैं ग्राहक नहीं था। बुद्ध ने उसकी शर्तों को मान लिया था; और उन्होंने जीवमभर उनका पालन किया। लेकिन आनंद चूक गया। जो निकटतम था, वही चूक गया।

और इस बोध के साथ ही आनंद बुद्धत्व को उपलब्ध हो गया। जो बात बुद्ध के जीते जी न हुई, वह उनके जाने के बाद हो गई। आनंद ने समर्पण किया। और यदि समर्पण हो तो गैर-मौजूद गुरु भी तुम्हारी सहायता कर सकता है। यदि समर्पण न हो तो जीवित गुरु भी कुछ नहीं कर सकता। तो दीक्षा में, किसी भी दीक्षा में, समर्पण अनिवार्य है।

मंत्र-दीक्षा का अर्थ है कि जब तुम समर्पण करते हो तो गुरु तुममें प्रवेश कर जाता है; वह तुम्हारे शरीर, मन, आत्मा में प्रविष्ट हो जाता है। गुरु तुम्हारे अंतस में जाकर तुम्हारे अनुकूल ध्वनि की खोज करेगा। वह तुम्हारा मंत्र होगा। और जब तुम उसका उच्चारण करोगे तो तुम एक भिन्न आयाम में एक भिन्न व्यक्ति होओगे।

जब तक समर्पण नहीं होता, मंत्र नहीं दिया जा सकता है। मंत्र देने का अर्थ है कि गुरु ने तुममें प्रवेश किया है, गुरु ने तुम्हारी गहरी लयबद्धता को, तुम्हारे प्राणों के संगीत को अनुभव किया है। और फिर वह तुम्हें प्रतीक रूप में एक मंत्र देता है जो तुम्हारे अंतस के संगीत से मेल खाता हो। और जब तुम उस मंत्र का उच्चार करते हो तो तुम आंतरिक संगीत के जगत में प्रवेश कर जाते हो; तब आंतरिक लयबद्धता उपलब्ध होती है।

मंत्र तो सिर्फ चाबी है। और चाबी तब तक नहीं दी जा सकती जब तक ताले को न जान लिया जाए। मैं तुम्हें तभी चाबी दे सकता हूं जब तुम्हारे ताले को समझ लूं। चाबी तभी सार्थक है जब वह ताले को खोले। किसी भी चाबी से काम नहीं चलेगा। प्रत्येक आदमी विशेष ढंग का ताला है; उसके लिए विशेष ढंग की चाबी जरूरी है।

यही कारण है कि मंत्रों को गुप्त रखा जाता है। अगर तुम अपना मंत्र किसी और को

बताते हो तो वह उसका प्रयोग कर सकता है। लेकिन हो सकता है, वह चाबी उसके ताले के अनुकूल न पड़े। और कभी-कभी गलत चाबी प्रयोग करने से ताला ही खराब हो सकता है, बिगड़ सकता है। ताला इतना बिगड़ सकता है कि फिर वह सही चाबी के मिलने पर भी न खुले। यही कारण है कि मंत्रों को बिलकुल गुह्य रखा जाता है, उन्हें दूसरों को नहीं बताया जाता। शिष्य को यह वचन देना पड़ता है। गुरु तुम्हें जो चाबी देता है वह तुम्हारे लिए ही है। तुम उसे दूसरों में नहीं बांट सकते; वह अनेक के लिए नुकसानदेह भी हो सकती है।

हां, जब तुम्हारा ताला खुल जाए तो तुम दूसरों को चाबी दे सकते हो। लेकिन तब तुम वही चाबी नहीं दोगे जो गुरु से तुम्हें मिली है। तब तुम दूसरों में प्रवेश करने में समर्थ हो जाओगे। तब तुम उनके ताले को समझकर उनके अनुकूल चाबियां निर्मित करोगे।

गुरु ही चाबी का निर्माण करता है। अगर कहीं कोई चाबियों का गुच्छा दिखाई पड़े तो गैर-जानकारी में लगेगा कि सब चाबियां एक जैसी हैं। उनमें बहुत थोड़ा फर्क है, बहुत हलका फर्क है। एक ही शब्द भिन्न-भिन्न ढंग से प्रयुक्त हो सकता है। उदाहरण के लिए ओम है। उसमें तीन ध्वनियां हैं: आ, उ और म। अगर उ पर, बीच की ध्वनि पर बल दिया जाए तो उससे एक अलग चाबी बनेगी। अगर अ पर बल दिया जाए तो दूसरी चाबी बनेगी। और अगर म पर बल दिया जाए तो और ही चाबी बन जाएगी। और वे तीनों चाबियां अलग-अलग ताले खोलने में समर्थ होंगी।

यही कारण है कि मंत्र के सही-सही उपयोग पर इतना जोर दिया जाता है। गुरु से जिस रूप में मंत्र मिले, उसे ठीक उसी रूप में प्रयोग करना चाहिए। इसीलिए गुरु कान में मंत्र देता है; वह उसका सही उच्चार बताने के लिए मंत्र को कान में उच्चारित करता है। जब गुरु तुम्हारे कान में मंत्र का उच्चार करे उस समय तुम्हें इतना सजग रहना है कि तुम्हारी सारी चेतना तुम्हारे कान में आ जाए। वह उच्चारण करता है और मंत्र तुममें प्रवेश करता है। अब तुम्हें उसे स्मरण रखना है, उसके ठीक-ठीक उच्चार और उपयोग को स्मरण रखना है।

यही कारण है कि लोगों को अपने-अपने मंत्र गुप्त रखने चाहिए, उन्हें सार्वजनिक बनाना ठीक नहीं है। वह खतरनाक है। तुम दीक्षित हुए हो तो तुम जानते हो, तुम उसका मूल्य जानते हो; तुम उसे बांटते नहीं फिर सकते। यह दूसरों के लिए हानिकर हो सकता है। यह तुम्हारे लिए भी हानिकर हो सकता है। इसके कई कारण हैं।

पहली बात कि तुम वचन तोड़ रहे हो। और जैसे ही वचन टूटता है, गुरु के साथ तुम्हारा संपर्क टूट जाता है। फिर तुम गुरु के संपर्क में नहीं रहोगे। वचन पालन करने से ही सतत संपर्क कायम रहता है। दूसरी बात, दूसरे को बताने से, दूसरे के साथ उसके संबंध में बातचीत करने से मंत्र मन की सतह पर चला आता है और उसकी गहरी जड़ें टूट जाती हैं। तब मंत्र गपशप का हिस्सा बन जाता है। और तीसरा कारण है कि गुप्त रखने से मंत्र गहराता है। जितना गुप्त रखोगे वह उतना ही गहरे जाएगा; उसे गहरे में जाना ही होगा।

मारपा के संबंध में खबर है कि जब उसके गुरु ने उसे गुह्य मंत्र दिया तो उससे वचन ले लिया कि वह उसे बिलकुल गुप्त रखेगा। उसे कहा गया कि तुम इसे किसी को भी नहीं बताओगे। फिर मारपा का गुरु उसके स्वप्न में प्रकट हुआ और उसने पूछा कि तुम्हारा मंत्र क्या है? और स्वप्न में भी मारपा ने वचन का पालन किया; उसने बताने से इनकार कर दिया। और

कहा जाता है कि इस भय से कि कहीं स्वप्न में गुरु फिर प्रकट हों या किसी को भेजें और वह इतनी नींद में हो कि गुप्त मंत्र को प्रकट कर दे और वचन टूट जाए, मारपा ने बिलकुल सोना ही छोड़ दिया। वह सोता ही नहीं था।

ऐसे सोए बिना मारपा को सात-आठ दिन हो गए थे। फिर जब उसके गुरु ने पूछा कि तुम सोते क्यों नहीं हो? मैं देखता हूं कि तुमने सोना छोड़ दिया है। बात क्या है? मारपा ने गुरु से कहा: आप मेरे साथ चालबाजी कर रहे हैं। आपने स्वप्न में आकर मुझसे मेरा मंत्र पूछा था। मैं आपको भी नहीं बताने वाला हूं। जब वचन दे दिया तो मैं उसका स्वप्न में भी पालन करूंगा। लेकिन फिर मैं डर गया। नींद में, कौन जाने, किसी दिन मैं भूल जा सकता हूं!

अगर तुम अपने वचन के प्रति इतने सावधान हो कि स्वप्न में भी उसका स्मरण रहता है तो उसका अर्थ है कि वह गहराई में उतर रहा है। वह अंतस में उतर रहा है; वह अंतरस्थ प्रदेश में प्रवेश कर रहा है। और वह जितनी गहराई को छुएगा, वह उतना ही तुम्हारे लिए चाबी बनता जाएगा। क्योंकि ताला तो अंतर्तम में है।

किसी चीज के साथ भी प्रयोग करो। अगर तुम उसे गुप्त रख सके तो वह गहराई प्राप्त करेगा। और अगर तुम उसे गुप्त न रख सके तो वह बाहर निकल आएगा। तुम क्यों कोई बात दूसरे से कहना चाहते हो? तुम क्यों बातें करते रहते हो?

सच तो यह है कि जिस चीज को तुम कह देते हो, उससे मुक्त हो जाते हो। एक बार तुमने किसी से कह दिया, तुम्हारा उससे छुटकारा हो जाता है। वह चीज बाहर निकल गई। मनोविश्लेषण का पूरा धंधा इसी पर खड़ा है। रोगी बोलता रहता है और मनोविश्लेषक सुनता रहता है। इससे रोगी को राहत मिलती है। वह अपनी समस्याओं के बारे में, अपने दुख के बारे में जितना ही बोलता है, वह उनसे उतनी ही छुट्टी पा लेता है।

और इसके ठीक विपरीत घटित होता है जब तुम किसी चीज को छिपाकर रखते हो, गुप्त रखते हो। इसीलिए तुम्हें कहा जाता है कि मंत्र को किसी से कभी मत कहो। तब वह गहरे से गहरे तल पर उतरता जाता है और किसी दिन ताले को खोल देता है।

**एक और प्रश्न:**
***ध्वनि पर आधारित जो ध्यान-विधियां हैं उनके संदर्भ में कृपया बताएं कि आपके सक्रिय ध्यान में जो अराजक संगीत बजाया जाता है उसमें और पश्चिम के जाज या रॉक संगीत में क्या भेद है?***

तुम्हारा मन एक अराजकता है। उस अराजकता को सक्रिय करके बाहर निकालना है। जब तुम ध्यान कर रहे होते हो, अगर उस समय अराजक संगीत बजाया जाए या अराजक नृत्य का आयोजन किया जाए तो उससे अराजकता को बाहर निकालने में सहयोग मिलता है। तुम उसके साथ बहने लगोगे; तुम्हें अराजकता को अभिव्यक्त करने में भय नहीं होगा। यह अराजक संगीत तुम्हारे अराजक चित्त के भीतर चोट करेगा और अराजकता को बाहर निकालेगा। यह संगीत सहयोगी है।

रॉक, जाज या दूसरे अराजक संगीत भी किसी चीज को बाहर लाने का ही काम करते

हैं और वह चीज है तुम्हारी दमित कामुकता। मैं तुम्हारे सभी भांति के दमन की फिक्र करता हूं। आधुनिक संगीत सिर्फ तुम्हारे दमित काम की फिक्र करता है। लेकिन दोनों में एक समानता है। हालांकि मैं तुम्हारे दमित काम की ही नहीं, सभी तरह के दमनों की चिंता लेता हूँ—चाहे कामुक हों या गैर-कामुक।

पश्चिम में रॉक या उस जैसे संगीत प्रभावी हो गए हैं, उसका कारण ईसाइयत है। ईसाइयत दो हजार वर्षों से काम का दमन करती रही है। उसने कामवासना का इतना दमन किया है कि हरेक आदमी अपने भीतर विकृत हो गया है। इसलिए पश्चिम अब अराजक संगीत, अराजक नृत्य, अराजक चित्रकला, अराजक कविता के जरिए सभी आयामों से उस पाप को धो रहा है जो ईसाइयत ने उसके साथ, उसके चित्त के साथ किया है। पश्चिम में सदियों-सदियों के दमन से मन को किसी तरह मुक्त करना है, सर्वथा मुक्त करना है। और वे इसके लिए सब कुछ कर रहे हैं। आज वहां जो कुछ भी प्रभावी है, वह अराजक है।

लेकिन मात्र कामवासना ही नहीं है और भी चीजें हैं। काम बुनियादी है, बहुत महत्वपूर्ण है, लेकिन दूसरी चीजें भी हैं। तुम्हारा क्रोध दमित है; तुम्हारा दुख दमित है। यहां तक कि तुम्हारा सुख भी दमित हुआ पड़ा है।

मनुष्य जैसा है, वह दमित है। सच तो यह है कि वह अपनी मर्जी से कुछ भी नहीं कर सकता है। उसे नियमों के अनुसार चलना पड़ता है। वह स्वतंत्र नहीं है, वह खरीदा हुआ गुलाम है। समूचा समाज एक बड़ा कारागृह है। इस कारागृह की दीवारें बहुत सूक्ष्म हैं; वे कांच की हैं, पारदर्शी हैं। वे दिखाई नहीं पड़तीं; लेकिन वे हैं। और वे चारों तरफ हैं। तुम्हारी नैतिकता, तुम्हारी संस्कृति, तुम्हारा धर्म—सब तरफ दीवारें ही दीवारें हैं। वे पारदर्शी हैं, दिखाई नहीं पड़तीं। लेकिन जब भी तुम उनके पार जाना चाहते हो, तुम पीछे फेंक दिए जाते हो।

चित्त की यह अवस्था बहुत रुग्ण है। सारा समाज रुग्ण है, बीमार है। यही वजह है कि मैं अराजक ध्यान पर, सक्रिय ध्यान पर इतना जोर देता हूं। अपने को दमन के बोझ से मुक्त करो। समाज ने तुम पर जो कुछ थोपा है, परिस्थितियों ने तुम पर जो कुछ आरोपित किया है, उन्हें फिर से बाहर फेंको। उनका रेचन करो; उनसे मुक्त हो जाओ।

इसमें संगीत सहयोगी होता है। जो कुछ भी तुम्हारे भीतर दमित है, अगर तुम उसे निकालकर बाहर फेंक सको तो तुम फिर से सहज-स्वाभाविक हो जाओगे, तुम फिर से बच्चे जैसे हो जाओगे। और बच्चे जैसे होते ही अनेक संभावनाओं के द्वार खुलते हैं। तुम जैसे हो, बिलकुल बंद हो। जब तुम फिर से बच्चे हो जाओगे, तभी तुम्हारी सब ऊर्जा रूपांतरित हो सकेगी। तब तुम निर्दोष और पवित्र होगे; और निर्दोषता और पवित्रता से ही रूपांतरण संभव है। विकृत ऊर्जा रूपांतरित नहीं हो सकती, प्रकृत और सहज-स्फूर्त ऊर्जा चाहिए।

यही कारण है कि मैं रेचन पर इतना जोर देता हूं, ताकि तुम समाज को अपने भीतर से बाहर निकाल सको। समाज तुम्हारे भीतर बहुत गहरा प्रवेश कर गया है। उसने तुम्हें कहीं से भी खाली नहीं छोड़ा है; सभी दिशाओं से वह तुममें दाखिल है। मानो कि तुम एक किला हो और समाज सभी दिशाओं से तुममें घुस आया है। उसकी पुलिस, उसके पुरोहित, सब ने मिलकर तुम्हें गुलाम बनाया हुआ है। तुम स्वतंत्र नहीं हो। और मनुष्य तभी आनंद को उपलब्ध हो सकता है, जब वह पूरी तरह स्वतंत्र हो जाए। और पूरी तरह स्वतंत्र होने के लिए समाज को

तुम्हारे भीतर से निकाल देना बहुत जरूरी है।

इसका यह अर्थ नहीं है कि तुम समाज-विरोधी बन जाओ। समाज को बाहर फेंकने के बाद, अपनी आंतरिक स्वतंत्रता से, शुद्ध स्वतंत्रता से परिचित होने के बाद तुम समाज के साथ मजे में रह सकते हो। समाज-विरोधी होने की कोई जरूरत नहीं है। लेकिन तब समाज फिर तुममें प्रवेश नहीं कर सकेगा; तुम उसमें रह सकते हो, उसमें काम कर सकते हो; लेकिन तब वह एक नाटक ही होगा। अब तुम अभिनेता हो। अब समाज तुम्हारी हत्या नहीं कर सकता; तुम्हें गुलाम नहीं बना सकता है। अब तुम समझपूर्वक अभिनय कर रहे हो।

जो लोग भी समाज-विरोधी बनते हैं, वे यही खबर देते हैं कि वे अब भी उसी पुराने समाज से बंधे हैं। पश्चिम में चलने वाले सभी समाज-विरोधी आंदोलन प्रतिक्रियावादी हैं, उन्हें क्रांतिकारी बिलकुल नहीं कहा जा सकता। तुम पुराने समाज से ही प्रतिक्रिया कर रहे हो; तुम विपरीत ढंग से उसी समाज से जुड़े हो। तुम बस शीर्षासन कर रहे हो; लेकिन तुम आदमी वही के वही हो। समाज तुम्हें जो कुछ करने को कहता है, तुम उससे उलटा करते हो; लेकिन ऐसा करके तुम अब भी समाज का अनुसरण कर रहे हो। इससे काम नहीं चलेगा। अगर तुम सिर्फ विरोधी हो तो तुम कभी समाज के पार नहीं जा सकते। तब तुम उसके ही हिस्से हो। अगर समाज मरेगा तो तुम भी मरोगे।

थोड़ा खयाल करो, वे अभी पश्चिम में उसे स्टेब्लिशमेंट कहते हैं—जो प्रतिष्ठित समाज है और फिर हिप्पियों, इप्पियों का वैकल्पिक समाज है। यह स्टैब्लिशमेंट का ही हिस्सा है। अगर स्टैब्लिशमेंट खो जाए तो यह वैकल्पिक समाज भी कहीं नहीं रहेगा। वह अपने बल पर नहीं जी सकता; वह प्रतिक्रिया भर है।

तुम हिप्पियों का अलग समाज नहीं बना सकते। हिप्पी स्टेब्लिशमेंट के साथ वैकल्पिक समाज के रूप में, उनकी प्रतिक्रिया के रूप में ही रह सकते हैं। वे स्वतंत्र रूप से नहीं रह सकते हैं। वे भला सोचें कि हम स्वतंत्र हैं; वे स्वतंत्र नहीं हैं। वे स्टैब्लिशमेंट के विरोध में हैं; लेकिन स्टैब्लिशमेंट ही उनका आधार है, उनका जीवन है। स्टेब्लिशमेंट अगर समाप्त हो जाए तो वे संकट में पड़ जाएंगे कि कहां जाएं और क्या करें। वे जो भी करते हैं, एक तरह से समाज के इशारे पर ही करते हैं। वे उसके विरोध में हैं; लेकिन उन्हें मार्गदर्शन या आदेश उसी स्टैब्लिशमेंट से मिलता है।

अगर स्टैब्लिशमेंट छोटे बालों का समर्थन करता है तो हिप्पी बाल बढ़ा लेते हैं। लेकिन स्टैब्लिशमेंट न रहे तो वे क्या करेंगे? स्टैब्लिशमेंट अगर सफाई पर जोर देता है तो तुम गंदे हो जाते हो। लेकिन अगर स्टैब्लिशमेंट सफाई के लिए हल्ला न मचाए तो तुम कहीं के नहीं रहोगे। स्टैब्लिशमेंट कुछ कहता है और तुम कुछ और करते हो; लेकिन तो भी तुम स्टैब्लिशमेंट का ही अनुसरण करते हो।

समाज-विरोधी लोग क्रांतिकारी नहीं हैं, वे प्रतिक्रियावादी हैं। वे एक ही थैले के चट्टे-बट्टे हैं। वे उसी समाज के हिस्से हैं, उसकी ही उपज हैं। वे बस घबड़ाहट के कारण, गुस्से के कारण उसके विपरीत हो गए हैं।

ध्यानी या संन्यासी समाज-विरोधी नहीं है। वह बस समाज के पार है। न वह समाज के विरोध में है और न उसके पक्ष में, वह उसे गैर-गंभीरता से लेता है। वह जानता है कि वह

एक अभिनय कर रहा है और उसमें अभिनेता की भांति रहता है। और अगर तुम समाज में रंगमंच के अभिनेता की तरह रह सको तो फिर समाज तुम्हें कभी नहीं स्पर्श करेगा। तब तुम उसके पार हो। इसलिए न समाज का पक्ष लो और न उसका विरोध करो। लेकिन यह कैसे संभव होगा?

यह तभी संभव होगा जब तुम समाज को अपने भीतर से निकाल फेंकोगे। अगर वह तुम्हारे भीतर है तो फिर दो ही उपाय हैं: या तो उसका अनुगमन करो या विरोध। लेकिन तुम बंधे हो, उसके गुलाम हो। पहले अपने को समाज से बिलकुल मुक्त कर लेना है, तभी तुम व्यक्ति होते हो। अभी तुम व्यक्ति नहीं, एक सामाजिक इकाई भर हो। जब समाज को चित्त से निकाल बाहर करोगे, जब उसकी पूरी मौजूदगी से मुक्त हो जाओगे, तब तुम फिर अपने बचपन में लोट जाओगे, तब तुम निर्दोष हो जाओगे।

और इस निर्दोषता में बच्चे की निर्दोषता से ज्यादा गहराई है; क्योंकि तुमने उसके पतन को भी जाना है और फिर उसके उदय और उत्थान को भी। यह पुनर्जन्म है। तुमने अनुभव किया है, तुमने पूरी मूढ़ता को पहचाना है। अब तुम फिर निर्दोष हो, पवित्र हो। यह पवित्रता ही परमात्मा का द्वार है।

एक बार तुम समाज को अपने चित्त से निकाल दो, बिना कड़वाहट के, बिना प्रतिक्रिया के अपने से उसे अलग कर दो, तो परमात्मा तुममें प्रवेश कर जाए। जब तक समाज है परमात्मा बाहर रहेगा; समाज के बाहर जाते ही परमात्मा प्रवेश कर जाता है। परमात्मा का अर्थ अस्तित्व है। समाज मनुष्य का निर्माण है, स्थानीय घटना है। अस्तित्व बड़ा है, विराट है। उसको मनुष्य, उसकी नीति और परंपरा से कुछ लेना-देना नहीं है; वह तो होने के मूलाधार से ही जुड़ा है।

तो स्मरण रहे, समाज के पार जाना है, उसके विरोध में नहीं। और यह अराजक विधि सहयोगी है। यह एक प्रकार का रेचन है।

आज इतना ही।

29

# ध्वनि से मौन की यात्रा

# सूत्र

42. किसी ध्वनि का उच्चार ऐसे करो कि वह सुनाई
दे; फिर उस उच्चार को मंद से मंदतर किए
जाओ-जैसे-जैसे भाव मौन लयबद्धता में
लीन होता जाए।
43. मुंह को थोड़ा-सा खुला रखते हुए मन को जीभ
के बीच में स्थिर करो। अथवा जब श्वास चुपचाप
भीतर आए, हकार ध्वनि को अनुभव करो।
44. अ और म के बिना ओम ध्वनि पर मन को
एकाग्र करो।

तंत्र जीवन को दो आयामों में बांटता है। एक आयाम संसार है—यानी जो है। और दूसरा आयाम मोक्ष है—यानी जो हो सकता है, जो अप्रकट से प्रकट हो सकता है। लेकिन इन दोनों में कोई विरोध नहीं है। जो अप्रकट है, छिपा है वह भी यहां है, संसार में ही है; लेकिन- वह तुम्हारे लिए अज्ञात है। वह अनस्तित्व नहीं है, वह भी है। परम और प्रत्यक्ष दो चीजें नहीं हैं, वरन एक ही अस्तित्व के दो आयाम हैं।

तो तंत्र के लिए कोई विरोध नहीं है, कोई द्वैत नहीं है। एक ही दो जैसा भासता है; क्योंकि हमारी सीमा है; क्योंकि हम पूरे को, संपूर्ण को नहीं देख सकते हैं। जिस घड़ी हम संपूर्ण को देख सकते हैं, एक एक मालूम होता है। विभाजन यथार्थतः नहीं है, वह हमारे सीमित ज्ञान के कारण है। जिसे हम जानते हैं, वह संसार है। और जो अज्ञात है, लेकिन जाना जा सकता है, वह मोक्ष है, परम है।

दूसरी परंपराओं में संसार और मोक्ष में विरोध है; लेकिन तंत्र कोई विरोध नहीं मानता। इस बात को मन और हृदय के तल पर बहुत गहरे से समझना जरूरी है। जब तक तुम इसे गहन भाव से नहीं समझते, तुम तंत्र की दृष्टि को कभी नहीं समझ पाओगे।

और तुम्हारे जो भी विश्वास हैं, धारणाएं हैं, वे सब द्वैत को, द्वंद्व को मानकर चलती हैं। चाहे तुम ईसाई हो या मुसलमान हो, या हिंदू हो या जैन हो, तुम्हारी मान्यता द्वैत की है, द्वंद्व की है। संसार तुम्हें परमात्मा के विरोध में दिखाई देता है और परमात्मा को पाने के लिए संसार से लड़ना जरूरी मालूम पड़ता है। सभी तथाकथित धर्मों की, खासकर संगठित धर्मों की यह समान धारणा है।

मन द्वैत को बहुत आसानी से समझ सकता है। सच तो यह है कि वहं द्वैत को ही समझ सकता है; क्योंकि मन का काम ही बांटना है, विभाजन करना है। मन संपूर्ण को खंडों में तोड़ देता है। यही उसका काम है। मन एक प्रिज्म की भांति है। जब प्रकाश की किरण प्रिज्म से गुजरती है तो सात रंगों में बंट जाती है। मन एक प्रिज्म है, जो सत्य को विभाजित कर देता

है। यही कारण है कि मन विश्लेषण करने में बहुत मजा लेता है। वह चीजों को खंडों में बांटता चला जाता है; वह तब तक नहीं रुकता है जब तक बांटने को कुछ शेष रहता है। मन की वृत्ति है कि वह अंतिम इकाई पर, परमाणु पर पहुंच जाता है। वह बांटता जाता है, बांटता जाता है; उस क्षण तक बांटता जाता है जब बांटने को कुछ नहीं बचता है। अगर अब भी बांटना संभव हो तो मन बांटता ही चला जाएगा।

मन खंड करता जाता है, छोटे से छोटे खंड करता जाता है। और सत्य पूर्ण है; सत्य अखंड है। इसलिए सत्य को जानने के लिए सर्वथा विपरीत प्रक्रिया की जरूरत पड़ती है। वह प्रक्रिया संश्लेषण की है, विश्लेषण की नहीं। वह प्रक्रिया जोड़ती है, बाटती नहीं। एक अ-मन की प्रक्रिया जरूरी है।

तंत्र विभाजन को नहीं मानता है। तंत्र कहता है कि पूर्ण पूर्ण है। जिस अंश को हम जानते हैं, वह संसार है; और जो अंश छिपा हुआ है, वह मोक्ष है, परमात्मा है, या उसे जो भी नाम दो। लेकिन जो छिपा है वह भी यहां और अभी है। तुम उसे संभवतः नहीं जानते हो; लेकिन वह है; यहां और अभी है। वह है ही। तुम्हारे लिए वह भविष्य में होगा; लेकिन अस्तित्व में वह यहां और अभी है। हो सकता है कि तुम्हें उस तक पहुंचने के लिए यात्रा करनी पड़े; हो सकता है कि तुम्हें देखने के लिए अ-मन की अवस्था प्राप्त करनी पड़े तब कहीं जाकर तुम उसे जान सको।

यह ऐसा ही है कि तुम खड़े हो और सुबह का सूरज उग रहा है; लेकिन तुम आंख बंद किए खड़े हो। सुबह तो यहां और अभी है; लेकिन तुम्हारे लिए वह यहां और अभी नहीं है। जब तुम आंख खोलोगे तब वह तुम्हारे लिए तथ्य होगा। अस्तित्व में तो सुबह है; लेकिन तुम्हारे लिए नहीं है। तुम उसके प्रति बंद हो; तुम्हारे लिए वह छिपा है। तुम्हारे लिए तो सिर्फ अंधेरा है; प्रकाश छिपा है। लेकिन अगर तुम आंख खोल लो तो किसी भी क्षण सुबह तुम्हारे लिए हकीकत हो जाए। हकीकत तो वह थी ही; लेकिन तुम अंधे थे।

तंत्र कहता है कि संसार ही परमात्मा है; लेकिन तुम अंधे हो। इसलिए तुम अपने अंधेपन में जो कुछ जानते हो वह संसार कहलाता है; और तुम्हारे अंधेपन के कारण जो भी छिपा है वह परमात्मा है। यह एक बुनियादी सिद्धांत है कि संसार ही मोक्ष है, संसार ही परमात्मा है, संसार ही निर्वाण है। प्रत्यक्ष और परम दो नहीं, एक ही हैं। यहां और वहां दो नहीं, एक ही हैं।

इस स्पष्ट दृष्टि के कारण तंत्र के लिए बहुत सी चीजें संभव हो जाती हैं। एक तो यह कि तंत्र सब कुछ को स्वीकार कर सकता है। और यह प्रगाढ़ स्वीकृति तुम्हें बहुत शांति से भर देती है। कोई दूसरी चीज तुम्हें इतनी शांति नहीं दे सकती।

अगर इहलोक और परलोक में विभाजन नहीं है, अगर परम तत्व यहीं और अभी है, अगर पदार्थ परमात्मा का ही शरीर है तो कुछ भी अस्वीकृत नहीं रहता, कुछ भी निंदा योग्य नहीं रहता। और तब तनाव की क्या जरूरत है। अगर परमात्मा को पाने में सदियां लग जाएं तो भी तंत्र को कुछ जल्दी नहीं है। वह है ही; और समय की कोई कमी नहीं है। वह शाश्वत रूप से यहां है; जब भी तुम आंख खोलोगे वह तुम्हें मिल जाएगा। और अभी भी तुम्हें जो कुछ मिल रहा है, वह भी परमात्मा ही है—अप्रकट परमात्मा।

▲

तो ईसाइयों की निंदा और पाप की जो धारणा है, या अन्य धर्मों की जो ऐसी धारणाएं हैं, वे तंत्र को स्वीकृत नहीं हैं; तंत्र उन्हें सर्वधा गलत और बेकार मानता है। क्योंकि जब तुम किसी चीज की निंदा करते हो तो तुम भी अपने भीतर बंट जाते हो। तुम सिर्फ चीजों को बाहर से बांट नहीं सकते; जब तुम किसी चीज को बांटते हो तो तुम भी साथ-साथ बंट जाते हो।

अगर तुम कहते हो कि यह संसार गलत है तो तुम्हारा शरीर गलत हो जाता है; क्योंकि तुम्हारा शरीर इस संसार का ही हिस्सा है। अगर तुम कहते हो कि यह संसार परमात्मा को पाने के लिए बाधा है तो यह कहने से ही तुम्हारा सारा जीवन निंदित हो जाता है और तुम अपराधी अनुभव करते हो। तब तुम आनंदित नहीं हो सकते हो। तब तुम्हारे लिए जीना कठिन होगा। तब तुम हंस नहीं सकते हो। तब तुम्हारा चेहरा सदा गंभीर बना रहेगा। तब तुम गंभीर ही हो सकते हो। तब तुम गैर-गंभीर नहीं हो सकते; तब तुम जीवन को खेल की तरह नहीं ले सकते।

यही हुआ है। संसार में सबके मनों के साथ यही हुआ है। सबके मन गंभीर हो गए हैं, मृत हो गए हैं। गंभीरता के कारण वे मृतबत हो गए हैं। क्योंकि जीवन जैसा है जे उसे वैसा ही स्वीकार नहीं कर सकते। वे उसे इनकार करते हैं और वे समझते हैं कि उसे इनकार किए बिना वे परलोक को नहीं प्राप्त कर सकते। इसलिए परलोक उनका आदर्श, उनका भविष्य, उनकी कामना, उनका स्वप्न बना है और यह लोक पाप बन गया है। और तब आदमी उसके साथ अपराधी अनुभव करता है। और जो धर्म तुम्हें अपराधी बनाता है। वह तुम्हें रुगण बना देता है। वह तुम्हें विक्षिप्त बना देता है।

इस अर्थ में तंत्र ही एकमात्र स्वस्थ धर्म है। और जब भी कोई धर्म स्वस्थ होता है, वह तंत्र हो जाता है, तंत्रमय हो जाता है। प्रत्येक धर्म के दो पक्ष हैं। एक उसका बाहरी पक्ष है, जिसमें संगठन है, व्यवस्था है, चर्च है; वह उसका प्रचलित और सार्वजनिक रूप है। यह पक्ष सदा जीवन-विरोधी होता है। दूसरा आंतरिक पक्ष है, गुह्य पक्ष है। और प्रत्येक धर्म में यह गुह्य पक्ष भी होता है। और वह पक्ष सदा तंत्र-सम्मत होता है—सब स्वीकार करने वाला होता है।

जब तक तुम संसार को समग्रता से स्वीकार नहीं करते, तुम अपने भीतर चैन में नहीं हो सकते हो। अस्वीकार से तनाव पैदा होता है। जब तुम जीवन जैसा है उसे वैसा ही स्वीकार कर लेते हो, यह संसार तुम्हारा घर हो जाता है। और तंत्र कहता है कि यह बात आधारभूत है कि तुम्हें अपने घर में होने का अनुभव हो—शांत और स्वस्थ। तभी कुछ महत के घटित होने की संभावना होती है। अगर तुम तनावग्रस्त हो, विभाजित हो, अपराधी अनुभव करते हो, दुख-द्वंद्व में हो तो तुम अतिक्रमण नहीं कर सकते। तुम अपने भीतर इतने विक्षिप्त हो कि आगे की यात्रा कैसे होगी? तुम यहीं इतने उलझे हो, यहीं तुम इतने ग्रस्त हो कि तुम इसके पार नहीं जा सकते।

यह बड़ा विरोधाभास है। जो लोग संसार के बहुत विरोध में होते हैं, वे उतने ही संसार में होते हैं। उन्हें होना पड़ता है। तुम अपने दुश्मन से भागकर नहीं जा सकते; दुश्मन ने तुम्हें बांधा हुआ है। अगर संसार तुम्हारा दुश्मन है तो चाहे तुम कुछ भी करो या करने का नाटक करो, कुछ फर्क नहीं पड़ता, तुम संसारी ही रहोगे। तुम उसके विपरीत भी जा सकते हो, तुम उसका त्याग भी कर दे सकते हो; लेकिन तुम्हारी पकड़ सांसारिक की ही पकड़ रहेगी।

मैं एक संत को जानता हूं। वे बड़े प्रसिद्ध संत हैं। वे धन को नहीं छूते हैं। अगर तुम

उनके सामने कुछ मुद्राएं रख दो तो वे अपनी आंखें बंद कर लेंगे। यह मानसिक रुग्णता है। यह आदमी बीमार है। वह क्या कर रहा है? लेकिन इसके लिए ही लोग उसकी पूजा करते हैं। वे सोचते हैं कि वे बड़े भारी संत हैं, जो कि वे नहीं हैं। वे संसार में बहुत ग्रस्त हैं। तुम भी उतने ग्रस्त नहीं हो। पर वे कर क्या रहे हैं?

उन्होंने. बस प्रक्रिया को उलट दिया है। वे शीर्षासन कर रहे हैं। वे वही आदमी अब भी हैं जो धन का लोभी था। पहले वे निरंतर धन की चिंता में लगे थे, धन बटोर रहे थे। अब वे उसके ठीक विपरीत हो गए हैं। लेकिन तो भी वे वही आदमी हैं; कोई फर्क नहीं पड़ा है। अब वे धन के विरुद्ध हैं; अब वे धन को नहीं छूते हैं। पर यह भय क्यों? यह घृणा क्यों?

स्मरण रहे, घृणा प्रेम का ही सिर के बल खड़ा रूप है; घृणा शीर्षासन करता हुआ प्रेम है। तुम उसी चीज से घृणा करते हो जिसके साथ गहरे प्रेम में होते हो। जिससे तुम प्रेम करते हो, उससे ही घृणा भी करते हो। सदा प्रेम के साथ ही घृणा संभव होती है। तुम अगर किसी चीज के बहुत पक्ष में हो तो ही तुम उसके विरोध में जा सकते हो। लेकिन बुनियादी वृत्ति वही की वही रहती है। यह आदमी लोभी है।

मैंने उस आदमी से पूछा कि तुम इतने भयभीत क्यों हो? उसने कहा कि धन बाधा है; यदि मैं धन के प्रति अपने लोभ पर अंकुश न लगाऊं तो मैं परमात्मा को नहीं पा सकूंगा।

लेकिन यह तो नया लोभ हो गया। यह आदमी सौदा कर रहा है। अगर वह धन छूता है तो परमात्मा को खो देता है। और वह परमात्मा को पाना चाहता है, परमात्मा पर कब्जा करना चाहता है, इसलिए वह धन के खिलाफ है।

> तंत्र कहता है, न संसार के पक्ष में होओ और न विपक्ष में; बस उसे वैसा ही स्वीकार करो जैसा वह है। उसको समस्या मत बनाओ।

इस स्वीकार से क्या होगा? अगर तुम संसार को अपनी समस्या नहीं बनाते, अगर तुम इस बात को लेकर—पक्ष या विपक्ष में जाकर—तनावग्रस्त और बीमार नहीं होते, अगर तुम उसके साथ राजी होते हो, वह जैसा है उसे वैसा ही स्वीकार करते हो तो तुम्हारी सारी ऊर्जा उससे मुक्त हो जाती है। और तब वह अज्ञात जगत में, अदृश्य आयाम में गति कर सकती है। इस जगत में स्वीकार उसके लिए अतिक्रमण बन जाता है। यहां का सर्व-स्वीकार तुम्हें दूसरे आयाम में, अज्ञात आयाम में ले जाएगा, तुम्हें रूपांतरित कर देगा। क्योंकि स्वीकार करते ही तुम्हारी सारी ऊर्जा मुक्त हो जाती है; वह यहां बंधी नहीं रहती।

तंत्र नियति की धारणा में प्रगाढ़ रूप से भरोसा करता है। तंत्र कहता है कि इस जगत को अपनी नियति मानो, भाग्य की भांति लो और उसकी चिंता मत करो। अगर तुम उसे अपनी नियति की तरह ले सको तो ही तुम उसे स्वीकार कर सकोगे—चाहे वह जो भी हो। तब तुम्हें उसे बदलने की, उसमें फर्क लाने की, उसे अपनी इच्छा के अनुसार बनाने की फिक्र नहीं रहेगी। और जब तुम उसे वैसा ही स्वीकार कर लेते हो जैसा वह है, जब तुम उससे परेशान नहीं हो, तो तुम्हारी सारी ऊर्जा मुक्त होकर अंतर्यात्रा पर निकल जाती है।

अगर तुम्हारी दृष्टि ऐसी हो तो ही ये विधियां सहयोगी हो सकती हैं; अन्यथा नहीं। और ये विधियां इतनी सरल मालूम पड़ती हैं। अगर तुम वैसे ही रहे जैसे हो और सीधे उनका प्रयोग करने लगे तो तुम उनके साथ सफल नहीं हो सकते—चाहे वे कितनी ही सरल मालूम

पड़ें। क्योंकि वह बुनियादी पृष्ठभूमि दी नहीं है। स्वीकार वह बुनियादी पृष्ठभूमि है। इस स्वीकार के होते ही ये संरल सी विधियों कमाल करने लगेंगी।

ध्वनि-संबंधी छठवीं विधि :

*किसी ध्वनि का उच्चार ऐसे करो कि वह सुनाई दे; फिर उस उच्चार को मंद से मंदतर किए जाओ— जैसे-जैसे भाव मौन लयबद्धता में लीन होता जाए।*

कोई भी ध्वनि काम देगी; लेकिन अगर तुम्हारी कोई प्रिय ध्वनि हो तो वह बेहतर होगी। क्योंकि तुम्हारी प्रिय ध्वनि मात्र ध्वनि नहीं रहती; जब तुम उसका उच्चार करते हो तो उसके साथ एक अप्रकट भाव भी उठता है। और फिर धीरे-धीरे वह ध्वनि तो विलीन हो जाएगी और भाव भर रह जाएगा।

ध्वनि को भाव की तरफ ले जाने वाले मार्ग की तरह उपयोग करना चाहिए। ध्वनि मन है और भाव हृदय है। मन को हृदय से मिलने के लिए मार्ग चाहिए। हृदय में सीधा प्रवेश कठिन है। हम हृदय की इतना भुला दिए हैं, हम हृदय के बिना इतने जन्मों से रहते आए हैं कि हमें पता नहीं रहा है कि कहां से उसमें प्रवेश करें। द्वार बंद मालूम पड़ता है। हम हृदय की बात बहुत करते हैं; लेकिन वह बातचीत भी मन की ही है। हम कहते तो हैं कि हम हृदय से प्रेम करते हैं; लेकिन हमारा प्रेम भी मानसिक है, मस्तिष्कगत है। हमारा प्रेम भी बौद्धिक प्रेम है। हृदय की बात भी मस्तिष्क में घटित होती है। हमें पता ही नहीं रहा है कि हृदय कहां है।

हृदय से मेरा अभिप्राय शारीरिक हृदय से नहीं है; उसे तो हम जानते हैं। लेकिन शरीरशास्त्री और वैद्य-डाक्टर कहेंगे कि उस हृदय में प्रेम की संभावना नहीं है; वह तो केवल पंप का काम करता है, फुफ्फुस का काम करता है। उसमें और कुछ नहीं है; और बातें बस कपोलकल्पना हैं, कविता हैं, स्वप्न हैं।

लेकिन तंत्र जानता है कि तुम्हारे शारीरिक हृदय के पीछे ही एक गहरा केंद्र छिपा है। उस गहरे केंद्र तक मन के द्वारा ही पहुंचा जा सकता है; क्योंकि हम मन में हैं। हम अपने मन में हैं और अंतस की ओर कोई भी यात्रा वहीं से आरंभ हो सकती है।

मन ध्वनि है, आवाज है। अगर सब ध्वनि बंद हो जाए तो तुम्हारा मन नहीं रहेगा। मौन में मन नहीं है। यही कारण है कि मौन पर इतना बल दिया जाता है। मौन अ-मन की अवस्था है। आमतौर से हम कहते हैं कि मेरा मन शांत है। यह बात बेतुकी है, अर्थहीन है। क्योंकि मन का अर्थ है मौन की अनुपस्थिति। तुम यह नहीं कह सकते कि मन शांत है। मन है तो शांति नहीं हो सकती और शांति है तो मन नहीं हो सकता। शांत मन नाम की कोई चीज नहीं होती। हो नहीं सकती। यह ऐसा ही है जैसे कि तुम कहो कि कोई व्यक्ति जीवित-मृत है। उसका कोई अर्थ नहीं है। अगर वह मृत है तो वह जीवित नहीं हो सकता और अगर वह जीवित है तो मृत नहीं हो सकता। तुम जीवित-मृत नहीं हो सकते हो। इसलिए शांत मन जैसी कोई चीज नहीं होती। शांति आती है तो मन नहीं रहता। सच तो यह है कि मन जब विदा होता है तो शांति आती है। या कहो कि शांति आती है तो मन विदा हो जाता है। दोनों एक साथ नहीं हो सकते।

मन ध्वनि है। अगर यह ध्वनि व्यवस्थित है तो तुम स्वस्थ चित्त हो। और अगर वह अराजक हो जाए तो तुम विक्षिप्त कहलाओगे। लेकिन दोनों हालत में ध्वनि है, आवाज है।

▲

और हम मन के तल पर रहते हैं। उस तल से हृदय के आंतरिक तल पर कैसे उतरा जाए?

ध्वनि का उपयोग करो। ध्वनि का उच्चार करो। किसी एक ध्वनि का उच्चार उपयोगी होगा। अगर मन में अनेक ध्वनियां हैं तो उन्हें छोड़ना कठिन होगा। और अगर एक ही ध्वनि हो तो उसे सरलता से छोड़ा जा सकता है। इसलिए पहले एक ध्वनि के लिए अनेक का त्याग करना होगा। एकाग्रता का यही उपयोग है।

किसी एक ध्वनि का उच्चार करो। उसका उच्चार करते जाओ। पहले जोर से उच्चार करो कि तुम उसे सुन सको और फिर धीरे-धीरे उच्चार को मंद से मंदतर करते जाओ कि सुनाई न पड़े। तब कोई दूसरा उसे न सुन सकेगा, यद्यपि तुम तो उसे भीतर सुनोगे। इस उच्चार को और धीमा करते जाओ कि कम से कम सुनाई दे, और फिर अचानक उच्चार को बंद कर दो। तब शांति होगी, शांति का विस्फोट होगा। लेकिन भाव रहेगा। विचार तो अब नहीं रहेंगे, लेकिन भाव रहेगा।

इसलिए अच्छा है कि कोई ध्वनि, कोई नाम, कोई मंत्र लो, जो तुम्हें प्रीतिकर हो, जिससे तुम्हारा भाव जुड़ा हो। अगर कोई हिंदू राम शब्द का उपयोग करता है तो उसके साथ उसका भाव जुड़ा होगा। यह उसके लिए मात्र शब्द नहीं रहेगा। यह उसकी बुद्धि तक ही सीमित नहीं रहेगा; इसकी तरंगें उसके हृदय तक चली जाएंगी। उसको भला इसका पता न हो; लेकिन यह ध्वनि उसके रक्त में समाई है, उसकी मांस-मज्जा में समाहित है। उसके पीछे लंबी परंपरा है, गहरे संस्कार हैं; उसके पीछे जन्मों-जन्मों के संस्कार हैं। जिस ध्वनि के साथ तुम्हारा लंबा लगाव बन जाता है, वह तुममें गहरी जड़ें जमा लेती हैं। उसका उपयोग करो। उसका उपयोग किया जा सकता है।

अगर कोई ईसाई 'राम' का उपयोग करता है तो वह कर सकता है; लेकिन यह उसके मन में ही रहेगा, वह उसमें गहरा नहीं जा पाएगा। उसके लिए जीसस या मारिया या कुछ ऐसा ही नाम उपयोगी रहेगा। नई धारणा से प्रभावित होना आसान है; लेकिन उसका उपयोग करना कठिन है। उसके लिए तुम्हारे दिल में कोई भाव नहीं रहेगा। अगर तुम्हें अपने मन में विश्वास भी हो कि यह नई धारणा बेहतर होगी तो भी यह विश्वास सतही होगा।

मेरे एक मित्र जर्मनी में बीमार पड़े। वे जर्मनी में तीस वर्षों से रह रहे थे और अपनी मातृभाषा बिलकुल भूल गए थे। वे महाराष्ट्र के थे और उनकी मातृभाषा मराठी थी। वे मराठी बिलकुल भूल गए थे। तीस वर्षों से वे जर्मन भाषा में बोलते थे। जर्मन भाषा उनकी मातृभाषा जैसी हो गई थी। मैं मातृभाषा जैसी इसलिए कहता हूं क्योंकि कोई दूसरी भाषा तुम्हारी मातृभाषा नहीं हो सकती। वह संभव ही नहीं है; क्योंकि मातृभाषा तुम्हारी गहराई में बसी होती है। चेतन रूप से वे अपनी मातृभाषा भूल गए थे; वे न उसे बोल सकते थे, न समझ सकते थे।

और फिर वे बीमार पड़े। और वे इतने अधिक बीमार हुए कि उनके पूरे परिवार को उन्हें देखने के लिए उनके पास जाना पड़ा। वे तो बेहोश पड़े थे। कभी-कभी होश वापस आता था। और बड़ी हैरानी की बात यह थी कि जब वे होश में होते थे तो जर्मन बोलते थे और जब बेहोशी में होते थे तो मराठी में बड़बड़ाते थे। बेहोशी में वे मराठी बोलते थे और होश में जर्मन। चेतन अवस्था में वे मराठी बिलकुल नहीं समझते थे; और अचेतन अवस्था में वे जर्मन नहीं समझते थे।

▲

कहीं गहरे अचेतन में मराठी बसी थी, जीवित थी। वह उनकी मातृभाषा थी और मातृभाषा की जगह कोई नहीं ले सकता। तुम उसके ऊपर दूसरी भाषाएं आरोपित कर सकते हो, दूसरी भाषाएं थोप सकते हो; लेकिन तुम उसको हटा नहीं सकते। कहीं गहरे में वह बनी रहेगी।

तो अगर कोई ध्वनि तुम्हें प्रीतिकर है तो उसका उपयोग करना अच्छा रहेगा। कोई बौद्धिक ध्वनि मत उपयोग करो। उससे कोई लाभ नहीं होता; क्योंकि ध्वनि का उपयोग मन से हृदय तक मार्ग बनाने के लिए करना है। इसलिए कोई ऐसी ध्वनि काम में लाओ जिसके लिए तुम्हें गहरा लगाव हो, भाव हो। अगर कोई मुसलमान 'राम' का उपयोग करता है तो यह उसके लिए कठिन होगा। यह शब्द उसके लिए कोई अर्थ नहीं रखता है।

यही कारण है कि दुनिया के दो सबसे पुराने धर्म—हिंदू और यहूदी—धर्म -परिवर्तन में कभी विश्वास नहीं करते। वे सबसे प्राचीन धर्म हैं, आदि धर्म हैं; और सारे धर्म उनकी ही शाखा-प्रशाखा हैं। ईसाइयत और इस्लाम यहूदी परंपरा की शाखाएं हैं और बौद्ध, जैन और सिक्ख धर्म हिंदू धर्म की शाखाएं हैं। और ये दो आदि धर्म धर्म-परिवर्तन को नहीं मानते हैं।

उसका कारण यह है कि तुम किसी को बौद्धिक तल पर ही बदल सकते हो, हृदय के तल पर नहीं बदल सकते। तुम एक हिंदू को ईसाई बना सकते हो, एक ईसाई को हिंदू बना सकते हो; लेकिन यह बदलाहट मन के तल पर ही रहेगी। धर्म-परिवर्तन करने वाला हिंदू अपने अंतस में हिंदू ही रहता है। वह चर्च जा सकता है, वह मैरी या जीसस की प्रार्थना भी कर सकता है; लेकिन उसकी प्रार्थना भी बुद्धिगत ही रहेगी। तुम उसके अचेतन को नहीं बदल सकते। अगर तुम उसे सम्मोहित करोगे तो पाओगे कि वह हिंदू है। अगर उसे सम्मोहित करके उसके अचेतन को प्रकट करने का मौका दोगे तो उसके भीतर तुम्हें हिंदू मिलेगा।

इसी बुनियादी तथ्य के कारण हिंदू और यहूदी धर्म-परिवर्तन नहीं कराते थे। तुम किसी व्यक्ति के धर्म को नहीं बदल सकते; क्योंकि तुम उसके हृदय और अचेतन भावों को नहीं बदल सकते। अगर तुम वैसी चेष्टा करोगे तो सिर्फ उस व्यक्ति को उपद्रव में डालोगे। क्योंकि तुम उसे कुछ पकड़ा दोगे जो सतह पर ही रहेगा और वह खंडित हो जाएगा। तब उसका व्यक्तित्व खंडित व्यक्तित्व बन जाएगा। गहरे में वह हिंदू रहेगा और सतह पर ईसाई होगा। वह ईसाई ध्वनियों और मंत्रों का प्रयोग करेगा, जो गहरे नहीं जाएंगे; और वह गहरे जाने वाली हिंदू ध्वनियों का प्रयोग नहीं करेगा। उसका जीवन एक उपद्रव हो जाएगा।

तो कोई ऐसी ध्वनि खोजो जिसके प्रति तुम्हारे हृदय में कुछ भाव हो, रस हो। तुम्हारा अपना नाम भी इस अर्थ में सहयोगी हो सकता है। तुम्हारा नाम भी! अगर किसी और चीज के लिए भाव न हो तो तुम्हारा नाम ही काम दे देगा। ऐसे कई उदाहरण हैं।

बक्ख नाम का एक प्रसिद्ध संत अपने नाम को ही उपयोग में लाता रहा। वह कहता था कि मैं किसी परमात्मा को नहीं मानता, मैं उसके बारे में कुछ नहीं जानता, यह भी नहीं जानता कि उसका नाम क्या है। जो भी नाम हैं वे मैंने सुने भर हैं; लेकिन क्या सबूत है कि वे उसके ही नाम हैं! और फिर वह कहता था कि मैं तो अपने को खोजता हूं, तो अपना नाम ही क्यों न पुकारूं! और वह अपना नाम ले-लेकर मौन में उतर जाया करता था।

तो अगर तुम्हें और किसी ध्वनि से प्रेम नहीं है तो अपना नाम ही उपयोग करो। लेकिन यह भी बहुत कठिन है। कारण यह है कि तुम अपने प्रति इतनी निंदा से भरे हो कि तुम्हें अपने

प्रति कोई भाव नहीं है, कोई आदर नहीं है। दूसरे भले तुम्हारा आदर करते हों; लेकिन तुम खुद अपना आदर नहीं करते।

तो पहली बात है कि कोई उपयोगी ध्वनि खोजो। उदाहरण के लिए, अपने प्रेमी या अपनी प्रेमिका का नाम भी चलेगा। अगर तुम्हें फूल से प्रेम है तो गुलाब शब्द काम दे देगा। कोई भी ध्वनि जो तुम्हें भाती हो, जिसे सुनकर तुम स्वस्थ अनुभव करते हो, उसका उपयोग कर लो। और अगर तुम्हें ऐसा कोई शब्द न मिले तो परंपरागत स्त्रोतों से जो कुछ शब्द उपलब्ध हैं उनका उपयोग कर सकते हो। ओम का उपयोग करो। आमीन का उपयोग करो। मारिया भी चलेगा। राम भी चलेगा। बुद्ध और महावीर के नाम भी काम में लाए जा सकते हैं। कोई भी नाम, जिसके लिए तुम्हें भाव हो, चलेगा। लेकिन भाव का होना जरूरी है। इसीलिए गुरु का नाम सहयोगी हो सकता है; लेकिन भाव चाहिए। भाव अनिवार्य है।

'किसी ध्वनि का उच्चार ऐसे करो कि वह सुनाई दे; फिर उस उच्चार को मंद से मंदतर किए जाओ—जैसे-जेसे भाव मौन लयबद्धता में लीन होता जाए।'

ध्वनि को निरंतर घटाते जाओ। उच्चार को इतना धीमा करो कि तुम्हें भी उसे सुनने के लिए प्रयत्न करना पड़े। ध्वनि को कम करते जाओ, कम करते जाओ—और तुम्हें फर्क मालूम होगा। ध्वनि जितनी धीमी होगी, तुम उतने ही भाव से भरोगे। और जब ध्वनि विलीन होती है तो भाव ही शेष रहता है। इस भाव को नाम नहीं दिया जा सकता; वह प्रेम है, प्रगाढ़ प्रेम है। लेकिन यह प्रेम किसी व्यक्ति विशेष के प्रति नहीं है। यही फर्क है।

जब तुम कोई ध्वनि या शब्द उपयोग करते हो तो उसके साथ प्रेम जुड़ा रहता है। तुम राम-राम कहते हो तो इस शब्द के प्रति तुम्हारे भीतर बड़ा गहरा भाव होता है। लेकिन यह भाव राम के प्रति निवेदित है, राम पर सीमित है। लेकिन जब तुम राम ध्वनि को मंद से मंदतर करते जाते हो तो एक क्षण आएगा जब राम विदा हो जाएगा, ध्वनि विदा हो जाएगी और सिर्फ भाव शेष रहेगा। यह प्रेम का भाव है जो राम के प्रति नहीं है; यह किसी के भी प्रति नहीं है। केवल प्रेम का भाव है—मानो तुम प्रेम के सागर हो।

प्रेम जब किसी के प्रति निवेदित नहीं होता है तो वह हृदय का प्रेम होता है। और जब वह निवेदित प्रेम होता है तो वह मस्तिष्क का प्रेम होता है। जो प्रेम किसी के प्रति है, वह मस्तिष्क से घटित होता है। और केवल प्रेम, मात्र प्रेम हृदय का होता है। और यह केवल प्रेम, अनिवेदित प्रेम ही प्रार्थना बनता है। अगर वह किसी के प्रति निवेदित है तो वह प्रार्थना नहीं बन सकता; तब तुम अभी राह पर ही हो।

इसीलिए मैं कहता हूं कि अगर तुम ईसाई हो तो तुम हिंदू की भांति नहीं आरंभ कर सकते; तुम्हें ईसाई की भांति ही आरंभ करना चाहिए। अगर तुम मुसलमान हो तो तुम ईसाई की तरह शुरू नहीं कर सकते; तुम्हें मुसलमान की तरह ही शुरू करना चाहिए। लेकिन तुम जितने गहरे जाओगे उतने ही कम मुसलमान या ईसाई या हिंदू रहोगे। सिर्फ आरंभ हिंदू, मुसलमान या ईसाई की तरह से होगा।

तुम जितना ही हृदय की तरफ गति करोगे—ध्वनि जितनी कम होगी और भाव जितना बढ़ेगा—तुम उतने ही कम हिंदू या मुसलमान रह जाओगे। और जब ध्वनि विलीन हो जाएगी तो तुम केवल मनुष्य होगे—न हिंदू, न मुसलमान, न ईसाई।

▲

संप्रदाय या धर्म का यही फर्क है। धर्म एक है; संप्रदाय अनेक हैं। संप्रदाय शुरू करने में सहयोगी हैं। लेकिन तुम अगर सोचते हो कि संप्रदाय अंत हैं, मंजिल हैं, तो तुम कहीं के न रहोगे। वे आरंभ भर हैं। तुम्हें उनके पार जाना होगा; क्योंकि आरंभ अंत नहीं है। अंत में धर्म है; आरंभ में संप्रदाय है। संप्रदाय का उपयोग धर्म के लिए करो; सीमित का उपयोग असीम के लिए करो; क्षुद्र का उपयोग विराट के लिए करो।

किसी भी ध्वनि से काम चलेगा। अपनी ध्वनि खोज लो। और जब तुम उसका उच्चार करोगे तो तुम्हें पता चलेगा कि उसके साथ तुम्हारा संबंध प्रेमपूर्ण है अथवा नहीं। प्रेमपूर्ण संबंध होगा तो तुम्हारा हृदयं उसके साथ तरंगायित होने लगेगा। प्रेमपूर्ण संबंध होगा तो तुम्हारा शरीर ज्यादा संवेदनशील होने लगेगा। तुम्हें लगेगा जैसे कि मैं प्रेमिका की गोद जैसी उष्ण व सुखद जगह में बैठा हूं। एक उष्णता तुम्हें घेरने लगेगी। तुम्हें यह अनुभव न केवल मानसिक तल पर होगा, बल्कि शारीरिक तल पर भी होगा। अगर तुम किसी ऐसी ध्वनि का उच्चार करोगे जो तुम्हें प्रीतिकर है तो तुम्हें अपने भीतर और बाहर, चारों तरफ एक ऊष्मा का, सुख का अनुभव होगा। तब यह संसार एक कठोर संसार नहीं रह जाएगा, एक हृदयपूर्ण संसार होगा।

यदि तुम किसी हिंदू मंदिर में गए हो तो वहां तुमने गर्भ-गृह का नाम सुना होगा। मंदिर के अंतरस्थ भाग को गर्भ कहते हैं। शायद तुमने ध्यान न दिया हो कि उसे गर्भ क्यों कहते हैं। अगर तुम मंदिर की ध्वनि का उच्चार करोगे—हरेक मंदिर की अपनी ध्वनि है, अपना मंत्र है, अपना इष्ट-देवता है और उस इष्ट-देवता से संबंधित मंत्र है—अगर उस ध्वनि का उच्चार करोगे तो पाओगे कि उससे वहां वही ऊष्णता पैदा होती है जो मां के गर्भ में पाई जाती है। यही कारण है कि मंदिर के गर्भ को मां के गर्भ जैसा गोल और बंद, करीब-करीब बंद बनाया जाता है। उसमें एक ही छोटा सा द्वार रहता है।

जब ईसाई पहली बार भारत आए और उन्होंने हिंदू मंदिरों को देखा तो उन्हें लगा कि ये मंदिर तो बहुत अस्वास्थ्यकर हैं; उनमें खिड़कियां नहीं हैं, सिर्फ एक छोटा सा दरवाजा है। लेकिन मां के गर्भ में भी तो एक ही द्वार होता है और उसमें भी हवा के आने-जाने की व्यवस्था नहीं रहती। यही वजह है कि मंदिर को ठीक मां के पेट जैसा बनाया जाता है; उसमें एक ही दरवाजा रखा जाता है। अगर तुम उसकी ध्वनि का उच्चार करते हो तो गर्भ सजीव हो उठता है। और इसे इसलिए भी गर्भ कहा जाता है क्योंकि वहां तुम नया जन्म ग्रहण कर सकते हो तुम नया मनुष्य बन सकते हो।

अगर तुम किसी ऐसी ध्वनि का उच्चार करो जो तुम्हें प्रीतिकर है, जिसके लिए तुम्हारे हृदय में भाव है, तो तुम अपने चारों ओर एक ध्वनि-गर्भ निर्मित कर लोगे। अतः इसे खुले आकाश के नीचे करना अच्छा नहीं है। तुम बहुत कमजोर हो; तुम अपनी ध्वनि से पूरे आकाश को नहीं भर सकते। एक छोटा कमरा इसके लिए अच्छा रहेगा। और अगर वह कमरा तुम्हारी ध्वनि को तरंगायित कर सके तो और भी अच्छा। उससे तुम्हें मदद मिलेगी। और एक ही स्थान पर रोज-रोज साधना करो तो वह और भी अच्छा रहेगा। वह स्थान आविष्ट हो जाएगा। अगर एक ही ध्वनि रोज-रोज दोहराई जाए तो उस स्थान का प्रत्येक कण, वह पूरा स्थान एक विशेष तरंग से भर जाएगा; वहां एक अलग वातावरण, एक अलग माहोल बन जाएगा।

यही कारण है कि मंदिरों में अन्य धर्मों के लोगों को प्रवेश नहीं मिलता। अगर कोई

मुसलमान नहीं है तो उसे मक्का में प्रवेश नहीं मिल सकता है। और यह ठीक है। इसमें कोई भूल नहीं है। इसका कारण यह है कि मक्का एक विशेष विज्ञान का स्थान है। जो व्यक्ति मुसलमान नहीं है वह वहां ऐसी तरंग लेकर जाएगा जो पूरे वातावरण के लिए उपद्रव हो सकती है। अगर किसी मुसलमान को हिंदू मंदिर में प्रवेश नहीं मिलता है तो यह अपमानजनक नहीं है। जो सुधारक मंदिरों के संबंध में, धर्म और गुह्य विज्ञान के संबंध में कुछ भी नहीं जानते हैं और व्यर्थ के नारे लगाते हैं, वे सिर्फ उपद्रव पैदा करते हैं।

हिंदू मंदिर केवल हिंदुओं के लिए हैं; क्योंकि हिंदू मंदिर एक विशेष स्थान है, विशेष उद्देश्य से निर्मित हुआ है। सदियों-सदियों से वे इस प्रयत्न में लगे रहे हैं कि कैसे जीवंत मंदिर बनाएं; और कोई भी व्यक्ति उसमें उपद्रव पैदा कर सकता है। और यह उपद्रव खतरनाक सिद्ध हो सकता है। मंदिर कोई सार्वजनिक स्थान नहीं है। वह एक विशेष उद्देश्य से और विशेष लोगों के लिए बनाया गया है। वह आम दर्शकों के लिए नहीं है।

यही कारण है कि पुराने दिनों में आम दर्शकों को वहां प्रवेश नहीं मिलता था। अब सब को जाने दिया जाता है; क्योंकि हम नहीं जानते हैं कि हम क्या कर रहे हैं। दर्शकों को नहीं जाने दिया जाना चाहिए; यह कोई खेल-तमाशे का स्थान नहीं है। यह स्थान विशेष तरंगों से तरंगायित है, विशेष उद्देश्य के लिए निर्मित हुआ है।

अगर यह राम का मंदिर है और अगर तुम उस परिवार में पैदा हुए हो जहां राम का नाम पूज्य रहा है, प्रिय रहा है, तो जब तुम उस मंदिर में प्रवेश करते हो जो सदा राम के नाम से तरंगायित है तो वहां जाकर तुम अनजाने, अनायास जाप करने लगोगे। वहां का माहौल तुम्हें राम-नाम जपने को मजबूर कर देगा। वहां की तरंगें तुम पर चोट करेंगी और तुम्हारे अंतस से नाम-जप उठने लगेगा।

इसलिए एक ही स्थान का उपयोग करो—स्थान के रूप में मंदिर अच्छा है। ये विधियां मंदिर के लिए हैं। मंदिर अच्छा है; मस्जिद अच्छी है; चर्च अच्छा है। तुम्हारा अपना घर इन विधियों के लिए उपयुक्त नहीं है। वहां इतना कोलाहल है कि वह अराजकता का स्थान बन गया है। और तुम इतने बलवान नहीं हो कि अपनी ध्वनि से उस वातावरण को बदल सको। तो अच्छा है कि किसी ऐसी जगह चले जाओ जो किसी विशेष ध्वनि के लिए बनी हो। ऐसे स्थान का उपयोग करो। और अच्छा है कि रोज-रोज एक ही स्थान को काम में लाओ।

धीरे-धीरे तुम शक्तिशाली हो जाओगे और धीरे-धीरे तुम मन से हृदय में उतर जाओगे। तब तुम कहीं भी यह प्रयोग कर सकते हो; तब सारा ब्रह्मांड तुम्हारा मंदिर बन जाएगा। तब समस्या नहीं रहेगी।

लेकिन आरंभ में स्थान का चुनाव जरूरी है। और अगर तुम समय का, निश्चित समय का चुनाव कर सको तो वह और अच्छा। क्योंकि तब वह मंदिर उस निश्चित समय पर तुम्हारी प्रतीक्षा करेगा। रोज ठीक उसी समय पर मंदिर तुम्हारा इंतजार करेगा। उस वक्त वह ज्यादा खुला होगा; उसे प्रसन्नता होगी कि तुम आ गए। वह सारा स्थान प्रसन्न होगा। और मैं यह बात प्रतीक के अर्थ में नहीं कह रहा हूं; यह एक सचाई है।

यह ऐसा ही है जैसे कि तुम किसी निश्चित समय पर भोजन लेते हो तो रोज ठीक उसी समय पर तुम्हारा शरीर भूख अनुभव करने लगता है। शरीर की अपनी अलग आंतरिक घड़ी

है। शरीर अपने ठीक समय पर भूख-प्यास अनुभव करता है। अगर तुम प्रतिदिन एक विशेष समय पर सोते हो तो तुम्हारा पूरा शरीर उस समय सोने के लिए तैयार हो जाता है। और अगर तुम रोज-रोज अपने खाने और सोने का समय बदलते रहते हो तो तुम अपने शरीर को उपद्रव में डाल रहे हो।

अब तो वे कहते हैं कि ऐसे परिवर्तन से तुम्हारी आयु प्रभावित हो सकती है। अगर तुम रोज-रोज अपने शरीर की चर्या को, रूटीन को बदलते हो तो संभव है कि तुम्हारी उम्र कम हो जाए। यदि तुम अस्सी साल जीने वाले थे तो इस सतत परिवर्तन के कारण तुम सत्तर साल ही जीओगे। तुम दस वर्ष गंवा दोगे। और अगर तुम शरीर की घड़ी के अनुसार अपनी चर्या चलाते हो तो तुम आसानी से अस्सी की बजाय नब्बे वर्षों तक जीवित रह सकते हो। दस वर्ष जोड़े जा सकते हैं।

ठीक इसी तरह तुम्हारे चारों तरफ हर चीज की अपनी घड़ी है और सारा संसार जागतिक समय में गति करता है। अगर तुम प्रतिदिन निश्चित समय पर मंदिर में प्रवेश करते हो तो मंदिर तुम्हारे लिए तैयार होता है और तुम मंदिर के लिए तैयार होते हो। ये दो तैयारियां आपस में मिलती हैं और उसका फल हजार गुना हो जाता है।

या तुम अपने घर में एक छोटा सा कोना इसके लिए सुरक्षित कर ले सकते हो। लेकिन तब उस स्थान को किसी और काम के लिए उपयोग मत करो। क्योंकि हर काम की अपनी तरंगें हैं। अगर तुम उस स्थान को व्यवसाय के काम में लाते हो, वहां ताश खेलते हो, तो वह स्थान कनफ्यूज्ड हो जाएगा। अब तो इन कनफ्यूजन को रेकार्ड करने के यंत्र हैं; जाना जा सकता है कि स्थान कनफ्यूज्ड है।

अगर तुम अपने घर में एक छोटा सा कोना इसके लिए अलग कर लो तो अच्छा। घर में एक छोटा सा मंदिर ही बना लो; बहुत अच्छा रहेगा। अगर तुम एक छोटा मंदिर बना सको तो सर्वोत्तम है। लेकिन फिर उसे किसी दूसरे काम में मत लाओ। उसे अपना निजी मंदिर रहने दो। और शीघ्र ही परिणाम आने लगेंगे।

ध्वनि-संबंधी सातवीं विधि:

*मुंह को थोड़ा-सा खुला रखते हुए मन को जीभ के बीच में स्थिर करो। अथवा जब श्वास चुपचाप भीतर आए, हकार ध्वनि को अनुभव करो।*

मन को शरीर में कहीं भी स्थिर किया जा सकता है। सामान्यतः हमने उसे सिर में स्थिर कर रखा है; लेकिन उसे कहीं भी स्थिर किया जा सकता है। और स्थिर करने के स्थान के बदलने से तुम्हारी गुणवत्ता बदल जाती है। उदाहरण के लिए, पूर्व के कई देशों में, जापान, चीन, कोरिया आदि में परंपरा से सिखाया जाता है कि मन पेट में है, सिर में नहीं। और इस कारण उन लोगों के मन के गुण बदल गए जो सोचते हैं कि मन पेट में है। जो लोग सोचते हैं कि मन सिर में है, उनमें ये गुण नहीं हो सकते।

असल में मन कहीं नहीं है। सिर में मस्तिष्क है; मन नहीं है। मन का अर्थ है एकाग्रता; तुम मन को कहीं भी स्थिर कर सकते हो। और जहां उसे एक बार स्थिर कर दोगे वहां से उसे हटाना कठिन होगा। उदाहरण के लिए, अब मनोवैज्ञानिक और मनुष्य के गहरे में

▲

शोध करने वाले लोग कहते हैं कि जब तुम संभोग कर रहे हो तो तुम्हारा मन सिर से उतरकर कामेंद्रिय पर चला आता है। अन्यथा तुम्हारी काम-क्रिया बेकार जाएगी। अगर मन सिर में ही रहे तो तुम काम-भोग में गहरे नहीं उतर पाओगे। तब काम-समाधि नहीं घटित होगी और तुम्हें आर्गाज्म का अनुभव नहीं होगा। तब तुम्हें उसका शिखर नहीं प्राप्त होगा। तुम बच्चे पैदा कर सकते हो; लेकिन तुम्हें प्रेम के शिखर का कोई अनुभव नहीं होगा।

तुम्हें उसकी कोई समझ नहीं है जिसकी तंत्र चर्चा करता है या जिसे खजुराहो चित्रित करता है। तुम नहीं समझ सकते। क्या तुमने खजुराहो देखा है? अगर तुम खजुराहो नहीं गंए हो तो तुमने खजुराहो के मंदिरों के चित्र अवश्य देखे होंगे। उनके चेहरों को ध्यान से देखो; संभोगरत जोड़ों को देखो, उनके चेहरों को देखो। वे चेहरे दिव्य मालूम पड़ते हैं। वे काम-भोग में संलग्न हैं; लेकिन उनके चेहरों में बुद्ध की समाधि झलकती है। उन्हें क्या हो रहा है?

उनका काम-भोग मानसिक नहीं है। वे बुद्धि से संभोग नहीं करते हैं; वे उसके संबंध में विचार नहीं करते हैं। वे बुद्धि से नीचे उतर आए हैं; उनका फोकस बदल गया है। और सिर से हट जाने के कारण उनकी चेतना कामेंद्रिय पर उतर आई है। अब मन नहीं है। अब मन अ–मन हो गया है। इसीलिए उनके चेहरों पर बुद्ध की समाधि झलकती है। उनका काम-भोग ध्यान बन गया है। क्यों?

क्योंकि फोकस बदल गया। अगर तुम अपने मन के फोकस को बदल देते हो, अगर तुम उसे सिर से हटा लेते हो, तो सिर विश्राम में होता है, चेहरा विश्राम में होता है। तब सभी तनाव विलीन हो जाते हैं। तब तुम नहीं हो। तब अहंकार नहीं है।

यही कारण है कि चित्त जितना बोद्धिक होता है, बुद्धिवादी होता है, उतना ही वह प्रेम करने में असमर्थ हो जाता है। प्रेम के लिए भिन्न फोकसिंग की जरूरत है। प्रेम में तुम्हारा फोकस हृदय के पास होने की जरूरत है; संभोग में तुम्हारा फोकस काम-केंद्र के पास होने की जरूरत है। जब तुम गणित करते हो तो सिर उसके लिए उचित जगह है। लेकिन प्रेम गणित नहीं है; संभोग बिलकुल गणित नहीं है। और अगर सिर में गणित से भरे होकर तुम संभोग में उतरते हो तो तुम अपनी ऊर्जा नष्ट करते हो। तब सारा श्रम बेचेनी पैदा करेगा।

लेकिन मन को बदला जा सकता है। तंत्र कहता है कि शरीर में सात चक्र हैं और मन को उनमें से किसी भी चक्र पर स्थिर किया जा सकता है। प्रत्येक चक्र का अलग गुण है। और अगर तुम एक विशेष चक्र पर एकाग्र करोगे तो तुम भिन्न ही व्यक्ति हो जाओगे।

जापान में एक सैनिक समुदाय हुआ है, जो भारत के क्षत्रियों जैसा है। उन्हें समुराई कहते हैं। उन्हें सैनिक के रूप में प्रशिक्षित किया जाता है। और उन्हें पहली सीख यह दी जाती है कि तुम अपने मन को सिर से उतारकर नाभि-केंद्र के ठीक दो इंच नीचे ले आओ। जापान में इस केंद्र को हारा कहते हैं। समुराई को मन को हारा पर लाने का प्रशिक्षण दिया जाता है। जब तक समुराई हारा को अपने मन का केंद्र नहीं बना लेता है तब तक उसे युद्ध में भाग लेने की इजाजत नहीं दी जाती है।

और यही उचित है। समुराई संसार के सर्वश्रेष्ठ योद्धाओं में गिने जाते हैं। दुनिया में समुराई का कोई मुकाबला नहीं है। वह भिन्न ही किस्म का मनुष्य है, भिन्न ही प्राणी है; क्योंकि उसका केंद्र भिन्न है।

▲

वे कहते हैं कि जब तुम युद्ध करते हो तो समय नहीं रहता है। और मन को समय की जरूरत पड़ती है; वह हिसाब-किताब करता है। अगर तुम पर कोई आक्रमण करे और उस समय तुम्हारा मन सोच-विचार करने लगे कि कैसे बचाव किया जाए, तो तुम गए; तुम अपना बचाव न कर सकोगे। समय नहीं है, तुम्हें तब समयातीत में काम करना होगा। और मन समयातीत में काम नहीं कर सकता है। मन को समय चाहिए। चाहे कितना भी थोड़ा हो, मन को समय चाहिए।

नाभि के नीचे एक केंद्र है जिसे हारा कहते हैं; यह हारा समयातीत में काम करता है। अगर चेतना को हारा पर स्थिर किया जाए और तब योद्धा लड़े तो वह युद्ध प्रज्ञा से लड़ा जाएगा, मस्तिष्क से नहीं। हारा पर स्थित योद्धा आक्रमण होने के पूर्व जान जाता है कि आक्रमण होने वाला है। यह हारा का एक सूक्ष्म भाव है, बुद्धि का नहीं। यह कोई अनुमान नहीं है; यह टेलीपैथी है। इसके पहले कि तुम उस पर आक्रमण करो, इसके पहले कि तुम उस पर आक्रमण करने की सोचो, वह विचार उसे पहुंच जाता है। उसके हारा पर चोट लगती है और वह अपना बचाव करने को तत्पर हो जाता है। वह आक्रमण होने के पहले ही अपने बचाव में लग जाता है। उसने अपना बचाव कर लिया।

कभी-कभी जब दो समुराई आपस में लड़ते हैं तो हार-जीत मुश्किल हो जाती है। समस्या यह होती है कि कोई किसी को नहीं हरा पाता है। किसी को विजेता नहीं घोषित किया जा सकता। एक तरह से निर्णय असंभव है; क्योंकि आक्रमण ही नहीं हो सकता। तुम्हारे आक्रमण करने के पहले ही वह जान जाता है।

एक भारतीय गणितज्ञ हुआ। सारा संसार चकित था; क्योंकि वह कोई हिसाब-किताब नहीं करता था। उसका नाम रामानुजम था। तुम उसे कोई भी समस्या दो और वह तुरंत उत्तर बता देता था। इंग्लैंड का सर्वश्रेष्ठ गणितज्ञ हार्डी रामानुजम के पीछे पागल रहता था। हार्डी सर्वश्रेष्ठ गणितज्ञ था; लेकिन उसे भी किसी-किसी प्रश्न को हल करने में छह-छह घंटे लग जाते थे। लेकिन रामानुजम का हाल यह था कि तुम उसे प्रश्न दो और वह उसका उत्तर तुरंत बता देता था। इस ढंग से मन के काम करने का कोई उपाय नहीं था। मन को तो समय चाहिए। रामानुजम को बार-बार पूछा गया कि तुम यह कैसे करते हो? वह कहता था कि मैं नहीं जानता; तुम मुझे प्रश्न कहते हो और मुझे उसका उत्तर आ जाता है। वह कहीं नीचे से आता है, वह मेरे सिर से नहीं आता है।

यह उत्तर उसके हारा से आता था। उसे खुद यह बात नहीं मालूम थी। उसे कोई प्रशिक्षण भी नहीं मिला था। लेकिन मेरे देखे वह अपने पिछले जन्म में जापानी रहा होगा; क्योंकि भारत में हमने हारा पर काम नहीं किया है।

तंत्र कहता है कि अपने मन को भिन्न-भिन्न केंद्रों पर स्थिर करो और उसके भिन्न-भिन्न परिणाम होंगे। यह विधि मन को जीभ पर, जीभ के मध्य भाग पर स्थिर करने को कहती है।

'मुंह को थोड़ा-सा खुला रखते हुए . . .।'

मानो तुम बोलने जा रहे हो। मुंह को बंद नहीं, थोड़ा-सा खुला रखना है—मानो तुम बोलने वाले हो। ऐसा नहीं कि तुम बोल रहे हो; ऐसा ही कि तुम बोलने जा रहे हो। मुंह को इतना ही खोलो जितना उस समय खोलते हो जब बोलने को होते हो। और तब मन को जीभ

के बीच में स्थिर करो। तब तुम्हें अनूठा अनुभव होगा; क्योंकि जीभ के ठीक बीच में एक केंद्र है जो तुम्हारे विचारों को नियंत्रित करता है। अगर तुम अचानक सजग हो जाओ और उस केंद्र पर मन को स्थिर करो तो तुम्हारे विचार बंद हो जाएंगे। जीभ के ठीक बीच में मन को स्थिर करो—मानो तुम्हारा समस्त मन जीभ में चला आया है। जीभ के ठीक बीच में।

मुंह को थोड़ा-सा खुला रखो, जैसे कि तुम बोलने जा रहे हो। और तब मन को इस तरह स्थिर करो कि वह सिर में न होकर जीभ में आ जाए, जीभ के ठीक मध्य भाग में।

जीभ में वाणी का, बोलने का केंद्र है; और विचार वाणी है। जब तुम सोचते हो, विचार करते हो, तो क्या करते हो? तुम अपने भीतर बातचीत करते हो। क्या तुम भीतर बात किए बिना विचार कर सकते हो? तुम अकेले हो; तुम किसी दूसरे व्यक्ति के साथ बातचीत नहीं कर रहे हो। लेकिन तब भी तुम विचार कर रहे हो। जब तुम विचार कर रहे हो तो क्या कर रहे हो? तुम अपने भीतर बातचीत कर रहे हो; तुम अपने साथ बातचीत कर रहे हो और उसमें तुम्हारी जीभ संलग्न है।

अगली दफा जब तुम विचार में संलग्न होओ तो सजग होकर अपनी जीभ पर अवधान दो। उस वक्त तुम्हारी जीभ ऐसे कंपित होगी जैसे वह किसी के साथ बातचीत करते समय कंपित होती है। फिर अवधान दो और तुम्हें पता चलेगा कि तरंगें जीभ के मध्य में केंद्रित हैं; वे मध्य से उठकर पूरी जीभ पर फैल जाती हैं।

विचार करना अंतस की बातचीत है। और अगर तुम अपनी पूरी चेतना को, अपने मन को जीभ के मध्य में केंद्रित कर सको तो विचार ठहर जाते हैं। जो लोग मौन का अभ्यास करते हैं, वे यही तो करते हैं कि बातचीत बंद कर देते हैं। जब तुम बाहर की बातचीत बंद कर देते हो तो तुम अपने भीतर चलने वाली बातचीत के प्रति बहुत बोधपूर्ण हो जाते हो। और अगर तुम महीने दो महीने, या वर्षभर बिलकुल मौन रह सको, बिना बातचीत के रह सको, तो तुम देखोगे कि तुम्हारी जीभ कितनी जोर से कंपित होती है। तुम्हें इसका पता नहीं चलता है; क्योंकि तुम निरंतर बात करते रहते हो और उससे तरंगों का निरसन हो जाता है।

लेकिन अगर अभी भी तुम रुककर अपने विचार के प्रति सजग होओ तो तुम्हें मालूम होगा कि जीभ थोड़ी-थोड़ी कंपित हो रही है। अब अपनी जीभ को पूरी तरह ठहरा दो, रोक दो और तब सोचने की चेष्टा करो; तुम नहीं सोच पाओगे। जीभ को ऐसे स्थिर कर दो जैसे वह जम गई हो, उसमें कोई गति मत होने दो; और तब तुम्हारा सोचना-विचारना असंभव हो जाएगा। केंद्र ठीक मध्य में है; मन को वहीं स्थिर करो।

'मुंह को थोड़ा-सा खुला रखते हुए मन को जीभ के बीच में स्थिर करो। अथवा जब श्वास चुपचाप भीतर आए, हकार ध्वनि को अनुभव करो।'

यह दूसरी विधि है और पहली जैसी ही है।

'अथवा जब श्वास चुपचाप भीतर आए, हकार ध्वनि को अनुभव करो।'

पहली विधि से तुम्हारा विचार बंद हो जाएगा। तुम अपने भीतर एक ठोसपन अनुभव करोगे—मानो तुम ठोस हो गए हो। जब विचार नहीं होते हैं तो तुम अचल हो जाते हो, थिर हो जाते हो। और जब विचार नहीं हैं और तुम अचल हो तो तुम शाश्वत के अंग हो जाते हो। यह शाश्वत बदलता हुआ लगता है; लेकिन दरअसल वह अचल है, ठहरा हुआ है। निर्विचार

में तुम शाश्वत के, अचल के अंग हो जाते हो।

विचार के रहते तुम चलायमान के, परिवर्तनशील के अंग हो; क्योंकि प्रकृति चलायमान है, संसार चलायमान है। यही कारण है कि हम इसे संसार कहते हैं। संसार का अर्थ है : चक्र, चाक। यह चल रहा है, चल रहा है; यह सतत घूम रहा है। संसार निरंतर गति है। और जो अदृश्य है, परम है, वह अचल है, ठहरा हुआ है।

यह ऐसा है कि चाक तो घूमता है; लेकिन जिसके सहारे वह घूमता है वह धुरी अचल है। चाक तभी घूम सकता है जब उसके केंद्र पर कुछ है जो सदा अचल है—धुरी अचल है। संसार चल रहा है; और ब्रह्म अचल है। जब विचार विसर्जित होता है तो तुम अचानक इस लोक से दूसरे लोक में प्रवेश कर जाते हो। भीतरी गति के बंद होते ही तुम शाश्वत के अंग हो जाते हो—उस शाश्वत के, जो कभी बदलता नहीं है।

'अथवा जब श्वास चुपचाप भीतर आए, हकार ध्वनि को अनुभव करो।'

मुंह को थोड़ा-सा खुला रखो, मानो तुम बोलने जा रहे हो। और तब श्वास को भीतर ले जाओ और उस ध्वनि के प्रति सजग रहो जो भीतर आती हुई श्वास से पैदा होती है। वह ध्वनि ही हकार है—चाहे श्वास भीतर जाती हो या बाहर। इस ध्वनि को तुम्हें पैदा नहीं करना है; तुम्हें तो अंदर आती श्वास को अपनी जीभ पर केवल महसूस करना है। यह बहुत धीमा स्वर है; लेकिन है। वह हकार जैसा मालूम देगा। वह बहुत मौन है; मुश्किल से सुनाई देता है। उसे सुनने के लिए तुम्हें बहुत सजग होना पड़ेगा। लेकिन उसे पैदा करने की चेष्टा मत करो। तुमने अगर उसे पैदा करने की चेष्टा की तो तुम चूक जाओगे। पैदा की हुई ध्वनि किसी काम की नहीं होगी। जब-जब श्वास भीतर जाती है या बाहर आती है, तब जो ध्वनि अपने ही आप पैदा होती है वह स्वाभाविक है।

लेकिन विधि कहती है कि भीतर आती श्वास के साथ प्रयोग करना है, बाहर जाती श्वास के साथ नहीं। क्योंकि बाहर जाती श्वास के साथ तुम भी बाहर चले जाओगे, ध्वनि के साथ-साथ तुम भी बाहर चले जाओगे, जब कि चेष्टा भीतर जाने की करनी है। अतः भीतर जाती श्वास के साथ हकार ध्वनि को अनुभव करो। देर-अबेर तुम्हें अनुभव होगा कि यह ध्वनि सिर्फ जीभ में ही नहीं, कंठ में भी हो रही है। लेकिन तब वह बहुत ही धीमी हो जाती है; उसे सुनने के लिए प्रगाढ़ जागरूकता की जरूरत है।

तो जीभ से शुरू करो; फिर धीरे-धीरे सजगता को बढ़ाओ, उसे महसूस करो। तब तुम उसे कंठ में सुनोगे। और उसके बाद उसे अपने हृदय में सुनने लगोगे। और जब वह हृदय में पहुंचती है तो तुम मन के पार चले गए। ये सारी विधियां वह सेतु निर्मित करती हैं जहां से तुम विचार से निर्विचार में, मन से अ-मन में, सतह से केंद्र में प्रवेश करते हो।

ध्वनि-संबंधी आठवीं विधि:

*अ ओर म के बिना ओम ध्वनि पर मन को एकाग्र करो।*

ओम ध्वनि पर एकाग्र करो; लेकिन इस ओम में अ और म न रहें। तब सिर्फ उ बचता है। यह कठिन विधि है; लेकिन कुछ लोगों के लिए वह योग्य पड़ सकती है, खासकर जो लोग ध्वनि के साथ काम करते हैं। संगीतज्ञ, कवि, जिनके कान बहुत संवेदनशील हैं, उनके

लिए यह विधि सहयोगी हो सकती है। लेकिन दूसरों के लिए, जिनके कान संवेदनशील नहीं हैं, यह विधि कठिन पड़ेगी। क्योंकि यह बहुत सूक्ष्म है।

तो तुम्हें ओम का उच्चारण करना है और इस उच्चारण में तीनों ध्वनियों को—अ, उ और म को महसूस करना है। ओम का उच्चारण करो और उसमें तीन ध्वनियों को—अ, उ, म को अनुभव करो। वे तीनों ओम में समाहित हैं। बहुत संवेदनशील कान ही इन तीनों ध्वनियों को अलग-अलग सुन सकते हैं। वे अलग-अलग हैं, यद्यपि बहुत करीब-करीब भी हैं। अगर तुम उन्हें अलग-अलग नहीं सुन सकते तो यह विधि तुम्हारे लिए नहीं है। तुम्हारे कानों को उनके लिए प्रशिक्षित करना होगा।

जापान में, विशेषकर झेन परंपरा में, वे पहले कानों को प्रशिक्षित करते हैं। कानों के प्रशिक्षण के उपाय हैं। बाहर हवा चल रही है; उसकी एक ध्वनि है। गुरु शिष्य से कहेगा कि इस ध्वनि पर अपने कान को एकाग्र करो; उसके सूक्ष्म भेदों को, उसकी बदलाहटों को समझो; देखो कि कब ध्वनि कुपित है और कब उन्मत्त, कब ध्वनि करुणावान है और कब प्रेमपूर्ण है, कब वह शक्तिशाली है और कब नाजुक है। ध्वनि की बारीकियों को अनुभव करो। वृक्षों से होकर हवा गुजरती है; उसे महसूस करो। नदी वह रही है; उसके सूक्ष्म भेदों को पहचानो।

और महीनों साधक नदी के किनारे बैठकर उसके कलकल स्वर को सुनता रहता है। नदी का स्वर भी भिन्न-भिन्न होता है; बह सतत बदलता रहता है। बरसात में नदी पूर पर होती है; बहुत जीवंत होती है, उमड़ती होती है। उस समय उसके स्वर भिन्न होते हैं। और गर्मी में नदी ना-कुछ हो जाती है, उसका कलकल भी समाप्त हो जाता है। लेकिन अगर तुम सुनना चाहो तो वह सूक्ष्म स्वर भी सुना जा सकता है। सालभर नदी बदलती रहती है और साधक की सजग रहना पड़ता है।

हरमन हेस के उपन्यास सिद्धार्थ में सिद्धार्थ एक माझी के साथ रहता है। नदी है, माझी है और सिद्धार्थ है; उनके अतिरिक्त और कोई नहीं है। और माझी बहुत शांत व्यक्ति है। वह आजीवन नदी के साथ रहा है; वह इतना शांत हो गया है कि कभी-कभार ही बोलता है। और जब भी सिद्धार्थ अकेलापन महसूस करता है, माझी उससे कहता है कि नदी के किनारे जाओ और उसकी कलकल ध्वनि को सुनो। मनुष्य की बकवास की बजाय नदी को सुनना बेहतर है।

और सिद्धार्थ धीरे-धीरे नदी के साथ लयबद्ध हो जाता है। और तब उसे नदी की भावदशा का बोध होने लगता है। नदी की भावदशा बदलती रहती है। कभी वह मैत्रीपूर्ण है और कभी नहीं; कभी वह गाती है और कभी रोती-चीखती है; कभी वह हंसती है और कभी उसे उदासी घेर लेती है। और सिद्धार्थ उसके सूक्ष्म से सूक्ष्म भेदों को पकड़ने लगता है। उसके कान नदी के साथ लयबद्ध हो जाते हैं।

तो हो सकता है, आरंभ में तुम्हें यह विधि कठिन मालूम पड़े। लेकिन प्रयोग करो; ओम का उच्चार करो और उच्चार करते हुए ओम की ध्वनि को अनुभव करो। इसमें तीन ध्वनियां सम्मिलित हैं; ओम तीन स्वरों का समन्वय है। और जब तुम इन तीन स्वरों को अलग-अलग अनुभव कर लो तो उनमें से अ और म को छोड़ दो। तब तुम ओम नहीं कह सकोगे; क्योंकि अ निकल गया, म भी निकल गया। तब सिर्फ उ बच रहेगा। क्यों? क्या होगा?

मंत्र असली चीज नहीं है। असली चीज ओम नहीं है और न उसका छोड़ना है। असली

चीज तुम्हारी संवेदनशीलता है। पहले तुम तीन ध्वनियों के प्रति संवेदनशील होते हो, जो कठिन काम है। और जब तुम इतने संवेदनशील हो जाते हो कि तुम उनमें से दो स्वरों को, अ और म को छोड़ सकते हो तो सिर्फ बीच का स्वर बचता है। और इस प्रयत्न में तुम्हारा मन विसर्जित हो जाता है। तुम उसमें इतने तल्लीन हो जाओगे, उसके प्रति इतने अवधान से भर जाओगे, तुम इतने संवेदनशील हो जाओगे कि विचार विसर्जित हो जाएंगे। और अगर तुम सोच-विचार करते हो तो तुम स्वरों के प्रति संवेदनशील नहीं हो सकते।

यह तुम्हें तुम्हारे सिर से बाहर निकालने का परोक्ष उपाय है। बहुत सारे उपाय प्रयोग में लाए गए हैं और वे बहुत सरल प्रतीत होते हैं। तुम्हें आश्चर्य होता है कि इन सरल उपायों से क्या हो सकता है। लेकिन चमत्कार घटित होता है; क्योंकि वे उपाय परोक्ष हैं। तुम्हारे मन को बहुत सूक्ष्म चीज पर स्थिर किया जा रहा है। इस प्रयत्न में सोच-विचार नहीं चल सकता है; तुम्हारा मन खो जाएगा। और तब किसी दिन अचानक तुम्हें इस बात का पता चलेगा और तुम चकित रह जाओगे कि क्या हुआ।

झेन में कोआन का, पहेली का प्रयोग होता है। एक बहुत प्रचलित कोआन है जो नए साधकों को दिया जाता है। उन्हें कहा जाता है कि एक हाथ की ताली सुनो। अब ताली तो दो हाथों से बजती है। लेकिन उन्हें कहा जाता है कि एक हाथ से बजने वाली ताली को सुनो।

किसी झेन गुरु की सेवा में एक लड़का रहता था। वह देखता था कि अनेक लोग आते हैं, गुरु के पैर पर सिर रखते हैं और कहते हैं कि हमें बताएं कि हम किस पर ध्यान करें। गुरु उन्हें कोई कोआन दिया करता था। वह लड़का गुरु के छोटे-मोटे काम कर दिया करता था; वह उसकी सेवा में था। उसकी उम्र नौ-दस वर्ष की थी। रोज-रोज साधकों को आते-जाते देखकर वह भी एक दिन बहुत गंभीरता के साथ गुरु के निकट गया और उसके चरणों में सिर रखकर निवेदन किया कि मुझे भी ध्यान करने के लिए कोई कोआन दें।

गुरु हंसा। लेकिन लड़का गंभीर बना रहा। तो गुरु ने उसे कहा कि ठीक है, एक हाथ की ताली सुनने की चेष्टा करो और जब सुनाई पड़ जाए तो आकर मुझे बताना।

लड़के ने बहुत प्रयत्न किए। रातभर उसे नींद नहीं आई। दूसरे दिन सुबह वह गुरु के पास जाकर बोला: मैंने सुन लिया; वह वृक्षों से गुजरने वाली हवा है। लेकिन गुरु ने पूछा: इसमें हाथ कहां है? जाओ और फिर प्रयत्न करो। ऐसे लड़का रोज ही आता रहा। वह कोई ध्वनि खोज लेता और गुरु को बताता। लेकिन हर बार गुरु कहता कि यह भी नहीं है; और प्रयत्न करो।

फिर एक दिन लड़का गुरु के पास नहीं आया। गुरु ने उसकी बहुत प्रतीक्षा की; लेकिन वह नहीं आया। तब उसने अपने दूसरे शिष्यों से कहा कि जाकर पता करो कि क्या हुआ। गुरु ने कहा कि मालूम होता है कि उसने एक हाथी की ताली सुन ली। शिष्य गए। लड़का एक वृक्ष के नीचे समाधिस्थ बैठा था—मानो एक नवजात बुद्ध बैठा हो।

उन्होंने लोटकर गुरु को खबर दी। उन्होंने कहा कि हमें उसे हिलाने में डर लगा; वह तो नवजात बुद्ध मालूम पड़ता है। मालूम पड़ता है कि उसने ताली सुन ली। तब गुरु स्वयं आया, उसने लड़के के चरणों पर अपना सिर रखा और पूछा: क्या तुमने सुना? मालूम होता है कि तुमने सुन लिया। लड़के ने स्वीकृति में सिर हिलाते हुए कहा: हां, लेकिन वह तो मौन है।

▲

इस लड़के ने कैसे सुना? उसकी संवेदनशीलता विकसित हुई। उसने प्रत्येक ध्वनि को सुनने की चेष्टा की और उसने बहुत अवधान से सुना। उसका अवधान विकसित हुआ। उसकी नींद जाती रही। वह रात-रातभर जागकर सुनता कि एक हाथ की ताली क्या है। वह तुम्हारे जैसा बुद्धिवादी नहीं था; उसने यह सोचा ही नहीं कि एक हाथ की ताली नहीं हो सकती है।

वही पहेली तुम्हें दी जाए तो तुम प्रयोग करने वाले नहीं हो। तुम कहोगे कि यह मूढ़ता है; एक हाथ की ताली नहीं हो सकती। लेकिन उस लड़के ने प्रयोग किया। उसने सोचा कि जब गुरु ने कहा है तो उसमें जरूर कुछ होगा; उसने श्रम किया। वह सरल था। जब भी उसे लगता कि कोई नई चीज है तो वह दौड़कर गुरु के पास जाता। इस ढंग से उसकी संवेदनशीलता विकसित हुई; वह सजग और बोधपूर्ण होता गया। वह एकाग्र हो गया। वह लड़का खोज में लगा था, इसलिए उसका मन विसर्जित हो गया। गुरु ने उससे कहा था कि अगर तुम सोच-विचार करते रहोगे तो तुम चूक जाओगे। कभी-कभी ऐसी ध्वनि होती है जो एक हाथ की होती है; इसलिए सजग रहना ताकि चूक न जाओ। और उसने प्रयत्न किए।

एक हाथ की ताली नहीं होती है। लेकिन यह तो संवेदनशीलता को, बोध को पैदा करने का एक परोक्ष उपाय था। और एक दिन अचानक सब कुछ विलीन हो गया। वह इतना अवधानपूर्ण हो गया कि अवधान ही रह गया। वह इतना संवेदनशील हो गया कि संवेदनशीलता ही रह गई। वह इतना बोधपूर्ण हो गया कि बोध ही रह गया। वह सिर्फ बोधपूर्ण था; किसी चीज के प्रति बोधपूर्ण नहीं। और तब उसने कहा: मैंने सुन लिया। लेकिन यह तो मौन है, शून्य है।

लेकिन इसके लिए तुम्हें सतत और होशपूर्ण होने का अभ्यास करना होगा।

'अ और म के बिना ओम ध्वनि पर मन को एकाग्र करो।'

यह विधि है जो तुम्हें ध्वनि के सूक्ष्म भेदों के प्रति, नाजुक भेदों के प्रति सजग बनाती है। इसका प्रयोग करते-करते तुम ओम को भूल जाओगे। न सिर्फ अ गिरेगा, न सिर्फ म गिरेगा, बल्कि किसी दिन तुम भी अचानक खो जाओगे। तब शून्य का, मौन का जन्म होगा। और तब तुम भी किसी वृक्ष के नीचे बैठे नवजात बुद्ध हो जाओगे।

आज इतना ही।

# 30

# संभोग, स्वीकार और समर्पण

## प्रश्न-सार

1. अगर तंत्र मध्य में रहने को कहता है तो भोग और दमन के फर्क को कैसे समझा जाए ?

2. क्या गुरु के प्रति खुले होने और कामवासना के प्रति खुले होने के बीच कोई संबंध है ?

**पहला प्रश्न :**

***पिछलीं रात आपने सभी तंत्र-साधना के आधार के रूप में सर्व-स्वींकार की दृष्टि की चर्चा कीं। जहां तक मुझे स्मरण है, किसी दूसरे दिन आपने कहा था कि तंत्र का विज्ञान सब कुछ के मध्य में होना सिखाता है, जींवन में अतियों से बचना सिखाता है। इस संदर्भ में कृपया समझाएं कि जीवन में कामवासना के भोग और दमन के फर्क को कैसे समझा जाए।***

समग्र जीवन को स्वीकार करने का ही अर्थ है मध्य मार्ग। अगर तुम अस्वीकार करते हो तो तुम दूसरी अति पर चले गए। अस्वीकार अति है। अगर तुम किसी चीज को अस्वीकार करते हो तो उसे उसके विपरीत के लिए अस्वीकार करते हो। वह दूसरी अति पर जाना हुआ। अगर कोई कामवासना को इनकार करता है तो वह ब्रह्मचर्य को, दूसरी अति को पकड़ेगा। और अगर वह ब्रह्मचर्य को इनकार करता है तो वह उसके दूसरे छोर भोग पर चला जाएगा। इनकार करते ही तुम अति मार्ग पर चले जाते हो।

समग्र का स्वीकार सहज ही मध्य में होना है। तुम न किसी के पक्ष में होते हो और न विपक्ष में, तुम चुनाव ही नहीं करते हो। तुम नदी की धारा के साथ बहते हो। तुम्हारी कोई मंजिल नहीं है, तुम्हारा कोई चुनाव नहीं है, जो होता है तुम उसे बस होने देते हो।

तंत्र पूरी तरह धारा के साथ बहने में भरोसा करता है। जब तुम चुनाव करते हो तो उसके साथ ही तुम्हारा अहंकार प्रविष्ट हो जाता है। जब तुम चुनाव करते हो तो उसमें तुम्हारा संकल्प समाविष्ट हो जाता है। जब तुम चुनाव करते हो तो तुम सारे जगत के विरोध में खड़े हो जाते हो। तुम्हारा चुनाव तुम्हारा होता है। जब तुम चुनाव करते हो तो तुम जागतिक प्रवाह से टूट जाते हो, उससे अलग-थलग हो जाते हो। तब तुम एक द्वीप बन जाते हो। तब तुम जीवन के समस्त प्रवाह के विरुद्ध होकर स्वयं होने की चेष्टा करते हो।

अचुनाव का अर्थ है कि जीवन कहां जाए इसका निर्णय तुम्हें नहीं करना है। तुम जीवन को बहने देते हो, तुम भी जीवन के साथ हो जाते हो, जीवन जहां ले जाए। तब तुम्हारी कोई निश्चित मंजिल नहीं है। अगर तुम्हारी कोई निश्चित मंजिल है तो चुनाव करना अनिवार्य हो जाता है। अचुनाव में जीवन की मंजिल तुम्हारी मंजिल हो जाती है। तुम जीवन के विरोध में नहीं जाते हो, जीवन के विरोध में तुम्हारी अपनी कोई धारणा नहीं है। तुम अपने को जीवन-शक्ति के हाथों में छोड़ देते हो, समर्पित हो जाते हो। समग्र स्वीकार से तंत्र का यही अर्थ है।

और एक बार जीवन को समग्रता में स्वीकार करते ही चीजें अपने आप घटित होने

लगती हैं। क्योंकि यह समग्र स्वीकार तुम्हें अहंकार से मुक्त कर देता है। तुम्हारा अहंकार ही समस्या है, इसके कारण ही तुम्हारी समस्याएं निर्मित होती हैं। जीवन में कोई समस्या नहीं है, अस्तित्व समस्या-रहित है। तुम खुद समस्या हो। तुम खुद ही समस्या के निर्माता हो। और तुम हर चीज को समस्या बना लेते हो। अगर तुम्हें परमात्मा मिल जाए तो तुम परमात्मा को भी समस्या बना लोगे। अगर तुम स्वर्ग पहुंच जाओ तो तुम स्वर्ग को भी समस्या में बदल दोगे। क्योंकि तुम समस्याओं के मूल स्त्रोत हो। तुम समर्पण नहीं करोगे। और यही समर्पण न करने वाला अहंकार ही सभी समस्याओं की जड़ है।

तंत्र कहता है कि कुछ उपलब्ध करने का प्रश्न नहीं है; प्रश्न यह नहीं है कि ब्रह्मचर्य को उपलब्ध कैसे हुआ जाए। अगर तुमने कामवासना के विरुद्ध ब्रह्मचर्य उपलब्ध भी कर लिया तो तुम्हारा ब्रह्मचर्य बुनियादी रूप से कामुक होगा। दो अतियां, चाहे एक-दूसरे से कितने विपरीत हों, एक के ही अंग हैं, एक ही चीज के दो पहलू हैं। अगर तुमने एक को चुना तो उसके साथ ही दूसरे को भी चुन लिया। दूसरा अभी छिपा रहेगा, दबा रहेगा। दमन का क्या अर्थ है? एक ही चीज के दो पक्षों में से, दो अतियों में से एक के विरुद्ध दूसरे को चुनना दमन है।

तुम कामवासना के विरुद्ध ब्रह्मचर्य को चुनते हो। लेकिन ब्रह्मचर्य क्या है? वह कामवासना का उलटा रूप है। तुमने ब्रह्मचर्य चुना तो उसके साथ ही तुमने कामवासना को भी चुन लिया। अब सतह पर ब्रह्मचर्य होगा और गहरे में कामवासना होगी। और तुम उपद्रव में रहोगे। और यह उपद्रव तुम्हारे चुनाव के कारण होगा। तुम एक छोर को चुन लो और दूसरा छोर अपने आप ही चला आएगा। और चूंकि तुम दूसरे छोर के विरुद्ध हो, इसलिए तुम उपद्रव में रहोगे।

तंत्र कहता है, चुनाव मत करो, चुनाव-रहित होओ। और एक बार यदि तुम यह समझ जाओ तो फिर यह प्रश्न नहीं उठेगा कि भोग क्या है और दमन क्या है। तब न दमन है और न भोग है। यह प्रश्न इसीलिए उठता है क्योंकि तुम अब भी चुनाव करते हो। लोग आते हैं और मुझसे कहते हैं कि हम जीवन को स्वीकार कर लेंगे, लेकिन जीवन को स्वीकार करने पर ब्रह्मचर्य कब घटित होगा?

वे समग्र स्वीकार के लिए राजी हैं, लेकिन उनका यह राजी होना झूठा है, केवल सतह पर है। गहराई में वे अभी भी अतियों को पकड़े हुए हैं। वे ब्रह्मचर्य चाहते हैं। लेकिन कामवासना से लड़कर उन्हें ब्रह्मचर्य नहीं मिला। और जब वे मुझे सुनते हैं तो सोचते हैं कि लड़कर नहीं मिला तो अब उसे स्वीकार के द्वारा पाना चाहिए। लेकिन पाने वाला मन, चाह वाला मन, लोभी मन ज्यों का त्यों है। मंजिल भी है, चुनाव भी है; सब ज्यों का त्यों कायम है। और जब तक तुम्हें कुछ पाना है तब तक तुम समग्र को नहीं स्वीकार कर सकते। यह स्वीकार समग्र नहीं है। तब तुम स्वीकार को भी उपलब्धि का साधन बना रहे हो।

स्वीकार का अर्थ है कि अब तुम कामना वाले मन को, चाह भरे मन को, किसी के पीछे भागने वाले मन को तिलांजलि देते हो। अब तुम जीवन को खुलकर बहने देते हो। जैसे पेड़ों से होकर हवा बहती है, वैसे ही तुम जीवन को अपने भीतर स्वतंत्रतापूर्वक बहने देते हो, तुम कोई प्रतिरोध खड़ा नहीं करते। जीवन जहां ले जाए, तुम वहीं जाने को राजी हो।

तुम्हारी अपनी कोई मंजिल नहीं है। अगर कोई मंजिल है तो तुम जीवन का प्रतिरोध करोगे, जीवन से लड़ोगे।

अगर वृक्ष का कोई लक्ष्य है, कोई रुझान, कोई धारणा है, तो वह हवा को अपने से होकर स्वतंत्रतापूर्वक नहीं बहने देगा। अगर हवा दक्षिण की तरफ जाना चाहती है और वृक्ष चाहता है कि वह उत्तर की तरफ जाए तो वृक्ष हवा के साथ दुश्मनी करेगा। अगर तुम्हारा कोई लक्ष्य है तो तुम जीवन को मित्र की तरह कभी स्वीकार नहीं कर सकते। तुम्हारा लक्ष्य शत्रुता निर्मित करता है। अगर तुम जीवन से कुछ अपेक्षा रखते हो तो तुम जीवन पर अपने को आरोपित करते हो, तुम जीवन को घटित होने से रोकते हो।

तंत्र कहता है कि चीजें अपने आप घटित होती हैं। जब तुम उनकी चाह नहीं करते, चीजें घटित होती हैं। जब तुम उनके साथ जबरदस्ती नहीं करते, चीजें घटित होती हैं। जब तुम उनके पीछे भागते नहीं, चीजें घटित होती हैं। लेकिन यह परिणति है, फल नहीं।

परिणति और फल के भेद को साफ-साफ समझ लेना चाहिए। फल सचेतन रूप से चाहा जाता है, परिणति बाइ-प्रोडक्ट है, उप-उत्पत्ति है। उदाहरण के लिए, अगर मैं तुम से कहता हूं कि खेलो, क्योंकि अगर खेलोगे तो परिणाम में सुख मिलेगा, तो तुम फल के उद्देश्य से खेलोगे। तब तुम खेलते भी हो और सुख के फल की प्रतीक्षा भी करते रहते हो।

लेकिन मैंने तुमसे कहा था कि सुख परिणति होगा, फल नहीं। परिणति का अर्थ है कि अगर तुम सच में खेलते हो तो सुख घटित होगा। और अगर तुम सतत सुख की सोच रहे हो तो वह सुख फल होगा और वह कभी हाथ नहीं आएगा। फल सचेतन प्रयत्न है, परिणति उप-उत्पत्ति है। अगर तुम खेल में डूब जाओ तो सुख मिलेगा ही। लेकिन अगर तुम सुख की प्रतीक्षा करोगे तो प्रतीक्षा ही, सुख की सचेतन चाह ही तुम्हें खेल में गहरे नहीं डूबने देगी, वह फल की आकांक्षा ही बाधा बन जाएगी और तुम सुखी न हो सकोगे। सुख फल नहीं परिणति है।

अगर मैं तुमसे कहूं कि तुम प्रेम करोगे तो सुखी होगे, तो यह समझना चाहिए कि सुख फल नहीं, परिणति होगा। और अगर तुम सोचते हो कि क्योंकि मैं सुखी होना चाहता हूं इसलिए मुझे प्रेम करना चाहिए, तो उस प्रेम से कुछ भी हाथ आने वाला नहीं है। तब पूरी बात झूठी हो जाएगी, बनावटी हो जाएगी, क्योंकि कोई व्यक्ति फल के लिए प्रेम नहीं कर सकता है। प्रेम तो बस होता है, उसके पीछे कोई फलाकांक्षा नहीं होती। और अगर उसमें कोई फलाकांक्षा है तो वह प्रेम नहीं है, वह कुछ और चीज होगी। अगर मेरे भीतर फलाकांक्षा है और मैं सोचता हूं कि क्योंकि मैं सुख चाहता हूं इसलिए मैं प्रेम करूंगा, तो वह प्रेम झूठा होगा। और क्योंकि प्रेम झूठा होगा इसलिए उससे सुख का फल कभी नहीं निकलेगा। उससे सुख नहीं मिलेगा, वह असंभव है। लेकिन अगर मैं किसी फलाकांक्षा के बिना प्रेम करता हूं तो सुख उसके पीछे छाया की तरह आता है।

तंत्र का मानना है कि रूपांतरण स्वीकार के पीछे-पीछे आता है। लेकिन स्वीकार को रूपांतरण की विधि मत बनाओ। स्वीकार विधि नहीं है। रूपांतरण की आकांक्षा मत करो। और मजे की बात है कि तभी रूपांतरण घटित होता है। अगर तुम उसकी आकांक्षा करते हो तो वह आकांक्षा ही बाधा बन जाएगी।

तब फिर यह प्रश्न नहीं उठता है कि भोग क्या है और दमन क्या है। मन में यह प्रश्न इसीलिए उठता है, क्योंकि तुम पूरे को स्वीकार करने को राजी नहीं हो। पूरे को स्वीकार करो। अगर वह भोग है तो भोग को स्वीकार करो। और स्वीकार करते ही तुम मध्य में फेंक दिए जाओगे। और अगर वह दमन है तो दमन को भी स्वीकार करो। अगर स्वीकार है तो तुम निश्चित ही मध्य में पहुंच जाओगे। स्वीकार की स्थिति में तुम अति पर नहीं ठहर सकते हो।

अति का अर्थ ही है किसी चीज का अस्वीकार, तुम कुछ स्वीकार करते हो और कुछ अस्वीकार। अति का अर्थ है कि तुम किसी चीज के पक्ष में हो और किसी चीज के विपक्ष में हो। लेकिन जब तुम सब कुछ को स्वीकार करते हो जो है, तुम मध्य में फेंक दिए जाते हो, तब तुम अति पर नहीं रह सकते। इसलिए दमन और भोग की बौद्धिक व्याख्या को भूल जाओ। वह व्यर्थ है, कचरा है। उससे तुम कहीं भी नहीं पहुंच सकते। जहां भी तुम हो उसे पूरी तरह स्वीकार करो। अगर भोग में हो तो उसे स्वीकार करो। उससे डरना क्या!

लेकिन एक समस्या है। समस्या यह है कि अगर तुम भोगी हो तो तुम तभी भोगी बने रह सकते हो जब तुम भोग के साथ-साथ भोग से छुटकारे के प्रयत्न भी करते रहो। वह अहंकार को बहुत अच्छा लगता है, उससे तुम अच्छा अनुभव करते हो और तुम बदलाहट को भविष्य के लिए स्थगित कर सकते हो। तुम जानते हो कि ऐसा ही सदा नहीं रहेगा। तुम सोचते हो कि आज तो मैं भोगी हूं, लेकिन कल इसके पार चला जाऊंगा। आने वाला कल तुम्हें आज भोग में संलग्न रहने की सुविधा देता है। तुम सोचते हो कि आज मैं शराब पीता हूं या सिगरेट पीता हूं, लेकिन यह बात मेरे साथ जीवनभर नहीं रहने वाली है, मैं जानता हूं कि यह बुरी बात है और कल मैं इसे छोड़ दूंगा।

कल की यह आशा तुम्हें आज भोग में संलग्न रखती है। और यह एक अच्छी तरकीब है, चालबाजी है। जो लोग भोग में लिप्त रहना चाहते हैं उन्हें जरूर बड़े-बड़े आदर्शों का सहारा लेना चाहिए। वे बड़े-बड़े आदर्श तुम्हें अवसर देते हैं, सुविधा देते हैं। तब तुम्हें अपने कृत्यों के लिए बहुत ग्लानि अनुभव करने की जरूरत नहीं रहती, क्योंकि तुम सोचते हो कि भविष्य में सब कुछ ठीक हो जाने वाला है, यह तो थोड़े समय की बात है।

यह मन की चालाकी है। इसलिए भोगी लोग सदा त्याग की बात करते हैं। भोगी उन गुरुओं के पास जाएंगे जो भोग के विरोध में हैं। और तुम उनके बीच एक गहरा संबंध देखोगे। अगर तुम धन और पद के पीछे दौड़ते हो तो तुम सदा किसी ऐसे व्यक्ति की पूजा करोगे जो धन के खिलाफ है, जो त्यागी है। त्यागी तुम्हारा आदर्श हो जाएगा। समृद्ध समाज केवल उनको पूजता है, जिन्होंने धन का त्याग किया है।

अपने चारों ओर देखो और तुम्हें दिखाई पड़ जाएगा। अगर तुम कामवासना में लिप्त हो तो तुम उस आदमी को आदर दोगे जो उसके पार चला गया है, जो ब्रह्मचारी हो गया है। तुम उसकी पूजा करोगे। वह तुम्हारा आदर्श है। वह तुम्हारा भविष्य है। तुम सोचते हो कि किसी दिन मैं भी उसके जैसा हो जाऊंगा। तुम उसे पूजते हो।

और किसी दिन अगर तुम्हारे कान में कोई अफवाह पड़ जाए कि यह आदमी काम-भोग करता है तो तुम्हारा आदर तुरंत काफूर हो जाएगा। क्योंकि तुम अपने को आदर नहीं दे सकते। तुम जो भी हो उसके प्रति इतनी निंदा से भरे हो, तुम इतनी आत्मनिंदा से भरे हो

कि अगर तुम्हें पता चले कि तुम्हारा गुरु तुम्हारे जैसा ही है तो उसके लिए तुम्हारा आदर समाप्त हो जाएगा। उसे तुम्हारे ठीक विपरीत होना चाहिए। तभी तुम्हें भरोसा हो सकता है कि वह तुम्हें दूसरे किनारे पर पहुंचा देगा। तब तुम उसके पीछे चल सकते हो।

तो अनुयायियों और गुरुओं के बीच सदा ही गहरा संबंध रहा है। तुम सदा उन्हें विपरीत ध्रुवों पर पाओगे। अनुयायी विपरीत ध्रुव पर होगा, इस कारण ही तो वह अनुयायी है। अगर तुम्हें भोजन में बहुत रस है तो तुम उस आदमी को आदर दोगे जो लंबे उपवास करता है। वह तुम्हारे लिए चमत्कार है और तुम्हें आशा है कि तुम भी किसी दिन उसके जैसे हो जाओगे। वह तुम्हारा भविष्य बन जाएगा। तुम उसे सम्मान दोगे, तुम उसकी पूजा करोगे। वह तुम्हारे आदर्श की प्रतिमा है।

लेकिन यह आदर्श तुम्हें तुम जो हो वही बने रहने की सुविधा देता है। वह तुम्हें बदलने नहीं देता। बदलने का प्रयत्न ही, बदलने का विचार ही बाधा है। तंत्र की यही दृष्टि है।

तंत्र कहता है कि तुम जो भी हो उसे स्वीकार करो, कोई आदर्श निर्मित मत करो। सब आदर्श सपने हैं, झूठे हैं। जो है उसे स्वीकार करो, उसे भला या बुरा मत कहो, उसे उचित या अनुचित मत कहो, उसे तर्कसंगत बनाने की कोशिश न करो। उसे जीओ और देखो कि यही सचाई है। तथ्य के साथ रहो और तथ्य को स्वीकार करो।

यह कठिन है, बहुत कठिन है। लेकिन यह कठिन क्यों है? क्योंकि तथ्य को स्वीकारते ही तुम्हारा अहंकार चूर-चूर हो जाता है। तब तुम जानते हो कि तुम एक कामुक पशु हो। तब ब्रह्मचर्य का ऊंचा आदर्श तुम्हारे अहंकार को कुछ भी सहारा न दे सकेगा। तब तुम जानते हो कि तुम निन्यानबे प्रतिशत पशु हो—यहां मैं एक प्रतिशत छोड़ देता हूं, ताकि तुम्हें बहुत ज्यादा चोट न लग जाए। महावीर, बुद्ध, कृष्ण और क्राइस्ट को आदर्श बनाकर तुम समझते हो कि तुम निन्यानबे प्रतिशत परमात्मा हो, सिर्फ एक प्रतिशत की कमी है जिसे देर-अबेर ईश्वर की कृपा से पूरा कर लोगे। और तब तुम जैसे हो उससे प्रसन्न अनुभव करते हो।

लेकिन उससे कुछ भी न होगा। उससे तुम सिर्फ असली समस्या को स्थगित कर सकते हो, असली संकट को टाल सकते हो। लेकिन जब तक तुम उस संकट का सामना नहीं करते, तुम रूपांतरित नहीं हो सकते। तुम्हें उससे गुजरना ही होगा, तुम्हें उसकी पीड़ा झेलनी ही होगी। जीवन की असलियत ही तुम्हें सत्य तक पहुंचा सकती है, कल्पना से काम नहीं होगा।

तो तथ्य के साथ जीओ। तुम जो भी हो, पशु या और कुछ, वही ठीक है। कामवासना है, क्रोध है, लोभ है, सब ठीक है। जो है सो है। जैसा है वैसा है। जगत तुम्हारे लिए इसी रूप में घटित हुआ है। तुमने अपने को इसी रूप में पाया है। जीवन ने तुम्हें इसी भांति बनाया है। और इसी भांति जीवन तुम्हें कहीं लिए जा रहा है। यही तुम्हारी नियति है। अपनी ओर से सब तनाव छोड़ दो, विश्राम में उतर जाओ। और जीवन तुम्हें जहां ले जाना चाहे उसे वहां ले जाने दो।

लेकिन विश्राम में उतरने में कठिनाई है। कठिनाई क्या है? कठिनाई यह है कि अगर तुम शिथिल हुए, अगर तुम विश्राम में उतरे तो तुम्हारा अहंकार नहीं बचेगा। अहंकार को प्रतिरोध के द्वारा ही कायम रखा जा सकता है। जब तुम नहीं कहते हो, तुम्हारा अहंकार मजबूत होता है। और जब हां कहते हो, अहंकार विलीन हो जाता है।

यही कारण है कि किसी चीज को हां कहना इतना कठिन है। मामूली बातों में भी हां कहना कठिन है। नहीं कहना हमें रास आता है। लड़ने से अहंकार या मैं का भाव सुख अनुभव करता है। जब तुम किसी दूसरे से लड़ते हो तो अहंकार को अच्छा लगता है, जब स्वयं से लड़ते हो तो अहंकार को और भी अच्छा लगता है। क्योंकि दूसरों से लड़ने में और झंझटें आती हैं, अपने से लड़ने में कोई झंझट नहीं है। जब तुम दूसरों से लड़ते हो तो समाज तुम्हारे लिए समस्याएं खड़ी करेगा, लेकिन अगर स्वयं से लड़ोगे तो सारा समाज तुम्हारी पूजा करेगा।

यह अच्छा है, क्योंकि तब तुम किसी दूसरे की हानि नहीं करते हो। और जो लोग आत्म-पीड़क हैं उन्हें अगर अपने को सताने से रोका जाए तो वे दूसरों को सताने लगेंगे। अन्यथा उनकी ऊर्जा कहां जाएगी? इसलिए समाज उन मूढ़ों से प्रसन्न रहता है जो अपने को सताते हैं। समाज उनसे प्रसन्न इसलिए रहता है क्योंकि ऊर्जा उन पर ही लौट आती है, उससे किसी दूसरे की हानि नहीं होती।

इसीलिए तो हम उन्हें साधु-महात्मा कहते हैं। वे साधु हैं, क्योंकि वे बहुत हानि कर सकते हैं और कर रहे हैं, लेकिन अपनी ही हानि कर रहे हैं। वे आत्मघातक हैं। खूनी और हत्यारे अगर अपने ही विरोध में हो जाएं तो वे आत्मघातक हो जाएंगे। और समाज इससे खुश होता है कि चलो एक हत्यारे से मुक्ति हुई, क्योंकि वह आत्मघातक हो गया। समाज उसकी प्रशंसा करता है, उसे सम्मान देता है। लेकिन ऐसा व्यक्ति वही का वही बना रहता है। वह हिंसक ही बना रहता है, लेकिन अब वह स्वयं के प्रति हिंसक है।

अगर ऐसा व्यक्ति लोभी है तो वह लोभी ही बना रहता है, यद्यपि वह अलोभ की बात करता है। लेकिन इस अलोभ को देखो, उसे समझने की कोशिश करो। उसके आधार में सदा लोभ है। वे कहते हैं कि अगर तुम लोभ छोड़ दोगे तो ही तुम्हें स्वर्ग प्राप्त होगा। और स्वर्ग में क्या मिलेगा? वे ही सब चीजें जो लोभ खोजता है। तो स्वर्ग पाने के लिए लोभ छोड़ो, अलोभ धारण करो।

अगर तुम ब्रह्मचारी नहीं हो तो स्वर्ग नहीं पहुंच सकोगे। और तुम्हें स्वर्ग में मिलने क्या वाला है? यहां पृथ्वी पर जिन-जिन चीजों की निंदा करते हो, वे ही चीजें वहां मिलने वाली हैं। वहां सुंदर स्त्रियां मिलेंगी, अप्सराएं मिलेंगी, जिनका कोई मुकाबला नहीं है। क्योंकि यहां जो स्त्री आज सुंदर है वह कल कुरूप हो जाएगी, ऐसा शास्त्र समझाते हैं। लेकिन अप्सराएं कभी बूढ़ी नहीं होतीं, उनकी उम्र सोलह वर्ष पर रुक जाती है। यदि यहां ब्रह्मचर्य का पालन करोगे तो स्वर्ग में अप्सराएं भोगने को मिलेंगी।

लेकिन यह किस तरह का तर्क है? यह वही लोभ है, वही का वही लोभ, सिर्फ विषय बदल जाते हैं, समय-क्रम बदल जाता है। तुम भविष्य के लिए अपनी कामनाओं को स्थगित कर रहे हो। यह सौदेबाजी है।

तंत्र कहता है, मन की इस पूरी प्रक्रिया को, उसके ढंग-ढांचे को समझने की कोशिश करो। और तब अच्छा है कि लड़ना छोड़ दो, अच्छा है कि जैसे हो वैसे अपने को स्वीकार करो और जीवन को बहने दो। हमें डर लगता है कि अगर हम स्वीकार कर लेंगे तो हम बदलेंगे कैसे! और तंत्र कहता है कि स्वीकृति ही अतिक्रमण है। लड़कर तो तुमने देख लिया और तुम नहीं बदले। अपने पूरे जीवन को देखो, उसका विश्लेषण करो। और अगर तुम

ईमानदार हो तो तुम पाओगे कि तुम रंचमात्र भी नहीं बदले हो। अपने बचपन में लौटकर देखो, अपने पूरे जीवन को उघाड़कर देखो। और तुम पाओगे कि चाहे विचार या बातें कुछ भी करो, तुम्हारा यथार्थ जीवन वही का वही रहा है। और तुम निरंतर लड़ते रहे हो और कुछ भी नहीं हुआ।

तो अब तंत्र का प्रयोग करो। तंत्र कहता है कि लड़ो मत, लड़कर कोई कभी नहीं बदलता है। स्वीकार करो। और फिर यह प्रश्न नहीं रहता है कि भोग क्या है और दमन क्या है, ब्रह्मचर्य क्या है और यह-वह क्या है। तब कोई प्रश्न नहीं रहता है। जो भी है, तुम उसे स्वीकार करते हो और उसके साथ बहते हो। तुम अपने अहंकार के प्रतिरोध को छोड़ देते हो और अस्तित्व के साथ विश्रामपूर्ण हो जाते हो। और तब जीवन तुम्हें जहां ले जाए वहां जाने को तुम राजी हो। अगर अस्तित्व की नियति कहती है कि तुम्हें पशु रहना है तो तंत्र कहता है कि तुम पशु रहने को राजी हो जाओ। इससे क्या होगा और कैसे होगा?

तंत्र कहता है कि समग्र स्वीकार से समग्र रूपांतरण घटित होता है। क्योंकि जब तुम स्वीकार कर लेते हो तो आंतरिक विभाजन विसर्जित हो जाता है। और तुम अखंड हो जाते हो, एक हो जाते हो। तब तुम्हारे भीतर दो नहीं रहे, संत और पशु नहीं रहे। अभी दोनों एक साथ हैं। संत पशु के दमन में लगा है और पशु प्रत्येक क्षण संत को उखाड़ फेंकने में लगा है। तब दोनों विदा हो जाएंगे। तब तुममें खंड नहीं होंगे। तब तुम अखंड हो।

और यह अखंडता ऊर्जा देती है। तुम्हारी सब ऊर्जा आंतरिक द्वंद्व और संघर्ष में नष्ट हो जाती है। यह स्वीकृति तुम्हें एकजुट कर देती है। अब न वह पशु रहा जिसकी निंदा की जाए और न वह संत रहा जिसको उछाला जाए। तुम अब जो भी हो वह हो। तुमने उसे स्वीकार कर लिया है, तुम उसके साथ विश्राम में हो, इसलिए तुम्हारी सब ऊर्जा इकट्ठी हो गई है। तब तुम अखंड हो, पूर्ण हो। तब तुम अपने भीतर बंटे नहीं हो।

यह अखंडता, यह संपूर्णता ही वह कीमिया है जो रूपांतरित करती है। इस संपूर्णता के साथ तुम ऊर्जावान होते हो। अब तुम अपने जीवन का अपव्यय नहीं करते, क्योंकि कोई आंतरिक द्वंद्व न रहा। अब तुम अपने भीतर चैन में हो। और द्वंद्व-मुक्त होने से जो ऊर्जा प्राप्त होती है वही ऊर्जा तुम्हारा बोध बन जाती है, चेतन्य बन जाती है।

ऊर्जा दो आयामों में गति कर सकती है। अगर वह संघर्ष में उतरती है तो वह रोज-रोज नष्ट होगी। लेकिन अगर संघर्ष न हो और ऊर्जा इकट्ठी होती जाए तो एक दिन वही ऊर्जा रूपांतरण बन जाती है। यह वैसे ही है जैसे पानी को गर्म करते हो। और जब सौ डिग्री पर पहुंच जाता है तब पानी कुछ और हो जाता है। तब पानी पानी नहीं रहता, भाप बन जाता है। निन्यानबे डिग्री पर भी पानी भाप नहीं बनेगा, सिर्फ सौ डिग्री पर ही वह रूपांतरित होगा।

वही प्रक्रिया अंतस जगत में घटती है। तुम तो रोज-रोज अपनी ऊर्जा नष्ट कर रहे हो, इसलिए वाष्पीभूत होने का बिंदु कभी नहीं आता है। वह नहीं आ सकता, क्योंकि ऊर्जा ही इकट्ठी नहीं हो पाती है। आंतरिक संघर्ष के विदा होते ही ऊर्जा संगृहीत होने लगती है और तुम ज्यादा से ज्यादा सबल होते जाते हो।

लेकिन यह बात अहंकार के लिए नहीं है, अहंकार तो संघर्ष से ही शक्तिशाली अनुभव करता है। जब संघर्ष नहीं रहता तो अहंकार नपुंसक अनुभव करता है। लेकिन तब तुम

शक्तिशाली अनुभव करते हो। और यह तुम सर्वथा भिन्न चीज है। जब तक तुम अखंड नहीं होते हो, एक नहीं होते हो, तब तक तुम इसे नहीं जान सकते। अहंकार तोड़ने में जीता है, विभाजन में जीता है। और यह तो वह तुम है जिसे हम आत्मा कहते हैं। वह आत्मा तब पैदा होती है जब विभाजन नहीं रहता है, संघर्ष नहीं रहता है। आत्मा का अर्थ है : संपूर्ण। आत्मा का अर्थ है: अखंड ऊर्जा। और जब ऊर्जा अखंड होती है तो वह संगृहीत होने लगती है।

तुम रोज-रोज ऊर्जा का सृजन करते हो, तुम्हारे भीतर जीवन-ऊर्जा निर्मित होती रहती है। लेकिन तुम इस ऊर्जा को संघर्ष में गंवा देते हो। यही ऊर्जा एक बिंदु पर पहुंचकर बोध बन जाती है, चैतन्य बन जाती है। यह अपने आप होता है। तंत्र कहता है कि यह अपने आप होता है। जब तुम जानोगे कि अखंड कैसे हुआ जाता है, समग्र कैसे हुआ जाता है, तब तुम ज्यादा से ज्यादा सजग और बोधपूर्ण हो जाओगे। और एक दिन आएगा जब तुम्हारी समग्र ऊर्जा बोध में रूपांतरित हो जाएगी।

और जब ऊर्जा बोध में रूपांतरित होती है तो बहुत सी चीजें घटित होती हैं। अब यह ऊर्जा कामवासना में नहीं जा सकती। जब वह ऊंचे आयाम में गति कर सकती है तो वह नीचे आयाम में नहीं जा सकती। तुम्हारी ऊर्जा नीचे की तरफ प्रवाहित होती है, क्योंकि तुम्हारे लिए कोई ऊंचा आयाम उपलब्ध नहीं है। और तुम्हें ऊर्जा का वह तल भी नहीं उपलब्ध है जहां से ऊर्जा ऊर्ध्वगमन करती है। इसलिए वह कामवासना में गति करती रहती है। और जब वह कामवासना बनती है तो तुम भयभीत हो जाते हो और ब्रह्मचर्य का आदर्श निर्मित कर लेते हो। इस आदर्श के कारण तुम विभाजित हो जाते हो और तुम्हारी शक्ति क्षीण होने लगती है। इस तरह तुम्हारी शक्ति नष्ट होती है।

यह एक महत्वपूर्ण अनुभव है कि जब तुम कमजोर होते हो तो अधिक कामुक अनुभव करते हो। जीवशास्त्र की दृष्टि से यह बात अत्यंत बेतुकी मालूम पड़ती है, क्योंकि जीवशास्त्र कहता है कि जब तुम शक्तिशाली हो, तब उन्हें अधिक कामुक होना चाहिए। लेकिन ऐसी बात नहीं है। जब तुम दुर्बल हो, बीमार हो, तब कामवासना ज्यादा सताती है। जब तुम स्वस्थ हो, जब एक सूक्ष्म ढंग का स्वास्थ्य तुम्हें उपलब्ध है, तब तुम उतने कामुक नहीं अनुभव करते। और तब कामवासना की गुणवत्ता भी और होगी। जब तुम कमजोर हो तो तुम्हारी कामवासना भी रुग्ण होगी। और तब एक दुष्ट-चक्र निर्मित हो जाएगा। काम-भोग के जरिए तुम ज्यादा कमजोर हो जाओगे और जितने ज्यादा कमजोर होओगे उतने ही ज्यादा कामुक होते जाओगे। और तब कामुकता मस्तिष्कगत हो जाएगी, वह काम-केंद्र से हटकर मस्तिष्क में समा जाएगी।

और जब तुम स्वस्थ होते हो, जब भले-चंगे होते हो, जब तुम आनंदित अनुभव करते हो, विश्रामपूर्ण होते हो, तब तुम कामुक नहीं होते। और यदि सेक्स घटता भी है तो वह रुग्णता नहीं है। तब वह ऊर्जा का अतिरेक है, तब वह ऊर्जा की बाढ़ है। उसकी गुणवत्ता ही और है। जब काम ऊर्जा की बाढ़ की तरह घटता है तो वह प्रेम है, जो जैविक ऊर्जा के द्वारा अपने को अभिव्यक्त करता है। वह जैविक ऊर्जा के द्वारा गहन मिलन बन जाता है, गहरा संपर्क बन जाता है। वह प्रेम का ही हिस्सा है।

और जब तुम कमजोर होते हो, जब काम-ऊर्जा बाढ़ नहीं बनती, तब काम-भोग अपने प्रति ही हिंसा है। और आत्म-हिंसा कभी प्रेम नहीं बन सकती है। दुर्बल आदमी कामवासमना में

▲

उतर सकता है, लेकिन उसका काम कभी प्रेम नहीं हो सकता। यह करीब-करीब बलात्कार है, दोनों के प्रति बलात्कार है; उसके अपने प्रति भी बलात्कार है। लेकिन तब एक दुष्ट-चक्र निर्मित हो जाता है, वह जितना दुर्बल होता है उतना ही कामुक होता जाता है।

लेकिन ऐसा क्यों होता है? जीवशास्त्र के पास इसका कोई उत्तर नहीं है, लेकिन तंत्र के पास इसका उत्तर है। तंत्र कहता है कि कामवासना मृत्यु का एंटीडोट है। कामवासना समाज के लिए जीवन है। तुम मर जाओगे, लेकिन जीवन चलता रहेगा। इसलिए जब तुम निर्बल होते हो, मृत्यु करीब मालूम पड़ती है। तंत्र कहता है कि तब कामवासना बहुत प्रबल हो जाती है, क्योंकि तुम किसी भी क्षण समाप्त हो सकते हो। तुम्हारी ऊर्जा का तल नीचे गिर गया है, तुम किसी भी क्षण मर सकते हो। इसलिए कामवासना प्रबल हो जाती है, ताकि कोई नया जीवन तुम्हारी जगह ले और जीवन चलता रहे।

तंत्र की दृष्टि में बूढ़े लोग युवकों से ज्यादा कामुक होते हैं। और यह दृष्टि बहुत गहरी है। युवक में शक्ति ज्यादा होती है, लेकिन कामुकता उतनी नहीं होती। बूढ़े लोगों में शक्ति कम होती है, लेकिन वे कामुक ज्यादा होते हैं। अगर हम किसी बूढ़े के मन में प्रवेश कर सकें तो पता चलेगा कि क्या स्थिति है। जहां तक काम-ऊर्जा का संबंध है, बूढ़े में वह कम है और युवक में ज्यादा। लेकिन जहां तक कामुकता का संबंध है, काम-चिंतन का संबंध है, वह युवक से बूढ़े में ज्यादा है। मृत्यु करीब आ रही है, इसलिए क्षीण होती ऊर्जा चाहेगी कि किसी को जन्म दे जाए। जीवन को चलते रहना है। जीवन को तुम्हारी चिंता नहीं है, उसे अपनी चिंता है। और यही दुष्ट-चक्र है।

और यही बात विपरीत क्रम में भी घटित होती है। अगर तुम ऊर्जा से लबालब हो तो कामवासना कम और प्रेम ज्यादा महत्वपूर्ण हो जाता है। और तब काम प्रेम के ही एक अंग की तरह, एक गहन मिलन की तरह घटित होता है। जैविक-ऊर्जा का मिलन सबसे गहरा मिलन है, क्योंकि वही जीवन-शक्ति है। तुम जिसे प्रेम करते हो उसे कुछ देना चाहोगे। देना प्रेम का अंग है। प्रेम में तुम कुछ भेंट देते हो। और सबसे बड़ी भेंट अपनी जीवन-ऊर्जा की भेंट है। प्रेम में सेक्स जैविक ऊर्जा की, जीवन की भेंट बन जाता है। तुम अपना एक अंश भेंट करते हो। सच तो यह है कि प्रत्येक संभोग में तुम अपने को समग्रतः दे देते हो। और तब एक दूसरा वर्तुल निर्मित होता है, तुम जितने प्रेमपूर्ण होते हो उतने ही सबल भी होते हो। तुम जितना प्रेम करते हो, जितना प्रेम देते हो, उतने ही सबल होते जाते हो। क्योंकि प्रेम में अहंकार विलीन हो जाता है, प्रेम में तुम्हें जीवन के साथ बहना पड़ता है।

राजनीति में रहकर तुम्हें जीवन के साथ बहने की जरूरत नहीं है। राजनीति में रहकर जीवन के साथ बहना मूढ़ता होगी। क्योंकि राजनीति में तो जीवन के विरुद्ध बहना पड़ता है, तभी तुम राजनीति में ऊपर उठ सकते हो। अगर तुम दुकानदार हो तो तुम जीवन के साथ बहने की मूढ़ता न करोगे। जीवन के साथ बहकर तुम कहीं के न रहोगे। बाजार में तुम्हें प्रतियोगिता करनी होगी, संघर्ष करना होगा, हिंसा करनी होगी। वहां तुम जितने हिंसक बनोगे, जितने पागल बनोगे, उतने ही सफल होओगे। व्यवसाय संघर्ष है।

प्रेम में, केवल प्रेम में प्रतियोगिता नहीं है, संघर्ष नहीं है, हिंसा नहीं है। प्रेम में तो तुम तभी जीतते हो जब समर्पण करते हो। इसलिए पृथ्वी पर प्रेम ही एकमात्र अपार्थिव तत्व है,

संसार में प्रेम ही एकमात्र गैर-सांसारिक चीज है, अलौकिक वस्तु है। और अगर तुम प्रेम में हो तो तुम ज्यादा अखंड होगे, ज्यादा समग्र बनोगे। तब तुम्हारे पास ज्यादा से ज्यादा ऊर्जा संगृहीत होगी। और जितनी ज्यादा ऊर्जा होगी, कामुकता उतनी कम होगी। और फिर एक क्षण आता है जब ऊर्जा उस जगह पहुंचती है जहां रूपातरण घटित होता है और वही ऊर्जा बोध बन जाती है। तब काम विदा हो जाता है और सिर्फ प्रेमपूर्ण हार्दिकता, मात्र करुणा बच रहती है।

बुद्ध के चारों ओर जो प्रेमपूर्ण करुणा की आभा फैली है वह काम-ऊर्जा का ही रूपांतरण है। लेकिन तुम इसे लड़कर नहीं प्राप्त कर सकते, क्योंकि लड़ने से तुम विभाजित होते हो और विभाजन तुम्हें ज्यादा कामुक बनाता है। यह तंत्र की दृष्टि है, यह उससे सर्वथा भिन्न है जिसे तुम काम या ब्रह्मचर्य समझते हो। केवल तंत्र के द्वारा ही सच्चा ब्रह्मचर्य, सच्ची निर्दोषता घटित होती है। लेकिन वह फल नहीं, परिणति है, वह समग्र स्वीकार की छाया है।

**दूसरा प्रश्न :**

***मेरा मन कहता है कि में आपका संदेश ग्रहण करने के लिए तत्पर हूं, लेकिन अंत में मैं प्रतिरोध करने लगता हूं और थक जाता हूं। मुझे संदेह है कि अगर मैं कामवासना के तल पर खुला रहता तो मैं आपके संदेश के प्रति भी खुला रहता। तो क्या गुरु के प्रति खुला होने और कामवासना के प्रति खुला होने के बींच कोई संबंध है? मेरी पृष्ठभूमि, मेरा अतीत जीवन समर्पण का एक नकारात्मक और निष्क्रिय अर्थ प्रदान करता है। मुझे ऐसा लगता है कि जब तक मैं अपने चित्त की इस नकारात्मकता को ऊपर नहीं उठता तब तक मैं गहरे नहीं जा सकता हूं। क्या समर्पण तब भी संभव है जब कि उसका विपरीत भाव इतनी गहरी जड़ जमाकर बैठा हो?***

हां, समर्पण और काम के बीच संबंध है, क्योंकि काम पहला समर्पण है। वह जैविक समर्पण है, जिसे तुम आसानी से अनुभव कर सकते हो। समर्पण का क्या अर्थ है? उसका अर्थ है खुला होना, निर्भय होना, ग्राहक होना। उसका अर्थ है दूसरे को अपने में प्रवेश देना। जैविक तल पर, प्रकृति के तल पर काम वह बुनियादी अनुभव है जिसमें तुम अनायास दूसरे को अपने में प्रवेश देते हो, या किसी को अपने इतने करीब आने देते हो कि उससे कोई बचाव नहीं करते, कोई प्रतिरोध नहीं करते। तुम उसके साथ बहते हो, विश्रामपूर्ण होते हो, निर्भय होते हो। उसके संग में तुम्हें भविष्य की चिंता नहीं रहती, परिणाम की चिंता नहीं रहती, तुम बस उस क्षण में होते हो। उस क्षण में यदि मृत्यु भी हो जाए तो तुम उसे स्वीकार कर लोगे।

गहन प्रेम में प्रेमियों ने सदा अनुभव किया है कि मरने के लिए यही ठीक क्षण है। अगर मृत्यु आ जाए तो उस क्षण में मृत्यु का भी स्वागत किया जा सकता है। प्रेमी खुले होते हैं, मृत्यु के प्रति भी खुले होते हैं। अगर तुम जीवन के प्रति खुले हो तो मृत्यु के प्रति भी खुले रहोगे। और अगर तुम जीवन के प्रति बंद हो तो मृत्यु के प्रति भी बंद रहोगे। जो लोग मृत्यु से भयभीत हैं वे बुनियादी रूप से जीवन से भयभीत हैं। असल में वे जी नहीं पाए, यही कारण है कि वे मृत्यु से भयभीत हैं। और यह भय स्वाभाविक है। अगर तुम जीवन को नहीं जी पाए हो तो तुम मृत्यु से अनिवार्यतः भयभीत होओगे। क्योंकि मृत्यु तुम्हें जीने के अवसर से वंचित कर

देगी। अब तक तुम जीए ही नहीं और मृत्यु आ गई तो फिर तुम कब जीओगे?

जो आदमी जीवन को प्रगाढ़ता से जीता है वह मृत्यु से नहीं डरता है। वह तृप्त है और अगर मृत्यु भी उसके सामने आ जाए तो वह उसका भी स्वागत करेगा, उसे भी स्वीकार करेगा। जीवन उसे जो कुछ दे सकता था, वह उसने पा लिया है। जीवन में जो कुछ जाना जा सकता था, वह उसने जान लिया है। अब वह आसानी से मृत्यु में प्रवेश कर सकता है। वह तो स्वेच्छा से मृत्यु में जाना पसंद करेगा, ताकि कुछ अज्ञात, कुछ नया जाना जा सके।

काम में, प्रेम में तुम निर्भय होते हो। तुम भविष्य में मिलने वाली किसी चीज के लिए नहीं लड़ रहे हो, यही क्षण तुम्हारे लिए स्वर्ग है, यही क्षण शाश्वत है।

लेकिन जब मैं यह कहता हूं तो उसका यह अर्थ नहीं है कि तुमने काम के द्वारा यह अनुभव प्राप्त कर लिया है। अगर तुम भयभीत हो, प्रतिरोध कर रहे हो तो सेक्स में तुम्हें बस जैविक राहत का अनुभव होगा, तुम बस तनाव-मुक्त हो जाओगे, लेकिन तुम्हें उस समाधि का अनुभव नहीं होगा जिसकी तंत्र चर्चा करता है।

विलहेम रेख कहता है कि जब तक संभोग में तुम्हें प्रगाढ़ आर्गाज्म का, काम-समाधि का अनुभव नहीं होता, तब तक समझना कि तुमने काम को नहीं जाना। वह मात्र काम-ऊर्जा का बहिर्गमन नहीं है, तुम्हारे पूरे शरीर को विश्राम में डूब जाना चाहिए। तब काम का अनुभव काम-केंद्र पर ही सीमित नहीं रहता है, वह पूरे शरीर पर फैल जाता है। तुम्हारे शरीर की रग-रग उससे नहा जाती है और तुम्हें एक शिखर-अनुभव प्राप्त होता है, जिसमें तुम शरीर नहीं रहते। अगर तुमने संभोग में इस शिखर-अनुभव को नहीं जाना है जिसमें तुम शरीर नहीं रहते तो तुमने काम को जाना ही नहीं। इसलिए विलहेम रेख एक विरोधाभासी बात कहता है, वह कहता है कि सेक्स इज़ स्प्रिचुअल—काम-भोग आध्यात्मिक है।

तंत्र भी यही कहता है और उसका अर्थ यह है कि गहरे काम-भोग में तुम शरीर नहीं रहोगे, तुम कंपती-डोलती हुई ऊर्जा मात्र रह जाओगे। तुम्हारा शरीर बहुत पीछे छूट जाएगा, तुम उसे बिलकुल भूल जाओगे, वह नहीं जैसा हो जाएगा। तुम भौतिक जगत के हिस्से नहीं रहोगे, तुम अपार्थिव हो जाओगे। तभी काम-समाधि घटित होती है। संभोग के संबंध में तंत्र यही कहता है। उसमें एक ऐसे संमग्र विश्राम का भाव आता है, जहां व्यक्ति आप्तकाम अनुभव करता है, जहां किसी भी चीज की चाह नहीं रह जाती है। जब तक संभोग में यह भाव न उठे—यह अचाह का भाव—तब तक तुमने संभोग बिलकुल नहीं जाना। हो सकता है कि तुमने बच्चे पैदा किए हों, वह आसान है, लेकिन वह भिन्न चीज है।

काम में अध्यात्म का अनुभव केवल मनुष्य उपलब्ध कर सकता है, अन्यथा कामवासना महज पाशविक वृत्ति है। लेकिन जब साधु-महात्मा कामवासना की निंदा करते हैं तो तुम कहते हो कि वे सही हैं। और जब तंत्र कुछ और कहता है तो उसमें भरोसा करना कठिन होता है, क्योंकि वह तुम्हारा अनुभव नहीं है। यही कारण है कि तंत्र का संदेश अब तक विश्वव्यापी नहीं हो सका। लेकिन उसका भविष्य उज्जवल है, क्योंकि मनुष्य जितना ही विवेकशील होगा, जितनी उसकी समझ बढ़ेगी, उतना ही ज्यादा तंत्र भी स्वीकृत होगा। पिछले सौ वर्षों में मनोविज्ञान ने उस संसार का आधार रख दिया है जो तांत्रिक संसार होगा।

लेकिन तुम तो उसकी हां में हां मिलाते हो जो काम की निंदा करता है, क्योंकि तुम्हारा

अनुभव भी वही है। तुम भी जानते हो कि उसमें कुछ नहीं होता है, कामवासना में उतरने के बाद तुम थकावट ही अनुभव करते हो। इसीलिए काम की इतनी निंदा होती है, जब भी तुम उसमें उतरते हो तुम उदास हो जाते हो और बाद में पश्चात्ताप करते हो।

तंत्र, विलहेम रेख, फ्रायड और दूसरे जानने वाले लोग इस बात में बिलकुल एकमत हैं कि अगर संभोग में तुम्हें आर्गज्म उपलब्ध हो तो उसकी पुलक घंटों रहेगी और तुम सर्वथा भिन्न अनुभव करोगे। तुम्हें कोई चिंता नहीं रहेगी, कोई तनाव नहीं रहेगा, बस आह्लाद का भाव होगा, समाधि का भाव होगा। और वह समाधि तभी घटित होती है जब तुम उसमें पूरे मुक्त भाव से उतरते हो, अपने को जरा भी बचाकर नहीं रखते। जब तुम लड़ते नहीं, जीवन-ऊर्जा के साथ बहते हो।

जीवन-ऊर्जा के दो तल हैं और उन्हें समझ लेना अच्छा रहेगा। मैं उस दिन श्वास की चर्चा कर रहा था। मैंने तुम्हें बताया कि श्वास तुम्हारी स्वैच्छिक व्यवस्था और तुम्हारी गैर-स्वैच्छिक व्यवस्था के बीच सेतु है। तुम्हारे शरीर का बड़ा भाग गैर-स्वैच्छिक है।

खून दौड़ता रहता है और तुम्हें उसके लिए कुछ भी नहीं करना पड़ता है, वह अपने आप ही दौड़ता रहता है। सिर्फ पिछले तीन सौ वर्षों से आदमी को पता है कि खून दौड़ता है। उसके पहले समझा जाता था कि शरीर में बस खून भरा है—नहीं कि वह भीतर बहता रहता है। कारण यह है कि तुम्हें उसके बहने का एहसास नहीं होता है, वह तुम्हारे बिना ही, तुम्हारे अनजाने ही अपना काम करता है। वह गैर-स्वैच्छिक है।

तुम भोजन लेते हो। भोजन लेने के बाद ही शरीर अपना काम शुरू कर देता है। मुंह के आगे तुम्हारी कोई जरूरत नहीं है। ज्यों ही भोजन मुंह से नीचे उतरता है कि शरीर उसे अपने हाथ में ले लेता है, गैर-स्वैच्छिक व्यवस्था अपना काम शुरू कर देती है। और यह अच्छा ही है कि यह काम ऐसे होता है। अगर यह काम तुम्हारे हाथ में होता तो तुम उसे भी चौपट कर देते। यह काम अपने आप में इतना बड़ा है कि अगर तुम्हें करना पड़ता तो फिर तुम और कोई काम नहीं कर सकते थे। एक कप चाय पीने के बाद तुम्हें पूरा दिन उसी चाय में व्यस्त रहना पड़ता कि कैसे उसे खून में रूपांतरित करें। काम ही इतना बड़ा है।

तो शरीर गैर-स्वैच्छिक ढंग से काम करता है। लेकिन थोड़े से काम हैं जो हम स्वैच्छिक ढंग से कर सकते हैं। मैं अपने हाथ को चला सकता हूं, लेकिन मैं उस खून को नहीं चला सकता जो हाथ को चलाता है। मैं उसकी व्यवस्था के साथ कुछ नहीं कर सकता हूं, लेकिन मैं हाथ को चला सकता हूं। मैं अपने शरीर को चला सकता हूं, लेकिन उसके भीतर जो कुछ हो रहा है, उसके साथ मैं कुछ नहीं कर सकता। मैं उस व्यवस्था में हस्तक्षेप नहीं कर सकता जो उसके भीतर है। मैं कूद सकता हूं, मैं दौड़ सकता हूं, बैठ सकता हूं, लेट सकता हूं, लेकिन भीतर मैं कुछ भी नहीं कर सकता। सिर्फ सतह पर मुझे थोड़ी स्वतंत्रता है।

सेक्स बहुत रहस्यपूर्ण घटना है। तुम उसे आरंभ तो करते हो, लेकिन एक क्षण आता है जब तुम नहीं होते हो। सेक्स का आरंभ तो स्वैच्छिक है, लेकिन फिर उसकी एक सीमा है। अगर तुम उस सीमा के पार गए तो फिर लोट नहीं सकते। सीमा के भीतर रहने पर वापस लौटा जा सकता है। इसलिए सेक्स स्वैच्छिक और गैर-स्वैच्छिक दोनों है। एक सीमा तक तुम्हारे मन की जरूरत पड़ती है। लेकिन अगर तुमने अपना मन, अपनी बुद्धि, अपनी चेतना,

अपना धर्म, अपना दर्शन, अपनी जीवन-शैली, सब कुछ बचाए रखा, अगर तुमने अपना मन विसर्जित नहीं किया तो फिर सीमा का अतिक्रमण नहीं हो सकेगा और तुम स्वैच्छिक क्षेत्र में ही सेक्स का अनुभव करते रहोगे।

वही हो रहा है। और तब संभोग के बाद तुम थकावट महसूस करोगे, तुम उसके विरोध में हो जाओगे, तब तुम उसके विरुद्ध व्रत लोगे, तब तुम्हें जीवन से ही विराग होने लगेगा। यह ठीक है कि ये व्रत-नियम ज्यादा दिन नहीं चलेंगे, चौबीस घंटे के भीतर तुम ठीक हो जाओगे और फिर कामवासना में उतरने को तैयार हो जाओगे। लेकिन वह पुनरुक्ति हो जाती है और सारी चीज व्यर्थ हो जाती है। तुम फिर-फिर ऊर्जा इकट्ठी करते हो, फिर-फिर उसे बाहर फेंकते हो और उससे कुछ भी फलित नहीं होता है। और यह एक लंबी ऊब का, विरसता का सिलसिला बन जाता है। और इसीलिए वे साधु-महात्मा तुम्हें प्रभावित करते हैं जो कामवासना की निंदा करते हैं, उनकी बात तुम्हें समझ आती है

लेकिन तुम्हें गैर-स्वैच्छिक संभोग का पता नहीं है। वह सेक्स का सबसे गहरा जैविक आयाम है, जिसे कभी तुमने स्पर्श नहीं किया है। तुम सदा सीमा से ही लौट आते रहे, क्योंकि सीमा पर भय लगता है। उस सीमा के पार तुम्हारा अहंकार नहीं बचेगा, उस सीमा के पार तुम खुद नहीं बचोगे। उस सीमा के पार तुम काम-ऊर्जा के बस में हो जाओगे, काम-ऊर्जा तुम्हें आविष्ट कर लेगी। तब तुम कुछ करोगे जिस पर तुम्हारा नियंत्रण नहीं रहेगा। और जब तक तुम इस अनियंत्रित क्षेत्र में नहीं प्रवेश करते तब तक आर्गाज्म को नहीं उपलब्ध हो सकते। इस अनियंत्रित जीवन-ऊर्जा को जानते ही तुम नहीं रहते, तुम सागर में लहर जैसे हो जाते हो। और तब चीजें अपने आप ही घटित होती हैं, उन पर तुम्हारा बस नहीं रहता। असल में तुम सक्रिय नहीं रहते, निष्क्रिय हो जाते हो। शुरू में ही तुम सक्रिय होते हो, फिर एक क्षण आता है जब तुम निष्क्रिय हो जाते हो। और तभी आर्गाज्म, काम-समाधि घटित होती है।

अगर तुम इस अनुभव को जान लो तो फिर तुम बहुत सी चीजें समझ सकते हो। तब तुम समझ सकोगे कि धार्मिक समर्पण क्या चीज है। तब तुम गुरु के प्रति शिष्य के समर्पण को समझ सकोगे। तब तुम अस्तित्व के प्रति किसी के समर्पण को भी समझ सकोगे। लेकिन अगर तुम किसी भी समर्पण से परिचित नहीं हो तो तुम्हें इसकी कल्पना भी नहीं हो सकती कि समर्पण क्या है।

तो यह सही है कि सेक्स या काम समर्पण से गहरे ढंग से संबंधित है। अगर तुमने सेक्स का गहन अनुभव किया है तो तुम समर्पण करने में ज्यादा सक्षम होगे। क्योंकि तुमने समर्पण से आने वाले गहन सुख को जाना है, तुमने उस आनंद को जाना है जो समर्पण की छाया की तरह आता है। सेक्स जैविक समर्पण है, समाधि अस्तित्वगत समर्पण है। काम के द्वारा तुम जीवन का संस्पर्श करते हो, समाधि में तुम जीवन से भी गहरे उतरकर अस्तित्व के आधार को ही छू लेते हो। काम के द्वारा तुम स्वयं से दूसरे व्यक्ति में गति करते हो, समाधि में तुम स्वयं से समस्त में, पूरे ब्रह्मांड में गति कर जाते हो।

तो यदि तुम मुझे कहने दो तो तंत्र जागतिक संभोग है। यह पूरे जगत के प्रेम में पड़ना है, यह पूरे जगत के प्रति समर्पित होना है। और तुम्हें निष्क्रिय रहना है। एक सीमा तक सक्रिय होना है, लेकिन उसके पार तुम्हारी जरूरत नहीं रहती, उसके पार तुम बाधा बन सकते हो।

उसके पार सब कुछ जीवन-ऊर्जा के हाथ में छोड़ दो, अस्तित्व के हाथ में छोड़ दो।

दूसरी बात, अगर तुम समर्पण को नकारात्मक और निष्क्रिय मानते हो तो उसमें कोई भूल नहीं है। वह निष्क्रिय और नकारात्मक है, लेकिन यह निष्क्रियता और नकारात्मकता कोई निंदा की बात नहीं है। हमारे मन में नकार शब्द सुनते ही निंदा का भाव उठता है, निष्क्रिय शब्द सुनते ही निंदा उठती है, क्योंकि अहंकार के लिए ये दोनों मृत्यु जैसे हैं। निष्क्रिय होने में कोई गलती नहीं है। निष्क्रियता जगत के साथ गहन संपर्क में होने का ढंग है। तुम इस संपर्क में सक्रिय नहीं हो सकते हो।

धर्म और विज्ञान में यही भेद है। विज्ञान जगत के प्रति सक्रिय है, धर्म जगत के प्रति निष्क्रिय है। विज्ञान पुरुष चित्त जैसा है—सक्रिय, हिंसक, बलात्कारी। और धर्म स्त्रैण चित्त जैसा है—खुला, निष्क्रिय, ग्राहक। ग्राहकता सदा निष्क्रिय होती है।

तुम्हें सत्य को निर्मित नहीं करना है, उसे बस ग्रहण करना है। तुम सत्य का निर्माण नहीं कर सकते, सत्य तो है ही। उसे ग्रहण भर करना है। तुम आतिथेय हो जाओ तो सत्य तुम्हारा अतिथि हो जाएगा। तुम मेजबान बनो तो वह तुम्हारा मेहमान बन जाएगा। और मेजबान को निष्क्रिय ही रहना है। सत्य को ग्रहण करने के लिए गर्भ बनना पड़ता है। लेकिन तुम्हारा मन सक्रियता में प्रशिक्षित है, वह सदा कुछ करता रहता है। और यह वह जगत है जहां तुम्हारा कुछ करना ही बाधा बन जाता है। कुछ मत करो, बस होओ। निष्क्रियता का यही अर्थ है: कुछ मत करो, बस होओ; और जो है उसे होने दो। तुम्हें सक्रिय रूप से कुछ करना नहीं है, तुम्हें बस ग्राहक होने की जरूरत है। निष्क्रिय रहो, हस्तक्षेप मत करो।

निष्क्रियता में कोई दोष नहीं है। कविता तभी घटित होती है जब तुम निष्क्रिय होते हो। विज्ञान के बड़े से बड़े आविष्कार भी निष्क्रियता में ही घटित हुए हैं। लेकिन विज्ञान का रुझान सक्रिय है। विज्ञान में भी जो सर्वश्रेष्ठ है वह तब घटित होता है जब वैज्ञानिक निष्क्रिय होता है, प्रतीक्षातुर होता है, कुछ करता नहीं। और धर्म तो बुनियादी रूप से निष्क्रिय है।

बुद्ध जब ध्यान करते हैं तो क्या करते हैं? हमारी भाषा, हमारे शब्द गलत धारणा पैदा करते हैं। जब हम कहते हैं कि बुद्ध ध्यान कर रहे हैं तो शब्दों के कारण ऐसा प्रतीत होता है कि वे कुछ कर रहे हैं। लेकिन ध्यान का अर्थ है कुछ भी नहीं करना। अगर तुम कुछ कर रहे हो तो ध्यान नहीं होगा।

लेकिन सब करना सेक्स जैसा है: आरंभ में तुम्हें सक्रिय होना है, लेकिन तब एक क्षण आता है जब सब सक्रियता समाप्त हो जाती है और तुम निष्क्रिय हो जाते हो। जब मैं कहता हूं कि बुद्ध ध्यान कर रहे हैं तो उसका अर्थ है कि बुद्ध नहीं हैं; वे कुछ कर नहीं रहे, वे निष्क्रिय हैं। बुद्ध बस मेजबान हैं, प्रतीक्षा कर रहे हैं।

और जब तुम अज्ञात की प्रतीक्षा करते हो तो तुम कोई अपेक्षा भी नहीं कर सकते। असल में तुम नहीं जानते हो कि क्या होने जा रहा है। क्योंकि अगर तुम जानते हो तो प्रतीक्षा अशुद्ध हो गई और उसमें वासना प्रविष्ट हो गई। तुम कुछ नहीं जानते हो। तुम जो कुछ जानते थे वह विसर्जित हो गया है, सब ज्ञात गिर गया है। मन कुछ भी नहीं कर रहा है, मात्र प्रतीक्षा कर रहा है। और तब सब कुछ घटित होता है। तब सारा ब्रह्मांड तुममें समा जाता है, सभी दिशाओं से तुममें प्रवेश कर जाता है। तब सभी अवरोध गिर जाते हैं, तुम अपने को बिलकुल

नहीं बचाते हो।

निष्क्रियता में कोई भूल नहीं है, वरन तुम्हारी सक्रियता ही समस्या है। लेकिन हमें सक्रियता में प्रशिक्षित किया गया है। हमें द्वंद्व और संघर्ष और हिंसा में प्रशिक्षित किया गया है। और यह अपनी जगह ठीक भी है, क्योंकि संसार में निष्क्रियता से काम नहीं चलेगा। संसार में तो तुम्हें सक्रिय, संघर्षशील और कठोर होना पड़ेगा। लेकिन जो चीज संसार में सहयोगी होती है, वह तब सहयोगी नहीं होती जब तुम अस्तित्व के गहन तलों में प्रवेश करते हो। तब तुम्हें ठीक विपरीत दिशा में कदम रखने होंगे। अगर तुम राजनीति में हो, समाज में हो, धन की दौड़ में हो, तो तुम्हें सक्रिय होना पड़ेगा। लेकिन परमात्मा में, धर्म में, ध्यान में प्रवेश के लिए निष्क्रियता जरूरी है। वहां निष्क्रियता ही उपाय है।

और नकारात्मकता में भी कोई दोष नहीं है। नकारात्मक का अर्थ है कि कोई चीज छोड़नी है। उदाहरण के लिए, अगर मुझे इस कमरे में स्थान निर्मित करना है तो मैं क्या करूंगा? स्थान निर्मित करने की प्रक्रिया क्या है? मैं क्या करूंगा? क्या बाहर से स्थान लाकर इस कमरे को भर दूंगा? बाहर से स्थान नहीं लाया जा सकता है। स्थान तो यहां पहले से है, उससे ही तो यह कमरा कहलाता है। लेकिन यह लोगों से या फर्नीचर से या चीजों से भरा हुआ है। तो मैं उसे चीजों और लोगों से खाली कर देता हूं और तब स्थान फिर से उपलब्ध हो जाता है। यह स्थान कहीं से आया नहीं है, यह तो था ही। केवल भरा था, तो मैंने नकार की प्रक्रिया के द्वारा उसे खाली कर दिया।

नकार का अर्थ है, अपने को खाली करना। कुछ विधायक नहीं करना है, क्योंकि तुम जिसे पाना चाहते हो वह है ही। सिर्फ फर्नीचर को बाहर करना है। और मन के विचार ही फर्नीचर हैं। उन्हें हटा दो और मन आकाश बन जाता है। और वह आकाश ही तुम्हारी आत्मा है। जब वह विचारों से, कामनाओं से भरा होता है तब वह मन है; रिक्त, खाली होकर वह मन नहीं रह जाता। नकार चीजों को हटाने का, छांटने का उपाय है।

तो नकार और निष्क्रिय शब्दों से भयभीत मत होओ। यदि भयभीत होगे तो तुम कभी समर्पण नहीं कर सकते। समर्पण निष्क्रिय और नकारात्मक है। समर्पण किया नहीं जाता है, वरन समर्पण में सब करना छोड़ना पड़ता है, यह धारणा भी छोड़नी पड़ती है कि मैं कुछ कर सकता हूं। तुम कुछ नहीं कर सकते, यही समर्पण का बुनियादी भाव है। तभी समर्पण संभव है। यह नकारात्मक है, क्योंकि तुम अज्ञात में प्रवेश कर रहे हो। ज्ञात तो छूट गया।

यह अपने में चमत्कार ही है कि तुम किसी गुरु के प्रति समर्पण करते हो। क्योंकि तुम्हें यह भी नहीं मालूम है कि क्या होने जा रहा है और यह आदमी तुम्हारे साथ क्या करने वाला है। और तुम्हें यह भी पक्का नहीं है कि यह आदमी प्रामाणिक है या नहीं। तुम्हें पता नहीं है कि तुम किसको समर्पित हो रहे हो और वह तुम्हें कहां ले जाएगा। तुम पक्का पता करने की चेष्टा करोगे, लेकिन यह प्रयत्न ही बताता है कि तुम समर्पण के लिए तैयार नहीं हो।

समर्पण के पहले अगर तुम बिलकुल निश्चित हो कि यह आदमी तुम्हें कहां ले जाने वाला है, किस स्वर्ग में पहुंचाने वाला है और तब तुम समर्पण करते हो तो वह समर्पण समर्पण ही नहीं है। तब तुमने समर्पण ही नहीं किया। समर्पण सदा अज्ञात के प्रति होता है। जब सब चीज जान ली गई तो वह समर्पण नहीं है। तुमने तो पहले ही पता कर लिया कि यह

होने वाला है, कि दो और दो चार होते हैं, तब समर्पण नहीं है। तुम नहीं कह सकते कि मैं समर्पण करता हूं, क्योंकि मुझे चार का पता है। अनिश्चय में, असुरक्षा में समर्पण है।

इसलिए ईश्वर के प्रति समर्पण करना आसान है। वस्तुतः वहां कोई भी नहीं है और तुम अपने मालिक बने रहते हो। एक जीवित गुरु के प्रति समर्पण कठिन है, क्योंकि तब तुम मालिक नहीं रहते हो। ईश्वर के नाम पर तुम समर्पण का भ्रम पाल सकते हो, क्योंकि वहां कोई तुमसे पूछने वाला नहीं है।

मैं एक यहूदी कहानी पढ़ रहा था। एक बूढ़ा व्यक्ति परमात्मा से प्रार्थना कर रहा था। उसने कहा कि मेरा अ नामक पड़ोसी बहुत गरीब है, पिछले साल भी मैंने आपसे उसके लिए प्रार्था की थी, लेकिन आपने कुछ नहीं किया। और उसने कहा कि मेरा दूसरा पड़ोसी ब अपंग है। और बीते वर्ष में मैंने उसके लिए भी आपसे प्रार्थना की थी और उसके लिए भी आपने कुछ नहीं किया। और इस प्रकार वह गिनाता चला गया। उसने अपने सभी पड़ोसियों की चर्चा की और अंत में कहा: अब मैं इस वर्ष भी प्रार्थना करूंगा। अगर आप मुझे क्षमा कर दें तो मैं भी आपको क्षमा कर सकता हूं।

लेकिन वह आदमी अपने से ही बातें कर रहा था। परमात्मा से की गई सब बातचीत एकालाप है, वहां दूसरा कोई नहीं है। तो यह तुम्हारी अपनी मर्जी की बात है। तुम क्या करते हो, उसके तुम मालिक हो।

यही कारण है कि तंत्र में जीवित गुरु के प्रति समर्पण पर इतना जोर दिया जाता है, क्योंकि तब तुम्हारा अहंकार चूर-चूर हो जाता है। और अहंकार का विसर्जन ही आधार है। वही आधार है और तभी उससे कुछ संभव है।

लेकिन मुझसे यह मत पूछो कि समर्पण कैसे करें? तुम कुछ नहीं कर सकते। या तुम सिर्फ एक चीज कर सकते हो: इसके प्रति जागरूक हो जाओ कि करके भी मैं क्या कर सकता हूं! करके मैंने क्या पाया! अपने करने के प्रति जागरूक बनो। तुमने बहुत कुछ पाया है, तुमने बहुत दुख पाया है, तुमने बहुत संताप पाया है। तुमने अपने करने से यही पाया है। और यही है जिसे अहंकार पा सकता है। इसके प्रति सजग होओ। तुमने जो दुख, समर्पण किए बिना, सक्रिय रूप से, विधायक रूप से अर्जित किया है, उसके प्रति होशपूर्ण बनो। तुमने अपने जीवन के साथ जो किया है, उसके प्रति जागरूक बनो।

यही बोध एक दिन इन चीजों को कचरेघर में फेंकने में और समर्पण करने में तुम्हें सहयोगी होगा। और स्मरण रहे, तुम किसी गुरु के प्रति समर्पण से रूपांतरित नहीं होते, समर्पण से रूपांतरित होते हो। गुरु प्रासंगिक नहीं है, वह सवाल नहीं है।

बहुत लोग मेरे पास आकर कहते हैं कि हम समर्पण करना चाहते हैं, लेकिन किसके प्रति समर्पण करें? वह बात ही नहीं है, तुम तब बात ही चूक गए। प्रश्न यह नहीं है कि किसको समर्पण करें। समर्पण करने से ही बात बन जाती है। किसके प्रति समर्पण किया, वह व्यक्ति महत्वपूर्ण नहीं है। संभव है वहां कोई व्यक्ति न हो, संभव है वह व्यक्ति प्रामाणिक न हो, ज्ञानोपलब्ध न हो। यह भी संभव है कि वह कोई बदमाश हो।

लेकिन यह बात प्रासंगिक नहीं है। तुमने समर्पण किया, यही बात सहयोगी है। क्योंकि अब तुम खुले हो, ग्राहक हो, संवेदनशील हो। अब तुम स्त्रैण हो गए। पुरुष-अहंकार जाता

रहा और अब तुम स्त्रैण गर्भ बन गए।

जिस व्यक्ति के प्रति तुमने समर्पण किया, वह धोखेबाज भी हो सकता है। वह महत्वपूर्ण ही नहीं है, महत्वपूर्ण यह है कि तुमने समर्पण किया। अब तुम्हें कुछ घटित हो सकता है। अनेक बार ऐसा हुआ है कि नकली गुरुओं के साथ रहकर भी शिष्य ज्ञान को उपलब्ध हो गए हैं। तुम्हें जानकर आश्चर्य होगा कि झूठे गुरुओं के साथ रहकर भी शिष्य बुद्धत्व को उपलब्ध हो गए हैं।

मिलरेपा के संबंध में कथा है कि वह एक गुरु के पास गया और उसके प्रति समर्पित हो गया। मिलरेपा बहुत निष्ठावान, बहुत श्रद्धापूर्ण व्यक्ति था। जब गुरु ने कहा कि तुम्हें समर्पण करना होगा तो ही मैं तुम्हारी मदद करूंगा, तो मिलरेपा ने हां कर दी। अनेक लोगों को मिलरेपा से ईर्ष्या होने लगी, क्योंकि मिलरेपा बिलकुल भिन्न ढंग का व्यक्ति था। उसमें कोई चुंबकीय शक्ति थी। गुरु के पुराने शिष्य डरने लगे कि कहीं यह आदमी टिक गया तो यह प्रधान शिष्य हो जाएगा, अगला गुरु हो जाएगा। तो उन्होंने गुस्से कहा कि यह आदमी झूठा मालूम पड़ता है, इसकी परीक्षा होनी चाहिए कि क्या इसका समर्पण सच्चा है। गुरु ने पूछा कि किस ढंग की परीक्षा ली जाए? तो उन्होंने कहा कि इसे इस पहाड़ी से नीचे कूद जाने को कहा जाए—वे सब एक पहाड़ी पर बैठे थे।

तो गुरु ने मिलरेपा से कहा कि अगर तुम्हारा समर्पण सच्चा है तो इस पहाड़ी से नीचे कूद जाओ। मिलरेपा हां कहने के लिए भी नहीं रुका और पहाड़ी से नीचे कूद गया। शिष्यों ने सोचा कि वह मर गया। यह देखने के लिए वे पहाड़ी से नीचे उतरे, उन्हें घाटी में पहुंचने में घंटों लग गए। मिलरेपा वहां एक वृक्ष के नीचे बैठा ध्यान कर रहा था और वह बहुत प्रसन्न था—सदा की तरह प्रसन्न।

शिष्यों ने फिर इकट्ठे होकर इस बात पर विचार किया। उन्होंने सोचा कि यह एक संयोग हो सकता है। गुरु भी चकित हुआ। उसने मिलरेपा से एकांत में पूछा कि तुमने यह कैसे किया? यह चमत्कार कैसे घटित हुआ? मिलरेपा ने कहा कि मैंने जब समर्पण कर दिया तो मेरे कुछ करने की बात कहां उठती है। आपने ही कुछ किया होगा। गुरु तो भलीभांति जानता था कि उसने कुछ नहीं किया है। उसने फिर परीक्षा लेने की सोची।

सामने एक मकान जल रहा था। गुरु ने मिलरेपा से कहा कि उस जलते हुए मकान में जाओ, वहां अंदर बैठो और वहां तब तक बैठे रहो जब तक मकान जलकर राख न हो जाए। मिलरेपा चला गया और वहां घंटों बैठा रहा। मकान जलकर राख हो गया। जब सब लोग उसे ढूंढने गए तो वह राख में दबा पड़ा मिला, लेकिन वह जीवित और आनंदित था—सदा की तरह आनंदित। मिलरेपा ने अपने गुरु के पैर छुए और कहा कि आप चमत्कार कर रहे हैं।

गुरु ने इस बार कहा कि अब इसे संयोग मानना कठिन है। लेकिन शिष्यों ने इसे भी संयोग बताया और कहा कि एक और परीक्षा ली जानी चाहिए। उन्होंने कहा कि कम से कम तीन परीक्षाएं जरूरी हैं।

वे सब एक गांव से गुजर रहे थे जहां एक नदी पार करनी थी। गुरु ने मिलरेपा से कहा कि नाव नहीं है और न माझी ही है, मालूम होता है कि दोनों दूसरे किनारे पर ही हैं। तुम पानी पर चलकर उस पार जाओ और माझी को बुला लाओ।

▲

मिलरेपा चला गया। वह पानी पर चलकर दूसरे किनारे पहुंच गया और नाव को इस पार ले आया। अब तो गुरु को भी पक्का हो गया कि यह चमत्कार है। उसने मिलरेपा से पूछा कि तुमने यह कैसे किया? मिलरेपा ने कहा कि मैं बस आपका नाम लेकर चला जाता हूं। गुरुदेव, आपका नाम लेने भर से काम हो जाता है।

गुरु ने सोचा कि जब मेरे नाम से हो जाता है तो मैं ही क्यों न प्रयोग करूं! और उसने पानी पर चलने की कोशिश की, लेकिन वह नदी में डूब गया। और तब से फिर किसी ने उस गुरु के संबंध में कुछ नहीं सुना।

यह कैसे हुआ? समर्पण असली चीज है, गुरु या वह व्यक्ति नहीं जिसके प्रति समर्पण किया जाता है। कोई मूर्ति, कोई मंदिर, वृक्ष, पत्थर, कुछ भी काम दे देगा। अगर तुम समर्पण करते हो तो तुम अस्तित्व के प्रति खुले हो जाते हो, तब समस्त अस्तित्व तुम्हें अपनी बाहों में ले लेता है। हो सकता है कि यह कथा कथा ही हो, लेकिन इसका अर्थ यह है कि जब तुम समर्पण करते हो तो सारा अस्तित्व तुम्हारे साथ हो जाता है। तब आग, पर्वत, नदी, घाटी, सब तुम्हारे साथ हैं, कोई भी तुम्हारे विरोध में नहीं है। क्योंकि जब तुम ही किसी के विरुद्ध नहीं रहे तो सारी शत्रुता समाप्त हो जाती है।

अगर तुम पहाड़ से गिरते हो और तुम्हारी हड्डियां टूट जाती हैं तो वे तुम्हारे अहंकार की हड्डियां हैं जो टूटती हैं। तुम प्रतिरोध कर रहे थे, तुमने घाटी को तुम्हारी सहायता करने का मौका नहीं दिया। तुम स्वयं अपनी सहायता करने में लगे थे, तुम अपने को अस्तित्व से ज्यादा बुद्धिमान समझते थे।

समर्पण का अर्थ है कि तुम्हें यह समझ आ गई कि मैं जो भी करूंगा वह मूढ़तापूर्ण होगा। और तुमने जन्मों-जन्मों ये मूढ़ताएं की हैं। अब इसे अस्तित्व पर छोड़ दो। तुमसे कुछ होने वाला नहीं है। तुम्हें यह समझना होगा कि मैं असहाय हूं। यह असहाय होने की प्रतीति ही समर्पण करने में सहयोगी होती है।

आज इतना ही।

31

# शब्द से शांति की ओर

# सूत्र

**45. अः से अंत होने वाले किसी शब्द का उच्चार चुपचाप करो। और तब हकार में अनायास सहजता को उपलब्ध होओ।**

**46. कानों को दबाकर और गुदा को सिकोड़कर बंद करो, और ध्वनि में प्रवेश करो।**

**47. अपने नाम की ध्वनि में प्रवेश करो, और उस ध्वनि के द्वारा सभी ध्वनियों में।**

तंत्र कोई दर्शनशास्त्र नहीं है, वरन एक विज्ञान है। लेकिन वह विज्ञान है एक फर्क के साथ। विज्ञान आब्जेक्टिव होता है और तंत्र सब्जेक्टिव, विज्ञान की खोज बाहर है और तंत्र की खोज भीतर। इस फर्क के बावजूद तंत्र एक विज्ञान है, तंत्र दर्शनशास्त्र नहीं है।

दर्शनशास्त्र सत्य के, अज्ञात के, परम के संबंध में सोच-विचार करता है। विज्ञान, जो है, उसकी खोज करता है, उसे उदघाटित करता है। विज्ञान प्रत्यक्ष में प्रवेश करता है, दर्शनशास्त्र परम का विचार करता है। दर्शनशास्त्र सदा आकाश की ओर देखता है, विज्ञान धरती की ओर। तंत्र परम की चिंता नहीं लेता है, वह प्रत्यक्ष की, अभी और यहीं की फिक्र करता है। तंत्र कहता है कि परम प्रत्यक्ष में छिपा है, तुम्हें परम की चिंता नहीं लेनी है। परम की चिंता कर-करके तुम प्रत्यक्ष को गंवा दोगे और परम प्रत्यक्ष में ही छिपा है। परम का विचार करके तुम दोनों को गंवा दोगे। अगर तुमने प्रत्यक्ष को गंवा दिया तो तुम परम को भी गंवा दोगे।

तो दर्शनशास्त्र धुआं ही धुआं है। तंत्र की दृष्टि वैज्ञानिक है, लेकिन उसका उद्देश्य तथाकथित विज्ञान से भिन्न है। विज्ञान आब्जेक्ट को, आब्जेक्टिव संसार को—उस सत्य को जो तुम्हारी आंखों के सामने है—समझने की चेष्टा करता है। तंत्र उस सत्य का विज्ञान है जो तुम्हारी आंखों के पीछे है, वह सब्जेक्ट का विज्ञान है। लेकिन तंत्र की दृष्टि बिलकुल वैज्ञानिक है। वह विचार में नहीं, प्रयोग और अनुभव में विश्वास करता है। और जब तक तुम्हें अनुभव नहीं होता, तब तक सब कुछ शक्ति का अपव्यय मात्र है।

मुझे एक घटना याद आती है। मुल्ला नसरुद्दीन एक सड़क पार कर रहा था। ठीक चर्च के सामने उसे एक तेज भागती कार ने धक्का देकर गिरा दिया। वह बूढ़ा था और भीड़ उसके पास इकट्ठी हो गई। उसमें से किसी ने कहा कि यह आदमी नहीं बचेगा। चर्च का पुरोहित बाहर भागा आया और उसने निकट जाकर देखा कि वह व्यक्ति मरने-मरने को है, तो उसने उसकी अंतिम-क्रिया की तैयारी की। उसने नजदीक जाकर मरणासन्न मुल्ला से पूछा, क्या तुम परम पिता ईश्वर में विश्वास करते हो? क्या तुम ईश्वर के पुत्र में विश्वास करते हो? और

क्या तुम पवित्र आत्मा में विश्वास करते हो? मुल्ला ने आंखें खोलीं और कहा: हे परमात्मा, मैं मर रहा हूं और यह आदमी मुझे पहेलियां बुझा रहा है!

सभी दर्शनशास्त्र ऐसे ही हैं, वे पहेलियां बुझा रहे हैं, जब कि तुम मर रहे हो। प्रतिक्षण तुम मर रहे हो, प्रतिक्षण हरेक आदमी मृत्यु-शय्या पर है, क्योंकि मृत्यु तो किसी भी क्षण घट सकती है। लेकिन दर्शनशास्त्र पहेलियां बुझा रहे हैं।

तंत्र कहता है, सोच-विचार के ऊहापोह में पड़ना बच्चों के लिए तो ठीक है, लेकिन जो बुद्धिमान हैं वे सिद्धांतों में अपना समय नहीं नष्ट करेंगे। वे जानने की चेष्टा करेंगे, विचारने की नहीं, क्योंकि विचारने से ज्ञान नहीं होता है। विचार के द्वारा तुम शब्दों के जाल भर बुनते हो, शब्दों के ढांचे गढ़ते हो, लेकिन विचार कहीं नहीं पहुंचाता है। तुम वही के वही रहते हो, न कोई रूपांतरण होता है, न कोई अंतर्दृष्टि उपलब्ध होती है। पुराना मन सिर्फ धूल इकट्ठा किए जाता है।

जानना और ही बात है। उसका मतलब किसी के संबंध में सोचना-विचारना नहीं है। उसका मतलब है कि जानने के लिए तुम खुद अस्तित्व की गहराई में प्रवेश करते हो, सीधे अस्तित्व में उतरते हो।

यह ध्यान रहे, तंत्र दर्शनशास्त्र नहीं है। तंत्र विज्ञान है, स्वयं में उतरने का विज्ञान है। उसकी दृष्टि गैर-दार्शनिक है, वैज्ञानिक है। तंत्र बहुत यथार्थवादी है; प्रत्यक्ष से, निकट से उसका नाता है। प्रत्यक्ष को परम का द्वार बनाया जा सकता है। अगर तुम प्रत्यक्ष में प्रवेश कर जाओ तो मा घटित होता है। परम मौजूद ही है। और उस तक पहुंचने के लिए दूसरा कोई मार्ग नहीं है।

तंत्र की नजर में दर्शनशास्त्र कोई मार्ग नहीं है, वह झूठा मार्ग है। वह मार्ग जैसा सिर्फ भासता है। वह ऐसा द्वार है जो है नहीं, सिर्फ द्वार जैसा भासता है। वह झूठा द्वार है। जैसे ही तुम उसमें प्रवेश करने की कोशिश करते हो, तुम्हें पता चलता है कि प्रवेश संभव नहीं है। वह द्वार का चित्र है, सच्चा द्वार नहीं। दर्शनशास्त्र द्वार का रंगीन चित्र है, उसके बगल में बैठकर सोच-विचार करना तो अच्छा है, लेकिन अगर प्रवेश करना चाहो तो वह दीवार है। प्रत्येक दर्शनशास्त्र सोच-विचार के लिए ठीक है, अनुभव के लिए बेकार है, व्यर्थ है।

यही कारण है कि तंत्र विधियों पर इतना जोर देता है—इतना ज्यादा जोर देता है। क्योंकि विज्ञान तो टेक्नीक ही दे सकता है—चाहे वह बाहरी दुनिया के लिए हो या भीतरी दुनिया के लिए। तंत्र शब्द का अर्थ ही टेक्नीक है, विधि है। तंत्र शब्द का मतलब ही विधि है। इसीलिए इस छोटी सी, लेकिन सर्वाधिक महत्व और गहराई की पुस्तक में विधियों ही विधियां दी हुई हैं, उसमें कोई दर्शन नहीं है। इसमें प्रत्यक्ष के जरिए परम को पाने की एक सौ बारह विधियां हैं।

ध्वनि-संबंधी नौवीं विधि:

*अः से अंत होने वाले किसी शब्द का उच्चार चुपचाप करो। ओर तब हकार में अनायास सहजता को उपलब्ध होओ।*

'अः से अंत होने वाले किसी शब्द का उच्चार चुपचाप करो।'

कोई भी शब्द जिसका अंत अः से होता है, उसका उच्चार चुपचाप करो। शब्द के अंत में अः के होने पर जोर है। क्यों? क्योंकि जिस क्षण तुम अः का उच्चार करते हो, तुम्हारी श्वास बाहर जाती है। तुमने खयाल नहीं किया होगा, अब खयाल करना कि जब भी तुम्हारी श्वास बाहर जाती है, तुम ज्यादा शांत होते हो और जब भी श्वास भीतर जाती है, तुम ज्यादा तनावग्रस्त होते हो। कारण यह है कि बाहर जाने वाली श्वास मृत्यु है और भीतर आने वाली श्वास जीवन है। तनाव जीवन का हिस्सा है, मृत्यु का नहीं। विश्राम मृत्यु का अंग है; मृत्यु का अर्थ है पूर्ण विश्राम। जीवन पूर्ण विश्राम नहीं बन सकता, वह असंभव है। जीवन का अर्थ है तनाव, प्रयत्न; सिर्फ मृत्यु विश्रामपूर्ण है।

तो जब भी कोई व्यक्ति पूरी तरह विश्रामपूर्ण हो जाता है, वह दोनों हो जाता है—बाहर से वह जीवित होता है और भीतर से मृत। तुम बुद्ध के चेहरे में जीवन और मृत्यु को साथ-साथ देख सकते हो। इसीलिए उनके चेहरे पर इतना मौन, इतनी शांति है—मौन और शांति मृत्यु के अंग हैं।

जीवन विश्रामपूर्ण नहीं है, रात में जब तुम सो जाते हो तो तुम विश्राम में होते हो। इसीलिए पुरानी परंपराएं कहती हैं कि मृत्यु और नींद समान हैं। नींद अस्थायी मृत्यु है। और यही कारण है कि रात्रि विश्रामदायी होती है, वह बाहर जाने वाली श्वास है। सुबह भीतर आने वाली श्वास है। दिन तुम्हें तनाव से भर देता है, रात तुम्हें विश्राम से भरती है। प्रकाश तनाव पैदा करता है, अंधकार विश्राम लाता है। यही वजह है कि तुम दिन में नहीं सो सकते, दिन में विश्राम करना कठिन है। प्रकाश जीवन जैसा है, वह मृत्यु-विरोधी है। अंधकार मृत्यु जैसा है, वह मृत्यु के अनुकूल है।

तो अंधकार में गहरी विश्रांति है। और जो लोग अंधकार से डरते हैं, वे विश्राम में नहीं उतर सकते। यह असंभव है।

विश्राम अंधेरे में घटित होता है। और तुम्हारे जीवन के दोनों छोरों पर अंधेरा है। जन्म के पहले तुम अंधेरे में होते हो और मृत्यु के बाद तुम फिर अंधेरे में होते हो। अंधकार असीम है। और यह प्रकाश, यह जीवन उस अंधकार के भीतर एक क्षण जैसा है। अंधकार के समुद्र में प्रकाश लहर जैसा है जो उठता-गिरता रहता है। अगर तुम जीवन के दोनों छोरों को घेरने वाले अंधकार को स्मरण रख सको तो तुम यहीं और अभी विश्राम में हो सकते हो।

जीवन और मृत्यु अस्तित्व के दो छोर हैं। भीतर आने वाली श्वास जीवन है, बाहर जाने वाली श्वास मृत्यु है। ऐसा नहीं है कि तुम किसी दिन मरोगे, तुम प्रत्येक श्वास के साथ मर रहे हो।

यही कारण है कि हिंदू जीवन को श्वासों की गिनती कहते हैं, वे उसे वर्षों की गिनती नहीं कहते। तंत्र, योग आदि सभी भारतीय परंपराएं जीवन को श्वासों में गिनती हैं, वे कहती हैं कि तुम्हें इतनी श्वासों का जीवन मिला है। वे कहती हैं कि अगर तुम तेजी से श्वास लोगे, थोड़े समय में ज्यादा श्वासें लोगे तो तुम बहुत जल्दी मरोगे। और अगर तुम बहुत धीरे-धीरे श्वास लोगे, अगर एक निश्चित समय में कम श्वास लोगे तो तुम ज्यादा समय तक जीओगे।

और बात ऐसी ही है। अगर तुम पशुओं का निरीक्षण करोगे तो पाओगे कि बहुत धीमी श्वास लेने वाले पशु लंबी उम्र जीते हैं। उदाहरण के लिए हाथी है, हाथी की उम्र बड़ी है,

क्योंकि उसकी श्वास धीमी चलती है। फिर कृत्ता है, उसकी श्वास तेज है और उसकी उम्र बहुत कम है। जो भी पशु बहुत तेज श्वास लेता मिलेगा, उसकी उम्र लंबी नहीं हो सकती। लंबी उम्र सदा धीमी श्वास के साथ जुड़ी है।

तंत्र, योग और अन्य भारतीय साधना-पथ तुम्हारे जीवन का हिसाब तुम्हारी श्वासों से लगाते हैं। सच तो यह है कि तुम हरेक श्वास के साथ जन्मते हो और हरेक श्वास के साथ मरते हो। यह विधि बाहर जाने वाली श्वास को गहरे मोन में उतरने का माध्यम बनाती है, उपाय बनाती है। यह एक मृत्यु-विधि है।

'अ: से अंत होने वाले किसी शब्द का उच्चार चुपचाप करो।'

श्वास बाहर गई है—इसलिए अः से अंत होने वाले शब्द का उपयोग है। यह अः अर्थपूर्ण है; क्योंकि जब तुम अः कहते हो, वह तुम्हें पूरी तरह खाली कर देता है। उसके साथ पूरी श्वास बाहर निकल जाती है, कुछ भी भीतर बची नहीं रहती। तुम बिलकुल खाली हो जाते हो—खाली और मृत। एक क्षण के लिए, बहुत थोड़ी देर के लिए जीवन तुमसे बाहर निकल गया है और तुम मृत और खाली हो।

अगर इस रिक्तता को, इस खालीपन को तुम जान लो, उसके प्रति बोधपूर्ण हो जाओ तो तुम पूर्णतः रूपांतरित हो जाओगे। तुम और ही आदमी हो जाओगे। तब तुम भलीभांति जान लोगे कि न यह जीवन तुम्हारा जीवन है और न यह मृत्यु ही तुम्हारी मृत्यु है। तब तुम उसे जान लोगे जो आती-जाती श्वासों के पार है, तब तुम साक्षी आत्मा को जान लोगे। और साक्षित्व उस समय आसानी से घट सकता है जब तुम श्वासों से खाली हो, क्योंकि तब जीवन उतार पर होता है और सारे तनाव भी उतार पर होते हैं। तो इस विधि को प्रयोग में लाओ। यह बहुत ही सुंदर विधि है।

लेकिन आमतौर से, सामान्य आदत के मुताबिक, हम सदा भीतर आने वाली श्वास को ही महत्व देते हैं, हम बाहर जाने वाली श्वास को कभी महत्व नहीं देते। हम सदा श्वास भीतर लेते हैं, उसे बाहर नहीं छोड़ते। हम श्वास लेते हैं और शरीर उसे छोड़ता है। तुम अपनी श्वसन-क्रिया का निरीक्षण करो और तुम्हें यह पता चल जाएगा।

हम सदा श्वास लेते हैं, हम उसे छोड़ते नहीं। छोड़ने का काम शरीर करता है। और इसका कारण यह है कि हम मृत्यु से भयभीत हैं। बस यही कारण है। अगर हमारा बस चलता तो हम कभी श्वास को बाहर जाने ही नहीं देते, हम श्वास को भीतर ही रोक रखते। कोई भी व्यक्ति श्वास छोड़ने पर जोर नहीं देता, सब लोग श्वास लेने की ही बात करते हैं। लेकिन श्वास को भीतर लेने के बाद उसे बाहर निकालना अनिवार्य हो जाता है, इसलिए हम मजबूरी में उसे बाहर जाने देते हैं। उसे हम किसी तरह बरदाश्त कर लेते हैं, क्योंकि श्वास छोड़े बगैर श्वास लेना असंभव है। इसलिए श्वास छोड़ना आवश्यक बुराई के रूप में स्वीकृत है। लेकिन बुनियादी तौर से श्वास छोड़ने में हमारा कोई रस नहीं है।

और यह बात श्वास के संबंध में ही सही नहीं है, पूरे जीवन के प्रति हमारी दृष्टि यही है। जो भी हमें मिलता है, उस पर हम मुट्ठी बांध लेते हैं, उसे छोड़ने का नाम ही नहीं लेते। यही मन की कृपणता है। और याद रहे, इसके बहुत परिणाम होते हैं। अगर तुम कब्जियत से पीड़ित हो तो उसका कारण यह है कि तुम श्वास तो लेते हो, लेकिन उसे छोड़ते नहीं। जो

व्यक्ति श्वास लेना जानता है, लेकिन छोड़ना नहीं, वह कब्जियत से पीड़ित होगा। कब्जियत उसी चीज का दूसरा छोर है। वह किसी भी चीज को अपने से बाहर जाने देने के लिए राजी नहीं है, वह सिर्फ इकट्ठा करता जाता है। वह भयभीत है और भय के कारण वह इकट्ठा किए जाता है।

लेकिन जो चीज रोक ली जाती है वह विषाक्त हो जाती है। तुम श्वास तो लेते हो, लेकिन अगर उसे छोड़ते नहीं तो वही श्वास जहर बन जाएगी और तुम उसके कारण मरोगे। अगर तुमने कंजूसी की तो तुम एक जीवनदायी तत्व को जहर में बदल दोगे, क्योंकि श्वास का बाहर जाना नितांत जरूरी है। बाहर जाती श्वास तुम्हारे भीतर से सब जहर को बाहर निकाल फेंकती है।

तो सच तो यह है कि मृत्यु शुद्धि की प्रक्रिया है और जीवन अशुद्धि की, विषाक्त करने की प्रक्रिया है। यह बात विरोधाभासी मालूम पड़ेगी। जीवन विषाक्त करने की प्रक्रिया है, क्योंकि जीने के लिए बहुत सी चीजों को उपयोग में लाना पड़ता है और जैसे ही तुम उनका उपयोग कर लेते हो, वे विष में बदल जाती हैं। जब तुम श्वास लेते हो तो तुम आक्सीजन का उपयोग कर रहे हो, लेकिन उपयोग करने के बाद जो चीज बच रहती है वह विष है। आक्सीजन के कारण ही वह जीवन था। लेकिन जब तुमने उसका उपयोग कर लिया तो शेष विष हो जाता है। ऐसे ही जीवन हर चीज को जहर में बदलता रहता है।

अभी पश्चिम में एक बड़ा आंदोलन चलता है जिसका नाम इकोलाजी है, परिवेश-विज्ञान है। मनुष्य सब चीजों का उपयोग करता रहा है और उन्हें जहर में बदलता रहा है। और नतीजा यह है कि पृथ्वी मृत्यु के कगार पर आ खड़ी है। किसी दिन भी उसकी मृत्यु हो सकती है, क्योंकि हमने सब चीजों को विषाक्त कर दिया है।

मृत्यु शुद्धि की प्रक्रिया है। जब सारा शरीर विषाक्त हो जाता है, तब मृत्यु तुम्हें उस शरीर से मुक्त कर देती है। मृत्यु तुम्हें फिर से नया बना देगी, तुम्हें नया जन्म दे देगी, तुम्हें नया शरीर मिल जाएगा। मृत्यु के द्वारा शरीर का सब संगृहीत विष प्रकृति में विलीन हो जाता है और तुम्हें एक नया शरीर उपलब्ध होता है।

और यह बात प्रत्येक श्वास के साथ घटित होती है। बाहर जानें वाली श्वास मृत्यु के समान है, वह विष को बाहर ले जाती है। और जब वह श्वास बाहर जाती है तो तुम्हारे भीतर सब कुछ शांत होने लगता है। अगर तुम सारी की सारी श्वास बाहर फेंक दो, कुछ भी भीतर न रहने पाए तो तुम शांति के उस बिंदु को छू लोगे जो श्वास के भीतर रहते हुए कभी नहीं छुआ जा सकता था। यह ज्वार-भाटे जैसा है। आती हुई श्वास के साथ तुम्हारे पास जीवन-ज्वार आता है और जाती हुई श्वास के साथ सब कुछ शांत हो जाता है। ज्वार चला गया, तब तुम खाली, रिक्त सागरतट भर रह जाते हो। इस विधि का यही उपयोग है।

'अः से अंत होने वाले किसी शब्द का उच्चार चुपचाप करो।'

बाहर जाने वाली श्वास पर जोर दो। और तुम इस विधि का उपयोग मन में अनेक परिवर्तन लाने के लिए कर सकते हो। अगर तुम कब्जियत से पीड़ित हो तो श्वास लेना भूल जाओ, सिर्फ श्वास को बाहर फेंको। श्वास भीतर ले जाने का काम शरीर को करने दो, तुम छोड़ने भर का काम करो। तुम श्वास को बाहर निकाल दो और भीतर ले जाने की फिक्र ही मत

करो। शरीर वह काम अपने आप ही कर लेगा, तुम्हें उसकी चिंता नहीं लेनी है। उससे तुम मर नहीं जाओगे, शरीर ही श्वास को भीतर ले जाएगा। तुम छोड़ने भर का काम करो, शेष शरीर कर लेगा। और तुम्हारी कब्जियत जाती रहेगी।

अगर तुम हृदय-रोग से पीड़ित हो तो श्वास को बाहर छोड़ो, लेने की फिक्र मत करो। फिर हृदय-रोग तुम्हें कभी नहीं होगा। अगर सीढ़ियां चढ़ते हुए या कहीं जाते हुए तुम्हें थकावट महसूस हो, तुम्हारा दम घुटने लगे तो तुम इतना ही करो: श्वास को बाहर छोड़ो, लो नहीं। और तब तुम कितनी ही सीढ़ियां चढ़ जाओगे और नहीं थकोगे। क्या होता है?

जब तुम श्वास छोड़ने पर जोर देते हो तो उसका मतलब है कि तुम अपने को छोड़ने को, अपने को खोने को राजी हो; तब तुम मरने को राजी हो। तब तुम मृत्यु से भयभीत नहीं हो। और यही चीज तुम्हें खोलती है, अन्यथा तुम बंद रहते हो। भय बंद करता है। जब तुम श्वास छोड़ते हो तो पूरी व्यजस्था बदल जाती है और वह मृत्यु को स्वीकार कर लेती है। भय जाता रहता है और तुम मृत्यु के लिए राजी हो जाते हो।

और वही व्यक्ति जीता है जो मरने के लिए तैयार है। सच तो यह है कि वही जीता है जो मृत्यु से राजी है। केवल वही व्यक्ति जीवन के योग्य है, क्योंकि वह भयभीत नहीं है। जो व्यक्ति मृत्यु को स्वीकार करता है, मृत्यु का स्वागत करता है, मेहमान मानकर उसकी आवभगत करता है, उसके साथ रहता है, वही व्यक्ति जीवन में गहरे उतर सकता है।

श्वास बाहर छोड़ो, लेने की फिक्र मत करो और तुम्हारा समस्त चित्त रूपांतरित हो जाएगा। इन सरल विधियों के कारण ही तंत्र प्रभावी नहीं हुआ। क्योंकि हम सोचते हैं कि हमारा मन तो इतना जटिल है, वह इन सरल विधियों से कैसे बदलेगा। मन जटिल नहीं है, मन मूढ़ भर है। और मूढ़ बड़े जटिल होते हैं। बुद्धिमान व्यक्ति सरल होता है। तुम्हारे चित्त में कुछ भी जटिल नहीं है, वह एक बहुत सरल यंत्र है। अगर तुम उसे समझोगे तो बहुत आसानी से उसे बदल सकते हो।

अगर तुमने किसी आदमी को मस्ते हुए नहीं देखा है, अगर तुम्हें बुद्ध की भांति मृत्यु को देखने से बचाकर रखा गया है तो तुम मृत्यु को नहीं समझ सकते। बुद्ध के पिता भयभीत थे, क्योंकि किसी ज्योतिषी ने कहा था कि तुम्हारा बेटा महान संन्यासी होने वाला है, वह संसार का त्याग कर देगा। पिता ने पूछा कि उसे संन्यासी होने से बचाने के लिए क्या किया जाए? तो ज्योतिषियों ने उस पर बहुत विचार-विमर्श किया और अंत में वे इस नतीजे पर पहुंचे और उन्होंने बुद्ध के पिता को कहा कि इस बालक को कभी मृत्यु न दिखे, क्योंकि अगर उसे मृत्यु का बोध नहीं होगा तो वह कभी संसार का त्याग नहीं करेगा।

यह कथा बहुत सुंदर है, बहुत अर्थपूर्ण है। उसका अर्थ है कि समस्त धर्म, समस्त दर्शन, समस्त तंत्र और योग बुनियादी रूप से मृत्योन्मुखी हैं। अगर तुम्हें मृत्यु का बोध है तो ही धर्म तुम्हारे लिए अर्थपूर्ण हो सकता है। यही कारण है कि मनुष्य के सिवाय कोई भी पशु धार्मिक नहीं है। पशु को मृत्यु का बोध नहीं है। वह मरता तो है, लेकिन उसे इसका बोध नहीं है। वह सोच भी नहीं सकता कि मैं मरने वाला हूं।

जब एक कुत्ता मरता है तो दूसरे कुत्तों को कभी यह आभास नहीं होता कि हमारी मृत्यु भी होगी। जब भी मरता है, कोई दूसरा मरता है, तो कोई कुत्ता कैसे कल्पना करे कि मैं भी

मरने वाला हूं। उसने कभी अपने को मरते नहीं देखा, सदा किसी दूसरे को ही मरते देखा है। वह कैसे कल्पना करे, कैसे निष्पत्ति निकाले कि मैं भी मरूंगा? पशु को मृत्यु का बोध नहीं है, इसलिए कोई पशु संसार का त्याग नहीं करता। कोई पशु संन्यासी नहीं हो सकता है।

केवल एक बहुत ऊंची कोटि की चेतना ही तुम्हें संन्यास की तरफ ले जा सकती है। मृत्यु के प्रति जागने से ही संन्यास घटित होता है। और अगर आदमी होकर भी तुम मृत्यु के प्रति जागरूक नहीं हो तो तुम अभी पशु ही हो, मनुष्य नहीं हुए हो। मनुष्य तो तुम तभी बनते हो जब मृत्यु का साक्षात्कार करते हो। अन्यथा तुममें और पशु में कोई फर्क नहीं है। पशु और मनुष्य में सब कुछ समान है, सिर्फ मृत्यु फर्क लाती है। मृत्यु का साक्षात्कार कर लेने के बाद तुम पशु नहीं रहे। तुम्हें कुछ घटित हुआ है जो कभी किसी पशु को घटित नहीं होता है। अब तुम एक भिन्न चेतना हो।

तो बुद्ध के पिता ने बुद्ध को किसी भी भांति की मृत्यु को देखने से बचाकर रखा। न सिर्फ मनुष्य की मृत्यु से, वरन पशु और फूल तक की मृत्यु से बचाया। मालियों को आदेश दिया गया कि इस बालक को मुर्झाए फूल, पीले फूल, मृत फूल देखने को न मिलें, उसे डाल से गिरते हुए सूखे पीले पत्ते भी देखने को न मिलें। कहीं से भी उसे यह एहसास न हो कि कोई चीज मरती भी है, क्योंकि वह इससे अनुमान लगा सकता है कि मैं भी मरने वाला हूं।

और तुम हो कि अपने मां-बाप की मृत्यु से, अपने बच्चे की मृत्यु से भी नहीं अनुमान करते कि मैं मरूंगा। तुम उनके लिए रोते भले हो, लेकिन उनकी मृत्यु से यह इंगित नहीं लेते कि तुम भी मरोगे।

लेकिन ज्योतिषियों ने कहा कि यह बालक अत्यंत संवेदनशील है, इसलिए उसे मृत्यु-बोध से बचाना जरूरी है। और बुद्ध के पिता तो अति सावधान थे, उन्होंने व्यवस्था की कि उनके बेटे को कोई बूढ़ा आदमी भी न देखने को मिले। क्योंकि बुढ़ापा मृत्यु की खबर है, वह दूर से दिखाई देने वाली मृत्यु ही है। तो उन्होंने बुद्ध की दृष्टि से वृद्ध स्त्री-पुरुष को दूर रखने की आज्ञा जारी की। अगर बुद्ध को अचानक पता चले कि बस श्वास बंद होने से आदमी मर जाता है तो यह उसको कठिन पड़ेगा। उसे आश्चर्य होगा कि कैसे कोई बस श्वास के न आने से मर जाता है! जीवन तो इतनी विराट और जटिल प्रक्रिया है।

अगर तुमने भी किसी को मरते नहीं देखा है तो तुम भी नहीं सोच सकते कि कैसे कोई श्वास के रुकने से मर जाता है! क्या मृत्यु इतनी सरल है? कैसे इतना जटिल जीवन मर सकता है?

ऐसा ही इन विधियों के साथ है। वे सरल मालूम पड़ती हैं, लेकिन वे बुनियादी सत्य को स्पर्श करती हैं। जब श्वास बाहर जा रही है, जब तुम जीवन से सर्वथा रिक्त हो, तब तुम मृत्यु को छूते हो, तब तुम उसके बहुत करीब पहुंच जाते हो। तब तुम्हारे भीतर सब कुछ मौन और शांत हो जाता है।

इसे मंत्र की तरह उपयोग करो। जब भी तुम्हें थकावट महसूस हो, तनाव महसूस हो तो अः से अंत होने वाले किसी शब्द का उच्चार करो। अल्लाह से भी काम चलेगा—कोई भी शब्द जो तुम्हारी श्वास को समग्रतः बाहर ले आए, जो तुम्हें श्वास से बिलकुल खाली कर दे। जिस क्षण तुम श्वास से रिक्त होते हो उसी क्षण तुम जीवन से भी रिक्त हो जाते हो।

और तुम्हारी सभी समस्याएं जीवन की समस्याएं हैं, मृत्यु की कोई समस्या ही नहीं है। तुम्हारी चिंताएं, तुम्हारे दुख-संताप, तुम्हारा क्रोध, सब जीवन की समस्याएं हैं। मृत्यु तो समस्याहीन है, मृत्यु असमस्या है। मृत्यु कभी किसी को समस्या नहीं देती है। तुम भला सोचते हो कि मैं मृत्यु से डरता हूं, कि मृत्यु समस्या पैदा करती है, लेकिन हकीकत यह है कि मृत्यु नहीं, जीवन के प्रति तुम्हारा आग्रह, जीवन के प्रति तुम्हारा लगाव समस्या पैदा करता है। जीवन ही समस्या खड़ी करता है, मृत्यु तो सब समस्याओं का विसर्जन कर देती है।

तो जब श्वास बिलकुल बाहर निकल जाए—अः55—तुम जीवन से रिक्त हो गए। उस क्षण अपने भीतर देखो, जब श्वास बिलकुल बाहर निकल जाए। दूसरी श्वास लेने के पहले उस अंतराल में गहरे उतरो जो रिक्त है और उसके आंतरिक मौन और शांति के प्रति सजग होओ। उस क्षण तुम बुद्ध हो।

और अगर तुम उस क्षण को पकड़ सको तो तुम्हें वह स्वाद मिल जाएगा जिसे बुद्ध ने जाना। और एक बार यह स्वाद जान लिया गया तो फिर तुम उसे आने-जाने वाली श्वास से अलग कर ले सकते हो। फिर श्वास आती-जाती रह सकती है और तुम चेतना की उस अवस्था में रह सकते हो जिसे तुम ने जाना है। वह तो सदा है, सिर्फ उसे उघाड़ना है। और उसे उस समय उघाड़ना आसान होता है जब तुम जीवन से, श्वास से रिक्त होते हो।

'अः से अंत होने वाले किसी शब्द का उच्चार चुपचाप करो। और तब हकार में अनायास सहजता को उपलब्ध होओ।'

और जब श्वास बाहर निकल जाती है, तब सब कुछ निकल जाता है। इस क्षण किसी प्रयास की जरूरत नहीं है। इस क्षण अनायास, बिना प्रयास के सहजता को, बोध को उपलब्ध होओ, मृत्यु के इस क्षण को उपलब्ध होओ। यही वह क्षण है जब तुम द्वार के बिलकुल करीब होते हो, परमात्मा के द्वार के बिलकुल पास होते हो। जो प्रकट है, जो असार है, वह बाहर चला गया; इस क्षण में तुम लहर नहीं रहे, सागर हो गए। अभी तुम बिलकुल सागर के निकट हो। अगर तुम बोधपूर्ण हो सके, सजग हो सके, तो तुम भूल जाओगे कि मैं लहर हूं। फिर लहर आएगी, लेकिन अब तुम लहर के साथ कभी तादात्म्य नहीं बनाओगे, तुम सागर बने रहोगे। एक बार तुमने जान लिया कि तुम सागर हो, फिर तुम लहर नहीं हो सकते।

जीवन लहर है, मृत्यु सागर है। इस कारण ही बुद्ध इस बात पर जोर देते हैं कि मेरा निर्वाण मृत्युवत है। वे कभी नहीं कहते कि तुम अमरत्व को प्राप्त करोगे, वे इतना ही कहते हैं कि तुम मिटोगे, समग्रतः मिटोगे। जीसस कहते हैं: मेरे पास आओ और मैं तुम्हें विराट जीवन दूंगा। बुद्ध कहते हैं: मेरे पास मिटने के लिए आओ, मैं तुम्हें समग्र मृत्यु दूंगा। और दोनों एक ही बात कह रहे हैं। लेकिन बुद्ध की शब्दावली ज्यादा बुनियादी है। मगर तुम उससे भयभीत हो जाओगे।

यही कारण है कि बुद्ध भारत में प्रभावी नहीं हो सके, उन्हें पूरी तरह उखाड़ फेंका गया। और हम कहे चले जाते हैं कि यह भूमि धार्मिक भूमि है। लेकिन यहां जो सर्वाधिक धार्मिक पुरुष हुआ उसे यहां हमने जमने नहीं दिया। किस तरह की धार्मिक भूमि है यह? हम दूसरा बुद्ध नहीं पैदा कर सके, बुद्ध अप्रतिम हैं। जब भी संसार भारत को धर्म-भूमि के रूप में स्मरण करता है, वह बुद्ध को स्मरण करता है, और किसी को नहीं। बुद्ध के कारण ही भारत

धार्मिक समझा जाता है। किस प्रकार की धर्म-भूमि है यह! बुद्ध को यहां जगह नहीं मिली, उन्हें सर्वथा उखाड़ फेंका गया।

कारण यह था कि बुद्ध ने मृत्यु की भाषा उपयोग की। ब्राह्मण जीवन की भाषा उपयोग करते थे, वे कहते थे ब्रह्म; बुद्ध ने कहा निर्वाण। ब्रह्म का अर्थ जीवन, अनंत जीवन है; और निर्वाण का अर्थ परिसमाप्ति, मृत्यु, समग्र मृत्यु है। बुद्ध कहते हैं कि तुम्हारी सामान्य मृत्यु समग्र नहीं होती, तुम्हें फिर-फिर जन्म लेना पड़ेगा। साधारण मृत्यु समग्र नहीं है, तुम्हें पुनः संसार में आना पड़ेगा। बुद्ध कहते थे कि मैं तुम्हें ऐसी समग्र मृत्यु दूंगा कि तुम्हें फिर कभी जन्म लेने की जरूरत नहीं पड़ेगी। समग्र मृत्यु का अर्थ है कि अब दुबारा जन्म संभव नहीं रहा।

इसलिए बुद्ध कहते हैं कि यह तथाकथित मृत्यु मृत्यु नहीं है, यह विश्राम भर है। तुम फिर जीवित हो उठोगे। यह मृत्यु तो बाहर गई श्वास जैसी है। तुम फिर श्वास भीतर लोगे और तुम्हारा पुनः जन्म हो जाएगा। बुद्ध कहते हैं कि मैं तुम्हें वह उपाय बताता हूं कि बाहर गई श्वास फिर वापस नहीं लौटेगी, वही समग्र मृत्यु है, निर्वाण है।

हम भयभीत होते हैं, क्योंकि हम जीवन को जोर से पकड़ते हैं। जीवन के प्रति हमारी आसक्ति प्रगाढ़ है। और यही विरोधाभास है। तुम जितना जीवन को पकड़ोगे उतने ही तुम मरोगे। और तुम जितना मरने को राजी होओगे उतने ही तुम अमर हो जाओगे। अगर तुम मरने को राजी हो तो मृत्यु की संभावना न रही। अगर तुम मृत्यु को स्वीकार कर लो तो कोई भी तुम्हें नहीं मार सकता, क्योंकि उस स्वीकार में ही तुम अपने भीतर उस तत्व को जान लेते हो जो अमृत है।

आने वाली ओर जाने वाली श्वास केवल शरीर के लिए जन्म और मृत्यु हैं, मेरे लिए नहीं। लेकिन मैं अभी शरीर के अतिरिक्त और किसी को नहीं जानता, शरीर के साथ मेरा तादात्म्य है। उस हालत में आने वाली श्वास के साथ बोधपूर्ण होना कठिन है, जाने वाली श्वास के साथ ही बोध संभव है। जब श्वास बाहर जा रही है तो उस क्षण तुम बूढ़े हो गए, मर गए, खाली हो गए। बहिर्गामी श्वास के साथ तुम क्षणभर को मर गए।

'तब हकार में अनायास सहजता को उपलब्ध होओ।'

इसका प्रयोग करो। किसी भी समय यह प्रयोग कर सकते हो। बस या रेलगाड़ी में यात्रा करते हुए, या अपने आफिस जाते हुए, जब भी तुम्हें समय मिले अल्लाह जैसे शब्द का, अः से अंत होने वाले किसी शब्द का उच्चार करो। इस्लाम का यह अल्लाह शब्द बड़ा काम का है—इस कारण नहीं कि वहां आसमान में कोई अल्लाह है, वरन इस अः के कारण। यह शब्द सुंदर है। और जितना ही कोई अल्लाह-अल्लाह कहता है उतना ही यह शब्द छोटा होता जाता है। अल्लाह से वह लाह हो जाता है और फिर लाह से आह रह जाता है। यह अच्छा है। लेकिन तुम अः से अंत होने वाले किसी भी शब्द को काम में ला सकते हो, केवल आः से भी चलेगा।

तुमने देखा होगा कि जब भी तुम तनाव से भरते हो, तुम एक आह भरकर हलके हो जाते हो; या जब तुम खुशी से भरते हो, बहुत खुशी से, तुम अहा कहते हो और पूरी श्वास बाहर निकल जाती है और तुम अपने भीतर एक अपूर्व शांति अनुभव करते हो। इसे प्रयोग करो। जब तुम खूब प्रसन्न हो तो श्वास अंदर लो और देखो कि क्या होता है। तुम स्वस्थ अनुभव नहीं करोगे, जितना अहा कहने से करते हो। वह फर्क श्वास के कारण है।

▲

भाषाएं अलग-अलग हैं, लेकिन ये दो चीजें सभी भाषाओं में समान हैं। सारी धरती पर जहां भी कोई थकावट अनुभव करता है वह आह करता है। दरअसल वह मृत्यु को बुलाकर कहता है कि मुझे विश्राम दो। और जब वह आह्लादित होता है, आनंदित होता है, तब वह अहा कहता है। वह आनंद से इतना पूरित है कि वह मृत्यु से नहीं डरता, वह अपने को पूरी तरह छोड़ने को, खोने को राजी है।

और अगर तुम इस विधि का निरंतर प्रयोग करते रहो तो उसके गहरे परिणाम होंगे। तब तुम्हारे भीतर जो सहज है, तुम उसके बोध से भर जाओगे, तब तुम अपनी सहजता को उपलब्ध हो जाओगे। तुम सहज ही हो, लेकिन तुम जीवन से इतने बंधे हो, ग्रस्त हो कि उसके पीछे खड़ी सहज सत्ता से अपरिचित रह जाते हो। लेकिन जब तुम जीवन से, आने वाली श्वास से ग्रस्त नहीं हो, तब वह सहज सत्ता प्रकट होती है, तब उसकी झलक मिलती है। और धीरे-धीरे वह झलक उपलब्धि में बदल जाएगी, तुम्हारी सिद्धि बन जाएगी।

और अगर तुमने एक बार उसे जान लिया तो फिर तुम उसे भुला नहीं सकोगे। वह कोई ऐसी चीज नहीं है जिसे तुम निर्मित करते हो। वह स्वाभाविक है, सहज है; उसे बनाना नहीं, उघाड़ना भर है। वह तो है ही, तुम भूल गए हो। बस स्मरण करना है, उघाड़ना है।

बच्चों को, छोटे बच्चों को श्वास लेते हुए देखो। वे अगर ढंग से श्वास लेते हैं। किसी सोए हुए बच्चे का निरीक्षण करो, उसकी छाती नहीं, उसका पेट उठता-गिरता है। अगर तुम सोए हो और तुम्हारा निरीक्षण किया जाए तो तुम्हारी छाती ऊपर-नीचे होती मालूम पड़ेगी। उसका मतलब है कि तुम्हारी श्वास नीचे पेट तक नहीं जाती है। श्वास पेट तक तभी जाएगी जब तुम उसे लेने की बजाय छोड़ने की फिक्र करोगे। अगर तुमने छोड़ने की बजाय लेने की फिक्र की तो श्वास कभी पेट तक नहीं जाएगी। इसका कारण यह है कि जब कोई श्वास छोड़ता है तो सब हवा बाहर निकल जाती है और फिर शरीर अपनी ओर से श्वास भीतर लेता है। और शरीर उतनी श्वास अंदर लेता है जितनी जरूरी है—न ज्यादा, न कम। शरीर का अपना ही विवेक है, वह तुमसे ज्यादा बुद्धिमान है। उसे उपद्रव में मत डालो। अगर तुम ज्यादा श्वास लोगे तो वह उपद्रव में पड़ेगा और कम लोगे तो भी उपद्रव में पड़ेगा।

शरीर अपने विवेक से चलता है। वह उतना ही ग्रहण करता है जितना जरूरी है। जब उसे ज्यादा की जरूरत होती है तो वह वैसी स्थिति बना लेता है और कम की जरूरत होती है तो वैसी स्थिति बना लेता है। शरीर कभी अति पर नहीं जाता है, वह सदा संतुलित रहता है। जब तुम श्वास लेते हो तब वह संतुलित नहीं है, क्योंकि तुम्हें नहीं मालूम है कि शरीर की जरूरत क्या है। और यह जरूरत क्षण-क्षण बदलती रहती है।

इसलिए शरीर को मौका दो, तुम तो बस श्वास छोड़ने भर का काम करो, उसे बाहर फेंको। और तब शरीर खुद श्वास लेने का काम कर लेगा। और शरीर जब खुद श्वास अंदर लेता है तो वह धीरे-धीरे लेता है और गहरे लेता है और पेट तक ले जाता है। वह श्वास ठीक नाभि-केंद्र पर चोट करती है, जिससे तुम्हारा पेट ऊपर-नीचे होता है। और अगर श्वास लेने का काम भी तुम खुद करोगे तो फिर समग्रता से श्वास छोड़ न सकोगे। तब श्वास भीतर बची रहेगी और उसके ऊपर से ली गई श्वास गहराई में न उतर सकेगी। इसीलिए श्वास-क्रिया उथली हो जाती है। तुम श्वास भीतर लेते रहते हो और भीतर जहर इकट्ठा होता रहता है।

वे कहते हैं कि तुम्हारे फेफड़े में कोई छह हजार छिद्र हैं और उनमें से सिर्फ दो हजार छिद्रों तक ही श्वास पहुंच पाती है। बाकी चार हजार छिद्र तो सदा जहरीली गैस से भरे रहते हैं, जिन्हें सदा खाली करने की जरूरत है। वह जो तुम्हारी छाती का दो-तिहाई हिस्सा जहर से भरा रहता है, वही तुम्हारे शरीर और मन में दुख और चिंता और संताप पैदा करता है।

बच्चा सदा श्वास छोड़ता है, लेता नहीं; लेने का काम शरीर करता है। जब बच्चा जन्म लेता है तो वह जो पहला काम करता है वह रोना है। उस रोने के साथ ही उसका कंठ खुलता है, रोने के साथ ही वह पहला अः बोलता है, उस रोने के साथ ही मां के द्वारा भीतर ली गई हवा बाहर निकल जाती है। वह उसकी पहली श्वास-क्रिया है—श्वास-क्रिया का आरंभ।

यही कारण है कि अगर बच्चा जन्म के तुरंत बाद न रोए तो डाक्टर चिंतित हो जाते हैं। उसका मतलब हुआ कि बच्चे ने जीवन का लक्षण नहीं प्रकट किया, वह अभी मां पर ही निर्भर अनुभव करता है। उसे रोना चाहिए। रोना बताता है कि अब वह व्यक्ति बन रहा है, अब मां जरूरी न रही। अब वह अपनी श्वास आप लेगा। और पहला काम वह यह करेगा कि वह उस श्वास को बाहर निकालेगा जिसे उसकी मां ने भीतर लिया था। और तब उसका शरीर श्वास लेना शुरू करेगा।

बच्चा सदा श्वास छोड़ता है। और जब बच्चा श्वास लेने लगे, जब उसका जोर छोड़ने से हटकर लेने पर चला जाए तो सावधान हो जाना; तब बच्चा बूढ़ा होने लगा। उसका अर्थ है कि बच्चे ने वह तुमसे सीखा है, वह तनावग्रस्त हो गया है।

जब तुम तनावग्रस्त होते हो तो तुम गहरी श्वास नहीं ले सकते। क्यों? तब तुम्हारा पेट सख्त हो जाता है। जब तुम तनाव में होते हो तो तुम्हारा पेट सख्त हो जाता है, वह सख्ती श्वास को गहरे नहीं जाने देती। तब तुम उथली श्वास लेने लगते हो।

आः का प्रयोग करो। यह तुम्हारे चारों ओर एक सुंदर भाव निर्मित करता है। जब भी तुम थकावट महसूस करो, अः कहकर श्वास को बाहर फेंको। और श्वास छोड़ने पर बल दो। तुम भिन्न ही आदमी होगे और एक भिन्न ही मन विकसित होगा। श्वास लेने पर जोर देकर तुमने कंजूस मन और कंजूस शरीर विकसित किए हैं, श्वास छोड़ने पर बल देकर वह कंजूसी विदा जो जाएगी और उसके साथ ही अन्य अनेक समस्याएं भी विदा हो जाएंगी। तब दूसरे पर मालकियत करने का भाव तिरोहित हो जाएगा।

तो तंत्र यह नहीं कहता कि मालकियत का भाव छोड़ो, तंत्र कहता है कि अपने श्वास-प्रश्वास का ढंग बदल दो और मालकियत अपने आप ही छूट जाएगी। तुम अपनी श्वास को देखो, अपने भावों को देखो और तुम्हें बोध हो जाएगा। जो भी गलत है वह भीतर जाने वाली श्वास को महत्व देने के कारण है और जो भी शुभ और सत्य, शिव और सुंदर है वह बाहर जाने वाली श्वास के साथ संबंधित है। जब तुम झूठ बोलते हो, तुम अपनी श्वास को रोक रखते हो और जब सच बोलते हो तो श्वास को कभी नहीं रोकते। झूठ बोलते समय तुम्हें डर लगता है और उस डर के कारण तुम श्वास को रोक रखते हो। तुम्हें यह डर भी होता है कि बाहर जाने वाली श्वास के साथ कहीं छिपाया गया सत्य भी न प्रकट हो जाए।

इस अ: का ज्यादा से ज्यादा प्रयोग करो और तुम शरीर और मन में ज्यादा स्वस्थ रहोगे और तुम्हें एक विशेष ढंग की शांति और विश्राम का अनुभव होगा।

ध्वनि-संबंधी दसवीं विधि :

कानों को दबाकर और गुदा को सिकोड़कर बंद करो, और ध्वनि में प्रवेश करो।

हम अपने शरीर से भी परिचित नहीं हैं। हम नहीं जानते कि शरीर कैसे काम करता है और उसका ताओ क्या है, ढंग क्या है, मार्ग क्या है। लेकिन अगर तुम निरीक्षण करो तो आसानी से उसे जान सकते हो।

अगर तुम अपने कानों को बंद कर लो और गुदा को ऊपर की ओर सिकोड़ो तो तुम्हारे लिए सब कुछ ठहर जाएगा; ऐसा लगेगा कि सारा संसार रुक गया है, ठहर गया है। गतिविधियां ही नहीं, तुम्हें लगेगा कि समय भी ठहर गया है। जब तुम गुदा को ऊपर खींचकर सिकोड़ लेते हो तो क्या होता है? अगर दोनों कान बंद कर लिए जाएं तो बंद कानों से तुम अपने भीतर एक ध्वनि सुनोगे। लेकिन अगर गुदा को ऊपर खींचकर नहीं सिकोड़ा जाए तो वह ध्वनि गुदा-मार्ग से बाहर निकल जाती है। वह ध्वनि बहुत सूक्ष्म है। अगर गुदा को ऊपर खींचकर सिकोड़ लिया जाए और कानों को बंद किया जाए तो तुम्हारे भीतर एक ध्वनि का स्तंभ निर्मित होगा और वह ध्वनि मौन की ध्वनि होगी। यह नकारात्मक ध्वनि है। जब सब ध्वनियां समाप्त हो जाती हैं तब तुम्हें मौन की ध्वनि या निर्ध्वनि का एहसास होता है। लेकिन वह निर्ध्वनि गुदा से बाहर निकल जाएगी।

इसलिए कानों को बंद करो और गुदा को सिकोड़ लो। तब तुम दोनों ओर से बंद हो जाते हो और तुम्हारा शरीर भी बंद हो जाता है और ध्वनि से भर जाता है। ध्वनि से भरने का यह भाव गहन संतोष को जन्म देता है। इस संबंध में बहुत सी चीजें समझने जैसी हैं और तभी तुम उसे समझ सकोगे जो घटित होता है।

हम अपने शरीर से परिचित नहीं हैं। साधक के लिए यह एक बुनियादी समस्या है। और समाज शरीर से परिचय के विरोध में है, क्योंकि समाज शरीर से भयभीत है। हम हरेक बच्चे को शरीर से अपरिचित रहने की शिक्षा देते हैं, हम उसे संवेदनशून्य बना देते हैं। हम बच्चे के मन और शरीर के बीच एक दूरी पैदा कर देते हैं, ताकि वह अपने शरीर से ठीक से परिचित न हो पाए। क्योंकि शरीर-बोध समाज के लिए समस्याएं पैदा करेगा।

इसमें बहुत सी चीजें निहित हैं। अगर बच्चा शरीर से परिचित है तो वह देर-अबेर काम या सेक्स से भी परिचित हो जाएगा। अगर वह शरीर से बहुत ज्यादा परिचित हो जाएगा तो वह उतना ही कामुक और इंद्रियोन्मुख अनुभव करेगा। इसलिए हमें उसकी जड़ को ही काट देना है। हम बच्चे को उसके शरीर के प्रति जड़ और संवेदनशून्य बना देते हैं, ताकि उसे उसका एहसास न हो। तुम्हें तुम्हारि शरीर का एहसास नहीं होता। हां, जब वह किसी उपद्रव में पड़ता है तो ही उसका एहसास होता है।

तुम्हारे सिर में दर्द होता है तो तुम्हें सिर का पता चलता है। जब पांव में कांटा गड़ता है तो पांव का पता चलता है। और जब शरीर में दर्द होता है तो तुम जानते हो कि मेरा शरीर भी है। जब शरीर रुग्ण होता है तो ही उसका पता चलता है, लेकिन वह भी शीघ्र नहीं। तुम्हें अपने रोगों का पता भी तुरंत नहीं चलता है। कुछ समय बीतने पर ही पता चलता है, जब रोग तुम्हारी चेतना के द्वार पर बार-बार दस्तक देता है, तब पता चलता है। यही कारण है कि कोई भी व्यक्ति समय रहते डाक्टर के पास नहीं पहुंचता है। वह देर कर के पहुंचता है, जब रोग गहन

हो चुकता है और बहुत हानि कर चुकता है।

अगर बच्चे को संवेदनशीलता के साथ बड़ा किया जाए तो वह रोग के आने के पहले जान जाएगा कि रोग आ रहा है। अब तो, रूस में खासकर, वे इस सिद्धांत पर काम कर रहे हैं कि अगर कोई अपने शरीर के प्रति प्रगाढ़ रूप से सजग हो तो रोग को उसके आने के छह महीने पहले जाना जा सकता है। क्योंकि रोग के आने के पूर्व शरीर में सूक्ष्म परिवर्तन होने लगते हैं, वे परिवर्तन शरीर को रोग के लिए तैयार करते हैं। इसलिए छह महीने पहले आसार नजर आने लगते हैं।

लेकिन रोग की क्या बात, हम तो मृत्यु को भी नहीं जान पाते हैं। अगर कल तुम्हारी मृत्यु होने वाली है तो तुम्हें आज भी उसका पता नहीं चलता है। मृत्यु जैसी चीज भी यदि अगले क्षण घटित होने वाली है तो तुम्हें उसका पता इस क्षण तक भी नहीं चलता है। तुम अपने शरीर के प्रति बिलकुल संवेदनशून्य हो, मृत हो। और सारा समाज, सारी संस्कृति इस जड़ता को, इस मुर्दापन को पैदा करने में लगी है, क्योंकि वह शरीर विरोधी है। तुम्हें शरीर का बोध नहीं होने दिया जाता है, सिर्फ दुर्घटनाओं में तुम्हें उसे जानने की अनुमति है। अन्यथा समाज का आदेश है कि शरीर को मत जानो।

इससे कई समस्याएं पैदा होती हैं—विशेषकर तंत्र के लिए। तंत्र गहन संवेदनशीलता और शरीर के बोध में भरोसा करता है।

तुम अपने काम में लगे हो और तुम्हारा शरीर बहुत कुछ कर रहा है, जिसका तुम्हें कोई बोध नहीं है। अब तो शरीर की भाषा पर बहुत काम हो रहा है। शरीर की अपनी भाषा है। और मनोचिकित्सक और मनस्विद को शरीर की भाषा का प्रशिक्षण दिया जा रहा है। क्योंकि वे कहते हैं कि आधुनिक मनुष्य का भरोसा नहीं किया जा सकता। आधुनिक मनुष्य जो कहता है, उस पर भरोसा नहीं किया जा सकता है। उससे अच्छा है उसके शरीर का निरीक्षण करना, क्योंकि शरीर उसके बारे में ज्यादा खबर दे सकता है।

एक आदमी मनोचिकित्सक के आफिस में प्रवेश करता है। पुरानी मनोचिकित्सा, फ्रायडियन मनोविश्लेषण उस आदमी के मन में छिपी-दबी बातों को जानने के लिए उससे घंटों बातें करेगा। आधुनिक मनोचिकित्सा उसके शरीर का निरीक्षण करेगी, क्योंकि शरीर ही सुराग बता देता है।

अगर आदमी अहंकारी है, अगर अहंकार उसकी समस्या है तो यह उसके बैठने के ढंग से मालूम हो जाएगा। अहंकारी आदमी नम्र आदमी से सर्वथा भिन्न ढंग से बैठता है। उसकी गर्दन एक खास ढंग से तनी होगी, उसकी रीढ़ लचीली नहीं, अकड़ी होगी, मृत होगी। और वह आदमी जीवित नहीं, जड़ मालूम पड़ेगा। अगर तुम उसके शरीर को छुओ तो तुम्हें सजीवता कम, जड़ता ज्यादा मिलेगी। वह उस सैनिक जैसा मालूम पड़ेगा जो मोर्चे पर जा रहा हो।

मोर्चे पर जाते हुए किसी सैनिक को देखो! उसका चेहरा सख्त होगा, पथरीला होगा। वह सैनिक के लिए जरूरी है, क्योंकि वह मरने-मारने जा रहा है। उसे अपने शरीर के प्रति ज्यादा सजग नहीं रहना चाहिए, इसलिए प्रशिक्षण के द्वारा उसके शरीर को सख्त और मुर्दा कर दिया जाता है। कूच करते हुए सैनिक ऐसे लगते हैं जैसे कि मृत खिलौने कूच कर रहे हैं।

अगर तुम विनम्र हो तो तुम्हारे शरीर की भंगिमा भिन्न होगी। तुम भिन्न ढंग से बैठोगे,

भिन्न ढंग से खड़े होगे। अगर तुममें हीनता का भाव है तो तुम और ढंग से खड़े होगे। और श्रेष्ठता की ग्रंथि से पीड़ित व्यक्ति और ही ढंग से खड़ा होगा। अगर तुम सदा भयभीत रहते हो तो तुम इस ढंग से खड़े होगे, मानो किसी अज्ञात शक्ति से अपना बचाव कर रहे हो। वह अज्ञात शक्ति तुम्हें सदा और सर्वत्र मिलेगी। अगर तुम निर्भय हो तो तुम उस बच्चे की भांति हो, जो मां के साथ खेल रहा है। मां के साथ क्या डर! तुम जहां जाओगे, निर्भय होकर जाओगे; और तुम्हें तुम्हारे चारों ओर का जगत अपना घर मालूम पड़ेगा। और जो आदमी भयभीत है वह सदा कवच लगाए रहेगा। और सिर्फ प्रतीक के रूप में मैं कवच शब्द का प्रयोग नहीं कर रहा हूं, सचमुच भयभीत आदमी शारीरिक तल पर कवच लगाए रहता है।

विलहेम रेख ने शरीर की संरचना पर बहुत काम किया है। और उसे शरीर और मन के बीच बहुत गहरा संबंध दिखाई पड़ा। यदि कोई आदमी भयभीत है तो उसका पेट कोमल नहीं होगा, तुम उसका पेट छुओ और वह पत्थर जैसा मालूम पड़ेगा। और अगर वह निडर हो जाए तो उसका पेट तुरंत शिथिल हो जाएगा। या अगर पेट को शिथिल कर लो तो भय चला जाता है। पेट पर थोड़ी मालिश करो और तुम देखोगे कि डर कम हो गया, निर्भयता आई। जो व्यक्ति प्रेमपूर्ण है, उसके शरीर का गुण-धर्म और होगा। उसके शरीर में उष्णता होगी, जीवन होगा। और जो व्यक्ति प्रेमपूर्ण नहीं है, उसका शरीर ठंडा होगा, मुर्दा होगा।

यही ठंडापन तथा अन्य चीजें तुम्हारे शरीर में प्रविष्ट हो गई हैं और वे ही बाधाएं बन गई हैं। वे तुम्हें तुम्हारे शरीर को नहीं जानने देती हैं। लेकिन शरीर अपने ढंग से अपना काम करता रहता है और तुम अपने ढंग से अपना काम करते रहते हो। दोनों के बीच एक खाई पैदा हो जाती है। उस खाई को पाटना है।

मैंने देखा है कि अगर कोई व्यक्ति दमन करता है, अगर तुमने क्रोध को दबाया है तो तुम्हारे हाथों में, तुम्हारी अंगुलियों में दमित क्रोध की उत्तेजना होगी। और जो जानता है वह तुम्हारे हाथों को छूकर बता देगा कि तुमने क्रोध को दबाया है।

और हाथ को छूकर क्यों? क्योंकि क्रोध को हाथ के माध्यम से प्रकट किया जाता है। अगर तुमने क्रोध का दमन किया है तो दमित क्रोध तुम्हारे दांतों में, मसूढ़ों में इकट्ठा हो जाता है। और दांतों और मसूढ़ों को छूकर उस दमित क्रोध का अनुभव किया जा सकता है, उनकी तरंगें बता देंगी कि क्रोध यहां दमित पड़ा है।

अगर तुमने कामवासना का दमन किया है तो वह कामवासना तुम्हारे काम-अंगों में दबी पड़ी रहेगी। ऐसे किसी अंग को छूकर बताया जा सकता है कि यहां काम दमित पड़ा है। वह अंग भयभीत हो जाएगा और तुम्हारे स्पर्श से बचना चाहेगा, वह खुला या ग्रहणशील नहीं रहेगा। चूंकि तुम बचना चाहते हो इसलिए वह अंग भी संकुचित हो जाएगा, वह तुम्हें द्वार नहीं देगा।

अब वे कहते हैं कि पचास प्रतिशत स्त्रियां ठंडी होती हैं, उनकी कामवासना को उत्तेजित नहीं किया जा सकता। और कारण यह है कि हम लड़कों से बढ़कर लड़कियों को काम-दमन सिखाते हैं। लड़कियां बहुत दमन करती हैं। और जब वे बीस वर्ष की उम्र तक दमन करती हैं तो यह उनकी लंबी आदत बन जाती है। बीस वर्षों का दमन! फिर जब वह प्रेम करेगी तो वह प्रेम की बात ही करेगी, प्रेम के प्रति उसका शरीर उन्मुख नहीं होगा, नहीं

▲

खुलेगा। उसका शरीर एक तरह से सेक्स के प्रति बंद हो जाता है, जड़ हो जाता है। और तब एक सर्वथा विरोधपूर्ण घटना घटती है, उसके भीतर परस्पर-विरोधी दो धाराएं एक साथ बहती हैं। वह प्रेम करना चाहती है, लेकिन उसका शरीर दमित है, शरीर असहयोग करता है, शरीर पीछे हटने लगता है, वह पास आने को तैयार नहीं होता।

अगर तुम किसी स्त्री को किसी पुरुष के पास बैठे देखो और अगर वह स्त्री पुरुष को प्रेम करती है तो तुम पाओगे कि वह स्त्री उस पुरुष की तरफ झुककर बैठी है। अगर वे दोनों सोफा पर बैठे हैं तो उनके शरीर एक-दूसरे की तरफ झुके होंगे। उन्हें इस बात का बोध नहीं है, लेकिन तुम यह जान सकते हो। और अगर स्त्री पुरुष से डरती है तो उसका शरीर उससे विपरीत दिशा में झुका होगा। अगर स्त्री पुरुष के प्रेम में है तो वह अपनी टांगों को एक-दूसरे पर रखकर नहीं बैठेगी। वह ऐसा तभी करेगी जब वह पुरुष से भयभीत होगी। उसे इस बात की खबर नहीं है, वह अनजाने कर रही है। शरीर अपना बचाव आप करता है, वह अपने ढंग से अपना काम करता है।

तंत्र को पहले से इस बात का बोध था, सब से पहले तंत्र को ही शरीर के तल पर ऐसी गहरी संवेदनशीलता का पता चला था। और तंत्र कहता है कि अगर तुम सचेतन रूप से अपने शरीर का उपयोग कर सको तो शरीर ही आत्मा में प्रवेश का साधन बन जाता है। तंत्र कहता है कि शरीर का विरोध करना मूढ़ता है, बिलकुल मूढ़ता है। शरीर का उपयोग करो, शरीर माध्यम है। और इसकी ऊर्जा का उपयोग इस भांति करो कि तुम इसका अतिक्रमण कर सको।

अब 'कानों को दबाकर और गुदा को सिकोड़कर बंद करो, और ध्वनि में प्रवेश करो।'

तुम अपने गुदा को अनेक बार सिकोड़ते रहे हो, और कभी-कभी तो गुदा-मार्ग अनायास भी खुल जाता है। अगर तुम्हें अचानक कोई भय पकड़ ले तो तुम्हारा गुदा-मार्ग खुल जाएगा। भय के कारण अनायास मल-मूत्र निकल जाता है। तब तुम उसे नियंत्रण में नहीं रख सकते। आकस्मिक भय की अवस्था में तुम्हारे मलाशय ढीले पड़ जाते हैं। क्या होता है? भय में क्या होता है? भय तो मानसिक चीज है, फिर भय में पेशाब क्यों निकल जाता है? नियंत्रण क्यों जाता रहता है? जरूर ही कोई गहरा संबंध होना चाहिए।

भय सिर में, मन में घटित होता है। जब तुम निर्भय होते हो तो ऐसा कभी नहीं होता। असल में बच्चे का अपने शरीर पर कोई मानसिक नियंत्रण नहीं होता है। कोई पशु अपने मल-मूत्र का नियंत्रण नहीं करता है। जब भी मलाशय भर जाता है, वह अपने आप ही खाली हो जाता है। पशु उस पर नियंत्रण नहीं करता है। लेकिन मनुष्य को आवश्यकतावश उस पर नियंत्रण करना पड़ता है। हम बच्चे को सिखाते हैं कि कब उसे मल-मूत्र त्याग करना चाहिए, हम उसके लिए समय बांध देते हैं। इस तरह मन एक ऐसे काम को अपने हाथ में ले लेता है, जो स्वैच्छिक नहीं है। और यही कारण है कि बच्चे को मलमूत्र-विसर्जन का प्रशिक्षण देना इतना कठिन होता है।

अब मनस्विद कहते हैं कि अगर मलमूत्र-विसर्जन का प्रशिक्षण बंद कर दिया जाए तो मनुष्यता की हालत बहुत सुधर जाएगी। बच्चे का, उसकी स्वाभाविकता का, सहजता का पहला दमन मलमूत्र-विसर्जन के प्रशिक्षण में होता है। लेकिन इन मनस्विदों की बात मानना कठिन मालूम पड़ता है। कठिन इसलिए मालूम पड़ता है क्योंकि तब बच्चे बहुत सी समस्याएं

खड़ी कर देंगे। केवल समृद्ध समाज, अत्यंत समृद्ध समाज ही इस प्रशिक्षण के बिना काम चला सकता है। गरीब समाज को इसकी चिंता लेनी ही पड़ेगी। बच्चे जहां चाहे पेशाब करें, यह हम कैसे बरदाश्त कर सकते हैं। तब तो वह सोफा पर ही पेशाब करेगा और यह हमारे लिए बहुत खर्चीला पड़ेगा। तो प्रशिक्षण जरूरी है। और यह प्रशिक्षण मानसिक है, शरीर में इसकी कोई अंतर्निहित व्यवस्था नहीं है। ऐसी कोई शरीरगत व्यवस्था नहीं है। जहां तक शरीर का संबंध है, मनुष्य पशु ही है। और शरीर को संस्कृति से, समाज से कुछ लेना-देना नहीं है।

यही कारण है कि जब तुम्हें गहन भय पकड़ता है तो वह नियंत्रण की व्यवस्था, जो शरीर पर लादी गई है, ढीली पड़ जाती है। तुम्हारे हाथ से नियंत्रण जाता रहता है। सिर्फ सामान्य हालातों में यह नियंत्रण संभव है, असामान्य हालातों में तुम नियंत्रण नहीं रख सकते। आपात स्थितियों के लिए तुम्हें प्रशिक्षित नहीं किया गया है, सामान्य दिन-चर्या के कामों के लिए ही प्रशिक्षित किया गया है। आपात स्थिति में यह नियंत्रण विदा हो जाता है, तब तुम्हारा शरीर अपने पाशविक ढंग से काम करने लगता है।

लेकिन इससे एक बात समझी जा सकती है कि निर्भीक व्यक्ति के साथ ऐसा कभी नहीं होता है, यह तो कायरों का लक्षण है। अगर डर के कारण तुम्हारा मल-मूत्र निकल जाता है तो उसका मतलब है कि तुम कायर हो। निडर आदमी के साथ ऐसा कभी नहीं हो सकता, क्योंकि निडर आदमी गहरी श्वास लेता है। उसके शरीर और श्वास-प्रश्वास के बीच एक तालमेल है, उनमें कोई अंतराल नहीं है। कायर व्यक्ति के शरीर और श्वास-प्रश्वास के बीच एक अंतराल होता है और इस अंतराल के कारण वह सदा मल-मूत्र से भरा रहता है। इसलिए जब आपात स्थिति पैदा होती है तो उसका मल-मूत्र बाहर निकल जाता है।

और इसका एक प्राकृतिक कारण भी है। मल-मूत्र के निकलने से कायर हलका हो जाता है और वह आसानी से भाग सकता है, बच सकता है। बोझिल पेट बाधा बन सकता है, इसलिए कायर के लिए मल- मूत्र का निकलना सहयोगी होता है।

मैं यह बात क्यों कह रहा हूं? मैं यह इसलिए कह रहा हूं क्योंकि तुम्हें अपने मन और पेट की प्रक्रियाओं से परिचित होना चाहिए। मन और पेट में गहरा अंतर्संबंध है। मनस्विद कहते हैं कि तुम्हारे पचास से नब्बे प्रतिशत सपने पेट की प्रक्रियाओं के कारण घटित होते हैं। अगर तुमने ठूंस-ठूंसकर खाया है तो तुम दुखस्वप्न देखे बिना नहीं रह सकते। ये दुखस्वप्न मन से नहीं, भारी पेट से आते हैं।

बहुत से सपने बाहरी आयोजन के द्वारा पैदा किए जा सकते हैं। अगर तुम नींद में हो और तुम्हारे हाथों को मोड़कर सीने पर रख दिया जाए तो तुम तुरंत दुखस्वप्न देखने लगोगे। अगर तुम्हारी छाती पर सिर्फ एक तकिया रख दिया जाए तो तुम सपना देखोगे कि कोई राक्षस तुम्हारी छाती पर बैठा है और तुम्हें मार डालने पर उतारू है।

यह विचारणीय है कि एक छोटे से तकिए का भार इतना ज्यादा क्यों हो जाता है? यदि तुम जागे हुए हो तो तकिया कोई भार नहीं है, तुम्हें कुछ भार नहीं महसूस होता है। लेकिन क्या बात है कि नींद में छाती पर रखा गया एक छोटा सा तकिया भी चट्टान की तरह भारी मालूम पड़ता है? इतना भार क्यों महसूस होता है?

कारण यह है कि जब तुम जागे हुए हो तो तुम्हारे शरीर और मन के बीच तालमेल नहीं

रहता है, उनमें एक अंतराल रहता है। तब तुम शरीर और उसकी संवेदनशीलता को महसूस नहीं कर सकते। नींद में नियंत्रण, संस्कृति, संस्कार, सब विसर्जित हो जाते हैं और तुम फिर से बच्चे जैसे हो जाते हो और तुम्हारा शरीर संवेदनशील हो जाता है। उसी संवेदनशीलता के कारण एक छोटा सा तकिया भी चट्टान जैसा भारी मालूम पड़ता है। संवेदनशीलता के कारण भार अतिशय हो जाता है, अनंत गुना हो जाता है।

तो मन और शरीर की प्रक्रियाएं आपस में बहुत जुड़ी हुई हैं और यदि तुम्हें इसकी जानकारी हो तो तुम इसका उपयोग कर सकते हो।

गुदा को बंद करने से, ऊपर खींचने से, सिकोड़ने से शरीर में ऐसी स्थिति बनती है जिसमें ध्वनि सुनी जा सकती है। तुम्हें अपने शरीर के बंद घेरे में, मौन में, ध्वनि का स्तंभ सा अनुभव होगा। कानों को बंद कर लो और गुदा को ऊपर की ओर सिकोड़ लो और फिर अपने भीतर जो हो रहा हो उसके साथ रहो। कान और गुदा को बंद करने से जो रिक्त स्थिति बनी है उसके साथ बस रहो। भीतर जो जीवन-ऊर्जा प्रवाहित हो रही है, उसे अब बाहर जाने का कोई मार्ग न रहा। ध्वनि तुम्हारे कानों के मार्ग से या गुदा के मार्ग से बाहर जाती है। उसके बाहर जाने के ये ही दो रास्ते हैं। इसलिए अगर उनका बाहर जाना न हो तो तुम उसे आसानी से महसूस कर सकते हो।

और इस आंतरिक ध्वनि को अनुभव करने से क्या होगा? इस आंतरिक ध्वनि को सुनने के साथ ही तुम्हारे विचार विलीन हो जाते हैं। दिन में किसी भी समय यह प्रयोग करो : गुदा को ऊपर खींचो और कानों को अंगुली से बंद कर लो। कानों को बंद करो और गुदा को सिकोड़ लो, तब तुम्हें एहसास होगा कि मेरा मन ठहर गया है, उसने काम करना बंद कर दिया है और विचार भी ठहर गए हैं। मन में विचारों का जो सतत प्रवाह चलता है, वह विदा हो गया है। यह शुभ है।

और जब भी समय मिले इसका प्रयोग करते रहो। अगर दिन में पांच-छह दफे इसका प्रयोग करते रहे तो तुम्हें इस प्रयोग में कुशलता प्राप्त हो जाएगी। और तब उससे बहुत शुभ घटित होगा।

तुम एक बार यह आंतरिक ध्वनि सुन लो तो यह सदा तुम्हारे साथ रहेगी। तब तुम उसे दिनभर सुन सकते हो। तब बाजार के शोरगुल में भी, सड़क के शोरगुल में भी—यदि तुमने उस ध्वनि को सुना है—वह तुम्हारे साथ रहेगी। और फिर तुम्हें कोई भी उपद्रव अशांत नहीं करेगा। अगर तुमने यह अंतर्ध्वनि सुन ली तो बाहर की कोई चीज तुम्हें विचलित नहीं कर सकेगी। तब तुम शांत रहोगे, जो भी आस-पास घटेगा उससे कोई फर्क नहीं पड़ेगा।

ध्वनि-संबंधी अंतिम विधि:

*अपने नाम की ध्वनि में प्रवेश करो, और उस ध्वनि के द्वारा सभी ध्वनियों में।*

मंत्र की तरह तुम्हारे नाम का उपयोग बहुत आसानी से किया जा सकता है। यह बहुत सहयोगी होगा, क्योंकि तुम्हारा नाम तुम्हारे अचेतन में बहुत गहरे उतर चुका है। दूसरी कोई भी चीज अचेतन की उस गहराई को नहीं छूती है। यहां हम इतने लोग बैठे हैं। यदि हम सभी सो जाएं और कोई बाहर से आकर राम को आवाज दे तो उस व्यक्ति के सिवाय जिसका नाम राम

है, कोई भी उसे नहीं सुनेगा। राम उसे सुन लेगा, सिर्फ राम की नींद में उससे बाधा पहुंचेगी। दूसरे किसी को भी राम की आवाज सुनाई नहीं देगी।

लेकिन यही एक आदमी क्यों सुनता है? कारण यह है कि यह नाम उसके गहरे अचेतन में उतर गया है। अब वह चेतन नहीं है, अचेतन बन गया है। तुम्हारा नाम तुम्हारे बहुत भीतर तक प्रवेश कर गया है। तुम्हारे नाम के साथ एक बहुत सुंदर घटना घटती है। तुम कभी अपने को अपने नाम से नहीं पुकारते हो। सदा दूसरे तुम्हारा नाम पुकारते हैं। तुम अपना नाम कभी नहीं लेते, सदा दूसरे लेते हैं।

मैंने सुना है कि पहले महायुद्ध में अमेरिका में पहली बार राशन लागू किया गया। थॉमस एडीसन महान वैज्ञानिक था, लेकिन क्योंकि गरीब था इसलिए उसे भी अपने राशन कार्ड के लिए कतार में खड़ा होना पड़ा। और वह इतना बड़ा आदमी था कि कोई उसके सामने उसका नाम नहीं लेता था। और उसे खुद कभी अपना नाम लेने की जरूरत नहीं पड़ती थी। और दूसरे लोग उसे इतना आदर करते थे कि उसे सदा प्रोफेसर कहकर पुकारते थे। तो एडीसन को अपना नाम भूल गया।

वह क्यू में खड़ा था। और जब उसका नाम पुकारा गया तो वह ज्यों का त्यों चुप खड़ा ताकता रहा। क्यू में खड़े दूसरे व्यक्ति ने, जो एडीसन का पड़ोसी था, उससे कहा कि आप चुप क्यों खड़े हैं। आपका नाम पुकारा जा रहा है। तब एडीसन को होश आया। और उसने कहा कि मुझे तो कोई भी एडीसन कहकर नहीं पुकारता है, सब मुझे प्रोफेसर कहते हैं। फिर मैं कैसे सुनता? अपना नाम सुने हुए मुझे बहुत समय हो गया।

तुम कभी अपना नाम नहीं लेते हो। दूसरे तुम्हारा नाम लेते हैं, तुम उसे दूसरों के मुंह से सुनते भर हो। लेकिन अपना नाम अचेतन में गहरा उतर जाता है—बहुत गहरा। वह तीर की तरह अचेतन में छिद जाता है। इसलिए अगर तुम अपने ही नाम का उपयोग करो तो वह मंत्र बन जाएगा। और दो कारणों से अपना नाम सहयोगी होता है।

एक कि जब तुम अपना नाम लेते हो—मान लो कि तुम्हारा नाम राम है और तुम राम-राम कहे जाते हो—तो कभी तुम्हें अचानक महसूस होगा कि मैं किसी दूसरे का नाम ले रहा हूं, कि यह मेरा नाम नहीं है! और अगर तुम यह भी समझो कि यह मेरा ही नाम है तो भी तुम्हें ऐसा लगेगा कि मेरे भीतर कोई दूसरा व्यक्ति है जो इस नाम का उपयोग कर रहा है। यह नाम शरीर का हो सकता है, मन का हो सकता है, लेकिन जो राम-राम कह रहा है वह साक्षी है।

तुमने दूसरों के नाम पुकारे हैं। इसलिए जब तुम अपना ही नाम लेते हो तो तुम्हें ऐसा लगता है कि यह नाम किसी और का है, मेरा नहीं। और यह घटना बहुत कुछ बताती है। तुम अपने ही नाम के साक्षी हो सकते हो। और इस नाम के साथ तुम्हारा समस्त जीवन जुड़ा है। नाम से पृथक होते ही तुम अपने पूरे जीवन से पृथक हो जाते हो। और यह नाम तुम्हारे गहरे अचेतन में चला गया है, क्योंकि तुम्हारे जन्म से ही लोग तुम्हें इस नाम से पुकारते हैं। तुम सदा-सदा इसे सुनते रहे हो। तो इस नाम का उपयोग करो। इस नाम के साथ तुम उन गहराइयों को छू लोगे जहां तक यह नाम प्रवेश कर गया है।

पुराने दिनों में हम सबको परमात्मा के नाम दिया करते थे; कोई राम कहलाता था, कोई नारायण कहलाता था, कोई कृष्ण कहलाता था, कोई विष्णु कहलाता था। कहते हैं कि

मुसलमानों के सभी नाम परमात्मा के नाम हैं। और पूरी धरती पर यही रिवाज था कि परमात्मा के नाम के आधार पर हम लोगों के नाम रखते थे। और इसके पीछे अच्छे कारण थे।

एक कारण तो यही विधि था। अगर तुम अपने नाम को मंत्र की तरह उपयोग करते हो तो इसके दोहरे लाभ हो सकते हैं। एक तो यह तुम्हारा अपना नाम होगा, जिसको तुमने इतनी बार सुना है, जीवनभर सुना है और जो तुम्हारे अचेतन में प्रवेश कर गया है। फिर यही परमात्मा का नाम भी है। और जब तुम उसको दोहराओगे तो कभी अचानक तुम्हें बोध होगा कि यह नाम मुझसे पृथक है। और फिर धीरे-धीरे उस नाम की अलग पवित्रता निर्मित होगी, महिमा निर्मित होगी। किसी दिन तुम्हें स्मरण होगा कि यह तो परमात्मा का नाम है। तब तुम्हारा नाम मंत्र बन गया। तो इसका उपयोग करो। यह बहुत ही अच्छा है।

तुम अपने नाम के साथ कई प्रयोग कर सकते हो। अगर तुम सुबह पांच बजे जागना चाहते हो तो तुम्हारे नाम से बढ़कर कोई अलार्म घड़ी सही काम नहीं देगी। वह ठीक तुम्हें पांच बजे जगा देगा। बस अपने भीतर तीन बार कहो: राम, तुम्हें ठीक पांच बजे जाग जाना है। तीन बार कहकर तुरंत सो जाओ। तुम पांच बजे जाग जाओगे, क्योंकि तुम्हारा नाम राम तुम्हारे गहन अचेतन में बसा है। अपना ही नाम लेकर अपने को कहो कि पांच बजे मुझे जगा देना। और कोई तुम्हें जगा देगा। अगर तुम इस अभ्यास को जारी रख सको तो तुम पाओगे कि ठीक पांच बजे कोई तुम्हें पुकार कर कहता है: राम, जागो! यह तुम्हारा अचेतन तुम्हें पुकारता है।

यह विधि कहती है: 'अपने नाम की ध्वनि में प्रवेश करो, और उस ध्वनि के द्वारा सभी ध्वनियों में।'

तुम्हारा नाम सभी नामों के लिए द्वार बन जाता है। लेकिन ध्वनि में प्रवेश करो। पहले तुम जब राम-राम जपते हो तो वह शब्द भर है। लेकिन अगर जप सतत जारी रहता है तो उसका अर्थ कुछ और हो जाता है।

तुमने बाल्मीकि की कथा सुनी होगी। उन्हें यही राम मंत्र दिया गया था। लेकिन बाल्मीकि अनपढ़ आदमी थे—सीधे-सादे, बच्चे जैसे निर्दोष। उन्होंने राम-राम जपना शुरू किया। लेकिन इतना अधिक जप किया कि वे भूल गए और राम की जगह उलटा मरा-मरा कहने लगे। वे राम-राम को इतनी तेजी से जपते थे कि वह मरा-मरा बन गया। और मरा-मरा कहकर ही वे पहुंच गए।

तुम भी अगर अपने भीतर अपने नाम का जाप तेजी से करो तो वह शब्द न रहकर ध्वनि में बदल जाएगा। तब वह एक अर्थहीन ध्वनि होगी। और तब राम और मरा में कोई भेद नहीं रहेगा। राम कहो या मरा, कोई फर्क नहीं पड़ता। वे अब शब्द नहीं रहे, वे बस ध्वनि हैं। और ध्वनि असली चीज है।

तो अपने नाम की ध्वनि में प्रवेश करो, उसके अर्थ को भूल जाओ; सिर्फ ध्वनि में प्रवेश करो। अर्थ मन की चीज है, ध्वनि शरीर की चीज है। अर्थ सिर में रहता है, ध्वनि सारे शरीर में फैल जाती है। अर्थ को भूल ही जाओ, उसे एक अर्थहीन ध्वनि की तरह जपो। और इस ध्वनि के जरिए तुम सभी ध्वनियों में प्रवेश पा जाओगे। यह ध्वनि सब ध्वनियों के लिए द्वार बन जाएगी। सब ध्वनियों का अर्थ है जो सब है—सारा अस्तित्व।

भारतीय अंतस्र-अनुसंधान का यह एक बुनियादी सूत्र है कि अस्तित्व की मूलभूत

▲

इकाई ध्वनि है, विद्युत नहीं। आधुनिक विज्ञान कहता है कि अस्तित्व की मूलभूत इकाई विद्युत है, ध्वनि नहीं। लेकिन वे यह भी मानते हैं कि ध्वनि भी एक तरह की विद्युत है। भारतीय सदा कहते आए हैं कि विद्युत ध्वनि का ही एक रूप है। तुमने सुना होगा कि किसी विशेष राग के द्वारा आग पैदा की जा सकती है। यह संभव है। क्योंकि भारतीय धारणा यह है कि समस्त विद्युत का आधार ध्वनि है। इसलिए अगर ध्वनि को एक विशेष ढंग से छेड़ा जाए, किसी खास राग में गाया जाए तो विद्युत या आग पैदा हो सकती है।

लंबे पुलों पर फौज की टुकड़ियों को लयबद्ध शैली में चलने की मनाही है, क्योंकि कई बार ऐसा हुआ है कि उनके लयबद्ध कदम पड़ने के कारण पुल टूट गए हैं। ऐसा उनके भार के कारण नहीं, ध्वनि के कारण होता है। अगर सिपाही लयबद्ध शैली में चलेंगे तो उनके लयबद्ध कदमों की विशेष ध्वनि के कारण पुल टूट जाएगा। वे सिपाही यदि सामान्य ढंग से निकलें तो पुल को कुछ नहीं होगा।

पुराने यहूदी इतिहास में उल्लेख है कि जेरीको शहर ऐसी विशाल दीवारों से सुरक्षित था कि उन्हें बंदूकों से तोड़ना असंभव था। लेकिन वे ही दीवारें एक विशेष ध्वनि के द्वारा तोड़ डाली गईं। उन दीवारों के टूटने का राज ध्वनि में छिपा है। दीवारों के सामने अगर उस ध्वनि को पैदा किया जाए तो दीवारें टूट जाएंगी। तुमने अली बाबा की कहानी सुनी होगी, उसमें भी एक खास ध्वनि बोलकर चट्टान हटाई जाती है।

वे प्रतीक हैं। वे सच हों या नहीं, एक बात निश्चित है कि अगर तुम किसी ध्वनि का इस भांति सतत अभ्यास करते रहो कि उसका अर्थ मिट जाए, तुम्हारा मन विलीन हो जाए, तो तुम्हारे हृदय पर पड़ी चट्टान हट जाएगी।

आज इतना ही।

# 32

# समर्पण का मार्गः तंत्र

# प्रश्न-सार

1. ये विधियां तंत्र की केंद्रीय विषय-वस्तु हैं या योग की ?
2. संभोग को ध्यान कैसे बनाएं ? क्या किसी विशेष आसन का अभ्यास जरूरी है ?
3. अनाहत नाद कोई ध्वनि है या निर्ध्वनि ?

**पहला प्रश्न :**

***कृपया समझाएं कि विज्ञान भैरव तंत्र की जिन विधियों की चर्चा आपने अब तक की है वे क्या तंत्र की वास्तविक विषय-वस्तु न होकर योग-विज्ञान की विधियां हैं। और तंत्र की केंद्रीय विषय-वस्तु क्या है ?***

यह प्रश्न अनेक लोगों को उठता है। हमने जिन विधियों की चर्चा की है वे योग में भी हैं। विधियां वही हैं, लेकिन एक फर्क के साथ। एक ही विधि का प्रयोग सर्वथा भिन्न दर्शन की पृष्ठभूमि में किया जा सकता है। विधियां वही होंगी; सिर्फ पृष्ठभूमि भिन्न होगी, ढांचा भिन्न होगा। जीवन के प्रति तुम्हारी दृष्टि भिन्न हो सकती है, तंत्र की दृष्टि से सर्वथा भिन्न हो सकती है।

योग संघर्ष में विश्वास करता है, योग बुनियादी रूप से संकल्प का मार्ग है। तंत्र संघर्ष में विश्वास नहीं करता, तंत्र संकल्प का मार्ग नहीं है। बल्कि इसके विपरीत, तंत्र समग्र समर्पण का मार्ग है। तंत्र में तुम्हारे संकल्प की जरूरत नहीं है। तंत्र के लिए तो संकल्प ही समस्या है, संकल्प ही मनुष्य के सारे संताप का स्त्रोत है। और योग के लिए तुम्हारा समर्पण, तुम्हारी संकल्प-हीनता समस्या है।

योग की समझ है कि तुम दुख में हो, क्योंकि तुम्हारा संकल्प निर्बल है। और तंत्र की समझ है कि तुम अपने अहंकार के कारण दुख में हो; तुम दुख में हो, क्योंकि तुम्हारा अपना व्यक्तित्व है। योग कहता है कि तुम अपने संकल्प को उसकी पूर्णता पर ले आओ और तुम मुक्त हो जाओगे। और तंत्र कहता है कि अपने संकल्प को पूरी तरह विसर्जित कर दो, उससे समग्रतः रिक्त हो जाओ और वह रिक्तता ही तुम्हारी मुक्ति बन जाएगी।

और योग और तंत्र दोनों सही हैं। और इससे ही प्रश्न उठता है। मेरे देखे दोनों सही हैं। लेकिन योग का मार्ग बहुत कठिन है। यह असंभव है, करीब-करीब असंभव है कि तुम अहंकार की पूर्णता को उपलब्ध हो जाओ। उसका मतलब है कि तुम पूरे अस्तित्व का केंद्र बन गए। यह लंबा और कठिन मार्ग है। सच तो यंह है कि योग कभी अंतिम मंजिल तक नहीं पहुंचता है। तो फिर योग के अनुयायियों का क्या होता है? योग के अनुयायी साधना के पथ पर चलते हुए कहीं न कहीं, किसी न किसी जन्म में तंत्र की तरफ मुड़ जाते हैं।

बौद्धिक तल पर सोचने से तो योग संभव मालूम पड़ता है, लेकिन अस्तित्वगत रूप से वह असंभव है। वैसे वह संभव है, तुम योग से भी पहुंच जाओगे। लेकिन सामान्यतः कभी

ऐसा होता नहीं है। और यदि होता भी है तो यदा-कदा ही। उदाहरण के लिए महावीर का नाम लिया जा सकता है। सदियों-सदियों में कभी महावीर जैसा पुरुष होता है, जो योग से भी पहुंच जाता है। लेकिन महावीर दुर्लभ हैं, अपवाद हैं; वे नियम तोड़कर पहुंचते हैं। लेकिन योग तंत्र से ज्यादा आकर्षक है। तंत्र सरल है, स्वाभाविक है और तंत्र से बहुत आसानी से पहुंचा जा सकता है; बहुत सहजता से, अनायास पहुंचा जा सकता है। और यही कारण है कि तंत्र तुम्हें कभी उतना आकर्षक नहीं लगता है। क्यों?

जो भी चीज तुम्हें भाती है वह दरअसल तुम्हारे अहंकार को भाती है। जिस चीज से भी तुम्हें लगेगा कि तुम्हारे अहंकार की तृप्ति होगी वह चीज तुम्हें ज्यादा भाएगी। तुम अहंकार के चंगुल में हो, इससे ही तुम्हें योग बहुत प्रभावित करता है। सच तो यह है कि तुम्हारा अहंकार जितना बड़ा होगा, योग तुम्हें उतना ही अधिक प्रभावित करेगा। योग शुद्ध अहंकार का प्रयास है। जो चीज जितनी असंभव होगी वह अहंकार को उतनी ही आकर्षित करेगी।

यही कारण है कि एवरेस्ट में इतना आकर्षण है। हिमालय के इस शिखर पर पहुंचने का आकर्षण इसीलिए है क्योंकि वह बहुत कठिन है। जब हिलेरी और तेनसिंह एवरेस्ट पर पहुंचे तो उनके आह्लाद का हिसाब नहीं था। वह क्या था? उनका अहंकार तृप्त हो गया, क्योंकि वे पहुंचने वाले पहले लोग थे।

जब पहले आदमी ने चंद्रमा पर पैर रखा तो क्या तुम सोच सकते हो कि उसे कैसा लगा होगा? वह पूरे इतिहास में पहला आदमी था जो चांद पर उतरा। और अब उसका यह स्थान उससे नहीं छीना जा सकता, वह सदा के लिए इतिहास का प्रथम व्यक्ति बन गया। भावी इतिहास में भी उसका यह पद अटल बना रहेगा। अहंकार को इससे बड़ी परितृप्ति और क्या हो सकती है? अब उसका कोई प्रतिस्पर्धी न रहा, न हो सकता है। अनेक लोग चांद पर पहुंचेंगे, लेकिन वे प्रथम न होंगे।

अनेक लोग चांद पर जाएंगे, अनेक लोग एवरेस्ट पर जाएंगे—लेकिन योग और भी ऊंचा शिखर प्रदान करता है। और मंजिल जितनी अगम्य हो, अहंकार की उतनी ही पुष्टि होती है, अहंकार शुद्ध और पूर्ण होता है। नीत्शे को योग बहुत पसंद पड़ता, क्योंकि वह समझता था कि जीवन के पीछे जो ऊर्जा काम कर रही है वह संकल्प की ऊर्जा है—विल टु पावर। योग तुम्हें वही भाव देता है, उससे तुम ज्यादा शक्तिशाली होते हो। तुम अपने पर जितना नियंत्रण कर पाते हो, अपनी वृत्तियों पर, शरीर और मन पर जितना अधिकार प्राप्त करते हो, तुम उतने ही अधिक शक्तिशाली हो जाते हो। तुम उतने ही अपने भीतर मालिक हो जाते हो।

लेकिन यह उपलब्धि द्वंद्व के मार्ग से आती है, संघर्ष और हिंसा के रास्ते से आती है। और लगभग यह सदा होता है कि जो व्यक्ति योग के मार्ग से अनेक जन्मों तक साधना करता है वह एक क्षण ऐसे बिंदु पर पहुंचता है जहां उसे पूरी यात्रा मरुस्थल जैसी सूखी और व्यर्थ प्रतीत होती है। क्योंकि जितना ही अहंकार परितृप्त होता है उतना ही तुम्हें लगता है कि सब व्यर्थ है। और तब योग-पथ का पथिक तंत्र की तरफ मुड़ता है।

लेकिन योग का प्रभाव है, क्योंकि लोग अहंकारी हैं। आरंभ में तंत्र कभी किसी को आकर्षित नहीं करता है। तंत्र सदा ऊंचे साधकों को आकर्षित करता है, जिन्होंने जन्मों-जन्मों तक योग के द्वारा साधना की है, संघर्ष किया है। तब वे तंत्र की ओर मुंह करते हैं, क्योंकि तब

वे उसे समझ सकते हैं। सामान्यतः तंत्र तुम्हें नहीं भाएगा और भाएगा भी तो गलत कारणों से भाएगा। उन गलत कारणों को भी समझना जरूरी है।

शुरू-शुरू में तंत्र तुम्हें प्रीतिकर नहीं लगेगा, क्योंकि तंत्र तुमसे संघर्ष नहीं, समर्पण की मांग करता है। तंत्र कहता है: नदी में बहो, तैरो मत। वह कहता है: धारा के साथ चलो, उलटी दिशा में जाने का प्रयत्न मत करो। तंत्र कहता है कि स्वभाव शुभ है, स्वभाव पर भरोसा करो, उससे लड़ो मत। तंत्र कहता है कि कामवासना भी शुभ है, उसका भरोसा करो, उसका अनुगमन करो, उसके साथ बहो, उससे लड़ो मत। तंत्र की केंद्रीय शिक्षा असंघर्ष है। बहो, जो होता है उसे होने दो।

यह प्रभावी नहीं हो सकता, इससे तुम्हारे अहंकार की पूर्ति नहीं होती है। आरंभ में ही तंत्र तुम्हारे अहंकार की आहुति चाहता है, वह कहता है कि अहंकार को विसर्जित करो। योग भी अहंकार का विसर्जन चाहता है, लेकिन अंत में। वह पहले अहंकार को शुद्ध करने को कहता है। और अहंकार अगर पूरी तरह शुद्ध हो जाए तो वह विसर्जित हो जाता है। लेकिन वह योग का अंतिम चरण है। तंत्र में वही प्रथम है। लेकिन तंत्र आमतौर से प्रभावी नहीं होता है। और अगर वह प्रभावी भी होता है तो गलत कारणों से।

उदाहरण के लिए, अगर तुम काम या सेक्स का मजा लेना चाहते हो तो तुम तंत्र के नाम पर उसे तर्कसंगत बना सकते हो। तंत्र इस अर्थ में आकर्षक हो सकता है। अगर तुम नशे में, संभोग में, वैसी किसी भी चीज में उतरना चाहते हो तो तंत्र तुम्हें आकर्षक मालूम पड़ेगा। लेकिन तब तुम वस्तुतः तंत्र में उत्सुक नहीं हो, तंत्र तुम्हारे लिए बस मुखौटा है, बहाना है। तुम्हारा आकर्षण किसी और चीज में है और तुम सोचते हो कि तंत्र तुम्हें उसकी इजाजत देता है। इसलिए तंत्र सदा गलत कारणों से प्रभावी होता है।

तंत्र तुम्हें तुम्हारे भोग में सहारा देने के लिए नहीं है, वह तुम्हें रूपातरित करने के लिए है। अपने को धोखा मत दो। तंत्र के द्वारा तुम अपने को आसानी से धोखा दे सकते हो। और आत्मवंचना की इसी संभावना के कारण महावीर तंत्र की बात नहीं करते। यह संभावना, यह खतरा सदा है। आदमी इतना आत्मवंचक है कि वह कहेगा कुछ और करेगा कुछ और ही। वह आत्मवंचना को भी तर्कसंगत बना सकता है।

उदाहरण के लिए, पुराने चीन में तंत्र जैसा ही एक गुह्य विज्ञान था, जिसे ताओ कहते हैं। ताओ तंत्र से मिलता-जुलता है। उदाहरण के लिए, ताओ कहता है कि अगर तुम कामवासना से मुक्त होना चाहते हो तो अच्छा है कि तुम एक ही व्यक्ति से, एक पुरुष या एक स्त्री से मत चिपके रहो। अगर तुम काम से मुक्ति चाहते हो तो एक ही व्यक्ति के साथ मत रहो, अपने साथी सदा बदलते रहो।

यह बिलकुल सही है। लेकिन तुम इसकी आड़ लेकर अपने को धोखा दे सकते हो। हो सकता है कि तुम मात्र काम-विक्षिप्त हो, तुम पर वासना का भूत सवार हो और तुम तर्क कर सकते हो कि मैं तंत्र-साधना कर रहा हूं, इसलिए मुझे एक ही स्त्री से नहीं चिपके रहना है, अनेक का साथ चाहिए। चीन में अनेक सम्राट इस साधना की आड़ में बड़े-बड़े हरम और जनानखाने रखते थे।

लेकिन अगर तुम मनुष्य के मनोविज्ञान को गहराई में देखोगे तो तुम्हें ताओ की

अर्थवत्ता समझ में आ जाएगी। इसमें अर्थ है। अगर तुम एक ही स्त्री से संबंधित रहते हो तो देर-अबेर उस स्त्री के लिए तुम्हारा आकर्षण क्षीण हो जाएगा, लेकिन स्त्रियों के प्रति तुम्हारा आकर्षण बना रहेगा। विपरीत यौन के लिए तुम्हारा खिंचाव कायम रहेगा। यह स्त्री, जो तुम्हारी पत्नी है, तुम्हारे लिए विपरीत यौन की नहीं रह जाएगी, वह तुम्हें आकर्षित नहीं करेगी, मोहित नहीं करेगी। तुम उसके आदी हो जाओगे।

ताओ कहता है कि अगर कोई पुरुष अनेक स्त्रियों का सहवास करे तो वह एक ही स्त्री से नहीं, स्त्री मात्र से ही मुक्त हो जाएगा, उसका अतिक्रमण कर जाएगा। अनेक स्त्रियों का ज्ञान उसे अतिक्रमण करने में सहयोगी होगा। और यह ठीक है, लेकिन खतरनाक भी है। खतरनाक इसलिए है कि तुम इसे सही होने के कारण नहीं, बल्कि इसलिए पसंद करोगे क्योंकि यह तुम्हें उच्छृंखल होने की अनुमति देता है।

तंत्र के साथ यही समस्या है। इसीलिए चीन में उस विद्या को दबा दिया गया, दमन जरूरी हो गया। भारत में भी तंत्र को दबाया गया, क्योंकि वह बहुत खतरनाक बातें कहता था। वे बातें खतरनाक इसलिए थीं क्योंकि तुम बड़े धोखेबाज हो। अन्यथा वे अदभुत हैं। तंत्र से ज्यादा अदभुत और रहस्यपूर्ण घटना मनुष्य की चेतना में दूसरी नहीं घटी है। अन्य कोई विद्या इतनी गहरी नहीं गई है।

लेकिन ज्ञान के खतरे हैं, सदा से हैं। उदाहरण के लिए, अब विज्ञान खतरा बन रहा है, क्योंकि उसे अनेक गहरे रहस्यों का पता चल गया है। अब उसे मालूम है कि परमाणु-ऊर्जा का सृजन कैसे किया जाता है। आइंस्टीन ने कहा है कि अगर मुझे फिर से जीवन मिले तो मैं वैज्ञानिक होने की बजाय प्लंबर होना पसंद करूंगा। क्योंकि उसने कहा कि जब मैं पीछे लौटकर देखता हूं तो मुझे अपना पूरा जीवन व्यर्थ मालूम पड़ता है। व्यर्थ ही नहीं, मनुष्यता के लिए खतरनाक मालूम पड़ता है। और आइंस्टीन ने मनुष्य को एक गहनतम रहस्य का पता दिया है। लेकिन ऐसे मनुष्य को जो आत्म-वंचक है।

मुझे लगता है कि वह दिन शीघ्र आने वाला है जब हमें विज्ञान को भी दबा देना पड़े। खबर है कि वैज्ञानिकों के बीच गुप्त विचार-विमर्श चल रहा है कि दुनिया को और अधिक जानकारी न दी जाए। वे विचार कर रहे हैं कि वैज्ञानिक शोध को और आगे बढ़ाएं या नहीं, क्योंकि अब वह खतरनाक होती जा रही है।

सब ज्ञान खतरनाक है, केवल अज्ञान निरापद है। अज्ञान को लेकर तुम बहुत कुछ नहीं कर सकते। अंधविश्वास सदा निरापद होते हैं। उनसे कोई बड़ा खतरा नहीं हो सकता। वे होमियोपैथी की दवा जैसे हैं। होमियोपेथी की दवा कोई नुकसान नहीं करती है। उससे लाभ होगा या नहीं, यह तुम्हारी निर्दोषता पर निर्भर है, लेकिन एक बात निश्चित है, उससे कुछ नुकसान नहीं होने वाला है। होमियोपैथी निरापद है, वह एक गहन अंधविश्वास है। अगर वह काम करे तो उससे लाभ ही होगा।

और ध्यान रहे, यदि किसी चीज से लाभ ही होता हो तो वह गहरा अंधविश्वास है। अगर उससे लाभ और हानि दोनों होते हों तो ही वह ज्ञान है। सच्ची चीज दोनों करती है, वह लाभ और हानि दोनों करती है। केवल नकली चीज से लाभ ही होता है। लेकिन वह लाभ दरअसल उस चीज से नहीं आता है, वह तुम्हारे मन का प्रक्षेपण होता है। एक अर्थ में केवल

भ्रामक चीजें ही अच्छी होती हैं, वे तुम्हें कभी नुकसान नहीं पहुंचातीं।

तंत्र विज्ञान है और वह परमाणु-विज्ञान से भी अधिक गहन विज्ञान है। परमाणु-विज्ञान पदार्थ से संबंधित है, तंत्र तुमसे संबंधित है। और तुम सदा ही किसी भी परमाणु-ऊर्जा से ज्यादा खतरनाक हो। तंत्र जैविक परमाणु से, तुमसे, जीवंत कोशिका से, स्वयं जीवन-चेतना से संबंधित है, उसकी आंतरिक व्यवस्था से संबंधित है।

यही वजह है कि काम या सेक्स में तंत्र की रुचि इतनी गहरी है। जो व्यक्ति जीवन और चेतना में रुचि रखता है, वह अपने आप काम में रुचि लेगा। क्योंकि काम जीवन का स्त्रोत है, प्रेम का स्त्रोत है। चेतना के जगत में जो भी घट रहा है उसका आधार काम है। अगर कोई साधक काम में उत्सुक नहीं है तो समझना चाहिए कि वह साधक ही नहीं है। वह दार्शनिक हो सकता है, पर वह साधक नहीं है। और दर्शनशास्त्र करीब-करीब कचरा है, व्यर्थ की चीजों के संबंध में ऊहापोह है।

मैंने सुना है कि मुल्ला नसरुद्दीन को लड़कियों में काफी दिलचस्पी थी। लेकिन दुर्भाग्य से कोई लड़की उसे नहीं चाहती थी। एक बार वह किसी लड़की से पहली दफा मिलने जा रहा था, तो मिलने के पहले उसने अपने एक मित्र से कहा: तुम तो लड़कियों के मामले में बहुत कुशल हो, उन पर तुम्हारा जादू काम करता है और एक मैं हूं कि सदा असफलता ही हाथ आती है, बताओ कि तुम्हारा राज क्या है? मैं एक लड़की से पहली बार मिलने जा रहा हूं, मुझे कुछ तरकीब बता दो तो बहुत अच्छा। उसके मित्र ने कहा: तीन चीजें याद रखो—हमेशा भोजन, खानदान और फिलासफी की बातें करना।

मुल्ला ने पूछा कि भोजन की बात क्यों करनी चाहिए? मित्र ने कहा कि मैं भोजन की बात इसलिए करता हूं क्योंकि उससे लड़की खुश रहती है। कारण है। कारण है कि हरेक स्त्री भोजन में उत्सुक है। वह खुद बच्चे के लिए भोजन है, वह पूरी मनुष्यता के लिए भोजन है, इसलिए उसकी बुनियादी रुचि भोजन में है। मुल्ला ने फिर पूछा कि खानदान की बात किसलिए की जाए? मित्र ने कहा कि उसके खानदान की बात करने से तुम्हारे इरादे नेक मालूम पड़ेंगे। और जब मुल्ला ने ऐसे ही फिलासफी के संबंध में पूछा तो मित्र ने कहा कि फिलासफी की बातचीत करने से स्त्री को एहसास होता है कि मैं बुद्धिमान हूं।

तो मुल्ला लड़की के पास आनन-फानन गया और उससे मिलते ही पूछा, क्या तुम्हें सेंवई पसंद है? लड़की तो चकित रह गई और उसने कहा, नहीं। तो मुल्ला ने उससे पूछा, क्या तुम्हारे दो भाई हैं? लड़की तो और भी हैरान हो गई और सोचने लगी कि किस ढंग का प्रेमी है यह। लड़की ने कहा, नहीं। तो मुल्ला भी कुछ परेशान हुआ और सोचने लगा कि अब दर्शनशास्त्र के बारे में चर्चा किस तरह छेड़ी जाए। क्षणभर की परेशानी के बाद उसने तीसरा तीर छोड़ा, अगर तुम्हें भाई होता तो क्या उसे सेंवई पसंद होती?

दर्शनशास्त्र ऐसी ही बकवास है। तंत्र की उत्सुकता दर्शनशास्त्र में नहीं है, उसकी उत्सुकता वास्तविक और अस्तित्वगत जीवन में है। तंत्र कभी नहीं पूछता कि क्या ईश्वर है, क्या मोक्ष है, क्या स्वर्ग-नरक है। तंत्र जीवन के संबंध में बुनियादी प्रश्न पूछता है। यही कारण है कि काम और प्रेम में उसकी इतनी रुचि है।

काम और प्रेम बुनियादी हैं। तुम उनके द्वारा जगत में आए हो, तुम उनके अंश हो। तुम

काम-ऊर्जा का खेल भर हो, और कुछ भी नहीं। और जब तक तुम इस ऊर्जा को समझते नहीं, इसका अतिक्रमण नहीं करते, तब तक तुम इससे कुछ ज्यादा नहीं हो सकते। अभी तो तुम काम-ऊर्जा के सिवाय कुछ भी नहीं हो।

तुम काम-ऊर्जा से ऊपर उठ सकते हो, उससे बहुत अधिक हो सकते हो, लेकिन उसके लिए तुम्हें काम-ऊर्जा को समझना होगा, उसका अतिक्रमण करना होगा। अन्यथा कभी तुम काम-ऊर्जा से अधिक नहीं हो सकते। जो संभावना है वह बस बीज की भांति है। यही वजह है कि तंत्र काम-ऊर्जा में, प्रेम में, सहज जीवन में इतना उत्सुक है।

लेकिन काम-ऊर्जा को जानने का मार्ग संघर्ष नहीं है। तंत्र कहता है कि तुम अगर लड़ने की मनःस्थिति में हो तो तुम किसी भी चीज को नहीं जान सकते, क्योंकि तब तुम ग्रहणशील नहीं हो सकते। इस लड़ने के कारण ही जीवन का राज तुमसे छिपा रह जाएगा, तुम उसे जानने के लिए खुले हुए नहीं हो। और जब भी तुम लड़ते हो, तुम बाहर रह जाते हो। अगर तुम काम-ऊर्जा से लड़ते हो तो तुम सदा बाहर-बाहर रह जाते हो। और अगर तुम उसके प्रति अपने को समर्पित कर देते हो तो तुम उसके अंतर्गृह में प्रवेश कर जाते हो, तब तुम अंतेवासी हो जाते हो। अगर तुम समर्पण करते हो तो बहुत सी चीजों से परिचित हो जाते हो।

तुमने सेक्स को जीया जरूर है, लेकिन हमेशा ही उसके प्रति शत्रुता का भाव बनाए रखा है। नतीजा यह हुआ है कि तुम उसके अनेक रहस्यों से वंचित रह गए हो। उदाहरण के लिए, तुमने काम-ऊर्जा की जीवनदायी शक्तियों को नहीं जाना है। तुम नहीं जान सके, क्योंकि तुम उसे ऊपर-ऊपर से नहीं जान सकते हो—जानने के लिए भीतर प्रवेश की जरूरत है।

अगर तुम सचमुच काम-ऊर्जा के साथ बहते हो, उसके प्रति समर्पित होकर बहते हो तो देर-अबेर तुम्हें मालूम हो जाएगा कि काम नए जीवन को ही जन्म नहीं देता, तुम्हें भी अधिक जीवन प्रदान कर सकता है। प्रेमियों के लिए काम या सेक्स जीवनदायी शक्ति बन सकता है, लेकिन उसके लिए समर्पण जरूरी है।

और समर्पण करते ही अनेक आयाम बदल जाते हैं। उदाहरण के लिए, तंत्र और ताओ दोनों को पता है कि अगर वीर्यपात होता है तो संभोग जीवनदायी नहीं हो सकता है। वीर्यपात की कोई जरूरत नहीं है, वीर्यपात को भूला जा सकता है। तंत्र और ताओ का मानना है कि क्योंकि तुम लड़ते हो इसलिए वीर्यपात होता है, अन्यथा उसकी जरूरत नहीं है। प्रेमी-प्रेमिका बहुत विश्रामपूर्ण गहन कामालिंगन में हो सकते हैं और उन्हें स्खलन की, संभोग समाप्त करने की जल्दी नहीं रहेगी। वे एक-दूसरे में डूब सकते हैं। और अगर यह डूबना समग्र हो सके तो दोनों को अधिक जीवन का अनुभव होगा, वे एक-दूसरे को अधिक समृद्ध कर देंगे।

ताओ कहता है कि मनुष्य की उम्र हजार वर्ष हो सकती है अगर वह काम-कृत्य में जल्दबाजी न करे, अगर वह गहन विश्राम में हो सके। अगर स्त्री-पुरुष गहन विश्राम में हों, एक-दूसरे में डूब जाएं, खो जाएं, जल्दी में न हों, तनाव में न हों, तो बहुत चीजें, अदभुत चीजें घटित होती हैं। क्योंकि तब दोनों के जीवन-रस, दोनों की विद्युत-ऊर्जा, दोनों की जैविक-ऊर्जा आपस में मिलती है; और इस मिलन से, परस्पर विरोधी तत्वों के मिलन से, प्रगाढ़ मिलन से वे एक-दूसरे को शक्तिशाली कर देते हैं, अधिक जीवंत और प्राणवान बना देते हैं। इस तरह वे दीर्घायु हो सकते हैं और सदा युवा रह सकते हैं।

▲

लेकिन यह तभी जाना जा सकता है जब तुम संघर्ष की भाव-दशा से मुक्त हो जाओ, जब उसकी जगह स्वीकार और सहयोग की भाव-दशा निर्मित हो। और यह बड़ी विरोधाभासी बात मालूम होती है। जो लोग कामवासना से लड़ते हैं वे शीघ्रपात के शिकार होंगे, क्योंकि तनावग्रस्त चित्त तनाव से मुक्त होने की जल्दी में है।

अब तो नयी खोजें बहुत हैरानी के तथ्य प्रकट कर रही हैं। मास्टर्स और जानसन ने पहली दफा संभोग की प्रक्रिया का वैज्ञानिक अध्ययन किया है। और वे इस नतीजे पर पहुंचे हैं कि पचहत्तर प्रतिशत पुरुष शीघ्रपात के शिकार हैं—पचहत्तर प्रतिशत! गहन मिलन के पहले ही वे स्खलित हो जाते हैं और क्रीड़ा समाप्त हो जाती है। और नब्बे प्रतिशत स्त्रियों कभी आर्गाज्म को नहीं उपलब्ध होती हैं, कभी संभोग के शिखर सुख को नहीं पहुंच पाती हैं—नब्बे प्रतिशत स्त्रियां!

यही कारण है कि अक्सर स्त्रियां चिड़चिड़ी और क्रोधी होती हैं। उन्हें ऐसा होना ही है। कोई औषधि उन्हें शांत नहीं बना सकती है, कोई दर्शनशास्त्र, धर्म या नीति उन्हें अपने पुरुषों के प्रति सहृदय नहीं बना सकती। वे अतृप्त हैं। वे क्रुद्ध हैं। और आधुनिक मनोविज्ञान और तंत्र दोनों कहते हैं कि जब तक स्त्री काम-भोग में गहन तृप्ति को नहीं प्राप्त होती, वह परिवार के लिए समस्या बनी रहेगी। जिससे वह वंचित रह गई है, वह चीज उसे क्षुब्ध रखेगी और वह हमेशा झगड़ालू बनी रहेगी।

तो अगर तुम्हारी पत्नी हमेशा लड़ती-झगड़ती रहती है तो पूरी स्थिति पर फिर से विचार करो। इसमें पत्नी का ही कसूर नहीं है, हो सकता है कि उसका कारण तुम्हीं हो। और आर्गाज्म को न उपलब्ध होने के कारण स्त्रियां काम-विमुख हो जाती हैं, वे आसानी से काम-भोग में उतरने को नहीं राजी होतीं। उन्हें रिश्वत देनी पड़ती है, वे संभोग में जाने को राजी नहीं होतीं। और वे क्यों राजी हों यदि उन्हें इससे गहन सुख की उपलब्धि ही नहीं होती?

सच तो यह है कि स्त्रियों को लगता है कि पुरुष उनका उपयोग करते हैं, उनका शोषण करते हैं। उन्हें लगता है कि हम कोई वस्तु हैं जिसका उपयोग करके फेंक दिया जाता है। पुरुष तो संतुष्ट हो जाता है, क्योंकि वह स्खलित हो जाता है। फिर वह करवट लेकर सो जाता है। लेकिन स्त्री आंसू बहाती रहती है। वह अनुभव उसके लिए तृप्तिदायी नहीं होता है। उसे लगता है कि मेरा उपयोग किया गया है। हो सकता है, उसके पति, प्रेमी या मित्र को उससे राहत मिली हो, लेकिन वह खुद अतृप्त रह जाती है।

सौ में से नब्बे स्त्रियां तो यह भी नहीं जानती हैं कि आर्गाज्म क्या है, काम-समाधि क्या है। उन्हें कभी इसका अनुभव ही नहीं हुआ। वे कभी उस शिखर को नहीं छू पाती हैं, जहां उनके शरीर का रोआं-रोआं आर्गाज्म से कंपित हो उठे, भरपूर हो जाए। यह अनुभव उनके लिए अनजाना ही रहता है।

और इसका कारण समाज की काम-विरोधी दृष्टि है। मनुष्य का चित्त सदा काम से लड़ रहा है। और स्त्री इतनी दमित है कि वह मंदकाम हो गई है। पुरुष संभोग में इस भांति उतरता है जैसे कि वह कोई पाप कर रहा हो। उसे हमेशा यह अपराध-भाव सताता है कि यह कोई कुकर्म है। वह शरीर के तल पर अपनी पत्नी या प्रेमिका के साथ प्रेम करता रहता है और मन में किसी महात्मा की सोचता रहता है कि कैसे उनके पास पहुंचकर इस अपराध से, इस

पाप से उबरने का उपाय करे।

महात्माओं से बचना मुश्किल है। जब तुम प्रेम कर रहे होते हो तब भी वे मौजूद रहते हैं। वहां तुम दो ही नहीं होते, महात्मा भी बगल में खड़े रहते हैं। और अगर वहां महात्मा न हुए तो परमात्मा आ जाता है और तुम्हारे पाप पर पहरा देने लगता है। लोगों के मन में परमात्मा की जो धारणा है वह एक बड़े पहरेदार की धारणा है, मानो वह तुम पर सतत पहरा दे रहा है। और यही दृष्टि चिंता पैदा करती है। और चिंता से जल्दी वीर्यपात हो जाता है।

अगर यह चिंता न हो तो संभोग को घंटों, दिनों लंबाया जा सकता है। वीर्यपात जरूरी नहीं है। अगर प्रेम गहन हो तो दोनों प्रेमी एक-दूसरे को संजीवन प्रदान कर सकते हैं। तब स्खलन की बात समाप्त हो जाती है और प्रेमी-युगल वर्षों स्खलित हुए बिना, ऊर्जा नष्ट किए बिना एक-दूसरे में डूबे रह सकते हैं, प्रेम कर सकते हैं। वे एक-दूसरे में विश्राम को उपलब्ध हो सकते हैं। तब उनके शरीर आलिंगन में होकर भी विश्राम पूर्ण रह सकते हैं, तब वे संभोग में उतरकर भी विश्रामपूर्ण रह सकते हैं। तब काम-कृत्य उत्तेजना नहीं बनेगा; अभी वह उत्तेजना है। तब काम गहन विश्राम बन जाएगा, समाधि बन जाएगा।

लेकिन यह समाधि तभी संभव है जब तुम अपने अंतस में काम-ऊर्जा के प्रति, जीवन-शक्ति के प्रति अपने को समर्पित कर देते हो। और उसके बाद ही तुम अपने प्रेमी या प्रेमिका के प्रति समर्पित हो सकते हो।

तंत्र का कहना है कि यह होता है। और तंत्र इसके होने का उपाय करता है। तंत्र कहता है कि जब तुम उत्तेजित हो तो कभी संभोग में मत उतरो। यह बात बहुत बेबूझ मालूम पड़ेगी, क्योंकि तुम तो तभी उसमें उतरना चाहते हो जब कामोत्तेजना पकड़ती है। और सामान्यतः उसमें उतरने के लिए स्त्री और पुरुष एक-दूसरे को उत्तेजित भी करते हैं। लेकिन तंत्र कहता है कि उत्तेजना में सिर्फ ऊर्जा नष्ट होती है। केवल तभी प्रेम करो जब तुम अनुद्विग्न, शांत और ध्यानपूर्ण हो। पहले ध्यान करो और तब संभोग में उतरो। और संभोग में सीमा का उल्लंघन मत करो। और सीमा का उल्लंघन न करने का क्या अर्थ है? अर्थ यह है कि उत्तेजित और हिंसात्मक मत होओ, ताकि ऊर्जा का बिखराव न हो।

अगर तुम प्रेम-कृत्य में संलग्न किसी जोड़े को देखो तो तुम्हें लगेगा कि वे लड़ रहे हैं। जब छोटे बच्चे अपने मां-बाप को इस अवस्था में देखते हैं तो उन्हें लगता है कि बाप मां को मार डालने पर उतारू है। वह लड़ाई जैसा मालूम पड़ता है, हिंसापूर्ण लगता है और अशोभन भी। वह सुंदर नहीं लगता।

उसे ज्यादा लयपूर्ण होना चाहिए, ज्यादा संगीतपूर्ण होना चाहिए। प्रेमी-युगल को नृत्यमय होना चाहिए, संघर्षमय नहीं। इसे तो ऐसा होना चाहिए मानो कि वे कोई लयपूर्ण गीत गा रहे हों। उन्हें एक ऐसा वातावरण निर्मित करना चाहिए जिसमें दोनों घुल-मिलकर एक हो जाएं। और तभी वे विश्रामपूर्ण हो सकते हैं। तंत्र का यही अर्थ है।

तंत्र जरा भी कामुक नहीं है। तंत्र सबसे कम कामुक है और फिर भी काम-ऊर्जा से इतना संबंधित है। यदि विश्राम और सहजता के द्वार से प्रकृति तुम्हें अपने रहस्य बता देती है तो यह आश्चर्य की बात नहीं है। तब तुम्हें बोध होने लगता है कि क्या घटित हो रहा है। और उस बोध में ही तुम पर अनेक रहस्य प्रकट होने लगते हैं।

पहली बात कि काम-कृत्य जीवनदायी हो जाता है। अभी तो जैसा वह है, वह मृत्युदायी है। तुम उसके द्वारा मिटते हो, नष्ट होते हो, छिन्न-भिन्न होते हो। और दूसरी बात कि तब काम-कृत्य ही गहनतम ध्यान बन जाता है। तुम्हारे विचार बिलकुल खो जाते हैं, जब तुम अपने प्रेमी के साथ पूरे के पूरे विश्राम में होते हो तो विचार विलीन हो जाते हैं। तब मन नहीं रहता है, केवल हृदय धड़कता है। वह सहज-स्वाभाविक ध्यान बन जाता है। और अगर प्रेम ध्यान में सहयोगी नहीं हो सकता तो कुछ भी सहयोगी नहीं हो सकता; क्योंकि शेष सब कुछ ऊपर-ऊपर है, सतही है। अगर प्रेम सहयोगी नहीं हो सकता तो कुछ भी सहयोगी नहीं हो सकता। प्रेम का अपना ही ध्यान है।

लेकिन तुम्हें प्रेम का पता नहीं है, तुम सिर्फ कामवासना से और उससे होने वाले ऊर्जा-अपव्यय के दुख से परिचित हो। और तब तुम संभोग के बाद बहुत हारे-थके, बहुत उदासी अनुभव करते हो। और फिर तुम ब्रह्मचर्य का व्रत लेते हो। लेकिन यह व्रत थकावट की, उदासी की हालत में लिया जाता है; यह व्रत निराशा की हालत में लिया जाता है। उससे कुछ भी नहीं होगा।

व्रत तभी सहयोगी होता है जब उसे बहुत विश्रामपूर्ण और ध्यान की भाव-दशा में लिया जाए। अन्यथा व्रत के नाम पर तुम सिर्फ अपना क्रोध प्रकट कर रहे हो, अपनी निराशा प्रकट कर रहे हो और कुछ भी नहीं। और तुम इस व्रत को चौबीस घंटों के भीतर भूल जाओगे। फिर काम-ऊर्जा जागेगी ओर तुम फिर पुरानी आदत के अनुसार उसे फेंकने का उपाय करोगे।

तंत्र कहता है कि काम बहुत गहन है, क्योंकि काम ही जीवन है। लेकिन तुम गलत कारणों से उसमें उत्सुक हो सकते हो। गलत कारणों से काम में मत उत्सुक होओ। और तब तुम्हें तंत्र खतरनाक नहीं लगेगा। तब तंत्र जीवन-रूपांतरण की कीमिया है।

योग ने भी कुछ तांत्रिक विधियों का उपयोग किया है, लेकिन उसने यह उपयोग संघर्ष के ढंग से किया है। तंत्र भी उन्हीं विधियों का उपयोग करता है, लेकिन वह यह उपयोग बहुत प्रेमपूर्ण भाव से करता है। और यह बहुत बड़ा फर्क है। उससे विधि की गुणवत्ता बदल जाती है। विधि भिन्न हो जाती है, क्योंकि पूरी पृष्ठभूमि भिन्न है।

पूछा गया है कि 'तंत्र की केंद्रीय विषय-वस्तु क्या है?'

उत्तर है: वह तुम हो। तंत्र की केंद्रीय विषय-वस्तु तुम हो—तुम जो अभी हो और जो तुममें विकसित होने को छिपा है। तंत्र का विषय तुम हो—तुम जो हो और तुम जो हो सकते हो। अभी तो तुम बस कामवासना हो। और जब तक यह काम अच्छी तरह नहीं समझ लिया जाता है तब तक तुम राम नहीं हो सकते हो, आत्मवान नहीं हो सकते हो। कामुकता और आध्यात्मिकता एक ही ऊर्जा के दो छोर हैं।

तंत्र वहां से शुरू करता है जहां तुम हो, योग तुम्हारी संभावना से शुरू करता है। योग अंत से आरंभ करता है, तंत्र आरंभ से आरंभ करता है। और आरंभ से ही आरंभ करना अच्छा है। यह सदा ही अच्छा है कि शुरू से ही शुरू करो। अगर अंत को आरंभ बना दिया जाए तो तुम अपने लिए नाहक दुख निर्मित कर लोगे। तुम अंत नहीं हो, आदर्श नहीं हो। तुम्हें भविष्य में परमात्मा बनना है, आदर्श बनना है, लेकिन अभी तो तुम मात्र पशु हो। और यह पशु परमात्मा के आदर्श के कारण विक्षिप्त हो जाता है, पागल हो जाता है।

तंत्र कहता है कि परमात्मा को भूल जाओ। अगर तुम पशु हो तो इस पशु को उसकी समग्रता में समझो। उसी समझ से, परमात्मा का विकास होगा। और अगर इस समझ से परमात्मा नहीं विकसित होता है तो उसे भूल जाओ, तब फिर वह कभी नहीं होने वाला है। आदर्श तुम्हारी संभावना को वास्तविक नहीं बना सकते, यथार्थ का ज्ञान ही उसे वास्तविक बना सकता है।

तो तंत्र की विषय-वस्तु तुम हो—जो हो और जो हो सकते हो। तुम्हारा यथार्थ और तुम्हारी संभावना तंत्र की विषय-वस्तु है।

कभी-कभी लोग परेशान हो जाते हैं। अगर तुम तंत्र को समझने चलो तो वहां परमात्मा की चर्चा नहीं होती, मोक्ष और निर्वाण की चर्चा नहीं होती। लोग सोचते हैं, यह तंत्र किस तरह का धर्म है! तंत्र उन चीजों की चर्चा करता है जिनकी चर्चा से तुम्हें घबराहट होती है, जिनकी चर्चा तुम्हें पसंद नहीं है। सेक्स की चर्चा कौन करना चाहता है? हरेक आदमी सोचता है कि मैं इसे जानता ही हूं। क्योंकि तुम बच्चे पैदा कर सकते हो, इससे समझते हो कि मैं जानता हूं।

कोई आदमी सेक्स की चर्चा करना नहीं चाहता है और सेक्स हरेक आदमी की समस्या है। कोई आदमी प्रेम की चर्चा करना नहीं चाहता है, क्योंकि हरेक अपने को पहले से ही महान प्रेमी माने बैठा है। और अपने जीवन को तो देखो, उसमें घृणा के अतिरिक्त और क्या है! और जिसे तुम प्रेम कहते हो वह भी इसी घृणा के तनाव को थोड़ा कम करने का बहाना है। अपने चारों ओर देखो और तुम्हें पता चलेगा कि मुझे प्रेम का पता नहीं है।

एक फकीर बालशेम रोज ही अपने दर्जी के पास अपनी पोशाक के लिए जाता था। दर्जी ने एक मामूली पोशाक बनाने में छह महीने लगा दिए। गरीब फकीर! जब पोशाक बनकर तैयार हुई और दर्जी ने उसे बालशेम के हाथ में दिया तो बालशेम ने कहा कि परमात्मा ने पूरी दुनिया छह दिनों में बना दी और तुम्हें एक गरीब फकीर के कपड़े सीने में छह महीने लग गए। बालशेम मे अपने संस्मरणों में इस दर्जी को याद किया है। उस दर्जी ने कहाः हां, परमात्मा ने छह दिनों में ही दुनिया बना दी, लेकिन इस दुनिया को तो देखो, किस तरह की दुनिया है यह! छह दिनों में बनी दुनिया और कैसी होगी!

अपने चारों ओर तो देखो, जो दुनिया तुमने बनायी है उसे तो जरा देखो। तब तुम्हें पता चलेगा कि मैं कुछ नहीं जानता हूं, मैं बस अंधेरे में टटोल रहा हूं। ओर क्योंकि दूसरे लोग भी अंधेरे में टटोल रहे हैं, इसलिए यह नहीं हो सकता कि तुम प्रकाश में रहते हो। और जब सब लोग अंधेरे में टटोल रहे हैं तो यह तुम्हें अच्छा लगता है, क्योंकि कोई तुलना की बात न रही।

लेकिन तुम अंधकार में हो। और तुम जैसे हो, जो हो, तंत्र वहीं से आरंभ करता है। तंत्र तुम्हें उन बुनियादी बातों का बोध देना चाहता है, जिन्हें तुम इनकार नहीं कर सकते। और अगर तुम उन्हें इनकार करने की कोशिश करोगे तो तुम्हारा ही अहित होगा।

**दूसरा प्रश्न :**

***संभोग को ध्यान कैसे बनाया जाए? क्या उसके लिए संभोग में किसी विशेष आसन का अभ्यास जरूरी है?***

आसन अप्रासंगिक हैं, आसन बहुत अर्थपूर्ण नहीं हैं। असली चीज दृष्टि है, रुझान है। शरीर की स्थिति नहीं, मन की स्थिति असली बात है। लेकिन अगर मन बदल जाए तो संभव है कि उसके साथ आसन भी बदल जाएं। क्योंकि वे एक-दूसरे से जुड़े हैं। लेकिन वे बुनियादी नहीं हैं।

उदाहरण के लिए, पुरुष सदा स्त्री के ऊपर होता है। इसमें पुरुष का अहंकार छिपा है, पुरुष हमेशा समझता है कि मैं श्रेष्ठ हूं, बड़ा हूं। वह स्त्री के नीचे कैसे हो सकता है? लेकिन सारी पृथ्वी पर आदिम समाजों में स्त्री पुरुष के ऊपर होती है। इसलिए अफ्रीका में लोग उस आसन को मिशनरी आसन कहने लगे जिसमें पुरुष ऊपर होता है। जब पहली बार ईसाई मिशनरी अफ्रीका गए तो आदिवासी उनके संभोग के ढंग को देखकर हैरान रह गए। उन्हें समझ में नहीं आया कि वे क्या कर रहे हैं। उन्होंने सोचा कि इसमें स्त्री तो मर जाएगी। अफ्रीका में इस आसन को मिशनरी आसन कहते हैं। अफ्रीका के आदिवासी कहते हैं कि यह हिंसापूर्ण है कि पुरुष स्त्री के ऊपर रहे। स्त्री कमनीय है, कोमल है, इसलिए, उसे पुरुष के ऊपर होना चाहिए। लेकिन पुरुष के लिए अपने को स्त्री के नीचे रखना बहुत कठिन है।

अगर तुम्हारा मन बदल जाए तो बहुत चीजें बदल जाएंगी। अच्छा तो यही है कि स्त्री ऊपर रहे। इसके पक्ष में कई बातें हैं। स्त्री निष्क्रिय है, इसलिए अगर वह ऊपर रहेगी तो बहुत हिंसा नहीं करेगी, वह विश्राम में होगी। और अगर पुरुष नीचे होगा तो वह भी बहुत उपद्रव नहीं कर सकेगा। उसे भी विश्रामपूर्ण होना पड़ेगा। यह अच्छा रहेगा। ऊपर होकर वह बहुत हिंसात्मक होगा ही, वह बहुत कुछ करेगा। और स्त्री को तो कुछ करने की जरूरत नहीं है। तंत्र में तुम्हें विश्रामपूर्ण होना चाहिए, इसलिए स्त्री का ऊपर रहना ठीक है। वह पुरुष से अधिक विश्रामपूर्ण रह सकती है। स्त्री का चित्त निष्क्रिय है, इसलिए उसे विश्राम सहज होता है।

तो आसन बदलेंगे, लेकिन आसनों की बहुत चिंता मत करो। बस अपने मन को बदलो। जीवन-शक्ति के प्रति समर्पण करो, उसके साथ बहो। अगर तुम सचमुच समर्पित हो तो तुम्हारा शरीर उस समय के लिए जरूरी आसन को, सम्यक आसन को खुद ही ग्रहण कर लेगा। अगर प्रेमी-प्रेमिका गहन रूप से समर्पित हैं तो उनके शरीर आप ही उचित आसन ग्रहण कर लेंगे।

स्थिति रोज-रोज बदल जाती है, इसलिए पहले से कोई आसन तय कर लेने की जरूरत नहीं है। यही तो अड़चन है कि तुम पहले से सब तय कर लेना चाहते हो। जब भी तुम ऐसा करते हो, यह मन का ही धंधा है। तब तुम समर्पण नहीं करते हो। समर्पण में तो चीजें अपने आप घटित होती हैं, रूप लेती हैं। जब प्रेमी-प्रेमिका दोनों समर्पण करते हैं तो एक अदभुत लयबद्धता निर्मित होती है। तब वे अनेक आसन ग्रहण करेंगे, या एक भी नहीं, महज विश्राम में होंगे। वह जीवन-शक्ति पर निर्भर है, पहले से लिए गए मानसिक निर्णय पर नहीं। पहले से कुछ भी निर्णय लेने की जरूरत नहीं है।

निर्णय ही समस्या है। संभोग के लिए भी तुम्हें निर्णय करना पड़ता है। ऐसी किताबें हैं जो सिखाती हैं कि संभोग कैसे किया जाए। इससे पता चलता है कि हमने कैसा मन निर्मित किया है। संभोग के लिए भी तुम्हें किताबों से पूछना पड़ता है। तब वह मानसिक कृत्य हो जाता है, तब तुम्हें हर बात का विचार करना पड़ता है। पहले तुम मन में रिहर्सल करते हो और

तब संभोग में उतरते हो। तब तुम्हारा कृत्य नाटक हो जाता है, नकली हो जाता है। उसे सच्चा संभोग नहीं कह सकते, वह अभिनय हो गया। वह प्रामाणिक नहीं रहा।

समर्पण करो और महाशक्ति के साथ बहो। भय क्या है? डर क्यों है? अगर तुम अपने प्रेमी के साथ भी निर्भय नहीं हो सकते तो किसके साथ होओगे? और एक बार तुम्हें प्रतीति हो जाए कि जीवन-शक्ति स्वयं ही सहायता करती है और स्वयं ही सम्यक मार्ग पकड़ लेती है तो उससे तुम्हें अपने पूरे जीवन के प्रति बहुत बुनियादी दृष्टि उपलब्ध हो जाएगी। तब तुम अपना समस्त जीवन परमात्मा के हाथ में छोड़ दे सकते हो, वही तुम्हारा प्रियतम है। तब तुम अपना सारा जीवन परमात्मा को सौंप देते हो। तब तुम न सोच-विचार करते हो, न योजना बनाते हो और न भविष्य को अपनी मर्जी के अनुसार चलाने की चेष्टा करते हो। तब तुम परमात्मा की मर्जी से, समग्र की मर्जी से भविष्य में गति करते हो।

लेकिन काम-कृत्य को ध्यान कैसे बनाया जाए? समर्पण करने से ही संभोग ध्यान बन जाता है। उस पर सोच-विचार मत करो, उसे बस होने दो। और विश्राम में उतर जाओ, आगे-आगे मत चलो। मन की यह एक बुनियादी समस्या है कि वह सदा आगे-आगे चलता है, वह सदा फल की खोज करता रहता है। और फल भविष्य में है। इसलिए तुम कभी कर्म में नहीं होते, तुम सदा फल की खोज करते भविष्य में होते हो। यह फल की खोज ही उपद्रव है, वह सब कुछ खराब कर देती है। बस कर्म में समग्रता से होओ। भविष्य क्या है? वह अपने आप ही आएगा, तुम्हें उसकी चिंता नहीं लेनी है। और तुम्हारी चिंताएं भविष्य को नहीं ला सकती हैं। वह आ ही रहा है, वह आया ही हुआ है। तुम उसे भूल जाओ और यहां और अभी, वर्तमान में होओ।

यहां और अभी होने के लिए काम-कृत्य एक गहन अंतर्दृष्टि बन सकता है। मेरे देखे अब यही एक कृत्य बचा है जिसमें तुम यहां और अभी हो सकते हो। अपने आफिस में तुम यहां और अभी नहीं हो सकते हो। जब तुम कालेज में पढ़ रहे हो, वहां भी यहां और अभी नहीं हो सकते। इस आधुनिक संसार में कहीं भी यहां और अभी होना कठिन है। केवल प्रेम में यहां और अभी हुआ जा सकता है।

लेकिन तुम ऐसे हो कि प्रेम में भी वर्तमान क्षण में नहीं होते, तुम वहां भी फल की सोच रहे हो। और अनेक आधुनिक पुस्तकों ने नई कठिनाइयां पैदा कर दी हैं। तुम काम-भोग पर एक पुस्तक पढ़ते हो और तब तुम डरने लगते हो कि मैं सही ढंग से संभोग कर रहा हूं या गलत ढंग से। तुम कामासनों पर एक पुस्तक पढ़ते हो और तब तुम भयभीत हो जाते हो कि मेरा आसन सही है या गलत। मनोवैज्ञानिकों ने तुम्हारे मन में नई चिंताएं खड़ी कर दी हैं। अब वे कहते हैं कि पति को यह ध्यान रखना चाहिए कि उसकी पत्नी को आर्गाज्म प्राप्त हो रहा है या नहीं।

तो अब पति इसी चिंता में फंसा है। और इस चिंता से कुछ हासिल होने वाला नहीं है, वरन वह बाधा ही बनने वाली है। और पत्नी चिंतित है कि पति पूर्ण विश्राम को उपलब्ध हो रहा है या नहीं। उसे दिखाना होगा कि मैं बहुत आनंदित हो रही हूं। फिर सब कुछ झूठा हो जाता है। दोनों फल के लिए चिंतित हैं। और इसी चिंता में फल कभी हाथ नहीं आएगा।

सब भूल जाओ और क्षण में बहो। अपने शरीर को अभिव्यक्ति का मौका दो। तुम्हारा

शरीर सब जानता है, उसका अपना विवेक है। तुम्हारा शरीर काम-कोशिकाओं से बना है, उसका अपना बिल्ट-इन प्रोग्राम है। उसे तुमसे कुछ पूछने की जरूरत नहीं है। सब शरीर पर छोड़ दो और शरीर अपने आप ही गति करेगा। यह प्रकृति के हाथों में अपने को छोड़ना, यह समर्पण ही ध्यान बन जाएगा।

और अगर तुम्हें सेक्स में यह अनुभव हो जाए तो तुम्हें राज हाथ लग गया कि जहां भी तुम समर्पण करोगे वहीं तुम्हें यह अनुभव होगा। तब तुम गुरु को समर्पित हो सकते हो, यह प्रेम-संबंध है। गुरु के प्रति समर्पण करते हुए जब तुम उसके चरणों पर अपना सिर रखोगे, तुम्हारा सिर शून्य हो जाएगा, तुम ध्यान में चले जाओगे। और फिर गुरु की भी जरूरत नहीं रहेगी। तब बाहर जाओ और आकाश को समर्पित हो जाओ। और तब तुम जान गए कि समर्पण कैसे किया जाए—और यही असली बात है। तब तुम जाकर एक वृक्ष के प्रति समर्पण कर सकते हो।

लेकिन यह बात मूढ़तापूर्ण मालूम देगी, अगर तुम्हें समर्पण करना नहीं आता है। हम देखते हैं, एक ग्रामीण, एक आदिवासी नदी जाता है और नदी के प्रति झुक जाता है। वह नदी को माता कहकर पुकारता है। वह उगते हुए सूरज के प्रति झुक जाता है और उसे देवता कहकर पुकारता है। या वह किसी झाड़ के पास उसकी जड़ पर अपना सिर रख देता है और झुक जाता है। हमें यह अंधविश्वास जैसा मालूम पड़ता है। तुम कहते हो, यह क्या मूढ़ता कर रहा है! वृक्ष क्या करेगा? नदी क्या करेगी? वे कोई देवी-देवता नहीं हैं। सूरज कोई देवता नहीं है।

लेकिन अगर तुम समर्पण करो तो कोई भी चीज परमात्मा है। समर्पण करने वाला चित्त ही भगवत्ता का निर्माण करता है। पत्नी को समर्पण करो और वह दिव्य हो जाती है। पति को समर्पण करो और वह भगवान हो जाता है। भगवत्ता समर्पण के द्वारा प्रकट होती है। पत्थर को समर्पण करो और पत्थर पत्थर नहीं रह जाता, पत्थर मूर्ति बन जाता है, जीवित व्यक्ति हो जाता है।

इसलिए सिर्फ जानो कि समर्पण कैसे किया जाता है। और जब मैं कहता हूं कि समर्पण कैसे किया जाता है तो उसका यह मतलब नहीं है कि उसकी कोई विधि है, मेरा मतलब है कि प्रेम में समर्पण की सहज संभावना है। प्रेम में समर्पण करो और वहां उसका अनुभव लो। और फिर उसको अपने पूरे जीवन पर फैल जाने दो।

**तीसरा प्रश्न :**

***कृपया समझाएं कि अनाहत नाद एक प्रकार की ध्वनि है या कि वह समग्रत: निर्ध्वनि है। और यह भी बताने की कृपा करें कि समग्र ध्वनि और समग्र निर्ध्वनि की अवस्थाएं समान कैसे हो सकती हैं?***

अनाहत नाद कोई ध्वनि नहीं है। यह निर्ध्वनि है, यह मौन है। लेकिन यह मौन सुना जा सकता है। इसे शब्दों में व्यक्त करना कठिन है, क्योंकि तब यह तर्कसम्मत प्रश्न उठता है कि निर्ध्वनि कैसे सुनी जा सकती है।

यह बात समझने जैसी है। मैं इस कुर्सी पर बैठा हूं। अगर मैं कुर्सी छोड़कर चला जाऊं

तो क्या तुम कुर्सी में मेरी अनुपस्थिति नहीं देखो? जिसने मुझे इस कुर्सी में बैठा नहीं देखा है उसे मेरी अनुपस्थिति नहीं दिखाई पड़ सकती है, उसे सिर्फ कुर्सी दिखाई पड़ेगी। लेकिन एक क्षण पहले मैं यहां बैठा था और तुमने यह देखा है। अगर मैं हट जाऊं और तुम कुर्सी को देखो तो तुम्हें एक साथ दो चीजें दिखाई देंगी: कुर्सी और मेरी अनुपस्थिति। लेकिन मेरी अनुपस्थिति तभी दिखाई देगी जब तुमने मुझे देखा है और तुम्हें स्मरण है कि में यहां था।

वैसे ही हम ध्वनि को सुनते हैं, ध्वनि को जानते हैं; और जब निर्ध्वनि आती है, अनाहत नाद आता है तो हमें अनुभव होता है कि ध्वनि खो गई और उसकी अनुपस्थिति अनुभव होती है। इसीलिए इसे अनाहत नाद कहते हैं। इसे नाद भी कहते हैं, लेकिन अनाहत नाद होना नाद की गुणवत्ता को बदल देता है। अनाहत का अर्थ है: जो अनिर्मित है। वह अनिर्मित, असृष्ट ध्वनि है। प्रत्येक ध्वनि पैदा की गई ध्वनि है। जो भी ध्वनि तुम सुनते हो सब पैदा की हुई है। और जो ध्वनि पैदा की गई है वह नष्ट होगी। मैं हाथ की ताली बजाता हूं तो ध्वनि पैदा होती है। एक क्षण पहले वह नहीं थी और अब फिर वह नहीं है। वह पैदा हुई और मर गई। निर्मित की गई ध्वनि को आहत नाद कहते हैं, अनिर्मित ध्वनि को अनाहत नाद कहते हैं। अनाहत नाद वह है जो सदा है। सदा रहने वाला नाद कौन सा है? दरअसल यह नाद नहीं है, हम उसे नाद इसलिए कहते हैं क्योंकि अनुपस्थिति सुनी जाती है।

अगर तुम रेलवे स्टेशन के पास रहते हो और किसी दिन मजदूर संघ हड़ताल कर दे तो

तुम्हें कुछ ऐसा सुनाई देगा जो किसी दूसरे को नहीं सुनाई देगा। तुम्हें आती-जाती रेलगाड़ियों की अनुपस्थिति सुनाई देगी।

पहले मैं हर महीने कम से कम तीन हफ्ते यात्रा पर रहा करता था। शुरू-शुरू में रेलगाड़ी में सोना कठिन होता था, पर पीछे चलकर घर पर सोना कठिन हो गया। फिर जब-जब मुझे गाड़ी में नहीं सोना पड़े, गाड़ी की आवाज की अनुपस्थिति महसूस होती थी। जब मैं घर आता था तो वहां सोना कठिन लगता था, क्योंकि मुझे लगे कि कुछ चूक रहा हूं। मुझे रेल की आवाज की अनुपस्थिति अनुभव होने लगी।

हम ध्वनियों के आदी हैं। प्रत्येक क्षण ध्वनि से भरा है। हमारी खोपड़ी निरंतर ध्वनि से लबालब है। लेकिन जब तुम्हारा मन विदा हो जाता है—अतिक्रमण कर जाता है या नीचे उतर जाता है—जब तुम ध्वनियों के संसार में नहीं होते हो, तब तुम ध्वनियों की अनुपस्थिति को सुन सकते हो। वह अनुपस्थिति निर्ध्वनि है। लेकिन हमने इसे अनाहत नाद कहा है। क्योंकि यह सुना जाता है, इसलिए इसे नाद कहते हैं। और क्योंकि यह ध्वनि नहीं है, इसलिए इसे अनाहत नाद कहते हैं। अनाहत नाद विरोधाभासी शब्द है। ध्वनि तो आहत ही होती है, अनाहत कहना विरोधाभासी है।

पर जीवन के सभी गहन अनुभव विरोधाभासों में व्यक्त किए जाते हैं। अगर तुम इकहार्ट या जेकब बोहमे जैसे गुरुओं से पूछो, या हयाकुजो, उबाकू और बोधिधर्म जैसे झेन गुरुओं से पूछो, या नागार्जुन से पूछो, या वेदांत और उपनिषदों से पूछो, तो सभी जगह गहन अनुभवों की अभिव्यक्ति परस्पर विरोधी शब्दों में मिलेगी।

वेद ईश्वर के संबंध में कहते हैं कि वह है और वह नहीं है। अब इससे अधिक नास्तिक वक्तव्य और क्या होगा? वह है और नहीं है! वे कहते हैं: वह दूर से दूर है और

निकट से निकट। ऐसे विरोधी वक्तव्य क्यों? उपनिषद कहते हैं: तुम उसे नहीं देख सकते, लेकिन जब तक तुमने उसे नहीं देखा तब तक कुछ भी नहीं देखा। यह किस तरह की भाषा है?

लाओत्सु कहता है कि सत्य नहीं कहा जा सकता है और वह कह भी रहा है। यह भी तो कहना ही हुआ। वह कहता है कि सत्य नहीं कहा जा सकता और जो कहा जाए वह सत्य नहीं है। और फिर वह एक किताब लिखता है, जिसमें सत्य के संबंध में कुछ कहता है। यह विरोधाभासी है।

एक महान वृद्ध संत के पास एक दिन एक विद्यार्थी आया। विद्यार्थी ने कहा: गुरुदेव, अगर आप मुझे क्षमा कर दें तो मैं अपने संबंध में आपको कुछ बताना चाहता हूं। मैं नास्तिक हो गया हूं, अब मैं ईश्वर में विश्वास नहीं करता। बूढ़े संत ने पूछा: कितने दिनों से तुम धर्मशास्त्रों का अध्ययन कर रहे हो? कितने दिनों से? उस साधक ने, उस विद्यार्थी ने कहा: कोई बीस वर्षों से मैं वेदों का, शास्त्रों का अध्ययन कर रहा हूं। बूढ़े संत ने आह भरकर कहा: सिर्फ बीस वर्ष ओर तुम्हें यह कहने की हिम्मत आ गई कि मैं नास्तिक हूं?

युवक तो हैरान रह गया। उसने सोचा, यह बूढ़ा आदमी क्या कह रहा है? उसने पूछा : मैं समझा नहीं कि आप क्या कह रहे हैं। आपने तो मुझे और भी उलझन में डाल दिया। इस पर संत ने कहा: वेदों का अध्ययन जारी रखो। आरंभ में आदमी कहता है कि ईश्वर है, केवल अंत में वह कहता है कि ईश्वर नहीं है। ईश्वर आरंभ में है, अंत में ईश्वर नहीं है। जल्दी मत करो। वह युवक तो और भी बिगूचन में पड़ गया।

ईश्वर है और ईश्वर नहीं है—यह वक्तव्य उनका है जो जानते हैं। जो नहीं जानते हैं वे कहते हैं कि ईश्वर है। जो नहीं जानते हैं वे यह भी कहते हैं कि ईश्वर नहीं है। जो जानते हैं वे दोनों बातें साथ-साथ कहते हैं : ईश्वर है और ईश्वर नहीं है।

अनाहत नाद विरोधाभासी वक्तव्य है, लेकिन जानकर, बहुत सोच-विचार के साथ उसका उपयोग किया गया है। वह अर्थपूर्ण है। वह कहता है कि वह ध्वनि जैसी लगती है और वह ध्वनि नहीं है। वह ध्वनि जैसी लगती है, क्योंकि तुमने केवल ध्वनि ही जानी है। कोई दूसरी भाषा तुम नहीं जानते, केवल ध्वनियों की भाषा जानते हो। यही कारण है कि वह ध्वनि जैसी लगती है। लेकिन असल में वह मौन है, ध्वनि नहीं।

और प्रश्न में आगे कहा है: 'यह भी बताने की कृपा करें कि ध्वनि और निर्ध्वनि की अवस्थाएं कैसे समान हो सकती हैं?'

सदा से ऐसा ही है। शून्य और पूर्ण दोनों एक ही अर्थ रखते हैं। उदाहरण के लिए, मेरे पास अगर एक घड़ा है जो पूर्णतः खाली है और दूसरा घड़ा है जो पूर्णतः भरा है तो दोनों घड़े पूर्ण हैं। एक पूर्णतः खाली है और दूसरा पूर्णतः भरा है। लेकिन दोनों पूर्ण हैं, दोनों पूरे हैं। अगर घड़ा आधा भरा है तो वह आधा खाली भी है। तुम उसे आधा खाली और आधा भरा कह सकते हो। लेकिन वह चाहे पूरा खाली हो और चाहे पूरा भरा, एक बात दोनों में समान है: पूर्णता समान है।

निर्ध्वनि, ध्वनि-शून्यता पूर्ण है, उसे अब और अधिक ध्वनि-शून्य बनाने के लिए तुम कुछ नहीं कर सकते। इसे समझो। यह पूर्ण है, अब और कुछ नहीं किया जा सकता। तुम उस बिंदु पर पहुंच गए हो जिसके आगे कोई गति नहीं हो सकती। और अगर कोई ध्वनि समग्र है

तो भी तुम उसमें कुछ जोड़ नहीं सकते। तुम दूसरी सीमा पर पहुंच गए, तुम उसके आगे नहीं जा सकते। यही समानता है और यही इसका मतलब है।

कोई कह सकता है कि यह निर्ध्वनि है, ध्वनि-शून्यता है, क्योंकि कोई ध्वनि नहीं सुनाई देती है, सब कुछ अनुपस्थित है। तुम अब इसमें से कुछ घटा नहीं सकते, यह पूर्ण है। या तुम कह सकते हो कि यह पूर्ण ध्वनि है, समग्र ध्वनि है, उसमें अब कुछ भी जोड़ा नहीं जा सकता। लेकिन दोनों मामले में इशारा पूर्णता की ओर है, समग्रता की ओर है।

यह मन पर निर्भर है। दो तरह के मन हैं और दो तरह की अभिव्यक्तियां हैं। उदाहरण के लिए, अगर तुम बुद्ध से पूछोगे कि गहन ध्यान में क्या होता है? समाधि उपलब्ध होने पर क्या होता है? तो वे कहेंगे: दुख नहीं रहेगा, पीड़ा नहीं रहेगी। वे यह कभी नहीं कहेंगे कि आनंद होगा, वे इतना ही कहेंगे कि दुख नहीं होगा, दुख-शून्यता होगी। और अगर तुम शंकर से पूछोगे तो वे कभी दुख की बात नहीं करेंगे, वे यही कहेंगे कि आनंद होगा, परमानंद होगा। और दोनों एक ही अनुभव की बात कर रहे हैं।

बुद्ध जब अदुख की बात करते हैं तो उनका इशारा संसार की ओर है। वे कहते हैं कि जो भी दुख मैंने जाना वह वहां नहीं है और जो है उसे मैं तुम्हारी भाषा में नहीं कह सकता। और शंकर कहते हैं कि वहां आनंद है, परम आनंद है। शंकर संसार और उसके दुख की बात नहीं करते हैं। वे तुम्हारे संसार की चर्चा नहीं करते, वे अनुभव की चर्चा करते हैं।

शंकर विधायक हैं, बुद्ध निषेधात्मक हैं। लेकिन उनके इशारे एक ही चांद को बताते हैं। उनकी अंगुलियां भिन्न हैं, लेकिन उनकी अंगुलियों का लक्ष्य एक है।

आज इतना ही।